本书获得国家社会科学基金重大项目"莎士比亚戏剧本源系统整理与传承比较研究"（19ZDA294）资助

莎士比亚
戏剧来源文献汇编

喜剧卷

李伟昉　主编

陈会亮　唐小彬　副主编

科学出版社

北京

内 容 简 介

莎士比亚的戏剧作品对人类思想的发展产生了深远影响，其戏剧创作有多重来源，但国内对莎士比亚戏剧来源文献成体系的研究较少。此套书系统梳理莎士比亚戏剧来源文献，旨在从人类文化文明传承与创新发展的视域重新审视莎士比亚的创作在世界范围内所具有的经典启示。此套书按照喜剧、历史剧、悲剧、传奇剧类别分别编排，每个素材来源文献前均有导言，以供读者进一步对比阅读和比较研究之用。本喜剧卷分析了 12 部喜剧的来源文献。

此套书可供莎士比亚研究、比较文学与世界文学研究、文学创作等相关领域的学习者和研究者阅读，是了解莎士比亚戏剧及其创作的重要读物。

图书在版编目（CIP）数据

莎士比亚戏剧来源文献汇编. 喜剧卷 / 李伟昉主编. 北京：科学出版社，2025.6. -- ISBN 978-7-03-081601-6

Ⅰ. I561.073

中国国家版本馆 CIP 数据核字第 2025VM7778 号

责任编辑：常春娥 / 责任校对：贾伟娟
责任印制：师艳茹 / 封面设计：有道文化

科 学 出 版 社 出版

北京东黄城根北街 16 号
邮政编码：100717
http://www.sciencep.com

北京中科印刷有限公司印刷
科学出版社发行 各地新华书店经销
*

2025 年 6 月第 一 版 开本：787×1092 1/16
2025 年 6 月第一次印刷 印张：30 1/2
字数：630 000
定价：298.00 元
（如有印装质量问题，我社负责调换）

导论（兼序）

在文学艺术发展史上，莎士比亚是最具世界性的文化符号之一，他的作品被公认为"世界的文学"。莎士比亚戏剧创作的重要特点之一，是几乎所有作品都有着丰富的素材来源，他在点石成金、推陈出新的基础上完成了举世公认的不朽经典。因其作品的包罗万象与博大精深，莎士比亚获得了"自然的诗人""时代的灵魂""伟大的创造者""雄伟的哥特式建筑""无边的原始森林""深邃的大海"等多种美誉，成为西方不可撼动的经典的中心。一个几乎靠改编和借鉴他人故事的作家何以能取得如此显赫的成就？莎士比亚何以能成为举世公认的西方文化的一个重要符号？这里究竟深藏着怎样的秘诀？从学术思想认知上说，我们不能孤立封闭地探讨莎士比亚，而是应该把他置于"承前"与"启后"的广阔文化文学视野中来探究其意义与魅力，借莎士比亚之"桥"更好地去探知西方文化之"长河"，力求真正全面完整地揭示"莎学"与西方文化关系的内涵。于是，对这位"不属于一个时代而属于所有的世纪"的莎士比亚创作的来源问题，也就渐渐地引起学术界不断探究的兴趣，这一视角有助于加强读者对莎士比亚认知的广度与深度，成为莎士比亚批评史中不可分割的重要组成部分。

一、《莎士比亚戏剧来源文献汇编》编译缘起

在卓有成就的西方莎士比亚创作来源整理与研究领域，有三部著作起到奠基作用，分别是1753年英国著名莎学专家夏洛特·伦诺克斯（Charlotte Lennox，约1729—1804）编写的三卷本《被阐释的莎士比亚：作为莎士比亚戏剧来源的原版小说与历史故事汇编、翻译及评论》（*Shakespeare Illustrated，or the Novels and Histories on Which the Plays of Shakespeare Are Founded, Collected and Translated from the Original Authors*，简称《被

阐释的莎士比亚》)、1875 年英国著名莎学专家约翰·科利尔（John Collier，1789—1883）和传记学家威廉·哈兹里特（William Hazlitt，1834—1913）共同编著的六卷本《莎士比亚的图书馆：被用于莎士比亚创作的戏剧、浪漫故事、小说、诗歌和历史的总集》（*Shakespeare's Library：A Collection of the Plays，Romances，Novels，Poems，and Histories Employed by Shakespeare in the Composition of His Works*，简称《莎士比亚的图书馆》)，以及英国现代著名莎学专家杰弗里·布洛（Geoffrey Bullough，1901—1982）编写的八卷本《莎士比亚的叙事和戏剧来源》（*Narrative and Dramatic Sources of Shakespeare*，1957—1975）。这三部著作可以说是莎士比亚戏剧来源研究的集大成之作，代表了从 18 世纪中期至 20 世纪中后期两百多年里西方学术界对莎士比亚戏剧来源研究的认知水平，标志着相关来源研究的三个重要阶段。在第一阶段的 18 世纪，《被阐释的莎士比亚》较早地系统展示并探讨了 19 部莎剧的创作来源；在第二阶段的 19 世纪，《莎士比亚的图书馆》的文献整理与研究范围扩展至 27 部莎剧；在 20 世纪的第三阶段，《莎士比亚的叙事和戏剧来源》覆盖了 37 部莎剧以及两部叙事长诗。尤其是布洛教授的八卷本《莎士比亚的叙事和戏剧来源》，被认为是目前对莎士比亚戏剧来源研究最为翔实的巨著。这套书对莎士比亚 37 个剧本和两部叙事长诗素材来源的考证、整理和研究均以内容丰赡宏富的"导论"与层次分明的"来源文献"两大部分展开，其中"来源文献"依据相似程度分"确定性来源"、"可能性来源"、"次可能来源"和"类似性来源"等四个类型排列。例如，关于《哈姆莱特》[①]的素材来源，作者共列出包括萨克索《丹麦史》、李维《罗马史》、匿名译者《哈姆莱特史》、塞内加《阿伽门农》与《特洛伊妇女》、马洛和纳什《迦太基女王狄多的悲剧》、德国匿名戏剧《手足相残》、匿名作家《从炼狱出来的塔尔顿》等 15 种来源文献，成为来源文献最多的莎士比亚剧本。英国学者肯尼斯·缪尔（Kenneth Muir）1964 年为《莎士比亚时事通讯》（*The Shakespeare Newsletter*）撰写的题为《论莎士比亚源头探寻的未来前景》（"The Future of Shakespeare Source-Hunting"）的短文中认为，一旦布洛的八卷本著作完成，就几乎不需要再对莎士比亚的情节来源这个问题进行研究了[②]。虽然缪尔有些言过其实，因为莎士比亚的戏剧金矿远非个人之力所能穷尽，但这至少证明布洛这套巨著堪称莎士比亚戏剧来源研究的集大成典范之作，具有十分重要的学术价值。

不过，反观国内学界，我们发现，莎士比亚戏剧来源研究方面较之莎士比亚其他方面的研究，以往一直都显得相对滞后。虽然有学者涉及这个方面，但多是零碎简单的提示，缺乏系统性深入性探讨。例如，梁实秋在 20 世纪 30—60 年代写的莎士比亚译序，对莎剧的相关来源有过简单提及。国内编写的各类有关外国文学史的教材，在谈到莎士比亚的代表性作品时，也只是将主要素材来源顺便一笔带过。我国资深翻译

---

① 笔者行文采用《哈姆莱特》，所引文献保留原貌。

② Gillespie Stuart, *Shakespeare's Books: A Dictionary of Shakespeare Sources*, The Athlone Press, 2001, pp.1-2.

家、莎士比亚研究专家刘炳善（1927—2010）先生晚年殚精竭虑、呕心沥血，编纂了500多万字的巨著——《英汉双解莎士比亚大词典》。这是中国学者所编的第一部大型的莎士比亚原文词典，也是近百年来在世界范围内第一部新的莎士比亚原文词典。该书以收词全面、释义详尽、导言附录齐备且实用等特点为中国学子研读莎翁巨著提供了不可多得的钥匙。刘炳善先生在词典中介绍莎士比亚的戏剧创作时，基本上对每部莎剧的故事来源也都作了简单的交代，以帮助读者了解莎士比亚创作对已有故事的传承。例如，在谈到《安东尼与克娄巴特拉》和《科里奥兰纳斯》两部罗马悲剧的主题是关于两位英雄人物的堕落与毁灭时，认为莎士比亚博览群书，普鲁塔克《伟人传》、荷马史诗、乔叟的《特洛伊勒斯与克丽西德》、锡德尼的《阿卡迪亚》以及贺林希德的编年史，都是他创作剧本的文献来源。然而，这些相对较泛的交代，自然难以让国内一般读者，甚至是高等院校的大学生、研究生对莎士比亚创作来源方面的知识有更为具体的了解。

近年来，国内学界在莎剧来源方面的研究已有可喜的进展，取得了一批值得称道的学术成果。傅光明便是该领域突出的学者之一。他将莎士比亚四大悲剧及《罗密欧与朱丽叶》共五部戏剧的素材来源、版本介绍及其对五部戏剧的理解汇编成册，出版《天地一莎翁——莎士比亚的戏剧世界》（2017年，天津人民出版社）；2018年天津人民出版社又推出他的《戏梦一莎翁：莎士比亚的喜剧世界》，该著对莎士比亚"四大喜剧"（《仲夏夜之梦》《威尼斯商人》《皆大欢喜》《第十二夜》）从剧作版本、素材来源、戏剧结构、人物分析等层面予以阐释。作者还将其发表在刊物上的系列文章结集出版了《莎剧的黑历史：莎士比亚戏剧的"原型故事"之旅》（2019年，东方出版中心），该著首次集中对莎士比亚《罗密欧与朱丽叶》《哈姆莱特》《奥赛罗》《李尔王》《麦克白》《仲夏夜之梦》《威尼斯商人》《皆大欢喜》《第十二夜》等9部戏剧作品的"原型故事"进行了细致的梳理，探讨了莎士比亚在创作过程中所受到的各种影响。

但是，国内迄今还没有一套相关的莎士比亚戏剧来源文献的系统汇编作品供读者阅读和研究，这不能不说是一个重大缺憾。西方学界相关成果虽然都程度不同地探讨了莎士比亚戏剧创作的各种可能的来源，但对于一般读者而言，始终无法领略已有的各种相关来源文献的真实面貌，更难以对莎士比亚传承与创新问题作进一步研究。为了推进莎士比亚创作来源研究，弥补国内没有莎士比亚戏剧来源文献汇编的空白，我们以布洛的八卷本《莎士比亚的叙事和戏剧来源》（导言和来源文献内容已获泰勒-弗朗西斯出版集团的翻译授权）为依据，选择整理编译了这套"莎士比亚戏剧来源文献汇编"，旨在为读者了解、比较、体悟这些来源文献对莎士比亚戏剧创作的可能影响提供一个参照系。此套书将莎士比亚相关戏剧创作有关的各种素材来源按照喜剧、历史剧、悲剧、传奇剧类别分别编排，每个素材来源文献前面均有简约的介绍性文字，以供进一步对比阅读和比较研究之用。希望这套书能丰富莎剧汉语研究文献，成为莎士比亚研究、比较文学与世界文学研究的参考书目，有力推动国内莎士比亚研究走向纵深。

下面，我们以莎士比亚的《泰特斯·安德洛尼克斯》《哈姆莱特》两部悲剧为例，试图通过系统爬梳相关文献来还原莎士比亚的阅读史、思想起点、核心关注，及其在传承中对重大问题的创造性洞见，以便更好地探析莎士比亚之所以能取得旷世成就的深层次原因。

二、《泰特斯·安德洛尼克斯》：素材来源与推陈出新

《泰特斯·安德洛尼克斯》（以下简称《泰特斯》）是莎士比亚创作的第一部悲剧，也是其创作生涯中最为血腥恐怖、令人窒息的一部复仇悲剧。关于悲剧的作者归属问题，早在17世纪已有争论。布洛介绍说，1687年对该剧做过修改的爱德华·雷文斯克拉夫特声称，知情者告诉他此剧并非莎士比亚的原创，"他只是对其中主要的一两个情节和人物做了一些点石成金般的处理"[①]。不过，1598年编辑过第一对开本的弗朗西斯·梅尔斯相信该剧出自莎士比亚之手，并将其收录在莎士比亚戏剧中[②]；1623年的对开本同样将《泰特斯》归在莎士比亚名下。这说明莎士比亚对该剧的最终形成发挥了主导作用。那么，该剧既然不属于原创，其主要素材来源是什么？莎士比亚又作了哪些重要的创造性改编呢？我们从主要来源、推陈出新及其"新"的价值等三个方面加以探讨。

（一）主要来源

布洛认为，《泰特斯》的材料来源可分为确定性来源、可能性来源与类似性来源等几种情况。其中确定性来源即古罗马著名诗人奥维德的《变形记》和古罗马著名悲剧家塞内加的悲剧《提埃斯忒斯》（*Thysestes*），以及文艺复兴时期基德和马洛的悲剧；可能性来源有以散文形式出现的畅销故事《泰特斯·安德洛尼克斯悲剧史》（*The Tragical History of Titus Andronicus*，以下根据语境部分用"畅销故事"指代）和1579年托马斯·诺思翻译的普鲁塔克《名人传》有关西庇阿·阿非利加努斯（Scipio Africanus，前235—前183）的文字；类似性来源如与《泰特斯·安德洛尼克斯悲剧史》同题材的民谣，因民谣的内容"几乎全部来自散文版"[③]，故此不赘述。西庇阿是古罗马统帅和政治家，被公认为军

[①]　Geoffrey Bullough, ed., *Narrative and Dramatic Sources of Shakespeare* (Vol.6), Routledge and Kegan Paul, Columbia University Press, 1966, p. 4.

[②]　Geoffrey Bullough, ed., *Narrative and Dramatic Sources of Shakespeare* (Vol.6), Routledge and Kegan Paul, Columbia University Press, 1966, p. 4.

[③]　Geoffrey Bullough, ed., *Narrative and Dramatic Sources of Shakespeare* (Vol.6), Routledge and Kegan Paul, Columbia University Press, 1966, p. 11.

事天才，打败北非国家迦太基统帅汉尼拔，得胜回朝，受到盛大凯旋式礼遇并被尊称为阿非利加努斯，意思是"征服非洲的人"。因权力与个人威望过大而招致政敌攻击，受到不公正对待和诬陷，死前留下遗言，不要把他葬在罗马。笔者认为，无论是从时间上还是从两者的关联度看，西庇阿与泰特斯之间都缺乏内在联系，把它列入可能性来源，稍显牵强。下面介绍确定性来源和可能性来源。

1. 确定性来源

首先是奥维德《变形记》中菲罗墨拉的故事①。该神话故事讲述王后普洛克涅让丈夫、特剌刻的国王忒柔斯去父亲家接妹妹菲罗墨拉来家中小住，而天性好色的忒柔斯被有倾国倾城之美貌的菲罗墨拉所吸引，在路上将其关进一片树林深处的一间小屋里。面对反抗的菲罗墨拉，忒柔斯残忍地用宝剑砍下她的舌头并强暴了她。菲罗墨拉巧妙地把记录罪恶真相的文字绘织进用紫线织成的一块布料上并设法交给姐姐。普洛克涅为替妹妹报仇杀了自己的儿子伊堤斯，并且割断其喉咙，肢解其尸体，煮烤后作为美食骗丈夫吃下。这个故事对莎士比亚创作的影响，应该是最为确凿的一种影响来源，因为它被莎士比亚在剧中四次提到，更为重要的是，泰特斯女儿拉维妮娅（Lavinia）惨遭蹂躏的令人毛骨悚然的恐怖真相就是借菲罗墨拉的故事揭开的。这不仅证明了两者间影响关系的事实存在，而且强调了菲罗墨拉故事在剧中的重要意义。拉维妮娅的故事就是菲罗墨拉故事的翻版，菲罗墨拉即拉维妮娅。

菲罗墨拉故事第一次在剧中出现是在第二幕第三场。艾伦向塔摩拉汇报谋杀计划："今天是巴西安纳斯的末日，他的菲罗墨拉必须失去她的舌头，你的儿子们将要破坏她的贞操。"②紧接着在第二幕第四场，当叔叔玛克斯看到惨遭蹂躏的侄女拉维妮娅，无比悲愤道："美丽的菲罗墨拉不过失去了她的舌头，她却不怕厌烦，一针一线地织出她的悲惨遭遇；可是，可爱的侄女，你已经拈不起针线来了，你所遇见的是一个更奸恶的忒柔斯，他已经把你那比菲罗墨拉更善于针织的娇美的手指截去了。"③第三次出现在第四幕第一场，拉维妮娅追赶小侄子路歇斯玩，小路歇斯胳膊下夹着的一本书掉在地上。拉维妮娅以残臂拨动着地上的书，泰特斯见状问小孙子："她在不断踢动着的是本什么书？"小路歇斯说："那是奥维德的《变形记》，是我的妈妈给我的。"泰特斯说："且慢！瞧她在多么忙碌地翻动着书页！帮帮她。她要找些什么？拉维妮娅，要不要我读这一段？这是菲罗墨拉的悲惨故事，讲到忒柔斯怎样用奸计把她奸污；奸污我怕这就是你哀痛的原因。"弟弟玛克斯惊疑地说道："瞧，哥哥，瞧！她在指点着书上的文句。"泰特斯已有预感地看着女儿，悲愤而又不无悔恨地说道："拉维妮娅好孩子，你也是像菲罗墨拉一样，在冷酷、广大而幽暗的树林里遭到了强徒的暴力，被他污毁了你的身体吗？"④于是拉维妮娅衔杖

---

① 奥维德：《变形记》，杨周翰译，人民文学出版社，1984年，第81—88页。
② 《莎士比亚全集（增订本）》（第5卷），朱生豪译，译林出版社，1998年，第28页。
③ 《莎士比亚全集（增订本）》（第5卷），朱生豪译，译林出版社，1998年，第37页。
④ 《莎士比亚全集（增订本）》（第5卷），朱生豪译，译林出版社，1998年，第51页。

口中，用断臂拨杖，在沙地上写下"强奸。契伦、狄米特律斯"①来揭露罪恶真相。这里还透露出一个重要信息，《变形记》在当时已是孩子的阅读书目，就像今天的父母给孩子看《安徒生童话》《格林童话》一样，可见其传播之广、影响之大。第四次出现在第五幕第二场，泰特斯在惩罚塔摩拉两个儿子前，历数其恶行，悲愤地发誓："因为我女儿在你们手中遭受的命运比菲罗墨拉的命运还要悲惨，所以我报复的手段要比普洛克涅的手段还要凶狠。"②可见，菲罗墨拉的故事在剧中被不同程度地重复、强调了四次，不仅说明作者是在借菲罗墨拉的故事类比、强调拉维妮娅的悲惨不幸，而且足见其对莎士比亚创作的重要影响。

其次是塞内加及文艺复兴时期基德和马洛的悲剧。塞内加创作的悲剧取材于古希腊神话传说，以描写疯狂、谋杀、鬼魂以及其他极端恐怖事件著称。这种悲剧被称为塞内加式的悲剧。在《提埃斯忒斯》中，塞内加描写了阿特柔斯残忍地杀死其兄弟提埃斯忒斯的儿子们，并将其煮熟的尸骨和鲜血作为和解宴会上的美食与饮酒的复仇故事。"塞内加的因素"早已"是最彻底地被吸收、被改变面貌""弥漫在莎士比亚的整个世界中"③了，这主要得益于"莎士比亚在学校念过塞内加的几个悲剧"，特别是受到"当时塞内加式的悲剧"、"但主要是基德的影响"④。基德的《西班牙悲剧》继承了塞内加的悲剧传统，开启了文艺复兴时期复仇悲剧创作的风潮，对莎士比亚《泰特斯》《哈姆莱特》等复仇悲剧的创作有重要影响。皇家版莎士比亚全集的编撰者、英国莎学家乔纳森·贝特认为，《泰特斯》除了借鉴《变形记》和塞内加悲剧外，还受到基德的《西班牙悲剧》和马洛的《马耳他的犹太人》的深刻影响⑤。

2. 可能性来源

现收藏于华盛顿富杰尔莎士比亚图书馆（Folger Library）的《泰特斯·安德洛尼克斯悲剧史》，是刊印于18世纪中叶的畅销故事。该畅销故事被认为可能出自16世纪后期的《一个高贵罗马人泰特斯·安德洛尼克斯的历史》（*A Noble Roman Historye of Tytus Andronicus*），在所有已知的与泰特斯相似的文本中，该畅销故事在情节上与《泰特斯》最为接近，所以很有可能是莎士比亚创作的主要依据之一⑥。虽然是可能性来源，但因该畅销故事有一个相对完整的情节，而且从整体形态的简单粗陋与进化的

① 《莎士比亚全集（增订本）》（第5卷），朱生豪译，译林出版社，1998年，第52页。
② 《莎士比亚全集（增订本）》（第5卷），朱生豪译，译林出版社，1998年，第77页。
③ 艾略特：《莎士比亚和塞内加的苦修主义》，杨周翰编选：《莎士比亚评论汇编》（下），中国社会科学出版社，1981年，第120页。
④ 艾略特：《莎士比亚和塞内加的苦修主义》，杨周翰编选：《莎士比亚评论汇编》（下），中国社会科学出版社，1981年，第109—110页。
⑤ Jonathan Bate and Eric Rasmussen, eds., *William Shakespeare Complete Works*, The Morden Library, 2007, p. 1620. 对于 *The Jew of Malta* 的中译，笔者行文采用《马耳他的犹太人》，所引文献保留原貌。
⑥ Geoffrey Bullough, ed., *Narrative and Dramatic Sources of Shakespeare* (Vol.6), Routledge and Kegan Paul, Columbia University Press, 1966, p. 7.

一般规律两方面看，该畅销故事出现的时间应该早于《泰特斯》，其影响后者的痕迹与因果逻辑也更为明显、合理，毕竟受影响的一方要丰满精致，更胜一筹，所以布洛将其编排在确定性来源之前的首位，可见对其重视程度。美国学者萨金特早在1949年就认定该畅销故事是《泰特斯》的主要创作来源①。当然也有不同意见，例如英国莎学家肯尼斯·缪尔认为，该畅销故事是否是《泰特斯》的主要来源还难以确定②。乔纳森·贝特则认为，由无名氏所著的这个畅销故事并非基于史实，曾被认为是原始来源，但其实只是衍生文本而非来源，并猜测或者来源已丢失或者该畅销故事本身就是一个虚构的情节③。这些不同意见实际上也仅仅是推测，同样没有拿出不是来源的确证。我们这里姑且以此畅销故事为基本依据展开与《泰特斯》的比较研究，意在找寻一些蛛丝马迹和后来居上的可能及其意义。

《泰特斯·安德洛尼克斯悲剧史》共六章，其英文版本原译自罗马出版的意大利文，由 C. Dicey 在 Bow ChurchYard 出版发行，并在 Northampton 销售。可以推想，原意大利文版最早应该也是译自英文，后又由意大利文转译为英文，这一传播历程也是跨民族跨文化传播的常见规律。该畅销故事主情节如下。

大将泰特斯·安德洛尼克斯在对哥特人的十年征战中取得了多次胜利，25个儿子中有22人战死疆场。这一次他又凭借自己的非凡胆略与骁勇善战将濒临危境的罗马城从哥特人手中拯救了出来，并且杀死哥特国王特提利乌斯（Tottilius），俘虏哥特王后阿塔瓦（Attava）。哥特王国的王子阿拉里库斯（Alaricus）和阿伯努斯（Abonus）继续调兵遣将，不断在罗马帝国周边的行省烧杀掠抢，双方都付出了巨大牺牲的代价。为了和平，双方最终达成协议：罗马帝国皇帝娶哥特王后阿塔瓦为皇后④。泰特斯反对这一联姻（但联姻还是完成了），因此招致皇后憎恨，皇后阿塔瓦欲借皇帝之手将泰特斯放逐，但这种做法引发众人强烈不满，皇帝无奈收回成命。皇后感到自己的权威受到威胁，便怂恿摩尔人（Moor）和儿子谋杀王子，并栽赃于泰特斯的二子。为了救以谋杀罪被判死刑的儿子，泰特斯不惜砍掉自己的一只手，然而换回来的却是二子的头颅。不仅如此，泰特斯的女儿拉维妮娅（Lavinia）遭皇后二子的强暴，并被残忍地割去舌头，砍掉双手。泰特斯悲愤难抑，发誓复仇雪耻。他先是和朋友们一起杀死皇后的二子，将其尸体剁成肉酱制成两个大肉饼，然后邀请皇帝和皇后来家中食用，在告知他们真相后杀之。接着，邪恶的摩尔人于坑中被半身埋住，被涂满蜂蜜，在经受蜜蜂、马蜂的叮咬和饥饿的折磨后而死。最后，泰特斯在女儿的哀求下亲手杀死女

① Kenneth Muir, *The Sources of Shakespeare's Plays*, Routledge, 2005, p. 292.

② Kenneth Muir, *The Sources of Shakespeare's Plays*, Routledge, 2005, pp. 22-23.

③ Jonathan Bate and Eric Rasmussen, eds., *William Shakespeare Complete Works*, The Morden Library, 2007, p. 1620.

④ 阿塔瓦已由哥特国王（king）的王后（queen）转变为罗马帝国皇帝（emperor）的皇后（empress），后面根据具体语境称阿塔瓦为王后或皇后。

儿，然后自杀①。

相信熟悉《泰特斯》的读者，自然会看到两者之间的相似性。那么，莎士比亚究竟是如何对既有素材进行创造性改编的呢？

（二）推陈出新

《泰特斯》所涉及的强奸、割舌、割喉、肢解尸体煮烤、人肉宴等情节元素均来自《变形记》，包括影响莎士比亚的塞内加《提埃斯忒斯》中的人肉宴描写，也当源于《变形记》。莎士比亚在充分吸收既有悲剧素材、元素、细节的基础上，可能对《泰特斯·安德洛尼克斯悲剧史》精心改编，推陈出新，创作出了不一样的《泰特斯》。笔者认为，莎士比亚主要作出了四大方面的创造性改编。

首先，莎士比亚让《泰特斯》开场便获得了极富政治寓意和矛盾冲突彰显的效果，集中体现在以下几个地方。第一，塑造了一个异于畅销故事中的泰特斯形象。畅销故事对哥特大军攻城略地、烧杀抢掠、蹂躏妇女、围城十个月给城内民众造成的恐慌和危机，以及泰特斯带兵夜袭敌营、解围罗马城并乘胜追击等情景都有详尽的描述，但作为拯救罗马城的泰特斯仅仅是受到民众的赞誉和敬重，根本没有发生被拥立为皇帝候选人的事情。莎士比亚则从泰特斯大胜归来起笔，让他直面并处理谁来继承皇位这一重大政治问题。在民众盛情拥戴的情势下，他不仅果断放弃了黄袍加身、享有帝尊的机会，而且在争夺皇位的两个王子之间力荐长子萨特尼纳斯继任。这说明泰特斯毫无倚仗战功、拥兵自重、觊觎王位的非分之想。第二，畅销故事中的皇帝出于帝国和哥特人休战的需要而娶哥特王后阿塔瓦为皇后；《泰特斯》则改为：皇帝因感激泰特斯拥戴之功，不仅当众称其为"生生父亲"，而且宣布娶其女拉维妮娅为皇后，但当皇帝看到作为阶下囚的哥特王后塔摩拉（不同于畅销故事中的名字"阿塔瓦"）时，立即被其美色所倾倒并违背承诺，改娶塔摩拉为皇后。第三，畅销故事和戏剧所反映的主要矛盾冲突均发生在泰特斯与哥特王后之间，其本质即古罗马人与哥特人的矛盾冲突，客观上折射了4世纪末、5世纪初罗马帝国不断遭受哥特人侵袭的危机状况。不过畅销故事中哥特王后阿塔瓦对泰特斯的仇恨主要表现在，一是泰特斯坚决反对皇帝娶她做皇后，二是皇帝同意拉维妮娅嫁给王子（皇帝和前皇后所生的唯一儿子）。泰特斯的势力不仅妨碍她做皇后的美梦，而且严重危及自己的儿子将来即位的如意打算，这让皇后急欲除泰特斯而后快。而在剧中，塔摩拉对泰特斯仇恨的原因发生了明显变化，集中聚焦在泰特斯命人残杀塔摩拉的长子阿拉勃斯上。阿拉勃斯为剧中新添加的人物，其尸体被肢解且被烈火烧焦的情节，既为塔摩拉向泰特斯复仇提供了更具切肤之痛的直接依据，又增加了剧情血腥恐怖的气息。同时，为强化这一矛盾冲突，《泰特斯》把畅销故事中拉维妮娅所嫁王子的细节

---

① Geoffrey Bullough, ed., *Narrative and Dramatic Sources of Shakespeare* (Vol.6), Routledge and Kegan Paul, Columbia University Press, 1966, pp. 35-44.

改为嫁给皇帝之弟，这样对塔摩拉切身利害造成的威胁相对而言有所弱化，毕竟兄弟身份不如王子身份更名正言顺。

其次，围绕拉维妮娅悲惨遭遇进行的细腻改编。《变形记》中的菲罗墨拉先是舌头被割，后遭强暴。这一场景在畅销故事中发生在父亲被砍手、哥哥遭杀害之后。皇后与摩尔人及二子密谋诡计，然后由二子约王子去森林打猎并趁机杀之。听说王子失踪，拉维妮娅急忙让两个哥哥前去寻找，结果落入凶险圈套，致使父亲手被砍、哥哥遭杀害。痛苦欲绝的拉维妮娅独自来到森林哭诉衷肠，却又被皇后二子反绑双手，遭受轮流强暴，然后被割舌、断双手。《泰特斯》则把拉维妮娅惨遭凌辱置于父亲被砍手、哥哥被杀害之前。皇后二子先是当着拉维妮娅的面杀死其爱人，然后再对拉维妮娅实施侵害。这样处理既加强了拉维妮娅所遭身心摧残的强度，又重创了泰特斯极强的自尊心与脆弱的神经。畅销故事还改变了《变形记》割舌—强暴的次序并增添砍手的细节，即强暴—割舌—砍手；《泰特斯》与畅销故事一致。此外，菲罗墨拉是巧妙地把自己的屈辱织绣在用紫线织成的一块布上派人送给姐姐来传达真相，畅销故事和《泰特斯》中的同名女主人公拉维妮娅则都是用残肢夹住枝/杖在地上写出真相给亲人看。这些情节或许都可以看出故事影响的痕迹。较之菲罗墨拉的悲惨遭遇，拉维妮娅的遭遇因畅销故事和《泰特斯》细节的增添更显残忍，其残暴性和惊恐性更令人发指。当然，围绕拉维妮娅的描写，《泰特斯》因场景的衔接、各种细节的增添和丰富以及对泰特斯遭受重创的痛苦心理世界的重点揭示所获得的戏剧效果，更具冲击力与震撼性，这是畅销故事难以企及的。

再次，围绕摩尔人进行的大幅度改创。畅销故事中的Moor没有名字，只知道是皇后阿塔瓦的情夫，一个充满复仇欲望的作恶者，平时备受皇后信任，极私密的事也不回避他。而剧中的摩尔人可能脱胎于Moor，是女王的奴仆兼情人。莎士比亚不仅赋予这个Moor以艾伦（Aaron）的名字，而且增添了不少细节，使人物更趋丰满，跃然纸上。艾伦称塔摩拉为"我的灵魂的皇后，你的怀抱便是我灵魂的归宿"，塔摩拉则报之以"你是我的比生命更可爱的人儿"[1]。塔摩拉复仇的计谋主要出自摩尔人艾伦，艾伦自然成为塔摩拉不折不扣的复仇工具（出计谋、跟踪、传递信息等），第二幕第一场就有交代。艾伦劝和两个为争夺拉维妮娅不惜拔剑相向的王子，告之"与其两败俱伤，还是大家沾些实惠得好"。摩尔人艾伦设计怂恿他们强暴拉维妮娅，并明言"我们的皇后正在用她天赋的智慧，一心一意地计划着复仇的阴谋，让我们把我们想到的一切告诉她"，"她一定会供给我们一些很好的意见"[2]。这番话足以说明艾伦知道皇后所想，并积极替主子的复仇使力。为了重点刻画艾伦这一恶人的性格特征，作者特在第二幕

① 《莎士比亚全集（增订本）》（第5卷），朱生豪译，译林出版社，1998年，第28页。
② 《莎士比亚全集（增订本）》（第5卷），朱生豪译，译林出版社，1998年，第25页。

第三场增加细节详细描写了艾伦设计杀人后嫁祸于泰特斯二子的过程。艾伦把一袋金子埋在一株树下，将设计好的毒计告诉塔摩拉，并交给她一封陷害泰特斯儿子的信，让其届时呈报皇帝。艾伦一边挑唆塔摩拉的二子杀死巴西安纳斯并把尸体扔进选定好的地穴，另一边又诱骗泰特斯两个儿子昆塔斯和马歇斯跌入穴内尸体旁，再趁机唤来皇帝等人。塔摩拉把预先准备好的信交给皇帝，信中指明埋在地穴旁树下的金子是给昆塔斯和马歇斯谋杀巴西安纳斯的酬劳。泰特斯的二子遂被控谋杀罪。这一情节是畅销故事中所没有的。莎士比亚把这一增添的情节演绎得十分具体，不仅丰富了细节，结构上也形成前有伏笔后有照应的戏剧效果，同时更为突出艾伦的老谋深算、诡计多端和奸猾歹毒。

畅销故事对哥特王后（罗马帝国皇后）与摩尔人之间的私情有较多的文字描写。例如讲述皇帝知道皇后与摩尔人生下一个黑婴后，极为痛苦和愤怒，但皇后阿塔瓦很快就平息了他的愤怒。因为她告诉皇帝这一切都因妄想之力所致，并收买许多妇女和医生为其作伪证，证明此类情况经常发生。于是皇帝流放了摩尔人，让他不得再重返罗马。然而念念不忘摩尔人的皇后，待皇帝心情日渐好转后，便假装生病，告诉皇帝她看到的幻象要求其召回被流放的无辜的摩尔人，否则永难康复。心善的皇帝经不起她的眼泪和哀求，勉强同意其请求，但条件是摩尔人不能出现在她的视线内，避免此类事情再度发生。摩尔人被召回，他与皇后的奸情又得以在暗中继续。莎士比亚则故意略去了这些在他看来不必要的内容，仅在第二幕第三场简略描写了皇后塔摩拉与摩尔人艾伦间的私情，直至第四幕第二场才又交代其产下私生子的丑闻。艾伦将知情的奶妈杀死，并准备用调包之计瞒住皇后，然后悄悄带着孩子回到哥特人那里去，不料途中被抓获。这一简洁处理确保了主情节的不枝不蔓与主次分明。

最后，莎士比亚在悲剧高潮部分的编创更见功夫。畅销故事中的泰特斯故意装疯卖傻，使放松戒备的皇后二子在森林里打猎时被割断咽喉，皇后二子的尸体被运回家中做成两个大肉饼，泰特斯让皇帝皇后食用肉饼后将其杀死。泰特斯应女儿哀求，杀死女儿，然后自杀。而在莎士比亚戏剧《泰特斯》中，塔摩拉得知路歇斯集结大军前来复仇，主动装扮成复仇女神，利用泰特斯的轻信与疯癫，带其两子前往泰特斯家劝说议和。泰特斯表面装疯，实则清醒，精心安排了一幕塔摩拉施奸计、自己反奸计的好戏，准备在家里以"残酷的盛宴"惩罚恶凶。泰特斯让弟弟前去告诉儿子大军就地驻扎，派几位高贵的哥特王子到家中赴宴。泰特斯趁塔摩拉去请皇帝之机，命令亲戚杀其二子。待诱骗皇帝皇后吃下人肉"美宴"后，不是应女儿主动哀求，而是以"女儿不该忍辱偷生"、也不愿再勾起自己的怨恨为由先杀死女儿，再杀塔摩拉，却反遭皇帝刺死。莎士比亚特意将杀死塔摩拉二子的情节改在泰特斯家中，主要是为了前后情节集中紧凑，如此密集的恐怖情景被呈现在同一个空间内，惊悚感和震撼力更强，从而使剧情更为曲折生动，更充满戏剧性；而泰特斯当着皇帝皇后的面亲手杀死女儿，虽说是因痛苦伤心"使我下这样的毒手"[①]，但实则是要以此极端残酷的方式宣泄自己无以复加的愤怒情绪；把泰特斯自杀改为被杀的结局，则是让其悲剧色彩更加浓厚，也更富有深刻的政治含义。

另外，剧中还有一些新添加的细节也颇值得玩味，对刻画人物性格、揭示人物心理、丰富悲剧内涵同样功不可没。例如，畅销故事中明确叙述摩尔人直接砍下了泰特斯的右手，莎剧没有这样直白处理，而是摩尔人让泰特斯选择，只要玛克斯（泰特斯的弟弟）、路歇斯（泰特斯的儿子）和他任何一人砍下一只手来送到皇帝面前，皇帝就可以赦免泰特斯的儿子们的死罪并把他的儿子们送还给他[②]。三人争抢中，还是泰特斯坚持让摩尔人砍下自己的一只手，但未说明左手还是右手。待到第三幕第二场泰特斯悲叹"我只剩下这一只可怜的右手"[③]时，方知泰特斯让摩尔人砍下的是其左手。这里既表现了父亲的爱子之情和主动担当，也细腻入微地表现了泰特斯希望留下右手能在以后的征战中继续奋勇杀敌的潜意识。可见，畅销故事通过砍手意在表现摩尔人的歹毒，而莎剧《泰特斯》的聚焦点则在泰特斯身上。又如，玛克斯打死一只苍蝇让泰特斯先生气后赞同的细节，既展示了泰特斯无法再见杀戮与死亡的心理极限，又表现了对恶人该遭惩罚的强烈气愤。这些细节对于突出揭示泰特斯悲愤难抑的巨大痛苦的心理世界，无疑都起到了重要的烘托与铺垫作用。

同时，值得一提的是，畅销故事中交代泰特斯25个儿子，22个战死，剩下的3个，两个被无辜杀害，另一个未作明确交代，且前后自相矛盾。而在莎剧中，泰特斯的25个儿子，21个战死，其余4个均有交代。缪歇斯之死表现父亲的固执与残忍；昆塔斯和马歇斯被无辜陷害，父亲不惜断手相救，说明父亲的慈爱；路歇斯则是父亲复仇的希望，是铲除暴君、匡扶正义的力量的象征；女儿拉维妮雅之死，表现父亲慈爱与狠心、独断相交织的复杂矛盾性格。四个儿子和一个女儿同样都起着折射泰特斯性格的作用，这种交代和处理较之畅销故事显然严谨周详、技高一筹，充分体现了莎士比亚高超的编剧艺术水准。

（三）"新"的价值

如果单从场次结构安排看，莎士比亚后来创作的诸如四大悲剧和三部罗马悲剧在场景变换、情节发展等方面的处理显然要比《泰特斯》丰富复杂与成熟精湛。以第一幕为例，《泰特斯》仅安排一场戏，而《哈姆莱特》《奥赛罗》《李尔王》《麦克白》等四大悲剧的第一幕分别为五场、三场、五场、七场；《裘利斯·恺撒》《安东尼与克莉

---

① 《莎士比亚全集（增订本）》（第5卷），朱生豪译，译林出版社，1998年，第79页。
② 《莎士比亚全集（增订本）》（第5卷），朱生豪译，译林出版社，1998年，第42页。
③ 《莎士比亚全集（增订本）》（第5卷），朱生豪译，译林出版社，1998年，第46—47页。

奥佩特拉》《科里奥兰纳斯》等三部罗马悲剧的第一幕分别为三场、五场、十场。相比之下，《泰特斯》的简单粗糙不言而喻，不过其情节倒也简练紧凑，进展利落。难怪新历史主义代表人物、美国莎评家格林布拉特称其为莎士比亚"试着创作的悲剧"，"虽粗糙却有力"[1]。

《泰特斯》这部"试着创作的悲剧"最出新的重要价值突出体现在于极端极致中塑造出了像泰特斯、艾伦这样颇具审美价值的性格鲜明的人物典型，以及远超一般流血复仇剧的含蕴隽永深刻的政治寓意。泰特斯战功显赫而不居功自傲，面对皇位的诱惑，能理性做到急流勇退，忠心耿耿，无怨无悔，但这位深明君臣礼仪、忠君护君的有功之臣最终惨死在皇帝手中。他冷酷残忍，又不乏亲情，自尊心极强，不容冒犯，被逼无奈之际，装疯麻痹对手，实施复仇计划。戏剧对其极端性格的表现不仅达到了令人瞠目结舌、骇人听闻的程度，而且客观呈现了愚忠让其付出的惨烈代价。正是愚忠让头脑简单固执的他失去理智，在皇帝已经明确违背承诺的情况下，他还在迂腐地坚持把女儿嫁给皇帝，甚至不惜杀死阻拦自己的儿子。他始终认为所有的灾难都是塔摩拉造成的，与皇帝无关。特别是当他杀死女儿，皇帝表现出"什么！她也被人奸污了吗？""快去把他们立刻抓来见我"[2]的惊问和反应时，他更加相信皇帝是被皇后蒙蔽欺骗了，也更坚信皇帝会为他主持公道。所以，这种愚忠导致的轻信使其刺杀塔摩拉时丝毫未对皇帝可能刺杀他的危险加以任何防范，结果葬送性命。他至死也没有想到，他所忠诚的皇帝根本是靠不住的。皇帝"死有余辜"[3]的诅咒，无疑是对泰特斯的莫大反讽。莎士比亚把故事中泰特斯的自杀改为被皇帝所杀，不仅是为了突显其可悲、可怜，更是让这个悲剧结局和泰特斯主动让帝位于萨特尼纳斯的开场形成强烈对比，为这个悲剧英雄最后添加了唏嘘可叹的浓重一笔。顺便指出的是，哈姆莱特的装疯、复仇过程的由主动转被动再到决绝而起，于尖锐冲突中对巨大痛苦心理世界的揭示等，均在泰特斯身上得到了一定程度的预演，成为莎士比亚走向成熟的重要基石之一。

《泰特斯》更为深刻的政治寓意，又使其具有了高起点的政治站位。面对虚席以待的王位，萨特尼纳斯强势要求以长子的优越身份继承，次子巴西安纳斯则提出应该凭功德能力继承，互不相让。裁判大权在握的泰特斯在这场王位之争中，毫不犹豫地宣布长子即位。这一裁决自然符合王政体制继承顺序的传统观念，但问题是，萨特尼纳斯是一个德不配位的无能昏君，心胸狭隘，好色易变，根本不具备贤明君主的基本品质，忘恩负义地杀死泰特斯，更突显了他的不仁与残暴。这正照应了艾伦所说的皇后"迷惑罗马的萨特尼纳斯，害得他国破身亡"[4]的话，客观上流露出了莎士比亚对重排

---

[1] 格林布拉特：《俗世威尔：莎士比亚新传》，辜正坤等译，北京大学出版社，2007年，第150页。
[2]《莎士比亚全集（增订本）》（第5卷），朱生豪译，译林出版社，1998年，第80页。
[3]《莎士比亚全集（增订本）》（第5卷），朱生豪译，译林出版社，1998年，第80页。
[4]《莎士比亚全集（增订本）》（第5卷），朱生豪译，译林出版社，1998年，第22页。

序轻德能的"立长"传统的质疑；而路歇斯所言"但愿我即位以后，能够治愈罗马的创伤，拭去她的悲痛的回忆"①，进一步体现了莎士比亚反对暴君、崇尚明君、渴望罗马从变乱危机中回归和平安宁的进步思想。

剧中呈现的王位继承之争，显然折射着莎士比亚对伊丽莎白女王统治后期围绕竞争对手虎视眈眈觊觎王位这一敏感而复杂的当务之急的关注与忧虑，反映了他对王位继承、君王德能等王权政治问题的严肃思考。需要指出的是，此时的莎士比亚对路歇斯杀暴君而后即位明显是持肯定态度的，但从后续的历史剧、悲剧创作中可以看出，莎士比亚的思想已有变化，他不赞成通过任何流血或谋杀的方式继承王位，因为有违程序法理性与政治稳定性。悲剧对冤冤相报思想也表现出了否定倾向。泰特斯说："请你用残酷的手段处死他们，因为他们曾经用残酷的手段对待我和我的儿女们。"②路歇斯看到皇帝杀死父亲，也愤怒道："做儿子的忍心看他的父亲流血吗？冤冤相报，有命抵命！"③塔摩拉和泰特斯先后皆为自己的两个儿子求情，却均死于冤冤相报。莎士比亚浓墨重彩地呈现这场因复仇而起相互残杀的悲剧结局，实则是意在从反面否定冤冤相报，因为它只会引来无止境的彼此相残，只能让人类变成兽类，让世界成为荒漠。所以，剧作渲染极端血腥、残忍复仇的背后寄寓着对仁爱、宽恕与和平的深沉呼唤和强烈憧憬，是以血腥警醒世人，让残暴直击心灵，用野蛮、黑暗的非理性衬托温暖如春的明媚世界，希望让充满友善、和平的阳光滋润照亮大地。故此纵观全剧，莎士比亚对畅销故事进行了大刀阔斧的改创，旨在更好地在极致中揭示人性善恶，突显时代政治问题。正如他后来借哈姆莱特之口所总结的那样，戏剧"始终是反映人生，显示善恶的本来面目，给它的时代看一看它自己演变发展的模型"④。而他对血腥恐怖的"着迷"并"不等于认可，事实上他的着迷蕴涵着强烈的憎恶"⑤。

围绕艾伦的改创，更是诞生了莎士比亚笔下第一个以作恶为乐、以幸灾乐祸为心理动机的恶魔典型，成为理查三世、伊阿古、爱德蒙等形象的先驱，也是英国戏剧中第一个重要的黑人形象⑥。较之畅销故事中的摩尔人，艾伦的形象更显得栩栩欲活。路歇斯称艾伦为"恶魔的化身"⑦、"野蛮的禽兽一般的恶人"⑧。他自称以作恶为乐，夸耀自己的本领就是"杀人作恶"："我曾经干下一千种可怕的事情，就像一个人打死一

① 《莎士比亚全集（增订本）》（第5卷），朱生豪译，译林出版社，1998年，第82页。
② 《莎士比亚全集（增订本）》（第5卷），朱生豪译，译林出版社，1998年，第74页。
③ 《莎士比亚全集（增订本）》（第5卷），朱生豪译，译林出版社，1998年，第80页。
④ 《莎士比亚全集（增订本）》（第5卷），朱生豪译，译林出版社，1998年，第334页。
⑤ 格林布拉特：《俗世威尔：莎士比亚新传》，辜正坤等译，北京大学出版社，2007年，第125页。
⑥ Jonathan Bate and Eric Rasmussen, eds., *William Shakespeare Complete Works*, The Morden Library, 2007, p. 1618.
⑦ 《莎士比亚全集（增订本）》（第5卷），朱生豪译，译林出版社，1998年，第68页。
⑧ 《莎士比亚全集（增订本）》（第5卷），朱生豪译，译林出版社，1998年，第70页。

只苍蝇一般不当作一回事儿，最使我恼恨的，就是我不能再做一万件这样的恶事"，"假如世上果然有恶魔，我就愿意做一个恶魔"①。甚至叫嚣"你们以为我会用卑怯的祷告忏悔我所做的恶事吗？要是我能随心所欲，我要做一万件比我曾经做过的更恶的恶事；要是在我一生中曾经做过一件善事，我倒要从心底里深深忏悔"②。最终他受到的惩罚是被齐腰埋在泥土里活活饿死。

不过，艾伦后来陡然发生的一个令人惊讶的转变，使得这个以恶魔形象存在的单向度的性格内涵变得丰富复杂，被打上了遭受种族歧视的黑人形象的印记③。面对自己的私生子被诅咒为一个让人"丧气的又黑又丑的孩子"、"魔鬼"、"蛤蟆"以及"罗马的耻辱"时，艾伦愤怒地质问道："难道长得黑一点儿就是这样要不得吗？好宝贝，你是一朵美丽的鲜花哩。"此刻的他终于开始流露出了作为人的情感与父亲的慈爱，敢于挑战白人世界，丝毫不以肤色自卑，"黑炭才是最好的颜色，它是不屑于用其他的色彩涂染的；大洋里所有的水不能使天鹅的黑腿变成白色，虽然它每时每刻都在波涛里冲洗"，并发誓"谁也不能动手杀害我的亲生骨肉"④。艾伦这一重要表白的细节客观地呈现出了"黑人也是人"的反种族歧视问题，其蕴含的思想稍后在《威尼斯商人》中的夏洛克身上有了更为充分的展开。该形象的塑造被认为是受克里斯托弗·马洛《马耳他的犹太人》（1591）的影响，它塑造了一个"不停地酝酿着害人的阴谋"并"从中得到乐趣"⑤的犹太商人巴辣巴的恶棍形象，其人生信条就是"谁对我更有利可图便是我的朋友"⑥，为达到目的可以不择手段，甚至给"所有的人带来毁灭"⑦，可谓典型的马基雅维利式的信徒。莎士比亚"借用了马洛的作品，但创造了与马洛的艺术迥然不同的人物和情绪"⑧。较之巴辣巴，艾伦显然多了一层不能忽略的认知内涵。

总之，上述的"新"让莎剧《泰特斯》在莎士比亚创作谱系中获得了重要的一席之地和恒久价值。

三、来源文献视域中的《哈姆莱特》研究

从莎士比亚与历史故事源远流长的来源研究层面看，丹麦历史学家萨克索·格拉玛蒂克斯（约1150—1220）用拉丁文撰写的《丹麦史》是公认的莎士比亚创作《哈姆

① 《莎士比亚全集（增订本）》（第5卷），朱生豪译，译林出版社，1998年，第71页。
② 《莎士比亚全集（增订本）》（第5卷），朱生豪译，译林出版社，1998年，第83—84页。
③ Jonathan Bate and Eric Rasmussen, eds., *William Shakespeare Complete Works*, The Morden Library, 2007, p. 1618.
④ 《莎士比亚全集（增订本）》（第5卷），朱生豪译，译林出版社，1998年，第56—57页。
⑤ 格林布拉特：《俗世威尔：莎士比亚新传》，辜正坤等译，北京大学出版社，2007年，第193—194页。
⑥ 马洛：《马耳他岛的犹太人》，朱世达译：《文艺复兴时期英国戏剧选》，作家出版社，2018年，第521页。
⑦ 马洛：《马耳他岛的犹太人》，朱世达译：《文艺复兴时期英国戏剧选》，作家出版社，2018年，第528页。
⑧ 格林布拉特：《俗世威尔：莎士比亚新传》，辜正坤等译，北京大学出版社，2007年，第203页。

莱特》的最重要故事来源。《丹麦史》是丹麦中世纪以前最重要的历史文献，其中卷三和卷四记述了丹麦王子阿姆莱特（Amleth）的故事。故事由两部分组成，第一部分主要讲述阿姆莱特装疯为父复仇，夺回王位；第二部分讲述阿姆莱特背叛前妻，娶苏格兰女王为妻，后被女王出卖，战败被杀，再度丢失王位。莎士比亚选取了故事第一部分素材，改编为《哈姆莱特》。

不过，《哈姆莱特》创作还有一个重要来源却较少为国内学界介绍，即16世纪法国人弗朗索瓦·德·贝尔弗雷斯特（Francois de Belleforest，1530—1583）法文版《历史悲剧集》（*Histoires Tragiques*）第五卷中的丹麦王子复仇故事。18世纪英国莎学专家夏洛特·伦诺克斯出版的三卷本《被阐释的莎士比亚》中，已经整理出了译自萨克索《阿姆莱特的故事》（*The Story of Amleth*）的英译本。不过，19世纪英国莎学专家约翰·科利尔认为，莎士比亚时代还没有萨克索编年史英文版翻译，所以莎士比亚不太可能阅读过《丹麦史》，最可能的是直接参考了当时广为流传的贝尔弗雷斯特的哈姆莱特故事。这个故事稍后被无名氏由法语译为英译本《哈姆莱特史》（*The Hystorie of Hamblet*）传世。科利尔将《哈姆莱特史》和贝尔弗雷斯特写的"内容提要"和"序言"（英译）一并收在了自己整理的来源文献中，因为贝尔弗雷斯特坦言自己讲述的故事直接来自《丹麦史》[1]，这从故事全称《丹麦王子哈姆莱特史》（*The Hystorie of Hamblet，Prince of Denmark*）可以清楚看出两者的传承关系。由此，贝尔弗雷斯特的王子故事成为《哈姆莱特》又一个重要来源。

英国著名莎学专家布洛认同科利尔的观点，同时介绍说，英国学者戈兰兹爵士（Sir Israel Gollancz，1863—1930）1926年在《哈姆莱特的来源》（*The Sources of Hamlet*）一书中，专门将十个发行版本中1582年的法文版贝尔弗雷斯特故事和英译版《哈姆莱特史》并置一起对照出版[2]。布洛也把《哈姆莱特史》和贝尔弗雷斯特的"内容提要"和"序言"收在来源文献中，并强调"我没有看到任何证据表明，莎士比亚或他之前的其他作家使用过萨克索的《丹麦史》"[3]。他还提出，贝尔弗雷斯特的很多材料来自意大利文艺复兴时期小说家马代奥·班戴洛（1480？—1561），却始终无法给出班戴洛有关哈姆莱特故事的任何材料，反而强调贝尔弗雷斯特很了解萨克索的《丹麦史》，这就无从探讨贝尔弗雷斯特的哈姆莱特故事和班戴洛之间的关系。

实际上，即便没有证据表明莎士比亚直接阅读过《丹麦史》，但由于贝尔弗雷斯特故事源自《丹麦史》，所以莎士比亚对贝尔弗雷斯特故事的阅读，某种程度上也是对《丹

---

[1] John Collier and William Hazlitt, eds., *Shakespeare's Library: A Collection of the Plays, Romances, Novels, Poems, and Histories Employed by Shakespeare in the Composition of His Works* (Vol.2), Reeves and Turner, 1875, p. 222.

[2] Geoffrey Bullough, ed., *Narrative and Dramatic Sources of Shakespeare* (Vol.7), Routledge and Kegan Paul, Columbia University Press, 1973, pp. 10-11.

[3] Geoffrey Bullough, ed., *Narrative and Dramatic Sources of Shakespeare* (Vol.7), Routledge and Kegan Paul, Columbia University Press, 1973, p. 15.

麦史》的间接接受。鉴于贝尔弗雷斯特故事与《哈姆莱特史》的一致性，本文在行文中统称《哈姆莱特史》。我们将试图在《丹麦史》《哈姆莱特史》的语境和参照中，重新认知《哈姆莱特》的价值和意义，进而探寻可能更为真实的哈姆莱特形象。

（一）两个历史故事的旨趣与差异

由于《哈姆莱特史》与《丹麦史》中的王子复仇故事之间具有确凿的事实联系，所以两者在故事框架和重要情节等方面都基本一致，例如挪威之战、杀兄娶嫂、王子装疯、试探环节、误杀场景、王子训母、英国之行、为父复仇等。尤其是两个文献均建立在王子复仇取得完胜的基础上，具有共同的叙事旨趣。这种共同的叙事旨趣集中体现在两个一致性上。

第一，重点关注王子为完成复仇任务而表现出的狡猾、机智和果断，强调智慧是完成复仇的重要手段和保证。《丹麦史》称颂阿姆莱特配得上不朽的名声，因为"他精明地用疯癫来伪装自己，用奇妙的愚蠢到达了人类智慧的巅峰"，"他巧妙地保护了自己，并竭力为他的父亲报仇，我们对他的勇敢与智慧毫不怀疑"[1]，"这一切都是他用最深沉的狡诈和最惊人的计谋赢得的"[2]。《哈姆莱特史》同样强调王子"将自己进行狡猾的伪装，用奇怪的表现来打消人们对他机智的怀疑，不仅在暴君面前保护了自己，还对他进行了惩罚"，"这种行为在多年以后依然值得赞扬"，"让我们对人类的智慧有了一个新的判断"[3]。

第二，强调合法继承王位，王子炫耀、邀功和要求即位的表现在故事中十分突出。《丹麦史》中的王子要求公众承认他的贡献，尊重他的智慧，"我是王位的合法继承人"，"要求你们给我回报"[4]。《哈姆莱特史》同样让王子当众表白"我不是谋杀犯，不是弑兄者"，"我是这个王国合法的继承人"，"现在轮到你们来补偿我应得的回报"，请你们"钦佩我的勇气和智慧，选择我为你们的国王"[5]。

两个文献都强调故事发生在耶稣基督信仰之前的年代，王子被描写成为一个在野蛮冷酷、相互谋害、缺乏文明教养的异教时代本性良善的榜样，虽然作者对王子后来

① Geoffrey Bullough, ed., *Narrative and Dramatic Sources of Shakespeare* (Vol.7), Routledge and Kegan Paul, Columbia University Press, 1973, p. 70.

② Geoffrey Bullough, ed., *Narrative and Dramatic Sources of Shakespeare* (Vol.7), Routledge and Kegan Paul, Columbia University Press, 1973, p. 73.

③ Geoffrey Bullough, ed., *Narrative and Dramatic Sources of Shakespeare* (Vol.7), Routledge and Kegan Paul, Columbia University Press, 1973, p. 110.

④ Geoffrey Bullough, ed., *Narrative and Dramatic Sources of Shakespeare* (Vol.7), Routledge and Kegan Paul, Columbia University Press, 1973, p. 73.

⑤ Geoffrey Bullough, ed., *Narrative and Dramatic Sources of Shakespeare* (Vol.7), Routledge and Kegan Paul, Columbia University Press, 1973, pp. 116-117.

因放纵欲望导致的悲剧有所批评，但依然希望读者尊重王子的美德。

不过，《丹麦史》和《哈姆莱特史》之间的差异也是明显的。其中，最为关键的差异有两处。一是对王后的描写有质的不同。两个文献均提到弟弟杀兄的理由是哥哥虐待嫂子，故杀兄救嫂乃是正义之举；不过，《丹麦史》中的王后品行端正，没有道德污点，而《哈姆莱特史》中的王后则在丈夫被杀前就与冯恩保持着私通乱伦关系。《哈姆莱特》中的鬼魂对此也有暗示。二是"王后寝宫"情节中对偷听者藏匿地方的交代有所不同。《丹麦史》中的偷听者是藏在铺着稻草的被褥下面，而《哈姆莱特史》的偷听者则是藏在"挂毯"后面。《哈姆莱特》中的波洛涅斯是躲在"帷幕"后面，这与《哈姆莱特史》的"挂毯"基本一致。指出这两处细节的重要差别，既是为了说明《哈姆莱特史》对《丹麦史》接受中的局部变异，也是想从细节高度吻合上探寻前者直接影响莎士比亚创作的更大可能性。后有分析，此处不赘。

综上，两个重要历史文献显然为《哈姆莱特》提供了基本的情节素材，正如科利尔谈及《哈姆莱特》和《哈姆莱特史》的关系时所说，《哈姆莱特史》一系列的情节内容在《哈姆莱特》中都有对应，从中"我们可以看到莎士比亚跟随'历史'走了多远"[①]。然而，过去我们提及《丹麦史》对莎士比亚的影响，常常停留、局限在故事素材的借用方面，这是不全面的。两个文献虽然渲染的是血腥的家族复仇，却也不能忽略其中正面的道德伦理观和思想价值，这些客观上表现出来的道德伦理观和思想价值同样影响、渗透进了莎士比亚的创作中。贝尔弗雷斯特坦承，他讲述的这个弑亲、背叛的故事，是人类长久以来反复出现的一件事，这些人为嫉妒私利所左右，通过谋杀至亲的不义手段来获得权力和荣耀，但他们虽然可以逍遥一时，却永远无法逃脱上帝的惩罚，"最终得到的只能是这个世界上短暂的、虚无的快乐及其灵魂的丧失"[②]。这里明确表达了以史为鉴、实现教诲目的的动机。这一教诲目的正是通过潜在的伦理选择而实现的，因为"伦理选择是人的本质的选择，是如何做一个有道德的人的选择"[③]。同时，王子复仇故事客观上也蕴含着反对暴政、匡扶正义的进步思想。例如，《丹麦史》中的王子为父复仇后对公众说："我废黜了暴君"，"将你们从奴役中解放出来，赐予你们自由"[④]。《哈姆莱特史》也让王子当众表白"是我推翻了暴政"，"终结了邪恶和谎言"[⑤]。《哈姆莱特》中的王子为父复仇，既有为

---

① John Collier and William Hazlitt, eds., *Shakespeare's Library: A Collection of the Plays, Romances, Novels, Poems, and Histories Employed by Shakespeare in the Composition of His Works* (Vol.2), Reeves and Turner, 1875, p. 215.

② Geoffrey Bullough, ed., *Narrative and Dramatic Sources of Shakespeare* (Vol.7), Routledge and Kegan Paul, Columbia University Press, 1973, pp. 82-83.

③ 聂珍钊、苏晖总主编：《文学伦理学批评研究》（1），北京大学出版社，2020年，第6页。

④ Geoffrey Bullough, ed., *Narrative and Dramatic Sources of Shakespeare* (Vol.7), Routledge and Kegan Paul, Columbia University Press, 1973, p. 73.

⑤ Geoffrey Bullough, ed., *Narrative and Dramatic Sources of Shakespeare* (Vol.7), Routledge and Kegan Paul, Columbia University Press, 1973, p. 116.

个人家族之私的一面，又有为社会正义的一面，从中不难看出与两个文献之间的传承关系。

（二）《哈姆莱特》：创造性改编与升华

一部由文献来源创作而成的文学作品能否成为经典，归根结底是要看其对史料运用、创造性改编的深度和开新升华的力度如何。而决定创设深度和开新力度的关键，在于是否能提供迥异于原故事的别开生面的价值旨趣和若干有形量变转化而来的内在质变。《哈姆莱特》的价值旨趣完全不同于两个历史故事，莎士比亚让哈姆莱特的生命提前终止于复仇这个阶段，改变了王子复仇的圆满结局，代之以王子完成任务的同时也丧命于毒计的悲剧。正是这一悲剧性，成就了《哈姆莱特》超越时空的经典性。而其新貌和质变的形成，正是若干量变集聚、升华的结果。

1. 鬼魂：颇具张力的独特叙事视角

将鬼魂引入故事叙事角色，是莎士比亚创造性改编的第一大亮点。将鬼魂引入剧情的重要意义在于，关键信息是借助鬼魂提供出来的，无鬼魂，就缺少了后续关键情节进一步展开的逻辑根据。换言之，无鬼魂出场，则无《哈姆莱特》。作为支撑剧情结构的重要力量，鬼魂不仅是揭示篡权夺位真相、推动复仇剧情发展的重要因素，而且深刻地影响着哈姆莱特的思想与情感倾向，尤其对他的延宕行为的形成起着决定性作用。同时，超自然的鬼魂叙事使全剧蒙上了一层神秘色彩，令人难以联想其中的惊世秘密，确是别开洞天。正如格林布拉特所言，莎士比亚"把情节作了重大改动，从公开的杀害变为秘密谋杀，而且被害者的幽灵只把真相告诉了哈姆莱特一人"①。

在《丹麦史》和《哈姆莱特史》中，弟弟杀害兄长是公开的事实，无须鬼魂揭秘，篡权国王以保护兄嫂不受虐待的善意来为己开脱罪责，以正义的姿态掩饰其无耻贪欲。而王子装疯是迫于面临的杀身之祸，不得不装疯。例如，《丹麦史》中的王子感受到"被我的叔父逼迫""被我的母亲鄙视"而装疯②。《哈姆莱特史》中说"王子被她的母亲以及他人所抛弃"，深感"冯恩不会像死去的父王那样善待他，为挫败暴君诡计而装疯"③。《哈姆莱特》中则不是这样。王子起初既不知道父王被害真相，也没有感受到任何威胁，相反还得到叔父的安慰和关爱："我要让全世界知道，你是王位的直接的继承者，我要给你尊荣和恩宠，不亚于一个最慈爱的父亲之于他的儿

---

① 斯蒂芬·格林布拉特：《俗世威尔：莎士比亚新传》，辜正坤等译，北京大学出版社，2007年，第223页。

② Geoffrey Bullough, ed., *Narrative and Dramatic Sources of Shakespeare* (Vol.7), Routledge and Kegan Paul, Columbia University Press, 1973, p. 72.

③ Geoffrey Bullough, ed., *Narrative and Dramatic Sources of Shakespeare* (Vol.7), Routledge and Kegan Paul, Columbia University Press, 1973, p. 89.

子。"①可是，王子厌恶叔父的丑怪、虚伪，而他深爱的母亲居然嫁给了这个丑怪，所以他不能不愤慨"罪恶的仓促，这样迫不及待地钻进了乱伦的禽被！那不是好事，也不会有好结果"②。据《圣经·利未记》第20章21节载："人若娶弟兄之妻，这本是污秽的事，羞辱了他的弟兄，二人必无子女。"③母亲与叔父结合既触犯了婚姻禁忌，也违背了神意。这不仅让王子喟叹"脆弱啊，你的名字就是女人"，而且人世间的一切在他看来简直"是一个荒芜不治的花园，长满了恶毒的莠草"④。从哈姆莱特被父王的鬼魂告知谋杀真相那一刻起，他才真正意识到问题的严重性和巨大威胁。于是，为了自身安全并为父复仇，他决计装疯。

那么，鬼魂究竟对王子都具体说了些什么呢？主要有六点。第一，廓清骗人的不实传言，揭开父王被谋杀真相；第二，谴责弟弟是"乱伦的奸淫的畜生"；第三，控诉妻子是背叛丈夫的"淫妇"；第四，诅咒弟弟不给其临终忏悔的机会；第五，要求儿子光明磊落地复仇；第六，不对母亲有不利的图谋，"她自会受上天的裁判"⑤。鬼魂的话对哈姆莱特来说不啻晴天霹雳，由此彻底改变了他的人生轨迹。鬼魂向王子控诉其母亲的不贞与背叛，又不让他伤害母亲；既要求他复仇，又须光明磊落。重要的是，出于审慎，他还必须验证鬼魂叙述的真假。这无疑让他陷入两难境地，促成其忧郁延宕性格的形成。可见，哈姆莱特对其叔父和母亲极恶态度的陡然转变，正是父王鬼魂直接影响的结果，成为他整个人生巨大的转折点和分水岭。鬼魂与戏中戏、祈祷场景一起成为不断引发王子思想一波三折、行动犹豫延宕的重要事件，共同构成了王子性格复杂性塑造的核心环节。

2. 戏中戏：创造性改编的第二大亮点

历史故事中没有戏中戏。莎士比亚增设戏中戏，是为了照应与鬼魂之间的必然逻辑关联，没有鬼魂就没有理由展开戏中戏。戏中戏是王子验证鬼魂叙述真假的试验场，用以再现国王被谋杀的场景以观察叔父的表情，如若表情正常，"那个鬼魂一定是个恶魔"⑥，反之"那鬼魂真的没有骗我"⑦。所以，戏中戏是王子寻找"更切实的证据"以"发掘国王内心的隐秘"⑧的重要方式。从戏中戏的设计看，哈姆莱特"不仅注重取证，而且更注重取证程序的合法性"⑨，是其法制理性意识的体现，也是形成其延宕

---

① 《莎士比亚全集（增订本）》（第5卷），朱生豪译，译林出版社，1998年，第287页。
② 《莎士比亚全集（增订本）》（第5卷），朱生豪译，译林出版社，1998年，第287—288页。
③ 《圣经·利未记》，中国基督教协会，2000年，第185页。
④ 《莎士比亚全集（增订本）》（第5卷），朱生豪译，译林出版社，1998年，第287—288页。
⑤ 《莎士比亚全集（增订本）》（第5卷），朱生豪译，译林出版社，1998年，第299—300页。
⑥ 《莎士比亚全集（增订本）》（第5卷），朱生豪译，译林出版社，1998年，第336页。
⑦ 《莎士比亚全集（增订本）》（第5卷），朱生豪译，译林出版社，1998年，第343页。
⑧ 《莎士比亚全集（增订本）》（第5卷），朱生豪译，译林出版社，1998年，第326—327页。
⑨ 杨海英：《莎剧〈哈姆莱特〉中的法律问题与法律意识》，《河南大学学报（社会科学版）》2021年第3期。

行为特征的重要因素之一。同时，莎士比亚借戏中戏表现了哈姆莱特对戏剧表演艺术的看法。首先，他重视表演中"动作和言语"的"互相配合"，强调两者的协调得体，任何"不近情理的过分""越过人情的常道"，都是"和演剧的原意相反的"，"要是表演得过了分或者太懈怠了，虽然可以博外行的观众一笑，明眼之士却要因此而皱眉；你必须看重这样一个卓识者的批评甚于满场观众盲目的毁誉"①。其次，反对小丑扮演者忘记主旨而随意即兴发挥、哗众取宠的做法，"这种行为是不可恕的，它表示出那小丑的可鄙的野心"②。总之，哈姆莱特力求节制分寸，突出重点，不可无原则无分寸地一味迎合观众的趣味。在这里，哈姆莱特对戏剧表演艺术的看法，不仅显示了他的专业审美水平，而且呼应着对证据的谨慎寻找，实际上蕴含着为求证据不能不择手段的理性认知。这些都折射着王子的文化身份。

有观点认为，《哈姆莱特》中的鬼魂和戏中戏情节的设置，是对托马斯·基德复仇悲剧《西班牙悲剧》的模仿。例如，艾略特在《哈姆莱特》（1919）一文中就指出，该剧多处显示是对基德《西班牙悲剧》的模仿而已，"远非莎士比亚的杰作，而确确实实是一部在艺术上失败了的作品"③。这一评价是不公允的。莎士比亚虽然从中受到启发，但艺术处理则别开生面。《西班牙悲剧》中的鬼魂毫不神秘，除开场外，均在每幕最后一场出现，仅预测剧情发展方向，起观察、评论作用，更像是一种摆设；剧中的戏中戏是假戏真做，直接用于血腥复仇，缺少深刻内涵，而且与鬼魂被害的事实再现没有任何关系，所以在功能、作用强度及思想意蕴等方面，都远不能与《哈姆莱特》相提并论。

3. 祈祷场景：创造性改编的第三大亮点

如果说，戏中戏折射着王子的文化身份，那么莎士比亚增设的祈祷场景，彰显的则是王子文化身份的内在矛盾性，是对王子灵魂世界复杂性的深度观照。哈姆莱特不杀祈祷忏悔中的叔父，是因为他"正在洗涤他的灵魂"，如若此时杀了他，就等于"把这个恶人送上天堂"。哈姆莱特这番思虑涉及惩罚灵魂还是杀身的复杂问题，明显受到马丁·路德的影响④。从中进一步看出，《哈姆莱特》"体现了文艺复兴时期文化的复杂层次"，并使哈姆莱特的心灵"成了一个十字路口、一个战场"，"异教徒和基督徒、古典的和现代的价值观在此狭路相逢并展开战争"⑤。"他发现复仇对一个基督徒来说，远比对一个异教徒来得复杂"，异教徒只需毁灭肉体，而基督徒"不仅毁灭敌人的躯体，

---

① 《莎士比亚全集（增订本）》（第5卷），朱生豪译，译林出版社，1998年，第334页。
② 《莎士比亚全集（增订本）》（第5卷），朱生豪译，译林出版社，1998年，第334—335页。
③ 艾略特：《传统与个人才能：艾略特文集·论文》，卞之琳等译，上海译文出版社，2012年，第176—178页。
④ 罗峰：《现实主义与世界主义：〈哈姆雷特〉中的两类王子》，《河南大学学报（社会科学版）》2020年第4期。
⑤ 康托尔：《哈姆雷特：世界主义的王子》，杜佳译，刘小枫、陈少明主编：《政治哲学中的莎士比亚》，华夏出版社，2007年，第129—131页。

也要毁灭他的灵魂"，由此"揭示出文艺复兴时期的道德规范的内在矛盾，异教徒和基督徒之间道德标准的冲突"。哈姆莱特深陷于调节这两种道德规范之间紧张关系的悲剧状态中，"他自己的道德标准给他提出了自相矛盾的要求，因而也使得他无能为力"①。可见，作为现代欧洲基督教产儿的哈姆莱特，其在威登堡所接受的良好教育，从一开始"就面临着一个不可能的任务：以一个文明人道的基督徒的温和来强求一种野蛮残忍的异教徒的复仇"②。诚如布洛所言，如果把哈姆莱特看作一个高度文明的基督徒而不愿杀死他的叔父的话，就必须超越文本③。因此，这场戏借助王子不杀叔父，揭示了文艺复兴时期多数"人文主义者是基督教信徒"④的身份特征，也照应了王子遵从鬼魂光明磊落复仇的叮嘱，彰显着莎士比亚性格刻画的深度以及对哈姆莱特延宕行为形成的文化背景的交代。当然，也有学者提出不同观点，认为这个场景表明"哈姆雷特没有通过正义获得满足，是因为他不正当地希望叔父受永罚"⑤，正是这个"邪恶的抉择"，"导致了该剧的所有惨死"⑥。无论该观点当否，都显示了祈祷场景所具有的丰厚解读空间。

同时，祈祷场景的人性化处理让我们看到了弑君者良知备受折磨、灵魂不得安宁的一面。他的忏悔坐实了鬼魂对其罪行的指控，也证明了哈姆莱特复仇的正当性。"祈祷场景的引入表明，这部剧的宗教含义并不存在于古老的传奇故事中"⑦。《丹麦史》中的篡权国王就毫不"羞于拥有那双杀兄之手，对他的邪恶和不敬行为也未有负罪之感"⑧。显然，在互文参照中，可以体悟《哈姆莱特》的文化内涵。

4. 补充细化原有情节，拓展丰富意涵，是体现莎士比亚对史料创造性转化与创新性发展的又一大亮点

《哈姆莱特》与两个历史故事中母子谈话的情节描写，都涉及杀死偷听者、承认装

---

① 康托尔：《哈姆雷特：世界主义的王子》，杜佳译，刘小枫、陈少明主编：《政治哲学中的莎士比亚》，华夏出版社，2007年，第124—126页。
② 康托尔：《哈姆雷特：世界主义的王子》，杜佳译，刘小枫、陈少明主编：《政治哲学中的莎士比亚》，华夏出版社，2007年，第127页。
③ Geoffrey Bullough, ed., *Narrative and Dramatic Sources of Shakespeare* (Vol.7), Routledge and Kegan Paul, Columbia University Press, 1973, p. 85.
④ 查尔斯·B. 施密特、昆廷·斯金纳：《剑桥文艺复兴哲学史》，徐卫翔译，华东师范大学出版社，2020年，第141页。
⑤ 卡茨：《〈哈姆雷特〉中的命运之轮、国家之轮与道德抉择》，罗峰编译：《丹麦王子与马基雅维利》，华夏出版社，2011年，第41页。
⑥ 卡茨：《〈哈姆雷特〉中的命运之轮、国家之轮与道德抉择》，罗峰编译：《丹麦王子与马基雅维利》，华夏出版社，2011年，第51页。
⑦ Geoffrey Bullough, ed., *Narrative and Dramatic Sources of Shakespeare* (Vol.7), Routledge and Kegan Paul, Columbia University Press, 1973, p. 38.
⑧ Geoffrey Bullough, ed., *Narrative and Dramatic Sources of Shakespeare* (Vol.7), Routledge and Kegan Paul, Columbia University Press, 1973, p. 62.

疯、诅咒叔父、谴责母后、明确实施复仇、要求母后守密等内容，母后为王子都提供了程度不同的帮助。不过，《丹麦史》中的描写相对简略，主要交代王子吩咐母后假装为他举行一年的葬礼，等待其归来复仇。《哈姆莱特史》对母子谈话内容进行了较为细腻的扩充。王子认为母后是帮凶，诅咒她为"邪恶的淫妇"①。母后则悔恨地坦承不该嫁给杀死丈夫的暴君，"如果我当时有能力对抗暴君，尽管可能会流血甚至牺牲我的生命，我也一定会挽救我丈夫的生命的"②。这里交代了母后不希望丈夫被杀，只是无奈屈从于权势。她叮嘱儿子谨慎复仇，不可鲁莽。但王子并没有告知母后具体复仇计划，仅强调"必须使用诡计和策略"③。这一重要细节，《丹麦史》未作明确交代。莎士比亚则在剧中用整整一场戏来写"王后寝宫"，既对应着《哈姆莱特史》，又有重要的改动与补充。

首先，当母后指责王子误杀波洛涅斯是"鲁莽残酷"时，王子则回以"简直就跟杀了一个国王，再去嫁给他的兄弟一样坏"。母后十分吃惊，疑惑地连连问儿子自己究竟"干了些什么错事"④。在这里，莎士比亚补充了王后不知丈夫被杀真相的细节。这一细节补充非常重要。唯其如此，王后才向国王隐瞒了儿子杀死波洛涅斯的实情，从此有了警觉，有了帮儿子的自觉，为后来替儿子饮下毒酒做了重要铺垫。其次，莎士比亚补充交代了王子对错杀波洛涅斯的悔意："我很后悔自己鲁莽把他杀死"，"我现在先去把他的尸体安顿好了，再来承担这一个杀人的过咎"⑤。这至少说明王子是怀有些微内疚之情的；而且，莎士比亚对于王子对波洛涅斯尸体处理的描写，也较为隐晦。历史故事中的王子则以极其残忍野蛮的分尸煮熟、扔进猪圈喂猪的方式处理了偷听者的尸体。再次，王子告知母后将用诡计对付自己的两个同学，并提醒"不幸已经开始，更大的灾祸还在接踵而至"⑥。

又如，《丹麦史》《哈姆莱特史》都写到王子去英国途中趁机获悉并改换国书内容，要求英王处死两个同伴，将公主嫁给王子。莎剧保留这一基本情节的同时作了两个改变，一是途中遭遇海盗而折返，二是删掉了娶公主的内容。莎士比亚不仅增加了王子意外的返回，而且为克劳狄斯再次安排借刀杀人的比剑情节提供了应对危机的机会。原故事中的英国之行，只是王子复仇过程中的一次经历，而在莎剧中不仅是经历，而

---

① Geoffrey Bullough, ed., *Narrative and Dramatic Sources of Shakespeare* (Vol.7), Routledge and Kegan Paul, Columbia University Press, 1973, p. 95.

② Geoffrey Bullough, ed., *Narrative and Dramatic Sources of Shakespeare* (Vol.7), Routledge and Kegan Paul, Columbia University Press, 1973, p. 98.

③ Geoffrey Bullough, ed., *Narrative and Dramatic Sources of Shakespeare* (Vol.7), Routledge and Kegan Paul, Columbia University Press, 1973, p. 97.

④ 《莎士比亚全集（增订本）》（第5卷），朱生豪译，译林出版社，1998年，第351页。

⑤ 《莎士比亚全集（增订本）》（第5卷），朱生豪译，译林出版社，1998年，第355页。

⑥ 《莎士比亚全集（增订本）》（第5卷），朱生豪译，译林出版社，1998年，第355页。

且是推动剧情发展、体现国王阴险毒辣的重要因素，也让剧情悬念丛生，波澜迭起，为剧情悲剧结局埋下了伏笔。

另外，在历史故事中，被用来试探王子的女子和偷听母子谈话的臣子之间没有任何关系，莎剧中两人之间则变为父女关系，奥菲利娅还是王子的情人，又是新增人物雷欧提斯的妹妹；而送王子去英国的两个朝臣也变成了王子的两个同学。这就使得原来松散的人物关系变得紧密且错综复杂了，戏剧行动的因果关系也更加清晰。如此编剧不仅进一步营造了王子身边环境的险恶，加速、强化了王子忧郁、悲观、厌世等性格特征的形成，而且为后面雷欧提斯为父亲和妹妹复仇、也为国王借刀杀人提供了依据。同时，莎士比亚根据历史故事里丹麦与挪威冲突的背景，又演绎出挪威王子福丁布拉斯意欲为父复仇、收复失地的情节。这样，雷欧提斯与福丁布拉斯的复仇辅线与哈姆莱特为父复仇的主线相呼应，既表现了他们各自不同的诉求，又衬托出哈姆莱特复仇的深刻内涵。

总之，莎士比亚或者通过聚焦复仇主线，创设新情节，富含思想深度；或者对已有情节加以增补丰满，使之前后呼应，更具因果关系；或者通过重新营造人物关系，使剧情结构绵密紧凑；或者通过添加复仇辅线以衬托、彰显王子复仇主线的内涵深意及其复杂性。尤其是鬼魂、戏中戏、祈祷场景等新增的关键性情节，成为《哈姆莱特》区别于历史故事并后来居上的本质所在。

（三）哈姆莱特延宕内涵再审视

由此，我们在来源文献史料的参照中，不能不追问一个更为重要的问题：莎士比亚对上述情节的种种安排，最终意欲何为呢？显然，他的倾力构思和匠心独运，均与哈姆莱特延宕行为内涵的揭示息息相关。自哈姆莱特形象诞生以来，对他的阐释，特别是对其复仇延宕成因的探究方面，从来都是见仁见智，于是有了一千个读者心中就有一千个哈姆莱特的经典面向。这也是哈姆莱特作为经典人物形象开放多元的魅力所在。不过，如果在历史故事视域中考察哈姆莱特，有可能更为接近剧中实际的哈姆莱特形象，可能更有助于我们重新还原《哈姆莱特》"在其间诞生和演进的社会、精神和智力氛围"[1]。

对比历史故事，我们不难发现，第一，历史故事中的王子复仇没有任何因内心矛盾而产生的犹豫延宕，想法简单，处处主动设计，行事果断，"我亲手除掉冯恩，这既不是重罪，也不是背叛"，"我只是代表上帝和君主对他进行公正的惩罚"[2]。莎士比亚笔下的哈姆莱特虽然目标明确，但思想矛盾，延宕不决，"在我的心里有一种战争，使

---

① 朗松：《朗松文论选》，徐继曾译，百花文艺出版社，2009年，第562页。

② Geoffrey Bullough, ed., *Narrative and Dramatic Sources of Shakespeare* (Vol.7), Routledge and Kegan Paul, Columbia University Press, 1973, p. 100.

我不能睡眠"①。第二，历史故事特别强调王子为完成复仇任务而表现出的狡猾，称赞其装疯的成功与智慧；而莎剧中的哈姆莱特在装疯过程中则"流露出的都是自己的真情实感"，"仇恨都表现得一清二楚，由此引起仇敌的警觉"②。这一差别，也早被18世纪英国莎学专家伦诺克斯敏锐地意识到③。这种失败的装疯常常致使其被动行事，甚至根本就没有想到比剑的险恶用心，正如国王所说："他是个粗心的人，一点不想到人家在算计他。"④第三，历史故事中的王子复仇后，有机会当众表白自己不是谋杀犯，而是王位的合法继承人，明显流露出对成功复仇的炫耀与得意，并公开、主动要求民众对他的承认和回报。而剧中的哈姆莱特则根本没有表白的机会，而且是带着无限遗恨和满怀忧郁离世的。这构成了他的悲剧性人生。更为重要的是，他是一个受过良好教育的有文化、有思想的王子，完全不同于历史故事中那个野蛮未开化时代的王子形象。虽然一系列的重大变故，颠覆了哈姆莱特此前接受的人文主义理想，让他的情感天平失去了平衡，致使其思想情绪发生急遽变化，显得极为偏激和疯狂，然而，新思想给予哈姆莱特的洗礼和滋养并不曾泯灭，而是以极其矛盾纠结的形态在其内心世界得以彰显。所有这些不同，就让莎剧中的哈姆莱特与历史故事中的王子有了鲜明而本质的差别。而延宕尤其成为莎剧中哈姆莱特外在行为特征的独特标志，是构成其悲剧性丰富内涵的重要体现。

戏中戏和祈祷场景从不同角度揭示了哈姆莱特延宕的原因，但其实还有着更为深刻内在的原因。正是这个原因，让哈姆莱特根本无法行动。首先必须指出，哈姆莱特不仅为父复仇，还要夺回属于自己的王位。他说的"这是一个颠倒混乱的时代，唉，倒霉的我却要负起重整乾坤的责任"⑤，与自觉承担起改造社会艰巨使命的理解，其实南辕北辙。从上下语境看，王子的意思就是要为父复仇和夺回王位，两者不可分离。以往我们过于强调王子为父复仇，自觉不自觉地遮蔽了王位对于王子的重要性。当罗森格兰兹问及哈姆莱特为何不快乐时，两人有以下对话：

> **哈姆莱特**　我不满意我现在的地位。
> **罗森格兰兹**　怎么！王上自己已经亲口把您立为王位的继承者了，您还不能满足吗？
> **哈姆莱特**　嗯，可是"要等草儿青青——"这句老话也有点儿发了霉啦⑥。

---

① 《莎士比亚全集（增订本）》（第5卷），朱生豪译，译林出版社，1998年，第388页。
② 阿尔维斯：《〈哈姆雷特〉与马基雅维利：为何不除暴君》，罗峰编译：《丹麦王子与马基雅维利》，华夏出版社，2011年，第112页。
③ Charlotte Lennox, ed., *Shakespeare Illustrated: or the Novels and Histories, on Which the Plays of Shakespeare are Founded* (Vol.2), AMS Press, 1973, pp. 272-273.
④ 《莎士比亚全集（增订本）》（第5卷），朱生豪译，译林出版社，1998年，第376页。
⑤ 《莎士比亚全集（增订本）》（第5卷），朱生豪译，译林出版社，1998年，第303页。
⑥ 《莎士比亚全集（增订本）》（第5卷），朱生豪译，译林出版社，1998年，第345页。

这一对话最能表明哈姆莱特的真实想法。王位原本就属于自己，现在却被篡位者"立为王位的继承者"，他当然"不满意"。所以"倒霉的我"不得不承担起"颠倒混乱"的重任！他对霍拉旭说得更为明白：克劳狄斯"杀死了我的父王，奸污了我的母亲，篡夺了我的嗣位的权利，用这种诡计谋害我的生命，凭良心说我是不是应该亲手向他报仇雪恨"。[1]为了复仇，他甚至置国家安危于不顾。当看到挪威王子率军队经自己国家的领土去攻打波兰时，他居然想的是要以他为榜样，"鞭策我赶快进行我的蹉跎未就的复仇大愿"[2]。可见，哈姆莱特已将个人复仇凌驾于国家利益之上。更匪夷所思的是，他在临死前，竟然同意福丁布拉斯取代自己做丹麦新王。这完全是对父王与挪威老王所订立协定的背叛，彻底将丹麦连同父王从挪威赢得的土地一并拱手交给了敌国。有学者就此指出，哈姆莱特缺乏对国家的自觉责任感，缺乏成熟的政治智慧，必然"使国家之轮屈从于命运之轮"，最终导致丹麦的毁灭[3]。

就复仇而言，哈姆莱特的理想结局是既能完成父命、夺回王位，又不会损害自身名誉和尊严。但关键是，一旦要付诸行动，他却发现两者根本无法兼得。这不能不让他顾虑重重，犹豫再三。柯尔律治认为，哈姆莱特"由于敏感而犹豫不定，由于思索而拖延"[4]；赫士列特也认为他"不是一个以意志力量、甚至感情力量为特点的人物，而是以思想与感情的细致为特点的"[5]。正是这种"敏感""思索""思想与感情的细致"，让哈姆莱特在自设的思想障碍中陷入两难困境。蒙田指出："想象一下人的思想在两种吸引力相同的欲望之间摇摆不定是一种有趣的事情。他肯定永远也不能作出决定，因为爱好和选择意味着对事物有不同的评价。"[6]一方面，哈姆莱特希望叔父再次作恶时，让其灵魂永堕地狱；而另一方面，复仇同时面临着背负弑君篡逆的罪名。世人皆知父王是意外死亡，全然不知被害真相。如果贸然杀死叔父，必遭误解，甚至千夫所指。这绝不是哈姆莱特想要的结果。由于深受"群众所喜爱"[7]，所以他更在乎世人对他复仇的看法。他必须要给世人一个明白的交代，这事关他的"生前身后名"。可该如何解释自己的"弑君"行为呢？说杀父真相是鬼魂告诉他的么？世人能相信鬼魂的话么？他自己对鬼魂的话起初不也是半

---

① 《莎士比亚全集（增订本）》（第5卷），朱生豪译，译林出版社，1998年，第390页。

② 《莎士比亚全集（增订本）》（第5卷），朱生豪译，译林出版社，1998年，第363—364页。

③ 卡茨：《〈哈姆雷特〉中的命运之轮、国家之轮与道德抉择》，罗峰编译：《丹麦王子与马基雅维利》，华夏出版社，2011年，第44页。

④ 柯尔律治：《关于莎士比亚的演讲》，杨周翰编选：《莎士比亚评论汇编》（上），中国社会科学出版社，1979年，第147页。

⑤ 赫士列特：《莎士比亚戏剧人物论》，杨周翰编选：《莎士比亚评论汇编》（上），中国社会科学出版社，1979年，第213页。

⑥ 蒙田：《我们的思想如何自设障碍》，《蒙田随笔全集》（中卷），潘丽珍等译，译林出版社，1996年，第304页。

⑦ 《莎士比亚全集（增订本）》（第5卷），朱生豪译，译林出版社，1998年，第360页。

信半疑，才用戏中戏来证明的么？那么接下来，他自己证明了的事实，包括他听到的叔父的忏悔，又怎样才能让世人深信不疑呢？换言之，他掌握的事实证据链条，只能经由鬼魂和他本人的环节才能传达给世人。然而，在基督教信仰中，鬼魂是邪恶的，时时企图诱惑、误导、败坏善良之人。因此，世人不会相信鬼魂的话，也不会对利益攸关方的王子的指证心悦诚服。即使他向世人说明真相，那也是他作为当事人的孤证，不仅难有公信力，而且可能被误解为掩饰弑君篡位的托辞。受基督教观念影响且具法律证据意识的哈姆莱特对此心知肚明。人言可畏，这才是王子内心深为忌惮的，是王子孤独痛苦、纠缠难解的真正心结所在。难怪斯达尔夫人说莎士比亚是"第一个把精神痛苦写到至极的作家"[1]；雨果则指出哈姆莱特"代表着灵魂的不舒适"[2]。

哈姆莱特这种痛苦难解的心结，从其临终遗言也可以得到印证。他竭力劝阻决心赴死的霍拉旭并恳求"你倘然爱我"，就请"留在这一个冷酷的人间，替我传述我的故事吧"。因为"我一死之后，要是世人不明白这一切的真相，我的名誉将要永远蒙着怎样的损伤"，所以"请你把我的行事的始末根由昭告世人，解除他们的疑虑"[3]。一个临终之人交代如此让他牵肠挂肚的遗嘱，足见其在王子心中的分量之重，也可旁证他延宕的真实原因。因此，霍拉旭不仅是王子最值得信赖的好朋友，而且是知道内幕的唯一见证人，只有他才能向世人证明王子的善良与无辜。霍拉旭是不可或缺的，这也是莎士比亚增添该人物的良苦用心所在。历史故事中没有这个角色，因为历史故事中的王子只需自证，无须他证。

匈牙利学者阿格尼斯·赫勒指出："古希腊人为悲剧奠定了基调，使得悲剧永远不可完全超然于家庭剧之外，也不可能完全摆脱政治剧的范畴"，于是它"总是在私人领域与公共领域的冲突中展开"，并因"私人领域与公共领域、个人领域与政治领域的交汇"而具有了"十分重要的意义"[4]。哈姆莱特的价值和意义正是在这种私与公、个人与政治的交汇和冲突中呈现出来的。于私，为父复仇合情合理；于公，则背理违法。克劳狄斯以谋杀手段获得王位，是对合理稳定政治秩序的"颠倒"和"混乱"，必须加以"重整"，可是，如果同样用谋杀手段夺回王位，却依然重蹈的是克劳狄斯非法的覆辙，是以"混乱"颠倒"混乱"。因此，在王子看来，用谋杀实现合理目的，完成"重整乾坤的责任"，有损公正和名誉；只有以正当合理的手段把非理非法的"颠倒"给合理合法地"颠倒"过来，才是"重整乾坤"，否则，国家政治永远不能走上稳定、清明、

① 斯达尔夫人：《论文学》，杨周翰编选：《莎士比亚评论汇编》（上），中国社会科学出版社，1979年，第361页。

② 雨果：《莎士比亚传》，丁世忠译，团结出版社，2005年，第165页。

③ 《莎士比亚全集（增订本）》（第5卷），朱生豪译，译林出版社，1998年，第399页。

④ 阿格尼斯·赫勒：《脱节的时代：作为历史哲人的莎士比亚》，吴亚蓉译，华夏出版社，2020年，第140—141页。

理性的正道。显然，"私人领域"的手段不适合用以实现"公共领域"的目的。如果说，文艺复兴时期的"政治思想既不原谅，更不鼓励使用暴力的统治者"①的话，那么，哈姆莱特的文化教养、敏感慎思，让他挣扎、徘徊在个人家族复仇私情与国家政治法理公序的冲突中进退失据，左右为难。作为接受了人文主义思想和基督教观念的哈姆莱特，不仅意识到这一矛盾的不可调和，而且更为清楚良知、公序、法理、道德原则的神圣性。

也正是在这个重要维度上，《哈姆莱特》以对王子复仇延宕细腻的艺术呈现方式，完成了与马基雅弗利王权政治学说的潜在对话。马基雅弗利那部被认为"颠覆政治思想和道德思想的根本传统"②的《君主论》，直接涉及政治行为诸如目的与手段、权力与良知等关系的核心问题，宣扬只要目的合理，就可以不择手段地去实现，无须考虑任何道德原则的束缚。他强调君王可以言而无信、心狠手辣，应该"随时准备见风转舵"，"不要放弃行善，而若有必要，也知道去作恶"③。因此，"干事大胆果断比谨小慎微要好"，不"瞻前顾后"，才能"勇敢无畏地掌握命运"④。但是，哈姆莱特恰恰没有遵循马基雅弗利的王权政治观，反而是"谨小慎微""瞻前顾后"，从中让我们领略了迥异于那个以血还血的历史故事的挣扎在道德困境中的王子形象的内涵深度。莎士比亚这样改编实乃有深意存焉，他不赞成通过任何流血或谋杀的方式实现政治正确，因为有违程序法理与政治伦理。

有学者认为，文艺复兴"是一个具有巨大的复杂性、并充满各种理想和观念碰撞的文化现象"，其"总体方向是为世俗化、人性觉醒、权利话语、个体幸福以及情感——甚至是卑劣情感——寻找合理性"，"而事实上，文艺复兴可以说体现了总体方向感的丧失。从这个时候起，统一的理想与方向没有了，不同的人有不同的方向，整个社会处于异质化的相互冲突状态"⑤。不过，难能可贵的是，莎士比亚在哈姆莱特身上既体现出了不同理想和观念的"相互冲突"，又分明预示着一种"统一的理想与方向"，流露出如何影响君王追求道德、责任、和谐与公正的社会政治秩序的积极思考，艺术地呈现出了一个艰难"向着新人的理想前进的新人形象"⑥。王子毕竟不是君王，不必苛责其年轻气盛、尚不成熟。从王子到真正君临天下，仍需一个反复锻造、历练、成长、提升的艰难过程，甚至需要付出生命为代价，道德责任、家国情怀、冷静审慎、政治智慧、驭国本领亦非天生拥有或一蹴而就。有了这样的认知，我们才能理解王子为父复仇客观上所具有的反对暴政、匡扶正义的历史进步性，以及王子的死所蕴含的有关

---

① 约翰·劳：《文艺复兴时期的君主》，欧金尼奥·加林主编：《文艺复兴时期的人》，李玉成译，生活·读书·新知三联书店，2003年，第9页。

② 利奥·施特劳斯：《关于马基雅维里的思考》，申彤译，译林出版社，2003年，第73页。

③ 马基雅弗利：《君主论》，高煜译，广西师范大学出版社，2002年，第72—73页。

④ 马基雅弗利：《君主论》，高煜译，广西师范大学出版社，2002年，第103页。

⑤ 姜守明等：《英国通史：铸造国家：16—17世纪英国》第3卷，江苏人民出版社，2016年，第344页。

⑥ 舍斯托夫：《莎士比亚及其批评者勃兰兑斯》，张冰译，商务印书馆，2020年，第102页。

政治伦理的教诲价值。这可能就是莎士比亚为什么只选取历史故事的前半段，并且将王子复仇的圆满结局改变为悲剧结束的真实寓意。所以，莎士比亚通过对哈姆莱特延宕特征及其思想内涵的揭示，塑造出了文明与野蛮新旧交替的文艺复兴时期一个颇为矛盾复杂且具些微现代思想理念、更有别于历史故事的新意蕴的王子形象，也客观地反映了英国从封建国家向现代民族国家转变过程中的一种文明理性诉求。

综上所述，笔者从来源文献视域对莎士比亚的《哈姆莱特》与《丹麦史》《哈姆莱特史》两个重要史料作了较为细致的互文解读，并重新审视《哈姆莱特》在传承与创新方面的不朽价值，进而探寻一个可能更为接近剧中实际的哈姆莱特形象，尤其是从哈姆莱特延宕矛盾特征的生成原因中揭示其可能更为重要的政治蕴涵。正如别林斯基19世纪就指出的那样，谁要是不能从莎士比亚创作的富矿中发现"提供给心理学家、哲学家、历史学家、政治家等人的无穷无尽的教训和事实，那么他们就太不了解莎士比亚了"①。20世纪80年代以来的西方莎士比亚研究界，越来越多的学者更愿意把莎士比亚作为一个政治家来看待，竭力挖掘其戏剧中体现出来的政治思想，不能不说是对莎士比亚艺术世界的一次深度"考古"。他们相信"莎士比亚在几乎所有戏剧中都精心设置了政治背景"②，相信"莎学研究领域讨论的特定社会问题以及有关这些问题的学术争辩，从范围上讲绝不'仅仅关乎学术'，而是不可避免地关乎政治"③。这股批评潮流既是对20世纪以降形形色色的形式主义莎评的不足的矫正，也是对莎士比亚特定社会历史语境中的作品政治蕴涵的再追寻、再评估。创生出意蕴隽永的"哈姆莱特问题"的《哈姆莱特》，自然更是吸引我们重新返回、再度重温的杰出经典悲剧之一。"如果静心聆听莎士比亚，我们也许能够重获生命的完满，也许能够重新发现通往失落的和谐的道路"④。

四、传承与创新：莎士比亚的意义

美国学者布鲁姆认为，莎士比亚是一个"更具原创性的思想家"⑤。若单从创作素材角度看，莎士比亚并非原创性的作家，但却是能在改编中匠心独运、推陈出新、后来居上的独一无二的巨擘。从《泰特斯》《哈姆莱特》的改编中，我们不难看出莎士比亚升华开新的不群技艺，这也成为他戏剧创作的一大显性特征。他善于从已有剧本、

---

① 别林斯基：《别林斯基文学论文选》，满涛、辛未艾等译，上海译文出版社，2000年，第702页。
② 阿兰·布鲁姆、哈瑞·雅法：《莎士比亚的政治》，潘望译，江苏人民出版社，2009年，第4页。
③ 琳达·布斯：《莎士比亚研究中的家庭；或莎士比亚研究者对家庭的研究；或政治的政治》，杨林贵等主编：《世界莎士比亚研究选编》，商务印书馆，2020年，第234页。
④ 阿兰·布鲁姆、哈瑞·雅法：《莎士比亚的政治》，潘望译，江苏人民出版社，2009年，第11页。
⑤ 布鲁姆：《西方正典》，江宁康译，译林出版社，2005年，第295页。

小说、编年史、民间传说与故事等材料中巧妙选取可用内容，然后重新加以提炼和改造，从而赋予旧题材以新颖、丰富、深刻的内涵，体现出时代的发展趋势。改编已有题材，推陈出新，需要敏锐的思想与前瞻的眼光，需要有鲜明的时代意识与问题意识。一个作家的创作不仅无法脱离社会，而且必然会自觉或不自觉地感知时代脉搏，反映社会问题。同样，一个作家的创作不可能都是创新，总是需要在传承、借鉴过程中寻找灵感，试图求新。真正优秀的作家，总是在传承中融入自己的生活经历和体验，又能超越狭隘的自我，把自我认知提升到社会与人生认知的高度；既能吸收已有，又能点石成金，化腐朽为神奇，借旧题材巧妙表达时代新诉求，为人类文化积累新资源，提供创造新动能。艾略特称"莎士比亚是个精致得多的转化工具"，因为他"可以吸收到他需要的一切"①。格林布拉特也指出"莎士比亚始终是个盗猎者——巧妙地进入标明属于他人的领地，在里边尽取所需，然后从看守的鼻子底下带走战利品"②。这些评论非常形象地说明莎士比亚具有超乎寻常、令人惊叹的吸收、消化与创新的能力和技巧。他启示我们：任何伟大的作家都无法摆脱自身所处文化传统的滋养和影响，伟大的作家之所以伟大，就在于他总是能在传统中获得创新拓展，成就精彩。

传承与创新是一个永恒的话题。法国比较文学泰斗梵·第根曾指出："一种心智的产物是罕有孤立的。不论作者有意无意，像一幅画，一座雕像，一首奏鸣曲一样，一部书也是归入一个系列之中的。它有着前驱者；它也会有后继者。文学史应该把它安置在它所从属的门类、艺术形式和传统之中，并估量着作者的因袭和创造而鉴定作者的独创性。"③作为来源研究，当然离不开探讨作家创作时对文化传统的种种借鉴，但这并非最终目的，借鉴后所产生的新质及其独到价值，才是我们探究的终极目标。正如莎士比亚这样的经典作家，只有将其置于自身文化传统提供的文献材料的特定场域来审视他的作品，在具体考察其"因袭和创造"后才能真正发现和准确评判其独创性价值。也只有通过相关文献梳理与探源，才能更好认识莎士比亚从哪里来，并深入探究他与西方文化传统的密切关系；而且更为重要的是，查寻他如何在吸纳传统文化的过程中获得创新发展、既传播了西方文化又将西方文化带入崭新境界的秘诀与途径，全面深刻地揭示他作为西方经典中心不平凡的诞生轨迹，辩证理解他是西方传统文化集大成者或生动体现的真正内涵，进而从人类文化文明传承与创新发展的使命担当的哲学高度重新审视、认知莎士比亚的创作在世界范围内所具有的普遍价值与现实意义。因此，莎士比亚的意义在于，他在创新中继承了传统，不仅让西方文化传统得以传播，而且成就了自己，更影响了后人，后人通过其作品则再一次认知并接续了他所传承的

---

① 艾略特：《莎士比亚和塞内加的苦修主义》，杨周翰编选：《莎士比亚评论汇编》（下），中国社会科学出版社，1981年，第120页。
② 格林布拉特：《俗世威尔：莎士比亚新传》，辜正坤等译，北京大学出版社，2007年，第105页。
③ 梵·第根：《比较文学论》，戴望舒译，商务印书馆，1937年，第7页。

西方文化传统。探讨他的创作成功、经典化过程及其对西方文化的吸纳接受与创新传播，对中国传统文学文化如何经过创造性转化与创新性发展并传播到世界各地极具借鉴价值。

李伟昉

2024 年 4 月 19 日

目 录

一、《错误的喜剧》来源文献

➤ 导 言 ◄

　　《错误的喜剧》(*The Comedy of Errors*) 最早在《第一对开本》中印行。剧本被划分为几幕及若干场, 是莎士比亚篇幅最短的剧作 (共 1777 行)。几乎没有确凿证据支持多佛·威尔逊 (Dover Wilson) 所提出的"该剧被大幅删节"的观点。第三幕第一场中出现的打油诗曾被视为证据, 认为该剧是对早期某部作品的改写——或许是 1577 年由圣保罗男孩剧团 (Paul's Boys) 上演的遗失剧作《错误的历史》(*The Historie of Error*), 又或者是 1583 年萨塞克斯剧团 (Sussex's Men) 所上演的《费拉尔的历史》(*A History of Ferrar*)。但更可能的情况是, 正如 E. K. 钱伯斯 (E. K. Chambers) 所指出的那样, 莎士比亚在本剧中如同在《驯悍记》(*The Taming of the Shrew*) 和《爱的徒劳》(*Love's Labour's Lost*) 中一样, "有意识地以拟古的形式作喜剧实验"。本剧的创作时间不详。最早的演出记录是在 1594 年 12 月 28 日, 于格雷律师学院 (Gray's Inn) 上演。但人们在托马斯·纳什 (Thomas Nashe) 的作品和另一部戏剧《费弗舍姆的阿登》(*Arden of Feversham*) 中, 发现了一些与《错误的喜剧》在用语上的相似, 提示其成作时间可能更早, 或许可追溯至 1592 年。本剧在主题与风格上也与《驯悍记》相近, 可能创作时间略早于后者。

　　本剧主要取材自普劳图斯 (Plautus) 的《孪生兄弟》(*Menaechmi*), 同时亦借鉴了其《安菲特律昂》(*Amphitruo*)。在 16 世纪, 普劳图斯的作品有多个版本, 毫无疑问, 莎士比亚拉丁语造诣颇深, 能阅读其原文。在第一对开本第二幕第一场的开场舞台提示中, 将以弗所 (Ephesus) 的安提福勒斯 (Antipholus) 称为 "Antipholis Sereptus",

显然是对《孪生兄弟》序幕中(第 I.38 行)"puerum surreptum alterum"(被偷走的那个孩子)和(第 41 行)"qui subreptus est"(那个被拐走的孩子)的呼应。剧本第一幕中,另一位孪生子被称为"Antipholis Erotis",在第二幕第二场中写作"Errotis",显然与普劳图斯剧中妓女角色埃罗提乌姆(Erotium)有关,亦可能是"Errans"(迷失者)或"Erraticus"(漂泊者)的印刷误植。直到 1595 年,普劳图斯的《孪生兄弟》才首次被译为英文,由威廉·华纳(William Warner)完成,其译本于 1594 年 6 月 10 日登记版权后出版。莎士比亚或许曾阅读该剧手稿,当时尚未出版——华纳曾将该译本和其他普劳图斯喜剧译作用于"其私人朋友之娱乐",据推测这些译稿在朋友间曾广为流传。此外,华纳是一位普通法院的律师,曾创作散文集《牧笛潘神》(Pan his Syrinx or Pipe,1585)及长篇史诗《英格兰的阿尔比恩》(Albion's England,1586),并受到亨利·卡里·亨斯登勋爵(Henry Carey Lord Hunsdon)的赞助。后者于 1586 至 1596 年担任宫务大臣,莎士比亚所属的新剧团即于 1594 年归其麾下。据记载,该剧团或即为那些在 1594 年 12 月 28 日于格雷律师学院的庆典中,嬉笑中被称为"由一群下贱平庸之人"上演《错误的喜剧》的演员团体。华纳在其译本序言中所称的"许多令人愉悦的错误",可能启发了莎士比亚为其剧作命名。该标题揭示了剧中主要的喜剧手法,与加斯科因(Gascoigne)在其喜剧《设想记》(Supposes)中使用的"误会"、"伪装"、"欺骗"等主题形成呼应。华纳译本第五幕第 73 行中"妻子自称为 stale"亦可在莎士比亚剧中找到呼应(2.1.101:"poor I am but his stale"我不过是他的旧物而已)。

除此之外,两者在语言上的相似处不多。华纳的译本基本忠实于原作,所有较大改动都明确标示、展现出都铎时期翻译的典范风格,亦可作为莎士比亚更具创造性改编的参照。罗素(Rouse)甚至评论说,华纳那种"轻快的对话"在某些场合胜于普劳图斯原作。然而,《错误的喜剧》必须与普劳图斯原作直接对照,才能理解它在漫长改编传统中的地位。

《孪生兄弟》本身便改编自一部作者不详的古希腊剧作,在文艺复兴时期广为流传,并多次以拉丁文或意大利文上演,亦被作为情节素材加以改写或挪用。例如:红衣主教比比耶纳(Bernardo Bibbiena)的《卡兰德拉》(Calandra,1513)、切齐(G. Cecchi)的《妻子》(La Moglie,1550)、特里西诺(Trissino)的《极相似者》(I Simillimi,1547)以及菲伦佐拉(Agnolo Firenzuola)的《明眼人》(I Lucidi,1549)。西班牙作家胡安·德·蒂莫内达(Juan de Timoneda)于 1559 年亦推出了西班牙版本,该剧亦在法语和德语文学中流传甚广。在英格兰,自亨利八世时期以来,普劳图斯便颇受欢迎。斯蒂芬·戈森(Stephen Gosson)曾称早期的英国喜剧"皆带有普劳图斯的气味"。如《瑟赛忒斯》(Thersites,1537)和《好大喜功的罗伊斯特先生》(Ralph Roister Doister,约 1534)深受《吹牛军人》(Miles Gloriosus)影响;而《弄臣杰克》(Jacke Juggler,1553)甚至预示了莎士比亚在《错误的喜剧》中使用的情节——即墨丘利伪装成奴隶索西亚的桥段，源自《安菲特律昂》。莎士比亚或许正是在其第一部喜剧作品中，追溯了"现代戏剧"的古典源头。但更值得注意的是，他在普劳图斯提供的简单故事框架之上，编织出高度复杂的戏剧结构。

对文艺复兴时期的人来说，罗马喜剧是一种令人捧腹的艺术形式，它将现实主义与情节和风格上的巧思巧妙结合。在 1558 年出版于巴塞尔的普劳图斯作品前言《论喜剧诗》（*De Carminibus Comicis*）中，喜剧被定义为一种用韵文表达的作品，"它是一个完整的诗篇，情节复杂或由人物联系而成，讲述一个虚构的情节，内容、事件和事务皆取材于日常生活，类似于人们的日常经历"。该文还探讨了喜剧从粗糙写实的起源开始的发展，并指出在语言和格律的运用上，它力图接近真实的口语表达。"它选择这些节奏，是因为这些节奏恰当合适，并与人类声音的音响高度契合。我们在修辞中应当包括自然之声所能发出的所有表现。"

拉丁文《孪生兄弟》的序言承诺该剧情节丰富，"以斗或斛为量，而以谷仓计"。莎士比亚的喜剧尝试在情节效果上超越罗马人。他几乎必须这么做，因为《孪生兄弟》仅有 1162 行，对伊丽莎白时期的通俗舞台而言太短。因此，他在"错误喜剧"这一构想中增加了许多误会情节，还加入了比罗马更具英伦特色的元素。

在拉丁原作中，第一幕为日常生活打下坚实基础，揭示了公民墨奈赫穆斯与门客佩尼库卢斯、妻子和埃罗提乌姆的关系。身份混淆从第二幕第二场才开始，在那里，厨子库林德鲁斯遇到了旅行者及其奴隶墨森尼奥。第二幕第三场中，埃罗提乌姆认错了人；第三幕第二、第三场中，佩尼库卢斯与女佣也陷入误会。接着展示了这一切给公民墨奈赫穆斯带来的后果，他依次面对他的妻子（第四幕第二场）、门客（第四幕第二场）和埃罗提乌姆（第四幕第三场）。在第五幕中，旅行者被墨奈赫穆斯的妻子（第五幕第一场）与父亲（第五幕第二场）及医生（第五幕第五场）误认为疯子。第五幕第七场中公民与墨森尼奥相遇，接着孪生兄弟相认，谜团逐步解开（第五幕第八场）。整条事件链条精心编排，使旅行者有最多次的尴尬遭遇。他与主要人物共发生七次这样的误会；妻子、父亲和墨森尼奥各两次；佩尼库卢斯、埃罗提乌姆、库林德鲁斯和女佣各一次（据劳斯所述）。公民墨奈赫穆斯虽是误会受害者，但自身从未认错人。

对都铎剧场来说，《孪生兄弟》有其局限性，不仅篇幅短，其主线情节展开也较迟缓，序幕（或为后人伪托之作）显得冗长且节奏松弛。此外，该剧所展现的社会礼仪，包括门客制度、娼妓角色和婚姻女性的讥讽语调，皆显著偏离当时英格兰的文化语境。更为显著的是，该剧中妻子几乎缺席舞台，亦无第二位具戏剧分量的女性角色，此种性别结构的单一性亦可视为剧作构建上的局限。前人改编时已注意到这些问题，例如意大利人贝拉多（Berardo）让妻子出场与丈夫争论；菲伦佐拉在《明眼人》（*I Lucidi*，1549）中也如此安排，其中卢奇多·托科（Lucido Tolto）大吐苦水，抱怨妻子"我原以为迎来的是个伴侣，却像是请来一个忏悔神父——说错了，是个律师，天天审问我折磨我"。

妻子回应说："我以为嫁来有个家，如今却身陷囹圄，成了奴隶，日日被羞辱与折磨。"

在更自由的改编中，妻子的戏份增加了，角色也更丰富。特里西诺在《极相似者》（1547）中阐明其意图："讲述平民或下层人物的行为和习性，以笑谈和滑稽词语表现……我在喜剧中尝试效仿阿里斯托芬，即古代喜剧的风格。我借用普劳图斯的欢乐故事，改名换姓，增添人物，部分改变情节顺序，还加入合唱团……并根据古希腊习俗省去序言，将故事交给剧中人开场叙述。"切奇在《嫁妆》（La Dote）中拒绝提供故事梗概，"因为如今人们如此聪明，无须事先解说"，他在《妻子》中将背景设定为现代佛罗伦萨，并声明："普劳图斯的两位墨奈赫穆斯已成为我们的两位阿方索；请小心别像剧中人一样混淆二人。"这也是通过剧中对白而非序言展开剧情。《妻子》也表现出让普劳图斯情节复杂化的倾向：切奇让剧中出现四位老人，孪生兄弟还有一位失散的妹妹，最终与第三位青年成婚，但她始终未在舞台露面。在一些孪生题材的剧本中，一位兄弟变为女性，这就产生了与《孪生兄弟》风格不同的浪漫纠葛，例如比比耶纳的《卡兰德拉》、雷迪吉诺的《吉卜赛女郎》（La Cingana，1545）及其西班牙版《梅多拉》（Medora）。这类演变已脱离《错误的喜剧》的风格，转向《第十二夜》（Twelfth Night），在《第十二夜》的一个原型——尼科洛·塞基（Nicolo Secchi）的《骗局》（Gl'Inganni，1549）中，一位父亲安塞尔莫被海盗劫持，十八年后获释，与失散多年的孩子团圆，情节与《错误的喜剧》中的伊勤如出一辙。

为了扩展原剧的情节容量，莎士比亚转而借鉴普劳图斯的另一部喜剧《安菲特律昂》，在这部喜剧中，主人与奴隶的"误入"引发夫妻间的巨大误会。《安菲特律昂》或许是普劳图斯最受欢迎的作品。剧中，朱庇特（Jupiter）冒充安菲特律昂潜入其妻阿尔克墨涅的卧房（I.3）；墨丘利则伪装成奴隶索西亚，并在剧情初始便拒绝让真正的安菲特律昂入屋，并自称是真正的索西亚。不久，真正的丈夫凯旋，引发阿尔克墨涅的困惑（II.2），安菲特律昂则怀疑妻子对他不忠。这一连串误会给观众带来诸多笑料。随着剧情推进，朱庇特再次以安菲特律昂的身份登场（III），当真正的安菲特律昂试图返回家中时，又一次被"伪装"成索西亚的墨丘利拒之门外，此时朱庇特正在屋内，情节在此达到高潮（IV.2）。

莎士比亚将类似的"角色错位"结构转化至其自身文本之中，从而在《错误的喜剧》中制造出角色与观众双向认知的混淆。他进一步将"夫遭门拒、替身赴宴"一情节置于剧情中段（II.2；III.1），强化了其戏剧效果。他本可更进一步模仿普劳图斯的处理方式，但朱庇特所享有的"被宽恕的通奸"在普通人身上显然难以接受，这也触及了莎士比亚一向敏感的道德底线。莎士比亚同时删去《安菲特律昂》中"公民盗斗篷"的段落，改以角色因妻子的粗暴对待与被拒于门外而选择携带妻子的手镯前往波本廷旅馆拜访"女主人"作为动机（III.1.114-121）：

既然我自己的家门拒绝招待我，

那我就去敲别人家的门，看他们会不会瞧不起我。

托马斯·W. 鲍德温（Thomas W. Baldwin）曾对莎士比亚融合拉丁喜剧元素的实践进行细致研究，并作出如下总结：“《错误的喜剧》的前两幕改编自《孪生兄弟》的前两幕……关于第三幕的结构，我们……发现《安菲特律昂》（第四幕）为《错误的喜剧》第三幕提供了主要结构。《孪生兄弟》的第三和第四幕的素材……为《错误的喜剧》的第四幕提供了素材……然后，在《孪生兄弟》和《错误的喜剧》的第五幕中，双胞胎对峙，一切都得到了解释。”据鲍德温考证，莎士比亚通过此剧掌握了“五幕结构”的技艺，这种结构更常见于泰伦斯的剧作而非普劳图斯。

在使用普劳图斯的情节时，莎士比亚改写了其对人生的态度，这点尤为重要，因为莎士比亚不同于那些学究式戏剧的创作者，只求重现古罗马场景。他用近似现代短篇小说的风格讲述以弗所的故事，这类小说在英文版本中往往带有一定道德意味。在普劳图斯笔下，公民的妻子是讽刺对象，是个“唠叨女”，其父亲也责怪其过于凶悍，“强势又倔强”，最后丈夫说若能找到买主就要把她卖掉，全场大笑收尾。莎士比亚在此基础上大为拓展，使其从纯粹的闹剧逐渐拓展至对夫妻关系、亲子关系的道德探讨，这一风格令人想起当时英法译介的意大利短篇小说，如贝勒弗雷斯特和佩因特所做的事情。莎士比亚笔下的妻子不再只是笑料，她自己的立场需要被倾听，可以被质疑。为了让她有诉说对象，莎士比亚创造了她的妹妹露西安娜，这不仅让另一个孪生兄弟有了配偶，也增添了女性角色的对比，同时也为善于扮演女性角色的男童演员增加了戏份。此外，莎士比亚对露西安娜也引入了微弱的爱情与追求元素，这是普劳图斯的作品中所没有的，但在英国早已流行，尤其是在约翰·黎里（John Lyly）的作品中。莎士比亚虽然模仿了黎里对称结构的风格，但整部《错误的喜剧》风格朴实，几乎没有尤弗伊斯体（Euphuism）式的辞藻巧饰。

双胞胎名字“Antipholus”通常被认为源自希腊语“ἀντίφιλος”，意为“相互的爱”或“彼此亲爱”；但在西德尼（Sidney）的《阿卡迪亚》（Arcadia）中，安提菲勒斯（Antiphilus）是一位被女主角埃罗娜（Erona）所爱并从监狱中救出的角色，后来却移情别恋。成为国王后，他为自己辩解多配偶制的合理性，最终被女性所杀。也许莎士比亚在为他笔下那个怕老婆、忠诚度也不太高的公民取名时，带有一种讽刺的意味。仆人名字“Dromio”可能也有含义。约翰·黎里的《母亲邦比》（*Mother Bombie*）中也有一个仆人叫德洛米奥（Dromio），还出现了一个名叫阿克齐乌斯（Accius）的角色，这是普劳图斯剧作中的人名用语。《母亲邦比》是一出注重对称结构和重复效果的喜剧，剧中不下四位滑稽仆人被派去办事，而后又被主人到处寻找（第二幕第二场），情节中也有身份错乱与失散儿童。虽然它与《错误的喜剧》不是密切的原型,但提供了那个可爱的骗子仆人的名字——他自称:"我靠骗术为生,如果世人都变得诚实,那我只好去要饭了。"

莎士比亚将背景从普劳图斯的"埃皮丹努姆"(Epidamnum)改为了"以弗所"。对罗马人来说,"埃皮丹努姆"这个地名让人联想到厄运,这座城市后来改名"都拉基乌姆"[Dyrrachium,阿尔巴尼亚城市都拉斯(Durrës)的旧称],成了罗马殖民地。莎士比亚在剧中仍提及原地名(I.2.1,IV.1.87,V.1.350-354),也许并非仅为玩笑。但为何要替换为"以弗所"呢?

这个选择很可能与莎士比亚对家庭关系的重视有关,也与他想将《错误的喜剧》打造成一出"奇迹剧"息息相关——其中所有线索最终都能圆满解开。以弗所是伊丽莎白时代人熟知的古罗马亚细亚省首府,是重要海港,以阿耳忒弥斯神庙著称,也是圣保罗曾居住两年的地方(《使徒行传》第 19 章)。《以弗所书》中满载对家庭和谐的劝勉:"你们作妻子的,当顺服自己的丈夫,如同顺服主……你们作丈夫的,要爱你们的妻子……每人都要爱妻如己,妻子也要敬重丈夫。"(5:22-33)书中也论及父母与子女,以及主仆关系,强调仁慈、体谅。莎士比亚是否敏锐地感受到,这种伦理正好可以稍作"基督化",来温和地调整普劳图斯原剧中的道德视角?这是否也解释了母亲为何成为修道院院长,是要与古以弗所神庙中女祭司的形象遥相呼应?

此外,以弗所也以巫师、驱魔人和"奇技淫巧"著称,正如保罗在《使徒行传》中所描述。莎士比亚充分利用了这个设定:在原作中,墨森尼奥警告他的主人,埃皮丹努姆除了科蒂斯人之外,还"到处都是流氓、寄生虫、酒鬼、捕手和阿谀奉承者",因此旅人需小心提防偷盗和骗局;但莎士比亚则强调以弗所的"魔法骗局":

> 他们说这地方有很多骗子,
> 有的会玩弄遮眼的戏法,
> 有的会用妖法迷惑人心,
> 有的会用符咒伤害人的身体。(I.2.97f)[①]

普劳图斯原作中那段重复冗长的开场白在华纳的英译中被删去。莎士比亚的灵感在于将故事前情通过双胞胎的父亲伊勤之口说出(虽然早在一些意大利文版本中已有先例)。他将叙述融入剧情本身,加入角色性格与情感,给后续看似轻佻的误会闹剧增加了悲剧性的深度,并于第五幕中再度唤起观众对亲情的共鸣。于都铎观众而言,对意大利城邦间的敌意、海上贸易的危险并不陌生,伊勤的境遇并非浪漫幻想,而是真实威胁的投射。船难在现实与浪漫小说中同样常见,伊勤讲述妻儿失散的经历令人动

---

① 此处参照朱生豪译法。

容，也激起观众对团聚的期待。

至于在"母子重逢"这一情节构建上，莎士比亚或许借鉴了"阿波罗尼奥斯"的故事，此故事被约翰·高尔（John Gower）改编进《情人的忏悔》（*Confessio Amantis*），后者亦对莎士比亚的《泰尔亲王配力克里斯》（*Pericles, Prince of Tyre*）有影响。此类故事中常出现海上风暴，亲人分离，以及一位经历离奇漂泊最终成为圣职者的母亲。正如《错误的喜剧》中的母亲角色所呈现的，《情人的忏悔》中的母亲在故事结尾以以弗所狄安娜神庙祭司的身份，与离散多年的丈夫与子女最终团聚。

这种情节上的"锦上添花"也表明莎士比亚在创作过程中带着一种幽默和游戏精神。他似乎一边取笑着罗马式的混乱与揭示套路，一边又乐在其中。再加上一层不可信的巧合，反而使人更加喜悦。不过，《错误的喜剧》中母亲的修道院院长角色仍有道德功能，她作为劝解唠叨者与嫉妒者的贤者发声（V.1.68）。正是通过她和伊勤，这些疯狂情节得以嵌入一种情感真实与伦理常识的背景中。闹剧可以疯狂，但最终必须回归正轨。这种"以框架设定外壳"的手法，莎士比亚后来在《驯悍记》和《仲夏夜之梦》中都重复使用，虽然效果大相径庭。

➤ 可靠性来源① ◄

1.《孪生兄弟》（*Menaechmi*）

《孪生兄弟》作为一部结构精巧、情节引人入胜的古罗马喜剧，源自卓越诙谐的诗人普劳图斯之手，是其创作中最具代表性的"无害而愉悦人心"的作品之一。该剧早期英文译本由威廉·华纳（William Warner）完成，于 1595 年由托马斯·克里德（Thomas Creede）在伦敦出版，并由威廉·巴利（William Barley）在格雷申街发行。鉴于此译本与莎士比亚的创作年代高度重合，极有可能为其戏剧构思提供了直接的文本参考与语言素材。

剧情围绕一对自幼失散的孪生兄弟展开。故事起始于西西里岛，一位商人育有一对孪生子。幼年时，其中一子不幸走失，而父亲亦因悲伤而亡。年幼的幸存子由祖父抚养长大，并被赐以失踪兄弟的名字——墨奈赫穆斯（Menaechmus），以示追念。成年后，墨奈赫穆斯踏上漫长的旅程，誓言遍访四方以寻回失散的兄弟。在一次旅途中，他来到了埃皮丹努姆，恰巧，他那早年失散的孪生兄弟正居于此地。由于两人外貌完全相同，当地居民，包括兄弟的情妇、妻子及岳父，皆将来访的墨奈赫穆斯误认作本地的那位。一连串误会由此展开，引发诸多喜剧性的冲突与笑料。最终，误会得以澄

---

① 本书将来源文献分为可靠性来源和可能性能源，有的来源文献只有其一。

清，孪生兄弟在离散多年后得以团聚，故事以温情与喜剧性的完满结局告终。

该剧中译可参看王焕生译本，收录于《古罗马戏剧全集：普劳图斯》（中），吉林出版集团有限责任公司，2015 年。鉴于华纳译本与该中文译本在结构与内容上的高度对应，本文不再对前者另作附录。

2.《安菲特律昂》（*Amphitruo*）

《安菲特律昂》是普劳图斯笔下少见的"神人共场"题材喜剧，融合了神话、错位身份与滑稽元素，风格独特。早期英文译本由爱德华·H. 萨格登（Edward H. Sugden）以原诗格律体翻译，收入其 1893 年出版的《普劳图斯喜剧集》（*The Comedies of Plautus*）中。该版本在 19 世纪末英国学术界具有重要影响，体现了当时对拉丁戏剧语言音乐性与修辞趣味的重建努力。

本剧开场由神墨丘利（Mercury）担任序幕人物，以诙谐轻松的语调向观众交代背景：主神朱庇特为追求阿尔克墨涅（Alcmene），伪装成她的丈夫安菲特律昂（Amphitryon）并潜入其家中。与此同时，墨丘利则乔装为安菲特律昂的奴仆索西亚（Sosia），守在门前防止任何干扰。真正的安菲特律昂返家时，发现自己竟被自己的妻子误认为是昨日离去的"丈夫"，因而陷入极度困惑与愤怒中。剧中不断上演真假安菲特律昂与真假索西亚之间的身份错乱，形成典型的"错认喜剧"（comedy of mistaken identity）。故事最终以一场神迹揭示真相：阿尔克墨涅诞下双胞胎，其中赫拉克勒斯（Heracles）乃朱庇特之子，另一子伊菲克勒斯（Iphicles）则为安菲特律昂亲生，喜剧在神谕、混乱与释然中落下帷幕。

该剧中译可参考王焕生译本，收录于《古罗马戏剧全集：普劳图斯》（上），吉林出版集团有限责任公司，2015 年。鉴于萨格登译本与王译本在场次和内容上的高度一致，本文不再另列萨格登英译本。主要参考场次如下：

第一幕：第 1 场（第 50、60 页）、第 2 场（第 60 页第 462、475 行）。

第三幕：第 4 场（第 99 页）。萨格登英译本在此处补加了舞台提示部分，详述索西亚向安菲特律昂陈述其替身经历，以及安菲特律昂对妻子反常欢迎与"共度一夜"之惊愕反应。增补具体内容如下：当安菲特律昂回来时，索西亚告诉他自己遇到了替身。这位将军受到他妻子的欢迎，就好像他刚刚离开她一样。她向他展示了那个酒杯，说是他带给她的，当他得知"他"前一天晚上和她同床共枕时，他的困惑变成了痛苦和愤怒（II.2）。在第三幕中，朱庇特（伪装的安菲特律昂）迷惑了阿尔克墨涅、索西亚和安菲特律昂，命令墨丘利（伪装的索西亚）在他（朱庇特）和她一起度过一个小时的时候把她丈夫从房子里赶走。

第四幕：第 1 场（第 100 页）、第 2 场（第 100、104 页）、第 3 场（第 105—106

页）。萨格登英译本在结尾处补加舞台提示，描述安菲特律昂被闪电击倒、阿尔克墨涅产下双胞胎、赫拉克勒斯显现神力以及朱庇特亲自现身揭示神意。具体增补内容如下：安菲特律昂冲到门前，却被一道闪电击倒在地。女仆布罗弥娅进来告诉他，家中发生了奇迹：阿尔克墨涅生了一对双胞胎，其中赫拉克勒斯是朱庇特与阿尔克墨涅的孩子，而伊菲克勒斯是安菲特律昂与阿尔克墨涅的孩子，赫拉克勒斯杀死了摇篮旁的两条蛇。朱庇特出现在安菲特律昂面前并告诉了他真相。

➤ 可能性来源 ◄

《情人的忏悔》[1]

约翰·高尔　著

Lib. 8 .Lines 1151—1271；1833—1886

　　阿波罗尼奥斯的妻子卢西娜在船上生了一个女儿后似乎已经死了，她被放进了一个箱子里，箱子漂浮到以弗所，被一个名叫克里蒙的医生救活了。

还是回到刚才的故事，
如古书上所讲，
你们所知道的这具"尸体"，
装在一个木箱里，
随着风浪在海上四处飘荡，
最后在以弗所靠了岸。
上帝要拯救的，没人能毁灭。
正当这具"尸体"被海浪冲上岸时，
恰好有一名外科医生，
同时也是内科医生，
来到了岸边。
他是当地最有才能的人，
名字叫克里蒙。
还有一些学徒跟着他。
他来到这个木箱前。
他觉得木箱里有东西，

---

① 引自由牛津大学出版社 1901 年出版的麦考利（G. C. Macaulay）的作品。

就让学徒把箱子抬回他的住处。
他们来到他的住处，
把木箱抬进他的卧室。
木箱是紧锁的，
他们用力打开了木箱。
发现里面躺着一具尸体，
尸体上面缠着金色的布。
他们还在箱子里发现了一封信。
他们把尸体上的布解开，
发现尸体是个年轻女性，
医生快速给"尸体"把脉，
发现还有一丝生命迹象。
他们把这位王后
从木箱里抬出来，
在她周围生起了火，
又把她放到柔软的床上，
给她盖上被褥，
很快她冰冷的身体有了温度，
心脏开始跳动。
这位医生给她全身每个关节
都涂抹了特制的膏油，
又在她嘴里放上药水。
她最终苏醒过来，
刚开始只是睁了睁眼，
等她有了些力气，
就伸出胳膊，举起双手，
跟身边的人说："我这是在哪儿？
怎么不见我的夫君？这是什么地方？"
那位好心的医生，
马上给了她回复：
"夫人，你在我这儿，
我会保证你的安全。
现在你需要好好调养。"
就这样过了一两天，
等她身体恢复了一些，

才问清楚自己的处境。

为了全面了解她的情况，
医生详细询问了一番：
她是什么人，怎么会来到这儿。
她说："我也不知道怎么到了这里。
我把我知道的都告诉你。"
她就把自己知道的一点一滴
都告诉了他。他就告诉她
她是如何在一个木箱里被海水冲上岸的，
以及他在木箱里发现的其他物品，
王后感谢医生救她一命，
她说她的丈夫和孩子
可能都葬身大海之中了。
她的人生只剩下悲伤。
她对人世已经没有留恋，
只希望能够找个神庙，
与女祭司们同住，了此残生。
医生听了她的遭遇，
说自己有个女儿，
可以侍候她左右，
以缓解她丧亲之痛。
她说："你的恩德我无以为报，
只愿众神代我报答你的恩情。"
时光流逝，
她的身体也渐渐恢复。
按照她的意愿，
她和医生的女儿
都穿上了黑色的祭司服，
一同搬进了月亮女神的神庙。

[多年后，当女儿泰丝从妓院中获救并与父亲团聚时，阿波罗尼奥斯在异象中被告知要去以弗所的狄安娜神庙。]

在骑士的护卫之下，
国王来到了神庙前，

神庙的大门敞开，
他走了进去。
带着满心的虔诚，
他做了忏悔的祷告。
之后他带着敬意，
给神庙献上丰盛的祭品。
在众人的见证下，
他讲述了自己的遭遇。
或许是出于众神的安排，
他的妻子是这座神庙的祭司，
恰巧在人群中，
听到了他的故事，
辨出了他的声音与容貌，
径直走到他面前，
激动地晕倒在神庙的地板上。
众人用冷水给她洗脸，
她很快苏醒过来。
"感谢众神的恩典，
我竟能再见我的夫君。"
这时国王才认出她是自己的王后，
把她抱在怀里亲吻。
他们的事迹很快传遍了全城。
每个人都在兴高采烈地讲述他们的故事，
像是一桩神迹，
他们所感觉到的幸福也因此倍增。
谁都没有国王开心，
因为他重新找到了失散多年的妻子。
王后讲述自己如何被救，
以及是谁救了她，
众人都很惊奇。
全城都知道了克里蒙医生，
以及他救活王后的事。
国王带着王后离开以弗所，
乘船回到了他们自己的国家。

（译者陈丽华，浙江师范大学外国语学院）

二、《驯悍记》来源文献

➤ 导 言 ◄

　　莎士比亚的喜剧《驯悍记》主要取材于比它稍早出现的旧剧《悍妇》。《驯悍记》主要包含三个情节线索：一是从总体上讲述了补锅匠斯赖的冒险故事；二是凯萨琳娜的婚姻与被驯服；三是妹妹们与她们的追求者的故事。第一条情节线索是后两条情节线索的叙事框架。穷人斯赖进入奢华生活的故事最早追溯到阿拉伯故事集《一千零一夜》，后人沿用了这个故事，其中就包括高拉特的《令人钦佩和难忘的故事》。这则故事的最初版本远比《悍妇》出现得早，莎士比亚和《悍妇》的作者都有可能接触过这个版本。莎士比亚又糅合了乔治·加斯科因的《假设》中有关诡计和误解的材料，使两个妹妹的追求者的情节更加跌宕起伏，寓意深刻。

　　《驯悍记》的确定性来源之一为 1594 年的戏剧《驯服悍妇》，但它和《驯悍记》之间的关系是有争议的。《驯服悍妇》可能是同时期出现的一个题材相似的旧剧，莎士比亚用它作为《驯悍记》的主要来源。悍妇凯特有两个姐妹，最小的艾米莉亚受到波利多的追求，菲勒玛受到奥勒留斯的追求。但父亲阿方索发誓在大女儿凯特结婚之前，这两个女孩都不能订婚。波利多认为费兰多是凯特丈夫的最佳人选，并帮助他娶了凯特。费兰多在婚后使用计谋驯服了彪悍的凯特，使两位连襟在参与妻子的顺从性测试时都输给了他。《驯悍记》与《驯服悍妇》在观念上是相互联系的，因为它们都包含了婚姻中两性关系的讨论。但从篇幅上来说，《驯悍记》几乎是《驯服悍妇》的两倍，在戏剧场景、戏剧情节和主题方面也更加丰富。

　　《驯悍记》的另一个确定性来源是乔治·加斯科因的《假设》。这是一部关于诡计和误解的古典喜剧。青年埃罗斯特拉托为了追求少女波利内斯塔，与仆人多利波互换了身份，在波利内斯塔的父亲达蒙的家里服务。冒牌的埃罗斯特拉托假装想娶她，因此成了律师克林德博士①的竞争对手。克林德渴望有个孩子来弥补他很久以前在奥特朗托之围时失去的儿子，冒牌的埃罗斯特拉托许诺他富有的父亲将带来一大笔彩礼，并说服绅士斯凯纳斯冒充他的父亲菲洛加诺去兑现这个诺言。加斯科因所说的"假设"指的是"把一件事误认为或想象成另一件事"。因此，这是一部"错误"剧，作者指出了人名、身份等方面的各种错误。莎士比亚从这部戏剧中借用了很多人物关系和情节。例如，主仆二人为了追求爱情而互换身份，年迈的父亲来寻子，父亲遇到伪装的假儿子等。毕竟，在身份上的错误没有在评价一个人的本性上的错误那么可笑。莎士比亚将这些有关诡计和误解的材料与"悍妇"的主题相结合，从外表和情境的外部世界转向了人物和伦理内涵的内在世界，使喜剧的主题得到了升华。

　　该剧还有一个类似性来源，即《令人钦佩和难忘的故事》。阿拉伯故事集《一千零一夜》记载了一个乞丐突然享有奢华生活的故事，勃艮第的菲利普三世重复了这个故事，于1584年出版，名为《赫特鲁斯》。高拉特在他的《令人钦佩和难忘的故事》中把这个版本译成了法语，于1607年由爱德华·格里姆斯顿翻译成英文。杰弗里·布洛认为莎士比亚肯定使用了《赫特鲁斯》或者现在已经失传的某个版本，因此他给出了高拉特的版本。某天晚上，勃艮第公爵菲利普王子与他的好友们一起散步时发现了睡在石头上的工匠德隆卡德。公爵乐于在这个工匠身上审视生命之虚荣的问题，便命仆人们把这个工匠抬进了他的宫殿，让他躺在一张最豪华的床上，给他换上一身华丽的衣服，让他当了一次贵族，过了一天豪华的生活。第二天早晨，菲利普又命仆人使工匠恢复了原样，使醒来的工匠相信自己只是做了一个梦。这则故事仅仅讲述了工匠享受奢华生活的故事，没有塑造工匠妻子或幻想中妻子的形象，和莎剧的立意有较大的区别。

➤ 可靠性来源 ◄

1.《驯服悍妇》②（1594）

┤场景一③├

　　［塔普斯特上场，将斯赖·德隆肯从他的门里打了出来］

---

① 当时主要强调地位，而非指现在的博士学位。
② 该剧题目原文为 The Taming of a Shrew，与莎士比亚《驯悍记》的原文题目 The Taming of The Shrew 有所差异。"a"泛指对"任意或某类悍妇"的驯服，而"the"往往带有对具体人物的特指性。但二者都强调了对悍妇的驯服。
③ 场景标题是弗尼瓦尔（F. J. Furnivall）在普雷托里乌斯（C. Praetorius）1886年的传真中插入的。

塔普斯特　你这个混账的奴隶，你最好走吧。

　　　　把你的酒倒在别处。

　　　　因为在这所房子里，你今晚不能休息。

　　　　[塔普斯特退场]

斯赖　塔普斯特，我一定会打败你的。

　　　　给我们倒满另一壶酒，所有的钱都付了，看你的了。

　　　　我喝的是我自己的酒，好的。

　　　　我在这里躺一会儿，为什么我说塔普斯特

　　　　在这里给我们灌上一杯新酒。

　　　　嘿嘿，他是个好战友。

　　　　在这里，我要温暖舒服地躺下。

　　　　[他睡着了。一个贵族和他的侍从打猎后进来]

贵族　现在是夜里的阴霾，

　　　　渴望观赏猎户座可怕的眼神，

　　　　从遥远的世界跃到天空，

　　　　用她黝黑的气息照亮威尔士人。

　　　　漆黑的夜色笼罩着基督的天空，

　　　　在这里，我们开始了夜间的狩猎。

　　　　把猎狗拉起来，让我们回家，

　　　　吩咐猎户给它们好吃的，

　　　　这是它们今天应得的报酬。

　　　　但是，躺在这里的这个软软的家伙是谁？

　　　　还是他已经死了，看他做了什么？

侍从　大人，这不过是个醉生梦死的人。

　　　　他的头对他的身体来说太沉重了，

　　　　他喝了那么多酒，不能再走了。

贵族　呸！这个奴颜婢膝的小人竟然浑身酒气。

　　　　喂，先生，起来。怎么睡得这么香？

　　　　去把他抱起来，送到我家里来。

　　　　轻轻地抱他，别把他吵醒了。

　　　　在我最精美的房间里生起火来，

　　　　摆上丰盛的宴席。

　　　　把我最华丽的衣服穿在他身上，

然后把他安置在席间的椅子上。
等到这事办完，他就醒了，
让天国的音乐继续围绕着他演奏。
你们两个人去等候，把他抬来，
然后我再告诉你们我的主意。
但无论如何，你们不要叫醒他。

[两人和斯赖一起出去]

现在拿着我的斗篷，给我一件你的。
诸位同胞，看你们能不能把我带走，
因为我们要伺候这昏睡的人。
等到他醒过来的时候，看他的神情，
发现自己穿上了这样的衣裳。
天籁之音在他耳边响起，
他的眼前摆着这样的宴席。
那人必以为是在天上。
当他醒来时，我们都在他身边，
你一言我一语，都叫他贵族。
献马给他，让他骑到外面去。
你也给他鹰和猎犬，让他去猎鹿。
我就问他要穿什么衣服。
他说什么，你都不要笑。
但要劝他说，他是个贵族。

[进来一个人]

信使 非常荣幸和欣喜邀请你前来，
　　　在此出席尊贵的宴会。
贵族 这是他们能选择的最合适的时机，
　　　请他们中的一两个人直接来此，
　　　现在我就按照我自己的意思办。
　　　因为他醒来时，他们要为他演奏。

[两个背着包的参与者和一个男孩进来]
先生们，你们可以演出什么剧目？

桑德　亲爱的大人，你可以选择一部悲剧，

　　　或是一部喜剧，随你选择。

其他人　那就选喜剧吧，否则你会羞辱我们大家。

贵族　你的喜剧叫什么名字?

桑德　大人，这叫《驯服悍妇》。

　　　对我们来说是个好剧本，大人，尤其对我们这些已婚的人。

贵族　驯服泼妇的故事，那是极好的。

　　　去看看你是否准备好了。

　　　因为你们晚上必须在贵族面前表演。

　　　说你们是他的人，我是他的随从，

　　　他有些傻，但在他说那些傻话之前，

　　　你千万不要惊慌失措。

　　　先生，你去准备好了。

　　　穿得像个可爱的小姑娘。

　　　我一叫你，你就来见我。

　　　因为我要对他说，你是他的妻子。

　　　你要与他同去，用你的臂膀抱着他。

　　　若他想与你同床。

　　　你就找个理由，说一会再同床共枕。

　　　我说，你走吧，一定要做好。

男孩　别担心，我的大人。我会好好地对待他的。

　　　我会让他觉得我很爱他。

　　　[男孩退场]

贵族　先生们，现在你们去准备一下吧。

　　　因为你们必须在他醒来的时候扮演好助手。

桑德　哦，勇敢的汤姆先生，我们必须在一个愚蠢的大人面前表演，

　　　来吧，让我们准备好。

　　　去找一个抹布来擦净你的鞋子。

　　　大人，我们需要一条羊绒披肩以显示我们的富有，

　　　为这个神圣的角色增添色彩。

贵族　很好，先生们，什么都不缺，你们想要什么都会有的。

　　　[其他人都退场]

┤ 场景二① ├

有两个人抬着桌子进来，上面摆着酒席，还有两个人陪着斯赖在椅子上睡觉，衣着华丽，音乐响起。

仆从　先生，现在去叫我的大人。

告诉他，现在如他所愿，一切都准备好了。

另一个仆从　把酒放在桌上，

我这就去叫我的主人来。

［退场］

［主人和他的手下进来］

贵族　现在如何，一切都准备好了么？

仆从　是的，我的大人。

贵族　那就奏乐，我这就把他唤醒。

你就照我先前所吩咐的去做。

大人啊，大人啊。他睡得正香呢。大人啊。

斯赖　塔普斯特，再给我一点小酒，嘿嘿。

贵族　大人，您的酒，最纯的葡萄酒。

斯赖　哪位大人？

贵族　阁下，您就是我的大人。

斯赖　我是谁，我是大人吗？主啊，我穿着这么好的衣服！

贵族　按照您的财富，您应该穿得更华丽。

若您应允，我即刻取来。

威尔　如果您愿意骑马出游，

我将为您备匹骏马，比那波斯平原上傲然急驰的飞马珀伽索斯更迅捷！

汤姆　如果大人您想去猎鹿，

您的猎犬已在门口垂耳待命，

它们将在奔跑中追上那排鹿，

让那长喘的老虎都累断气！

斯赖　看这阵势，我想我确实是个大人。

你叫什么名字？

贵族　西蒙，尊敬的大人。

---

① 场景标题是弗尼瓦尔在普雷托里乌斯 1886 年的传真中插入的。

斯赖　西蒙，像是在说西米恩或者西门。

　　　　把你的手给我，西蒙，我真是个贵族吗？

贵族　千真万确！我高贵的大人啊，您娇美的夫人来了，

　　　　她为您不在这里郁郁寡欢了许久。

　　　　现在她正欣喜而来，

　　　　恭迎大人平安回府。

　　　　[穿着女装的男孩进来]

斯赖　西蒙，这是她吗？

贵族　是的。

斯赖　是个漂亮的女人，她叫什么名字？

男孩　哦，我亲爱的大人，

　　　　您看一看我，别让我再受这种折磨。

　　　　如果您能赐予我半分口才，

　　　　好将心中所想付诸言辞，

　　　　想必大人定会怜惜于我。

斯赖　美人儿，可要吃块面包？

　　　　来，坐在我膝上。西蒙，给她上酒。

　　　　待会儿我们就要共赴婚床。

贵族　愿您满意，演员们已经到来，

　　　　荣幸地为您献上一出戏。

斯赖　一出戏？西蒙，妙极了！他们是我的演员吗？

贵族　是的，我的大人。

斯赖　戏里难道没有一个傻瓜吗？

贵族　有的，我的大人。

斯赖　他们什么时候才会表演，西蒙？

贵族　随时听您吩咐，他们已经准备就绪。

男孩　大人，我去叫他们开始表演。

斯赖　去吧，但记得回来。

男孩　我向您保证，我的大人，我绝不会丢下您。

　　　　[男孩出去]

斯赖　来吧，西蒙，演员们在哪里？西蒙站在我旁边，

　　　　把演员们赶出他们的房间。

贵族　我去叫他们，大人。你们在哪里？

[吹响号角]

┤ 场景三 ├

[进来的是两位年轻的绅士，以及两个男孩]

波利多　我亲爱的朋友，欢迎来到雅典，

来到柏拉图学园和亚里士多德漫步的地方。

欢迎来到以爱闻名的塞斯图斯

最大的悲哀是我不能像我想的那样

给我最亲爱的朋友带来欢乐。

奥勒留斯　感谢高贵的波利多，我第二个自己。

我在你身上找到的忠贞的爱

使我离开我父亲的王宫。

塞斯图斯公爵三世尊位，

到雅典来寻找你的下落。

自此以后，我很高兴地找到了你。

我现在的运气好得不得了，

就像以前恺撒征服了大多数人时一样。

但请告诉我，高贵的朋友，我们应该在哪里住下？

此地于我而言皆是陌生。

波利多　大人如果能接受学者的清贫

我的房子，我自己，皆供您差遣。

您的随从可与我同住。

奥勒留斯　我将全心全意地报答你的爱。

[西蒙、阿方索，以及阿方索的三个女儿进场]

但是，请注意；这些人中有什么人是如此明亮的呢？

他们的眼睛比天灯更亮，

比珍珠和珍宝的石头更美，

比早晨的太阳更可爱，更遥远，

当她第一次打开她的东方之门。

阿方索　女儿们走吧，你们去教堂。

我也要到重要的地方去，

看看什么商品上岸了。

[阿方索和他的女儿们退场]

⊣ 场景四 ⊢

波利多　为什么我的主人会做这样的蠢事，

眼看着这些美女这么快就走了？

奥勒留斯　相信我，朋友，我必须向你坦白，

我很高兴见到这些美丽的女士们。

我真希望她们不要这么快就走了。

但如果可以的话，请你告诉我她们是什么人，

还有和她们一起去的老人是谁？

因为我很想再见到她们。

波利多　我不能责怪你的好奇，我的好大人。

因为她们都是如此可爱、聪明、俊美、年轻。

其中最年轻的那个，

我长久地爱着她，她也爱着我。

但我们还没有找到一个方法，

能满足我们所期望的快乐。

奥勒留斯　为什么，她的父亲不愿意接受这桩婚事吗？

波利多　是的，相信我。因为他已经庄严地发过誓，

他的长女应先成婚，

他才会去让他的小女儿来谈恋爱。

因此想要跟他的小女儿谈恋爱，

必须尽快让他的长女成婚，

而娶了她的人，就像与魔鬼缔结婚约，必将深陷泥沼，

因为像她这样的泼妇，世间罕有。

所以除非她先成婚，否则其他姐妹不能抢先成婚。

这让我觉得我所有的努力都白费了。

谁能得到她，谁就能得到丰厚的嫁妆，

因为她的父亲是个大富豪。

还是这个镇上的年长公民，

正是方才随行的那位老者。

奥勒留斯 但在我看来，他可以将大女儿留在身边。

但我依然无法自拔地爱上了他的二女儿。

那高贵典雅的化身，

在她圣洁的容颜中

凝结着自然和天国的庄严。

波利多 我喜欢你的选择，也很高兴你没有选择我的。

那么，如果你愿意追随你的爱情，

我们必须想出一个办法，找一个人，

试图与这个魔鬼般的泼妇结婚。

恰巧我知道有位合适的人选。

［唤侍童］过来，孩子。

到费兰多的家里去吧。

叫他来见我。

有要事相商。

男孩 遵命，先生，即刻把他带过来。

波利多 我认为费兰多这个男人很适合她的脾性，

言辞粗鲁似她尖刻。

定能与她针锋相对。

而且他资产丰厚，

品貌与她相当。

如果他愿意娶她为妻，

那么我们便都能与所爱之人长相厮守了。

奥勒留斯 哦，若能见我心爱的人儿，

她那圣洁之美让我心动。

比引发千舰东征的古希腊的海伦娜更倾国倾城！

待我们来到她父亲的府邸时，

你需假扮塞斯图斯商人之子，

而我将和你互换身份。

现在你就是塞斯图斯公爵的儿子了。

你要像我自己一样，尽情地玩乐和挥霍，

因为我将用这种伪装来追求我的爱情。

瓦莱利亚 大人，如果你的公爵父亲

突至雅典查问学业

却发现我穿上了你的华服，

恐怕……

奥勒留斯　别怕，瓦莱利亚，我自有安排。

　　注意，有人来了。

　　[费兰多和他的手下桑德拿着一件大衣进入]

波利多　我跟你说过的那个男人来了。

费兰多　先生们，大家早上好！

　　波利多，你还在为情所困？

　　终日求爱却徒劳无功？

　　当我求婚的时候，愿上帝赐予我更好的运气。

桑德　大人若听我的计策，包您成功。

费兰多　哦？你这狡猾的家伙有什么高见？

桑德　如果你身上也有五道疤痕，

　　你也可以像我一样知道如何去做。

波利多　但愿你主子能有兴致

　　试试你追求姑娘的本事。

费兰多　不瞒你说，我现在就去。

桑德　没错，我的主人现在就要出手了。

波利多　费兰多，请你告诉我你要去哪儿。

费兰多　去找凯特，这个世上最暴躁的活火山。

　　魔鬼本人也不敢向她求爱，

　　阿方索的长女。

　　他答应给我六千克朗，

　　如果我能够娶她为妻。

　　她这场求婚必将是唇枪舌剑。

　　我定要和她斗到底，直到她筋疲力竭，

　　非答应我的求爱不可！

波利多　奥勒留斯，你瞧如何？他倒像未卜先知，

　　在我们给他送信之前，他竟知道我们的想法。

　　但是告诉我，你打算何时去见她？

费兰多　现在，信心马上就有了，你们暂且回避，

　　我就叫她的父亲带她来。由我、她和她父亲，单独交谈。

波利多　我们全心全意地相信你，来吧，奥勒留斯，

　　我们走吧，留他一人在此。

┤ 场景五 ├

费兰多 喂，阿方索先生，那里面是谁？

阿方索 费兰多先生，欢迎你的到来。

你可是我家里的稀客。

尊敬的先生，我答应你的事已经做到，

如果你得到我女儿的爱，我就会履行承诺。

费兰多 待我与她谈几句后，

你就走进来，把她的手交给我，

并告诉她什么时候可以结婚。

因为我知道她愿意嫁给我。

当我们的婚礼仪式完成后，

让我一个人好好地驯服她。

现在叫她过来，我可以和她交谈了。

［凯特进场］

阿方索 喂，凯特，来吧，给我听着。

尽量对这位绅士友善一点吧。

费兰多 早安二十遍，我可爱的凯特。

凯特 我相信你是在开玩笑，我几时成你的人了？

费兰多 听着，凯特，我知道你很爱我。

凯特 鬼才信！谁告诉你的？

费兰多 我的心上人凯特说，我就是那个人，

必须与凯特结婚，同房，并娶她为妻。

凯特 有谁听过这么奇怪的说法？

费兰多 我啊，站了这么久，却没有得到一个吻。

凯特 我说，把手撒开，离开这个地方。

否则我就把我的十条戒律刻在你脸上。

费兰多 好个烈性的丫头，凯特。他们都说你是个泼妇。

可我更喜欢你了，因为我就爱你这脾气。

凯特 再不放手，这巴掌就扇你耳朵上！

费兰多 不，凯特，这手归我了，就像你早晚归我。

凯特 山鹬没了尾巴还想飞？

费兰多 可它的喙照样能啄人！

阿方索　费兰多，我女儿可答应了？

费兰多　她是愿意的，爱我如命。

凯特　是爱剥你的皮！谁要嫁你！

阿方索　来吧，凯特，让我把你的手交给我为你选择的人。

　　　　你明日便要与他成婚。

凯特　为什么父亲，你想把我怎么样？

　　　　把我交给这个脑子有问题的人，

　　　　置于他的意志之下，不就等于要谋杀我？

　　　　［她转过身来，说］

　　　　但我还是会同意和他结婚，

　　　　因为我觉得我已经待字闺中太久了，

　　　　和他也很配，至少他很有男子气概。

阿方索　把你的手给我，费兰多很爱你，

　　　　并将保持你现在拥有的富有和安逸。

　　　　费兰多，把她当作你的妻子吧，

　　　　下个星期天就是你们结婚的日子。

费兰多　如何？早说你逃不出我的手掌心。

　　　　父亲，我先把我的爱人凯特留给你。

　　　　你们要为我们的婚期做好准备，

　　　　因为我必须赶回我的伯爵府，

　　　　匆匆忙忙，看看是否能准备妥当。

　　　　等我的凯特来了，再来招待她。

阿方索　是啊，来吧，凯特，你为什么看起来

　　　　如此悲伤？快乐点吧，姑娘，你的婚礼就在眼前。

　　　　一切都会好起来的，要遵守你的承诺。

　　　　［阿方索和凯特退场］

费兰多　那么，到目前为止，一切都很顺利，桑德。

　　　　［桑德大笑着入场］

桑德　我相信你是个野兽，我向上帝祈祷。

　　　　拜你所赐，我的肚皮都要笑破了。我一直站在门后，听到你对她说的话。

费兰多　怎么？我难道说得不够好？

桑德　我告诉你，你那番话蠢得像驴！

披着您这身行头去求爱，

那泼妇还没迈出门槛就得乖乖就范，

你倒好，却和她谈起了什么山鹬野鸟的浑话。

费兰多 呵呵，饶是如此，我不照样得手了。

桑德 嗜！这全凭运气，哪是你的本事！

等着瞧吧，那悍妇迟早让你当上教区执事——举着擀面杖审案！

费兰多 少耍贫嘴！到波利多的家里去吧。

那位与我同在这里的年轻绅士，

告诉他你所知道的一切情形，

告诉他下个星期天我们必须结婚。

如果他问你我到哪里去了。

就告诉他到乡下我家里去，

周日必返。

[费兰多退场]

桑德 我向你保证，先生，小的办事从不出错，

这世道，没件体面衣服撑腰，

怎好意思在那些老爷面前耍威风？

如今可大不同了，任谁想求见我家大人，

都得先对我点头哈腰：

"求桑德大爷美言几句！"

嘿，如今咱说话比打雷还响亮！

这小日子过得像巨人一样！

只可惜我家大人最近鬼迷心窍，

整天围着女人转。

本来想把自家妹子说给他，

这姻缘要是成了，

好处自然少不了我的。

哎！谁料他这么快就搞定了亲事！

[波利多的男孩上场]

男孩 朋友，幸会。

桑德 呸？谁是你朋友！敢情是没瞧见爷身上这身行头！

你知道我们是谁吗？

男孩 相信我，先生，我们这地方都这么打招呼。

如果你为这声"朋友"感到愤怒，

我就更难过了，希望能给您赔个不是。

桑德 这崽子倒会认错！罢了，找爷有何贵干？

男孩 先生，我听说你和费兰多先生认识。

桑德 我和你都不是瞎子，你一定能看见（抖开衣襟露出徽记），

这就是证据。[指着侍从说]

男孩 能否劳驾给您主子捎个信？

桑德 你先报上你主子名号。

男孩 先生，我为波利多服务，是你主人的朋友。

桑德 你为他服务，你叫什么名字？

男孩 我的名字，先生，我告诉你，我叫卡塔比。

桑德 蛋糕和馅饼①，啊，我馋得牙痒痒，真想把你吃掉一块。

男孩 你为什么要吃我？

桑德 吃就吃了，谁会不吃蛋糕和馅饼呢？

男孩 恶棍，为什么我的名字不能叫卡塔比。但你能不能告诉我你的主人在哪里。

桑德 不，你必须先告诉我你的主人在哪里。

因为我有关于他的好消息，我可以告诉你。

男孩 看，他来了。

[波利多、奥勒留斯和瓦莱利亚入场]

波利多 来吧，亲爱的奥勒留斯，我忠实的朋友。

现在我们要去看看那些可爱的女士们，

比东方珍珠更丰富的美丽，

比阿尔卑斯山的基督像更白，

远比地球上的植物更可爱，

那在空气中发红的植物变成了石头。

桑德，你有什么新消息？

桑德 先生，我的主人给你传来消息，

你必须来参加他明天的婚礼。

波利多 什么，他要结婚了吗？

———————

① 卡塔比（Catapie）英文发音很像蛋糕（cake）和馅饼（pie）的结合。

桑德　我相信，你认为他和你一样，对这件事忍耐得很久了。

波利多　你的主人现在去哪里了？

桑德　他回了我们府上。

　　准备好所有的东西，以备我的新女主人到那里去，但他明天还会来。

波利多　这真是个好差事。

　　好了，先生，带着桑德去吧。

　　马上带他去配膳室。

男孩　我会的，先生。来吧，桑德。

　　　　［桑德和男孩退场］

奥勒留斯　瓦莱利亚，按原计划，

　　你带着你的鲁特琴，到阿方索家去。

　　就说是波利多叫你来的。

波利多　瓦莱利亚，阿方索确实曾向我打听，

　　欲寻个师傅教他长女弹鲁特琴。

　　以你之才，定会得到他的青睐。

　　求你了，瓦莱利亚，你就说是我举荐。

瓦莱利亚　先生，我将在阿方索府邸恭候二位。

　　　　［瓦莱利亚退场］

波利多　现在，亲爱的奥勒留斯通过这个办法，

　　使我们将有闲情逸致来追求我们的爱人。

　　因为当那个悍妇在学习鲁特琴的时候，

　　她的姐妹们自有机会偷闲出游。

　　否则，她定会把她们俩因于闺中，

　　趁自己弹琴的时候，让她们为琐事所累。

　　来吧，我们到阿方索家去，

　　看看瓦莱利亚如何应付凯特。

　　只怕这琴师未必符合学生口味。

　　阿方索来了，请留步。

　　　　［阿方索入场］

阿方索　波利多先生，你好。

我感谢你派给我的这个人。

我认为他是一个好的音乐家。

我已经把我女儿和他安排在一起了。

但这位先生是你的朋友吗？

波利多　是的，他是。我赞美你，先生，请欢迎他。

他是塞斯图斯的一个富商的儿子。

阿方索　先生，欢迎你，在这里如果你需要任何东西，请你尽管说吧。

奥勒留斯　我感谢你，我所得的所有东西，

借由商人带来或从海上运来，

包括缎子、细麻布或天蓝色的绸缎，

或者是印第安人的漂亮尖石，

你都可以调配，也包括我自己和所有人。

阿方索　谢谢先生，波利多带他进去，

欢迎他到我家里来。

我想你一定是我的第二个儿子。

波利多，你知道吗？

费兰多必须与凯特结婚，就在明天。

波利多　竟有这样的事，我现在才知道。

阿方索　波利多，这是真的，请允许我离开一会儿。

因为我必须看着新郎到来，

使一切事都合乎他的心意。

因此，我要离开你一两个小时。[退场]

波利多　来吧，奥勒留斯，跟我进去。

我们去坐一会，和他们谈谈。

然后带他们到前面去吃酒。[退场]

[然后斯赖说话]

斯赖　西蒙，那群演员们什么时候再来呢？

贵族　我的大人啊，马上就来了。

斯赖　这里有更多的酒，塔普斯特在哪里？西蒙，你可以在这里吃些东西。

贵族　好的，大人。

斯赖　西蒙，给你一杯酒。

贵族　我的大人啊，又有演员来了。

斯赖　哦，好样的，你看这两位美丽的淑女。

┤ 场景六 ├

[瓦莱利亚拿着鲁特琴，凯特伴随着他上场]

瓦莱利亚 在悦耳的弦乐声中，那些美丽的树木被音乐所感染。

野蛮的野兽也会垂首昏睡，

如堕入迷梦般沉静，

或许这难取悦的姑娘，

终将被和谐的琴音征服？

来吧，可爱的女主人，请你拿起你的鲁特琴。

弹奏我上次教你的那一曲？

凯特 弹不弹全凭我高兴！

说实话，这玩意儿无趣得很！

瓦莱利亚 亲爱的女主人，我愿为你提供帮助，

帮助你完成你所喜欢的事情。

凯特 你这么善良吗？

那就用你的琴盒做一顶睡帽吧。

既暖了你的蠢头，又能遮住你那肮脏的脸。

瓦莱利亚 亲爱的女主人，若能使您欢心，

纵使蒙羞十次，我也愿意效劳。

凯特 你这般好心肠，不绞死你可惜了。

我想，这个人看起来很蠢。

瓦莱利亚 你为什么要嘲笑我？

凯特 不，我是想让你滚蛋！

瓦莱利亚 好吧，你至少能弹一小段吗？

凯特 把琴给我。

[她弹奏起来]

瓦莱利亚 这个停顿弹错了，再弹一遍。

凯特 那你就把它补上吧，你这肮脏的泼皮。

瓦莱利亚 什么，你要我亲你的屁股吗？

凯特 你最好是至少让我的琴穿过你的秃顶，

让音乐在你耳边飞翔，

我要让它和你那愚蠢的鸡冠头相遇。

[她说要用鲁特琴敲打他]

瓦莱利亚　等等，小姐，你想打破我的琴吗？

凯特　如果你这么对我说话，

就把它拿到别的地方去弹吧。

［她把它扔了下来］

你不要再来这地方。

否则我会把鲁特琴拍在你的脸上。

［凯特退场］

瓦莱利亚　教她弹鲁特琴？

应该先让恶魔教她，我很高兴她走了。

因为我一生中从未如此惧怕过。

但我的琴声应该围绕着我的耳朵。

我的主人要替我教她，

因为我要躲开她的视线。

他和波利多曾派我来陪她，教她弹琴，

而他们却在追求其他女人。

我想他们就在这里了。

［奥勒留斯、波利多、艾米莉亚和菲勒玛入场］

波利多　现在怎么样了？瓦莱利亚，没见到你的女主人？

瓦莱利亚　差点见了阎王！那悍妇简直……

奥勒留斯　为什么，她不肯学琴吗？

瓦莱利亚　是的，嘴皮子功夫倒是学得精！

若非我逃得快，这琴就是我的下场，

谁爱教谁教，我可不奉陪了！

奥勒留斯　好吧，瓦莱利亚，去我的房间，

今天你要陪伴，

那个来自塞斯图斯——我们年迈的父亲居住的地方的人。

［瓦莱利亚退场］

波利多　来吧，美丽的艾米莉亚，我的爱人，

比灼热的阳光更明亮，

如壮丽天空的美景，

在其明亮的外表中闪耀着光芒，

当普罗米修斯偷了朱庇特的东西，

注入呼吸、生命、运动、灵魂，

给每一个你眼睛看到的物体。

哦，美丽的艾米莉亚，我渴望你，

要么享受你的爱，要么死去。

艾米莉亚　我知道你不会为爱而死。

啊，波利多，你不必抱怨，

永恒的天堂很快就会消失，

在这种不幸降临到波利多之前。

波利多　感谢艾米莉亚的这些甜言蜜语，

不知菲勒玛小姐意下如何？

菲勒玛　我在考虑要不要买下他呢！

奥勒留斯　小姐何须破费，

当我横渡沸腾的加勒比海，

航至晶莹的赫勒斯滂①时，

早已命摩尔奴隶掘遍地心矿脉，

打捞深海明珠，

就像朱诺给普里阿摩斯儿子一样的待遇，

你将自由选择所有。

菲勒玛　谢谢你，先生，无论如何，我都会这样报答你，

正如我心甘情愿地给予的那样。

⊢| 场景七 |⊣

[阿方索入场]

阿方索　女儿们，费兰多来了吗？

艾米莉亚　还没有，父亲，我不知道他会耽搁那么久。

阿方索　你姐姐不在这里，她在哪里？

菲勒玛　她正在做准备，如果父亲来了，好一块去教堂。

波利多　我保证不会让你等很久的。

阿方索　去吧，女儿们，把你们的姐姐叫上，告诉她我们已经来了，

---

① 达达尼尔海峡的古称，全书同此说明。

让她跟我们一起去教堂。

[菲勒玛和艾米莉亚退场]

我很惊讶费兰多还没有来。

波利多　对于他想穿的衣服，

他的裁缝可能太松懈了。

他想穿的衣服，

毫无疑问，必须是华丽的服装。

他决心今天穿上，

用华丽的宝石装饰，

金线绣花，珍珠密缀的华服，

他的意思是，这就是他的婚礼装束。

阿方索　管他砸了多少金银，

哪怕那套行头用黄金或丝绸制成，我都不在乎。

但是他本人应该在这里。

我宁愿失去一千克朗，

也不希望他今天爽约，

且慢，他倒来了。

[费兰多穿着简陋，头上戴着一顶红帽子]

费兰多　岳父大人晨安。波利多，你好！

你一定很奇怪我怎么耽误了这么久。

阿方索　我的贤婿，我们差点就要以为，

我们的新郎不会出现在这里，

但是话说回来，你为什么穿这样寒酸的衣服呢？

费兰多　父亲，你应该说这是一套富有的装束，

想我那新娘是这样一个泼妇，一旦我们闹翻了，

她会把我昂贵的华服撕成破布。

所以不如就这样打扮，

对于我告诉你的许多事情都在我的脑海中，

除了凯特和我，其他人没必要知道。

因为我们将活得像羔羊和狮子，

羔羊一旦进入狮子的掌控之下，

就会变得前所未有地驯服，

就像我们结婚之后凯特会表现得那样，

因此，让我们现在就去教堂吧。

波利多　别怕，费兰多，不必感到羞耻。

到我的房间来，自己选一套，我有二十套衣服，从未穿过。

费兰多　不用了，波利多，我有如此多款式的套装，

都是根据我的心情制作的，

与雅典的任何套装一样精美，

与波斯国王庄严的使节穿的大袍一样富丽堂皇，

从这些套装中，我偏偏选择了这一套。

阿方索　求你了！至少换身衣裳，

或者在你和我们一起去教堂之前，

背上一些其他的装束。

费兰多　即使天地倒转，我也不会换（装）。

［凯特入场］

但我的凯特来了，

我必须向她致敬。我可爱的凯特怎么样了？

你准备好了吗？我们去教堂好吗？

凯特　不，我不要和一个如此疯狂、如此卑鄙的人在一起，

嫁给这样一个肮脏下贱的新郎。

除非失了智，

才会选择这样一副行头来求婚。

费兰多　凯特，这句话让我更加爱你，

让我觉得你比以前更美，

甜美的凯特比狄安娜的紫色长袍更可爱，

比白雪皑皑的亚平宁山脉更纯洁，

连北风神波瑞阿斯的霜须也逊色于你。

岳父，我以朱鹭的金喙发誓，

我的凯特比银光粼粼的克桑托斯河①更明艳闪耀。

别在意我的穿着，亲爱的凯特，

你将穿上米底的丝绸华服，

缀满远方珍宝，由意大利商队，

驾俄罗斯雪橇穿越惊涛骇浪运来。

我的爱妻凯特，还会拥有更美的衣裳，

———————————

①　今日的科贾河。

来吧，亲爱的，让我们去教堂，

我发誓这就是我的婚礼礼服。

阿方索 来吧，先生们，跟我们一起走，

因为我们会尽我们所能让他结婚。

─┤ 场景八 ├─

[波利多、男孩和桑德上场]

男孩 到这里来，先生。过来！小子！

桑德 臭小子！竟然敢这么叫你桑德大爷！

我敢肯定，孩子，你没尝过被打得鼻血乱飞的滋味吧！

男孩 玩笑罢了，

我那块馅饼你可还留着？

桑德 馅饼？就知道吃！

也不去看看你的主人在做什么。

男孩 我很饿，你行行好。

桑德 为什么你拿了它，魔鬼就饱了。

有了你，晚饭一点也剩不下，

但你总是准备好大嚼特嚼。

男孩 来吧，伙计，我们会很开心的，

因为你们的主人已经去教堂结婚了，他们要大摆宴席。

桑德 哦，早知道这礼拜都该饿着！

因为我的肚子太饱了，没有地方再放一个馅饼了，

蜜饯挞，杏仁糕……

我想我会因为吃太多而撑破肚皮。

男孩 但你现在怎么办？你的主人结婚了，你的女主人真是个魔鬼，

快把吃东西的事情忘了吧，不然她会打你一顿。

桑德 让我主人一个人陪她吧。

在我离开你之前，要把她驯服得足够好，

因为他是一个如此粗鲁的人，他从来没那么生气，

稍不注意他就把我揍得鬼哭狼嚎。

最小的那个姑娘是一个非常漂亮的姑娘，

但是我认为你的主人不会喜欢她。

至于我自己，我倒想尝尝鲜，

我向你保证，这对我自己来说很难。

男孩 天杀的贱奴！听起来你很想和我的主人成为对手嘛，

说实话，要是这样的话，他将切断你的一条腿。

桑德 哦，好个残酷的审判官！

我的舌头不会再对你说话，我会告诉他主人真实的消息，

从你的前额可以看出，你是一个如此残暴的恶棍，所以你给我等着。

男孩 过来，你这乞丐般的奴隶，拿着这两先令，

这是预先支付给你左腿的医药费，因为我要

狠揍或者把你的腿打成残疾。

桑德 呦，好个鼻孔朝天的臭虫！两先令我先收下了，不过打腿免谈！

男孩 我可不挑地方——逮哪儿打哪儿！

桑德 拿去拿去！把这两先令收回去——要我跟你打？除非你先上绞刑架！

前几天我刚断了胫骨，

还没好利索呢。

罢了罢了，我们何必动手呢！

男孩 行吧，你这番软话

倒让我消了气，暂且饶你。

但瞧——他们从教堂回来了，

怕是已经成婚啦！

[费兰多、凯特、阿方索、波利多、艾米莉亚、奥勒留斯和菲勒玛上场]

费兰多 父亲，我的凯特和我必须回家，

请给我准备好马。

阿方索 你的马！贤婿，我希望你不要开玩笑，

我相信你不会那么匆匆忙忙就走了。

凯特 让他走，我要留下来，

哪有新婚当日就赶路的道理！

费兰多 凯特，我告诉你我们必须回家，

恶棍，你给我的马备好鞍了吗？

桑德 哪匹马？

费兰多 你这个奴隶，你站在这儿胡说八道吗？

快去给那匹红棕色的马安上马鞍，给女主人准备好。

凯特 不用给我准备，我才不去呢。

桑德　马夫不给我马，因为你欠他10便士肉钱。

　　还需要 6 便士用来支付女主人的小马鞍。

费兰多　钱在这里，恶棍，直接付钱给他。

桑德　我要不要再带一小撮马喜欢的薰衣草？

费兰多　出去，奴隶，立刻把马带到门口。

阿方索　为什么？孩子，我希望至少你能和我们一起吃饭。

桑德　我祈祷主人让我们一直待到晚餐结束。

费兰多　恶棍，你怎么还在这儿？

　　［桑德退场］

费兰多　走吧，凯特，我们的晚餐家里已经准备好了。

凯特　休想！我偏要在这里吃饭。

　　你有你的疯癫，我有我的倔强！

　　虽说你心情烦乱，要离开你的朋友们，

　　但我还是要和他们在一起。

费兰多　凯特，你也可以，但要等其他时候，

　　等你的姐妹们都结婚了，

　　你和我就把我们的婚礼办得比现在更好，

　　因为我在她们面前向你保证，

　　我们很快就会再回到她们身边，

　　来吧，凯特，别再拖延，

　　今天是我的日子，你得听我的，明天由你做主，

　　你吩咐什么我就做什么，

　　先生们，再见了，我们走吧，

　　回家要很晚了。

　　［费兰多和凯特退场］

波利多　再见，费兰多，因为你将离开。

阿方索　我从未见过如此疯狂的夫妇。

艾米莉亚　他们正是我希望的那样般配。

菲勒玛　但我认为他不可能驯服她。

　　一旦他没能驯服她，她就会做她想做的事。

奥勒留斯　我敢肯定她的男子气概会愈发强烈。

波利多　奥勒留斯，也许我失去了目标，

　　我怀疑用不了半个月，

　　　　他就会诅咒这么快就让他们结婚的牧师，

　　　　但也许她会被改造，

　　　　因为她最近变得非常有耐心。

阿方索　上帝保佑，他们可以继续下去。

　　　　我不希望他们有意见分歧。

　　　　我希望他能和她生活一段时间。

波利多　在这两天内，我将骑马去找他。

　　　　看看他们的意见是否一致。

阿方索　现在，奥勒留斯，你下一步怎么说？

　　　　你往塞斯图斯送信了吗？

　　　　以向你父亲证明你的爱情？

　　　　因为如果他喜欢你送给他的东西，我会很高兴，

　　　　如果他就是你告诉我的那个人，

　　　　我看他是个大财主，

　　　　我在雅典经常见到他。

　　　　因为他的缘故，我向你保证你会受欢迎的。

波利多　只要我波利多在世一日……

奥勒留斯　我发现这是如此值得，先生们，

　　　　我非常珍视你们的友谊，

　　　　我把你们的各种想法留给你们各自去评判，

　　　　但为了报答你们过去的恩惠，

　　　　我发誓，一旦有机会，

　　　　我会把这些恩惠铭记于心，

　　　　至于我父亲来到这里的时间，

　　　　我预计最晚就在这周。

阿方索　好了，奥勒留斯，但我们忘记了，

　　　　我们的新娘走了，

　　　　这婚宴残局也该收拾了。

　　　　[所有人退场]

　　　　　　　　　　　　　—｜ 场景九 ｜—

　　　　[桑德和两三个侍从一起入场]

桑德　来吧，先生们，尽可能快地准备好所有东西，

　　　　因为我的男主人和我的新女主人很快就要回来了。

他之前派我把所有的东西都准备好。

汤姆 欢迎回家，桑德先生。我们的新女主人看起来怎么样？

他们说她是个狡猾的悍妇。

桑德 我和你将会发现这一点。我可以告诉你，

你不能让她高兴，为什么我的主人

与她有这样的纠葛，他甚至像个疯子。

威尔 为什么？桑德，他说什么？

桑德 为什么？我告诉你：当他们应该去教堂结婚时，

他穿上一件旧上衣、一条到他小腿的帆布裤子，

头上戴着一顶红帽子，

如果当时你在场，他的样子会让你笑破肚皮。

我觉得他简直是个傻瓜。

然后他们什么时候去吃饭呢？

他让我给马套上鞍子，然后他就走了。

他耽搁了晚餐，所以你最好在他们来之前准备好晚餐，

我敢肯定，他们这时候已经快要回来了。

汤姆 桑德，你去看看他们都准备好了没有。

［费兰多和凯特入场］

费兰多 欢迎凯特回家。这些混账在哪里？

这是怎么回事？晚饭竟然还没有准备好？

桌子上也没有任何东西，

我之前派来的那个恶棍呢？

桑德 到！先生，我在。

费兰多 来吧，你这个坏蛋，我要割掉你的鼻子。

你这流氓，给我脱了靴子，然后把桌布铺好。

你这坏蛋想伤了我的脚吗？

我说，轻轻地拉，再来一次。

［费兰多把仆人都打了一顿。

他们铺好桌布，把肉端了上来］

谁把肉烤坏了？

威尔 约翰做的。

［费兰多把桌子、肉和所有的东西都扔了，并殴打了侍从］

费兰多　去吧，你们这些恶棍，背着我拿了那么多肉，

这是你们应受的惩罚。

来吧，凯特，这儿还有其他的肉，

我的房间生火了吗？

桑德　已经准备妥当，大人。

［凯特和费兰多退场］

［侍者吃光了所有的肉］

汤姆　说良心话，我觉得我的主人自从结婚后就疯了。

我留下了他给桑德的一个盒子，用来装他的靴子。

［费兰多再次入场］

桑德　我伤了他的脚，这是不可能的事。

费兰多　是吗？你这该死的坏蛋。

［费兰多又把侍从们全都打了一顿］

我必须保持一会儿这种幽默，

用饥饿和对安逸睡眠的渴望，

来约束和压制我任性的妻子，

她今夜无法安睡，也没有吃饭，

我要喂养她，就像人们喂鹰一样，

让她温柔地接受诱惑，

她是那样顽固，还是那样充满力量，

如同阿尔喀德斯对色雷斯马的驯服，

埃勾斯王用人肉喂养它。①

现在我要把她拉进圈套，使她自己扑过来，

如同饥渴的鹰飞向那诱饵。

─┤ 场景十 ├─

［奥勒留斯和瓦莱利亚入场］

---

① 阿尔喀德斯是古希腊神话中的赫拉克勒斯的别名，这句话指赫拉克勒斯的十二功绩之一——制服狄俄墨得斯的牝马。

奥勒留斯　瓦莱利亚，听好：我有个心上人，

　　如水晶天穹般明澈，

　　如银河乳径般皎洁，

　　似月神菲比①嬉夏时贞静，

　　比赛希莉亚②银鸽颈间的，

　　蔚蓝绒羽更柔软。

　　我定要娶她为妻，

　　在绣榻间尽享渴盼已久的欢愉。

　　如今全仗你相助——

　　只需那商人依计前往阿方索家，

　　谎称是我父亲，签署地契转让文书，

　　助我赢得芳心。

　　他的酬劳我自当兑现。

瓦莱利亚　大人放心，我即刻带他来见您。

　　因为他可以做你所吩咐的任何事。

　　但告诉我，大人，费兰多已经结婚了吗？

奥勒留斯　他已经结婚了，而且波利多很快就要结婚了。

　　他想长久地驯服他的妻子。

瓦莱利亚　他是这样说的。

奥勒留斯　相信他已经去了驯妻学堂。

瓦莱利亚　驯妻学堂？为什么会有这样一个地方？

奥勒留斯　我和费兰多是这个学校的校长。

瓦莱利亚　这很难得，但他用的是什么章法？

奥勒留斯　我不知道，我不知道他是用什么古怪的方法，

　　但来吧，瓦莱利亚，我渴望见到这个人。

　　我们必须通过他来完成我们的计划。

　　我可以告诉他我们要做什么。

---

① 原文是 Phoebe，对罗马神话中狄安娜女神的别称。

② 原文是 Cithereas，现代英语是 Cytherea，古希腊语对罗马神话中维纳斯女神的别称。

瓦莱利亚 那就来吧，我的大人，我会直接带你见他。

奥勒留斯 完全同意，那么我们走吧。

┤ 场景十一 ├

[桑德和他的女主人入场]

桑德 来吧，女主人。

凯特 桑德，我希望你能帮我找点肉吃。

我现在昏昏沉沉的，几乎不能站立。

桑德 女主人，但你知道我的主人

已经给我下了命令，你不能吃任何东西。

除非是他自己给你的东西。

凯特 为什么要他知道呢？

桑德 你说得对，你说现在吃牛肉和芥末酱怎么样？

凯特 这是很好的饭菜，你能帮我弄点吗？

桑德 我可以为你弄一些，但

我觉得芥末对你来说太难吃了。

不过，你觉得羊头和大蒜怎么样？

凯特 什么都可以，我不在乎是什么。

桑德 我是说，我怀疑这些大蒜会让你呼吸散发臭味，

你的呼吸散发出臭味，然后我的主人就会责备我让你吃大蒜。

那么，一只肥美的阉鸡怎么样？

凯特 这是为国王准备的，善良的桑德帮我来点儿。

桑德 不，夫人，这对我们来说太昂贵了，我们不能乱碰国王的食物。

凯特 你在嘲笑我吗？

跟我在这儿磨牙。

[她打他]

桑德 没吃饭啊夫人，下手这么轻？

有我在，你这两天还是别想吃东西了。

凯特 我告诉你这个坏蛋，我要撕开你脸上的肉，把它吃掉。

你敢这样对我说话。

桑德 我的主人来了，他现在正向你走来。

[费兰多入场，拿着一块肉放在他的匕首上，波利多和他一起]

费兰多　凯特，我已经为你准备了饭菜。

　　　　拿去吧，这一切都要感谢我。

　　　　拿去吧，等着你再来，

　　　　感谢你所拥有的下一次……

凯特　我为什么要感谢你呢?

费兰多　不，现在这些饭菜不值一针一线，去吧，把它们拿去。

桑德　好的，主人，我拿走它，让她一个菜也没有，

　　　　因为她可以饥饿着战斗。

波利多　我请求你，先生，把菜留在这吧，因为我和她要吃一些。

费兰多　好吧，再把饭菜放下吧。

凯特　不，不，你有本事就让他把饭菜带走，

　　　　自己全吃了吧，我才不稀罕，

　　　　我才不会为了这一口吃的而关注你，

　　　　我在这里直截了当地告诉你，

　　　　你不可能留下我，也休想照着你的计划圈养我。

　　　　因为我要回家了，回到我父家去。

费兰多　当你端庄温顺了，我自会带你回去，否则你别想离开这儿半步。

　　　　我知道你的胃口还没有恢复，

　　　　所以你不想吃东西也不奇怪。

　　　　我要到你父亲家里去。

　　　　来吧，波利多，我们进房间。

　　　　凯特和我们一起进去，我知道不久之后，

　　　　你和我将深情地赞同彼此。

　　　　　　　　　┤ 场景十二 ├

[奥勒留斯、瓦莱利亚和商人菲洛托斯入场]

奥勒留斯　现在，菲洛托斯阁下，我们要去

　　　　到阿方索家去，你一定要说，

　　　　如同我所告诉你的，你住在塞斯图斯，

　　　　我是你的儿子，

　　　　因为你很像我的父亲。

　　　　你尽管说出你的想法。

菲洛托斯　我向你保证，先生，不会让你担心。

我将用我自己的聪明才智来做这件事。

因为你很快就会得到你爱人的欢心。

奥勒留斯　谢谢你，亲爱的菲洛托斯，那你就留在这里吧。

我就直接去把他带过来。

喂，阿方索阁下，我跟你说句话。

　　［阿方索入场］

阿方索　谁在那里？是奥勒留斯？

你怎么像个生客一样站在门前？

奥勒留斯　我的父亲刚到城里来。

特来与您商议前日所议之事。

阿方索　这位竟是令尊！欢迎你，先生。

菲洛托斯　谢谢你，阿方索，我猜这是你的名字。

我知道我儿子已经下定决心，

向你的女儿表达他的爱意。

因为他是我唯一的儿子，

我很希望他能做得好。

如实说，先生，我不会不喜欢他的选择。

如果你同意他的选择，

他应该有生活费来维持他的生活。

我保证一年三百镑，

给他和他的爱人，如果他们高兴的话，

就让他们在神圣的婚姻中结为夫妇。

还有一千枚纯金锭子，

和两摞银盘。

我无偿地给他，并且直截了当地写出来。

我会用文字确认我所说的话。

阿方索　相信我，我必须赞扬你的自由思想，

和对你儿子的爱护。

在此我同意他的选择。

至于我女儿，我想他知道她的想法。

看在你的面子上，我要增加她的嫁妆，

并欢欢喜喜地举行结婚仪式。

但这位先生也是塞斯图斯的绅士吗？

奥勒留斯　他是塞斯图斯公爵的儿子。

他因爱慕我的名誉，

就这样陪着我来到这个地方。

阿方索　你之前没有告诉我这一点，你应该受到责备，

请原谅我，殿下，

若早知贵驾光临，

我岂敢怠慢分毫！

瓦莱利亚　谢谢你，好阿方索，但我确实是来看看

应该什么时候举行婚礼。

如这婚礼仪式能沾王室荣光，

塞斯图斯与贵府永结盟好，

大人意下如何？

菲洛托斯　这是我的荣幸，我的好大人，

我们会单方拟定这样的内容，

送到你的面前。

在我们的家族和后代之间，

这和平的盟约将永远持续下去，

双方都不受损失，遵守信誉。

阿方索　先生，我全心全意地邀请你

光临敝舍，

我们一起见证这持久爱情的盟约。

瓦莱利亚　来吧，奥勒留斯，我和你一起去。

┤场景十三├

［费兰多、凯特和桑德入场］

桑德　缝纫店店主把我女主人的帽子带回来了。①

费兰多　进来吧，先生。你手里是什么？

店主　一顶天鹅绒帽，先生，请你过目。

桑德　谁买的，是你吗，凯特？

凯特　是又怎么样？过来，先生，把帽子给我，

---

① 缝纫店店主应该从这里进入并在 14 行退出。

我看看是否适合我。

［她将帽子戴在头上］

费兰多　太怪异了，它根本不适合你。

让我看看，凯特。先生，请把它拿回去吧。

这个帽子已经很不流行了。

凯特　潮流正时兴，谁像你一样，

想把我变成一个傻瓜。

费兰多　他的意思是要愚弄你，

让你戴上这样一个粗俗的帽子。

先生，请吧。

［带着礼服的泰勒入场］

桑德　这是泰勒，他带着我女主人的礼服。

费兰多　让我看看，泰勒，礼服这里怎么参差不齐？

你这坏蛋，你把礼服弄坏了。

泰勒　你怎么这么说，先生？我是按照你的人给我的指示做的。

你可以看一看这张纸条。

费兰多　先生，到这里来。

［泰勒读了那张纸条］

泰勒　条款中写的是一个圆形圆顶帽。

桑德　这是真的。

泰勒　和一个硕大的袖子。

桑德　那是个谎言，主人，我说的是两个袖子。

费兰多　好了，先生继续吧。

泰勒　条款里是一个宽体的礼服。

桑德　主人，如果我说过宽体的礼服，

就把我缝在缝里，然后把我打死。

泰勒　我真的是按照纸条上的要求做的。

桑德　纸条放屁！你也放屁！

泰勒　不，不，不，脾气不要这么火爆，因为我不害怕你。

桑德　你听见了吗，泰勒，你是比许多人

更勇敢，但还是吓唬不了我！

泰勒　好吧，先生。

桑德　不要面对我，我不会畏惧，也不会胆怯，

　　　我可以告诉你。

凯特　拿过来吧，我看这衣裳挺好的。

　　　这是我所需要的，横竖我要定了！

　　　不爱看就闭眼。

　　　我反正不会顺你的意。

费兰多　我说，回去吧，拿回去给我擦脚用吧。

桑德　你这坏蛋，若还想要命，不要碰它。

　　　拿我女主人的礼服给你擦脚？

费兰多　那你有何高见？

桑德　高见谈不上。

　　　但就是不能拿我女主人的裙子给你糟蹋！

费兰多　裁缝，过来，这次我把它拿回去，

　　　我会赏你的。

泰勒　十分感激，先生。

　　　[泰勒退场]

费兰多　来吧，凯特，我们现在要去你父亲家看看，

　　　即使穿着这些朴素的衣服，

　　　但我们的钱包会很鼓。

　　　能遮蔽我们的身体，远离冬天的狂风，

　　　这就够了，我们还有什么好在乎的。

　　　你的姐妹明天就要结婚了。

　　　我已答应他们，你可以去参加。

　　　天亮了，我们走吧，

　　　我们到那里时将是九点钟。

凯特　九点，按镇上所有的时钟来看，已经是下午两点多了。

费兰多　我说现在是早上九点。

凯特　明明是下午两点。

费兰多　那我们去找你们的父亲时，就该是九点了。

　　　回来吧，我们今天不走了。

　　　除了跟我作对你还会干什么，

　　　迟早让你字字句句顺我心意！

⊢ 场景十四 ⊣

[波利多、艾米莉亚、奥勒留斯、菲勒玛入场]

波利多　美丽的艾米莉亚，你这盛夏的艳阳女王，

比燃烧的赤道更耀眼——

当福玻斯①高坐天穹，熔炼黄金与宝石时，

艾米莉亚会做什么？

若我被迫离开雅典，浪迹天涯，

你可愿追随？

艾米莉亚　纵使你欲攀登朱庇特的神座，

飞越缥缈的九重天，

或如甘尼米德②被强掳为神侍，

爱也会为我的渴望插上双翼，

修剪杂念，誓死相随——

哪怕如伊卡洛斯③坠海而亡。

奥勒留斯　好个坚贞的艾米莉亚！

但不知菲勒玛是否会对我如此？

且让我一问：

若与我来令尊府上的

塞斯图斯公爵独子，

欲夺菲勒玛芳心，

许你公爵夫人之尊，

你可会弃我而去？

菲勒玛　纵使海神尼普顿④与朱庇特亲临，

菲勒玛也绝不背弃！

即便他让我君临天下，

或封我为诸天之后，

我亦不换他半分情意。

你的相伴即是我的天堂，

---

① 福玻斯（Phoebus）是古希腊神话中太阳神阿波罗的别名。

② 甘尼米德（Ganimed）是古希腊神话中的特洛伊王子，宙斯被他举世无双的容貌吸引，化作苍鹰将他掠至奥林匹克斯山，赋予他不朽的青春，安排他为诸神侍酒。

③ 伊卡洛斯（Icarus）是古希腊神话中代达罗斯的儿子，因飞得太高，羽翼上的封蜡被太阳融化而跌落海中丧生。

④ 尼普顿（Neptune）：是罗马神话中的海神，相当于古希腊神话中的波塞冬（Poseidon）。

失了你，天堂亦成炼狱。

艾米莉亚　如果我的爱人像赫拉克勒斯一样，

　　试图穿越地狱的燃烧之谷，

　　我将用怜悯的眼神和悦耳的话语对待他，

　　就像曾经的奥尔弗斯①用他的和声，

　　用他那竖琴发出悠扬的令人陶醉的声音，

　　唤醒狰狞的普鲁托②，使他顺从。

　　这样你就可以安全地回去了。

菲勒玛　如果我的爱像利安得③一样，

　　尝试游过赫勒斯滂，

　　我愿意跟随你穿过那些汹涌的云层。

　　眉头紧锁，胸膛赤裸，

　　屈膝跪在阿比多斯岸边。

　　我会带着烟雾般的叹息和淡褐色的眼泪，

　　请求尼普顿和水神们，

　　派遣银甲的卫队，

　　特里同④吹响海螺为我们护航。

　　把我们安全地送到岸边。

　　当我绕着你的美颈，

　　加倍亲吻你的脸颊时，

　　海浪依然汹涌。

艾米莉亚　应该像伟大的阿喀琉斯那样，

　　让波利多仅仅用自己的力量去追随军队，

　　如同好战的阿玛宗女王。

　　我将自己推到最稠密的人群中，

　　用我最大的力量帮助我的爱人。

菲勒玛　让风神埃奥勒掀起风暴吧，你要温和而安静。

　　让尼普顿膨胀吧，让奥勒留斯平静和高兴吧。

　　我不在乎，不管发生什么，

---

① 奥尔弗斯（Orpheus）：古希腊神话中的诗人和音乐家的代表。

② 普鲁托（Pluto）：罗马神话中的冥王。

③ 利安得（Leander）：古希腊传说中的人物。利安得爱上了阿佛洛狄忒的女祭司赫洛，因两人的住处隔着一条赫勒斯滂（今达达尼尔海峡），利安得每夜都游过海峡去同赫洛相会。

④ 特里同（Triton）：是古希腊神话中海之信使，海王波塞冬和海后安菲特里忒的儿子。

让命运和机遇尽其所能，

我不考虑他们，他们不会与我不和。

因为我和我的爱人心意相通。

奥勒留斯　甜蜜的菲勒玛，

太阳从那里发出光辉，

让天堂披上你反射的光芒。

现在，我最亲爱的人，时光流逝。

许门①穿上红花袍子，

必须带着他的火把在你身后等待，

如同海伦的兄弟在有角的月亮上，

现在朱诺也要加入你的行列，

商人曾拥有的最美丽的新娘。

波利多　来吧，亲爱的艾米莉亚，我们已经准备好了。

在教堂里，你父亲和其他的人

留下来看我们的结婚仪式。

在上天的注视下打好这个难解的结。

那就来吧，亲爱的，与我同乐。

这一天的满足和甜蜜的庄严。

斯赖　他们现在必须结婚吗？

贵族　是的，我的大人。

─┤ 场景十五 ├─

[费兰多、凯特和桑德入场]

斯赖　看，这个傻瓜现在又来了。

费兰多　去把我们的马牵出来，把它们带到后门去。

桑德　我会的，先生，我向你保证。

[桑德退场]

费兰多　来吧，凯特，我想月光已经照亮了夜空。

凯特　月亮？丈夫，你为什么被欺骗了。

那是太阳。

费兰多　再说一次，再说一次，

───────────

① 司婚姻之神。

　　　　在我们到你父亲那里去之前，就已经是月亮了。

凯特　为什么说是月亮呢？

费兰多　耶稣拯救光荣的月亮。

凯特　耶稣拯救光荣的月亮。

费兰多　我很高兴凯特，你的胃好了。

　　　　我知道，你知道是太阳的缘故。

　　　　但我想看看你是否愿意说话。

　　　　诘问我，就像你以前所做的那样。

　　　　相信我，凯特，如果你没有把它称作月亮，

　　　　毫无疑问，我们就又要回去了。

　　　　但这是谁来了？

　　　［塞斯图斯公爵独自入场］

公爵　我就这样独自从塞斯图斯来，

　　　　抛开了我的贵族礼节和高贵的身份，

　　　　来到雅典，以这种伪装，

　　　　看我的儿子奥勒留斯采取什么行动。

　　　　但请留步，这里有一些人可能也要去雅典。

　　　　好先生，你能告诉我去雅典的路吗？

　　　［费兰多对这个老人说］

　　　　美丽可爱的少女年轻、友善，

　　　　更加纯净和美丽。

　　　　可爱的凯特热情款待这个可爱的女人。

公爵　我认为这个人疯了，他说我是个女人。

凯特　可爱的女士，机智而虔诚，

　　　　像鸟儿一样庄严而美丽。

　　　　如同清晨的露水，光辉灿烂，

　　　　在她的怀抱中绽放她的曙光，

　　　　金色的晨曦睡在你的脸颊上，

　　　　将你的光芒包裹在一些云彩中。

　　　　至少你的才智使这座庄严的城镇，

　　　　像热闹的地带一样可居住，

　　　　带着你可爱的脸上甜美的倒影。

公爵 她疯了吗？还是我的身形变了？

他们两个人都说我是个女人。

但他们肯定是疯了，所以我得走了，

离开他们，以免受到伤害，

要到雅典去找我的儿子。

［公爵退场］

费兰多 怎么会这样，凯特，你的行为很友好，

也很和善：这就是为什么我们两个必须这样生活，

一心一意，两情相悦。

这位好老头却认为我们疯了，

我很高兴地确信他已经走了。

但是来吧，亲爱的凯特，我们会追上他，

现在让他重新恢复原形。

─┤ 场景十六 ├─

［阿方索、菲洛托斯、瓦莱利亚、波利多、艾米莉亚、奥勒留斯和菲勒玛入场］

阿方索 来吧，可爱的孩子们，你们的结婚仪式已经完成，

让我们回家看看有什么酒菜。

我奇怪的是，费兰多和他的妻子

竟没有来这里观看这个庄严的仪式。

波利多 如果费兰多不在，那就不足为奇了。

我想他的妻子让他的心智受到了很大的困扰，

正如谚语所说，

婚姻是爱情的坟墓。

他怕已经戴稳睡帽躺在家里了。

菲洛托斯 但是，波利多，我的儿子和你都要注意，

当心费兰多反以此嘲笑你。

现在阿方索更能表达我的爱，

如果你把你的船送到塞斯图斯去，我就会把它们装满。

我将用阿拉伯的丝绸装点它们。

丰富的香料、麝香决明子、香甜的琥珀，

珍珠、黑玉、象牙，

以感谢我儿子的恩惠

和你对他的友好之情。

瓦莱利亚　为了他的荣耀和这位美丽的新娘，

[塞斯图斯公爵入场]

我将从我父亲的院子里寄给你，

精制糖品数箱，

十桶突尼斯葡萄酒和蜜饯、药品，

来庆祝这一天。

更特许贵邦商队。

以金易铜，以银换利，

用丝绸抵毛呢，

缔结友谊，免税通商。

公爵　先生，我很高兴你能这么坦率，

竟敢冒充我儿!

好个慷慨的"塞斯图斯公爵之子"!

挥霍我镇上的财宝，你们去狂欢，

卑鄙小人，让我蒙羞。

瓦莱利亚　公爵本尊! 我该怎么做?

我为什么让你蒙羞，你知道你在说什么吗?

公爵　难道不卑鄙吗? 他（瓦莱利亚）现在肯定不会说认识我了。

你怎么说，你也忘记我了吗?

菲洛托斯　为什么，先生，你认识我的儿子吗?

公爵　你的儿子?

如果他是你的儿子，

请问先生，我是谁?

奥勒留斯　请原谅我，父亲，请原谅我的错误。

我恳请你听我说话。

公爵　恶棍们，安静下来。抓住他们，

把他们直接送进监狱。

[菲洛托斯和瓦莱利亚逃跑了，然后斯赖说话了]

斯赖　我说他们不会被送进监狱吧。

贵族　我的大人啊，这只是一场戏，他们只是在开玩笑。

斯赖　我告诉你，我觉得他们不会被送到那里，

去监狱就太没意思了，

因此，我说他们不会坐牢。

贵族　他们不会的，我的大人，

他们逃跑了。

斯赖　他们逃跑了吗？很好，

然后再喝点酒，让他们再表演一次。

贵族　这就来，我的大人。

［斯赖饮酒，然后睡着了］

公爵　胆大妄为的小子啊！

不经父亲同意就自己结婚。

我以美丽的月亮女神燃烧的光芒起誓，

如果我在你娶她之前知道，

你的胸膛里住着世界上不朽的灵魂，

这把愤怒的剑应该撕开你那可恨的胸膛，

使你变得比利比亚的沙子还小。

把你的脸转过去：哦，残酷的不孝子。

阿方索，我不认为你会妄想

把你的女儿和我的高贵世家联系在一起，

而且不向我说明原因。

阿方索　天上的主啊，我向你的恩典发誓，

除了瓦莱利亚以外，我不认识其他人，

只知道他是塞斯图斯公爵贵族的儿子，

我的女儿也不知道，我敢为她发誓。

公爵　那个该死的坏蛋欺骗了我。

我还派他侍奉在我儿子左右并指导他。

哦，我愤怒的力量可以劈开大地。

我可以召集地狱里的队伍，

折磨他的心，折磨他不虔诚的灵魂。

天上的星辰不停地转动，

也不会在不断移动的空气中燃起更大的火焰，

而我胸中的怒火却更旺盛。

奥勒留斯　那么就让我的死亡来结束你的悲伤吧，亲爱的父亲，

因为是我给你带来了灾难。

那就报复我吧，因为我在这里发誓，

他们是无辜的。

哦，我曾负责砍掉九头蛇的头，

使阿尔卑斯山的顶峰成为胜者之地。

用我的剑杀戮桀骜不驯的怪兽，

白天在最热的太阳下旅行，

冬天在寒冷的夜里守望，

我愿欣然接受这一切。

我想我所感受到的只是快乐，

使我尊贵的父亲在我归来时，

能忘记并宽恕我的罪行。

菲勒玛　请允许我跪下来请求你的恩典。

赦免他，让死亡解除

你对他所发的重怒。

波利多　我的大人，让我们祈求你的恩典。

净化你心中的忧郁，

不要因为恼怒而玷污了你高贵的心灵，我的大人。

赦免这些恋人的过错吧，

我跪在这里祈求你的恩惠。

艾米莉亚　伟大的塞斯图斯公爵，请允许一个女人说句话，

恳求你用宽广的胸怀宽恕他。

为你的王子，也为我们的主人。

公爵　奥勒留斯站起来，我赦免你。

我看到勇气会有敌人，

命运仍将挫败荣誉。

这位美丽的处女，我也很满意。

既然如此，就接受你（朝向菲勒玛）为我的儿媳，

让你在塞斯图斯的院子里享受贵族的待遇。

菲勒玛　感谢我的好大人，我的命都是你的了，

我一切都服从你，尊敬你。

阿方索　让我感谢你的厚恩，

赐给我们这样辉煌的荣耀。

如果你愿意到我家去，

我会尽我所能地表现出热情和谦逊，

愿意为你效劳。

公爵 谢谢你，好阿方索，但我是一个人来的，

看起来都不像塞斯图斯的公爵。

我也不想让城内的人知道，

我来这里，没有带行囊。

但我既然独自来了，也要独自回去。

留下我的儿子来主持他的宴席，

不久之后，我再重返这里。

尊敬他，因为他是伟大的塞斯图斯公爵杰罗贝尔的儿子。

我要离开了，再见，奥勒留斯。

奥勒留斯 别急，我的大人，我把你送到船上去。

[其他人退场，斯赖睡着了]

贵族 里面是谁？来吧，先生们，

大人又睡着了，去把他扶起来，

再给他换回衣裳，

把他放在我们发现他的地方。

就在酒馆下面，

但无论如何不要吵醒他。

男孩 我的主人会来帮我把他带走的。

┤ 场景十七 ├

[费兰多、奥勒留斯、波利多和他的男孩、瓦莱利亚、桑德入场]

费兰多 来吧，先生们，现在晚饭已经吃完了。

我们该如何打发睡觉前的时间呢？

奥勒留斯 如果你愿意，请相信我们所有的妻子，

她们将在丈夫的召唤下尽早赶来。

波利多 不，费兰多他必须坐在外面，

因为他会一直召唤，直到他疲倦，

他的妻子才会来，才会出席。

费兰多 你有如此温柔的妻子，真是太好了。

但在这场判决中，我不会袖手旁观。

也许凯特很快就会像你的妻子一样赶来。

奥勒留斯　我的妻子很快就会来，只要一百镑。

波利多　我知道了。我也要给你这么多钱，

让我的妻子在我发出命令后尽快到来。

奥勒留斯　现在，费兰多恐怕不敢像我们这样下赌注。

费兰多　我真的不敢像你们这样下赌注！

但是为什么呢，这么少的钱不值得做这么有把握的事。

一百镑，她不会为了这样的小事跑这么远的。

不如你跟我下五百马克的赌注，

谁的妻子在他丈夫呼唤时来得最快，

并显示出她对他的爱意，

就让他享受我们所下的赌注。

怎么样，你敢冒这险吗？

波利多　我敢赌一千镑。

凭我妻子的爱，我与你打赌。

［阿方索入场］

阿方索　为何女婿们争论得这么激烈。

恕我直言，请告诉我因为什么事。

奥勒留斯　虔诚的父亲，关于我们的妻子，

我们已经下了五百马克的赌注，

谁认为妻子对自己的爱最深，谁就应该加入赌局，

把赌注押在自己身上。

阿方索　那么费兰多肯定会输的。

我保证你的妻子很难赶来。

因此，我不希望你参与。

费兰多　啧啧，父亲，要是再多十倍，

我也敢在我可爱的凯特身上冒险。

但如果我输了，我就会付出代价，你也应该如此。

奥勒留斯　以我的名誉起誓，如果我输了，我将付出代价。

波利多　我也会以我的信仰发誓。

费兰多　那么我们坐下来，让我们去叫她们。

阿方索　我答应你，费兰多，但我怕你会输。

奥勒留斯　我先去叫我的妻子。瓦莱利亚，

去叫你的女主人来见我。

瓦莱利亚　这就去，我的大人。

　　[瓦莱利亚退场]

奥勒留斯　这是我的一百英镑。

　　谁能再给我一千英镑？

　　我知道我应该通过她的爱来获得它。

费兰多　我祈祷上帝，你还没有下注太多的钱。

奥勒留斯　相信我，费兰多，我肯定你已经这么做了。

　　因为我敢推测你已经失去了一切。

　　[瓦莱利亚再次入场]

　　现在，你的女主人说了什么？

瓦莱利亚　她很忙，但她很快就会来。

费兰多　为什么这样？我不是早就告诉过你了吗，

　　她很忙，不能来。

奥勒留斯　我祈求上帝保佑，你的妻子不会给你这么好的答复，

　　她可能很忙，但她说她会来。

费兰多　好吧好吧。波利多，派你去找你的妻子。

波利多　同意。男孩，我希望你的女主人到这里来。

男孩　我会的，先生。

　　[男孩退场]

费兰多　我是这样想的，他希望她能来。

阿方索　波利多，我敢为你推测，

　　我想你的妻子是不会拒绝来的。

　　我也很奇怪，奥勒留斯，

　　你的妻子在你叫她来的时候没有来。

　　[男孩再次入场]

波利多　现在你的女主人在哪里？

男孩　她让我告诉你，她不会来的。

　　如果你有什么事，你必须去找她。

费兰多　啊，可怕的、令人无法容忍的傲慢，

　　比厌烦的星光、仲夏的大雪、

地震或任何不可理喻的事情更可怕，

她不会来，但他必须去找她。

波利多　好吧，先生，我希望你能告诉我你妻子会怎么回答。

费兰多　先生，命令你的女主人现在到我这里来。

　　[桑德退场]

奥勒留斯　我想我的妻子虽然没有来，但她会证明她是最善良的。

　　因为现在我没有恐惧，

　　因为我相信费兰多的妻子，她不会来的。

费兰多　越是这样越是可怜，我一定是输了，

　　[凯特和桑德入场]

　　但我已经赢了，因为我看到凯特来了。

凯特　亲爱的丈夫，你要找我吗？

费兰多　是的，我的爱人，我叫你来的。

　　来吧，凯特，你头上的东西是什么？

凯特　没什么，丈夫，我想是我的帽子。

费兰多　拽掉它，把它放在你的脚下。

　　我不想让你戴着它，显得愚蠢。

　　[她摘下帽子，踩在上面]

波利多　哦，神奇的蜕变。

奥勒留斯　这是个奇迹，简直让人难以置信。

费兰多　这是她对我真爱的象征。

　　但我要进一步考验她，你会看到的。

　　来吧，凯特，你的姐妹们在哪里？

凯特　她们正坐在新娘房里。

费兰多　把她们带到这里来。如果她们不愿意来，

　　就带她们来，让她们跟你一起来。

凯特　我会的。

阿方索　我敢向你保证，费兰多，我愿意发誓，

　　你的妻子绝不会为你做这么多。

费兰多　但你会看到她会做得更多，

　　因为你看，她把她的姐妹们强行带来了。

┤ 场景十八 ├

[凯特进入，将菲勒玛和艾米莉亚推到她前面，并让她们来到自己的丈夫面前]

凯特 看，我把她们俩都带来了。

费兰多 做得好，凯特。

艾米莉亚 我相信，这样一个充满爱的和平景象，

　　你的尝试值得得到极大的赞誉。

菲勒玛 我感谢你愚弄了她和我们。

奥勒留斯 菲勒玛，你今天晚上让我损失了一百镑，

　　因为我曾说过你会先来。

波利多 但你艾米莉亚让我失去了更多的东西。

艾米莉亚 你本可以把它保存得更好。

费兰多 现在，可爱的凯特站到这些丈夫们面前，

　　然后告诉这些固执的女人，

　　妻子对丈夫应尽的责任是什么。

凯特 且听我道来，细思我言：

　　那永恒之主吐纳之间，

　　便可重铸乾坤，

　　无始无终，却与混沌时间同在。

　　岁月更迭，世代轮回，

　　春秋代序，昼夜交替，

　　皆由祂手丈量掌控。

　　太初世界，无形无相，

　　混沌无序，万物扭曲，

　　深渊中的深渊，无形之体，

　　诸元素杂乱无章，

　　直至天地主宰，

　　万王之王，荣耀的上帝，

　　六日创世，各归其位。

　　遂按己形造人，

　　取沉睡亚当之肋，

　　造成女子——

亚当称其为"祸患"，

因她带来原罪，

使亚当被判死罪。

故我们当如撒拉顺从丈夫，

敬爱、供养、扶持丈夫，

若丈夫有所需，

甘愿俯身为阶，

以手承其足履。

今日我率先垂范。

[她把手置于丈夫的脚下]

费兰多　我已经很高兴了，你已经赢了赌注。

　　　我相信他们也不能否认这一点。

阿方索　你所赢得的赌注，费兰多。

　　　为了告诉你我是多么高兴。

　　　我再给你一百镑，

　　　额外的嫁妆给这个全新的女儿，

　　　因为她已经不是以前的她了。

费兰多　感谢亲爱的父亲，先生们，晚安，

　　　因为凯特和我今晚要离开。

　　　凯特和我结婚了，你们也要走了。

　　　就这样告别，我们将回到我们的床上。

　　　[费兰多、凯特和桑德退场]

阿方索　现在，奥勒留斯，你对此有何看法？

奥勒留斯　相信我，父亲，我很高兴看到，

　　　费兰多和他的妻子如此恩爱。

　　　[奥勒留斯、菲勒玛、阿方索和瓦莱利亚退场]

艾米莉亚　波利多，你现在在垃圾堆里怎么样？

波利多　我说你是个泼妇。

艾米莉亚　这比受人摆布的绵羊好。

波利多　既然是这样，那就别管了，来吧，我们进去。

　　　[波利多和艾米莉亚退场]

┤ 场景十九 ├

[然后又有两个人进入斯赖的家，把他放在他们发现他的地方，然后出去了。然后塔普斯特入场]

塔普斯特　现在黑夜已经过去了，

拂晓的天幕出现了。

我该出门了——且慢，这是谁？

斯赖？天哪，他竟在这儿睡了一夜！

得叫醒他，我看他早该冻僵了，

得亏灌了一肚子酒撑着！

喂！斯赖！醒醒，别丢人了！

斯赖　再来点酒，怎么了？

我不是一位大人吗？

塔普斯特　酒臭的大人吧？醉鬼还没醒呢！

斯赖　这是谁？塔普斯特，哦，主啊，我昨夜做了一个

惊天大梦，

是你这辈子都没听过的好梦！

塔普斯特　我已经结婚了，你也最好回你家去。

因为你的妻子会责备你在这里睡了一晚上。

斯赖　她会吗？我现在知道如何驯服一个泼妇了。

今夜我一直在梦中驯服一个泼妇，直到现在。

你把我从最美好的梦境中唤醒了，

但我现在要去找我的妻子，如果她激怒了我，

也把她驯服。

塔普斯特　不，你先别走，我跟你回家去。

听听你昨夜所做的梦。

[剧终]

2.《假设》（1566）

乔治·加斯科因　著

┤ 剧中人物 ├

巴里亚　　　　　　　　　奶妈

波利内斯塔	少女
克林德	博士，波利内斯塔的追求者
帕西菲洛	寄生虫、不劳而获者
卡里恩	博士的人
多利波	埃罗斯特拉托假扮的仆人，波利内斯塔的情人
埃罗斯特拉托	多利波假扮的主人，波利内斯塔的追求者
达里奥和克拉皮诺	受雇于假扮的埃罗斯特拉托
斯凯纳斯	一个陌生的绅士
帕奎托和佩特鲁西奥	斯凯纳斯的仆人
达蒙	波利内斯塔的父亲
尼沃拉和他的另外两个侍从	
塞特瑞亚	尼沃拉家里的一个老太婆
菲洛加诺	西西里的绅士，埃罗斯特拉托的父亲
利蒂奥	菲洛加诺的仆人
费拉里斯	费拉拉的一个旅馆老板

[这部喜剧在费拉拉上演了]

─┤ 序言或论据 ├─

　　我想你们聚集在这里，期待收获我辛勤劳动的果实：为了好玩，我现在要给你们介绍一出名为《假设》的喜剧：这个名字可能会让你们的头脑中浮现出各种假设，假设我们"假设"的含义。也许有人会认为，我们（剧作者和演员们）会用精巧的手法处理精妙的假设来吸引你们倾听；也有人会认为，我们试图向你们揭示一些奇特的构思，迄今为止这些构思只是像影子一样被假设：我看到有些人似乎认为我们会用同样的假设使你们感到费神。我看到一些人笑着，好像他们认为我们要让你们费心去猜测一些肆无忌惮的"假设"。但要明白，我们这个假设只不过是一个错误或想象的东西。因为你们会看见主人假扮成奴仆，奴仆假扮成主人，自由人假扮成奴仆，奴仆假扮成自由人，陌生人假扮成熟人，熟人假扮成陌生人。但这是什么？我猜想你们现在可能已经认为我非常不切实际，如此简单地向你们揭示了这些假设的微妙之处：否则实际上，我猜想你们在正确理解这些假设之前，几乎已经听到了我们假设的末尾。那么，这就足够了。

第一幕

| 第一场 |

[巴里亚（奶妈）、波利内斯塔（少女）]

巴里亚　这里没有人，出来吧，波利内斯塔，让我们环顾四周，确信没有人听到我们的谈话。因为我认为房子里的桌子、木板、床、门，还有碗橱都是没有耳朵的。

波利内斯塔　你怎么不说那些窗子和入口。你没看到它们是如何偷听的吗？

巴里亚　你说得真好，但我建议你注意，我已经叮嘱过你千百次了，你要当心，你会被窥视的，你和多利波的谈话早晚有一天会被发现。

波利内斯塔　我为什么不能和多利波谈话，也不能和其他任何人谈话呢？

巴里亚　我已经给你解释过很多次原因了。不过，你也可以去跟他们聊天，听从你自己的建议，直到你让我们所有人都陷入困境。

波利内斯塔　我向你保证，这是一个巨大的不幸。上帝保佑他们，把胸针戴在我的帽子上。

巴里亚　好吧，好好看看你自己。人们会认为你在我的帮助下与多利波度过了这么多愉快的夜晚。然而，我发誓，我这么做很大程度上违背我的意愿，因为我宁愿你爱上一个出身高贵的人。是的，我感到很悲伤，你（拒绝了这么多贵族和绅士的追求）竟然选择了你父亲的一个贫穷的仆从为你的爱人，羞耻和耻辱将是你能找到的最好的嫁妆。

波利内斯塔　我祈求你，除了温柔的奶妈你，我还能感谢谁？你不断地赞美他，为他的人格、他的谦恭，尤其是他内心的极端激情，总之，你会永不停息，直到我接受他，为他高兴，并最终以不逊于他最早对我的爱慕之情喜欢他。

巴里亚　我不能否认，一开始我确实向你推荐了他（因为我可以说我自己有一颗怜悯的心），看到他喷涌而出的感染力，但他不断地用可悲的抱怨来填补我的耳朵。

波利内斯塔　不仅如此，他还用贿赂和奖赏填满了你的钱包，奶妈。

巴里亚　好吧，你可以按你的想法来判断。我一直认为帮助那些可怜的年轻人是一种慈善行为，他们稚嫩的青春被爱的火焰所吞噬。但你要相信，如果我想到你会走到现在的地步，无论是怜悯还是忏悔，我都不会为之开口。

波利内斯塔　不诚实，我求你说说，是谁先把他带进我的房间的？谁先教他到我床上去？永远不要说出来，你会让我讲出一个（你有意）精心设计的故事。

巴里亚　你会感谢我的好意吗？我明白了，我将被视为所有不幸的原因。

波利内斯塔　不，你是我幸福的建造者，因为我会知道我不爱多利波，也不爱任何贫穷的人，但他给予我的爱比你认为的更有价值，但此时我不会多说。

巴里亚　那么我很高兴你改变了主意。

波利内斯塔　不，我既没有改变，也不会改变。

巴里亚　那我就不懂你了，你怎么说？

波利内斯塔　我说我不爱多利波，也不爱他这样的人，而且我既没有也不会改变我的想法。

巴里亚　我看不出来，你很喜欢和多利波说谎，请说清楚。

波利内斯塔　我说得再清楚不过了，我发誓那恰恰相反。

巴里亚　是什么让你这么坚定地告诉我，想让我透露出去吗？你已经尽可能地信任我，（我可以向你展示）如果他们知道的话会毁坏你的声誉。你告诉我这件事的举动很奇怪？我敢肯定，与迄今为止你让我保密的那些事情相比，这只是小事一桩。

波利内斯塔　好吧，这比你想象得更重要。但我要告诉你的条件和承诺是，你不能把它告诉别人，也不能露出任何迹象或给别人暗示，让人怀疑你知道它。

巴里亚　我向你保证我的诚实，说下去。

波利内斯塔　那么你听我说，这个你一直认为是多利波的年轻人，是一个出身高贵的西西里人，他的名字叫埃罗斯特拉托，是菲洛加诺的儿子，是那个国家里最富有的人之一。

巴里亚　他怎么会是埃罗斯特拉托？那不是我们的邻居吗，他到底是谁？

波利内斯塔　不要说话，听我说，我可以向你解释整个情况。他是一个从西西里岛来这里学习的绅士，刚到这里就在街上遇见了我，他非常喜欢我，而且他的热情非常强烈，马上就把长袍和书本都扔在一边，只决定在我身上"学习"。为了能更方便地见到我并与我交谈，他与他的仆人多利波（他只从西西里岛带来了多利波）交换了姓名、住所、衣服和债权，因此，埃罗斯特拉托这个绅士转身变成了仆人多利波。不久后就请求为我父亲服务，并服从了他的安排。

巴里亚　你确定这一点吗？

波利内斯塔　是的，毫无疑问。而另一方面，多利波使用埃罗斯特拉托的名字，还有他的住所、信用、书籍和所有学生需要的东西，并且在短时间内获得了很大的收益，现在就像你看到的那样受到人们的尊敬。

巴里亚　这里没有其他的西西里人，也没有经过这里的人可以发现他们？

波利内斯塔　从这里经过的人很少，在这里停留的人也不多，甚至没有。

巴里亚　这是一次奇怪的冒险！但我请你先把这些事情放在一边，那个你说是仆人而不是主人的学生，正在真诚地追求你，并希望你父亲把你嫁给他？

波利内斯塔　那是他们之间设计的一种策略，目的是让多托波尔博士（下一场的克林德博士）摆脱自负。老顽童，他为了我立即对我父亲撒谎。但是看看他从哪里来，上帝保佑，他是一个多么愚蠢的家伙。我宁愿做一千次修女，也不愿跟这样粗鄙的人生儿育女。

巴里亚　你有你的理由，但在他来之前让我们进去。

　　［波利内斯塔进去了，巴里亚待了一会儿，跟博士说了一两句话，然后就离开了］

┤ 第二场 ├

　　［克林德（博士）、帕西菲洛（寄生虫）、巴里亚（奶妈）］

帕西菲洛　坐在这里的是波利内斯塔和她的奶妈。

克林德　我的波利内斯塔在这里吗？可惜我认不出她。

巴里亚　他必须有更好的视力才能跟你的波利内斯塔结婚，否则他有时会观察他桌子上的最佳点。

帕西菲洛　先生，这不是什么奇怪的事，今天的天气非常糟糕。比起她的面容，我更熟悉她的衣着。

克林德　老实说，我感谢上帝，我的视力很好，只是比我二十岁时差一点。

帕西菲洛　怎么可能不是这样呢？你还年轻。

克林德　我五十岁了。

帕西菲洛　他说的比他实际年龄少十岁。

克林德　你说什么？少了十岁？

帕西菲洛　我说我会以为你年轻一点，你看起来就像三十六岁，或者最多三十七岁。

克林德　我并没有说小年龄。

帕西菲洛　你看起来还能再活五十岁，给我看看你的手。

克林德　为什么，帕西菲洛你还会看手相呢？

帕西菲洛　我怎么就不能会看手相呢？请你给我一点时间。

克林德　给你看。

帕西菲洛　哦，你这条生命线又直又深！你会活到麦基洗德①的岁数。

克林德　你说的应该是，玛士撒拉②。

帕西菲洛　不都是一个人吗？

克林德　我看出来你不是一个很好的圣经读者，帕西菲洛。

帕西菲洛　是的，先生，我改天再看，等天晴了，再告诉你一些，也许会让你满意。

克林德　你会让我很高兴的。但是我请求帕西菲洛你告诉我，你认为波利内斯塔更喜欢谁，埃罗斯特拉托还是我？

帕西菲洛　为什么这么问，毫不怀疑，肯定是更喜欢你啊。她是个心地高尚的女人，

---

① 麦基洗德（Melchisedech）：曾为亚伯拉罕祝福的撒冷王和祭司。
② 玛士撒拉（原文 Methusalem，现代英语写作 Methuselah）：是诺亚的祖父，用于比喻长寿的人。

她为嫁给虔敬的你而获得的荣誉感到自豪，而不是那个可怜的学者，他的出身和血统上帝都是知晓的，其他的人很少了解。

克林德 但在这个国家，他还是勇敢地接受了这个事实。

帕西菲洛 是的，没有人知道相反的情况；但让他勇敢地去，凭着他的出身，做他能做的事，你身体里的美德和知识，比所有他去过的国家都更有价值。

克林德 不是我自夸，而是实际上我可以说（而且说实话），比起世界上所有的财富，我的知识更能使我在紧要关头有更好的未来。当土耳其人获胜时，我从奥特朗托出来，首先我来到帕多瓦，在此之后，通过阅读、咨询和辩论，在 20 年内，我已经挣了差不多一万金币了。

帕西菲洛 是的，这就是正统的知识：哲学、诗歌、逻辑学和其他所有的东西，与此相比，别的不过是些微不足道的科学。

克林德 但实际上，我们有一句"微不足道"的诗：

法律的行当填满了喧嚣的袋子，

他们①穿着丝绸游泳，而其他人穿着破布喧闹。

帕西菲洛 哦，多么优秀的诗句，谁做的？维吉尔？

克林德 维吉尔？在我们的一份注释中是这样写。

帕西菲洛 当然，不管是谁写的，其寓意都很好，值得用金字写出来。但说到这里：我认为你将永远无法找回你在奥特朗托失去的财富。

克林德 我想我的资产已经翻倍了，甚至翻了两倍，但事实上，我在那里失去了我唯一的儿子，一个五岁的孩子。

帕西菲洛 太可惜了。

克林德 是的，我宁愿失去世界上所有的财物。

帕西菲洛 唉！上帝啊，这样血统的后代在这个时代罕见。

克林德 我不知道他是被杀了，还是土耳其人收留了他，并让他成为奴隶。

帕西菲洛 唉，我都要哭了，虽然很同情你，但没有补救办法，还是耐心点，你会得到很多神的恩典。

克林德 是的，如果我得到她。

帕西菲洛 得到她？你为什么怀疑这一点呢？

克林德 为什么？她父亲迟迟不答应我，所以我必须怀疑。

帕西菲洛 他是个聪明人，希望把他的女儿安置好。他不会太急于下定决心，他会好好考虑这件事。让他考虑，因为他越是认为这件事重要，越说明他认为你很好。

---

① 原文是"they"，指从事法律行业的人。该诗句通过对比法律从业者生活的奢华和其他人的贫困，突出了法律行业的繁荣。

在这个城市里，谁的福祉、谁的勇气、谁的技能或谁的评价能与你相比？

克林德 你不是告诉过他我要给他女儿两千金币的彩礼吗？

帕西菲洛 当然，我这会儿刚从他那里回来。

克林德 他说什么？

帕西菲洛 没什么，只是埃罗斯特拉托提出了类似的建议。

克林德 埃罗斯特拉托？他怎么出得起彩礼？他父亲还活着？

帕西菲洛 你认为我没有告诉他吗？是的，我向你保证，我没有忘记抓住任何机会助你成功。你不要怀疑，除非做梦，否则埃罗斯特拉托永远不会拥有她。

克林德 好吧，温柔的帕西菲洛，快去吧，告诉达蒙我只需要他的女儿。我不想要他的财产。如果这两千金币的彩礼还不够，我就再加五百，或者一千，或者他要求的任何东西，在所不惜。去吧，帕西菲洛，表现出你为我工作的热情：不惜一切代价，既然我已经走了这么远的路，我不愿意被人拒绝。去吧。

帕西菲洛 我又该到哪里去找你呢？

克林德 在我家里。

帕西菲洛 什么时候？

克林德 你愿意的时候（就可以来）。

帕西菲洛 我可以在晚餐时间来吗？

克林德 我想请你吃晚饭，但我是一个圣徒，我甚至曾经禁食。

帕西菲洛 斋戒，直到你饿死。

克林德 听我说。

帕西菲洛 他说的是一个死人的斋戒。

克林德 你不听我说的话。

帕西菲洛 你也不了解我。

克林德 我敢说你很生气，我没有去吃饭，但如果你愿意来，你可以拿走你想要的东西。

帕西菲洛 什么？你以为我不知道在哪里吃饭？

克林德 是的，帕西菲洛，你不要去找了。

帕西菲洛 不，你肯定，有很多人都会向我祈祷。

克林德 我很了解，帕西菲洛，但你在任何地方都不会比我更受欢迎，我会等你。

帕西菲洛 好吧，既然你需要，我就来。

克林德 那就快去吧，除了好消息，不要带来任何消息。

帕西菲洛 比我得到的奖赏还好。

[克林德退场，帕西菲洛继续在场表述]

| 第三场 |

[帕西菲洛、多利波]

帕西菲洛 可悲的觊觎者啊，他以圣尼古拉禁食为理由找了一个借口，我因而不能和他一起吃饭，好像我要抢他的吃的似的。他准备的宴席很丰盛，我向你保证，虽然你认为我必须和他一起吃饭，这也不足为奇，因为除了这一点以外，他的给养是极其贫乏的，然而他的饮食和我的有很大的不同。我从来没有喝过他所喝的酒，我只在边上吃黑面包。我总是伸手去拿他的盘子，因为桌子上除了那盘子，没有别的。但他认为，为了这样一顿晚餐，我就一定要尽我所能地为他效劳。他还认为，我所有的辛劳都得到了充分的回报，仅仅因为这样一次节日（宴席）的提升。也许有些人认为我在他手下工作有很大的收益；但我可以发誓，这些年我赚的钱还不如我长袜上的扣子多（只有三个，包括裤裆扣）；他认为我可以靠他的恩惠和甜言蜜语过活，但如果我不能另谋生路，帕西菲洛就会陷入困境。帕西菲洛有不止一个牧场可以放牧，我向你保证：我和这位学者埃罗斯特拉托（他的对手）以及克林德都有来往；我一会儿和其中一个在一起，一会儿和另一个人在一起，根据我看到他们的厨师在市场上准备的美食：我找到了一种方法，让我在两边都受欢迎。如果一方看到我和另一方交谈，我会让他相信这是为了打听消息以促进他的事业：这样我就成了双方的中间人。好吧，让他们双方尽力而为吧，因为我实际上不会为他们任何一方奔波：但我会在每一边都表现得像在创造奇迹。但这不是达蒙的一个仆人出来了吗？是的：从他那里我可以了解他的主人在哪里。这位快乐的风流男人要去哪里？

多利波 我是来找人陪我主人吃饭的，他一个人，希望能找个好伙伴。

帕西菲洛 不用多说了，你不可能找到比我更好的人。

多利波 我不能带这么多人。

帕西菲洛 有多少人？我是自己来的。

多利波 你一个人怎么能来呢？你的心里一直有一个军团的狼群呢。

帕西菲洛 你（就像仆人们常做的那样）讨厌那些喜欢拜访主人的人。

多利波 为什么呢？

帕西菲洛 因为他们有太多的牙齿，正如你所想的。

多利波 不，是因为他们的舌头太多。

帕西菲洛 舌头？我请问，我的舌头曾经伤害过你吗？

多利波 我说的这种人与你无关，帕西菲洛，进去吧，我的主人已经准备好吃饭了。

帕西菲洛 什么？他这么早吃饭？

多利波　早起的人，吃饭就早。

帕西菲洛　我真希望我是他的仆人，我的博士主人从不这么早吃饭，而上帝知道多么棘手。我敢进去，因为我认为自己是被邀请进去的。

多利波　你最好如此。

[帕西菲洛入内，多利波重新表述]

当我第一次开始这项不幸的事业时，我遇到了困难。因为我认为解决我的悲惨遭遇最有效的办法是与我的仆人交换姓名、衣服和信誉，并让我自己为达蒙服务。我想，就像用炽热的火来驱赶寒冷，用酒来解渴，用愉快的晚餐来驱赶饥饿一样，一千种类似的激情可以通过它们的反面得到补救，所以我不安的欲望可能会通过不断的沉思而平静下来。但是，唉，我发现只有爱情是无法满足的。因为就像魔鬼玩弄火焰，直到最后发现她才是自己堕落的原因，以亲吻和爱抚来满足他肆无忌惮的欲望的情人通常被认为是损耗自身的唯一原因。自从我成为丘比特宣誓的仆人以来，已经过去了两年（在此期间，我一直为达蒙服务）。我从他那里得到了有史以来最多的好处和恩惠。我随时都可以自由地看我所爱的人，与她交谈，拥抱她，而且（秘密地说）与她睡觉。我收获了我的欲望的果实；然而，当我的生活充满快乐时，我的痛苦也随之增加。我和贪得无厌的人一样，随心所欲地拥有整个世界，永远不会满足。我拥有的越多，我的渴望就越多。如果在我所有的努力下，她被她的父亲送给了这个宠爱她的老博士，这个骗子，这个贿赂她的坏蛋，用这么多的手段想从她父亲的手中得到她，那我的处境是多么的悲惨啊？我知道她爱我胜过所有其他人，但是当她被迫嫁给另一个人时，这能占上风吗？唉，我最后的甜蜜快乐在我的记忆中仍然如此完美，以至于最轻微的悲伤似乎比我嘴里的胆汁更苦。如果我从来不知道快乐，我可能会更满足地度过这些可怕的痛苦。如果这个满脸麻子的人会赢得她，那么可以说，我就要与愉快的谈话、亲切的拥抱告别，与我的波利内斯塔告别。因为他会像一个卑鄙小人一样，把她关押起来，我想她就再也看不到空中的鸟儿了。我希望通过我的仆人（他被认为是埃罗斯特拉托，因为我的家世和声誉而被尊重）为自己找个求婚者，至少可以和那个博士的求婚相抗衡。但是我的主人知道那位博士很富有，又怀疑另一位的状况，决定不再听花言巧语，而是接受这位博士（他很了解他的博士）做他的女婿。"唔，我的仆人昨天答应我，要再设计一个新的阴谋，让博士因他的自负被赶走，并设下一个圈套，让狐狸自己落入其中。这个圈套到底是什么，我不知道，他去后我也没有再见到他。我去看看他是否在里面，如果他不帮助我，至少这一次还可以延长我的寿命。但是他的走卒来了。喂，杰克，埃罗斯特拉托在哪里？

[克拉皮诺必须提着篮子，手里拿着棍子进来]

—| 第四场 |—

［克拉皮诺、多利波］

克拉皮诺　埃罗斯特拉托？他在他的皮囊里。

多利波　啊，好孩子，我说，我怎么能找到埃罗斯特拉托呢？

克拉皮诺　找到他？你怎么说呢，是在一周内还是在一年内？

多利波　你这个坏蛋，如果我抓住你的耳朵，我会让你直接回答我。

克拉皮诺　你说什么？

多利波　等我一下。

克拉皮诺　说实话，先生，我没有时间。

多利波　我们要不要试试谁跑得最快？

克拉皮诺　你的腿比我的长，你应该给我一个机会。

多利波　告诉我埃罗斯特拉托在哪里？

克拉皮诺　我把他留在街上，他把这个匣子给了我（我想说的是这个篮子），并要我把它带给达里奥，然后在公爵府还给他。

多利波　如果你见到他，告诉他我必须马上和他谈谈，或者等一会儿，我自己去找他，而不是到他家去被怀疑。

［克拉皮诺走了，多利波也走了；之后，多利波再次来找埃罗斯特拉托］

［第一幕结束］

第二幕

—| 第一场 |—

［多利波、埃罗斯特拉托］

多利波　我想，如果我有阿古斯①那样多的眼睛，我也不可能在每条街道和每条小巷里更仔细地寻找一个人，在费拉拉城，没有多少绅士、学者和商人，但我都见过他们，只有他除外。也许他是走别的路回家的，但是得找到他最后去的地方。

埃罗斯特拉托　这么快，我就发现了我的好主人。

多利波　看在上帝的份上，请叫我多利波而不是主人，保持你迄今所保持的声誉，让我独自一人吧。

埃罗斯特拉托　然而，先生，有时候也得让我履行我的职责啊，特别是在没有人听的地方。

---

① 阿古斯（Argus）：即古希腊神话中的百眼巨人。

多利波　是的，只要你习惯称我为主人，我们就会被听到。有什么消息？

埃罗斯特拉托　好消息。

多利波　真的吗？

埃罗斯特拉托　是的，太好了，我们赢得了赌注。

多利波　哦，如果这是真的，我有多高兴？

埃罗斯特拉托　你听我说，昨天晚上，我走了出去。我找到了帕西菲洛，在他的苦苦哀求下，我把他请到家里来吃晚饭，在那里，我使用我用过的一些手段，使他成了我的好朋友，并告诉了我咱们对手的全部决心。是的，还有达蒙打算做什么，并答应我，他会不时向我报告他能观察到的事。

多利波　我不知道你是否认识他，他不值得信任，他是一个非常谄媚的、爱说谎的骗子。

埃罗斯特拉托　我很了解他，他不可能欺骗我，他告诉我的这些，我知道一定是真的。

多利波　那实际上是什么呢？

埃罗斯特拉托　达蒙打算把他的女儿嫁给这位博士，根据他所提供的彩礼。

多利波　这就是你的好消息吗？所谓的大好消息吗？

埃罗斯特拉托　等一等，在你听完我的话以后，你就会明白我的意思了。

多利波　好吧，说下去。

埃罗斯特拉托　我回答说，我准备给她同样的彩礼。

多利波　说得好。

埃罗斯特拉托　先等一下，你还没有听到最坏的消息。

多利波　上帝啊，后面还有更糟糕的吗？

埃罗斯特拉托　更糟？如果没有我父亲菲洛加诺的特别同意，你认为我还能做出什么保证？

多利波　不，你可以的，你比我更有学问。

埃罗斯特拉托　在这一点上，你已经浪费了很多时间：因为你现在所看的书都是关于无关紧要的科学的。

多利波　不要说笑了，继续吧。

埃罗斯特拉托　进一步说，我最近收到父亲的来信，我知道他很快就会来提供我所承诺的一切。因此我要求他代表我请求达蒙，让他把对博士的承诺推迟四天或更长时间。

多利波　但到了第四天晚上，菲洛加诺不来，我怎么办呢？即使他来了，我又怎么能指望他同意呢，因为他将看到，为了追寻这项爱情事业，我已经抛开了所有的学业，抛开了对爱情的回忆，抛开了对耻辱的恐惧。唉，唉，我都想去上吊了。

埃罗斯特拉托　你安心吧，相信我。一物降一物，你不要怀疑，对于这个错误，我们会找到补救办法的。

多利波 朋友啊，救救我吧。自从发现这个问题以来，我一直被这个问题困扰。

埃罗斯特拉托 那么请倾听一下我的经历：今天早上我骑着马到田野里寻找自我安慰，当我穿过圣安东尼门外时，我在山脚下遇到了一位骑着马的绅士，有两三个人陪伴着他。正如我从他的习惯和长相所推测的那样，他应该不是最聪明的。他向我致意，我也向他致意。他回答说，他从威尼斯来，然后途经帕多瓦，现在要去费拉拉，然后去他的国家，也就是塞纳。当我知道他是斯凯纳斯时，我的眼睛都快活起来了（就像我带着钦佩的心情对他说，你是去费拉拉的斯凯纳斯吗？），为什么不呢，他说（并且他的声音多半是颤抖的），我知道如果你在费拉拉被人知道是一个骗子，那你一定是个胆小鬼。他非常激动，恳切地要求我告诉他我的情况。

多利波 我不明白这有什么用。

埃罗斯特拉托 我相信你，但请听我说。

多利波 那你继续说吧。

埃罗斯特拉托 我是这样回答他的：先生，因为我在贵国受到礼遇（在那儿当学生时），因此，如果我知道那个国家发生了任何不幸，即使上帝不允许，我也要公开它。令我惊讶的是，你竟然不知道你的同胞前几天对赫拉克勒斯伯爵的大使造成的伤害。

多利波 这都是什么故事啊？这些对我有什么用处？

埃罗斯特拉托 如果你愿意听一听，你会发现它们不是故事，但它们对你的影响比你想象的要大。

多利波 继续。

埃罗斯特拉托 我进一步告诉他，赫拉克勒斯伯爵的大使有各种各样的骡子、货车和马车，载满了各种各样的昂贵珠宝、华丽的家具和其他他们作为礼物送给那不勒斯国王的东西，从这里经过。他们不仅被你称为顾客的官员留在了锡耶纳，而且被搜查、洗劫，最后被索要贡品，就好像它们是一个卑鄙的商人的货物。

多利波 他的故事与我的事有关系吗？

埃罗斯特拉托 你真没有耐心，请继续听下去。

多利波 接着说。

埃罗斯特拉托 我接着说，由于这些原因，公爵①派他的使臣向那里的元老院陈述情况，他得到了有史以来最无礼的答复。于是他对那个国家的所有人都感到非常愤怒。为了报复，他发誓要把他们中所有来费拉拉的人都洗劫一空，只能穿着一身上衣和袜子回家。

多利波 我请问你，你怎么会突然想出或编出这样的谎言？其目的何在？

---

① 报复赫拉克勒斯伯爵者。

埃罗斯特拉托　你将发现这利于达成我们的目的。

多利波　我希望能听到你的结论。

埃罗斯特拉托　你假装走下台阶，然后来到篱笆前。我希望你能听到我的话，并看到我为使他明白这一点而做的手势。

多利波　我相信你，因为我知道你很会假装。

埃罗斯特拉托　我还说，公爵已经下令，让自己手下的人每天报告有多少人来到他们的地盘。这位先生（正如我一开始所猜测的那样）是个不聪明的人，当他听到这些消息时，把他的马转向另一边。

多利波　他很可能不是很聪明，因为他竟然相信了关于他国家的那些话，如果这是真的，每个人肯定都知道了。

埃罗斯特拉托　他怎么会不信？他已经有一个月都没有到过他的国家了，我告诉他这是在这七天内发生的事。

多利波　可能是他的经验不足吧。

埃罗斯特拉托　我想，他的经验可能很少，但对我们的目的来说，我遇到这样的人是最好的，也是最好的冒险。现在听我祈祷。

多利波　我请求你赶快说完吧。

埃罗斯特拉托　正如我所说的，当他说这些话的时候，就想把马缰绳转过来。我装出一副沉思和关心他的样子，停了一会儿，然后大叹一声对他说，先生们，由于我在贵国受到的礼遇，也为了你们的事务将得到更好的处理，我将想办法让你们住在我的家里，你们应该对每个人说，你是卡塔尼亚的西西里人，你的名字叫菲洛加诺，是我的父亲，来自那个国家和城市，我叫埃罗斯特拉托。为了取悦你，我将在你住在这里的时间内像对我的父亲一样尊敬你。

多利波　我是个多么愚蠢的傻瓜？现在我明白了这个故事的来龙去脉。

埃罗斯特拉托　那么，你对它的看法如何呢？

多利波　无所谓，但有一件事我很怀疑。

埃罗斯特拉托　什么事？

多利波　他在这里待两三天后就会听到人人都说公爵和锡耶纳镇之间没有这种事。

埃罗斯特拉托　至于那件事，让我自己说吧，我的确会好好地招待他，在这两三天内，我会把整个事情都告诉他，毫无疑问，我会带他来履行我对达蒙许下的诺言。因为他会用一个陌生的名字而不是自己的名字，这对他有什么伤害呢？

多利波　什么，你以为他会因贵族的两千彩礼而束手束脚吗？

埃罗斯特拉托　是的，如果是一万彩礼，为什么不呢？只要他事实上不是被约束的人？

多利波　好吧，如果是这样的话，我们应该怎样做才能更好地达成我们的目的？

埃罗斯特拉托　我们已经做得够多了，还能做什么呢？

多利波　你把他留在哪里了?

埃罗斯特拉托　他的那些马被安置在了小旅馆里,他和他的仆人都在我的房子里。

多利波　你为什么不把他带来?

埃罗斯特拉托　我想最好先遵从你的建议。

多利波　好吧,去把他带回家,为他做所有你能做的事,如果不花钱,我会同意的。

埃罗斯特拉托　你看,他过来了。

多利波　是他吗?你去见他吧,在我看来,他是个好人。为他捕鱼的人,一定能捕到一条鳕鱼。我在这里休息一会儿,以调教他。

[埃罗斯特拉托看见了斯凯纳斯,朝他走去。多利波站在一边]

─┤ 第二场 ├─

[斯凯纳斯、帕奎托(仆人)、佩特鲁西奥(仆人)、埃罗斯特拉托]

斯凯纳斯　在这个世界上劳苦的人会经历许多危险。

帕奎托　你说得对,先生,今天早上在渡口,如果船的载重再大一点,我们就会被淹死。因为我认为我们中没有人能够游得动。

斯凯纳斯　我没说过这个。

帕奎托　哦,你是说我们从帕多瓦来的时候走的那条烂路,我向你保证,我曾经有两三次担心你的骡子会陷入泥潭。

斯凯纳斯　耶稣啊,你真是个大傻瓜,我说的是我们来到这个城市后目前所处的困境。

帕奎托　我向你保证,我们刚到这里的时候,也遇到了很大的困境。不过,现在你找到了一个朋友,他把你们从小旅馆中带出来,并将你们安置在他自己的房子里。

斯凯纳斯　是的,上帝会奖励我们遇到的那个年轻绅士,否则我们此时已经陷入了令人警惕的境地。但是,这些故事已经结束了,请注意,你也请注意,你们谁也不要说我是斯凯纳斯,记住,你要叫我卡塔尼亚的菲洛加诺。

帕奎托　当然,我永远不会记得那些古怪的词,我会记住哈塔尼亚。

斯凯纳斯　我说的是卡塔尼亚,而不是哈塔尼亚,记清楚了。

帕奎托　必要时再给它取个名字吧,因为我永远也记不住它。

斯凯纳斯　然后保持安静,注意你的名字。

帕奎托　你怎么说,如果我像以前在克里索博卢斯的房子里那样迷恋自己呢?

斯凯纳斯　做你认为最好的事;不过,你看,我们如此依赖的绅士来了。

埃罗斯特拉托　欢迎,我亲爱的父亲菲洛加诺。

斯凯纳斯　不得了!我的好儿子埃罗斯特拉托。

埃罗斯特拉托　说得好,请注意你说话的方式,因为这些费拉拉人就像地狱的恶魔一样狡猾。

斯凯纳斯　不，不，你确定我们会按照你的吩咐去做。

埃罗斯特拉托　因为如果你说出斯凯纳斯的名字，他们就会立即把你毁了，把你赶出城去，比我用一千克朗给你带来的耻辱还大。

斯凯纳斯　我向你保证，我去找你的时候已经给了他们警告，我不怀疑他们会好好听话。

埃罗斯特拉托　是的，不要相信我家里的仆人，因为他们都是费拉拉人，从不认识我的父亲，也从未到过西西里。这是我的房子，你愿意进去吗？我就跟着你进去。

[他们进去了。多利波注意到博士和他的人进来了]

─┤ 第三场 ├─

[多利波]

这个齿轮没有邪恶的开始，如果它继续下去并有一个幸福的结局。可这不就是那个傻博士，那个昏聩的傻瓜，竟敢冒昧地追求这样一个完美的人？啊，贪婪如何蒙蔽了普通人的双眼。达蒙更渴望彩礼，而不考虑他温柔勇敢的女儿，他决定让博士成为他的女婿，而博士的年龄都可以当他的公公了。达蒙更看重巨额财富，而不是他自己的亲生孩子。他满心想装满他自己的钱包，但很少想到他女儿的钱包会不断地被掏空，除非博士用更多的钱来装满。唉。我在开玩笑，却并不快乐，我将站在一边，对着这个大胡子笑一笑。

[多利波窥见博士和他的人来了]

─┤ 第四场 ├─

[卡里恩（博士的人）、克林德（博士）、多利波]

卡里恩　主人，你在这个时候去找客人是什么意思？市政的官员们在这个时候已经吃过饭了，他们总是在市场上最后吃。

克林德　我是来找帕西菲洛的，希望他能和我一起吃饭。

卡里恩　五六个人再加一只猫，要吃五分钱的奶酪和几条胡瓜鱼，根本不够：这就是你为你和你的家人准备的所有美味佳肴。

克林德　啊，贪婪的肠子，你害怕得不到你想要的吗？

卡里恩　我是怕了，这不是我第一次发现。

多利波　我要不要和这位英勇的人打打交道？我该对他说什么？

克林德　你恐怕他要把你和其他人都杀了。

卡里恩　不，他宁愿把你的骡子连头带尾都吃掉。

克林德　连头带尾？为什么不是骡肉和全部呢？

卡里恩　因为骡子身上没有肉。如果她有肉，我想你这时候早就把她吃掉了。

克林德　她可能会感谢你的出席。

卡里恩　不，她可能会感谢你的容忍。

多利波　说真的，让我一个人静一静吧。

克林德　别出声，醉鬼，去找我的帕西菲洛。

多利波　既然我不能做得更好，我会在他和帕西菲洛之间摆出这样的态度，这样这个小镇上的所有人都不会和他们成为朋友。

卡里恩　你没有派人找他吗？但你自己为什么要来？你来肯定另有目的，因为如果你请帕西菲洛吃饭，我敢说他早就在这儿待一个小时了。

克林德　别作声，这是达蒙的一个仆人，我会知道他在哪里的。好家伙，你不是达蒙的仆人吗？

多利波　是的，先生，听你的吩咐。

克林德　那么能告诉我，帕西菲洛今天来过这里吗？

多利波　是的，先生，而且我认为他还在这里，哈哈哈。

克林德　你笑什么？

多利波　一件事，每个人都不觉得好笑的一件事。

克林德　什么事？

多利波　帕西菲洛今天和我主人谈话了。

克林德　请问说了什么？

多利波　我不可以说。

克林德　这与我有关吗？

多利波　不，我什么也不说。

克林德　告诉我。

多利波　我不能再说了。

克林德　我只想知道这是否与我有关，请你告诉我。

多利波　我会告诉你，如果你保证不会告诉别人的话。

克林德　相信我，我会保密的。卡里恩，你先去旁边等着，让我们单独聊一会。

多利波　如果我的主人知道这事是我说出去的，我宁愿死一千次。

克林德　他永远不会知道，继续说。

多利波　是的，但我能得到什么保证呢？

克林德　我把我的信仰和诚实交给你。

多利波　信仰和诚实？傻瓜也不会借给你一分钱。

克林德　是的，但在诚实的人中，它比黄金更有价值。

多利波　是的，先生，但他们在哪里？你需要我告诉你吗？

克林德　是的，如果这与我有关，我请求你。

多利波　是的，与你有关，我很乐意告诉你，因为我不会让这样一个值得尊敬的人被一个恶毒、下流的人如此蔑视。

克林德　我请你告诉我。

多利波　我会告诉你，但你要发誓永远不会告诉帕西菲洛，不会告诉我的主人，也不会告诉任何其他人。

卡里恩　肯定是为了从他身上弄点钱而设计的一些把戏。

克林德　我想我这里有一份书面记录。

卡里恩　如果他像我一样了解他，他就不会干这种事了，因为他这样狂妄自大，要从他的钱包里掏出一便士，就像用钳子从他的下巴上抠掉一颗牙齿一样难。

克林德　这儿有一封信可以交给你。我以信中的内容向你发誓，绝不将其透露给任何人。

多利波　我会告诉你，我很遗憾看到帕西菲洛如何误导你、说服你，让你相信他总是为你付出劳苦，事实上，他不断地欺骗我的主人，俨然一个出生在西西里的陌生人或学者，人们称他为洛斯库斯或阿斯基斯，他有个编造的名字，我始终记不住。

克林德　你描述得很疯狂：这难道不是埃罗斯特拉托吗？

多利波　同样的，我永远不会记得它，那个恶棍总是尽可能地说你的坏话。

克林德　跟谁说？

多利波　跟我的主人说，是的，有时也跟波利内斯塔说。

克林德　有可能吗？啊，奴隶，他说什么？

多利波　比我想象的更邪恶。他说你是有史以来最悲惨、最卑鄙的人。

克林德　帕西菲洛是这样说的吗？

多利波　他每次到你家来，都像要饿死一样，而你却过得很好。

克林德　魔鬼带他去别的地方。

多利波　他还说你是最暴躁的人，全世界最难取悦的人，除非他不断痛苦地折磨自己，否则无法取悦你。

克林德　哦，恶魔般的舌头。

多利波　他还说你不停地咳嗽、吐口水，真让人受不了。

克林德　我从未像这样吐痰或咳嗽，"呼——呼"，我吐痰或咳嗽是自从得了感冒开始的，但谁没得过感冒呢？

多利波　你说得对，先生，但他还说，你的腋窝很臭，你的脚更臭，你的口气最臭。

克林德　如果我不为此报复他……

多利波 他还说你的裤裆破了。

克林德 哦，恶棍，他撒谎了，如果我不在街上，你应该看到它们（没有破）。

多利波 他说，你渴望这位年轻的女士，既是为了其他男人的快乐，也是为了你自己的快乐。

克林德 他这么说是什么意思？

多利波 假设她有美貌，你会引诱许多年轻人到你家。

克林德 年轻人？有什么目的？

多利波 你猜一下。

克林德 帕西菲洛是这样说我的？

多利波 是的，还有更多。

克林德 达蒙相信他吗？

多利波 是的，比你想象得要多：在这种情况下，早在这之前，达蒙本想直接拒绝你，但帕西菲洛为了他的利益恳求他继续让你追求他女儿。

克林德 怎么对他有利？

多利波 在你追求期间，他可能仍然会因为他的巨大努力而得到一些回报。

克林德 他应该得到一根绳子，但这比他应得的还多了：我本来想把这些长袜穿得再旧一些给他，他只配得到这一点东西。

多利波 说实在的，先生，达蒙和波利内斯塔只是被他蒙蔽了双眼。先生，你还有什么要问我的吗？

克林德 不，我已经听你说得够多了。

多利波 那我就向你告别。

克林德 再见，但可以告诉我你的名字吗？

多利波 先生，他们叫我"愿你倒霉"。

克林德 一个我讨厌的名字，你是乡下人吗？

多利波 不，先生，我是由一个名叫"疤疤抓住你"的住在城堡的人生的。再见，先生。

克林德 再见。上帝啊，我是怎么被愚弄的？我找了个什么发言人？找了个什么信使？

卡里恩 为什么，先生，你会为帕西菲洛一直待到我们饿死吗？

克林德 不要烦我，魔鬼会带走你们两个。

卡里恩 不管这些消息是什么，他都不喜欢。

克林德 你还这么饿吗？我向上帝祈祷，你永远不会满足。

卡里恩 只要我还是你的仆人，我就不会再这样了。

克林德 与不幸相伴。

卡里恩 是的，对你和所有这些贪婪的可怜虫来说，这是一个恶作剧。

[第二幕结束]

第三幕

├─┤ 第一场 ├─┤

[达里奥（厨师）、克拉皮诺（走卒）、埃罗斯特拉托、多利波]

达里奥 等我们到家的时候，我相信篮子里的鸡蛋没几个不破的。但我不会傻到告诉他。见鬼，你就不能把那根棍子从你手里拿开吗？他跟狗打架，打熊，只要有机会，他就会滔滔不绝说个不停。如果他在路上发现一个像他自己一样的人，比如一个听差、一个走卒，或者一个矮人，地狱里的魔鬼也不能让他停止说话，他会跟魔鬼聊起来。我不能一步走两个台阶，但我必须回头看我的同伴，如果你打碎了一个鸡蛋，我也可能打碎另一个。

克拉皮诺 你要打破什么？你的鼻子在我这儿？

达里奥 啊，野兽。

克拉皮诺 如果我是野兽，我也是没有角的野兽。

达里奥 是这样吗？门那边有风吗？如果我被释放，我会告诉你我是不是有角的野兽。

克拉皮诺 你总是带着葡萄酒或啤酒。

达里奥 啊，这个恶毒的孩子，我该揍他一顿吗？

克拉皮诺 啊，胆小的野兽，你敢打我，你敢再说一句话？

达里奥 好吧，我的主人会知道这件事的，他会纠正犯错的一方，否则他将失去我们中的一个。

克拉皮诺 告诉他你对我做的最坏的事。

[埃罗斯特拉托和多利波即兴表演]

埃罗斯特拉托 什么噪声，这是什么规则？

克拉皮诺 先生，他打我是因为我提起了他的誓言。

达里奥 那个恶棍在恶意撒谎，他辱骂我，因为我叫他快点。

埃罗斯特拉托 别再这样了，达里奥，你把那些鸽子和牛胸肉都做好了吗？在我回来之前把锅都洗得干干净净，然后我会告诉你哪个锅用来烤肉哪个锅用来煮汤。克拉皮诺，放下篮子，跟我来。哦，我可以告诉你在哪里能找到帕西菲洛，去看看他在哪里，告诉我有关他的情况。

[多利波被埃罗斯特拉托发现]

多利波 你对你父亲菲洛加诺做了什么？

埃罗斯特拉托 我把他留在了里面，我很想和帕西菲洛说话，你能告诉我他在哪里吗？

多利波 他今天和我的主人一起吃饭，但我不知道在那之后他去了哪里，你找他要做什么？

埃罗斯特拉托 我会让他去告诉达蒙，我父亲菲洛加诺已经来了，准备好他要提供的一切。现在，我要告诉博士先生一点，他年纪虽大，在法律上学过些皮毛，但不可能超越我这么个佼佼者。

多利波 哦，亲爱的朋友，启程，去找帕西菲洛，把他找出来，然后得出一些令我们满意的结论。

埃罗斯特拉托 但我要到哪里去找他呢？

多利波 他可能在宴会上，或者在市场上和捕鱼人或鱼贩子一起。

埃罗斯特拉托 他和他们在一起干什么？

多利波 他观察谁用最好的肉来招待客人。如果有谁得到了一只肥美的野鸡、一块上好的鸡胸肉或任何这样的好菜，他就会跟到家里去，要么用一些消息，要么用一些陈旧的笑话，一定要去别人家做客。

埃罗斯特拉托 确实，我会去那里寻找他。

多利波 既然你一定要找到他，等你找到了，你一定会高兴的。

埃罗斯特拉托 在哪里？

多利波 在今天的某个时间，我会和博士先生一起。

埃罗斯特拉托 为什么现在不行？

多利波 不，这件事急不来，我请你先离开，并找出帕西菲洛那个诚实的人。

[埃罗斯特拉托出去了]

—| 第二场 |—

[多利波]

博士和我之间的这场争夺，就像一场普利麦罗纸牌游戏：其中一个人可能在赢得一个赌注之前先输掉了一大笔钱，然后凭着这股怒气把剩下的钱都赢回来；他赢了一局之后，又赢了一局一局又一局，直到最后他把大部分的钱都赢到了自己手里。另一个人的钱则一点一点地减少，直到最后他和另一个人一样全都输光。然而，也许幸运之神又在向他微笑，他就像用了计谋一样，把他同伴袋子里的钱掏出来，全都掏干净，继续玩下去。运气一会儿偏向这一边，一会儿偏向那一边，直到最后，他们中的一个像上帝的兄弟一样，背负着许多十字架。啊，我有多少次以为自己肯定能在这方面占上风呢？我在胜利之前就胜利了。然而我又有多少次失去信心？就这样，我被折腾得东倒西歪，就像幸运之神在车轮上打转一样，既不确定会赢也不确定会输。我的仆人所设计的这个办法，到现在还没有成功，我也不能放心。因为我仍然担心会有什么意外发生,把事情弄得一团糟。但是,瞧,我的主人来了。

[达蒙走进来,看见多利波,便叫他]

┤ 第三场 ├

[达蒙、多利波、尼沃拉、达蒙的另外两个侍从]

达蒙 多利波。

多利波 我在这里,先生。

达蒙 进去吩咐尼沃拉和他的同伴到这里来,我会告诉他们他们将要做什么,然后你到我的书房去。在书架上,你会找到一卷书,这是迪恩的约翰写给我父亲的,当时他把签署他们名字的农场卖给了他,把那本书带到我这里来。

多利波 我这就去做,先生。

达蒙 去吧,我将为你准备比你所知道的更多的书。如今,那些傻瓜们啊只相信自己,不相信任何其他人;哦,可恶的命运,你对我太不公平了,我想,你从地狱的深处给我送来了这个仆人,来企图颠覆我和我的一切。[侍从进来了]

达蒙 来吧,先生们,听听我对你们说的话:到我的书房去,你们会在那里找到多利波,马上走到他身边,把他带走,(用我临时放在桌上的绳子)把他的手和脚都绑起来,把他抬到留置处下面的地牢里,把门打开,把钥匙拿给我,它就挂在墙上的钉子上。快速行动,尽可能秘密地完成这件事。办好后尼沃拉要尽快到我这里来。

尼沃拉 好的,我会的。

达蒙 唉,尽管如此,我该如何报复呢?如果我按照我仆人的罪恶来惩罚他,我就会给自己惹来更多的麻烦,因为对于这种可憎的罪行,没有什么惩罚是足够的,只有死亡,在这种情况下,是不合法的。法律已颁布,任命官员伸张正义,可以纠正错误。如果我对统治者感到不满,我将向所有人发表我对统治者的谴责。是的,我应该使用所有可以想到的惩罚措施来惩罚他吗?事情一旦做了,便无法挽回。我的女儿被玷污了,我也完全被欺骗了,那么我怎么能抹去污点呢?我该向谁复仇呢?唉,唉,这一切都是我造成的,我因造成这些不幸而应该受到惩罚。唉,我不应该把我最亲爱的宝贝交给这位老奶妈这样粗心大意的人看管:因为我们都知道,这些老妇人要么脾气暴躁,要么可怜;要么轻率地堕入邪恶,要么就是很快被贿赂和奖赏所腐蚀。妻子啊,我的好妻子,你现在躺在坟墓里,现在我可以好好地哀悼你,哀悼我对你的误解,如果你还活着,你会像保管最珍贵的东西一样,谨慎地保管好我们女儿这颗珍珠。我年轻的时候,她就像一件昂贵的珠宝,让我开心让我安慰,现在(的事)却催我变老。波利内斯塔啊,你充分地报答了你那细心的父亲的慈爱。然而，为了在上帝面前为你脱罪，在世人面前谴责你的罪恶，除了我那可怜的自己，我不能指责其他人，因为这一切都是我自己造成的。因为在人的生命所需的所有义务中，要求孩子必须服从父母。另一方面，父母有义务首先生下他们，然后养育他们，使他们在摇篮里免遭身体上的危险，通过虔诚的教育使他们的灵魂不受伤害，使他们与崇高的伴侣相配，并赶走他们身边所有的淫乱和放荡的伙伴。让他们有足够的营养，关上罪恶的大门，除非是为了鼓励他们的勇气，否则很少或永远不要对他们微笑。最后，在合适的时候将他们婚配，以免（我们忽略了）他们学会自己做不应该做的事情。我本来可以把她嫁出去的，已经过去五年了，而我却不断找借口推迟了她的婚期，使我自己陷入了困境。唉，我应该想到，她是我的亲生骨肉，我怎么才能让她成为公主呢？唉，唉，我现在抓住了一个贫穷的王国赋予她：这是一切悲伤的源头，是所有愤怒的源泉。世界上的东西都是不确定的，得到的时候可以高兴，失去的时候也不值得悲伤。只有被抛弃的孩子，用内心忧虑的刀子割着父母的喉咙，这把刀肯定会杀了我，我没有别的办法。

[达蒙的仆人又来找他了]

┤ 第四场 ├─

[尼沃拉、达蒙、帕西菲洛]

尼沃拉　先生，我们已经按照你的吩咐做了，这是钥匙。

达蒙　好的，去吧尼沃拉，去找那个叫卡斯特林的先生。他住在圣安东尼门旁，希望他能借给我一副他用来关押犯人的镣铐，然后赶快回来。

尼沃拉　好的，先生。

达蒙　你听着，如果他问我要这个来做什么，你就说你不能说，也不要告诉他或其他任何人多利波的情况。

[达蒙出去了]

尼沃拉　我向你保证，先生。说句不好听的，如今几乎不可能只让一个人管钱，因为钱会粘在他的手指上。我一直对我的这个朋友多利波感到惊奇，他拿到的工资能让他自己穿得这么漂亮，但现在我明白了原因，他负责安排主人的所有事务，掌握着大庄园的钥匙，多利波在这里或那里受到主人的恩惠，也受他女儿的恩惠，你还想说什么，他是万事通：他像克鲁萨多（Crusadoe）①一样精致，而我们这些

---

① Crusadoe 指的是一种葡萄牙金币，称为 "cruzado"。这种金币在 16 世纪和 17 世纪广泛流通，因其高纯度和精美的设计而备受推崇。在此，"Crusadoe" 用来比喻多利波的精致和优雅，用以强调他的地位、外表与普通仆人的差异。

愚蠢的可怜虫像帆布一样粗糙。好吧,看看现在的情况,他还不如少做一点。

[帕西菲洛突然进来]

帕西菲洛 你说得对,尼沃拉,他确实做得太过了。

尼沃拉 见鬼!你是从哪冒出来的?

帕西菲洛 我跟你是从同一个房子里出来的,但不是从同一个门里出来的。

尼沃拉 我们还以为你早就走了呢。

帕西菲洛 当我从桌边站起来时,我感到肚子里一阵翻腾,这使我不得不跑到马厩里,刚到那儿我就倒在了稻草上,一直躺到这个时候。你来这里干什么?

尼沃拉 我的主人派我去办一件急事。

帕西菲洛 我能问是什么事吗?

尼沃拉 不,我不能说。再会了。

帕西菲洛 我好像需要进一步的指示;上帝啊,我躺在马厩里的时候,我听到了新消息。哦,善良的埃罗斯特拉托和可怜的克林德,他们为这个姑娘如此真诚地努力,能得到她的人是幸福的。我向你保证,他能瞬间抓住她,在她的内心深处,有不止一个是亚当或夏娃。神啊,人们怎么会在一个女人身上受骗呢?谁能相信她不是个处女了呢?问问邻居,你会听到关于她的很好的述评;看看她的行为,你会对她有很好的评价;除了在祈祷的地方,很少看到她,而且祈祷时她非常虔诚,外人很少能从窗户或门口看到她美丽的身影;你会认为她是一个圣洁的女人。但是,博士先生,不管他和她有什么关系,他都不会在这几年里有任何损失,这是很好的。但这不就是我刚才在马厩里站着时,听到向主人透露这一切的那个长满痂皮的老妇人吗?就是她。塞特瑞亚到哪里去了?

[帕西菲洛突然看到塞特瑞亚来了]

─┤ 第五场 ├─

[塞特瑞亚、帕西菲洛]

塞特瑞亚 这里有关于我的绯闻。

帕西菲洛 谈论你和波利内斯塔的美好回忆。

塞特瑞亚 不,不,但你是怎么知道那件事的?

帕西菲洛 你告诉我的。

塞特瑞亚 我?我什么时候告诉你的?

帕西菲洛 你对达蒙说的时候,我既看到了你,也听到了你说的话,虽然你没有看到我。我向你保证,我要控告那个可怜的姑娘,她杀死了那个关心她的老人,除了那个姑娘,你还把多利波和奶妈带到了危险的地方,呸,呸。

塞特瑞亚 事实上，我应该受到责备，但并不像你想象的那么严重。

帕西菲洛 怎么没有那么多？我没听到你说的？

塞特瑞亚 是的，但我会告诉你它是如何发生的：我知道有好一阵子，这个多利波和波利内斯塔已经在一起了，而且都是靠奶妈的手段。但我保持沉默，从来没有说过这件事。就在几天前，奶妈对我大发雷霆，然后几次称我为醉醺醺的老妓女，这样的名字太糟糕了。所以我告诉她我很清楚，她经常把多利波带到波利内斯塔的床上。然而一直以来我并不认为有人听到了我的声音，但完全相反，因为我的主人在墙的另一边，听到了我们的所有谈话，于是他派人来找我，强迫我承认你所听到的一切。

帕西菲洛 你为什么要告诉他？我就不会。

塞特瑞亚 好吧，如果我早知道我的主人会这么难受，我宁可他杀了我。

帕西菲洛 为什么，他怎么难受了？

塞特瑞亚 唉，看到这个可怜的少女如何哭泣、哀号、怒骂，我很同情，她对自己的生命没有半点怜悯，却对可怜的多利波非常怜悯，而她的父亲，他在另一边哭泣，让人怜悯的心都碎了。我得走了。

帕西菲洛 去吧，让枪声吞噬你这老顽童。

[第三幕结束]

第四幕

—| 第一场 |—

[埃罗斯特拉托被找到]

我应该怎么做呢？唉，我应该为我的不幸遭遇找到什么补救办法呢？我现在可以用什么办法来狡辩呢？因为尽管到今天为止我已经篡夺了我主人的名字，而且没有受到任何人的检查和控制，但现在我将被公开地剥夺名誉，而且是在每个人的面前：现在将公开我是绅士埃罗斯特拉托，还是仆人多利波。我们都参与折磨了别人，但现在来了一个我们无法折磨的人，真正的埃罗斯特拉托的真正的父亲菲洛加诺。我去找帕西菲洛，听说他在水门外，我看到我的同伴利蒂奥，还有我的老主人菲洛加诺，他刚刚踏上这片土地。我以最快的速度赶到这里，把菲洛加诺到来的消息带给真正的埃罗斯特拉托，希望他面对如此严峻的局面，能想出一些应对之策。但是，尽管我们有一个月的时间来考虑这个问题，但又能想象出什么对策？因为我们在这个城市里是众所周知的，至少被认为是这样的，他是达蒙的奴隶和仆人多利波，我是埃罗斯特拉托，一个绅士和学生。但你要在老妇人进门之前，跑过去找她，要她叫出多利波，听见了吗？如果她问谁要和他说话，你就说是你自己，不要说别的。

[埃罗斯特拉托发现了塞特瑞亚，派他的仆人去见她]

┤ 第二场 ├

[克拉皮诺、塞特瑞亚、埃罗斯特拉托]

克拉皮诺　诚实地说，你这个疯言疯语、腐朽的老太婆，听见了吗？你这个老太婆？

塞特瑞亚　绳索牵拉着你的骨头，你要么活到像我一样老，要么年轻的时候被吊死。

克拉皮诺　我祈祷，希望多利波在里面。

塞特瑞亚　是的，他在，我保证他在。

克拉皮诺　那就请他到这里来和我说几句话吧，他不用害怕。

塞特瑞亚　你自便吧，他有别的事。

克拉皮诺　请你告诉他，这儿有个温柔的女孩。

塞特瑞亚　我告诉你他很忙。

克拉皮诺　你告诉他一声能有什么妨碍，你这个坏老太婆？

塞特瑞亚　我要用绳子把你捆起来。

克拉皮诺　我要用口袋把你装起来。

塞特瑞亚　你将被绞死，我向你保证，如果你能活到那一天。

克拉皮诺　你将被烧死，我向你保证，如果你还没被腐烂所吞噬。

塞特瑞亚　如果我来到你的身边，我将教你唱歌。

克拉皮诺　来吧，如果我得到一块石头，我将和你一起吓唬乌鸦。

塞特瑞亚　走吧，带着恶作剧，我想你是想诱惑我的恶魔。

埃罗斯特拉托　走吧，让她去复仇吧，你为什么不来？你看我的主人菲洛加诺来了。我该怎么办？我该藏在哪里？他不应该看到我穿着这些衣服，也不应该在我和真正的埃罗斯特拉托说话之前看到我。

[埃罗斯特拉托看见菲洛加诺来了，就跑去藏起来]

┤ 第三场 ├

[菲洛加诺、费拉里斯（旅馆老板）、利蒂奥（菲洛加诺的仆人）]

菲洛加诺　诚实的人是这样的。你可以肯定，没有什么爱可以比得上父母对子女的爱。不久前我还在想，没有什么重要的事能让我离开西西里，但现在我却不辞辛苦、长途跋涉，只是为了看我的儿子，让他和我一起回家。

费拉里斯 说真的，先生，这真是一场艰苦的旅行，对你这个年纪的人来说，也太辛苦了。

菲洛加诺 是的，你知道我是和我国家的一些绅士一起来的，他们有事被派往安科纳，从那里通过水路到拉伦纳，然后从拉伦纳到这里，不断地逆流而行。

费拉里斯 是的，顺便说一句，我认为你住的地方很普通。

菲洛加诺 这是有史以来最糟糕的一次。但与上船时对我无礼的那些搜寻者相比，简直算不了什么。天哪，他们多少次解开我的包裹，把我的旅行箱翻来覆去，把里面所有的东西都翻来覆去，搜我的胸，搜我的裤子。我敢向你保证，我以为他们会剥了我的皮，在衣服和肉之间搜身。

费拉里斯 当然，我听到的也不少，商人们有时会吹嘘他们，但他们仍然扮演着无赖的角色。

菲洛加诺 是的，请你放心，这种职务是无赖的遗产，诚实的人是不会插手的。

费拉里斯 好吧，当你看到你的孩子健康无恙时，这段话会让你觉得很高兴。但我请问先生，既然你没有别的事，为什么不派人来费拉拉找他，而要自己来呢？也许你是宁愿自己忍受令人讨厌的旅途，也不愿意冒险把他从他的学业里拉走。

菲洛加诺 不，这不是问题，因为我宁愿让他放弃他的学业回家来。

费拉里斯 如果你不打算让他学习，你一开始派他来这里是为了什么？

菲洛加诺 我告诉你，他在家里的时候，和大多数年轻人一样，玩了很多疯狂的恶作剧，做了很多让我不太喜欢的事情。我想，如果他见过世面，应该就能学会更好地认识自己，所以就劝他好好读书，让他决定自己要去什么地方。最后，他终于来了这里，我想可能是因为他很少外出，我感到非常需要他，因为从那天到现在，我几乎每天晚上都流泪。我曾多次写信给他，要他回家来，但他始终不肯，恳求我继续他的学业。正如他所说的，他在这里会有很大的收获。

费拉里斯 在这一点上，他很受人们的称赞，尤其是他被称为最有名望的学生。

菲洛加诺 我很高兴他没有虚度光阴，但我对这么多知识不太感兴趣。我不愿这么长时间看不到他，哪怕世界上有那么多学问。我现在老了，如果上帝在他不在的时候召唤我，我向你保证，这会让我魂飞魄散。

费拉里斯 一个男人爱他的孩子是值得称赞的，但对他们如此温柔则更像女人？

菲洛加诺 好吧，我承认这是我的错，但我要告诉你我来这里的另一个原因，比这更重要。自从他来了以后，我的许多同胞都在这里，我通过他们向他发出了邀请，其中有些人在他家待了三次，有些人待了四五次，但却始终无法与他交谈。我担心他在学习上很用功，连一分一秒都花在看书上。唉，他可以和他的同胞只谈一会儿：他是个年轻的人，被温柔地抚养长大，如果他老是这样夜以继日地读书，那就可能陷入狂热之中。

费拉里斯 在这一点上，过犹不及。尊敬的先生，这里是你的儿子埃罗斯特拉托的家，我敲门吧。

菲洛加诺 好的，请你敲门。

费拉里斯 他们没听见。

菲洛加诺 我再敲一次。

费拉里斯 我想他们是在睡觉。

利蒂奥： 如果这扇门是你祖父的魂魄，你不能敲得更轻了，让我来吧：嗬，嗬，有人在里面吗？

[达里奥来到窗前，让他们回答]

┤ 第四场 ├

[达里奥（厨师）、菲洛加诺、费拉里斯（旅馆老板）、利蒂奥（菲洛加诺的仆人）]

达里奥 见鬼！那里有什么？我想他们快把门敲坏了。

利蒂奥 先生，我们原以为你一直在里面睡觉。所以我们认为最好的办法是叫醒你。埃罗斯特拉托在干什么？

达里奥 他不在里面。

菲洛加诺 请开开门。

达里奥 如果你想住在这里，我告诉你，你被骗了，因为这里已经有客人了。

菲洛加诺 请问你有什么客人？

达里奥 这是我主人的父亲菲洛加诺，最近刚从西西里出来。

菲洛加诺 当你打开门时，你说的会比你意识到的更真实。我恳求你打开。

达里奥 对我来说，打开门是一件小事，但这里没有可提供给你的房间。我明确告诉你，房子已经住满了。

菲洛加诺 什么人？

达里奥 我告诉你，这里是菲洛加诺，我的主人的父亲从卡塔尼亚来。

菲洛加诺 他什么时候来的？

达里奥 他来了三个小时了，或者更久，他在昂格尔下了车，把马留在那里，后来我主人把他带到这里来了。

菲洛加诺 好家伙，我认为你在跟我开玩笑。

达里奥 不，我认为你在开我的玩笑，使我在这里耽搁，好像我没有别的事可做。在厨房里跟我搭档的那个家伙很不听话。我得再去看看他。

菲洛加诺 我想他是喝醉了。

费拉里斯　当然，他好像是这样。你知道他的脸色有多红吗？

菲洛加诺　请留步，你说的是什么？菲洛加诺？

达里奥　一个诚实的绅士，是我主人埃罗斯特拉托的父亲。

菲洛加诺　他在哪里？

达里奥　在这里。

菲洛加诺　我们可以见他吗？

达里奥　如果你不是瞎子，我想你可以。

菲洛加诺　去吧，去告诉他这里有一个人想和他说话。

达里奥　我这就去告诉他。

菲洛加诺　我不知道我应该对这个问题说些什么，利蒂奥，你怎么看？

利蒂奥　我不知道该怎么对你说，先生。这个世界那么大，可能有不止一个菲洛加诺和埃罗斯特拉托，还有许多费拉拉人、许多西西里人和许多卡塔尼亚人。也许这不是你派你儿子去的那个费拉拉城！

菲洛加诺：也许你是个傻瓜，而刚才回答我们的人也是个傻瓜。但你确定你是一个诚实的人，你没有搞错房子吗？

费拉里斯：是的，上帝保佑，你以为我不知道埃罗斯特拉托的家吗？你以为我不认识他本人吗？我昨天还在这儿见过他呢。不过有一个人来了，他能告诉我们他的情况。我更喜欢他的脸色，而不是刚才在窗口应声的那几个人。

[达里奥把头伸进窗里，斯凯纳斯出来了]

┤ 第五场 ├──

[斯凯纳斯、菲洛加诺、达里奥]

斯凯纳斯　先生，是你要和我谈谈吗？

菲洛加诺　是的，先生，我很想知道你是从哪里来的。

斯凯纳斯　先生，我是西西里人，听从你的吩咐。

菲洛加诺　西西里的哪一部分？

斯凯纳斯　卡塔尼亚。

菲洛加诺　我该叫你什么名字？

斯凯纳斯　我的名字是菲洛加诺。

菲洛加诺　你从事什么行业？

斯凯纳斯　买卖人。

菲洛加诺　什么买卖把你带到了这里？

斯凯纳斯　没有，我只是来看我这里的一个儿子，我两年没见过他了。

菲洛加诺　他们叫你儿子什么？

斯凯纳斯　埃罗斯特拉托。

菲洛加诺　埃罗斯特拉托是你的儿子吗？

斯凯纳斯　是的，真的。

菲洛加诺　你是菲洛加诺吗？

斯凯纳斯　同样是真的。

菲洛加诺　是卡塔尼亚的商人？

斯凯纳斯　我需要一直回答你吗？我不会对你说谎的。

菲洛加诺　不，你对我说了一个虚假的谎言，你比一个恶棍好不了多少。

斯凯纳斯　先生，你用这些伤人的话给我带来了巨大的困扰。

菲洛加诺　我要证明你是个骗子，是个无赖，把别人的东西当作是你的。

斯凯纳斯　先生，我是卡塔尼亚的菲洛加诺，这一点毋庸置疑，如果我不是，我就不会愿意告诉你了。

菲洛加诺　哦，看看这恶棍的胆量，他是多么厚颜无耻啊。

斯凯纳斯　好吧，如果你愿意，你可以相信我。你有什么好奇怪的？

菲洛加诺　我对你的冒失感到奇怪，因为你，或者说创造你的自然界，都不能使你成为我，你这个贪婪的恶棍和说谎的小人。

达里奥　我要让一个无赖这样虐待我主人的父亲吗？如果我的主人埃罗斯特拉托发现你在这儿跟他的父亲这样喋喋不休，我就再也不愿跟你待在一起了。先生，你进来吧，让这只猎犬在这儿叫到它撑不住为止。

［达里奥把斯凯纳斯拉走］

┤第六场├

［菲洛加诺、利蒂奥、费拉里斯］

菲洛加诺　利蒂奥，你怎么会喜欢这个地方？

利蒂奥　先生，我喜欢它，因为它可能是邪恶的，但你不是经常听到有关费拉拉的谎言吗？现在你可以看到，它是这样的。

菲洛加诺　朋友，你不应该嘲笑这个城市，这些人不是费拉拉人，你可以从他们的口音知道。

利蒂奥　好吧，没有比这更好的消息了，你们两个都是：但事实上，你们的官员最应该受到责备，他们容忍了这样的错误，却逍遥法外。

菲洛加诺　你认为他们知道所有的错误吗？

利蒂奥　不，我认为他们知道得很少，特别是当他们没有任何收获时，但他们本应该像敞开的迎客之门一般，张开耳朵倾听这样的罪行。

菲洛加诺　闭嘴吧，傻瓜。

利蒂奥　在大家眼里，恐怕我们两个都很愚蠢。

菲洛加诺　好吧，我们该怎么办？

利蒂奥　我认为我们最好去找埃罗斯特拉托本人。

费拉里斯　我愿意等你，不管是在学校还是在集会，我们都会找到他。

菲洛加诺　天哪，我太累了，我不会再跑去找他了，我相信他最后一定会到这里来的。

利蒂奥　当然，我认为不久之后我们会找到一个新的埃罗斯特拉托。

费拉里斯　看，他在那里，他是跑了吗？你在这里等着，我去告诉他你在这里。埃罗斯特拉托，埃罗斯特拉托，我想和你谈谈。

［埃罗斯特拉托被发现在舞台上跑来跑去］

┤第七场├

［埃罗斯特拉托、费拉里斯、菲洛加诺、利蒂奥、达里奥］

埃罗斯特拉托　现在我不能再躲藏了。唉，我该怎么办呢？我将摆出一副好脸色，把事情说出来。

费拉里斯　埃罗斯特拉托啊，你的父亲菲洛加诺从西西里来了。

埃罗斯特拉托　告诉我点我不知道的事情吧，我已经和他在一起了，而且已经跟他见过面了。

费拉里斯　这可能吗？在他看来，你不知道他来了。

埃罗斯特拉托　怎么，你跟他谈过了？你什么时候看到他的？我祈求你。

费拉里斯　你看他站在那里，你为什么不去找他？你看，菲洛加诺，你看你的儿子埃罗斯特拉托。

菲洛加诺　埃罗斯特拉托？这不是埃罗斯特拉托。他似乎是多利波，他确实是多利波。

利蒂奥　你为什么会怀疑这一点？

埃罗斯特拉托　这个诚实的人是怎么说的？

菲洛加诺　先生，你的衣着如此光鲜，如果你看起来很高大，那也不奇怪。

埃罗斯特拉托　他对谁说话？

菲洛加诺　什么，上帝保佑，你不认识我吗？

埃罗斯特拉托　在我的记忆中，先生，我以前从未见过你。

菲洛加诺　听着，利蒂奥，这很好，这个诚实的人不认识我。

埃罗斯特拉托　先生们，请自便。

利蒂奥　我不是告诉过你有关费拉拉的谎言吗？多利波自从来到这里，就学会了冷酷无情地玩弄小人的伎俩。

菲洛加诺 我说安静。

埃罗斯特拉托 朋友，我的名字不叫多利波，请你把这个镇上的大大小小的人都问清楚，他们都认识我。如果你不相信我，就问问和你在一起的这个诚实的人吧。

费拉里斯 说实话，我从来不知道他有什么别的称呼，只知道他叫埃罗斯特拉托，很多人都这么叫他。

利蒂奥 主人，现在你可以看到这些家伙是多么虚伪了吧。你的主人是个诚实的人，和他是一伙的，他要面对我们，说他是埃罗斯特拉托，你要小心这些家伙。

费拉里斯 朋友，你怀疑我是不对的，因为我肯定从未听过他被称为埃罗斯特拉托以外的名字。

埃罗斯特拉托 除了我的名字，你还听到过我的名字吗？但我有足够的智慧站在这里和这个老头子争论，我认为他是疯了。

菲洛加诺 你这个坏蛋！你这样利用你的主人吗？你对我的儿子做了什么坏事？

达里奥 这无赖还在这里吗？你要让他的主人这样谩骂你吗？

埃罗斯特拉托 进来吧，进来吧，你要做什么？

达里奥 我要把这老家伙揍得屁滚尿流。

埃罗斯特拉托 走开，你们这些人，把这些石头放下，你们每一个人都要进来，看在他年龄的份上我就容忍他，但我不容忍他的恶言恶语。

[埃罗斯特拉托把他所有的仆人都带进门]

┤ 第八场 ├

[菲洛加诺、利蒂奥、费拉里斯]

菲洛加诺 唉，谁能缓解我的悲惨命运？我该向谁诉说呢？因为我把他当作孩子养大，又把他当作自己的孩子一样爱护，现在却完全不认识我了。我曾把你当作一个诚实的人，你本应带我见我的儿子，但你却与这个虚伪的小人为伍，竟当着我的面说他是埃罗斯特拉托，唉，你应该同情我的年龄，同情我现在的苦难，同情我在这个国家里没有任何安慰，至少你应该担心最高法官的报复，他知道所有心灵的秘密。把这个假的证人带在身边，天地都知道他是多利波而不是埃罗斯特拉托。

利蒂奥 如果在这个国家有许多这样的证人，如果有争论，人们完全可以去证明他们的观点。

费拉里斯 好吧，先生，你可以按你的意愿来判断我，这件事是怎么发生的，我不知道，但确实，自从他第一次来到这里，我就知道他叫埃罗斯特拉托，是天主教徒菲洛加诺的儿子。现在，不管他是真的埃罗斯特拉托，还是你所说的多利波，让那些在他来之前就认识他的人证明吧。但我在上帝面前抗议，我所说的，既不是与他的契约，也不是与其他任何人的契约，而是与我所听到的人们对他的称呼和评价相同。

菲洛加诺 我曾派这个仆人照顾我的儿子，并陪他一起到这里来，但他不是割断了我儿子的喉咙，就是用邪恶的手段把他弄走了。他不仅拿走了我儿子的衣服、他的书、他的钱和他从西西里带来的东西，还篡夺了他的名字，还把我一直允许我儿子花费的支票变成了他自己的商品。哦，可怜的菲洛加诺。哦，我真是个不幸的老人。哦，永恒的上帝，难道没有法官吗？没有官员吗？没有更高的权力，我可以向其申诉以纠正这些错误吗？

费拉里斯 是的，先生，我们有公国，我们有法官，最重要的是，我们有一个最公正的王子：你不要怀疑，如果你的理由是公正的，你会得到公平对待。

菲洛加诺 那就带我去见法官，去见国会议员，或者去见你们认为最合适的人：因为我将揭露一个最大的欺诈行为，一个前所未闻的最愚蠢的假话。

利蒂奥 先生，要上法庭的人必须确定四件事：首先要有一个正确和正义的理由，然后需要一个正义的辩护人进行辩护，最后是法庭的恩惠，最重要的是要有钱袋子来支持它。

费拉里斯 我没有听说过，法律有任何关于恩惠的规定。我不知道你的意思是什么。

菲洛加诺 你不要理会他的话，他只是个傻瓜。

费拉里斯 我求你了，先生，让他告诉我什么是恩惠。

利蒂奥 恩惠就是，有一个朋友在法官身边，他可以解决你的问题。如果你是正确的，他会劝法官迅速作出判决，没有任何拖延；如果你犯了错，那就延迟做出判决，直到最后，你的对手厌倦了，会很高兴与你和解。

费拉里斯 我是说，虽然我在这个国家从来没有听说过这么多的事情，但你不要怀疑，菲洛加诺，我会把你带到一个律师那里，他将根据你的需要帮你快速解决你的问题。

菲洛加诺 那么我将把自己交给律师，就像向他们祈祷一样，虽然我在这里有我在自己国家所拥有的所有货物和土地，但我无法忍受他们贪得无厌的爪子，更不用说在这苦难中做个陌生人了。我知道他们以前的谨慎：我一来，他们就会赞美我的事业，好像已经胜利了一样。但在十天或七夜之内，如果我不断地给他们喂食，就像在一小时内给乌鸦喂食二十次一样，他们就会开始变得冷淡，并在我的事业中找到漏洞，说我一开始没有很好地教导他们，直到最后，他们不仅要从我的钱包里拿走我的钱，还要从我的骨头里抽出骨髓。

费拉里斯 是的，先生，但我告诉你的这个人，是半个圣徒。

利蒂奥 另一半是魔鬼，我拿一便士打赌。

菲洛加诺　说得好，在这一点上，我对他们圆滑的外表没有什么信心。

费拉里斯　先生，我认为我所认识的这个人不是这样的人。但如果他是这样的人，不管他是什么人，不管他是埃罗斯特拉托还是多利波，他和这位先生之间有怎样的仇恨和恶意，我向你保证，不管他能为你做什么，只要是为了报复，他都会这么做。

菲洛加诺　他们之间有什么仇恨呢？

费拉里斯　他们都爱上了一个淑女，而且是这个城市里一个有钱人的女儿。

菲洛加诺　为什么？这个小人的地位变得如此之高，以至于他敢于与一个好家庭的女人做朋友？

费拉里斯　是的，先生，毋庸置疑。

菲洛加诺　你怎么称呼他的对手？

费拉里斯　克林德，我们城市里最优秀的博士之一。

菲洛加诺　看在上帝的份上，我们去找他吧。

费拉里斯　那我们就去吧。

　　　　　[第四幕结束]

第五幕

┤ 第一场 ├

　　[假扮的埃罗斯特拉托]

　　这是多大的不幸啊？我还没见到真正的埃罗斯特拉托，就先遇到了菲洛加诺，在他面前，我不得不否认我的名字，否认我的主人，假装不认识他，与他争吵，谩骂他，以至于无论发生什么事，我都无法再与他和好。因此，如果我能和真正的埃罗斯特拉托交谈，我将放弃他的住所和信用，并尽快跋涉到某个陌生的国家，在那里我可能再也见不到菲洛加诺了。唉，他把我从小养到大，直至今日，把我当作自己的孩子一样养着。的确，除了他，我没有父亲可以依靠。但请看帕西菲洛来了，他是世界上最合适的人，可以去给埃罗斯特拉托传话。

　　[埃罗斯特拉托看见帕西菲洛来了，就向他走来]

┤ 第二场 ├

　　[帕西菲洛、埃罗斯特拉托]

帕西菲洛　我今天听说了两个好消息：一个是埃罗斯特拉托今夜准备了一大桌宴席，另一个是他在寻找我。我为了减轻他的劳累，免得他跑来跑去找我，因为没有人比我更喜欢出去走走，在有欢乐的地方，我要赶快去他家，看看他在哪里。

埃罗斯特拉托　帕西菲洛，如果你爱我，你必须为我做一件事。

帕西菲洛　如果我不爱你，谁爱你呢，请你告诉我。

埃罗斯特拉托　你到那边去，到达蒙家去，找多利波，告诉他。

帕西菲洛　你说什么？我不能和他说话，他在监狱里。

埃罗斯特拉托　在监狱里？怎么会这样呢？

帕西菲洛　在他主人家的一个肮脏的地牢里。

埃罗斯特拉托　你能告诉我为什么吗？

帕西菲洛　你只要知道他在监狱里就好了，我已经告诉你太多了。

埃罗斯特拉托　如果你愿意为我做任何事，请告诉我。

帕西菲洛　我祈祷你不要期望我，如果你知道，你会更好吗？

埃罗斯特拉托　比你所想的还要多，帕西菲洛，上帝啊。

帕西菲洛　好吧，但我的责任比你想象的要大得多，要保守这个秘密。

埃罗斯特拉托　为什么？这就是我所信任的帕西菲洛吗？这就是你一直以来对我的承诺吗？

帕西菲洛　我真希望今天晚上和博士先生一起禁食，而不是来这里。

埃罗斯特拉托　好吧，帕西菲洛，要么告诉我，要么就恶言相向，永远不要认为从今往后你在这所房子里会受到欢迎。

帕西菲洛　不，我宁可失去这城里的所有绅士。但如果我告诉你任何令你不高兴的事，就不要怪任何人，只怪你自己。

埃罗斯特拉托　没有什么比多利波的不幸更令我伤心，而不是我自己的不幸，因此我相信你不会告诉我更坏的消息。

帕西菲洛　好吧，既然你需要它，我就告诉你，他和你心爱的波利内斯塔同床共枕了。

埃罗斯特拉托　唉，达蒙知道吗？

帕西菲洛　屋子里的一个老太婆向他透露了这件事，于是他把多利波和那个做了坏事的奶妈都带走了，把他们都关进了笼子里，我想也许他们在那里会有更多的甜言蜜语。

埃罗斯特拉托　帕西菲洛，你到厨房去，叫厨师把你最喜欢的东西烤熟，我让你做这晚餐的主人。

帕西菲洛　如果没有这七晚的学习，你就不可能为我安排这么好的一个差事来取悦我。你将看到我设计的菜肴。

　　[帕西菲洛进去，埃罗斯特拉托上前]

┤第三场├

[假扮的埃罗斯特拉托]

我很高兴能把他支开，免得他看到我泪流满面，到现在为止，我一直把这些泪水囚禁在胸口，也免得他听到我加倍的叹息声，这些叹息声从我那颗邪恶的心脏里蹦出来。残酷的命运啊，我被诅咒了，这么多分散的悲伤，足以颠覆大批恋人，竟然小心翼翼地在这里聚集起来，让这颗恐惧的心因绝望而支离破碎。你在西西里岛上为我的主人保留了他所有的东西。就像得了他的命令一样，海上平静的风浪，把他年迈的身体送到这里来，既不早也不晚，甚至可能是最坏的时候。如果你在之前任何时候引导他来到此地，这项事业就会在一开始毫无希望的时候被中断。如果他的旅程能够持续更长一段时间，这段时间就足够我们完成我们的计划。但是，你在最坏的时机把他带来了，使我们都陷入了灭亡的深渊。你也不满足于用你那破坏性的绳索缠住我一个人，你还必须用你那弯曲的爪子抓住真正的埃罗斯特拉托，以公开的羞辱和责备来回报我们两个人。两年来，你一直把我们的隐情秘密地藏着，直到今天，你才成功地识破出来。我该怎么办？唉，我该做什么来改变这一切呢？不能再继续骗下去了，因为每一分钟都像是一个小时一样难熬，直到我为可怜的埃罗斯特拉托找到可以帮他的人。既然没有别的办法，我就去找我的主人菲洛加诺，向他说出事情的全部真相，至少他可以在他儿子受到严厉的报复和惩罚之前及时提供帮助。但我知道，就我自己而言，我应该为我的过错做痛苦的忏悔，但我对埃罗斯特拉托的善意和忠诚是这样的，即使让我失去生命，我也不能坚持冒险去做任何可能对他不利的事情。我应该到城里去看我的主人，还是在这里等他回来？如果我在街上遇见他，他就会向我大喊大叫，也不会听我说什么，直到他把所有的人都聚集在我身边，就像在猫头鹰面前一样。因此，我最好还是留在这里，如果他耽搁太久，我就去找他，而不是拖延时间让埃罗斯特拉托灭亡。

[帕西菲洛回到埃罗斯特拉托处]

┤第四场├

[帕西菲洛、假扮的埃罗斯特拉托]

帕西菲洛 把肉准备好，但先别把它们放在火上，等客人快入席时再烤。但如果我不进去，他们会犯一个大错误。

埃罗斯特拉托 请问会犯什么错？

帕西菲洛 达里奥会把羊肩和阉鸡放在火上的，他没有考虑到，一个需要比另一个烤得时间长。

埃罗斯特拉托　唉，我希望这是最大的错误。

帕西菲洛　为什么？要么是一个烤好的时候另外一个烤糊了，要么他一定不会把它们放在火上烤：当把它们端上饭桌时，它们要么是冷的，要么是生的。

埃罗斯特拉托　有道理，帕西菲洛。

帕西菲洛　现在，先生，如果你愿意的话，我将去镇上买些橙子、橄榄和辣椒，因为没有这些酱汁，晚餐就失败了一半。

埃罗斯特拉托　这里面都已经有了，你不要怀疑，你需要的东西里面都有了。

　　　　[埃罗斯特拉托离开]

帕西菲洛　自从我告诉他多利波的这些消息后，他就很清楚自己的情况了。他脑子都快炸裂了，让它们炸裂吧，这样我晚上就可以和他一起吃饭了，我还在乎什么？但这不是之前来的达蒙和克林德吗？说得好，以我的诚意，我们会教博士先生戴上一顶新式的帽子。上帝啊，波利内斯塔将是他的，他将毫无疑问地得到她，因为我已经告诉了埃罗斯特拉托关于她的这些消息，他不会再要她。

　　　　[克林德和菲洛加诺进来了，正在争论这件事]

┤ 第五场 ├

　　　　[克林德、菲洛加诺、利蒂奥、帕西菲洛]

克林德　是的，但你们如何证明他不是埃罗斯特拉托，而且，因为这里还有一个人也叫菲洛加诺这个名字，把他带来作证的时候，你怎么能证明自己是菲洛加诺呢？

菲洛加诺　我有个办法，请把我关在监狱里，并派人到西西里去，让他们带着两三个卡塔尼亚最诚实的人到这里来，让他们来证明我或这个人是菲洛加诺，以及他是我的仆人多利波还是我的儿子埃罗斯特拉托。最后，若我有半句假话，我甘愿受死。

帕西菲洛　我去向博士先生打个招呼。

克林德　以这种方式来证明需要大量的人力和费用，但这是我能想到的最好的办法。

帕西菲洛　上帝保佑你，先生。

克林德　愿上帝按你的所作所为回报你。

帕西菲洛　那可仰仗您的关照了。

克林德　他将给你戴上枷锁，你是流氓和恶棍。

帕西菲洛　我知道我是个流氓，但不是恶棍。我是你的仆人。

克林德　我既不把你当作我的仆人，也不把你当作我的朋友。

帕西菲洛　为什么？先生，我哪里冒犯了你？

克林德　被送上绞刑架吧，流氓。

帕西菲洛　先生，多么温柔和公平，去吧，我跟着你，你是我的长辈。

克林德　我会和你在一起？你确定你是诚实的人？

帕西菲洛　为什么，先生？我从未冒犯过你。

克林德　好吧，我会教你。离开我的视线，恶棍。

帕西菲洛　什么？我不是恶棍，我希望你知道。

克林德　你以为你不是无赖吗？我会成全你的。

帕西菲洛　你要让我做什么？我看一个人越是忍受你，你就对他越糟糕。

克林德　啊，卑鄙的人，如果不是这位先生，我就会告诉你我的情况。

帕西菲洛　不，我和你一样是个诚实的人。

克林德　谎言都从你喉咙里冒出来了！

菲洛加诺　哦，先生，请保持你的理性和智慧。

帕西菲洛　你要打什么？你要打什么？来吧。

克林德　好了，泼皮，我改天再来见你，你走吧。

帕西菲洛　我不在乎，因为我一无所有。如果我有土地或货物，也许你会用法律①控告我。

菲洛加诺　先生，我察觉到你变得不耐烦了。

克林德　这个坏蛋。但让他走吧，我要让他受到应有的惩罚。现在说到这个问题，你怎么说？

菲洛加诺　这家伙已经把你惹恼了，也许你不愿意再被打扰了。

克林德　一点也不，说吧，让他去报仇吧。

菲洛加诺　我说，让他们把我的命令送去卡塔尼亚。

克林德　我也觉得这是解决这个问题的最好方法了。不过请告诉我，他怎么会是你的仆人？你怎么会找上他？全部都告诉我。

菲洛加诺　我会告诉你的，先生，当土耳其人赢得奥特朗托时。

克林德　哦，你让我想起了我的不幸。

菲洛加诺　怎么会呢，先生？

克林德　因为我和其他人一起被赶出了镇子，也就是我的家乡。我在那里失去的东西远比我活着的时候再找回来的多。

菲洛加诺　唉，也让我想起了圣安妮的一个可怜的案例。

克林德　好吧，你继续说。

菲洛加诺　当时（正如我所说的），我们国家有几个人在海上搜刮那些财物，他们有一艘很好的船，为这个目的做了很好的安排，他们看到了一个土耳其船队，从那里

---

①　律师们从不厌倦获得金钱。

满载着大量的财富来。

克林德 也许我的大部分财富也是如此。

菲洛加诺 于是他们上了船，最后战胜了他们，并把货物带到了巴勒莫，他们从那里来的。在他们的战利品中，有我的这个仆人，当时是这个村子里的男孩，我想还没有超过 5 岁。

克林德 唉，我在那里失去了一个同样年龄的孩子。

菲洛加诺 我在那里，很喜欢那孩子，向他们提出了四百二十个金币来换取他，并得到了他。

克林德 这个孩子是土耳其人吗？还是土耳其人把他从奥特朗托带来的？

菲洛加诺 他们说他是奥特朗托的孩子，但这又有什么关系呢？他花了我很多钱，这我很清楚。

克林德 唉，我不是为了这个而说的，我希望我说的是他。

菲洛加诺 为什么，你说的是谁呢，先生？

利蒂奥 请注意，先生，不要太夸张了。

克林德 他的名字是多利波吗？他有别的名字吗？

利蒂奥 小心你说的话，先生。

菲洛加诺 你到底要做什么？多利波？不，先生，他的名字是卡里诺。

利蒂奥 是的，说得好，告诉所有的人，还有更多的人。

克林德 主啊，如果真如我所想的那样，我是多么幸福啊？你为什么要改他的名字？

菲洛加诺 我们叫他多利波，因为当他像孩子们那样哭的时候，他总是叫着多利波这个名字。

克林德 好吧，那么我明白了，这是我唯一的孩子，我失去了我的国家，也失去了他。他的名字叫卡里诺，是根据他祖父的名字取的，而他在哀叹中总是想起的这个多利波，是把他抚养长大的养父。

利蒂奥 先生，我跟你说的费拉拉人的卑鄙行为还不够多吗？他不仅骗你的钱，还让你相信多利波是他的儿子。

克林德 好吧，伙计，我不习惯撒谎。

利蒂奥 先生，不，但每件事都有一个开始。

克林德 呸，菲洛加诺，你一点也不怀疑我的存在。

利蒂奥 没有，但他有所怀疑是好事。

克林德 好吧，请你安静一点，好伙计。我请你告诉我，菲洛加诺，这个孩子有没有记得他父亲的名字，母亲的名字，或者他的家族的名字？

菲洛加诺 他确实记得他们，也能说出他母亲的名字，但我肯定已经忘记了这个名字。

利蒂奥 我记得很清楚。

菲洛加诺 那就说出来吧。

利蒂奥 不，我不会说的，你已经告诉他太多了。

菲洛加诺 我说，如果你能说，就说吧。

利蒂奥 我可以吗？是的，我很清楚，但我不愿意把它说出来，除非他先说。你不知道他是怎么想的吗？

克林德 好吧，那我就告诉你，我的名字你已经知道了：我的妻子，他的母亲叫索菲罗米亚，我的家族姓氏是斯皮亚吉亚。

利蒂奥 我从来没有听他说过斯皮亚吉亚，但在契约中我听他说过，他的母亲叫索菲罗米亚。但那又怎么样呢？我向你保证，这是一件大事。你们两个合伙欺骗我的主人，这就够了。

克林德 这是我的儿子，我已经失去他十八年了，我为他哀叹了一千次，他的左肩上也应该有一个印记。

利蒂奥 他那里有一个印记，在另一个地方有一个洞。

克林德 好话说尽，利蒂奥，我求你让我们去跟他谈谈。命运啊，如果我找到了我的儿子，我得怎么感谢你啊？

菲洛加诺 是啊，我却不能感谢命运，因为我不知道我的儿子在哪里，我选择你成为我的拥护者，通过这个多利波，现在你却要成为我的对手？

克林德 先生，让我们先去找我的儿子，我保证你的儿子也会找到的。

菲洛加诺 上帝保佑，那我们就去吧。

克林德 既然门是开着的，我就不敲门，也不打招呼了。我们可以进去了。

利蒂奥 先生，请你注意，不要让他把你带入一些恶作剧。

菲洛加诺 唉，利蒂奥，如果我失去了我的儿子，我还在乎自己会怎么样吗？

利蒂奥 好吧，我已经告诉你我的想法了，先生，请便。

[达蒙和塞特瑞亚进来了]

⊣ 第六场 ⊢

[达蒙、塞特瑞亚]

达蒙 来吧，你这个老骗子，你这个喋喋不休的老女人，愿恶魔割掉你的舌头。告诉我，除了你，帕西菲洛怎么会知道这个消息？

塞特瑞亚 先生，他从来不知道我的事。

达蒙 你说谎，老家伙，但我想你最好告诉我真相，否则我会让你的老骨头在你的皮肤里咔咔作响。

塞特瑞亚 先生，如果你认为我是叛徒，就杀了我吧。

达蒙 为什么？他为什么要和你谈话？

塞特瑞亚 他在街上和我谈起过这个问题。

达蒙 如果不是你先开始的，帕西菲洛有什么理由谈论它呢？

塞特瑞亚 是他先跟我提起的，因为我告诉了你这件事，所以你谩骂我。我问他是怎么知道的，他说你刚才跟我说话时他在马厩里。

达蒙 唉，唉，那我该怎么办呢？你这个老太婆，我总有一天要把你的舌头用绳索拔出来。唉，帕西菲洛知道这事，比其他的人更让我感到不安。一个人若要知道一件事，就告诉帕西菲洛，然后众人都会知道，有耳朵的没有耳朵的都会知道。这时，他肯定已经在一百个地方讲过了。克林德是第一个，埃罗斯特拉托是第二个，这样，全城的人都知道了。唉，我现在该为我女儿准备什么样的嫁妆，什么样的婚姻？哦，可怜的多情的达蒙，比苦难本身还要苦，但愿上帝保佑，波利内斯塔之前告诉我的是真的：那个玷污她的人，并不是奴仆。到目前为止，他一直被认为是为我服务的，但其实他是一个在西西里有良好家世的绅士。唉，如果他是个诚实的农夫，我应该满足有一小笔财富，但我担心他设计这些是为了引诱我的女儿。好，我再去看看她，我的意思是，我将从她的故事中看出真假。但这不是从我邻居家出来的帕西菲洛吗？他怎么会在大街上像个傻瓜一样又蹦又笑呢？

[帕西菲洛从屋里笑着出来]

—| 第七场 |—

[帕西菲洛、达蒙]

帕西菲洛 上帝啊，我可能会在家里找到达蒙。

达蒙 他怎么会和我在一起？

帕西菲洛 让我成为第一个给他带来这些消息的人。

达蒙 以神的名义，他要告诉我什么？

帕西菲洛 主啊，我是何等快乐，我看到他在哪里了。

达蒙 帕西菲洛，你有什么新消息？

帕西菲洛 我为你高兴，我给你带来了好消息。

达蒙 我很需要，帕西菲洛。

帕西菲洛 我知道，先生，因为这次的意外事件，你很悲伤，可能你以为我不知道。但是，让它过去吧，振作起来，高兴起来，因为对你造成这种伤害的人是如此的好，有如此富裕的父母，你可以高兴地让他成为你的女婿。

达蒙 你怎么知道的？

帕西菲洛 他的父亲菲洛加诺是全卡塔尼亚最优秀的人之一，现在已经来到城里，就在你的邻居家中。

达蒙　什么，在埃罗斯特拉托家里？

帕西菲洛　不，在多利波家。因为你们一直以为这位先生是埃罗斯特拉托，其实不然，你们关押的仆人，一直以为是多利波，实际上他是埃罗斯特拉托，而另一位是多利波。他们一直这样，甚至从他们第一次到达这个城市开始，就隐瞒了名字，目的是让主人埃罗斯特拉托以仆人多利波的名义，在你的家里受到招待，从而赢得你女儿的爱。

达蒙　好吧，那么我知道的和波利内斯塔告诉我的一样。

帕西菲洛　为什么，她是这样告诉你的？

达蒙　是的。但我认为这只是一个故事。

帕西菲洛　好吧，这是一个真实的故事，他们将在这里和你在一起，包括菲洛加诺价值连城的人和克林德博士。

达蒙　克林德？什么情况？

帕西菲洛　克林德？这又是一个故事，是你所听到的最幸运的冒险：你知道吗？另一个多利波，我们一直以为他是埃罗斯特拉托，结果发现他是克林德的儿子，他在奥特朗托战役中丢失，后来在西西里岛被卖给了这个菲洛加诺。这是你所听到的最奇怪的案例，人们甚至可以把它做成一部喜剧。他们会直接来告诉你整个事件的情况。

达蒙　不，在我与菲洛加诺交谈之前，我先去听听这个多利波的故事，不管他是多利波还是我这里的埃罗斯特拉托，我都要先听一听。

帕西菲洛　我去告诉他们，让他们等一会儿，不过你看，他们来了。

[达蒙进去了，斯凯纳斯、克林德和菲洛加诺走上台来了]

┤ 第八场 ├

[斯凯纳斯、克林德、菲洛加诺]

斯凯纳斯　先生，你不必再为这件事辩解了，既然我没有受到比言语更大的伤害，就让他们像风一样过去吧。我认为他们很好，高兴多于生气。因为这对我来说将是一个很好的警告，下次如何第一眼就相信每个人，是的，以后我会在这里玩得很开心，然后在我自己的国家讲述这个令人愉快的故事。

克林德　先生们，你们是有理由的，而且可以肯定的是，有多少人听到这个消息，都会感到非常高兴的。你可以想一想，天上的神在此刻安排你到这里来，使我可以找回我失去的儿子，我不可能用其他方法找到他。

菲洛加诺　我想也是，因为我认为没有上帝的旨意，树上连一片叶子都不会掉下来的。

但我们还是去找达蒙吧，因为再见到我的埃罗斯特拉托之前，我感觉简直度日如年，一分钟都等不下去了。

克林德　我不能怪你，那我们走吧。卡里诺同时带你那位绅士回家，这样的事情越少越好。

[帕西菲洛阻止他们进去]

┤第九场├

[帕西菲洛、克林德]

帕西菲洛　博士，你能不能帮我这个忙，告诉我你不高兴的原因？

克林德　亲爱的帕西菲洛，我必须承认我错怪了你，我相信你的故事，而现在我发现这些故事是相反的。

帕西菲洛　我很高兴那是出于无知而非恶意的。

克林德　是的，请相信我，帕西菲洛。

帕西菲洛　哦，先生，但你不应该跟我说那样恶言恶语的话。

克林德　好吧，帕西菲洛，我是你的朋友，因为我一直是你的朋友，为此，你晚上来和我一起吃晚饭，从白天到晚上，你都是我的客人。但是你看，在这儿，达蒙从他家里出来了。

[他们在这里聚在一起]

┤第十场├

[克林德、菲洛加诺、达蒙、埃罗斯特拉托、帕西菲洛、波利内斯塔、尼沃拉、其他仆人]

克林德　我们是来找你的，先生，要把你的悲哀变成快乐和幸福。我们的意思是，自从最近在你家里发生的这起不幸事件以来，你所承受的痛苦，是巨大的痛苦。但是，请你放心，这个年轻人，并不是恶意地犯了这个错误。在他父亲的同意下，他非常有能力为你做出足够的弥补。他出生在西西里的卡塔尼亚，出身于一个贵族家庭，丝毫不逊色于你，据知情人的叙述，他的财富远远超过你。

菲洛加诺　先生，我在这里以正式的身份向你介绍我的朋友和兄弟间的情谊，但我真诚地希望你接受我可怜的儿子作你的女婿，虽然他不配。为了补偿他对你造成的伤害，我将我的全部土地作为彩礼献给你的女儿。如果可以的话，我还愿意献上更多。

克林德　而我，我一直热切地希望你的女儿嫁给我，现在我愿意放弃。我完全同意，这个年轻人，就他的年龄和对她的爱而言，最适合做她的丈夫。我曾想娶一个妻子，让我有机会得到上帝赐予我的小生命，现在我没有什么需要了。感谢上帝，让我找到了我亲爱的儿子，那个在奥特朗托的围攻中丢失的孩子。

达蒙 尊敬的先生，你的友谊、你的忠诚和你高贵的出身，使我有更多的理由向你要求这些，而不是你向我要求已经得到的东西。因此，我很高兴，也很愿意接受这些，我认为现在是一生中最幸福的时刻，因为我得到了一个这么好的女婿，我女儿得到了一位这么好的（法律上的）父亲。是的，我的满足感更强了，因为这位值得尊敬的克林德先生自己也很满意。现在请看你的儿子。

埃罗斯特拉托 哦，父亲啊。

帕西菲洛 看吧，孩子对父亲的爱是多么地自然：因为他内心的喜悦，他不能说一个字，因为他要用抽泣和眼泪来告诉父亲他内心的意图。但是，你们为什么要在这附近逗留？先生们，你们能不能进屋去？

达蒙 帕西菲洛说得很好，先生们，请进来吧。

尼沃拉 先生，镣铐和螺栓我取来了。

达蒙 现在拿走它们。

尼沃拉 好的，但我该怎么处理它们呢？

达蒙 我要告诉你，尼沃拉，为了让我们的"假设"有一个圆满的结局，把其中一个螺栓放在火里，做一个像我手臂一样长的栓剂，上帝保佑这个样本[①]。贵族们和先生们，如果你们认为我们的"假设"让你们感到高兴，请给我们一些你们满意的表示，让我们知道你们是满意的。

[然后他们鼓掌]

➢ 可能性来源 ◄

《令人钦佩和难忘的故事》(1607)

高拉特 著

爱德华·格里姆斯顿 译

—┤ 以国家为代表的世界的虚荣 ├—

菲利普王子继承了勃艮第公国的公爵爵位，被称为勃艮第公爵。有一次，他在宫

---

① 原文为 sample。

廷布鲁塞尔用过晚餐后，与他的心腹一起在街上散步时，发现了一个醉醺醺的石匠躺在石头上，睡得很熟。王子很乐于在这个工匠身上审视我们生命的虚荣，他之前曾与他熟悉的朋友讨论过这个问题。因此，他让人把这个睡觉的人抬起来，带进他的宫殿。他让他躺在一张最豪华的床上，给他一顶华丽的睡帽，脱掉他的脏衣服，给他换上一件上等的亚麻衣服。当这个醉汉消化了肚子里的酒，开始醒来时，公爵的侍从和仆人们围在他的床边，拉开窗帘，恭敬地行礼，脱帽问他是否愿意起床，并问他今天想穿什么衣服。他们给他带来了华丽的衣服。这位新"先生"对这种礼遇感到惊讶，不知自己是在做梦还是醒着，任由他们为他穿衣，并带他走出房间。贵族们前来向他致敬，并带他去参加弥撒，在那里他们以隆重的仪式递给他福音书和圣饼并亲吻他，就像他们通常对公爵所做的那样。弥撒后，公爵的侍从将他带回宫殿，他洗手后坐在一张摆满食物的桌子旁。晚餐后，大总管命令卫兵带来一大笔钱。这位想象中的"公爵"与宫廷的主要人物一起玩耍。然后公爵的侍从带他去花园散步、猎兔并放鹰。他们（之后）将他带回宫殿，在那里他进行小酌。蜡烛点燃后，音乐开始响起，餐桌被搬走，绅士和淑女们开始跳舞，然后他们上演了一出愉快的喜剧。之后是晚宴，晚宴上有大量珍贵的葡萄酒以及各种糖果供这位新的"王室成员"享用，所以他喝醉了，并睡得很香。于是，公爵命人脱去他所有昂贵的装束并换回他的旧衣裳，将他抬到前一天晚上他被发现的地方，他在那里过了一夜。第二天清晨醒来，他回忆起了之前发生的事情。他不知道那是真的，还是困扰他大脑的一个梦。但最后，经过多次思考，他得出结论，这一切不过是他做的一个梦。因此，他把这个梦讲给他的妻子、孩子和邻居们听，以供大家娱乐，没有任何其他的忧虑。这段历史让我想起塞内加在给卢西利乌斯（Lucilius）的第 59 封信的结尾所说的那句话。他说，如果一个人没有高尚的思想，没有公正和节制，他就不可能让自己快乐和满足。然后呢？恶人被剥夺了一切欢乐吗？他们高兴得像找到猎物的狮子。在美酒和奢华中度过了一个夜晚，当欢乐进入身体这个容器（因为太小而无法容纳太多）开始起泡时，这些可怜的家伙和维吉尔所说的那个人一起哭泣：

你知道，在虚假和虚幻的消遣中，我们如何痛苦度过了昨夜。

浪荡子的每个夜晚，甚至最后一个夜晚，都是在虚假的欢乐中度过的。哦，人啊，上面提到的工匠的神奇经历，就像做了一个梦。他美好的日子和恶人生命中的岁月只是或多或少有一点不同之外，没有太大的不同。他睡了 24 个小时，其他恶人有时睡两万四千个小时。这是一个小小的或伟大的梦，仅此而已。

（译者吴月颖，河南大学文学院）

三、《仲夏夜之梦》来源文献

　　该剧的主要构成是：①忒修斯和希波吕忒的结合；②四个年轻恋人的求爱和困境；③充满魔力和争吵的仙境；④波顿不幸的遭遇；⑤皮拉摩斯和提斯柏的戏剧。

　　已知的来源信息并不能将这些元素融合在一起，也许是莎士比亚自己把它们结合了起来。奎勒·库奇出色地想象了诗人莎士比亚是如何做到把这一切融合起来的，但除此之外也有很多其他可能性。

忒修斯和希波吕忒

　　其主要来源是乔叟的《骑士的故事》（*The Knight's Tales*）（可能性来源 1）和诺思翻译的普鲁塔克的作品。乔叟给出一对成熟且经验丰富的夫妇的婚礼及幸福的婚姻作为对照，而两个年轻人却因他们对同一个女人的爱处于不愉快和分裂的境地。"忒修斯的婚姻"这个主题虽然给人以短暂的娱乐，但实际上比皮拉摩斯和提斯柏的故事更为严肃，莎士比亚选择了它作为这部荒诞的、爱情喜剧的结尾和开端，也许是因为庆祝的是不同寻常的、年长之人的婚礼。他们可能是女王的副管家托马斯·海尼奇爵士（约 60 岁）和南安普敦女伯爵玛丽，后者是莎士比亚朋友的寡母，她于 1594 年 5 月 2 日结婚。普鲁塔克的《忒修斯传》（*Life of Theseus*）（可能性来源 2）可能为莎士比亚提供了帮助，它通过历史真实和考古细节为忒修斯的描写提供了稳定性和庄重感。此外，其伦理学材料也影响了莎士比亚的态度。

精灵

奥伯龙来自罗曼史《波尔多的于翁》（*Huon of Bordeaux*），由伯纳斯勋爵在 1533 年之前翻译而来；也可能来自格林的《詹姆士四世》（*James Ⅳ*），他出现在开头的对话中并在之后带来了"精灵的圆舞"。

泰坦妮娅来源于奥维德《变形记》（可靠性来源）第三章第 173 行，她指的是狄安娜。戈尔丁在翻译中没有使用"泰坦妮娅"一词，证明莎士比亚是在奥维德的原著中读到的。小精灵帕克，古挪威语（the Old Norse）的"puki"，康沃尔语（Cornish）的"pukka"或"pixy"，最初的含义是大地之魔，也可能是矮人国王奥伯龙。莎士比亚把他和好人儿罗宾（罗宾·古德费洛）联系在一起，罗宾似乎是另一种精灵，是家中的精灵。他不需要任何书籍来定义好人儿罗宾的特质，这在乡村中是众所周知的，但他肯定读过雷金纳德·斯科特《巫术的发现》（*The Discoverie of Witchcraft*，1584）一书，其中描述了对好人儿罗宾的信仰在衰落。

波顿和驴头

将驴头安在波顿身上的设定让人回想起女巫塞斯的魔力。这是一部关于报复的作品，就像人们从库珀的《同类词汇编》（五）中找到的著名的菲比斯报复迈达斯国王的故事一样。需要注意的是，波顿也假装"对音乐有较高的品味"，并且偏爱"钳子和骨头"（Ⅳ.1.30）。迈达斯只是改变了他的耳朵，波顿的原型更像是 1566 年阿德林顿翻译的《金驴记》（可能性来源 6）中多情的阿普列乌斯。但更接近莎士比亚的创作的是在斯科特作品中发现的女巫咒语故事的一个版本。斯科特本人并不相信这个故事，但也提到教皇本尼狄克九世在死后被判用熊皮和驴头"以他生前的那种方式"在地上行走。后来，斯科特给出了一种配方，使涂上某种药膏的人看起来好像有驴头或马头。如此严肃的胡说八道一定使这位诗人感到好笑，他通过展示正在发生的变形笑着回应了斯科特。正如斯科特所宣称的那样，好人儿罗宾不再像过去那样可怕和可信了。莎士比亚展现了一个有点过时的妖怪形象，并表明他比传统中的更加友善。

➤ 可靠性来源 ◄

奥维德：《变形记》

本篇可参考杨周翰先生的译本。奥维德：《变形记》，杨周翰译，人民文学出版社，1984年，第45—48页。主要情节为巴比伦青年皮拉摩斯与提斯柏隔墙相恋，因父母反对而约定私奔。提斯柏遭遇野兽，慌乱逃走后遗落染血衣物，皮拉摩斯误认其遇害，悲痛自刎，提斯柏返回后见状也殉情而死，双方父母将二人骨灰合葬。

➤ 可能性来源 ◄

1.《坎特伯雷故事集》之《骑士的故事》

本篇可参考黄杲炘先生的译本。乔叟：《坎特伯雷故事》，黄杲炘译，上海译文出版社，2013年，第42—46、51—56、111—116页。主要情节为雅典君主忒修斯征服阿玛宗，带回女王希波吕忒及其妹艾米莉；底比斯武士帕拉蒙与阿赛特被囚时同时爱上艾米莉，因爱反目并约定以决斗争夺。两人率队决斗当日，阿赛特胜出却因意外坠马重伤，临终前祝福帕拉蒙和艾米莉。最终帕拉蒙获释并与艾米莉成婚，阿赛特则在遗憾中死去。

2.《希腊罗马名人传》之《忒修斯传》《忒修斯、罗慕洛合论》

本篇可参考贺哈定先生、陆永庭先生的译本，参见普鲁塔克：《希腊罗马名人传》（上册），黄宏煦主编，商务印书馆，1990年，第24—30、84—85页。《忒修斯传》记载：忒修斯统一阿提卡居民，建立民主政府并划分等级，铸造牛形钱币、创立"地峡"竞技会；他征服阿玛宗人，因俘获女王引发战争，后经女王调停缔约。他还因强占阿里亚德涅、海伦等多名妇女招致仇恨与战争。与罗慕洛相比，罗慕洛劫回妇女后分配给公民促进民族融合，建立了稳定的婚姻制度，而忒修斯的婚姻不但未带来盟友，反致冲突与损失。

3.《波尔多的于翁》

伯纳斯勋爵　译（1601 年版）

—| 第二十章 |—

[波尔多的于翁如何找到杰拉姆斯的，以及他们的谈话]

　　当于翁听到骑士的故事时，感到非常高兴，拥抱了他并说，经常看到他的兄弟管家吉尔为他哭泣。"当我离开波尔多时，"他说，"我把所有的土地交给他管理。请告诉我你的名字。""阁下，"他说，"我叫杰拉姆斯，也请您告诉我您的名字。""先生，"他说，"我叫于翁，我的弟弟叫杰拉德。请你告诉我你是如何在这里生活了这么久的，你靠什么维持生活呢？"杰拉姆斯说："我只吃从树林里找到的树根和水果。"之后于翁又询问他是否会说萨拉津语。"我会，先生。"他说，"我的萨拉津语和这个国家中的任何萨拉津人一样好，甚至更好。"

　　于翁听了杰拉姆斯的话，随即又进一步询问他是否能去巴比伦。"可以，先生，"杰拉姆斯说，"我可以通过两条路去那里。最可靠的路线需要四十天的行程，而另一条却只需要十五天。但是我谨劝您走更远的这条路，因为如果走更近的这条路，您必须穿过大约十六法里长的树林，路途中充满了精灵和奇怪的东西。从树林中穿过就会迷路，因为在那片树林里住着一位名为奥伯龙的精灵国王。他身高只有三英尺，肩膀弯曲，但有着天使般的面孔，尽管没有凡人看到过他，但想必都会很高兴看到他的脸。如果您走那条路，不久就会被困在树林中，因为他的话是那么悦耳动听，以至于没有凡人能抵抗，他会找到与您说话的方法，一旦您和他说话，您就会永远迷失，他再也不会出现在您的面前。如果您一句话也不跟他说，他会对您非常不满，在您能够离开树林之前，他会降下风、雨、冰雹和雪，以及雷电交加的惊人的暴风雨，令您感到整个世界都将覆灭。他会使您眼前涌现出一条奔腾的深黑大河，但您可以放心地越过它，它并不会弄湿您的马蹄，因为这一切都是矮人做出的幻象和挑战，目的是将您困在他身边。如果您能够坚持住不和他说话，之后便可以顺利逃脱了。但是，先生，为了避免一切危险，我建议您选取更远的那条路，因为我认为您无法从他那里逃脱，您将永远迷失在那里。"

　　于翁听了杰拉姆斯的话，大为惊奇，并且非常渴望看到精灵们的矮人国王并到那片树林中去冒险。然后他对杰拉姆斯说，虽然害怕死亡他也要去走那条路，因为他也许可以在十五天后到达巴比伦，但走更远的那条路可能会遇到更多冒险的事。而且他已经被告知保持沉默就可以更快地完成他的旅途，因此无论什么意外降临他也要走那条路。"先生，"杰拉姆斯说，"您尽可以按自己的意愿去做，无论您选择了哪条路，我都会与您同在。我将把您带往巴比伦海军上将高迪斯那里，我很了解他。当您到那儿的时候，您会看到达姆赛尔，正如我曾听说的，她是全英德最美丽的人，也是有史以来唯一的最甜美有礼的人，她就是您所寻觅的那个人，她是海军上将高迪斯的女儿。"

┤第二十一章├

[杰拉姆斯与于翁及其同伴一起进入树林，在那里他们遇见了奥伯龙国王，他召唤他们同他说话]

于翁听了杰拉姆斯的话，十分乐意与他同行，并为此感到非常高兴，感谢了他的好意和帮助，并给了他一匹好马。他们骑上马，一起在路上走了很久，来到了树林中奥伯龙国王最常出没的地方。由于饥饿和炎热，于翁在旅途中感到疲惫，他和同伴们已经连续两天没有面包和肉吃了，因此他非常虚弱几乎无法骑行。然后他可怜地开始哭泣，并抱怨查理曼国王对他极度不公。杰拉德和杰拉姆斯安慰了他，并十分同情他。他们非常清楚，由于他很年轻，与年长的他们相比，他更感到饥饿。他们在一棵巨大的橡树下下马，进入树林中寻找一些可供食用的果实，并高兴地让马儿去吃草。

当他们下马时，精灵国的矮人国王奥伯龙走了过来。奥伯龙国王见过且非常了解这十四个人，他把号角放到嘴边，吹出悦耳的声音，树下的十四个人心中充满了喜悦，他们全都站了起来，开始唱歌跳舞。"啊，天哪！"于翁说，"我们是何等幸运啊！我想我们是在天堂里。此刻我因为缺乏肉和水而无法维持生命，却觉得自己既不饿也不渴，这种感觉从何而来呢？""先生，"杰拉姆斯说，"事实上，这是精灵国的矮人做的，很快您就会看到他从您身边经过。但是，先生，我请求您即便是在危及生命的情况下，也不要跟他说话，不要有遵从他的念头。""先生，"于翁说，"不用怀疑我，我知道危险。"矮人立刻开始大声叫喊："十四个人经过我的树林，上帝保佑你们！我要求你们和我说话，我以全能的上帝和你们所信奉的基督教以及上帝所创造的一切召唤你们，回应我！"

┤第二十二章├

[奥伯龙国王十分悲伤和不满，因为于翁不说话，他让于翁和他的同伴陷入巨大的恐惧之中]

于翁和他的同伴听到矮人的话，骑上马以最快的速度离开，没有说任何话。而矮人见他们一言不发地走开，悲伤而又愤怒。随后他将一根手指放在他的号角上，从那里发出的狂风和暴风雨听起来如此可怕，它击倒了树木，随之而来的是雨和冰雹。天地似乎在一起战斗，世界将要终结。林里的野兽大声嘶吼，人们因身处其中而恐惧地倒地死去，除了他没有任何人会不害怕那场风暴。然后一条大河突然出现在他们面前，河流奔涌的速度比鸟儿飞翔还快，河水又黑又危险，发出的声音十里外也能听到。"唉！"于翁说，"我知道现在我们都迷路了，我们将在这里受到压迫，而上帝不会怜悯我们。我后悔进入这片树林了。我应该花费一整年时间前行，然后到达那里。""先生，"杰拉姆斯说，"您不要沮丧，因为这一切都是精灵国的矮人做的。""好吧，"于翁说，"我认为我们最好从马上下来，因为我们永远无法逃脱，我们都会受到压迫。"杰拉德和其他同伴感到极其惊异和恐惧。"啊！杰拉姆斯，"于翁说，"你曾向我详细诉说了通过这片树林会面临的巨大危险。我现在后悔没有相信你。"然后他们看到了河对岸的一座城堡，周围环绕着十四座大塔，在每座塔上都有一个看起来很精美的铜钟，他们注意它很久了，而当他们在河边走了一小段时，又看不到城堡了，它完全消失了。于翁和他的同伴感到非常困惑。"于翁，"杰拉姆斯说，"您不必为看到的这一切而感到困惑，因为这一切都是不正直的精灵国矮人所做的，所有这些都是为了欺骗您，但他无法让您灰心，因为您什么也没说。但在我们离开之前，他会让我们都感到困惑，他会像疯子一样追赶我们，因为您不和他说话。但是，先生，我以上帝的名义要求您，不要害怕，坚定地向前走，并且当心不要跟他说话。""先生，"于翁说，"不用怀疑，除非他被摧毁，否则我不会对他说一句话。"之后他们通过河流，发现没有什么可以让他们走的路，就这样走了大约五里路。"先生，"于翁说，"感谢上帝，我们逃脱了这个自以为欺骗了我们的矮人！我这辈子从来没有这么害怕过，上帝打败了他！"就这样他们一路走来，战胜了给他们带来重重困难的小矮人。

[在第23—25章中，奥伯龙追赶他们，在强迫于翁说话后，向他展示了许多奇异的景象，并给了他一个魔法号角和一个杯子]

4.《巫术的发现》

雷金纳德·斯科特　著

伦敦　1584年

—| 第四卷　第十章 |—

[讨论"魅魔"并否认它的存在，斯科特拒绝"与女性进行肉体交往"的故事，因

111

为这样无法产生灵魂，它并不像我们那样依赖物质条件生存]

但不得不说，他们宣称"魅魔"是一种幽灵，而我相信大家都知道灵魂没有实体、不用吃喝。事实上，你们祖母的女仆们会在他和他的堂兄好人儿罗宾面前放一碗牛奶，让他们碾磨麦芽或芥末，并在午夜打扫房子。想必你们也听说过，如果女仆或女主人对他的赤裸表示同情，为他准备破旧的衣服，还以一些白面包和牛奶作为他的报酬，他会非常生气。在那种情况下，他会说："我们这里有什么？火腿、火腿，我再也不会在这里踩踏或跺脚了。"下面让我们来接着反驳。那里没有肉吃，即使播种种子也无法生长。但好人儿罗宾却有吃有喝，和那些游手好闲的人一样整日无所事事，但也没有达到淫荡或无赖的程度。

5.《罗马语和英语辞典》

托马斯·库珀　著（1573 年版）

─┤《迈达斯》├─

迈达斯，弗里吉亚富有的国王，因为他与巴克斯神的友好交往，被允许说出自己的愿望，并且可以立刻实现，而他希望自己触碰到的任何东西都可以立即变成金子。他如愿以偿地把城堡和塔楼变成了金子。但当他想要吃东西时，发现食物也都变成了金子，在极度的饥饿中，他再次恳求巴克斯神将这种能力从他身上取走。于是巴克斯神让他去派克特洛斯河中清洗自己。贪婪的国王在那里洗掉了他有关金子的愿望，从此之后，河中就会出现小块的金子碎片。后来，当质朴的潘神与阿波罗进行音乐比赛时，特莫卢斯被任命为这场争论的裁判，他判定阿波罗获胜，所有在场的人都认为这一判定是真实公正的，只有迈达斯国王谴责这一判决。在他看来，他更喜欢潘神尖锐的笛声。阿波罗非常愤怒，谴责他荒唐的判断，并将他的耳朵变得像驴一样长。迈达斯对此严加保密，以至于人们从未知晓分毫，但他的理发师除外。他无法隐瞒这么不同寻常的、奇怪的事情，但又害怕国王不高兴而不敢大胆地公之于众。于是他走到田野里，在地上挖了一个洞，大喊 "*Aures asininas habet rex Midas*"（国王长了一对驴耳朵），也就是说迈达斯国王真的有一对像驴一样的长耳朵。在理发师喊叫的时候，芦苇在那个地方生长，当它们被风吹起时，发出了和理发师同样的声音，因此诗人们说它第一个知道了迈达斯有一对驴耳朵。诗人们用这种设计表示，迈达斯作为一个暴君，治下有许多倾听者和讲故事的人，通过他们，他可以知道在他的统治范围内对他所做或所说的一切，仿佛他有一对长长的耳朵，可以听到每个人说的话。

6.《金驴记》第十一卷

本篇可参考刘黎亭先生的译本。阿普列乌斯:《金驴记》,刘黎亭译,上海译文出版社,1988 年,第 76—80 页。《金驴记》讲述贵族青年鲁齐乌斯因好奇魔法而误服魔药变成驴子,沦为奴隶后经历偷窃、暴力与欺骗,目睹人性丑恶。他在不同主人间辗转,甚至被当作玩物,最终在埃及女神伊西斯的指引下吞食玫瑰恢复人形,皈依宗教成为祭司,以苦行赎罪。

7.《巫术的发现》

雷金纳德·斯科特 著(1584 年)

—| 第五卷 第三章 |—

[一个人变成了驴子,然后被伯丁斯的一位女巫重新变成了人,以及圣奥古斯丁对此的看法]

事情发生在塞浦路斯王国的萨拉明市,那是一个很好的港口,一艘满载商品的船在那里稍作停歇。与此同时,许多士兵和水手都到岸边寻找新鲜的食物。其中,有一个年轻强壮的英国男人,跑到城外离海边不远的一个女人家里,看她有没有鸡蛋售卖。谁都认为他是一个好色的小伙子,一个远离故国的陌生人,即便他消失也不会有人过多地想起他或询问他,女人便开始考虑如何摧毁他,并让他在那里等一会儿,她去给他取几个鸡蛋。但是她拖了很长时间,所以那个年轻人催促她让她快点,因为潮水很快就会退去,到那时他的船就会抛下他离开。拖延了一阵,她拿给他几个鸡蛋,希望如果他回去时船已经走了,他能够回到她身边。年轻人回到了他的船上,但在他离开之前,他需要吃一两个鸡蛋来果腹,但很快他就无法说话并丧失神智(正如他后来所说的)。当他要上船时,水手们用棍棒把他赶了出去,并说:"哪个村民丢的这头驴?这头驴要到哪儿去?"这头驴子或年轻人(我不知道该怎么称呼他)多次被排斥,他能明白那些称他为驴子的人们的话,也可以理解每一个人,但一个字都说不出口。他认为他在那个女人家里时被她蛊惑了。因此,他无法上船,而是被驱赶到塔里眼睁睁地看着船启程,并像头驴一样被到处殴打。他想起了女巫的话,以及他的同伴们称他为驴的话,便回到了女巫家。三年来,他一直为女巫服务,这期间他无法用手做任何事,只能背负起女巫放在他背上的沉重负担。令他稍感安慰的是,虽然在陌生人和畜牲眼中他是头驴,但这个女巫和所有其他女巫都知道他是一个男人。

三年过去了,在一个早晨,他先于女主人到了镇上,她在某些时候(比如小解)会稍稍落后。就在快要到教堂的时候,他听到教堂里做弥撒的钟声,他不敢进教堂,因为会被棍棒殴打并驱赶出去。他非常虔诚地伏在教堂庭院里，后腿膝盖着地，并将前脚举过头顶，就像神父在教堂讲台上举行圣礼一样。热那亚的一些商人都看到了这惊人的一幕，并惊奇地注视着他。不久，女巫拿着棍子过来，向前猛击驴。而且（正如人们所说）这种巫术在那些地方很常见，商人们讲述了这件事情，因此驴和女巫引起了法官的注意。女巫接受了审问并被钉在架子上，她承认了整件事，并承诺如果她可以被放归自由，会将男人恢复原形并解雇他，她确实这样做了。尽管如此，他们还是再次逮捕并烧死了她。而那个年轻人快乐地回到了他的家乡。

　　这个故事的优势令马尔·博丹和剩余的巫师取得了胜利，特别是圣奥古斯丁对此表示赞同，或者说至少非常喜欢。我必须承认这在他的书中太常见了，因此我认为他们宁愿被一些喜欢的天主教徒或巫师所蒙骗，也不愿被如此博学的人称赞。最好的是，他本人并不是任何故事的目击者，却在叙述中说谎。他在其中说出了这些话：也就是说，怀疑如此众多并十分确切的叙述是一种非常无礼的观点。在这方面，他通过塞斯的巫术证明了他的同伴尤利西斯的身体变形的合理性，以及他父亲普雷斯坦提乌斯的那个愚蠢的寓言，他说他确实和其他马一起吃草和树叶，他自己也变成了一匹马。

　　是的，他证实了有史以来最赤裸裸的谎言，这两个旅馆女老板曾经将所有的客人变成了马，并在市场和集市上出售。因此，我对卡尔达努斯说，不论奥古斯丁说亲眼看到了什么，我都会相信。然而，圣奥古斯丁做出了与博丹相反的结论。因为他肯定这些变形只是幻想，它们不是依据真实，而是依据表象。但我不同意女巫或恶魔能变化出这样的外表，因为我发现上帝没有赋予任何生物这样的力量。

┤第十三卷　第十九章├

　　[……关于各种奇异的实验，以及玻璃杯中奇怪的结论，以及对巫术的看法]

　　然而，对于达到这种效果的其他实验来说，这些只是小事，特别是当伟大的王子维护和支持那些修习魔法巫术的学生时——由于随之而来愈发普遍的滥用，修习魔法在这些国家和这个时代是被禁止的。事实上，正是它使人们对奇迹般的工作感到钦佩和尊重。例如，如果我宣称，有了某种魔法和天主教的祈祷，我可以将一匹马或一头驴的头置于一个人的肩膀之上，不会有人相信；或者如果我真的那么做了，就会被认为是女巫。但如果尼普·巴普的实验能证明这一点，让它看起来如此并不困难。而女巫的魔力或天主教徒加入实验，也会使这一奇迹看起来可行。在这种情况下使用的咒语是不确定的，并且可以随女巫的心情吟诵。但结论是：要把马或驴的头（在他们死之前）砍掉，否则咒语的优势或力量将不太奏效；接着制作一个容量合适的陶器来容纳它，将它浸满油脂，盖上盖子并涂抹上壤土，用文火连续煮三天，煮熟的肉可能会变成油，可以看到裸露的骨头；最后将头发打成粉末，和油相混合，将其涂抹到人的头上，他们就好像有了马或驴的头。如果给野兽的头涂上由人头制成的类似的油，它们会拥有人类的面孔，正如不同的作者所言之凿凿的那样。如果给一盏灯涂上油，周围的一切都会变得非常可怕。也有记载说，如果将野兽身上被称为精髓的东西烧毁，并且给人的身体和脸都涂上油，看起来也会跟野兽一样。而如果你把砷打碎，放进一个带盖的锅里用一点硫磺煮沸，然后用一根新蜡烛点燃它，旁边的人看起来就会像没有头一样……但我不认为法老的魔术师比我对那些诸如此类的巫术更有经验。而且（如庞帕纳修斯所说）最真实的是，有些人因为这些技艺被认为是圣徒，另一些却被认为是女巫。因此我说，教皇使富有的女巫成为圣徒，而将贫穷的女巫烧死。

8. 摘自《拉丁语和英语辞典》

托马斯·库珀　著（1573 年版）

┤《皮拉摩斯和提斯柏》├

皮拉摩斯，巴比伦的一个年轻人，他和一个名叫提斯柏的少女深深地相爱了，但这违背了他们父母的意愿：他们被严格地控制起来，即使他们毗邻而居，也无法陪伴彼此。因此，他们通过墙上的一个洞，彼此约定在夜晚之时偷偷离家，到野外某个地方见面。提斯柏先到了那里，透过月光她惊恐万分地看到了一头雌狮，因此跑到了一个洞穴里，匆忙中她的上衣不慎掉落，那只野兽将其上衣撕扯成了碎片。不久之后（提斯柏还躲在洞里），皮拉摩斯来到了约定的地方，看到他的爱人被撕裂得血迹斑斑的衣服，以为她被野兽杀死了，在悲痛中拔剑自杀了。当恐惧消散，提斯柏从她藏身的地方赶来，看到皮拉摩斯以这种方式被杀害，他的生命还尚未完全消逝。她猜到了事情是如何发生的，并为他们不幸的命运哀叹流泪，在爱情的驱使下，她用那把不久前杀死了她的爱人的剑结束了自己的生命。

（译者陈珂瑜，郑州市郑东新区康平小学）

四、《爱的徒劳》来源文献

➤ 导 言 ◄

　　关于这部戏剧的来源，我们找到的很少。没有一个故事能够涵盖这部剧的所有情节。尽管材料有限，但约翰·黎里的作品值得一提，黎里的影响主要体现在机智取笑的女人、对思想的兴趣和戏仿下层生活的次要情节方面。参考了黎里的作品，该剧出现了学究们的学术幽默，对逻辑、修辞和语法的滑稽使用，如在第一幕第二场（逻辑论证中的亚马多和毛子）、第三幕第一场（毛子对爱情的论述）、第四幕第一场（亚马多的信），但是莎士比亚延续了他自己的委婉风格，虽然亚马多和毛子之间的关系令人想起了《恩底弥翁，月亮里的人》中的特菲斯爵士和埃皮顿的关系，但情况和语调不同。

　　学者们找不到一个单一的取材来源，于是他们把注意力转向了以下情节：①年轻人发誓要勤学独身，结果是爱情与学习之间产生对立以及对誓言的背弃；②法国与纳瓦拉的外交来往；③委任王室女士作为大使；④莫斯科面具；⑤亚马多和他的朋友们的行为与时事话题。

　　关于最后一点，在拉丁文喜剧和那些受意大利即兴喜剧中演讲、吹牛者、学究等因素影响的戏剧中很容易找到。

　　对于《爱的徒劳》来说，莎士比亚可能借鉴了一部以法国为背景的戏剧或故事，诸如皮埃尔·德·拉·普里莫达耶的《法兰西学院》（*Académie Francaise*，1577），当时最受欢迎的学术论文之一，于1586年被翻译成英语。献词（献给法国亨利三世）和本部分的第一个来源文献表明，一个勤奋好学的年轻人退出世俗事务和远离女性的想法并不新鲜①。

德·拉·普里莫达耶把他的作品献给了亨利三世，莎士比亚《爱的徒劳》中的主人公是纳瓦拉国王腓迪南。除了虚构来源外，这里将主人公塑造成纳瓦拉国王（尽管从来不存在这么一个人）并把贵族称为俾隆、朗格维和杜曼，是有充分的理由的。伊丽莎白与纳瓦拉的亨利②有着松散的同盟关系，后者在圣巴塞洛缪大屠杀前后的多变生涯在英国引起了人们的极大兴趣，有时还受到赞赏。1589 年，伊丽莎白这位新教英雄派出 4000 多名英国士兵在威洛比勋爵领导下前去帮助亨利。威洛比勋爵抱怨纳瓦拉人虐待他们，导致四分之三的士兵失去了性命。因此，即使在伊夫里战役（1590 年）胜利后，伊丽莎白再也没有派遣军队前往，直到西班牙对皮卡第和布列塔尼的进攻似乎威胁到了这个国家。1591 年 7 月，埃塞克斯被派遣前去围攻鲁昂，与德·俾隆元帅取得联系，后者是纳瓦拉与英国的联络官③。尽管埃塞克斯被召回，围城被弃，但纳瓦拉国王得到了英国的同情，直到有传言说他当时在向罗马示好。1593 年 7 月，他的信仰发生了转变，于1594 年 3 月进入巴黎。作为一个叛教者，亨利四世失去了英国人的信任。《爱的徒劳》不大可能写于 1593 年 7 月和 1594 年秋天之间，因为这样会惹得观众不悦，剧中腓迪南背弃誓言，很容易让观众联想到亨利四世的背信弃义。但在 1594 年底，亨利四世差点被耶稣会的学生让·查斯特尔暗杀。不久，亨利四世就与西班牙开战了（这是博取英国人心的可靠途径），伊丽莎白自 1593 年与他结盟以来，不时地为他提供武器、金钱和军队。至 1595 年 6 月，大部分勃艮第人开始反抗西班牙并欢迎老元帅（死于 1592 年）的儿子即年轻的俾隆。亨利的主要对手之一马耶讷公爵查尔斯曾在伊夫里战役中被击败，之后休战了，于 9 月 23 日实现了和平，从此，马耶讷公爵查尔斯成为亨利的重要支持者。剧中的杜曼看起来不是以德奥蒙特元帅而是以其对手马耶讷公爵命名的，德奥蒙特元帅一直与亨利并肩作战。如果是这样，要么是莎士比亚误解了马耶讷公爵早年的忠诚所作，要么是他在国王休战后才写这部戏。朗格维是纳瓦拉的一个坚定支持者。鲍益和马凯德也出现在当时的法国记录中。

后来发生的事件很可能暗示了纳瓦拉国王与一个皇室女士的政治会晤。在 1578年，玛格丽特·德·瓦卢瓦不情愿地与纳瓦拉的亨利结了婚，后来又离开了他，并与她的母亲凯瑟琳·德·美第奇以及她的侍女"中队"一起在内拉克与国王会晤。在那

---

① 参见耶茨：《法兰西学院》，1947 年。（Cf. F. A. Yates, French Academies, 1947.）

② 亨利即后来的亨利四世（1553—1610），原为纳瓦拉国王，名为亨利·德·波旁或亨利·德·纳瓦拉，1589 年法国王亨利三世去世，纳瓦拉国王继承王位，被称为"亨利四世"，但因其为胡格诺派新教徒，一直不被法国承认，后改信天主教后，于 1594 年进入巴黎正式加冕，从此开启了波旁王朝。

③ 查尔顿：《〈爱的徒劳〉的日期》，载《现代语言评论》，1918 年第 13 期，第 257—266，387—400 页。（H. B. Charlton, "The Date of *Love's Labour's Lost*", *MLR*, 1918, XIII, pp.257-266, 387-400.）

里，他们讨论了包括阿基坦在内的她的嫁妆①。（这或许可以解释《爱的徒劳》中第二幕第一场第129行为什么提到阿基坦）。在《回忆录》中，玛格丽特描述了她在1577年和大约14位女士一起去佛兰德斯的一次早期的旅行："这群活泼的女士给前来拜访的外国人留下了非常好的印象，因而，他们对法国的爱慕大大增加了。"在内拉克，"我们的宫殿是如此辉煌，以至于我们没有理由对法国的事情感到遗憾。"玛格丽特经常参加弥撒，而她丈夫则去布道，然后"我们聚在一起，一起散步，或者去一个有着长长的巷子、种着月桂树的美丽花园，或者去一个公园，在那个公园里，我曾经沿着河岸走了3000步。其余的日子，就用各种娱乐消磨时光，下午和晚上跳舞"②（比较《爱的徒劳》第四幕第三场第371—377行）。

　　莎士比亚应该记得1594 — 1595年格雷学院的律师们举行的圣诞狂欢。在这场狂欢中，一位来自神殿的"大使"在"紫袍王子"的宫廷里以伪装的一本正经的庄严形式被接见。12月28日，游行活动被观众的狂欢行为破坏了，神殿的"大使"退场了；也许他受到了"戏弄"。因此，"人们认为，除了与贵妇人一起跳舞和狂欢之外，最好不要提供任何说明[《格雷学院的壮举》中所说，请参考下文摘录（可能性来源2）]。在这些活动之后，演员们上演了《错误的喜剧》（如同普劳图斯的《孪生兄弟》）。这个几乎没有任何记录的演出，很可能是宫内大臣供奉剧团所演，他们于那天下午（12月28日）在格林威治当着女王的面演了这同一出戏。莎士比亚参加了这个"错误之夜"了吗？

　　在第十二夜，他们举行了一个狂欢，在狂欢中，"强大的俄罗斯和莫斯科皇帝"派来一个"大使"，"穿着俄罗斯服装的大使和穿着同样民族服装的两三个人一起"进来，他们赞扬英国绅士们的行为，因为他们听说这些英国绅士已经挫败了巨人族和鞑靼人。这个俄罗斯人的玩笑持续了一段时间，尽管在学期开始时，学院当局拆掉了礼堂的脚手架，并拒绝为学法律的学生提供更多的设施。但是王子从所谓的俄罗斯远征中"返回"并在忏悔节被真正地邀请去拜访伊丽莎白女王，当时在她面前上演了一出普罗透斯（古希腊海神）的假面戏。因此，（《格雷学院的壮举》的作者总结道，）"我们的圣诞节将持续到四旬斋的时候才会结束，那时，四旬斋将给我们带来娱乐"。

　　我们不能过分强调这个狂欢，但似乎莎士比亚在写作或修订这个关于学习的喜剧时很可能记得它，他的莫斯科面具是对格雷律师学院的狂欢娱乐的一个回忆。极有可能的是，莎士比亚在他的主要情节中希望创作他的宫廷爱情喜剧并模仿外交大使，由

---

① 参见亚伯·勒弗朗：《在威廉·莎士比亚的面具下》，1918年。（Cf. A. Lefranc, *Sous le Masque de William Shakespeare*, 1918.）

② 《玛格丽特·德·瓦卢瓦回忆录》……维奥莱特·费恩翻译，1892年，第241页等。（*Memoirs of Marguerite de Valois... translated by Violet Fane*, 1892, p.241）

此他想起了"恐怖的伊凡"①派遣的俄罗斯大使的某些滑稽行为,这个大使曾奉承女王,替俄国皇帝向玛丽·黑斯廷斯小姐求婚。杰罗姆·霍西爵士的《故事或回忆录》(*Relacion or Memoriall*)直到 1856 年才出版②。但是,玛丽小姐从此被戏称为"莫斯科皇后",这表明这个大使的笨拙并未被人遗忘。

总体上看,《爱的徒劳》的来源材料并不可靠,而可能性来源文献则主要有以下内容。

➤ 可能性来源 ◄

1. 摘自《法兰西学院》

鲍斯　（1586 年）③

[《致法兰西亨利三世》宣称：]

……那个著名的国王（您的祖父弗朗西斯）的餐桌可以和所罗门王的餐桌相媲美,因为在那张餐桌上就座的,都是来自各国的博学之士,从他们那可获得教益和指导。您被这群人包围着,每日听他们高谈阔论,这就像一个学校,教导人们要具有美德。对我本人而言,能够在布洛瓦与您的臣民们待在一起,分享那智慧的盛宴,实在是三生有幸。我就想到,把不一样的智慧果实奉献给陛下,这些果子是我在柏拉图式的花园里或果园里采摘来的,因而称作"学院"。在那里,我和几个安茹的年轻学者一起,我们彬彬有礼地谈论着这个制度,谈论着各个阶层和各种状态下如何才能生活得更好、更幸福……

在该学院的"第一天工作"中,作者描述了安茹的四个年轻绅士如何被带到一个老贵族家里,这个贵族把他们交给了一个博学的人来教育,让他们跟着他学习拉丁文和希腊文等。他们的父亲们来看望他们,听说他们的儿子每天早上和晚饭后都要讨论两个小时,但这些儿子们很喜欢这样做,以至于他们通常每天要讨论六到八个小时。每天都聚集在绿树成荫的散步场所,从早晨八点到十点、从下午两点到四点。他们整整三周都在进行这项活动,也就是进行了十八天的学习,只有在三个安息日,他们才休息,暂停学习,以便更好地参与到神圣的活动中,即沉思、留心揣

---

① 即伊凡四世瓦西里耶维奇（1530—1584）。

② 与弗莱彻（Fletcher）的书以《16 世纪末期的俄罗斯》（*Russia at the Close of the Sixteenth Century*）为名同时出版,由邦德（E. A. Bond）主编,哈克路特学会（Hakluyt Society）,1856 年。

③ 皮埃尔·德·拉·普里莫达耶（Pierre de La Primaudayer）的一个版本：《法兰西学院》（*L'Acadimie francaise*）（1577）。

摩神的作为和神的律法并赞美神。在这段时间里，当他们开始讨论时，我有幸成为其中一员。我对这些讨论感到非常惊奇，认为值得公之于众……

2. 摘自《格雷学院的壮举》

《格雷学院的壮举》或称为《伟大又全能的亨利王子、紫袍王子的历史……他统治并死于公元 1495 年》，致坎宁（W. Canning）。（1688）①

[1594/1595 年格雷律师学院的狂欢包括"紫袍王子"的选举，紫袍王子主持朝廷，谒见坦帕拉斯国王派来的大使，与该大使一起于某一天在整个城市里游行，与市长大人共进晚餐]

这个表演结束不久，腓特烈·坦帕拉斯给我们国家写了一封信，信中说他的使者带着使命过来，希望我们能让他带着答复回去。因此，他被体面地打发走了，并在紫袍王子的贵族们的陪同下回了家：启程日期是在下一个盛大的日子之前。下一个盛大的日子是"第十二夜"的晚上，这个晚上，受人尊敬的贵族、女士和骑士们聚在了一起。根据各自的情况，每个人都得到了妥善的安排。当王子登上他的宝座，号角吹响了，不久就有一个关于他的国家与统治的表演：表演主要来自王子的军队。

首先进来六个戴头盔的骑士和三个俘虏，俘虏的穿着和怪物恶徒一般。骑士们向王子解释说，当他们从俄罗斯冒险旅行中返回时，曾协助俄罗斯皇帝攻打了鞑靼人，他们发现这三个人正在密谋攻击他们的殿下：这三个俘虏虽然被抓住了，却不愿开口说出自己的身份。他们身份如此可疑，两位女神阿蕾蒂和阿米蒂走进来说，她们要向王子说明这些可疑的人是谁。她们指出，这三个俘虏分别是"嫉妒"、"愤懑"和"愚蠢"，他们都不喜欢他们殿下的做法，并图谋多次谋反，由于"美德"和"友善"两个人的反对，他们所有的愿望才落了空。随后，她们命令骑士们离开这里并把违法者带走，要求他们以令人喜欢和适合眼前场景的方式进来。于是，骑士们离开了，"美德"和"友善"承诺，她们两个一定会帮助王子殿下对付一切敌人，然后她们伴随着愉快的乐曲离开了。她们离开后，六名骑士戴着庄严的面具再次进来，他们跳起了一种新设计的舞步，之后，他们邀请女士们和绅士们与他们一起跳起了轻松欢快的双人舞，最后，他们伴随着音乐离开了。接着，号角吹响，穿着铠甲的国王进来，他走到王子面前说，强大的俄罗斯和莫斯科皇帝派来一名大使过来向殿下禀告要事。王子同意这位大使来到他面前，大使穿着俄罗斯人的服装，与他一起进来的另外两个人也来自俄罗斯，也都穿着俄罗斯人的服装。当他们来到王子面前时，大使鞠了躬，拿出信笺，谦卑地把它们递给王子，王子把这些信笺给了穿铠甲

---

① 文本来自格雷格（W. W. Greg, Malone Society, 1915）的版本。

的国王，国王当众宣读，内容如下。

[这封信模仿了俄罗斯皇帝冗长的头衔，这位皇帝不久之前抱怨伊丽莎白女王给他的信中没把他的头衔写全，参看：《摘自杰罗姆·霍西爵士旅行、工作、服务和谈判等的故事或回忆录，由他亲自观察和记录》（"A relacion or memoriall abstracted owt of Sir Jerome Horsey his travells, imploiments, services and negociacions, observed and written with his own hand"），第375页之后]

当穿铠甲的国王读完此信后，大使对王子做了这篇演讲：

王子殿下：

在皇帝——我们的君主看来，全世界都知道您的美德和您朝臣的勇敢，果然名不虚传；直到最近，俄国有幸目睹了您手下骑士的英勇行为，我们才发现，世上虚名根本不足以匹配您的才德。因为巨人族、鞑靼人在我们的边界上横行霸道、惨无人性，他们抓捕我们的子民，焚烧我们的城市，破坏了许多城池，现在这五名骑士（他们以作为您优秀的仆人为最大的夸耀）成功击退了他们，打败了这些鞑靼人。而且，凭借他们的勇敢行为，他们突袭了另一个鞑靼人军队，这些鞑靼人的卑劣行径一直给我们国家带来混乱和骚动，给我们带来了巨大伤害。这些可敬的骑士们，在得到我们君主赐予他们的勋章以前，就离开了，正如殿下所知，他们来到了您的宫廷中。因而，我们的君主派我来，部分是为了祝贺您，手下有这么一批英勇的骑士；除此以外，主要是请求您看在两国长期友好邦交的份上，将这五名骑士以及另外一百名骑士送给他（我们的君主）。他相信，您的骑士，再配合上他自己的军队，定能所向披靡，将这些游荡的鞑靼人赶回他们的沙漠里……

[俄罗斯大使受到款待。说了一些玩笑话后，王子作了如下总结发言：]

我将亲自率领我的骑士与皇家军队，还有我的大臣，前去支援我的兄弟之邦俄罗斯，一起抗击他的敌人鞑靼人。无论命运是否眷顾我们的努力，正如我是一个正义的王子，以骑士的名义、凭借所有的女士们，我将使野蛮的鞑靼人更加惧怕绿衣骑士的名字，甚于疲惫的波斯人惧怕马其顿人、被驱逐的不列颠人惧怕罗马人，或者虚弱的印度人惧怕卡斯塔利亚人。温柔的女士们，对你们的骑士要温柔仁慈，因他们从不贪恋自我的快乐，只是一味想着取悦你们。他们为了你们的缘故将要去冒险，将使你们的名字和美丽更加广为人知，甚至名扬海外。让你们的青睐点燃他们的勇气，通过他们，你们的名望、荣耀、美德将永远增辉并得到保护和仰慕。

作完这番总结后，他和一个女士跳了一个退场舞，骑士们和朝臣们也一块跳舞狂欢。王子狂欢了一段时间后，就回自己的住处去了。这样，群臣解散。一夜无话。

第二天一早，殿下带着大使前往俄罗斯，在那里直到圣烛节①才回来。那天，在光荣的海外征战之后，王子殿下又回到了祖国……

3. 摘自《16世纪末杰罗姆·霍西爵士在俄国的游记》

邦德（哈克路特学会）主编，1856年②

[1582年，俄罗斯大使替主人向一位英格兰仕女求婚]

……现在，为了这桩婚事，皇帝急着派人到英格兰去：介绍一位高贵、庄重、睿智、值得信赖的绅士与王后协商玛丽·黑斯廷斯小姐的婚事，后者为高贵的亨利·黑斯廷斯勋爵亨廷顿的艾雷尔的女儿，他听说艾雷尔是她的女性亲戚，也就是他所说的"皇室血统"。他希望女王陛下能派来尊贵的大使与他协商此事。他的大使出发了，在圣尼古拉斯上船。大使到达英格兰后，受到了隆重接见，他见到了女王，奉上了信笺以及他本人的赞美。女王陛下派黑斯廷斯小姐一起出席，同时还有许多贵族夫人、宫女和年轻的绅士们。这些被指派的每一个人都在约克宫的花园里与大使相见。女王也盛装出席。大使和其他一些贵族被带到夫人面前。大使低下头，俯伏在她的脚上，然后抬起身，从她身边走回去，他的脸一直朝向她。黑斯廷斯小姐和其他人都称赞他的礼节。根据一位翻译员的说法，大使看到他眼中的天使将成为他主人的配偶，这就足以让他满意了。他赞扬了她天使般的容貌、仪态和恭敬之美。之后，她在宫廷中被她的家人称为"莫斯科皇后"（第195—196页）。

[1587年霍西从俄罗斯回国后，女王对俄语及其书写产生了极大兴趣]

她说："我可以很快学会它。"——她要求我的埃塞克斯勋爵去学习世界上这个最著名、最丰富的语言。在这之后，埃塞克斯勋爵受到的赞扬确实影响了他学习俄语这件事，让他以学习俄语为乐。（第233页）

（译者郭晓霞，浙江师范大学人文学院）

---

① 圣烛节即2月2日，为纪念圣母玛利亚行洁净礼的基督教节日。
② 手稿《摘自杰罗姆·霍西爵士旅行、工作、服务和谈判等的故事或回忆录，由他亲自观察和记录》（"A relacion or memoriall abstracted owt of Sir Jerome Horsey his travells, imploiments, services and negociations, observed and written with his own hand"）中的题目。

五、《温莎的风流娘儿们》来源文献

> 导 言 <

在我们发现的现有版本中，各版本的戏剧中除了福斯塔夫元素相关之外，还有一些元素共同构成了《温莎的风流娘儿们》的主体。

欺骗福斯塔夫

中世纪的故事包含了许多关于英雄追求他人妻子的故事，它们被插叙或隐藏在各种意想不到的地方。

类似的"丈夫被欺骗"的故事出现在塞尔·乔瓦尼·菲奥伦蒂诺的《十日谈》（*Decameron*）第一天的中篇小说第二篇，其译文见下文可能性来源 1。小说中一个学生，通过与指导他"爱的艺术"的老师的妻子相爱，来学习老师的经验。其喜剧效果如下：学生会向其导师汇报自己偷情计划中的每一个环节，当老师起疑心并试图抓到他时，年轻人通常会在第二天向老师解释如何逃脱。最具讽刺意味的是，学生一直不知道自己跟谁私通，直到他的恩主被指控精神错乱。在这本书中，情人先是藏在一堆新洗的亚麻布下，然后发生通奸，之后妻子在门口紧紧抓住丈夫，而她的情人逃跑了。最后该生和其他学生一起去看望病人，结果发现了真相。在《幸运者、受骗者和不幸的情人》①一书的节略版出版之前，还没有人将如此精彩的故事译为英文。

---

① 凡尔爵士的故事发生在 F. 多尼编辑的《伯奇德尔边缘》（*The Rim del Burchidle*）（1553 年）中；直到 1888 年彼得罗·福尔蒂尼的《乔纳托》中才出现一个较长的故事（Biblioderhina grassoccia Ⅰ.122—205）。在这本书中，主人公首先藏在毛巾架后，然后藏进了脏衣篓里，最后，躲在门后。见 R. S. Forsythe 1928 年的 *Philq* Ⅶ，第 390—398 页。

莎士比亚可能知道这些故事或其中的一些节选。福斯塔夫藏在一个"脏衣篓"里，与塞尔·乔瓦尼作品中的藏法很接近，莎士比亚可能把藏物情节用于《威尼斯商人》。他肯定也知道《来自炼狱的消息》（*Tarlons Neues out of Purgatorie*，1590）一书，此书由著名的英国喜剧演员理查德·塔尔顿（卒于 1588 年）创作，并由他的"鬼魂"讲述，在他死后才得以出版。书中提到了地精和精灵好人儿罗宾（罗宾·古德费洛）的欢乐恶作剧，以及教义启示。因此它与《哈姆莱特》《仲夏夜之梦》《温莎的风流娘儿们》都有关联。十一个故事中的最后一个故事，《比萨两个情人的故事，他们因何在炼狱中被鞭笞》（*The Tale of the Two Lovers of Pisa，and Why They Were Whipt in Purgatorie with Nettles*），是一个丈夫被欺骗的故事，模仿了斯特拉帕罗拉的《葡萄牙的尼瑞诺》（*Nerion of Portugal*）。书中主角是个年轻的妻子，她父亲将她嫁给一位富有的老医生（见下文可能性来源 2）。

剧作家莎士比亚肯定也熟知巴纳比·里奇创作的《里奇告别军职》（*Riche His Farewell to Millitarie Profession*，1581）一书中的第五个故事，讲述了有着任性妻子的两兄弟，一个与他的情妇多丽蒂过得很幸福，"尽管她狡猾地给他戴了绿帽子"；另一个因为怕老婆活得很痛苦，直到有一天他开始反抗，把她像疯女人一样对待。多丽蒂太太是个欢快随和的人，她被一位医生追求，医生可笑又矫情地想帮助她怀上孩子，作为对她夫妻友情的一种回应。可能是出于种种医学原因，她接受了他。然后，一个律师强烈而貌似合法地追求她，"在一个可能性极小的空间内，他轻巧地处理了这件事，他以她平常的方式开展自己的行动"。后来，一个士兵出现，战胜了其他人赢得了她的芳心，而在与他们的通信中，尤其是医生给她写的一封模棱两可的信，如果断句错误会理解为是在侮辱她。她教训了这两个人，她设法让律师躺在一个大箱子里并让医生将之带到田野，而士兵就在那痛扁了他们一顿，并极力嘲讽他们（见下文可能性来源 3）。

《温莎的风流娘儿们》综合利用了以上材料和类似情节，斯特拉帕罗拉笔下的菲利尼奥追求了不止一个女人，写了同样内容的信给她们，妇女们商议折磨这个不道德的追求者。菲利尼奥被带出屋子后在外面的遭罪，这一点与斯特拉帕罗拉笔下的恩瑞诺和里奇书中的律师被装进某种"容器"有所不同。维吉尔在中世纪浪漫传奇作品中，参照了阿里斯托芬《云》中对待苏格拉底的做法，将其放在一个从楼上窗户垂下的篮子中。莎士比亚可能不是有意使用这些素材，但是他的写作中有意遵循了中篇小说的这些传统，福斯塔夫遭受三次磨难：第一次被装进脏衣服篓子里，第二次被打扮成妖妇，第三次假扮成温莎公园的猎人赫恩。福德先生从他藏进脏衣篓开始有所怀疑，因此化妆成白罗克试探妻子，这样的情节让其中的讽刺意味大打折扣，不过也使得福斯塔夫向他打算伤害的那个丈夫坦白了自己的错误，保证停止行动和复仇，同时把这个品行不端的骑士当作萌宠熊猫和骗子来示众。

仙女和猎人赫恩

无论《温莎的风流娘儿们》是否在温莎上演，我们都能确定这是一部关于温莎及其附近地方的戏剧，里面充斥着诸多当地的特色。穿过小镇的泰晤士河暗示达切特·米德正在躲避福斯塔夫，而温莎森林及其公园（蒙佩尔加德狩猎的地方）很可能［如果我们必须抛弃尼古拉斯·罗（Nicholas Rowe）关于莎士比亚与沃里克郡查尔科特的托马斯·露西爵士积怨已久的传说］暗示了沙洛对福斯塔夫怨恨的表层原因："骑士，你打了我的人，杀了我的鹿，破开了我的小屋。"在考虑如何写歌舞升平、恋人迷茫的故事高潮时，莎士比亚想起了他的早期戏剧——《仲夏夜之梦》，决心把福斯塔夫放在仙女中间，就像一个愚蠢而笨拙的家伙"欺负底层"一样。这个情节几乎是对他早期作品的模仿，如果温莎唱诗班会也参与其中，那故事结局也会同样吸引人，帕克会宣称自己"被派去用扫帚扫除门后的灰尘"，并命令他的精灵同伴们为房子祝福（《仲夏夜之梦》第五幕第二场）。

底层角色分配给了驴头；福斯塔夫也有同样荒谬和恰当的名号。是否有猎人赫恩的传说还不得而知，他是森林里的"野人"，传说是有角的生物，雷金纳德·斯科特提到了"橡树里的人"。但这仅仅是一个借口，让角色们在晚上露天活动，并给他戴绿帽子，尽管他吹嘘自己很擅长捕猎妇女（猎人赫恩，Q本①中也被提及）和擅于给她们的丈夫们戴绿帽子。在这里，莎士比亚从奥维德的《变形记》（Ⅱ.138—252）中的阿克泰翁的故事中汲取了灵感。阿克泰翁已经成为了戴绿帽子的代名词，正如剧中提到的：皮斯托警告福德（第二幕第一场）：

阻止，或者走开

福德步阿克泰翁爵士的后尘前，为自己能"让大家知道培琪是个冥顽不灵的怪物"而欣喜若狂（第三幕第二场）。现在，阿克泰翁是一个强大的动物猎手，不幸的是，他碰巧遇到了正在溪流中洗澡的狄安娜和她的两个仙女，他被变成了一头雄鹿，然后被自己的猎犬猎杀。莎士比亚在福斯塔夫假扮时就想到了这一点，这一点被在第五幕第五场《朱庇特的多情变形记》中的典故所证实；但福斯塔夫的立场却有着滑稽的差异。培琪太太和福德太太很不像那些突然看到男人就尖叫着遮蔽她们乳房的仙女，福斯塔夫因为邪恶的意图而受到惩罚；贞洁女神一定会报复他。他本想给福德戴顶绿帽子，却没想到自己先戴了一顶，他受到了诗性正义对失败的唐璜的惩罚。阿克泰翁被他自己的狗群咬了，狗的名字有35个，戈尔丁称其中一只为"林伍德"（常用名）。莎士比亚替换了烧伤并捏打胖骑士的仙女；在这部分场景中，他取材于黎里的《恩底弥翁，月亮里的人》（见下文可能性来源4）。黎里让士兵科斯泰尔斯爱上了泰卢丝，后者曾心

---

① 指四开本（quartos），莎士比亚戏剧早期出版史上的版本之一。

怀嫉妒地让恩底弥翁陷入迷人的梦境中，泰卢丝派给了科斯泰尔斯一个不可能完成的差事，把睡觉的英雄从月宫转换到一个阴暗的洞穴，并承诺她将永远爱科斯泰尔斯（这和福斯塔夫和福德夫人有相似之处）。科斯泰尔斯挣扎着表演这一壮举，被精灵们打断，精灵们围着他唱歌，捏他，让他睡着。他唤醒了所有伤痕累累的人，被指责为了爱而抛弃了勇士的力量，并说："上帝保佑我远离爱和这些萦绕在这片绿色土地上的美丽女士。"毫无疑问，这几乎完全是该璀璨"古典"喜剧结尾中福斯塔夫的想法。

奥维德的十五卷本《变形记》也可能是该剧的素材来源，《变形记》由阿瑟·戈尔丁（1567）从拉丁语翻译成英语，由威廉·塞尔斯在伦敦印刷。莎士比亚可能参考了《变形记》第三卷，第138—252行（阿克泰翁的故事）（参见杨周翰翻译的《变形记》：人民文学出版社，1984年，第54—58页）。

➤ 可能性来源 ◄

1.《佩科罗内》

塞尔·乔瓦尼·菲奥伦蒂诺　著（1558年）
收录于乔尔纳塔·普里马的《中篇小说》第二卷

┤ 第一天的第二个故事 ├─

[第一天讲述了两个爱情故事。第一个故事里，一个名为加尔加诺的年轻锡耶纳人爱上了一个已婚女人，这个女人却不领他的情。后来，她的丈夫称赞这个年轻人是锡耶纳最有德行的，她就带着好奇调戏他。趁着丈夫外出之际，她邀请他到她家来，并引诱他占有自己。在他即将心血来潮听从她的摆布时，她把丈夫对他的高尚评价告诉他，于是他离开了她，拒绝背叛那个对他如此抬举的人]

当这个故事结束时，萨图尼娜说："我很喜欢这个故事，怀里抱着垂涎已久的女人又能止于礼，我真敬佩这个年轻人的德行。换做是我，我不知道我会做什么。现在我要给你们讲一个短篇故事，我相信你们会喜欢的。"于是她开始讲：

在罗马的卡萨家族中有两个年轻好友，一个叫布奇奥洛，另一个叫皮克特罗·保罗，他们都出身名门，家资丰厚。他们决定外出学习，一个修"民法"，一个修"宗教"；于是他们告别父母，来到博洛尼亚，在那里，分别学习"民法"和"宗教正典"的课程，他们学习了相当长一段时间。众所周知，宗教法令的数量比民法少，因此学习"宗教"的布奇奥洛比皮克特罗·保罗更快地完成了学业。毕业后，他想到要回罗马，就对保罗说："兄弟，我已毕业了，打算先回家。"他的朋友回答说："我求你不要把我一个人留在这里，请你等我一个冬天，春天时我们一起回去。同时，你可以学点别的学科，以免浪费时间。"布奇奥洛对这个建议很满意，答应等他。为了不浪费时间，布奇奥洛去找他老师说："我决定等我的同学兼族亲，在此期间，我想请你教我一些世俗的学问。"他的教授很乐意，对他说："你要选择什么学问，我很愿意教你。"布奇奥洛说："教授，我想知道一个人是如何坠入爱河，以及坠入爱河以后如何去做。"教授几乎笑了起来，但他说："这太好了，你可能选不到一个比这个更符合我口味的课题了。星期天早上你去一个教堂，当所有的女人都聚集在一起时，你认真考虑在她们中间你中意哪一个；当你选中一个，跟着她去看看她住在哪里，然后回到我身边。这是你学习的第一课。"

布奇奥洛走了，星期天早上，他按照老师的吩咐去了修士教堂，他用目光在那里的众多女士中寻找目标，其中一位女士令他愉悦无比，她是那么美丽迷人。所以当她离开教堂时，布奇奥洛走在她身后，留意到她住的房子；这位女士发现这位学者已经开始迷恋她了。

布奇奥洛回到他的教授身边说："我照你说的做了，我看到了一个令我心悦的女人。"教授听了非常高兴，对布奇奥洛开了一点玩笑，继续教他想学的学科，并对他说："每天要在她家前经过两三次，好好利用你的眼睛。注意不要盯着她看，却还要体会看她的乐趣是什么，然后再来告诉我。这是教你的第二课。"

布奇奥洛离开导师，开始有意从他心仪的女人家前经过，让她能感受到自己是为她着迷。女人很快注意到了他，他开始周到地服从她，频繁而又殷勤。布奇奥洛观察到她喜欢自己了。他立即将此告诉导师，被夸赞"迄今为止，做得十分成功"。导师建议他"现在要想法让她跟一个卖博洛尼亚面纱、钱包等饰品的妇女讲话。你让这妇女告诉你的爱人你是商人的仆人，世界上没有像你如此忠诚的人，你愿意做任何取悦她的事。你将会得到她的回应，无论她说什么，你都回来告诉我，我会告诉你下一步怎么做"。

布奇奥洛走后，立即找到非常符合他要求的女商贩，对她说："我想让你帮我一个大忙，我会支付令你满意的报酬。"商贩说："我会照你说的去做，因为我在这里是为了尽可能地挣钱。"布奇奥洛给了她两个弗罗林①说："我今天想让你去一条叫拉莫卡雷拉的街道，那里住着一位年轻的女士叫麦当娜·乔万，我比任何人都崇拜她。我要你把我推荐给她，告诉她我非常想做些讨她喜欢的事。关于这些，我相信你一定会知道如何做，我诚恳求你做这件事。"商贩说："交给我吧，我会努力创造机会。"布奇奥洛："去吧，我在这里等你。"

商贩立刻提着一篮子货物出发，走到那位女士住的地方。她发现女士就坐在门口，向女士致敬后说："我的篮子里有你想要的东西吗？你想拿什么就拿什么。"然后她坐了下来，展示她的面纱、钱包、丝带和镜子。这位女士看了很多东西，最后被一个钱

---

① 旧货币，一个相当于 10 便士。

包深深吸引："如果我有钱的话会很乐意买这个。"商贩说："不用考虑钱，如果你喜欢就拿去吧！因为有人已经付过钱了。"这位女士非常惊讶小贩这些话。她不客气地说："夫人，你是什么意思？你想说什么？"老妇人边哭边回答："我告诉你，事实上，是一位名叫布奇奥洛的年轻绅士派我来，他比世界上任何人都爱你。他告诉我，他愿意做任何事来取悦你，上帝能给他最大的恩惠，就是从你那里得到一些命令。而且，在我看来，他日渐消瘦，他非常渴望与你交谈，我从来没有见过比他更优秀的年轻人。"

这位女士听到这些话脸红了，转身对小贩说："为了我的尊严，我会惩罚你，直到你为此感到羞愧。你这个老坏蛋，你怎么能不感到羞耻，来对一个体面的女人说这样的话呢？愿上帝因此而惩罚你。"话音未落，年轻女士抓住门闩，好像要打小贩似的："如果你再回来，我就惩罚你，甚至让你在世界上消失。"老妇人听了，忙收拾东西，急匆匆跑了，她极度害怕被打，直到她再次见到了布奇奥洛，才认为自己是安全的。

布奇奥洛一看到她就问事情进展如何。老妇人回答说："事情进展得很糟，我一辈子都没这么害怕过，总之，她既不想听到你，也不想见你。如果不是我逃得快，我可能会被她手里的门闩击中。恕我直言，我不打算再去那里了，我建议你也不要再谋划这件事了。"

布奇奥洛很郁闷，立刻去告诉教授发生的事。教授安慰他说："别怕，布奇奥洛，一棵树不会一下子倒下。今晚再经过她家门口，看看她是怎么看你的，看她是不是生气。然后回来告诉我。"布奇奥洛去了那位女士住所附近，当她看到他来了，立刻叫了一个女仆，对她说："跟上那个年轻的绅士，告诉他，让他今晚一定要来和我说话。"于是女仆走到他跟前说："先生，麦当娜·乔万要求你今天晚上来找她，因为她想和你谈谈。"布奇奥洛很惊讶，但回答："告诉她我很高兴去见她。"然后他匆忙回到教授身边，告诉他事情的进展。教授对这件事感到疑惑，开始怀疑这是否是他自己的妻子（事实上是），他对布奇奥洛说："太好了，你打算去吗？""当然"，布奇奥洛回答。教授说："你要去的时候，先到这里来再去吧。""就按老师说的办。"布奇奥洛说完离开了。这位年轻的女士是教授的妻子，尽管布奇奥洛并不知道，她的丈夫已然醋意勃发，因为冬天他不得不睡在学校里，以便晚上和学生们一起读书，而这位女士则独自和她的女仆待在一起。晚上，布奇奥洛过来说："我现在就要去了。"教授说："去吧，小心点。""放心吧。"布奇奥洛说，然后和他的老师告别。他穿上一件结实的衬衫，腋下夹着一柄好剑，身边放着一把小刀，装扮上他不像一个粗鲁、急躁的莽夫。

他一走，教授就悄无声息地尾随着，没有让布奇奥洛发觉，很快到达女士家门口，他轻叩门，女士打开门，把他拉了进去。当教授意识到是他的妻子时，几乎晕倒了，他自言自语地说："现在我才意识到他实践学习是为了追求我的妻子。"他想杀了这个学生，他回到学校准备剑和匕首，然后，怒气冲冲地回到家里，向布奇奥洛报仇。到了门口，他急忙敲门。

女士和布奇奥洛坐在炉边，听到敲门声，她立刻意识到是她的丈夫。于是，她把布奇奥洛藏在一堆新洗过的衣服下面，因为这些衣服还没有干，所以被放在窗户下的一张桌子下。然后，她跑到门口问谁在那里。教授回答说："开门！你很快就会知道是谁了，你这个坏女人。"妻子给他打开门，看到他拿着一把剑喊道："唉，我亲爱的丈夫，怎么了？"教授回答说："你很清楚家里有谁！"女士喊道："我真倒霉！你在说什么？你疯了吗？到处搜吧，如果你找到任何人，把我切成碎片。为什么我现在要做我以前从未做过的事？丈夫提防啊！以免魔鬼让你看到东西，失去理智。"

教授点燃了火把，开始在酒窖的酒桶里搜寻。然后他上楼来，把卧室和床下都查一遍，把剑刺进床垫里，一个接一个地刺穿了。简言之，他搜查了整个房子，却没有找到任何人。女士一直站在他的身边，手里拿着灯，不断呼叫："我的丈夫，你画十字祈祷吧！因为上帝的敌人确实诱惑了你，使你看到了什么不存在的事，因为如果我有一点你所怀疑的想法，我会自杀的。因此，看在上帝的份上，我恳求你，不要让你自己受到这样的诱惑。"教授看到那里没有人，听到了那位女士的话，就开始相信她，过了一会儿，他熄灭了灯，回到了学校。于是，这位女士迅速地锁上了门，把布奇奥洛从衣服下面放出来，点燃了炉火，他们吃了一只肥美的阉鸡，喝了各种各样的酒，他们吃了丰盛的晚宴。有好几次，女士说："你看，我的这位丈夫什么也不怀疑。"因此，在欢乐地享用完大餐之后，这位女士拉着他的手，把他带进了卧室，他们非常高兴地上床睡觉了。整晚，他们给予了彼此身体的愉悦和心灵的安宁。

欲望之夜过后，白昼来临，布奇奥洛站起来说："夫人，我必须离开你了，你对我有什么吩咐吗？"是的。"那位女士回答说，"今晚再来。""我会的。"布奇奥洛说完就离开去了学校，他对教授说："我有件事要告诉你，会让你发笑的。"教授说："讲吧。""昨天晚上，"布奇奥洛说，"当我在那位女士的房子里时，她的丈夫来搜查了那幢房子，但没找到我。她把我藏在一堆新洗过还没干的衣服下面，而且这位女士的说辞很好，他就出去了。我们吃了一顿大餐，喝了上好的葡萄酒，体验了人间最大的快乐和幸福，我们充分利用时间享乐，直到天亮，因此，我整晚都睡得很少，所以我现在打算休息，我答应过她今晚再去。"教授说："你走的时候，给我说一声。""好的。"布奇奥洛离开了，留下满心嫉妒的教授，他因为痛苦而不能安静下来，那天他都不能读他的讲义，心里很不安。他决定当天晚上抓住他，为此准备了一件衬衫和一把宝剑。

夜幕降临，布奇奥洛对教授这边的情况一无所知。这个诚实的家伙，对他的教授说："我现在要去啦。""那就去吧，明天早上回来告诉我你过得怎么样。"布奇奥洛说："我会的。"然后他立即就到那位女士家去了。教授迅速拿起武器，紧跟着他，想在门口抓住他。女士急切地等待着，立刻打开门，让布奇奥洛进来，然后上了门闩。教授旋即到来，开始敲门，发出很大的响声。听到声音，女士迅速地熄灭了灯，把布奇奥洛藏在她身后，然后她打开门拥抱她的丈夫，但在拥抱的过程中，她用另一只胳膊把布奇奥洛推了出去，这样她的丈夫就看不见他了。然后她开始大声喊："救命！救命啊！教授疯了！"一直紧紧地拥抱着他。

邻居们听到吵闹声就跑了过来，看到教授全副武装，听到他的妻子喊道："抓住他，因为他钻研思考太多了，疯了！"大家都相信他疯了，开始说："唉，教授，这是什么意思？上床休息吧，别再折磨自己了。"教授突然喊道："这个坏女人家里有个男人，我看见他进来了，我怎么能休息呢？"这时，她说："我发誓，问问我们所有的邻居，他们有没有看到过我的任何不良行为。"所有的女士和先生们都回答说："别再想这些了，教授，从来没有一个女人比她更优秀、举止更谨慎、名声更好。""什么！"教授说："我亲眼看到一个男人进了屋子，我知道他在这儿。"

这时，女士的两个兄弟走了过来，她立刻开始向他们抱怨："兄弟们，我丈夫疯了，说我家里有一个男人，他想看到我死，你们很清楚我不是那种女人。"兄弟们说："你把我们的妹妹当成一个邪恶的女人，我们感到非常惊讶。她跟你在一起这么久了，是什么事让你现在这么做？"教授说："我肯定地告诉你，家里有一个人，我见过他。"兄弟们回答："好吧，我们去把他找出来，如果他在那里，我们会让她受到你满意的惩罚。"然后其中一人对她妹妹说："告诉我真相，有人在屋里吗？""唉！"她回答，"你在说什么？基督保佑我，我宁愿死也不愿梦见这样的事。我现在会做我们家的女人从来没有做过的事吗？你对我提起这样的事难道不感到羞耻吗？"

兄弟们对此回答很满意，于是他们两人开始和教授一起寻找，教授径直走到衣服跟前，用剑刺穿了衣服，因为他确信布奇奥洛就在衣服里面。女士说："我不是告诉过你他疯了，把我们的亚麻布像这样撕了吗？你会这样做吗？"于是兄弟们开始相信教授疯了，当他们仔细搜查了那里的所有东西，却没有发现任何人时，其中一个说："他疯了，肯定是疯了。"另一个说："教授，你说我们的妹妹是个坏女人，真是可耻。"教授因知道真相，激动得忍无可忍，手里拿着出鞘的剑，开始对他们说些愤怒的话。因此，他们每人拿了一根粗壮的棍子，狠狠地打了他的后背一顿，把两根棍子都打断了。然后他们像对待疯子一样把他拴起来，说他因沉迷研究而疯了。他们整晚都把他捆着，而他们兄妹都上床睡觉了。第二天早上，他们叫来一位医生，医生告诉他们给教授铺一张靠近火炉的床，不要让他跟任何人说话，也不要回答他说的任何话，而是让他节食，直到他的智力再次恢复正常。大家照做了。

教授疯了的故事在博洛尼亚流传，每个人都很遗憾，有人说："事实上，我昨天都怀疑，当时他连讲稿都无法读下去。"还有人说："我看他完全变了。"他们都认为他疯了，决定一起去看望他。

布奇奥洛对此一无所知，他来到学校，打算把发生在他身上的一切告诉他的教授，但一到学校，他就听说教授疯了。这个年轻人感到惊讶，跟随其他人来拜访时也非常悲痛。一到教授家，他就惊呆了，几乎晕倒，他意识到了事情的真相，但是没有人会怀疑他在此事里面起了什么作用。走进房间，他看到教授被绑着躺在火炉旁的床上，身上青一块紫一块；所有的学生都同情他们的教授，说他们对此很遗憾。最后轮到布奇奥洛发言了，他说："我亲爱的教授，我为你祈祷，就像你是我的父亲一样，如果我能帮助你，请把我当作你的儿子来看待。"然后教授回答说："布奇奥洛，布奇奥洛，奉上帝的名走开，因为你在我的课堂上学得太好了。"女士急忙说："不要听他的话，因为他说得太多了，也不知道他在说什么。"于是，布奇奥洛走了出来，来到皮克特罗·保罗跟前说："我的兄弟，再见！我学到了很多东西，我不想再学了。"然后，他离开了，并安全返回罗马。

故事讲完之后，奥雷托兄弟说："我亲爱的萨图尼娜，真的，我从未听过比这更好的故事。布奇奥洛牺牲了他的教授，学业才学得如此炉火纯青。"

2. 摘自塔尔顿《来自炼狱的消息》

塔尔顿创作的《来自炼狱的消息》中一个笑话就足够绅士们笑个把小时，此书由他的老伙伴罗宾·古德费洛在伦敦出版。

─┤ 比萨一对恋人的故事，他们为何在炼狱被鞭打 ├─

在意大利著名的城市比萨，住着一位出身高贵且家财万贯的绅士，因财富而受人敬仰，因德行而受人爱戴。他能名闻乡里，虽然二者都不可或缺，但财富无疑贡献更多。他膝下只有一女，名叫玛格丽特，因貌美而受到许多人的喜爱和追求。但是，不论是这些追求者，还是她自己的想法，都不能动摇她父亲的决心，就是要么不嫁，要嫁就嫁给一个有钱人。

众多求婚的年轻绅士带来了大量的礼物，但都是水中捞月。这个少女不得不一直静待佳偶，直到镇上一位老医生出现。老医生是父亲的青睐之人，因为他是整个比萨最富有的人之一。他身材高大，年龄大约八十岁，头发像牛奶一样白，尽管他没有一颗牙齿，但不管他想要什么，他本人的钱财都能买来。尽管他拥有意大利所有的财富，玛格丽特也不在乎，她只希望能找到一个适合自己的伴侣，哪怕穷苦一些也无所谓。但玛格丽特是年轻人，必须顺从父亲的意志，父亲在很大程度上倾向于女儿应该和医生结婚，不管她喜欢与否，经过一番家庭斗争后，她很快就结婚了。

可怜的姑娘被拴在婚姻上，她嫁给了一个不仅年老无能，而且嫉妒心很强的男人，任何人进他家都会被怀疑，她做任何事情都被无端指责。他嫌弃她的手太纤细、脸太娇小，甚至她不经意的微笑对他来说都是明显的毛病，认为别人比他自己好，因此他觉得自己生活在地狱里，就反过来折磨他的妻子。最后老医生终于遇到了挑战，一个城里的年轻绅士莱昂内尔路过她家，看到她倚窗伫立，注意到了她渴望爱情、优美的仪容，便爱上了她。他爱得如此深沉，只有他的付出得到回报方可以减轻内心那令人心痛的思念。那个年轻人莱昂内尔对风流韵事一无所知，也从来没有向一位贵妇人求爱过，他想向某个朋友透露自己的心路历程，以便能获得爱情的建议，毕竟经验是最可靠的依仗。

有一天，莱昂内尔看到老医生走进教堂，那是玛格丽特的丈夫。莱昂内尔不知道医生是谁，反而认为这个人是最合适的倾听对象，他可以找他当牧师，因为他年纪大了，世事洞明，可以依靠他的建议帮助自己实现目标。当他看到老医生独行，便去打招呼。经过一番礼貌周到的恭维，他说自己有要事请教，不知道老先生能否保守秘密，并看在自己痛苦难耐的份上为他出谋划策。"你必须相信我，先生。"这个名叫穆蒂奥的老医生说："我们这一行的人不会传播流言蜚语，而只会把别人的秘密藏在内心深处，因此，你可以随心所欲地吐露心声。我不仅会守住你的秘密，还有可能凭借医术或建议将你治愈。"

年轻人莱昂内尔便一五一十地对医生说，他爱上了一位有夫之妇，而且这位女士所嫁之人也是个医生，自己知道她的住所，因为他不了解这个女人，而且对爱情没有什么经验，所以要他给点建议。穆蒂奥意识到年轻人爱上的正是自己的妻子，心里感到一阵刺痛，但为了隐瞒真相，同时考验妻子是否贞洁，如果她出轨，自己再向他们两人施以报复。他忍住了怒火并回答说自己非常了解这个女人，并且高度赞扬她的美德，但又说，她对她的丈夫态度粗暴，因此他认为她会更容易被征服。"加油吧，伙计！"他说："不用点心是追不到漂亮女人的。"如果她不就范，我会提供一种药水，让你得偿所愿。我还要给你们接触机会做进一步指示，你要知道她丈夫每天下午三点到六点都在外面。到目前为止，我已经给过你建议了，因为我曾经是一个情人，所以我理解你的感受。但是现在我要求你不要向任何人透露这件事，免得别人说我多管闲事，败坏我的名声。"

这位年轻的绅士不仅保证向所有人保密，而且对他的忠告表示了真诚的感谢，答应第二天在这里见他，告诉他最新消息，然后，他离开了老人。医生几乎疯了，因为他害怕妻子会出轨。一个勇敢的人来围攻城堡，而城堡是由一名妇女看守的，他本人是如此虚弱的一位堡主，他怀疑随时会被攻陷，这种恐惧使他几乎发疯。他一直处于极大的痛苦折磨中，直到他听到了他的对手莱昂内尔出发，勇敢地向他的家走去。

年轻绅士在窗前看到了玛格丽特，热情地向她问候，谦逊地向她致敬，好使她明白这位绅士是多么的深情。玛格丽特认真地看着他，注意到他完美的身材，视他为比萨城中最娇艳的鲜花。她认为如果她可以交上他这个朋友，那是多么幸运啊，可以弥补她在穆蒂奥身上留下的那些遗憾。那天下午，他多次从她的窗前经过，他得到的恩惠，远超过所流露出的爱意，这给了他很大的鼓励。第二天，在三点到六点之间，他又去了她家，敲了敲门，想和家里的女主人谈谈，女仆向女主人描述了年轻人的身份，女主人请他进去，殷勤地招待他。

这位从未尝试过向贵妇求爱的年轻人，一开始讲开场白就脸红了。好在后来事情进展顺利，他得以尽诉衷肠，如果她愿意接受他的爱情，他愿追随左右，视她的荣誉高于自己的性命。这位贵妇人有点腼腆，但在他们分别之前，他们商定第二天下午四点钟，他要再来，要吃掉一磅的樱桃。之后他们恋恋不舍地告别。

莱昂内尔跟所有春风得意人一样畅快，他去教堂见了医生，当时医生正着急地踱步，问他："有什么新鲜事？你是如何做的？"莱昂内尔说："如我所愿，我刚和那位夫人在一起，我发现她是如此的温顺，我希望能让他那邪恶的丈夫头上长出一对棕色的鹿角。"这话如利箭刺进医生心里，使他醋意大发。镇定下来的穆蒂奥医生问他什么时候约会，莱昂内尔告诉他："明天下午四点钟。到时候我要让那老家伙头上长出角来。"

他们就这样闲聊着，一直聊到天色已晚，然后莱昂内尔回到自己的住处。穆蒂奥回到自己的家，尽量面带喜悦来掩饰自己的悲伤，下决心第二天用残酷的方式向他们俩报仇。他尽可能耐心地熬过了这一夜，第二天早饭后，他就走了，等着下午四点钟的到来。果然到了四点时，莱昂内尔就来了，享用着家里的一切。他们刚亲上嘴，女仆向女主人喊叫，男主人已经来到门外，他急忙赶来，因为他知道时机稍纵即逝。玛格丽特对此大为震惊。她急中生智，把莱昂内尔藏进一个满是羽毛的大木桶中，然后坐下来干活。这时，穆蒂奥风风火火地进来了，他急急忙忙地寻找，要来每个房间的钥匙，之后搜遍房子的每一个角落，即便最隐秘的地方也不放过，却怎么也找不到莱昂内尔。他什么也没说，只是假装自己不舒服，待在家里，所以可怜的莱昂内尔要藏在木桶里，直到那老家伙和妻子上床睡去。然后女仆让莱昂内尔从后门溜走，他急急忙忙回到自己的住处，耳朵里爬进一只虱子。

他又去见他的医生，他在墙边找到了正在踱步的医生。"有什么消息？"医生说："事情进展怎么样？"莱昂内尔说："那该死的老鬼！我进去之后，刚和我的情人亲上嘴，那爱吃醋的蠢驴便出现在门口，女仆发现了他，报告给女主人。所以可怜的贵妇把我藏在一个满是羽毛的木桶里，待在一个旧房间里，直到他们睡觉，女仆才让我出去，我才离开。不过不要紧，这次时机不好，摆脱老头的机会很快会有。"医生问："那你会怎么做呢？"莱昂内尔说："她今天派女仆给我捎话了，下星期四，她丈夫要去离比萨一英里的病人家里，然后我就可以无所畏惧地摆脱她丈夫了。"穆蒂奥说："非常好！祝你好运！"莱昂内尔道了谢，他们又说了一会儿话就分开了。

长话短说，到了星期四，大约六点钟的时候，穆蒂奥去他家附近一朋友家，从那里他可以看到谁进了他的房子。他目睹莱昂内尔进去，立即回家，莱昂内尔几乎没有坐下来，就听见女仆喊："主人回来了。"那个好妻子早有准备，她家天花板有两层，她把莱昂内尔推进两层天花板的夹缝中，望着进来的丈夫笑盈盈地说："是什么事能让你这么快回家呀？"他说："亲爱的妻子，昨晚上可怕的梦总是萦绕在脑海。一个恶人悄悄潜入家里，手里拿着一把利刃，把自己藏了起来，但找不到他藏身地。我的鼻子流血了，我就回来了，凭着上帝的恩典，我将查看房子的每一个角落，好让我的心灵安静。"女主人说："夫君啊！我非常赞成你这样做。"他锁上所有的门，开始仔细搜查每个房间、每个缝隙、每个箱子、每个盆子，检查了每一件带羽毛的铺盖。他像个疯子一样寻找却一无所获，他甚至抱怨自己的眼睛有毛病，看见了不存在的幻象。那一夜他亢奋莫名，直到早上才勉强睡着，莱昂内尔趁机溜走。

第二天早上，穆蒂奥醒来时，他思索怎样才能不让莱昂内尔逃脱，他在自己的脑袋里规划了一个危险的阴谋。他说："夫人啊！我下周一早上乘车去维森萨看望我的一个病人，来回大约十天，在此期间，你就住在我们乡间的农庄里吧。"她回答道："你考虑得十分周到，丈夫！"随后，他很开心地吻了她，好像他什么也没怀疑似的，然后他去了教堂。

在教堂，他遇见了莱昂内尔。"先生，有什么进展？得到你的情妇没？"莱昂内尔说："没有。都怪那该死的老鬼，简直阴魂不散。我想他要么是巫师，至少是借助魔法。我前脚一进门，他后脚就到。昨天晚上他又回来了。我在座位上还没坐稳，女仆就叫道：'主人回来了'，然后，可怜而又善良的贵妇就把我带到天花板中间，我在这个好地方，笑着看那老头寻找每一个角落、洗劫每一个浴盆、刺进每一个带羽毛的铺盖。但我一直很安全，直到凌晨，当他睡得正香时，我才离开。"穆蒂奥说："真不走运啊！"莱昂内尔说："不过，这是最后一次了，她现在正得意呢，因为下周一，她丈夫将乘车前往维森萨，我的情人将在离小城不远的农庄里过夜，趁他不在的机会，我将补上过去几次失去的甜蜜。"穆蒂奥说完："愿上帝成全你！"他们就告别了。

这对恋人渴望的星期一终于来了。一大早，穆蒂奥和他的妻子、女仆，还有一个男仆，一起骑马去农庄。到了农庄后，医生在那里吃了早餐，起身往维森萨去了。他骑着马走了附近的一条小路，到了一片灌木丛里，在那里召集了一群农民埋伏着，等着捉奸。下午，莱昂内尔骑马来了，当他看到房子的时候，把马交给随从，轻走一步，就到了玛格丽特安排的入口，她领着他上了楼，把他领进自己的卧室。她说："欢迎你来到这简陋的小屋，但愿命运不要再嫉妒我们的爱情。"话音未落，女仆就喊："唉！唉！太太，主人领着一群拿着棍棒的人来了。"莱昂内尔说："我们被算计了，我死定了。"她说："别害怕，跟我来吧。"她径直把他领进客厅，那里有一个装满了文件的烂箱子。她把他藏进去，盖上废纸和信件，然后到门口去见她的丈夫："穆蒂奥先生，你带这么多人来，是什么意思？""不知羞耻的贱人，你马上就会知道。奸夫在哪？我们是看着他进来的。这次，你的羽毛和天花板都救不了他，他要么被火烧死，要么乖乖出来束手就擒。""有什么本事你都使出来吧，嫉妒的傻瓜！我无话可说。"他们怒气冲冲地围住房子，然后放火焚烧。哦，可怜那关在箱子里的莱昂内尔焦灼无比，火苗直往他耳朵上窜。见爱人处于危险的境地，玛格丽特心急如焚。但她对这件事举重若轻，假装愤怒地呼唤他的女仆说："来吧，丫头，看到你的主人嫉妒得发疯，把房子烧了，我要向他报仇，帮我把这只装着房产地契的破箱子抬走，扔进火堆，当火烧起来的时候，我会和其他人一起袖手旁观，等他来求我，我也不给他。"穆蒂奥知道他的心血和命根子，就把她推开，让两个男人把箱子抬到了安全的地方，他自己站在旁边，静静地看着自己的房子被烧成一片瓦砾。

然后，他平静下来，和妻子一起回家，开始奉承她，因为他确信已经烧死了情敌，并用手推车把箱子运到比萨的家里。玛格丽特不耐烦地去找她的母亲，向她的兄弟们吐槽丈夫的嫉妒心，她言之凿凿并想用事实来证明这一点。第二天，母亲邀请医生晚上去家里吃饭，她想让女儿和他言归于好。

与此同时，医生在教堂里，惊奇地发现莱昂内尔，他想知道隐情，就直接问："有什么新消息吗？先生。"莱昂内尔大笑着说："昨天，我去了他的农庄，我被领进屋，刚一上楼，她丈夫就带着一群手持棍棒的人围住了房子，他要确保我不会被藏匿在角落而逃脱，就放火烧了房子，把它烧成灰烬。"医生疑惑不解："那么，你是如何逃脱的呢？""哈！不得不赞叹女人的智慧！她把我放进一个装满纸张文件的旧箱子里，她知道她丈夫将其视若生命，不会烧掉箱子，我才被救了出来，带到了比萨。昨天晚上，女仆把我放出来，我才回到了家。"他说："这是我听过的最可笑的笑话。我有个请求。今晚我被邀请去吃饭，我请你出席，我十分渴望你能赏光，饭后请你抒发一下你在爱情上的成功经验，供大家一笑。"

莱昂内尔乐意赴宴，于是医生带他一起去岳母家，并向他的内兄弟们介绍他是谁，构思了如何在晚餐时披露整件事："他不知道我是玛格丽特的丈夫。"岳母和内兄弟们都表示欢迎，唯独不让玛格丽特见到他。晚饭时间到了，大家准备吃饭，穆蒂奥带着莱昂内尔去了餐厅。穆蒂奥愉悦轻松地拉着他高谈阔论，好让他尽情地谈论爱情故事。晚饭结束后，穆蒂奥请莱昂内尔告诉大家，他和情人之间发生的事。莱昂内尔面带微笑，开始描述他的情人、她的房子和她住的街道，他如何爱上她，他又如何利用一位医生做顾问，医生全程给予协助。

玛格丽特听到讲述非常害怕，在紧要关头，她让一个姐妹给他送一杯酒，酒杯里放一枚莱昂内尔送给玛格丽特的戒指。莱昂内尔正眉飞色舞地讲述自己如何逃过火烧，并准备坦白一切细节。玛格丽特的姐妹端着盛有戒指的酒杯请他喝酒，好在莱昂内尔头脑敏捷，略加思索便意识到眼前这位医生是他情人的丈夫，自己已然向他透露诸多逃走的事。他喝了酒，把戒指吞进嘴里，向前走去说："先生们，你们喜欢我的爱情历险故事吗？"绅士们问："很好，不过你讲的是真的吗？"他说："千真万确，好比我给玛格丽特的丈夫披露的隐情一样，正如诸位先生所知，我知道这个穆蒂奥是故事中我情人的丈夫，而且整个比萨城的人都知道他是一个嫉妒成性的傻瓜。因此，我用这些故事逗他，其实是我故意设计的，以一个绅士的信仰发誓，我从来没有对这个女人说过话，我从来没有做过她的伴侣，甚至我见到她，我都不认识她。"听到这一切，他们都觉得穆蒂奥无比可笑。

被如此捉弄，穆蒂奥羞愧难当，但表面上却毫无波澜，他们还成了朋友。可是他内心受了伤，很快就断了气。莱昂内尔便娶了玛格丽特。因为他们两个是老头的死神，现在他们在炼狱中受苦，老头不停地用荨麻鞭鞭打他们。

3. 摘自《里奇告别军职》

巴纳比·里奇　著（1581 年）[1]

里奇的《里奇告别军职》：适合作为和平年代的消遣。这部文集仅供英格兰、爱尔兰的女士们拿来消遣。此书由巴纳比·里奇策划编选，由罗巴特·沃利 1581 年在伦敦印刷，专门献给两地的女性读者。

┤ 两兄弟和他们的妻子
第五个故事的梗概 ├

两兄弟择妻，一个选择了貌美的，另一个选择了富有的。他们如愿以偿，婚后，其中一个兄弟的妻子性情温和，另一个则公认为毛病多多。她们是如何与自己的丈夫过日子的呢？一个把生活安排得井井有条，另一个却把日子过得一塌糊涂、名誉扫地。

[第一个妻子叫多丽蒂，她瞒着丈夫交往了两个情人，一个是医生，一个是律师，但当她爱上了一个士兵后，就拒绝再与他们相见。两人都写信表达愤怒，医生的信未加标点，"这封信读起来模棱两可，说它是赞美之辞也行，说它是贬低谩骂也通"。多丽蒂读信时读出的是贬义内涵]

……还是回到多丽蒂太太。那两封信让她怒火中烧，于是她就一心要报复他们。她的士兵朋友答应替她维护权益，要把这两人狠揍一顿，让他们在一个月内连胳膊都抬不起来。只是不知道如何把他们带到一个方便的地方，毕竟在大街上教训他们很危险。多丽蒂觉得他想得周到，深深地吻了他，并告诉士兵，她会想法把他们送到一个地方，方便他施展计划。

很快，多丽蒂太太派人去请了医生，她非常清楚如何与此人相处。她以一种温和的态度责怪他，因为她知道他是个聪明人，会迅速地评判她的态度。这样他就会觉得，肯定是有重要原因使她那样对待自己，此外他已猜测诸多其他类似的说辞，她对医生把这些事瞒得太紧了。她让医生相信她丈夫起了疑心，在丈夫的严密监视下，她不得

---

① 文本引自《早期散文和诗集》（第一卷），莎士比亚学会，1853（注释为原作者加，第 34 页）。

不放弃陪伴他一段时间。她说："医生先生，我这样做并不是存心让你受苦，而是为了避过丈夫猜忌的眼光，处理好这件事后，我们就可以毫无顾虑地继续我们的亲密关系了。"然后，她抽出医生寄给她的信说："但是，你看，医生大人，你心里是怎样看待我的。哎！我对你如此礼遇，你回报我的竟然是辱骂和怒火，就好像我是这个国家里最臭名昭著的妓女一样。"

多丽蒂太太明白这是医生狡猾的伎俩，觉得这样很符合她的目的，她先给他一个吻，然后说："唉！我亲爱的朋友，我承认我误会了你的意思，请原谅我，我为你祈祷。现在请你同情我，我是如此爱你，没有你的爱，我不能活下去的。我的丈夫是个非常爱吃醋的人，所以你不能再进入我家，他安排了许多监视点，而我自己也不能到别的地方去，我会被他所指定的人跟踪。现在，如果你的爱能有我应得的一半那样多，我以后也会报答，我已想出了一个办法，可以永远享受我渴望的爱情，而不受任何人的阻止或骚扰，他以后也不会因此事而生气。"

医生闻言觉得自己是世界上最开心的人，立即答道："到底是什么让你犹豫不决还质疑医生爱人的情谊？是不是如果我冒着失去生命和财产的危险，你就不会迟疑了。"

多丽蒂夫人说："啊，上帝保佑我！没想到我让你产生如此大的偏见，我把你置于如此危险境地？我恳求你不要再对我说这样的话。我宁可自己死千百次。现在看看我的决心和计划：离此不远处，你有个屋子，那是你休闲娱乐的场所。我已经设计好了如何让你秘密地与我相会，以便能随心所欲地交往，那样我们彼此都会很满意。"说到这里，她给了他一个犹大式的吻，医生则希望她追求自由的决心不要再徘徊迟疑，因为只要她愿意，他随时都愿意听从她的指挥，哪怕是此时此刻，他也已经准备好。

多丽蒂太太把这件事引导到了她所期待的方向，她说："医生先生，还有另外一件事要做，我丈夫嫉妒心强（正如我前面说的），你在和我约会的时候一定要谨慎，所以一定要按我说的做。我家里有一个装东西的大袋子，专门往乡下运东西用的，我丈夫也知道。任何人都不知道的是，我会把它交给我的女佣，她愿意为我做事，我很信任她，她会按照我的要求做事，当她完成后，她会把我装在同一个袋子里，那么，你要注意，晚上八点钟左右，你伪装成搬运工，到我家来。我的女仆，她会在家里等着你的到来，并转交给你这个袋子。因此，没有任何人会怀疑或嫉妒，我已被带出家门。到了外面，你就把我放出来，这样你就轻松点。然后我们一块去你的那幢房子里。这样，神不知鬼不觉的，你想让我待多久都可以。"

医生说："噢！多么完美的计划！我已洞悉此事，我向你保证，你会看到我扮成一个伶俐的搬运工，无论遇到什么人，都不会怀疑我。"她再次给他一个甜蜜的吻后，他们就分开了。

多丽蒂太太如法炮制叫了律师来，她像对待医生一样，使律师相信她丈夫有强烈的嫉妒心，故此她不敢跟他在一起，但她全身心地爱着律师，为此她不惜付出任何代价。她说："明天下午，我的丈夫将外出办事，希望你三点钟来找我，届时我们在最好的状态下放松身心。"她说了很多诸如此类的好话，律师毫不犹豫地保证按时到达，决不食言，然后他们分开了。律师为情人失而复得而欢喜鼓舞。第二天下午三点的钟声刚响，他就敲响了贵妇家的门，贵妇人也已等候多时，便接他进来，他们一起走到专为此事准备的房间里。之后妇人设法推辞，直到女仆（按照她主妇的指示）急忙来到房门前，呼叫贵妇说，主人回来了，要找她。

多丽蒂太太假装陷入恐慌之中，摆出手足无措的样子，对律师说："唉！天呢，你抓紧躲起来吧，我下去看看能不能把他支走。"说着她关上门，下楼去了。律师惊慌失措，急忙爬到床底下。那妇人就让他在床底下晾了足足一个小时。之后回到房间，看不见他，心里正在纳闷，律师听见有人从房门进来，便从床下探出头来，从她的裙子边看出来是谁，他用微弱的声音说："唉！亲爱的，事情怎么样？你丈夫走了吗？"

她说："啊，我亲爱的朋友，我从来没有像现在这样进退两难。我丈夫带着他在城里遇到的三个朋友回来了，他们专门从乡下过来找我丈夫玩，今晚在这里吃饭，这个房间让他两个朋友住，我不知道怎么推脱，也不知道怎样把他打发走。"

律师说："唉！那我就完了！看在上帝的份上，想办法把我运出家门吧！我不想整夜待在这令人尴尬的地方，不，哪怕是给我世上所有的金子也不行。"

多丽蒂太太迟疑了一下，然后好像突然想到了办法，坐上床，说："只有这个法子了：这房子里有一个装满东西的大袋子，今晚会把它送走，我的想法是，把袋子里的东西拿出来，下周再找个时间运出去，你可以躺到袋子里。我陪着我丈夫和他的朋友们，女仆会来帮你，再叫一个搬运工来，他会把你带到你家，或者其他你想去的地方，即便是我丈夫看到袋子被带出大门，也会认为这就是今晚该送出去的东西。"

律师说："世上再也没有比这更好的办法了。让搬运工把袋子送到我家吧，你知道在哪里，然后把它交给我的男仆，让他付给搬运工四十便士作酬劳。"

事情就这样定了，多丽蒂让女仆送来空袋子用来装律师，让他在盛夏的五点一直躺到八点，天气炎热，律师躺的时间太长，他快要窒息了。这时候，装扮成搬运工的医生来了，穿了一件长度到小腿的工作服，他要取一个要运送的袋子。女仆说："哦！给你准备好了，是个棕色的袋子，麻烦你进来取吧。"医生身材粗壮，轻松地拎起袋子，由于害怕弄破贵夫人娇嫩的身体，他就把袋子扛在背上，向自己的住处走去。

多丽蒂太太把全盘计划告诉士兵以后，和他一起站在能看到医生的地方，看着医生把袋子运走。二人玩笑一会儿之后，士兵保持一定距离跟着医生，一段能看到医生的距离，医生以自己的步速在街上走着，直到来到一块空地，他四下里张望，除了士兵没有旁人，医生并不认识士兵，就从大路上穿行到小路，来到一条小河岸边，感觉到有点累了（考虑到他背上背着个男人，好像他不应该被苛责体力不好），他把袋子放到岸边，除了士兵离他很近之外，四周没有旁人，他说："啊！亲爱的丫头，这里没什么人，就一个人，应该很快就会离开，我现在要打开袋子了。"

袋子里的律师感觉到搬运工把他放下，他很希望此时在自己的房间，但听到医生的讲话似乎是在旷野，律师开始觉得这个搬运工在同他的女同伴说话，他们好像打算偷走袋子里的东西，等他们打开袋子，要是发现自己在袋子里，不知会不会杀他灭口，他要是喊救命，可能会死得更快。律师左右为难，不知如何是好，这时士兵走上前来，对医生说："伙计！看起来你很匆忙地赶路，热得满头大汗，袋子里装的什么东西呢？值得你这么晚还赶路运送。"医生说："哎呀，不过是些衣物罢了。"士兵说："好小子，真是衣物吗？什么衣物？是男人穿过的，还是女人穿过的？"医生回答："先生，这我就不得而知了。我只负责把它搬到附近一位先生家里。"士兵说："那好，解开绳子，在我们离开之前，我想看看你带的是什么衣服。"医生说："先生，难道我要解开绅士的袋子？他如此信任我才委托我搬运。不行，请你原谅，任你是谁我都不能这么做。"说完，他再次背上袋子，准备继续前行。士兵其实比医生更清楚袋子里装着啥，为达到报复的目的，他还准备了一根棍子，当袋子被医生背起来时，他拿棍打了几下袋子，律师惨叫起来："哎呦，哎呦，哎呦！"士兵说："哦！原来这袋子里还装着人呢！难怪你不舍得打开给人瞧。"

医生放下袋子，跪在士兵旁边说："啊，先生！看在上帝的份上，我是无辜的，我必须向你坦白全部真相。袋子里是一位贵妇人，我从她丈夫那把她偷过来。你看起来是一位绅士，但涉世阅历浅，肯定会喜欢这样娇美的姑娘，我把她交给你，任由你享用，之后再把她还给我就行。先生，希望咱们之间不再有冲突。"士兵说："你说得好听，但她真有这么年轻漂亮招人喜欢吗？"医生说："相信我先生，如果她不像这座城市里的所有淑女那样美丽，我任由您处置，绝无二话。"士兵说："你说得不错，你这么能夸她，赶紧打开吧。"医生边恭维他边努力地解开袋子，当他打开一角时，以为映入眼帘的会是贵妇的脸。他对士兵说："看这里，你肯定渴望看到这个！"医生用手把袋子完全打开，律师的头猛地窜出来，可怜巴巴地看着他。但是当医生看见留着长胡子的脸后，如坠雾中。士兵看着他俩四目相对的情形，强忍住笑声，对医生说："这就是你给我保证的美丽的淑女吗？你是不是没人拿来开涮了，竟然开涮到我头上了？那么拼命地夸她有多美，吊足了我的胃口，然后给我这么个玩意？我要教训你一番，看你以后还敢不敢骗人？"说完，他掏出棍棒就打。医生的肩膀、手臂、背部和胸部，无一处幸免，直打得他三个月都举不起尿壶。

律师只是把头探出袋子，看到眼前景象后就拼命地挣扎意图逃跑，可是搬运工刚被揍一顿，律师也没看见自己的胳膊被袋子的编织料紧紧缠着，他无法轻松逃脱。

打完医生后，士兵又把矛头转向律师。律师见他走来，以为他是个好人，只是晚上出来搜寻猎物的，就跟他说："先生，请你看在上帝的份上，饶我一条性命，我把钱包送给你。"士兵回道："我不是来取你性命，也不要你的钱包，我为一个女性而来，替她报复你的大言不惭、无礼冒犯。"说着就一顿棍棒相加，打得他只有一息尚存。接着他把医生也叫过来，跟他们说："今天你俩都在，我把话搁这儿：从今以后，要是让我知道你们再欺负女性，不管是言语上的还是文字上的，我就不客气了。今天只是略施小惩，下次你们就没这么幸运了。"说完，士兵大摇大摆找他的情妇去了。

4.《恩底弥翁，月亮里的人》

约翰·黎里 著（1591年版）

第四幕

—| 第三场 |—

柯西斯和仙女

[柯西斯是辛西娅宫廷里的一位领班，爱上了泰勒斯，泰勒斯命令柯西斯把沉睡的恩底弥翁移到一个山洞里]

[柯西斯 独白]

柯西斯 我看见了月亮下的堤岸，毫无疑问，泰勒斯宠爱我，她为了不让我看出她的爱慕之情，故意让我做一个事先已完成的任务。恩底弥翁，你得把你的枕头换一下了，如果你没睡好，我就把你送到舒服的地方，让你睡个饱。还好我不用再举行什么仪式，至少不用被人看见，我被他迷住了，这会引起辛西娅的不快，他们会按时向下守望恩底弥翁。[他试图抬起恩底弥翁]怎么了，您的身体这么沉重？还是您已经被钉到了地上？动都不动一下吗？干脆用尽全力好了，哪怕把他惊醒也无所谓。怎么，还是纹丝不动吗？是不是因为在地上躺久了，你已经与大地融为一体？你柯西斯不是曾当着辛西娅的面，把深扎地下四十年的大树连根拔起吗？你不是曾用力推开了拉姆和工程师都动不了的伊龙门吗？难道我脆弱的思想让我强壮的臂膀失去了力气？或者是爱情、或者是思想使我的身体麻木、瘫软，使我的骨节慵懒无力？或者，心里念着泰勒斯，让我的心灵升华到一种如此微妙而神圣的境界，以致身体的其他部位无法工作？安息吧，安息吧。不，让我化身为多个柯西斯吧，撇清爱情、命运或本性的干扰，去举起这个比死还重、比死还没知觉的迟钝的躯体。

[仙女们登场]

可是，是什么美丽的精灵使我的头发直立起来，灵魂萎靡不振呢？女巫们，快出来！仙女们，我求你们原谅我。哎呀，出去！这是什么声音？

[仙女们跳舞、唱歌，掐了他一下，他就睡着了；他们吻了恩底弥翁，然后离开了]

仙女的第三首歌

欧姆纳　捏他捏他，青一块紫一块，

　　　　绝不能让凡人看到

　　　　星后在做什么，

　　　　也不能窥探我们仙女求爱的场景。

仙女一　把他掐成青色。

仙女二　把他掐成紫色。

仙女三　多多找

　　　　锐利的钉子把他钉得又青又红，

　　　　直到他昏头昏脑，昏睡过去。

仙女四　因他所犯下的罪行，

　　　　他将浑身青紫流脓；

　　　　吻恩底弥翁，吻他的眼睛，

　　　　然后是我们的午夜舞蹈。

　　　　[辛西娅和她的随从登场]

辛西娅　看啊，恩底弥翁，可怜的绅士，你在沉睡中度过你的青春，你曾发誓要为我
　　　　服务？你眼窝深陷、头发灰白、满脸皱纹、身躯老朽，这一切发生是因为命运，
　　　　还是因为你被陷害？如果是前者，谁能阻止你可怜的命运之星？如果是后者，我
　　　　倒想认识认识你的这个敌人。我宠爱恩底弥翁，是因为你的荣誉、美貌与多情，
　　　　要让你按照自己的命运来思考，可是我却偏要让你多多停留。现在，我还没来得
　　　　及恩宠你，你就已经走完了人生的岁月了吗？看看这是谁来了，这不是柯西斯吗？

赞特斯　是的，但他更像一只猎豹而不像一个人。

辛西娅　叫醒他。柯西斯，你怎么来了？你怎么变了形？看看你的手，然后再看看你
　　　　的脸。

柯西斯　我是被诅咒了的可怜虫。我是怎么被骗的呢？夫人，我请求你原谅我的过错。
　　　　如你所见，我实在是命苦。

辛西娅　继续说，你的罪过不应受到更大的惩罚，不过你要说出真相，否则你想见我
　　　　的时候会找不到我。

柯西斯　夫人，作为一个凡间男子，坠入爱河并不是什么罪过；所以，跟你说我爱上

了谁也不算丢人。我爱上了天上的仙女。你把仙女泰勒斯交给了我，她的美貌立刻俘虏了我的心，我还俘虏了她的身体。那时起，我发现在我的思想中，爱与责任、尊敬与爱慕之间的斗争如此激烈，以至于我无法忍受这种冲突，也不奢望能征服它。

辛西娅　恋爱？仙女不适合这个词，还有（正如我所想）柯西斯品行坚韧，但仙女不是。

柯西斯　感觉到这场持续不断的战争，我想我宁愿屈服，也不愿因此危险而消亡。我向泰勒斯表明了我的深情，还给她讲了美丽的爱情故事，那只不过是战争的威胁。她太美了，不像是真的，美得不该这么虚伪，在一番婉转的拒绝之后，却将我陷害了，命令我把恩底弥翁从这里搬开，搬到一个黑暗的山洞里去。我本想去的，但发现根本办不到。然后就被精灵或是魔鬼折磨成这样了。

辛西娅　诸位大人，泰勒斯经常欺骗陷害吗？说实话，柯西斯，作为一个恋人，你不该有这样的面孔；而作为军人，你又不该如此温柔多情。你可能会看到当勇士变得放肆时，他们的举止会随着他们的面孔而改变。柯西斯，你在火星上住了那么久，现在却要在金星的摇篮里安营扎寨，这难道不可耻吗？难道你腰上穿着的是丘比特的箭囊？柯西斯，振作起来，恢复你的本色吧。让那个全身是爱的泰勒斯，在自己的放纵中融化吧。

柯西斯　夫人，我相信我一定会恢复到从前的状态，因泰勒斯所勾起的爱情，远不及她的欺诈所勾起的愤恨。但是报复一个女人，比坠入爱河更女子气。

埃及人　如果你用月光擦一擦，这些斑点会消失，这样你受伤之处就能得到治疗。

柯西斯　谢谢你。众神保佑我摆脱爱情，摆脱这些出没在这个森林的漂亮女士们……

（译者张松林，商丘师范学院人文学院）

六、《皆大欢喜》来源文献

➤ 导　言 ◄

　　《皆大欢喜》主要来源于传奇故事《罗莎琳德》(*Rosalynde*)（又称为《罗莎琳德：尤弗伊斯的珍贵遗产》，*Rosalynde, or Euphues' Golden Legacy*)（1590），托马斯·洛奇航行到加纳利群岛途中无聊，创作了这个故事来打发时间。故事一部分来自 14 世纪的约 902 行的叙事诗《加梅林的故事》。许多《坎特伯雷故事集》的手稿中，误将这部长诗归在乔叟名下。这首诗直到 1721 年才印刷出版，不过洛奇一定读过，莎士比亚可能也读过。洛奇参考这个故事创作出了《罗莎琳德》的第一部分，为了适应田园风格，在故事基调上有所调整。本书对《罗莎琳德》进行了节译。莎士比亚的剧本不仅仅是根据洛奇的浪漫故事改编的，但很显然，他从中吸取了很多东西，包括细节和总体构思。[①]

　　莎士比亚减少了剧中争吵的内容。奥兰多决定以自己的自由意志与查尔斯决斗。罗兰·德·鲍埃爵士是流亡公爵的朋友，他帮助奥兰多和罗莎琳德走到了一起。此外，罗兰爵士的父亲对弗莱德里克公爵的敌意解释了奥兰多为什么必须匆忙地离开宫廷，以及为什么弗莱德里克公爵在驱逐他时拒绝听取奥列弗的解释。

　　很明显，莎士比亚作品中的人物角色成双成对、关系密切，这一点是他参考的来源文献中所没有的。在他的作品中，两位公爵是兄弟，所以这出戏给了我们两对不和的兄弟，每对兄弟中都有一方虐待另一方并篡夺了他的权力。另外还有两位父亲，一位表现良好，另一位不近人情，而两位女主人公则是表亲。

　　正如托尔曼所指出的，莎士比亚并没有完全利用托马斯·洛奇通过优秀的叙事所

[①]　关于主题的处理，见 K. 缪尔：《莎士比亚的资料来源（一）》，1957 年，第 55—66 页。

创造的戏剧机会。例如，盖尼米得建议，如果男孩可以穿上（女人的）衣服，也许会发现他们和女人同样漂亮。在一个男扮女装的戏剧里，即使没有那么多漂亮、礼貌的因素存在，也将是非常有趣的。盖尼米得建议奥兰多将他的爱从罗莎琳德转向阿莲娜（艾琳达进入森林后改的名字），这是可以让人感到愉悦的喜剧。

这让我们正视这一基本问题，即从道德、美学和技术的角度来看莎士比亚对洛奇作品中的主题和人物是一种怎样的态度？莎士比亚对他的来源文献采取了双重态度。莎士比亚不仅从中参考了大量事件、情节和人物角色，而且从中探索"主题"，不是让斯宾塞成为寓言家、让本·琼森成为幽默剧作家这样的固定观念，而是在再创作过程中需要操纵的一般主题。从《罗莎琳德》一书中，他似乎发现了一个主题，这个主题可以广义地描述为财富与美好生活、自然与诡计、宫廷礼仪与乡村礼仪之间的对立。

莎士比亚可能读过塔索的戏剧《阿敏塔》（1581）、兰德·格里尼的《我的牧师菲多》（1589）、蒙特马约尔的作品以及其他散文爱情小说。他知道真实的乡村生活是什么样的，但他愿意时不时地玩田园游戏，并用它来区分对待自然和乡村生活的不同方式、人类举止和恋爱技巧中人与自然的不同混合、不同程度的社会礼仪。

莎士比亚意识到现实生活的恰当性，并将其运用于舞台，在文学田园诗的传统范围内，他嘲笑现实生活，就像他嘲笑现实生活的对立面、现实主义、悲观主义和讽刺一样。有人暗示莎士比亚将这部戏剧命名为《皆大欢喜》是从洛奇的作品中"若蒙各位喜欢，那便最好（If you like it, so.）"一句得到了灵感。也许，观众们的确很喜欢这部剧，莎士比亚也证明了这一点，而他自己也非常喜欢这部剧。我们很难想象，如果莎士比亚蔑视这些来源文献和他的观众，《皆大欢喜》将会有何不同。也许他认为剧名相对来说并不重要，他知道公众将发现一个难以捉摸、无礼的剧名也很有吸引力。

这部戏不是对田园剧的讽刺，尽管通过有意创造贾昆德和塔奇斯通的确形成了一些讽刺。这是对当时流行的不同层面上的田园生活的幽默幻想。《皆大欢喜》甚至更像是一部评论剧，而不是动作剧。戏剧悬念被弱化，莎士比亚让我们在宽容和善的笑声中面对人类多样性、幽默和情感，判断忠诚、自然情感和爱，由此可见他的喜剧创作趋于成熟。

➤ 可靠性来源 ◄

《罗莎琳德》

托马斯·洛奇　著

波尔多城郊住着一位出身高贵的骑士，他受命运眷顾，天性品质高贵。因勇气可嘉，他被选为马耳他所有骑士的首领。这位勇敢的骑士，就是波尔多的约翰爵士，在与突厥人的战斗中度过了他年轻时的岁月，如今已然年迈，头发花白。他与妻子莉达生育了三个儿子，这是他一生的骄傲。临近死亡时，他打算把财产分给他们。因此，当着所有马耳他骑士的面，他把三个儿子召集到面前。脸上挂着死亡的表情，眼睛里含着泪水，他牵着大儿子的手，就这样开始了。

波尔多的约翰爵士把他的遗产给了他的儿子们

"儿啊，你们看，命运已经为我的一生定下了一个期限，命运已经决定了我生命的最后结局。我马上就要撒手人寰，把你们留在这个充满忧伤的世界。我要给你们留下一些家产，免得你们贫穷得无法度日，我还要留下一些遗训，好叫你们照着去做。萨拉丁你先过来，你是家中长子，也是这个家族的支柱，你最该继承你父亲的高贵品质，我要把十四块肥沃的耕地，连同我所有的曼诺庄园和最富饶的土地留给你。次子费尔南丁，我给你留下十二块耕地。我把我的坐骑、盔甲、战靴，还有十六块耕地，留给最年幼的罗萨德。因为要论内在的品质与外在的德行，罗萨德将来会在财富与荣誉上超过你们两个。我把财富分给了你们，这些财富得来不易，你们切不可挥霍。你们以后要谨言慎行，不可辱没了我的名誉和家风。你们要勇敢，却不可鲁莽。你们要小心情欲，所谓英雄难过美人关，你们要切切小心女人。如果你们不小心恋爱了，一定要找那种贤德的大家闺秀。谨守我的训词，以此纪念你们的列祖列宗，并铭记心中。因为智慧胜于财富，一句金句抵得上全世界的财富。"说到这里，他缩在床上，灵魂离开了他的身体。

一个月的哀悼之后，萨拉丁开始考虑父亲的遗嘱，想到父亲给弟弟们留下的遗产比留给自己的还多，尤其罗萨德是他父亲的宠儿。好在现在他自己成了家长，两个弟弟都还年轻，他完全可以任意处置他们的财产。"三弟还小，我要设法压制他的才智，虽然他生来是个绅士，我要把他重新塑造成一个农民。把他当作家奴来使唤，这样我就可以操纵父亲全部的财产。至于费尔南丁，他就是个书呆子，一心只想着他的亚里士多德。就让他读他的书，我玩我的金子。"

如此，萨拉丁把弟弟变成了自己的家奴。在之后的两三年时间里，罗萨德都默默承受了。直到有一天，他独自一人在花园里散步，开始反思自己的处境，自己明明是约翰爵士的儿子，继承了许多的土地和财产，却被人当作奴隶使唤，这样下去，哪里还有出头之日。他正想着自己的可悲境遇，萨拉丁带着他的朋友进来了。他看到了兄长，忘记过去恭敬几句，兄长就要骂他一顿。"小子，想什么呢？想着发财吗？还是给老爹唱安魂曲呢？我的饭做好了吗？"听到这些问题，罗萨德把头转向一边，皱着眉头，眼睛里充满了怒火，他回答说："你是在问我要饭吃吗？去问你的厨子吧，他们才是干这个活的。我和你有一样的出身。你有多少财产，我也有多少土地。我倒要问问你，你为什么要砍伐我的树木，毁坏我的庄园，破坏父亲留给我的所有财产？萨拉丁，你最好以一个兄弟的身份来回答我，否则别怪我不客气。"

萨拉丁嘲笑他愚蠢放肆："小子，是我平时给你好脸了吧，你今天竟敢这么放肆？你们几个把他给我捆起来，我要好好教训教训他，叫他知道自己的身份。"这让罗萨德很生气，拿起花园里的一个大耙子，打伤了哥哥的几个手下，其他人见势都逃走了。萨拉丁害怕弟弟的怒火："罗萨德，别那么鲁莽，我是你的哥哥，如果我有对不住你的地方，我以后会改正。不要兄弟相残，那样会给父亲抹黑。跟我说你哪里不满，我马上给你解决。"这些话安抚了罗萨德（因为他是一个性情温和、彬彬有礼的人），他放下了自己手中的家伙。于是两人拥抱和好。萨拉丁答应罗萨德归还他的所有土地。

两人相安无事。直到法国国王托里斯蒙组织摔跤与骑士比武大会，为的是叫他的臣民忙活起来，免得他们闲着生事，想起他们被驱逐的老国王来。有个摔跤冠军，向所有来者发起挑战。此人是个诺曼人，身材高大、非常强壮，在摔跤场上是个常胜冠军，而且不仅打败对手，还常常用他高大的身体，直接把对手压死。萨拉丁听说之后，认为是天赐良机，就私下里找到这个诺曼人，许他些钱财，让他除掉罗萨德，免得他再来与自己抢夺财产。接着他又去罗萨德那儿，告诉他摔跤比赛的消息，还说国王以及所有法国贵族都会在场观战，就连法国所有的年轻女子也会在场。接着怂恿他为了家族的声威，前去挑战那个诺曼人。没等萨拉丁说完，罗萨德就抱着哥哥，答应哥哥自己会全力以赴。

现任的法国国王托里斯蒙，借兵力篡夺了上一任国王热里斯蒙的王位，还把他驱逐到阿登森林中去，所以才举办各种活动，取悦自己的臣民。他甚至不惜让自己的女儿艾琳达、侄女罗莎琳德还有全法国的美丽姑娘都来观看比武大会。这个罗莎琳德就是被逐国王热里斯蒙的女儿。在场男子将眼睛来回觑那些姑娘，无不被罗莎琳德的美貌打动。

罗萨德脱帽向国王示意，接着轻盈地跳进了摔跤场。他看到了在场的女士们，就像天上闪烁的群星。爱神有意叫他坠入爱河，就让他的视线落到了罗莎琳德的身上。罗莎琳德的美貌让他忘记了自我，呆呆地站在那儿，盯着她的脸不放。罗莎琳德察觉到了他的注视，脸上泛起了红晕。

那诺曼人看到对手的忘我陶醉，抖了抖肩膀，想把他唤醒。罗萨德从梦幻中惊醒，愤怒地向诺曼人扑去，两人应声倒地。此时诺曼人想起之前的约定，这个对手正是他答应萨拉丁要杀之人。想到事成之后的丰厚酬金，他伸展拳脚，要置罗萨德于死地。罗萨德一边喘息，一边拿眼偷觑罗莎琳德。罗莎琳德为了激励他，给他投来充满爱慕的眼神，懦夫见了这眼神都要变成勇士。罗萨德为此抖擞精神，向诺曼人猛攻。诺曼人也不示弱。于是两人进行了一番激战，正斗得不可开交之时，罗萨德想起罗莎琳德的美貌，想起父亲的名誉，想到如果战败会给家族蒙羞，用尽全力将诺曼人摔倒在地，身体一跃，狠狠压到诺曼人的胸口，诺曼人终于一命呜呼。罗萨德胜出。不仅国王、贵族都来庆贺，与他拥抱，在场的女士们也都投来爱慕的眼神，尤其是罗莎琳德，看到罗萨德的英俊和勇敢，也不免动了心。为了表示自己的情意，从脖子上摘下自己的项链，让一个小厮送到罗萨德手里。为了回报这份情意，罗萨德没有随身物品，就走进帷帐，找到纸笔，写下一首情诗送给她。

托里斯蒙担心罗莎琳德太得人心会影响到自己，就决定把她也流放了。他心里想："她的处境，人人见了都要起怜悯之心；她的容貌天下无匹，我怕如果我是普利阿摩司王，她就是海伦。说不定谁娶了她，将来会为了她来夺我的王位。所以我的王宫绝不能继续留她。"于是当着大臣的面，他带着怒气，给她冠上了谋反的罪名，命令她必须当晚就离开王宫。罗莎琳德觉得委屈，急忙申辩，但是托里斯蒙根本不听她理论，其他人见国王动怒，虽然他们之中不乏喜欢罗莎琳德的，都不敢站出来为她求情。大家都默默立着，艾琳达深爱着姐姐，满心悲痛，眼中含泪，跪在地上为姐姐求情。

一番求情之后，托里斯蒙不为所动。艾琳达最后只好恳求父亲，让她与姐姐一同流放。如果父亲不同意，她要么逃出宫跟着姐姐同去，要么想办法结束自己性命。看到女儿如此坚决，托里斯蒙也不心软，下旨将她二人同时流放，立即执行。这个暴君宁可失去独女也要保住王位，这正是篡位者内心的多疑与不安。

罗莎琳德非常伤心，坐在那里暗自流泪。艾琳达微笑着坐在姐姐身边安慰她："姐姐，不要忧伤，我们过去可以同富贵，将来我们就可以同患难。我永远是你的艾琳达，你永远是我的罗莎琳德。世人将永远纪念我们的友谊。等将来时来运转，我们恢复昔日的地位，再回过头来看今天的苦难，该是怎样一幅场景。"

罗莎琳德在艾琳达怀中流了几滴泪，很感激妹妹的安慰。然后他们坐在一起，商量流放之事。艾琳达担心如果没有男人或侍从陪伴左右，她们两个女人单独出门会有危险。罗莎琳德急中生智："我个头比较高，可以扮成你的小厮，你就扮成我的女主人，我保证谁也认不出我是个女的。我再买套小厮的衣服，配一把贴身的宝剑，谁要是敢欺负你，我就让他见识我的厉害。"艾琳达听了非常高兴。二人就此说定，马上就开始收拾行装，带上了平时收藏在一个盒子里的首饰。罗莎琳德穿上男装，艾琳达穿上普通一些的衣服。二人又改换了姓名，艾琳达改名阿莲娜，罗莎琳德改名加尼米德，一切收拾停当，二人便上路了。二人风餐露宿，经过两三天的跋涉，她们来到了阿登森林，路上没有遇到一个人。

后来加尼米德发现林中有的树皮上刻着字，就非常兴奋地告诉女主人："小姐，尽管放宽心，发现人的踪迹了。这些树上刻着牧羊人的诗歌。"阿莲娜听了很高兴，定睛看时，果然在一棵松树的树干上发现了一首情诗。阿莲娜说："看来是有男牧羊人爱上了附近的女牧羊人，被拒绝后在这儿抱怨那女郎的狠心呢。"

她们来到一个凉亭处，凉亭里面坐着两个牧羊人，一边吹奏曲子，一边看着羊群吃草。他们还在谈论着爱情。走近些，能看到其中一个牧羊人满脸愁容，眼中充满了忧伤，一副生无可恋的神情。她们两人走近他们，听到他们在谈论着被情所困的愁苦。

等他们把肚子里的苦水倒完，阿莲娜才和加尼米德从灌木丛后面走出来。突然看到这两个人，牧羊人站了起来。阿莲娜就跟他们打招呼："牧羊人，你们好，能看出来你们是为情所困的年轻人，我们虽然没有爱情的苦恼，但心里也充满了愁苦和困惑。我和我的小厮在这陌生的林子里行路，身子疲乏，只想找个安歇的地方。你们能不能给我们找个人家，叫我们吃口饭，好好歇一歇，我们将感激不尽。我和我的小厮到这林子里来，是想找个村舍住下，我还想买下一片土地和一群羊，做个女牧羊人，因为我听说牧羊人吃得好睡得香。"其中一个叫科里东的牧羊人回答说："小姐，您来得正是时候！我的东家正要卖地卖羊呢！而且价格特别便宜！等你在这儿住上一段快活日子，让你去皇宫你都不愿意了！"阿莲娜听了高兴："牧羊人，听了你的话，我已经爱上这乡村的生活。把你的东家叫来，我要买下他的农地与羊群，你可以继续做我的羊倌，我和我的小厮也可以帮着放羊，过那悠然自在的生活。"听说自己可以保住饭碗，科里东待阿莲娜更加恭敬了。两人商谈之际，另一个名叫蒙塔努斯的牧羊人，一直在一边闷闷坐着，嘟囔着那女郎菲比的薄情，他追求了那么久，却始终看不到一点希望。

加尼米德心里还记挂着罗萨德，看到这个痴情的牧羊人，觉得很有意思。等她看到眼泪悄悄从他面颊流下，心里还不时发出深沉的叹息，就很同情地问起科里东："那个年轻的牧羊人为何如此忧伤？""先生，那家伙恋爱了。"加尼米德好奇地问："牧羊人也恋爱吗？"蒙塔努斯开口说话："当然，而且爱得深沉。不然我也不会如此愁苦。我跟你说，牧羊人看重爱情，并不比国王少。所以别问牧羊人也会恋爱之类的傻话。"加尼米德说："既然爱情对你来说如此甜美，你为何还这般忧愁？"蒙塔努斯回答说："因为我的爱人狠心，表面客客气气，嘴上却老说狠心的话来伤我的心。"他们如此交谈着，太阳渐渐西沉。科里东就让阿莲娜和小厮在那坐着，他俩要去把羊赶进羊圈里。接着蒙塔努斯给他们唱自己的情诗，赞美菲比的貌美。

当晚他们就住在科里东的农舍。虽然农舍简陋，饮食粗疏，但是牧羊人的热情让他们心满意足，夜里睡得香甜，就像在托里斯蒙的王宫里一样。因为不习惯长途跋涉，他们第二天睡到很晚才起床。接着就在科里东的协助之下，从他的东家手里，把农地与羊群买过来，成了这些农地与羊群的女主人。她自己也穿上牧羊人的衣服，加尼米德打扮成乡村青年，每天两人一块放羊，把流放的日子过得十分惬意，阿登森林的牧羊人先交代到这里，下面来说说萨拉丁。

萨拉丁心里一直想着报复弟弟罗萨德。终于有一天大早，他带着几个仆人闯进罗萨德的住处，恰好罗萨德没有锁门，就在睡梦中被他们捆起来，拴到屋中间的柱子上。罗萨德不明所以，不明白自己哪里做得不对，为何会得到如此待遇。萨拉丁也懒得跟他理论，只是斜眼瞧了他一眼，就走开了。罗萨德百般挣扎，到底无可奈何。连续两三天被拴在那儿，一口饭也没吃，哥哥始终没派人给他送饭，他只是直愣愣地在那儿等死了。约翰公爵的老仆人亚当，念及当日老主人的恩情，对小少爷的遭遇心有不忍。虽然大少爷萨拉丁命令手下不准给罗萨德送吃的喝的，否则小命不保，亚当还是趁夜深人静，悄悄地给罗萨德送了饭食，之后还把他放走了。

罗萨德和亚当一起，逃进了阿登森林。他们很开心，这儿正是逃难的好去处。但是命运无常，他们走进森林深处，连续行走五六日，没有遇到一个牧羊人或者农家，终于老亚当因为饥饿难耐而晕倒，等他醒来，看到罗萨德也虚弱地躺在地上。他悲从中来，流下眼泪，慨叹命运无常，人生多苦。

看到罗萨德脸色都变了，他就上前扶起他，说道："少爷，振作点，哪怕身体撑不住了，心里也要振作！人面对死亡的时候才最能体现出他的勇敢。"听了这些话，罗萨德抬起头看着老亚当就哭起来。"亚当呀，我不是因为怕死而忧愁，我是不甘心就这么死了。要是能对阵杀敌，战死沙场，也死得光荣，哪怕是与野兽肉搏，死在它的撕咬之下，我也死而无憾。可是活活饿死，这叫人情何以堪呢！"老仆人说："少爷，你看，我们俩都快饿死了，既然找不到食物，干脆死一个活一个吧。我已经老了，你还年轻，还有大好前途。就让我死吧，然后把我的血管割开，用我的血让你恢复精神。"说着亚当就要取出刀子，罗萨德虽然虚弱，还是站了起来，让老仆原地坐着，等着他回来。说着就冲进林子里去了。本想着打个猎物回来，不料那天被托里斯蒙流放的老国王热里斯蒙庆寿，和一起追随他的老臣们在林子里大摆宴席。罗萨德恰好经过这儿，见到大家正坐在树下的长桌上享用酒肉美食，就上前跟在座的打招呼。

"我现在遇到了困难，向你们的主子问好。我和我的朋友在这林子里遇到了困难，你们如果不帮帮我们，我们就要饿死了。如果你们不愿分我们些食物，我只好刀剑相向。我宁可死在你们的剑下，也不愿做个懦弱的饿死鬼。"热里斯蒙看到这么体面的年轻人竟然落入如此窘境，动了恻隐之心，站起来握着罗萨德的手，邀请他坐在自己的位子上，好好吃上一顿饱饭。"承蒙您的好意，可是我还有个朋友，就在这附近，他因为年迈，又因为饥饿，已经动弹不得。我必须让他过来与我共享，否则我绝不能先吃一口。"

罗萨德找到亚当，告诉他这个好消息，老仆人非常高兴，只是他的身子已经动弹不得。罗萨德把他背起来，来到老国王处。老国王等一帮人见了，对他们的主仆情深赞叹不已。罗萨德不愿坐在老国王让出的位子上，让老仆亚当坐在那儿。大家一起饮酒吃肉，饱食了一顿。

饭后，热里斯蒙就催着罗萨德给他们说一说自己的遭遇，如何流落至此。罗萨德还没开口，就唉声叹气，流下泪来。接着和盘托出自己的身世与遭遇：他是波尔多的约翰爵士的小儿子，名叫罗萨德，他的哥哥曾三番五次欺负他，不得已他打伤了家仆，逃了出来。这个随身的老仆人，名叫亚当，是以前父亲还在世时的手下，不论自己遭遇如何，始终忠诚追随左右。听他这么说，老国王贴在他耳边，跟他讲述了自己的身世遭遇：他就是法国的老国王热里斯蒙，被僭王托里斯蒙流放在外，他和罗萨德的父亲是老相识，他会好好款待他们，还让罗萨德做他的护林人。得知老国王的身份之后，罗萨德感谢他的恩待，祈求他赦免自己的鲁莽。热里斯蒙追问罗萨德最近有没有出入托里斯蒙的王宫，是否知道他女儿罗莎琳德的近况。罗萨德听他问到罗莎琳德，边叹息边流泪，几乎说不出话来。最后强撑着精神，将罗莎琳德被流放、艾琳达与她姐妹情深一同被流放的消息，都禀告了老国王。至于她们现在身在何处，早已无从知晓。老国王听了这个消息，陷入悲痛之中，即刻离席进入内室。下面接着说托里斯蒙。

罗萨德逃走之后，萨拉丁独占了约翰爵士的财产。托里斯蒙得知这个消息之后，就垂涎这份财产，就找机会就萨拉丁亏待他弟弟之事，与他理论一番。他派人召萨拉丁速速进宫。萨拉丁虽心中纳闷，但自恃不曾得罪过国王，就壮着胆子跟士兵进了宫。进宫之后他没有见到国王，就被直接丢进监狱里。萨拉丁惊愕不已，在狱中开始反思自己过去种种："萨拉丁啊，你大大冤枉了你的弟弟，所以上天才会如此惩罚你。"他正在忏悔之际，国王召见他，问他的弟弟身在何处。他说弟弟逃离了波尔多，至于身在何处，他着实不知。"恶棍，我听说自从老爵士去世以后，你就一直虐待你弟弟，致使我损失了一名勇敢的骑士。因此我要重重惩罚你，看在你父亲的份上，我就免你死罪，但是我要把你从法国流放，你必须在十日内离开法国，否则叫你人头落地。"国王愤怒离去，萨拉丁不知所以。虽惨遭流放，他决心走遍天涯海角，也要寻到弟弟罗萨德。下面我就说说罗萨德。

罗萨德做了热里斯蒙的护林人之后，渐渐将哥哥待他的坏处抛诸脑后，全心做好老国王交代的护卫巡逻工作。只是不论做什么，不论走到哪里，罗莎琳德的美貌时刻萦绕心头。一日在林中，他用刀子在树上刻诗，倾泻心中对情人的思念与赞美：

> 群鸟以凤凰为最美兮，
> 百兽以猛狮为王。
> 群芳以玫瑰为冠兮，
> 众女以我罗莎琳德为最美。
> ……
>
> 群鸟之中宙斯独爱鹰兮，
> 维纳斯驾灵鸽以翱翔。
> 林木中雅典娜独爱橄榄兮，
> 仙女中我独以罗莎琳德为佳人。
> ……

　　罗萨德情难自已，每日在林间树上刻着这些歌咏罗莎琳德的诗句。这日炎热，阿莲娜与加尼米德为了乘凉来到此处，就是那热恋中的护林人在树上刻字的所在。他的焦躁不安，他的深情哀叹，都落在她们眼里。她们还听到他不时呼唤着罗莎琳德的名字。罗莎琳德何尝不是生活在同样的熬煎里，只是淑女的矜持遮盖不见罢了。她们就这样来到他面前，加尼米德与他说话，把他从痴情的迷梦中拉回现实。

　　"护林人，你这是咋了？是打伤了一只小鹿，却让它走失了吗？走失就走失了吧，何苦为了这么点损失愁眉苦脸呢？猎人瞄准猎物，最终却失了手；护林人出来打猎却空手而归，这不都是常有的事吗？"

　　阿莲娜说道："你说到哪里去了。他的愁苦比这个要深重，他的叹息里透露着更大的损失。可能他在穿越这个林子的时候，见到了美丽的仙女，不小心动了情思呢！"

　　加尼米德说："可能真是这样，他还在这些树上刻上了情诗，快过来看看。"

　　他们读了护林人的诗，发现里面提到罗莎琳德的名字。阿莲娜哂笑着拿眼瞧加尼米德，加尼米德回头觑那护林人，发现他原来是罗萨德，不由得红了脸。不过，仗着自己的小厮装束，她就壮着胆走上前，与罗萨德说起话来。

　　"护林人，麻烦你给我们说说，让你如此痴情的这个罗莎琳德是什么人？她是狄安娜的侍女，还是这儿附近的牧羊人？抑或她就是那个大家经常谈起的罗莎琳德，她的父亲是被流放至此的老国王热里斯蒙？"

　　罗萨德深深叹了口气，说道："就是那个罗莎琳德，她就是那个圣徒，那个仙女，我愿全心侍奉的：淑女中的佼佼者、群鸟中的凤凰。""好护林人，如果她真如你所说的那般完美，你为何会陷入如此痛苦？难道她像玫瑰一样，花虽美，却有伤人的刺？"

　　"牧羊人，如果你了解她的美貌与才德，你就不可能说出这样亵渎的胡话。只是不幸的我，竟允许我的眼睛与鹰在空中翱翔，结果不小心瞥了那太阳一眼，现在我已经什么都看不见，我和阿波罗一起，爱上了一个达芙妮。牧羊人呢，我是在痴心妄想，爱上了我不配爱的人。我只是个农民，却盯上了堂堂的公主，她那么高贵，怎么可能看上卑微的我呢！"

　　加尼米德回道："别灰心，护林人，爱情与身份高低无关。丘比特的利箭能射进乞丐的破衣，同样能够穿透高贵的华服，维纳斯不是还看上了瘸腿的伏尔甘吗？女人看重的不是地位，也不是珠宝，而是德行。不过，护林人，那个罗莎琳德现在身在何处，还在宫里吗？"

　　"她已经不在宫里了，她住在哪，我也不知道，我正是为此忧愁。她被托里斯蒙流放出宫了，我的人生如同坠入地狱一般，我多么希望能找到她，当面跟她陈说我的深情。我总觉得她会喜欢我，这就足以弥补我之前所有的不幸了。"接着罗萨德又从怀中掏出一首赞美罗莎琳德的情诗，当着她们的面读起来。

"告诉我，你是谁的护林人？"加尼米德最后问罗萨德。

"我的主人是热里斯蒙，那个被流放的老国王。他丢了王位，现在在此与我们这些穷人同住，倒也潇洒快活，胜过在宫里的勾心斗角。"

"你还有其他的情诗吗？"

"我写了很多，只是现在没在身边。明天天亮时，如果你还来这里放羊，我给你带过来。你可以读一读，见证我的痴心。"

与加尼米德、阿莲娜道别后，罗萨德返回自己的农舍。留下她俩在那儿继续闲聊。

阿莲娜调侃道："加尼米德，有男人为你倾倒，为你叹息，为你唱赞诗。看到有人为你如此痴情，而你却如此狠心，我真是有点不忍。"

"阿莲娜，别急着说我。听到他赞美罗莎琳德时，我是加尼米德。如果我是罗莎琳德，我早就回应他了：'何必为爱伤神，爱情自有良方。罗莎琳德既然那般美好，就不可能那么狠心。'女主子，时候不早了，我们快把羊群赶到羊圈里吧。不然科里东又该责怪你，说你不够贤惠了。"说着他们把羊群圈好，回到科里东的农舍。阿莲娜因为有罗莎琳德为伴，心中自然欢喜。只是罗莎琳德已然坠入情网，心中燃起了情欲之火，寝食难安起来："我有意做狄安娜的侍女，追求贞洁，与爱神为敌。达芙妮因贞洁而名留青史，与月桂树一般常青。我该追随她的脚步。想想之前的种种遭遇，还是不要坠入这情网吧，免得将来后悔。可是，罗莎琳德，那追求你的可是罗萨德啊，要样貌有样貌，要才德有才德。罗莎琳德啊，你逃不过这情网了，还是乖乖就范吧，免得惹怒了维纳斯，落得不好的下场。"

加尼米德一夜辗转反侧，第二天一大早就把阿莲娜从梦中叫醒。"该去放羊了。"阿莲娜有心挑逗她，就说："太阳才刚出来，露水还没干呢！科里东专门叮嘱过，这时候不能把羊放出去，免得露水伤了羊的脾胃。我知道了，古语咋说得来着？爱神催促起人来，一刻也耽误不得。我的好人儿，你眼中闪烁的可是爱情，你心中澎湃的可是热恋？你故意装出没事人的样儿，要遮盖住你心中的欲火。可是，这欲火是扑不灭的。"加尼米德如此回应："得了吧你，啰唆这么多，无非是不想起床。肯定是嫌早上清冷，想等我离开了，自己再多睡会儿。抓紧起来跟我走！爱不爱的，你就别管了。你还是小心点吧，别太不把爱神放眼里了。早晚维纳斯叫你折服。""果然是爱神把你早早叫起来了。"说着她起身穿衣，二人胡乱吃了早饭，就背着干粮水壶，往地里去了。她们心情欢快，是在王宫的时候所没有过的。

他们还没走到羊圈那儿，就远远看到那护林人在沉重地踱着步。阿莲娜一看到他，笑着跟加尼米德说："擦亮眼睛吧，你的心肝在那边呢！他肯定已经跟维纳斯求过情，求她让你可怜他呢。走，我们去调戏他一番。"加尼米德回道："走，我们去给他点教训，让他断了这念想。"

"护林人，愿你情场得意，事事顺心！什么缘故让你起得这样早？不用说，肯定是因为你的罗莎琳德啦！小心点吧，年轻人，别太过喽。爱情本是好的，过度深陷进去可就不好了。你这边只顾着一味地痴情，她那边却毫无回应。"

他回礼道："好牧人，愿你们开心、你们的羊群健壮！爱情让人烦恼，躺倒在床上我只是思绪万千、辗转反侧，目光所及，到处都是罗莎琳德的影子，她身上汇集了世间万物的完美。"

"我劝你还是放手吧，你的罗莎琳德就像月亮上面的玫瑰，遥不可及。何不将你的目光转向我的女主人，她虽然没有罗莎琳德的高贵身份，但是绝对够美，毕竟一鸟在手胜过二鸟在林啊！"加尼米德拿这些话试他。

"我跟你说，我的心只在罗莎琳德一人身上。就算你的女主人有勒达、达娜厄之貌，让宙斯都化身费力追求，我也不会多看一眼。"

"护林人，有你这么个忠实的仆人，维纳斯一定会让你得偿所愿的，否则她也太不开眼了。昨天你答应我们，把你家里的情诗都拿来。"

"我都带来了。我们都坐下，你好好听一听，一个坠入爱河的年轻人能有多疯狂。"

他们坐在一块青草地上，在无花果树的树荫下，罗萨德满怀深情地读起他的情诗来。

等他念完几首诗，罗萨德说："我的情诗虽然念完了，可是我的痴情却表达不尽。"加尼米德心疼她的罗萨德，设法把他从这痴情中拉出来："太阳已到头顶，时候已到正午，按照我们牧羊人的说法，该到饭点了。如果你不嫌弃我们的粗茶淡饭，欢迎你跟我们一块共进午餐。"阿莲娜拿出自带的干粮，邀请罗萨德一起吃。他谢了她们，就坐下来同吃。他们一起吃得开心，聊得投机，甚至胜过在宫中享用山珍海味。

吃过饭，罗萨德再次感谢她们的款待，正准备离开，被加尼米德叫住，因为她不想让他离开："护林人，如果你没什么急事，就先别急着走。你不是说你爱得死去活来吗？我想看看你会怎么向你的罗莎琳德求爱。你就把我当作罗莎琳德，你还是你自己，如果现在罗莎琳德就像我这样站在你面前，你要怎么向她示爱？我俩对唱的时候，阿莲娜可以给我们伴奏。"罗萨德同意了。

[罗萨德向罗莎琳德求爱时两人之间的对唱]

罗萨德　　仙女，我要用尽所有的言语，
　　　　　　凭借恋人的热泪与叹息，
　　　　　　求你拿去我的悲伤与痛苦。
　　　　　　罗莎琳德我的爱，

你的嘴唇娇美，谦卑如同鸽子，

为何不能说出同情的话语？

看我的眼睛，因泪水而红肿。

你不要再愤怒地皱着眉头，

因为爱神要你拿眉目来传情。

大风一吹，最高的树也要低头，

锤子一敲，最硬的铁也要变形。

哦，罗莎琳德，你除了美之外，

你何不也多一些同情？

……

　　他们一来一往地模仿求爱的过程后，加尼米德逗趣地说道："怎么样，护林人？我是不是把你的情人扮演得不错？女人的娇羞多疑，是不是都给你呈现出来了？就像你们男人满嘴甜言蜜语一般。罗莎琳德是否让她的罗萨德满意呢？"护林人笑着摇头，双手叉在胸前，答道："不错，年轻人，罗萨德确实像是得到了罗莎琳德一般。可是这种虚幻的勾当，让我像极了那群傻鸟，把宙克西斯画中的葡萄拿来充饥。他们啄食得越多，反而越加消瘦了。"

　　阿莲娜接着他的话说道："我来扮演神父吧。从今往后，加尼米德要称你为丈夫，你要称她为妻子，你们二人缔造了一段婚姻。"罗萨德欣然同意了。加尼米德也同意了，只是脸红得像玫瑰花一般。在玩笑与羞涩中，他们成就了这段假姻缘，谁能料到最后会弄假成真。罗萨德万万想不到，他是真的向罗莎琳德求了爱，而且还赢得了她的芳心。接着阿莲娜还提议他们用手头的干粮庆贺了一番。

　　接着来说萨拉丁。可怜的萨拉丁被托里斯蒙赶出了波尔多，赶出了法国宫廷。他经过阿登森林时，被到处分岔的小路搞昏了头，游荡到了热里斯蒙和罗萨德所在的区域。在林子里走多了，又累又饿。终于在一片灌木丛边上找到一个山洞，吃了些林中的果子，就沉睡过去了。恰巧一头狮子到此觅食，看到沉睡的萨拉丁一动不动，就没去碰他，因为狮子是不屑吃腐尸的。可是这只狮子实在饥饿难耐，就趴在边上观望。正当萨拉丁沉睡之际，命运对他露出了笑脸，让打猎的罗萨德从此经过。一只轻微受伤的小鹿，把他引到了这一片灌木丛边。他拿着一根长矛追到此处，发现地上有人熟睡，旁边还躺着一头狮子。惊诧之余，他站定细看，突然鼻血直流，想必地上熟睡的是自己的亲友。他走近些，看到那人容貌，不是别人，正是他的哥哥萨拉丁。他面临两个抉择：要么拼命救他，要么偷偷溜走，任由他被狮子吞噬。

　　他在内心挣扎之际，他哥哥动了动，狮子也跟着起了身。罗萨德用手中长矛猛攻那狮子，将狮子重伤。狮子感觉到自己受了伤，就扑向罗萨德，爪子抓到罗萨德胸前，使他几乎跌倒。好在罗萨德身上流着约翰爵士的血，踉跄了一下就站了起来，没几下就将狮子杀死了。狮子临死前的吼叫声唤醒了沉睡的萨拉丁。他醒来后，看到这头猛兽死在身边，还有一个受伤的青年。他马上领会，必定是这个年轻人为了救他，杀死了这头狮子。惊诧之际，他站在那儿看着狮子和年轻人，许久不知所措。最后说道："先生，不论您是谁，是您不惜性命救了我。我实在结草衔环无以为报。以我现在的处境，除了感激之外，我无以为报。如果您高兴，我任由您驱使。"

听了萨拉丁这些客气话，罗萨德才意识到哥哥并没有认出自己。他回答道："先生，我是个护林人。为了追赶一只小鹿，命里把我带到这儿，碰巧救了您一命。您要是位绅士，像您外表看起来一般，就请您跟我说说，您是如何沦落到如此境地的。"萨拉丁于是坐下来，深深叹息一声，开始讲述他的遭遇。

"我来自波尔多，是波尔多的约翰爵士的长子和继承人。先父德才兼备，声名远播。作为他的长子，我继承了他的财产，却没能继承他的品行。先父临终前，还把两个幼子托付给我，还嘱咐我要守孝悌之道。可是我却鬼迷心窍，眼里只有钱财，全然不顾德行。我将二弟送进大学，想着只要他埋头读书，我就可以霸占他的财产。而对于那父亲最疼爱的幼子，年轻的罗萨德。"说到罗萨德，萨拉丁坐倒在地上，大哭起来。

"不要哭，继续说下去。要医治悲伤，泪水是最无益的。别学着娘儿们哭哭啼啼的。继续说你的遭遇吧。"护林人如此安慰他。

"先生，让我流泪的这个罗萨德，不论外表，还是内在德行，都和先父一个模子。他眼中看重的只有荣誉，宁可不要性命，也不愿玷辱绅士的头衔。贪婪和嫉妒让我瞎了眼，我把他当下人使唤。后来他长大了，明白了我对他的不公，直到忍无可忍，要求分得先父遗产，独自过活。我只看重金钱，全然不顾伦常，把他从波尔多赶走。以致他流落他乡，不知所踪。天理昭昭，循环不爽。国王终于给我加个莫须有的罪名，抢占了我的地产，还把我永久驱逐出法国。如此我就成了天底下最可怜的人，因冤枉弟弟罗萨德而使家族蒙羞，因不公正的迫害而失去所有。带着忏悔之心走上朝圣之路，我四处打听他的下落，等找到他，与他和好之后，我会继续到圣地朝圣，用余生的修行来赎我早年的罪孽。"

罗萨德听到哥哥忏悔的决心，心里就同情他的遭遇，终于无法掩饰自己，说出了自己的身份："萨拉丁，你现在遇到的正是罗萨德。看到你的处境，我和你一样伤心。"萨拉丁抬头细瞧，这个护林人果然是弟弟罗萨德，就羞愧难当，罗萨德只好再拿话来安慰他。二人终于拥抱和好。罗萨德带哥哥去见热里斯蒙。老国王打听了一些僭王托里斯蒙的事。之后，深叹一口气，问道有没有艾琳达或者他女儿罗莎琳德的消息。萨拉丁说："陛下，自从她们离开之后，就杳无音信。"老国王很伤心地回屋了。罗萨德又带着哥哥去见老仆亚当。听说大少爷被流放，他很心痛。可是看到这次流放让他脱胎换骨，老仆人又很欣慰，"这就对了。老爷约翰爵士在天有灵，见到你们兄弟和睦，也该瞑目了。"接下来连续两三日，罗萨德带着哥哥在自己巡逻的区域溜达。

加尼米德几日不见罗萨德，心里暗自纳闷。加尼米德心里惦记，罗萨德竟然这许久不来找她，渐渐心思凌乱不安起来。因为恋人向来都是一日不见如隔三秋的。可怜的加尼米德如此困惑，不能自已。直到有一日，正与阿莲娜闲坐，抬头见罗萨德走来。等他走近，阿莲娜喊道："哎哟，好护林人，是什么风把你刮跑了，新婚之际，几日不来见你的新娘呢？这就是你那些情诗里拼命唱诵的爱情吗？我算是看明白了，炽热的激情最容易逝去，男人的爱情就像空中的羽毛，随风乱舞。"罗萨德回道："我请求你们的原谅。我的哥哥被托里斯蒙流放，我们恰巧在这林中相遇。"接着罗萨德跟她们讲述了之前的经历。听说他们兄弟和好，她们很高兴，尤其是加尼米德。只是听说父亲的强暴之行，阿莲娜心中愈加忧闷。

林中有一帮劫匪，听说牧羊女阿莲娜的美貌，就起了歹意，要把她掳走，作为礼物献给僭王。因为听说僭王沉迷酒色，他们就想借此赢得僭王的特赦。他们就闯过来，动手掳走了阿莲娜与她的小厮加尼米德。二人大喊救命，罗萨德闻声赶来，拼命与劫匪周旋。终究寡不敌众，被劫匪打倒，还受了重伤。阿莲娜和加尼米德被劫匪掳走。萨拉丁出门寻找弟弟，正好从此处经过，遇到了这伙歹徒。看到一个牧羊女和小厮被掳，弟弟又受了伤，就与他们动手。罗萨德看到哥哥英勇出手，不顾自己的伤，再次冲杀进人群中。有几个歹徒被杀，其他歹徒见状逃走，阿莲娜与加尼米德被萨拉丁兄弟俩救下。

阿莲娜从惊吓中苏醒过来，看到加尼米德在忙着给罗萨德包扎伤口。她接着目光落到拼命救下她们的勇士身上，将他细细打量了一番，赞赏他的容貌与勇气，觉得他是个义士，竟然敢为了她们与这帮歹徒拼杀。等回过神来，她表达了自己的谢意：

"先生，感谢你不顾性命来解救我们。我们牧羊人一贫如洗，只靠着一群羊过活。所以除了感激之情，我们也没有什么可以拿来酬谢的。至于这个受伤的年轻人罗萨德，他是我们的邻居，我们很相熟。"

萨拉丁听了牧羊女的话，更加仔细地把她打量一番，看到她完美的身姿容貌，不免心动起来，把她视作天人。爱神躲在角落里，趁他们互相打量之际，将爱情之箭射进他们心底，让他们一辈子也拔不出。萨拉丁直把阿莲娜瞅到脸红，才开口说话：

"美丽的牧羊女，我能为你效劳，已经三生有幸。为女性解忧是我们男人的天职，你的一句感谢已经足够了。"他在说话之际，加尼米德拿眼不住瞧他，说道："罗萨德，不是我说，这位先生的容貌和你倒颇有几分相像。"他回答道："不奇怪，此人正是在下的兄长萨拉丁。"阿莲娜红着脸道："你的兄长？那更好了。我欠他的实在多。如果他不嫌弃，不如以后我就作他的女主人，他就作我的仆人吧。""甜美的小姐，我即使忘记自己是谁，也不会忘记你是我的女主人。"

一日，加尼米德与阿莲娜一同赶着羊群下地，两人坐在一棵橄榄树下，各自想着心事，阿莲娜想着萨拉丁，加尼米德心疼罗萨德受的伤，一心要听到他恢复的消息。

这时科里东朝他们跑来，累得上气不接下气。"什么事让你这么忙？"阿莲娜问他。"小姐，你一直说要见见蒙塔努斯爱着的女郎菲比。你们要是跟我到那边的灌木丛，就能见到他们坐在泉水边。蒙塔努斯为了追求他的菲比，正唱着乡间小曲，而那个菲比却不把他的爱情当回事。"

二人正自愁闷，听到这个消息，就很高兴地跟着科里东去了。等她们走近灌木丛，就看到菲比坐在那里。她是阿登森林里最俊俏的牧羊女，而蒙塔努斯是那儿最欢快的青年。蒙塔努斯正一边深情地看着那牧羊女，一边深情叹息，那叹息声恐怕连狄安娜也要生出同情了。最后，他深情地看着她的脸庞，手掌托着腮，胳膊倚在膝盖上，唱出了动人的小曲。

菲比只是不为所动，蒙塔努斯说出了下面的话："菲比，你为何闭眼不看我的痛苦？我就那么讨厌，你连看都不愿多看一眼吗？我就这么可鄙，一点都得不到你的青睐吗？我的激情澎湃，我的心志专一，我的全部只为献给菲比。我这样的付出，难道就不该得到一点回应吗？如果需要时间来证明我的忠心，我已经爱你足足十四个春秋；如果需要忠心来成就我的求爱，我的全部心志都在菲比身上，至死不渝；如果外在的激情表露着内在的热诚，我脸上的皱纹述说着我心底的忧伤，我忧伤的神情表露着我内心的悲痛。林中有谁看不到我的忧伤？林中有谁不同情我的遭遇？只有你菲比。"菲比皱着眉，不大情愿地如此答复他：

"先生，如果你的市场只在我这儿，你还是回家去吧。菲比不是你能吃到的菜，她的葡萄架在高处，你只有看看的份，要摸却是不能的。我这么说，并不是出于傲慢，而是出于不屑；不是我瞧不起你，是我实在厌恶爱情。所以，你干脆停止你的爱情，熄灭你的爱情火种吧，免得它继续蔓延。因你爱我只是徒劳，你的所有甜言蜜语，对我只是耳旁风。哪怕你和帕里斯一般英俊，和赫克托一般威猛，和特洛伊罗斯一般忠诚，和利安得一般专一，我也不会爱你，因为我从心底拒绝爱情。所以，如果你硬要像太阳神一般追求我，我只好像达芙妮一般逃离你。"

加尼米德听到蒙塔努斯的痴情，无法忍受菲比的冷漠，从灌木丛后面跑出来："姑娘，你要是从我面前逃离，我也要把你变成一棵月桂树，然后将你的树枝践踏在脚下。"听到这么突然的回答，而且加尼米德又如此英俊，菲比惊诧地红了脸，想要离开，可是手被加尼米德抓住了。"怎么，牧羊女，长得挺好看，却这么狠心吗？鄙视爱神，你可要小心了，免得你将来被爱神盯上。小心变得像那喀索斯一样，成了自恋狂，却招人嫌。如果成了老姑娘，就会像干瘪的玫瑰花，只留下一点余香，却不能够愉人的眼目了。趁着年轻，抓紧恋爱吧，不然老了只会遭人唾弃，容貌与时间一样一去不返。要爱就要找蒙塔努斯这样的，因他对你痴心一片。"

菲比一直盯着加尼米德，被他的俊俏容貌深深吸引，就像蒙塔努斯为她的美貌倾倒一般。加尼米德的容貌如此俊美，实属罕见，她甚至以为是阿多尼在世呢。突然意识到自己盯着这个陌生人许久了，她又脸红起来，乖巧地回道："先生，虽然我尚不知爱情为何物，我不否认曾经听闻爱神的名号；虽然读到过维纳斯的故事，却没见过她，只见过她的图片。或许……"话没说完，她已经羞红了脸，低头不再说话。阿莲娜与加尼米德见状，就离开了蒙塔努斯和他的菲比，心里希望菲比能够对爱神多一些敬意，免得将来维纳斯给她难堪。

撂下菲比对加尼米德新生的爱意与蒙塔努斯对她的痴情，接着来说萨拉丁。他因为念着阿莲娜，一夜不曾合眼。他甚至作了一首情诗来表达自己的痴情，收在胸前的衣兜里。等罗萨德叫他去见阿莲娜和加尼米德，告诉他们自己的伤已无大碍。萨拉丁只觉喜从天降，屁滚尿流地急忙去了。待他来到阿莲娜牧羊的地方，她俩正好刚从蒙塔努斯和菲比那儿回来。他见到她们和科里东，向她们问好。"弟弟罗萨德让我来跟你们汇报一下，医生说他的伤势虽然不轻，但绝无性命之忧。他希望在十日之内就能亲自过来看你们。"加尼米德回道："麻烦你转达，他的罗莎琳德对他十分牵挂，愿他早日康复。"萨拉丁说："我虽不知这个罗莎琳德是谁，弟弟总是提起她。想必弟弟是恋爱了，她就是弟弟的那个心上人。"

阿莲娜与萨拉丁说话之际，细细打量他一番，看到他胸前衣兜里的纸条，心里就起了醋意，怕纸上是他写给哪个女孩的情诗。她把纸条扯了出来，问他可是什么见不得人的秘密。她见萨拉丁也脸红起来，就说："先生，看你脸都红了，这纸条上必定是情诗了。我要看看你的心上人是谁，还要看你怎么赞美她。"她打开纸条，读到了萨拉丁的情诗。"你现在被托里斯蒙流放，远离了财富、亲友，在这种极端艰难的处境中，爱神胜过命运之神，成了你的主宰。不过我要问你，你这些痴情是为了新欢，还是为了旧爱？"萨拉丁见机会难得，就想趁热打铁，就拉着阿莲娜的手，坐在她的身边。加尼米德为了给他们倾诉的空间，忙着收拾羊圈去了。萨拉丁开始倾诉他的衷肠了："自从我来到这儿，目睹了你的芳容，就倾倒在你的美貌与贤惠之下。我可以长篇大论地跟你诉说我的痴情，可是言多反而引起怀疑，而真理都是赤裸裸的。既然在乡间，我就入乡随俗地向你示爱：萨拉丁深爱着阿莲娜，而且只爱她一个。"

阿莲娜听了这些话非常受用，但这毕竟是初次被人示爱，尽管心里渴望着爱情，表面上还是要矜持一些，她于是回答，对男人的专一表示了怀疑。萨拉丁不等她说完就进行了反驳："我承认，世上确实有很多薄情的男人，但是也有个例不能概括全部。所以我希望你不要拿别的男人犯过的错来对待我。我以一个绅士的荣誉保证，我爱阿莲娜，我追求她，绝不会始乱终弃，采了花就把树给丢开，我的愿望是能够和她缔结婚姻。"听到婚姻二字，阿莲娜有点受宠若惊，不知所措，怕自己过于矜持，把他吓跑了；又怕自己过于热烈，让他看出了自己的心思。在左右为难之际，她回答道："萨拉丁，其实自从初次见你，我就对你有了很好的印象。我不想再掩盖自己的心思，因为你已经袒露了自己的真心。我虽然喜欢你，可是我心里不能没有顾虑。如果你能有你父亲一般的品德，或者有你弟弟罗萨德一般的德行，我的顾虑便可消除。不过，如果要我现在就回复你，我只能向你保证：我要么嫁给萨拉丁，要么终身不嫁。"说着他们就牵着对方的手。见到他们如此，加尼米德说："要是罗萨德也在这儿就好了，这样我们就可以凑成两对了。"萨拉丁说："这倒提醒了我。我把罗萨德一人丢在家里了。我还是抓紧回去吧，免得他一个人待着会胡思乱想，增加烦恼。如果你俩有什么话要我捎过去，我很乐意效劳。"阿莲娜说："代我向他问好。你就说，虽然我们不能做什么让他高兴，但我们为他祷告。"加尼米德补充说："别忘了代我问好。跟他说，罗莎琳德从心里流下的眼泪，和他伤口流出的血一样多。罗莎琳德心里一直惦记着他，要到他的伤情恢复了，她才能心安。就这样说吧，再见，好萨拉丁！"带着这些话，萨拉丁道个别，百般不舍地离开了。

　　回到菲比这儿。菲比带着情欲的烈火，回到了父亲的住处。心里想着加尼米德的美好，非常烦恼困惑，这种悲喜交加的痛苦让她痛不欲生。又不敢告诉人，压着的火只会烧得更凶，压制的爱情让她心里更加焦灼。如此痛苦烦恼，就食量消减，内心的焦灼带来身体的不适。简单点说，菲比病了，且病得很重，几乎无法挽救。父亲见了，叫来朋友用药医治，用话语安慰，都不见效。因为她虽然是因为长期不进食得的病，但其实她的心病更甚。她的朋友见了，只有暗暗悲伤罢了。

　　菲比生病的消息很快传遍了阿登森林。很快传到了蒙塔努斯耳中。他像疯了一样跑来见她。坐在菲比床边，蒙塔努斯涕泪俱下，伤感叹息。蒙塔努斯问她为何生病，菲比只是默默不语，心里想着加尼米德，只是不知如何倾吐衷情。当面表白实在太羞人了，找朋友传达，又没个可信赖的人，就这么掩盖着，只有死路一条。最后不得已，她决定给加尼米德写封信。她让蒙塔努斯回避一会儿，不要走远，她要小憩一下。待蒙塔努斯走出她的房间，她就起来找到纸笔，写了一封信。

　　[菲比写给加尼米德的信]

俊俏的牧羊人：

　　我以前一直拒绝爱情，但是自打见了你，我就情难自已。以往对爱情的偏见烟消云散，从而对你一往情深。你既生得风流，又德才兼备，我只能束手就擒，任由你摆布：要么叫我成为最幸运的女孩，要么叫我成为最痛苦的女人。如果因为我拒绝蒙塔努斯，让你觉得我狠心，我只是受着命运的驱使；如果因为我刚见你就把身心奉上，让你觉得我轻浮，我只是受着命运的驱使。命运何等强大，我哪有还手之力。如果爱情由眼目而起，继而存于心底，就再也摆脱不了、挥之不去。就请你可怜我，唯有你可以救我于水火，唯有你可以叫我重得安宁。想我一个女孩子家，却要主动写信向你求爱，实在有失本分，可是爱神在上，哪容我顾得那许多。我之痛苦，唯你可救。要么允我，叫我快活；要么拒绝，死活由我。怀着希望期待回音。再见。

要么是你的，否则没法活的

菲比

随信她还附了一首情诗。找不到小厮帮忙送信，她干脆把蒙塔努斯叫进屋里，央他帮忙把信捎给加尼米德。加尼米德把菲比的信读了又读，之后就笑了。再看到蒙塔努斯，她甚至笑出声来。接着叫来阿莲娜，把信给她看。阿莲娜看了，也觉得有趣，原来口口声声说不爱的菲比，如今也成了爱神的囚徒。甚至还把信给蒙塔努斯看了。蒙塔努斯满脸忧愁，内心困惑不已，每读完一句，脸色都要变化，还伴着深深的叹息。

加尼米德见了说道："你可真是个绝望的痴心汉子，活着既没有快乐，痴情更没有希望。我该怎么做，才能让你高兴呢？我是不是该像菲比鄙视你那样鄙视她？"蒙塔努斯急忙回道："哦，那样岂不是让我增加新的忧伤，让我的痛苦加倍：因为看到她痛苦我就痛苦。加尼米德，虽然我在痴情中消亡，你却不可让她在痴情中憔悴。所有的情欲之中，爱情最叫人心急，还是不要让菲比这样美的女子饱尝相思之苦了吧。既然她如此爱你，请不要不喜欢她。请你做她的情人：她的美貌足以愉悦你的眼目，她的羊群足以加增你的财富。如果她结婚了，虽然我没了希望，起码她幸福了，她得偿所愿了，我也就认命了。"听他说得如此坚决，阿莲娜与加尼米德都有些惊讶，同情他的痴情，赞许他的忍耐。心里想着如何能够帮他得到菲比的芳心。加尼米德计上心头，想到了一个办法。

"蒙塔努斯，既然菲比这么可怜，我也不想因为拒绝她留下个狠心的骂名。现在我跟你去见她，当面听她诉说信中所言的痴情，然后我会根据爱神的旨意，当面跟她说清楚。"蒙塔努斯很喜欢这个主意，就跟着她一块去菲比的住处。快到菲比房子时，蒙塔努斯跑在前头，先到屋里，告诉菲比说加尼米德就在门口。听到加尼米德的名字，菲比已经喜出望外，病去了大半，脸上也有了血色，从床上爬起来。这时加尼米德走进来，客气地问候她，让她的忧伤顿消。加尼米德坐在床边，问候她的病情，病痛在身体何处。菲比回答说："我冲破底线，不顾女孩的矜持与羞涩，向你表达爱意，寻求你的回应，全是因为你的英俊与德行。总之一句话：菲比爱上了加尼米德。"说完，她就低下头，流起泪来。加尼米德起身回道："我不鄙视你的爱情，但我也不渴望你的爱情。我只是对你没有什么感觉。你也不必克制自己的爱情，你大可以把爱情转接到蒙塔努斯身上，然后将加尼米德忘记。时时把蒙塔努斯放在你心上，因为我可以向你保证，你也许能够找到比他更有钱财的，但是你绝不可能找到比他更专一爱你的。为了给你一些安慰和希望，我跟你保证一点：如果我将来和女人结婚，那个女人一定是你。"说着这些空许诺，加尼米德给了菲比一个无果的吻。在加尼米德离开之前，菲比起床给加尼米德和蒙塔努斯做了饭。进餐时，加尼米德重复了刚才的许诺，还为蒙塔努斯说了好话。就这样，三人都心满意足，各怀希望。

加尼米德心里想着受伤的罗萨德，眼里含着泪水，心里装着忧愁，走回羊圈去找阿莲娜，想让她帮忙驱除自己心中的忧闷。罗萨德、萨拉丁还有科里东正和阿莲娜在一起。科里东见加尼米德回来，跑过去跟他说："先生，大喜了，大喜了，我们的小姐这周日就要嫁人了。"加尼米德跟众人打了招呼，尤其是罗萨德，说自己很高兴见到他伤势好转了。罗萨德说："本来没打算这么早出门的，可是我哥哥和阿莲娜周日要结婚了。爱情到了，双方都你情我愿，就不好再拖延了。"加尼米德说："的确，如果那天罗萨德和罗莎琳德也能结婚，那就更是喜上加喜了。""好加尼米德，请不要再提起罗莎琳德的名字，免得我听了心里难受。""别灰心，我有个懂魔术的朋友，不管你的罗莎琳德在法国，还是在周边哪个国家，到时候我让他把你的罗莎琳德变出来。"阿莲娜见罗萨德皱眉头，只是笑个不停。他们聊了半天，等太阳西沉，他们才告别各自离开。阿莲娜为婚礼当天准备了专门的宴席与礼服，尤其是罗萨德答应那天会把老国王热里斯蒙邀请来参加婚礼。加尼米德打算当天与父亲相认，也准备了一套绿色的礼服和上等丝绸长裙，穿上之后仿佛仙女一般。

周日终于到来。菲比带着林中所有的牧羊女陪伴在新娘身边。加尼米德打扮成小厮模样，跟在阿莲娜身后。萨拉丁穿着礼服，与老国王热里斯蒙和弟弟罗萨德一同过来。热里斯蒙夸赞萨拉丁选择一个牧羊女为妻，因为这个牧羊女不仅貌美，而且贤惠谦逊。加尼米德见到父亲，先是脸红，后又想到父亲落魄至此，不免要强忍住泪水。蒙塔努斯带着满脸愁苦与满心忧伤，也来参加婚礼。热里斯蒙询问此人身份。罗萨德告诉他蒙塔努斯与菲比之事，提到了蒙塔努斯的深情与菲比的冷酷，以及众神如何报复那女孩，让她爱上了加尼米德。热里斯蒙叫来菲比，问了她些话，又传加尼米德进来。老国王见了加尼米德，想起了女儿罗莎琳德，深深叹了口气。一边的罗萨德见状，问他为何叹气如此。"因为啊，罗萨德，加尼米德的容貌让我想起了罗莎琳德。"听到这话，罗萨德也跟着深深叹了口气，好像悲痛欲绝似的。老国王问道："你为何对我叹气如此？"罗萨德回道："请您见谅，陛下，因为我心里深爱着罗莎琳德。"老国王说道："原来如此。要是罗莎琳德在这儿，我恨不得今天就让她和你完婚。"

热里斯蒙为了摆脱这伤心事，就询问起加尼米德来。"这女孩有倾国倾城之貌，你为何不接受她呢？"加尼米德温和地回答道："蒙塔努斯已经追求她很久，要是我骤然接受她的爱情，岂不是非常对不住他？我已经答应菲比，如果我和女人结婚，那个女人一定是她。她也答应我，如果能凭借理性压抑住爱情，她就会接受蒙塔努斯。"菲比回道："但是我的爱情实在胜过理性，根本不听从理性的劝说。"加尼米德说："那我只好请老国王帮我公断了。"菲比道："我也听从老国王的决断。"蒙塔努斯说道："你们的胜败将决定我的命运。如果加尼米德赢了，我将会更加敬爱老国王；但是如果菲比赢了，我将痛苦一生。"热里斯蒙说道："我们先来解决这个争端，再去教堂参加婚礼。所以，加尼米德，先说说你的理由吧。"

"我请求离开一会儿，之后就给您答案。"加尼米德进入内屋，穿上了女人的礼服，一件绿色礼服和一套丝绸长裙，优美如狄安娜散步在林间；头上戴着玫瑰花环，优雅得如同花神站在花海之中。罗莎琳德打扮好，进来跪在父亲脚前，满眼泪水，讲述自己的遭遇：如何被托里斯蒙流放，如何女扮男装住在这森林里。热里斯蒙见到女儿，从座位上起来，趴在女儿肩上，高兴得说不出话来。见到心心念念的罗莎琳德站在自己面前，罗萨德的惊喜与兴奋劲儿，我想恋爱过的人都能想象得出。老国王终于收拾好精神，问了罗莎琳德许多问题后，问及她和罗萨德的关系。罗莎琳德回道："我们俩现在就差您给主持个婚礼了。"老国王道："好呀，罗萨德，你就娶了她，她是你的了，今天你就和你哥哥一起完婚。"罗萨德高兴地谢恩，拥抱罗莎琳德。罗莎琳德转脸问菲比，自己是否已经给了她压抑住自己爱情的足够理由。菲比答道："够了，够了！要是您和阿莲娜不嫌弃，我和蒙塔努斯就成为今天的第三对新人吧！"

热里斯蒙带领着他们，其他人跟随着，在阿登森林众多年轻人羡慕的目光中，他们举办了婚礼。婚宴当晚，萨拉丁与罗萨德的兄弟费尔南丁也来了。见到老国王热里斯蒙，跪在地上，说出了一番话来："今天是我兄弟们大喜的日子，可是我们还有一件大事要做。宴席结束之后，我们要放下美食，拿起武器。波尔多的约翰爵士的儿子们，暂时放下你们的爱情，拿起你们的武器，表现你们神威的时候到了。陛下，就在森林边界，法国的十二个贵族武装起来，要帮您夺回王位；托里斯蒙带着一帮叛贼正要与他们对阵。所以您要亲自上阵，鼓舞士气。"最后，十二贵族的军队获胜，托里斯蒙的军队溃散逃走，他自己也在战争中被杀死。十二贵族聚集起来，欢迎他们的老国王重返巴黎，巴黎百姓出城迎接。回到巴黎后，热里斯蒙大宴群臣三十日，还召开议会，立罗萨德为王储；将萨拉丁的土地都归还给他，还给了他一个爵位；将费尔南丁提拔为自己的总管家；让蒙塔努斯管理整个阿登森林；甚至老仆亚当成了他的护卫长。

（译者程姣姣，上海戏剧学院）

七、《第十二夜》来源文献

莎士比亚的喜剧《第十二夜》(*Twelfth Night*)的素材在莎剧前诸多剧本和故事中出现,如在锡耶纳由因特罗纳蒂学院创作并上演的喜剧《受骗者》(*GL'Ingannati*,1531)、尼科洛·塞基的《受骗者》(*GL'Inganni*,1547年上演)、巴纳比·里奇的《里奇告别军职》(*Riche His Farewell to Militarie Profession*,1581年上演)和伊曼纽尔·福尔德的《帕里斯莫斯的故事》(*The Famouse History of Parismus*,1598)。在这些前期喜剧中,每一篇都有一个简短的段落,女扮男装的女主角被其他女士爱慕,借以抒发自己的困惑,情节上均涉及女扮男装争取爱情的故事。莎士比亚最为青睐的素材可能是巴纳比·里奇《里奇告别军职》中的第二个故事《阿波罗尼奥斯和西拉的故事》(*Of Apolonius and Silla*,1581),异性双胞胎离散后,姑娘乔装成哥哥并以哥哥的名义交游世间,引起系列误会,也解决了诸多麻烦。《第十二夜》比其前期作品氛围更具喜剧性:弱化薇奥拉的困境,在更大程度上突出人的性格、情感、行动力和生命力。

➤ 可靠性来源 ◄

《里奇告别军职》

巴纳比·里奇 著(1581年)

由巴纳比·里奇绅士于1581年汇编、由罗伯特·沃利于伦敦印刷的《里奇告别军职》充满传奇色彩，《里奇告别军职》题目像是军事题材，实际是故事集，里奇的《告别军职》有多个版本，《里奇告别军职》这个版本同《第十二夜》的联系更为密切，不仅是女扮男装追求爱情的情节设计，而且在人物关系设置上，二者也十分接近。在《里奇告别军职》第二个故事《阿波罗尼奥斯和西拉的故事》中，西拉化名西尔维奥，做心上人的仆人，替心上人追求富商朱丽娜反被朱丽娜爱上；最后西拉感动了公爵终成眷属，哥哥也抱得美人归。《第十二夜》化繁就简，把海上漂泊作为故事背景简单交代，重在展现男装的薇奥拉在同时处理爱自己的女孩和自己爱的公爵的场面。

─┤ 第二个故事《阿波罗尼奥斯和西拉的故事》的梗概 ├─

　　[阿波罗尼奥斯公爵在对抗突厥的战争中服役了一年，随他的同伴从海上返回家乡，受天气的影响，他来到了塞浦路斯岛，在那里他受到了庞图斯总督的欢迎。庞图斯的女儿西拉深深地爱上了他，在阿波罗尼奥斯被送到君士坦丁堡后，西拉自己带着一个随从，来到了君士坦丁堡，她碰巧获得了为阿波罗尼奥斯服务的工作，在许多偶然的意外之后，她被阿波罗尼奥斯认出，而阿波罗尼奥斯为了报答她的爱情，娶了她]

　　出生在这个不幸世界上的孩子，没有一个不是在吮吸母亲的乳汁之前，先吮吸了错误的奶杯，会让我们长大后，不仅陷在伤害里，而且远离公义和理性；在其他一切事上，尤其是在爱的行为中，表现出被这杯毒酒灌得醉醺醺而冲动。因为我们的爱是如此地远离正义，如此地偏离理智的界限，以至于它无法分辨黑白善恶；而当一个人被自己的情感所引导，并被自己愚蠢的幻想支配时，他会把爱情寄托在某一个人身上，历经绝望和种种不道德的行为后，宁愿被厌恶而不是被爱。

　　假如要问以下问题：合理爱情的真正基础是什么？真正完美的友谊结果是什么样的？我想明智的人会回答"逃离"：被爱的一方也同样应该学会逃离；否则，即便仅仅是美丽的外表，或者是人物的风流倜傥，就足以使我们的爱情坚定，那些习惯于参加集会和去集市的人，也许会在一天之内爱上二十几个人；到那时，逃离一定会成为合理的爱情的真正基础。然而，淑女们若能耐着性子，平静地细读历史，你会看到埃罗夫人和一对情人，一个男性周旋于两个女性之中，他们的爱情故事，会对你所做的判断产生影响：首先是他对一位年轻儒雅、貌美如花的贵夫人的爱情不屑一顾，尽管她顺从他的意愿，愿做一个仆人，甘愿忍受任何痛苦，只为能看他一眼。后来他又爱上了一个女人，一个轻蔑他的女人，而这个女人却爱上了一个仆人（她以为这个人是个仆人）；但后来真相得以揭露，这一点在本故事的正文中将详细叙述。因为我前面讲的第一个故事有些单调乏味，你们如此耐心地倾听，我却讲得这么冗长。从现在开始我要加快速度，下面是（历史）故事内容，我所做的事无论如何都是值得的。

　　在著名的君士坦丁堡城仍在基督徒手中的时代，许多贵族在那个繁盛的城市居住。

有一个人名叫阿波罗尼奥斯，年纪虽轻，却是个有名望的公爵，我们尚未来到他的领地，便感受到他强大的魅力，他在其管辖范围中，征召了一支强大的军队，与他一起常年对抗突厥。这位年轻的公爵虽然个子矮小，但举止十分得体。他用自己的双手证明了自己的智慧和勇敢，也用他的睿智和慷慨证明了他灵魂的高洁，全世界都流传着这位高贵的公爵的美名。他这样干了一年以后，就吹响长号把伙伴们召集在一起，告诉他们撤军返回。然后，他扬帆起航向君士坦丁堡前进，在一场暴风雨的猛烈袭击下，他向海面冲去。他在一个波浪接一个波浪的冲击下有些灰心，然而他在塞浦路斯岛重拾信心，庞图斯总督热情接待了他，他得以修整船只，补充给养。

庞图斯是著名的伊利尔的公爵，有两个孩子。他的儿子名叫西尔维奥，以后我们还会谈到他的。但现在他在非洲某战场上服役。

她的女儿叫西拉，她容貌娇艳，出身高贵，在众女子中没有匹敌者。西拉公主听说了阿波罗尼奥斯的事迹，这位年轻的公爵除了容貌姣好、风度翩翩之外，还有一种天生的吸引力，如今他在她父亲的宫廷中做客。她迅速爱上了阿波罗尼奥斯，满心全是他的身姿和甜蜜的眼神，虽然她没有看到任何希望能实现她渴慕的爱情。她知道阿波罗尼奥斯只不过是一个过客，他准备乘下一场风潮，到一个陌生的国度去，从此她再也看不到他了。于是，她努力让自己不想她喜爱的人，但都是徒劳。就像被捉住的鸟儿一样，越是努力挣脱，越是被困得牢固，所以西拉现在被迫顺着她的意愿，要向爱的方向发展。因此，从早到晚，她都在礼节允许的范围内与他交往，以一个贤德淑女允许的方式，向他丢下爱情的诱饵。当她意识到效果并不明显时，她被她的激情所激怒，可以很清楚地看出，她的眼睛充满怜悯和悔恨。但阿波罗尼奥斯刚从敌人的追杀中解脱出来，他的怒气还没有完全消散，也没有从他的内心里清除出来，他没有注意到那些爱情的诱惑，由于他年轻，他还没有完全了解爱情。他更想听他的领航员介绍他前往君士坦丁堡的好消息，且进展得非常顺利；他向庞图斯公爵表示感谢，感谢他的热情接待，并向他的女儿西拉女士告辞，与他的同伴一起离开，借着风势顺利地回到了故土。女士们，按照我的承诺，为了简洁起见，这里我不再重复西拉为她的阿波罗尼奥斯的这次离开而书写的冗长而悲伤的话语，我知道你们和西拉本人一样心地善良，因此你们可以更好地领会她的深情。但西拉越是看到自己再也没有希望见到她心爱的阿波罗尼奥斯，她的激情就越发强烈，并更加迅速地执行她在心中预设的计划，这就是——在陪伴她的众多仆人中，有一个叫佩德罗的人在她的寝宫里伺候了她很久，她对他的忠诚和信任很放心。因此，她首先向他倾吐了自己对阿波罗尼奥斯的爱慕之情，以爱神的名义，并以仆人应有的责任，一边流着泪，一边恳求他帮助自己到君士坦丁堡去，在那里她可以再次看到她所爱的阿波罗尼奥斯。见小姐如此信任自己，他不仅同意把她从她父亲的宫廷里秘密地带出来，还同意一路陪着她，直到她愿望达成。

佩德罗意识到他的女主人向他提出了多么过分的要求，尽管他心里有所顾虑，知道会有很多危险，他还是同意听从她的安排，答应她尽其所能来帮助她，并准备做她所要求的任何事情。事情就这样定下了，所有的工作都准备好，就等着他们启程了，恰好有一个君士坦丁堡的人准备离开，佩德罗了解情况后，就来找船长，希望他能为自己和一个可怜的女性（他的妹妹）提供旅行方便，他们必须在一定的时间内前往君士坦丁堡。船长答应了这一请求，让他尽快准备出发，因为风很有利。

佩德罗来到他的女主身边，告诉她他是如何处理与船长之间的事情的，她非常喜欢这一做法，自己穿上非常朴素的衣服，从她父亲的宫廷里偷溜出来。她和佩德罗（她现在叫他哥哥）一起来到帆船上，所有的东西都准备好了，而且风向合适，他们带着行李起航了。他们在海上时，船长看到西拉，见识了她惊人的美貌，他看到她的脸比看到太阳或星星还要高兴。从她的衣着来看，他认为她只是一个普通的少女，把她叫到他的船舱里，开始按照海上的方式和她聊天，让她使用他的船舱，以便她能更好地休息，并保证她在海上停留的时间里不需要换地方。然后，他在她耳边轻轻地说，他想找个床伴，他愿意与她共享自己的船舱。西拉哪里听过这样的话，脸羞得通红，只是不答话。船长心潮澎湃，想不到在自己的船上，在没有任何炮火的情况下自己竟然变成了俘虏。因此，为了尽快消除所有的伤痛，他开始向西拉求婚，告诉她她是多么幸福，落入了一个像他一样的人的怀抱，他会给她体面的生活。为了她，他也会把她的兄弟带到他的身边且优待他，使他们兄妹俩都有充分的理由认为自己是幸福的：她是因为嫁给了这么好的丈夫，而她的兄弟则是因为得到一个兄弟。但是西拉并不满意这些好处，希望他停止谈话，因为她认为自己配不上船长，何况自己根本没有结婚的想法，希望他把兴趣放在比自己更有价值的人身上。船长看到自己被拒绝了，非常生气。

看到你对我的礼遇如此不屑一顾，我把方便提供给一个如此不值得的人，从今以后，我将使用我的管理职权。我要让你知道，我是这艘船的船长，有权根据我的意愿来决定和处置你；既然你如此轻蔑地拒绝我成为你丈夫的请求，我现在要用武力占有你，按照我的意愿来处置你；没有人能够保护你，也没有人能够让我放弃我的决定。

西拉听了这些话，非常害怕，认为现在再想改变主意已经太晚了，决定宁愿自己死掉，也不愿意受这样的虐待。因此，她谦卑地请求船长，尽力挽救她的声誉，并说她不得不听从他的意愿和处置。而现在他必须得离开，并忍受到晚上，在黑暗中才可以偷欢，而不会引起别人的任何怀疑。船长认为现在已经取得了一半胜算，因此答应了她的要求，就离开了，让她独自留在船舱里。

西拉独自一人，拿出刀子，准备自刎，她跪在地上，为自己因自杀行为而犯下的错误献上自己的灵魂作为祭品①，祈求上帝接受，渴望上帝赦免她的罪过。她谦卑地向上帝进行了漫长的祈祷，在这期间发生了一件神奇的事情，没有人会想到大海会马上吞没他们。狂风怒吼下的海浪声势浩大，欢快地跳出水面，他们那艘弱小的船只无法

---

① 基督徒不允许自杀，否则不能进天堂。

抵御大海的威力。风暴持续了整整一天，第二天晚上，他们被迫在风口前摆开船头，以保持船体不受波浪的影响，但还是被吹到了缅因州的海岸，船体被撞得粉碎。每个人都在想方设法保住自己的性命；人们抓着舱口、船舷或木桶，被海浪冲来冲去；但不计其数的人被淹死了，佩德罗就是其中之一。西拉自己在船舱里，正如你们所听到的，握着船长的一把刀，靠着上帝的恩赐，她被安全地带到了岸上。当她苏醒过来时，并不知道她的男仆佩德罗的情况，她认定他和其他人一样被淹死了，她看到岸上除了她自己，没有任何人。因此，她发出巨大的悲鸣，抱怨自己的处境，她开始努力安慰自己，希望能见到她的阿波罗尼奥斯。她设法打开了带她到陆地的箱子，在里面发现许多金币和衣服，这些都是船长的。这种情况下，为了防止一个女人在类似情况下可能受到的伤害，她决定脱掉女装，穿上男人的衣服，这样，她就可以更安全地穿过整个国家。由于改变了装扮，她认为同样也应该改变自己的名字，所以她叫自己西尔维奥，用她兄弟的名字，我们前面提到过他。

她就这样走到了君士坦丁堡，找到了阿波罗尼奥斯的宫殿；她认为自己适合做个仆人，就向公爵提出了请求，希望能做他的随从。公爵非常喜欢眷顾陌生人，认为他是一个优秀的年轻人，就款待了他。西拉认为旅途中所有遭的难都是值得的，尤其是现在可以随时看到心上人，做事就比其他仆人更勤奋；公爵知道这些，也对他的勤奋感到满意，就把他（女扮男装）留下当做随员。除了西尔维奥，没有人能接近他，他帮助他早晨洗漱、整理衣服、收拾房间。西尔维奥让他的主人非常满意，在他所有的仆人中，他最有信誉，公爵也最信任他。

此时，城里有一位贵族夫人，是个寡妇，丈夫刚去世不久，留给她大量的财产和优裕的生活。这位夫人名叫朱丽娜，她除了拥有大量的财富和丰厚的收入外，还因为美貌而成为君士坦丁堡所有夫人中的佼佼者。阿波罗尼奥斯认真地向这位女士求婚；按照求婚的风俗，除了华丽的辞藻、悲哀的叹息和无数的眼泪，还必须送出爱意浓浓的信件、链子、手镯、手链、韵律、药片、宝石、珠宝和礼物。公爵待在塞浦路斯岛的时候，尽管很多人向他抛媚眼，但他对爱情的艺术一点也不熟练，但是现在他已经成为爱情学校的优等生，并且已经学会了他的第一课，那就是，说话要温柔、眼神要深情、承诺要多、服务要勤、讨好要细。现在他正在学习他的第二堂课，那就是慷慨地奖励、丰厚地给予、愉快地送礼和甜蜜的情书。因此，阿波罗尼奥斯在他的新课程中很虔诚，我向你保证，没有人可以得到他对不认真求爱者的宽容，他怀着美好意愿遵循他的求爱规则：必须把情书送到朱丽娜女士手中，西尔维奥当之无愧成了信使：公爵只信任他，让他在他和他的女士之间走动。

现在，女士们，你们认为还有比这更折磨人的事情吗？那就是效力于违背自己利益的事情，让自己成为自己痛苦的源头。但西拉非常想讨好她的主人，根本不在乎冒犯她自己，她完全接受他的命令，就好像是为了她自己的利益。

朱丽娜，现在已经多次注意到这个青年西尔维奥，认为他具有完美的风度，因为经常看到这个甜蜜的诱惑，她对这个男人产生了巨大的好感，就像公爵对她的情感一样。有一次，西尔维奥被主人派去给朱丽娜女士传话，当他开始非常恳切地替主人抒情时，朱丽娜打断了他，说："西尔维奥，你为你的主人传情已经足够了；从现在开始，要么为你自己说话，要么什么都不要说。" 西拉听到这些话感到羞愧，开始在心里指责爱情的无情，认为朱丽娜不顾高贵公爵的好意，宁愿把她的爱情交给她这样一个没人爱的人。

现在，正如大家所听说的那样，真正的西尔维奥（西拉的兄弟）来到他父亲所在的塞浦路斯岛；他知道了妹妹逃离的事，就猜测这起事件是由于叫佩德罗的男人和她之间的情愫而引起的。但西尔维奥像爱护自己的生命一样爱护妹妹。而且，父母对他们同等宠爱，同样装扮，以致没人能够从她们的面孔看出一个是男人，另一个是女人。

西尔维奥向父亲发誓，不仅要把妹妹西拉找出来，而且要报复佩德罗的恶行。他走过了许多城市和村庄，没有打听到他要找的人的任何消息，最后在君士坦丁堡，当他晚上在城墙外一个令人愉悦的绿茵场上散步时，幸运地遇到了朱丽娜女士，她也去了城外一趟。当她看到西尔维奥时，以为他是自己的旧识，因为他们兄妹彼此很像。朱丽娜就说："西尔维奥先生，很高兴遇见你，如果方便，我希望和你谈一谈。"

西尔维奥听到有人喊自己的名字，感到很奇怪，他来到这个城市还不久，不认识任何人。但他非常有礼貌地走向她，想听听她想说什么。

朱丽娜放下矜持，大方地说："我的善意和友爱是使我主动示好而又被轻易拒绝的唯一原因，这使我想到人们都是如此。人在这种情况下，宁可要那些他们得不到的东西，也不尊重或珍惜那些慷慨地提供给他们的东西。但是，如果你认为我轻率示好，降低了我的价值，那只是你自己的妄猜。要知道，以前有诸多贵族向我求爱，而且现在还有，他们渴求、嫉妒我无偿献给你的真心，那些被你轻视的爱意。"

西尔维奥对这些话感到惊奇，但更惊奇的是她能理直气壮地称呼他的名字，他不知道该如何理解她的话，自认为她被欺骗了，误解了自己，但他又认为，如果他放弃命运之神赐予他的东西，是非常轻率之举。从她的装扮气质来看，她是一位重视名誉的女士，并且考虑到她的美丽和优雅，认为她值得被尊重，因此这样回答。

"夫人，如果在这之前我忘乎所以，忽视了您对我的恩惠，请您原谅我过去的行为。从现在开始，西尔维奥随时准备在他能力允许的情况下，或者在您的要求下，做出合理的修正。"

朱丽娜听到这番话，顿时成了世上最高兴的女人，她说："那么，我的西尔维奥，你能不能明天晚上去我家吃晚饭，届时我将与你更深入地讨论改进方案。"西尔维奥欣然同意，于是他们非常高兴地离开了。朱丽娜把谈话主题想了又想，最终她确定了理想的谈话内容，西尔维奥也希望尽快收获爱情，同样思考良久，直到他有了把握；但他不知道她的身份，就立即（在朱丽娜离开视线之前）向一个路人询问，她是什么人，怎么称呼她。西尔维奥掌握了她的身份消息，也知道了她的家在哪里。

西尔维奥回到寓所，度过了一个充满遐想的夜晚。第二天早上，由于思虑过多，他毫无胃口；在他看来，今天过得十分缓慢，以至于他以为拉太阳车的那些雄伟的骏马已经疲惫了。甚至期望先知让它们站起来，用鞭子抽打它们好使它们加速。

另一边，朱丽娜也是心急如焚，想着是不是敲钟的人故意使坏，让指针停住了。但六点的钟声一响，双方都恢复了安宁。西尔维奥急忙赶到朱丽娜的住所，受到了热情接待，她准备了一顿丰盛的晚餐，搜罗了各种精致的菜肴。他们在晚餐时互相说着情话和诸多爱的话题，暗自窃喜，这比美味的菜肴更能让他们满足。

晚饭就这样过去了，朱丽娜认为此时去西尔维奥的住处非常不合适，便希望他当晚能在她的房子里睡觉。她把他带进了一间精心布置的房间，计划在所有的仆人都睡着后，就自己来陪西尔维奥，他们倾心交谈，度过了一个快乐满足的夜晚。到了早晨，朱丽娜向他告辞，回到她自己的房间；当天刚亮时，西尔维奥收拾好，忙自己的事情去了。反复思考朱丽娜与自己，他确信朱丽娜错认了他。因此，为了避免进一步的误会，他决定不再逗留此地，前往希腊其他地方，看看是否能得到他妹妹西拉的讯息。

阿波罗尼奥斯公爵来到朱丽娜面前，请求她做出选择，要么接受他和他的礼物，要么就向他告别。

正如你所知，朱丽娜对另一个她认为是公爵仆人西尔维奥的人情有独钟，反复思考出了应对策略：在合适的场合，请求公爵成全自己同心爱的男人结婚。然后，她不知道公爵会产生什么不快，因此认为最好先隐瞒此事，直到她与西尔维奥交谈，征求他对如何处理这件事情的意见。于是，她下定决心，希望公爵让她讲话，如下所述：

"公爵先生，从现在开始，我不再是我自己了，我已经把我的全部权力和权威交给了一个人，我已通过忠实的誓言，承诺成为他的妻子。尽管我知道世人了解我的选择后会感到奇怪，但我相信你自己非常喜欢我，正如我只想追求我自己喜欢的人。"

公爵听了这些话，回答道："夫人，爱你所爱吧，尽管这有违我的意愿，但是按照你自己的想法，选择你喜欢的人吧。"

朱丽娜向公爵表示感谢，感谢他能以这样的方式回答自己，希望他也能对她选择的人给予自由和善意。

公爵说："当然，夫人，以前，我绝对不会同意让任何其他人得到你，而不是我自己，当时我对你的占有欲太多，以至于无法用我的善意把你送走。但我更希望看到你开心，如你所说的那样，做出你自己的选择，所以从现在开始，按照你自己的意愿行事吧，永远祝福你，这样我就离开了。"

公爵回自己家了，对朱丽娜如此回报他感到非常悲伤。但在公爵待在朱丽娜家的这段时间里，他的仆人与朱丽娜的仆人进行了交谈和商量；他们就公爵和这位女士结婚的可能性进行了讨论，朱丽娜的一个仆人说，从来没有人像公爵一样对待女主人这么好，就像她对她的男人西尔维奥一样，并开始报告她接待他、宴请他和给他提供住宿时是多么周到、体贴，而且在他看来，西尔维奥在朱丽娜心中远超公爵或其他任何一个人。

这个故事很快就传到公爵本人耳中，公爵对此事进行了深入调查，发现情况属实。考虑到朱丽娜对自己说的那段话，他非常确信，横刀夺爱之人不是别人，而是他自己的仆人，因此，他不顾一切地把他关到一个地窖里，把他囚禁了起来，处境非常可怜。

可怜的西尔维奥从他的同伴那里得到消息，知道主人对他如此不满的原因后，他想了很多办法，通过同伴调解，也向公爵请愿祈求，希望公爵暂停判罚，等真的找到了证据，再任由公爵处置；别说是把他关起来，就是处死也绝无怨言。他每天如此恳求，公爵只是不听，认为自己已经掌握了足够的证据。

但朱丽娜女士不知道西尔维奥为什么热情减退，甚至这么长时间不出现在她面前。她开始觉得情况不妙，备受相思之苦的煎熬，且肚子里有一种不正常的隆起，她断定自己有了孩子。她害怕有损自己的名誉，认为应该为孩子寻找父亲。经过秘密的搜索和一番查询后，她了解到西尔维奥被公爵关在监狱里的真相。她想找到一个周全的补救办法，既能成全她对西尔维奥的爱，又能维护她的名誉和地位，她连忙赶到公爵的宫殿，向他说了如下的话：

"公爵先生，您可能会认为我以这种方式来到贵府有失礼节，但我向上帝发誓我不想这样，我只想让世人知道我是如何公正地维护我的名誉的。但是，为了不使我的言辞显得冗长，我就直截了当地说了。先生，您知道，我对我唯一爱人西尔维奥的爱，胜过世界上所有的珠宝，我把他的人格看得比我自己的生命更重要。我恳求你把对他的所有不满归罪于我，并恳求你爱护他，我选择他是为了满足我的愿望，而不是为了那些野心勃勃的人所追求的可恶的荣誉。"

公爵听了这番话后，立即派人把西尔维奥带到他面前，对他说："我曾嘉许你的忠诚、信任你的服务，你却不满足，仍然不遗余力地用诸多伪装来欺骗我，你不仅憎恨我，而且还用花言巧语搪塞我的疑虑。在上帝面前，你的行为是可恶的，你却不惜亵渎他的圣名，叫他成为见证你谎言的证人，我非常讨厌在如此公开的事情上为自己辩解。"

可怜的西尔维奥，他的清白是合情合法的，看到朱丽娜，就这样回答：

"最尊贵的公爵，我深知你的宏愿，我谦卑地请求你听我解释，不要因此加重或加剧你的愤怒和不快，我对上帝发誓，世界上没有任何东西能像你的善意和宠爱一样，让我重视或敬仰。但我希望你能了解我的罪过，为我洗刷冤屈，我知道我是被冤枉的，据我所知，这应该与站在这里的朱丽娜女士有关。为了更好地履行我的职责，我现在请求赦免，在万能的上帝面前证明，无论在思想上、言语上还是行动上，我都没有以其他方式僭越我自己，而是按照一个仆人的善意和职责来完成他主人的指令。我说的都是真的，朱丽娜女士，你最能理解这一切，我诚恳地请求你证明，是否我有任何遗漏或说的是不正确和不公正的话。"

朱丽娜听了西尔维奥的这番话，觉得面对公爵的怒火西尔维奥仍然非常敬畏他，就这样回答："我的西尔维奥，不要以为我到这里来是指责你对主人有任何不轨行为，所以我不否认，在跟你的接触中，你都践行了一个忠实、可靠的信使的职务；我也不羞于承认，第一眼看到西尔维奥就令我行为癫狂、带给我无尽伤害及无数痛苦，超出了承受限度尺度，以至于在我的付出未得到他的承诺而永结伉俪之前，我不可能停止热切的追求，也不可能熄灭我心中那痛苦的火焰。现在是向世人说明我们之间所做的一切的时候了，因为我知道不需要隐瞒那既不邪恶也未伤害任何人的事。（正如我之前所说，）西尔维奥是我的丈夫，我希望能在不冒犯任何人的情况下得到他，相信没有人会忘乎所以地限制上帝为每个人留下的自由，也没有人能通过残酷的手段迫使女士们违背自己的意愿与他人结婚。我的西尔维奥也不要害怕，你要保持你对我的信任和承诺；至于别的，我没想到事情会这样暴露，而你应该也不会抱怨。"

西尔维奥听到这些话很愤怒，因为朱丽娜的话似乎是在指责他想放弃诺言，他说："谁会想到一个有尊严和声誉的姑娘，会成为一个对她的名誉有偏见之人的代言人呢？你说的这些承诺是什么？完全是无稽之谈，如果我所言有误，愿神圣的上帝用火直接把我烧死。但我如何证明我言行的真实性和纯洁性呢？哦！朱丽娜啊，除你之外别无他证，你自己的诚实和勇气是最好的证明，我想你不会玷污你荣誉的光辉，因你知道女人是或者说应该是好奇心、持续力和羞耻心的象征。离开职责和谦逊，除了会贬低她的荣誉，还会把自己推入永远的耻辱深渊。我不认为你会因为拒绝一位高贵公爵而玷污你的名声和荣耀，你不会忘记自己的身份，因为你一直保持着最优秀和最高贵的女士的形象。而我也知道自己是什么人，配不上你的身份和荣耀，所以我诚恳地请求你讲清楚，你说的那些誓言和承诺，我一无所知也难以理解。"

朱丽娜听了这些话，有些生气，说："怎么了？你现在对你的朱丽娜这么不留情面，作为我的丈夫，竟然有脸当着这么多人的面否认我？什么！你羞于娶我为妻吗？你更应该羞于违背你所承诺的誓言，羞于违背上帝神圣而威严的名字！此时，我不得不把那些羞于启齿而隐瞒的事说出来，请看我这里，西尔维奥，你已经有了孩子。如果你是一个诚实的人，我相信我将会发现，你的行为毫无偏私，不会对我的良心造成任何伤害。想想你曾公开承认我为你的妻子，我接受你为我的配偶和忠诚的家人，向万能的上帝发誓，除了你之外，没有其他人能征服我的忠贞，对此我无证人，只有你和我自己的良心。"

我赞美你，女士，这难道不是朱丽娜的一个愚蠢的疏忽吗？她竟然如此确切地诬赖一个高尚的人，她跟一个完全没有家产的人生下了孩子？凭着上帝的爱，大家要以此为戒，当你们有了孩子以后，在没有充分证据和对孩子的了解之前，要记住谁是孩子的父亲；因为男人天生狡猾、诡计多端，女人很容易就会被欺骗。

现在回到我们的"西尔维奥"，她听到别人信誓旦旦地说她让一个女人怀了孩子，简直就要相信这是真的，但想起她自己的性别，不可能做出这样的行为。因此，她半开玩笑地说："什么法律可以约束一个女人的愚蠢轻率，让她自己去满足自己的欲望呢？什么羞耻心可以约束或阻止她的疯狂，或者用什么手段可以阻止她实施她的污秽行为呢？这是多么可恶啊，一个家境殷实的姑娘竟然忘记了她的名誉、忘记了她的血统、忘记了她家境高贵，而不顾良心地与我这样的人一起羞辱自己，这对她的身份来说太不合适，太不体面了。但是，看到上帝的名字被如此玷污是多么可怕啊，我们不再是为维护我们自身而做出努力，我们根本不害怕藐视他的圣名，他在所有的处置中好像不是最公正、最真实、最正义的神，不仅任由我们面对世界的残忍，而且还会用最尖锐的痛苦来惩罚我们。"

朱丽娜无法听他继续布道，她产生了强烈的厌恶感，开始痛苦地哭诉，说出了下面这些话：

"唉！难道公义的上帝可以容忍一个如此贪婪和该被诅咒的人吗？为什么我现在不遭受死亡，而是让我在耻辱前徘徊呢？我被诡计套牢，落入了坏人的手中，这个人以我的名誉为代价，公开诋毁我的名声，将来人人都会以我为戒。啊，我真是个悲哀和沮丧的可怜人！这就是对我诚实和坚定的爱的回报吗？你认为我一无是处，就随心所欲地中伤我的荣誉吗？你敢在我身上冒险，你的良心难道不存愧疚吗？啊，悲哀呀，人世间最大的悲伤！我曾愉快地维护我的荣誉，而现在却成为满足他人欲望的猎物，这个人除了觊觎我的贞操和好名声外，什么也不想要。"

此时，她所有的泪水都涌到了脸颊上，以至于她无法张开嘴说更多的话。

公爵一直站在旁边，听到这番话，对朱丽娜产生了极大的怜悯之情，他知道她从幼年起就一直很有尊严地生活，没有人发现她任何不端行为，否则就会被认为有辱身份。因此，他完全确定是西尔维奥对她犯下了恶行，于是大发雷霆，拔出剑来，对西尔维奥说：

"你怎么能公然对珍爱你的人如此残忍和无情呢？你对一个高贵的女士不屑一顾？你是一个卑鄙的人，不尊重她的名声和高贵的地位，乐于看到她的荣誉被彻底破坏毁灭？虽然我不是被她青睐之人，但我还是要主持公道，假如你不能改邪归正去维护她的名声，我以上帝的名义发誓，你将无法逃脱死亡的命运，我将亲手处理这个问题，因此你还是好好想想怎么做。"

西尔维奥听到这个严厉的判决后，跪在公爵面前，渴望得到宽恕，希望自己能有机会与朱丽娜女士单独谈话，承诺按照她的意愿满足她。

公爵说："好吧！我相信你的话，我希望你履行承诺，否则我在上帝面前发誓，我会让你成为全世界的榜样，让所有的人都为他们不尊重女士的行为而发抖。"

但现在朱丽娜对西尔维奥极为怨恨，经过多人劝慰，才说服她和他谈谈；她想想自己的处境，也想听听他能说出什么借口。西尔维奥开始用可怜的声音说了以下的话：

"夫人，我不知道我可以向谁投诉，是你还是我自己，或者说是命运，因为它把我们俩带到了巨大的困境中。我看到你被辜负，而我却被谴责得一无是处；你要忍受口出狂言的折磨，而我更害怕失去我最渴望的东西；尽管我可以提出许多理由来证明我的说法是正确的，但我还是把我自己交给你的经验和你的智慧来判断。"女扮男装的西尔维奥解开衣服，给朱丽娜看他的乳房，说道："夫人，你看，这就是你说的孩子父亲。你看，我是一个女人，我爱上了那个爱你却被你轻而易举地甩掉的公爵，我抛弃了我的父亲，放弃了我的领地，以你所看到的方式成为一个公爵仆人，我只有看到他，内心才能宽慰。现在，夫人，如果我的激情不是那么强烈，我的痛苦不是那么无可比拟的话，我希望我的痛苦可以得到补偿，我的痛苦可以得到回报；但我的爱是纯洁的，我的爱是持续的，我的痛苦是无穷的，我相信夫人，你不仅会原谅我的罪行，还会同情我的痛苦，我保证，如果我有幸活下来，我仍然会保守秘密。"

朱丽娜现在觉得自己的情况比以前更糟糕了，因为她现在不知道该找谁做她孩子的父亲。她把西尔维奥对她说的话一五一十地告诉公爵后，带着巨大的痛苦和悲伤躲进了自己的房子，她打算再也不从自己的房子里活着出来，避免成为世人猎奇和嘲笑的对象。

公爵听到有关西尔维奥的这番陈述，又惊又喜，来到女扮男装的西尔维奥面前，仔细观察后，发现她确实是庞图斯公爵的女儿西拉，于是把她抱在怀里说：

"哦，真是英勇啊，赞美你因爱而灌注的勇气！原谅我，我请求你原谅我对你的所有无礼行为，希望你不要再记起以前的波折，接受我，我会更快乐、更慷慨地满足你，整个世界都会为我们欢呼，彼此可以找到心爱的情人。我们在宫廷的美味佳肴和宴会中滋养情感，伴随着许多优雅和高贵的女士，生活在幸福中，在最快乐的时候，我们会大胆地冒险，既不害怕不幸，也不会承受痛苦。哦，从来没有听说过的自由！哦，永远值得更多回报的事实！哦，最纯洁和不朽的真爱！"

他派了能工巧匠，为她准备了几套华丽的服装，并安排了结婚仪式，整个君士坦丁堡市都在热烈庆祝，每个人都为公爵的贵族身份感到骄傲；很多人看到西拉的卓绝倩影后，赞美她艳压群芳。

这件事听起来是如此的传奇，以至于这个故事传遍了希腊的所有地区，西尔维奥被惊到了，如前所述，他曾在那些地区探寻妹妹的下落。现在他是世界上最高兴的人，连忙去了君士坦丁堡，他来到妹妹身边，受到了高规格的接待，并得到了公爵的认可。他在那里待了两三天后，公爵向西尔维奥讲了他妹妹和朱丽娜女士之间发生的全部故事，以及他妹妹是如何因一个有孩子的女人而受到了磨难。

西尔维奥听了这些话，非常懊悔，想改过自新让朱丽娜接受自己，他知道她是个高贵的姑娘，由于他的懦弱而被世人耻笑，因此他把情况告诉了公爵，公爵听了非常高兴，立即和西尔维奥来到朱丽娜的家里，发现她正在房间里悲痛哀伤。公爵对她说："鼓起勇气吧，夫人，因为这里有一个绅士，他不会拒绝做你孩子的父亲，也不会拒绝娶你为妻；他不是一个普通人，而是一个高贵的公爵的儿子和继承人，配得上你的出身和尊严。"朱丽娜听了西尔维奥的讲述，明白他是孩子的父亲，她高兴得不知是醒着还是在梦中。西尔维奥抱着她的胳膊，渴望她原谅过去的一切。他们缔结了婚约，各方都非常高兴和满意。就这样，西尔维奥得到了一位高贵的妻子，而他的妹妹西拉则得到了她所期望的丈夫，他们就像那些完美的幸福的人一样，愉快地度过了余生。

➤ 可能性来源 ◄

1.《受骗者》（1531）

锡耶纳的因特罗纳蒂学院1531年上演的喜剧《受骗者》，主要围绕一个姑娘莱莉娅通过女扮男装的方式应对包办婚姻，同时追求一个喜欢伊莎贝拉的小伙子弗拉米尼奥。她化名法比奥替弗拉米尼奥向其心上人求爱，却被伊莎贝拉爱上。幸得莱莉娅的孪生哥哥出现，娶了伊莎贝拉；莱莉娅也感动了弗拉米尼奥，二人终成眷属。该剧同《第十二夜》的关联主要是通过女扮男装处理情感纠葛，保留孪生兄妹的情节使故事富有喜剧性。

─┤ 剧中人物 ├─

喜剧朗诵者

盖拉尔多	一位老人
维尔吉尼奥	一位老人
克莱门齐娅	莱莉娅的奶妈
莱莉娅	一个少女，维尔吉尼奥的女儿
斯佩拉	盖拉尔多的仆人
斯卡蒂扎	维尔吉尼奥的仆人
弗拉米尼奥	一个年轻的恋人
帕斯奎拉	盖拉尔多的女仆
伊莎贝拉	一个少女，盖拉尔多的女儿
吉利奥	一个西班牙人
克里韦洛	弗拉米尼奥的仆人

皮耶罗	一个书呆子（学究）
法布里齐奥	一个年轻人，维尔吉尼奥的儿子
斯特拉瓜尔西亚	学究的仆人
阿吉阿托	旅馆的主人
弗鲁拉	旅馆的主人
范邱莉娜	莱莉娅奶妈的女儿

第一幕

┤ 第一场 ├

[两位老人：盖拉尔多和维尔吉尼奥]

盖拉尔多　现在，维尔吉尼奥，如果你愿意，那就尽快安排这桩幸福的婚事，一劳永逸地把我从这错综复杂的迷宫中解放出来——我不知道这是多么愚蠢。然而还是有一些事情在拖你后腿，不管是没钱买衣服，或者无法置办家当，或者没钱举办婚礼。因为我非常清楚，你把所有的东西都丢在了陷落的罗马城。坦白地告诉我，我会提供一切。为了满足我的这个愿望，即使要多花十个斯库迪①，但是如果能提前一个月完成这件事，我也不觉得麻烦，因为上帝保佑我知道怎么去获取金钱，你知道我们两个都是青春不再，正值盛年或者更老；一个人越深思熟虑，越浪费时间。维尔吉尼奥，你不要奇怪我对你如此强求，因为我向你保证，自从我陷入这场浪漫的幻想之后，我就没怎么睡过安稳觉。为了证明这句的正确性，请想一想我今天早上起得有多早。在来找你之前，为了不打扰你，我去大教堂听了第一场弥撒。如果你碰巧改变了主意，认为你女儿的年龄和我的年龄（已经四十多岁，甚至更老）不相称，就直截了当地告诉我，我要采取措施，把我的心思转移到别处，这样你就能把我和你自己从烦恼中解脱出来，因为你知道一直有人追求我想和我结合在一起。

维尔吉尼奥　无论是您说的这些还是其他任何考虑都不能阻止我，盖拉尔多，如果我有能力让我的女儿今天嫁给你，我不该犹豫。的确，我所有的财产几乎都在那场灾难中消失了，我心爱的儿子法布里齐奥跟着消失了。但是，感谢上帝，我还有足够的遗产，可以为我女儿买嫁衣、满足婚礼所需，而不给我的朋友们增加负担。不要以为我会背弃我所许下的诺言，当然，姑娘自己要同意才行。因为你知道商人们违背自己的诺言是不好的。

盖拉尔多　维尔吉尼奥，现在世风日下，商人之间常在言语上约定，却不在行为上践行。我真的不认为你是那种不守信用的人；然而，看着自己一天一天没完没了地

---

① 19世纪以前的意大利银币单位。

被人牵着鼻子走，我不禁心生疑虑。我并不是看不起你，只要你愿意，你可以让你的女儿服从你的意志。

维尔吉尼奥　我必须告诉你，我不得不去博洛尼亚检查一些商品，与梅塞尔·波拿巴·吉斯利里和卡西欧骑士同行。因为我是一个鳏夫，住在乡下的房子里，我不想把我的女儿交给女仆们照管，所以我把她送到圣克里森齐奥修道院，交给她的姑母阿玛比尔修女。她现在就在那儿，你知道我昨天晚上才回来。我已经派人叫她回家。

盖拉尔多　你确定她在修道院而不是别的地方吗？

维尔吉尼奥　我确定吗？你觉得她还在哪儿？你是在暗示我什么吗？

盖拉尔多　我告诉你吧，我已经因公去过那里好几次了。我打听过她的情况，但是我从来没有见她，有些修女告诉我她不在那儿。

维尔吉尼奥　那是因为那些善良的修女们想让她当修女，在我死后继承我仅有的遗产。但她们不会成功的，因为我还没那么老；我可以再娶一个老婆，再生两个孩子。

盖拉尔多　老了？我向你保证我的腿脚像我 25 岁的时候一样矫健，尤其是在早晨上厕所前。虽然我有白胡子，手脚却像托斯卡纳诗人一样青春依旧，剑在大腿、匕首背后、头戴丝绸帽子。除了跑得比我快，我相信没有一个无须小伙可以击败我。

维尔吉尼奥　你的精神真好，我不知道你的肉体有多坚强。

盖拉尔多　你可以去问问莱莉娅，她曾跟我睡过一晚。

维尔吉尼奥　看在上帝的份上，我求你克制一点。她还是一个小姑娘，而且一开始就这么凶也不好。

盖拉尔多　她多大了？

维尔吉尼奥　罗马大劫，我和她做了西班牙匪兵的俘虏，那时她只有十三岁。

盖拉尔多　那正是我所需要的。增一岁或减一岁都不合我意。我有最好的衣服、装饰品、项链，我是摩德纳最擅长打扮女人的男人。

维尔吉尼奥　那就这样吧，我相信你和她会相处得很好的。

盖拉尔多　抓紧时间哦。

维尔吉尼奥　关于嫁妆，我们的约定仍然有效。

盖拉尔多　你相信我会改变吗？再见。

维尔吉尼奥　日安。[盖拉尔多下] 莱莉娅的奶妈来了，正好让她去接莱莉娅。

┤ 第二场 ├

[奶妈克莱门齐娅和老人维尔吉尼奥]

[克莱门齐娅上场，自言自语]

克莱门齐娅　我不知道这预示着什么，今天早上，所有的母鸡都咯咯地叫，好像它们想扰乱我的房子，或者让我卖鸡蛋发财似的。今天我会遇到一些奇怪的事情。上天从来不会制造这种混乱，除非我听到或者是经历一些不愉快的事情。

维尔吉尼奥 那个女人一定是在和天使说话，或者就是给圣方济各的波特神父祈祷。

克莱门齐娅 还有一件事我不明白，虽然我的神父告诉我，思考这些乱七八糟的事情或把我的命运寄托在预兆上是错误的……

维尔吉尼奥 你在干什么，这样自言自语？第十二夜已经过去了。

克莱门齐娅 哦，早上好，维尔吉尼奥，上帝保佑，我在路上等着接你好一会儿了。不过你起得很早，欢迎你。

维尔吉尼奥 你在嘟囔什么？想着像往常一样从我身上弄点粮食、几斗油或一块猪油出来？

克莱门齐娅 是的，他施与的时候是何等慷慨！为他的儿女预备粮食！

维尔吉尼奥 你刚才说什么？

克莱门齐娅 我只是不知道这意味着什么，我那丢失了两周的小猫今晨又出现了，还在我那黑暗的衣橱里捉到一只老鼠，闹腾的时候打翻了一瓶甜白葡萄酒，那是圣方济各的牧师因为我给他做点心而送给我的。

维尔吉尼奥 这是婚礼的标志，但你想让我给另一个解释，是吗？

克莱门齐娅 是的。

维尔吉尼奥 现在你知道了，我是一个很会看预兆的人！那么现在我想问问你从小看到大的莱莉娅这个孩子怎么样了？

克莱门齐娅 唉，可怜的姑娘！唉！她要是不出生就好了！

维尔吉尼奥 为什么这么说呢？

克莱门齐娅 为什么？还不是盖拉尔多·福亚尼到处说她是他的妻子，一切都安排好了？

维尔吉尼奥 他说的是真的，她会同一个有钱人住在舒适的房子，有充足的物资供应且没有其他人打扰，不必像狗和猫打架一样乱糟糟地与一个婆母、儿媳或弟媳交往，他会待她如少女。

克莱门齐娅 这就是一个缺点，年轻人喜欢对方把她当成妻子，而不是孩子；她们喜欢被推倒、撕咬，像面包一样被反复烘烤，而不是被当作孩子。

维尔吉尼奥 你以为所有的女人都和你一样？你我之间彼此很了解，但事实并非如此。盖拉尔多会像对待妻子一样对待她。

克莱门齐娅 他已年过半百，怎么能这样呢？

维尔吉尼奥 跟这有什么关系，我跟你差不多大，你知道我是个好骑术师。

克莱门齐娅 哎呀！像你这样的男人真不多。如果你真的想让她嫁给他，我会先掐死她。

维尔吉尼奥 克莱门齐娅，我失去了我的一切，现在我必须在这种情况下尽我所能去生活。如果有一天法布里齐奥被找到了，而我把所有的东西都给了她，那么我的儿子就会饿死。我要把她嫁给盖拉尔多，条件是如果四年之内找不到法布里齐奥，她的嫁妆要一千弗罗林①，如果我儿子回来了，她嫁妆只有二百弗罗林。剩下的，盖拉尔多补偿她。

克莱门齐娅　可怜的小东西，我知道，如果你按我说的做……

维尔吉尼奥　你说的什么？你上次见她有多久了？

克莱门齐娅　两个多星期了，今天我打算去看她。

维尔吉尼奥　我相信那些修女们想把她培养成一个修女，估计她们像往常一样给她灌输了一些奇思妙想，你去告诉她我要求她回家。

克莱门齐娅　你是说真的吗？请借我两先令买一车木头，因为我家里连牙签那么大点的木头都没有了。

维尔吉尼奥　愿魔鬼把你带走。够了，你去找她，我买给你。

克莱门齐娅　我得先去做弥撒。[二人下]

┤ 第三场 ├

[莱莉娅装扮成一个青年男子，自称法比奥；奶妈克莱门齐娅]

莱莉娅　一想到摩德纳那些年轻人是如此野蛮放肆，我就觉得自己这么早就到街上实在是冒失。噢！要是有一个年轻的流氓抓住我，强行把我拖进一所房子里，想弄清楚我是男是女，那该多可怕啊！谁让我这么早就出门呢！但这一切的起因是我对那个忘恩负义、残忍的弗拉米尼奥的爱。我命运多舛啊！我爱的人恨我，他常藐视我，而我要服侍那不认识我的人。更糟的是，我还得帮助他爱上另一个人，如果这件事被人知道了肯定没有人会相信。这一切都是毫无希望的，唯一的慰藉是我可以整天都看到他。到目前为止，一切都很顺利，但是从现在起该做什么呢？我该走哪条路？我的父亲回来了，弗拉米尼奥来城里住了，我待在这儿会被认出来。如果我被认出来，我将永远受到指责，成为全城的笑柄。所以我一大早就出来请教我的奶妈，我从窗口看到她从这边走来，我要和她一起决定采取什么行动为好，但我想先看看我这身打扮她能不能认出我。

[克莱门齐娅上]

克莱门齐娅　弗拉米尼奥一定已经回到摩德纳了，我看到他家的大门敞开。如果莱莉娅知道了这件事，肯定巴不得马上回到父亲家里。但这个老在我面前晃来晃去的

---

① 货币单位。

纨绔子弟是谁？你为什么要挡我的路？你为什么不从我面前消失？你为什么围着我转？你找我干什么，如果你知道我对你这种人的看法……

莱莉娅　早上好，斯宾迪克·查特妈妈。

克莱门齐娅　滚开！的确是美好的早晨！那你给了谁一个美好的夜晚？

莱莉娅　如果我给了别人一个美好的夜晚，我也会给你一个美好的夜晚。

克莱门齐娅　或者打破我的头，我知道这就是你要对我做的。

莱莉娅　你是要去圣方济各的门房那儿等人？还是要去见神父？

克莱门齐娅　瘟杀的！我做什么要去哪里和你有什么关系？什么门房？什么神父？

莱莉娅　别生气了，妈妈。

克莱门齐娅　我肯定认识这小子，但我不知道在哪儿见过，又好像经常见。告诉我，孩子，我们在哪里见过？你干嘛打听我的事？把那顶帽子从脸上抬起来一点。

莱莉娅　所以你是假装不认识我？

克莱门齐娅　你装扮得如此严密，不但我，恐怕任何人都不能认出你。

莱莉娅　过来一点。

克莱门齐娅　干什么？

莱莉娅　靠近一点，现在你知道我是谁了吗？

克莱门齐娅　莱莉娅！真是你吗？我的个乖乖！我真是老糊涂了！是的，你是莱莉娅，亲爱的！亲爱的，你打扮成这样做什么？

莱莉娅　你喊得像个疯女人似的。你要是再喊的话我就走了。

克莱门齐娅　羞愧啊，你从修女变成了凡俗世界的女人了？

莱莉娅　是啊，我是一个凡俗的女人。有多少女人能超脱凡俗？据我所知，我从来不能。

克莱门齐娅　来吧，你还是处女吗？

莱莉娅　白璧无瑕，据我所知，起码在摩德纳是的；至于其余的事，你应该问问在罗马因禁我的那些西班牙人。

克莱门齐娅　所以你就是这样回报你父亲、你家、你自己和把你养大的我的！我真想扭断你的脖子！直接回家去！绝对不能让人看见你穿成这样。

莱莉娅　请有点耐心。

克莱门齐娅　被人看见你不觉得羞耻吗？

莱莉娅　好像我是第一个似的！我在罗马见过成百上千的人穿这样的衣服，在摩德纳，每天晚上一定也有许多人都是这样打扮。

克莱门齐娅　那些都是下流的女人。

莱莉娅　那么多下流女人中就不能有一个好姑娘？

克莱门齐娅　告诉我你为什么要这样做？为什么你离开了修道院？如果你父亲知道了，他会杀了你的，你这可怜虫。

莱莉娅 死了一了百了也好。你觉得我会留恋这人生吗？

克莱门齐娅 你为什么要这样，告诉我。

莱莉娅 只要你肯听，我就告诉你，然后你就明白我是多么不幸，我为什么要穿成这样离开修道院，我想要你为我做什么事。但是请再往这边走一点，这样如果有人经过，他就不会认出我来了。

克莱门齐娅 你折磨死我了！快告诉我，我快被你急死了。

莱莉娅 你知道，在罗马的不幸劫难中，我父亲失去了一切，包括我的兄弟法布里齐奥，他不想独居在家，就把我从他安排给我的侯爵夫人身边带走了。出于躲避不幸的需要，我们回到了摩德纳的家，靠仅剩的一点财物在这里生活。你也知道，因为我父亲是圭多·兰戈内伯爵的朋友，所以他不受某些人的喜欢。

克莱门齐娅 为什么你要告诉我这些我比你更清楚的事？我还知道，因为这件事，你去了你在丰塔尼的庄园，我和你一起去了。

莱莉娅 没错！你也知道我当时有多艰难。我不仅远离了所有的爱情思想，而且远离任何人道的思想。我相信，自从我陷入士兵们手里以后，每个人都对我指指点点，我不可能平静安详地生活，不可能不被人声讨责骂。你还记得多少次你骂我，试图让我过更幸福的生活。

克莱门齐娅 你明知道我记得，干嘛还跟我啰嗦这些？说点别的吧。

莱莉娅 因为，如果我不提醒你，你就不会理解以下内容。在那些日子里，弗拉米尼奥·奥卡兰迪尼是我们政党的一员，也是我父亲的一位亲密的朋友，他每天都来我家，有时他会偷偷地看我一眼，然后垂下眼睛。后来，我渐渐对他的态度、谈吐和处事方式感到越来越满意，虽然我还没有想到爱情。他经常来看我，不时长吁短叹，充满情意地注视我，我开始觉得他对我有点意思，虽然我从来不懂爱，但是我认为他值得我把心思放在他身上，我才燃起了强烈的欲望，除了见到他，我别无他欢。

克莱门齐娅 这一切我都很清楚。

莱莉娅 你也知道，当士兵们离开罗马时，父亲想回去，看看我们有没有东西留存下来，但更想打听我哥哥的消息。为了不让我一个人待着，他让我在米兰多拉跟乔万娜姨妈住在一起，直到他回来。你看得出来，我是多么不情愿地离开了我的弗拉米尼奥，我经常流泪！我在米兰多拉住了一年，父亲回来后，我回到摩德纳，比以前更爱他了。他是我的初恋，使我非常高兴，我觉得，现在他也会像以前那样爱我。

克莱门齐娅 愚蠢的小东西，有多少个摩德纳人能爱一个女人一整年？这个月他们爱一个，下个月再爱另一个。

莱莉娅 我发现他几乎不记得我，就好像他从来没有见过我。更糟的是，他一心只想赢得伊莎贝拉的爱，她是盖拉尔多·福亚尼的女儿，她不仅长得很漂亮，而且是她父亲的唯一继承人，如果这个老疯子不娶妻生子的话。

克莱门齐娅 盖拉尔多相信他会拥有你，并宣称你的父亲答应把你嫁给他。可是你跟我说的那些话，跟你离开修道院，穿得像个男人似的走来走去，一点儿关系也没有。

莱莉娅 如果你愿意听我解释，你会明白很多事与之息息相关。先回答你刚才说的话，他不会得到我的。我父亲从罗马回来后，骑马去博洛尼亚处理财务问题，而我又不想回米兰多拉，他就把我安置在圣克里森齐奥的修道院，由一个亲戚阿玛比尔修女照管，直到他回来。他以为自己很快就会回来。

克莱门齐娅 这些我都知道。

莱莉娅 我待在那里，什么也没听到，只听到可敬的嬷嬷们关于爱的对话，在她们鼓励下，我大胆地向阿玛比尔修女吐露了我的爱情故事。她同情我，还经常让弗拉米尼奥来谈话，以便我可以躲在帷幔后面大饱耳福，这是我最热切的事。有一天，他一个侍从死了，他非常伤心。他说了很多关于这个忠实仆人的话。还说，如果他发现一个像他一样的人，他会非常高兴，会把他常常带在身边。

克莱门齐娅 唉，恐怕这个男孩会让我的生活变得悲惨。

莱莉娅 突然，我脑海里闪过一个念头，我是否可以成为那个幸运的男孩，因为弗拉米尼奥不会在摩德纳永久居住，看看我是否能成为他的仆人。他一走，我就和阿玛比尔修女讨论了这个问题。

克莱门齐娅 我不是说过这个男孩……我真不开心！

莱莉娅 她安慰我，指导我如何做，还给了我她最近做的衣服，这本是便于她乔装打扮后出门穿的。于是，一天早晨，我穿着这套衣服从修道院走出来，修道院就在城外，很方便。我去了弗拉米尼奥住的那栋豪宅——离女修道院不远。我在附近等他出来，感谢我的好运气，弗拉米尼奥的目光立刻落到了我身上，他彬彬有礼地问我是否需要什么东西，从哪里来，有何贵干。

克莱门齐娅 你是不是差点羞愧死？

莱莉娅 在爱的庇护下，我坦率地回答说我是一个罗马人，贫穷难耐，想要找点赚钱的门路。他把我从头到脚仔细打量了一番，我怕他会认出我来。然后他说，如果我愿意为他工作，他就会雇用我，像个绅士一样待我。我回答说，愿意。

克莱门齐娅 听到这些，我真为人生感到绝望。你觉得干这种疯狂的事有什么用？

莱莉娅 什么用？你认为一个恋爱中的女人会不高兴看到她心爱的人，不高兴跟他说话？触摸他，听他的秘密，观察他的习惯，讨论他的事情？至少要确定如果自己没有得到他，其他人也别想得到？

克莱门齐娅 你是疯了才会有这种想法！如果你不确定通过做这一切能取悦你爱人，那不是火上浇油吗？你在哪些方面侍奉他？

莱莉娅　在餐桌上，在他的房间里。这两个星期里，我一直伺候他，他非常喜欢。如果我是以真实身份跟他相处，他也这么喜欢我，我该多么开心啊！

克莱门齐娅　现在告诉我，你在哪里睡觉？

莱莉娅　独自一人，在他的前厅里。

克莱门齐娅　如果有一天晚上，他禁不住那被咒诅的诱惑，叫你跟他同床共枕，你会怎么做？

莱莉娅　我不想在邪恶来临之前就想到邪恶。我应该仔细考虑一下再决定怎么做。

克莱门齐娅　要是这事被人知道了，人们会怎么说，你这个淘气鬼？

莱莉娅　如果你不说谁会说呢？现在我要你做的是，我父亲昨晚回家了，他会派人来找我，我希望你从中周旋，让他四五天不派人来；或者让他以为我已经同阿玛比尔修女到罗韦里诺去了，四五天以后才回来。

克莱门齐娅　为什么要这样？

莱莉娅　我告诉你，我已经给你讲过，弗拉米尼奥迷恋着伊莎贝拉·福亚尼，经常派我送信。她相信我是个男人，并且已经热烈地爱上了我。她给了我你能想象到的最温暖的爱抚，我装作不能爱她，直到她让弗拉米尼奥放弃追求她。事情已经进行到了紧要关头，而且我相信三天之内就能搞定，他就会放弃追求伊莎贝拉。

克莱门齐娅　你父亲已经叫我来找你了。我命令你到我家来，我派人给你拿合适的衣服，我不想你被人看见穿成这样，否则我就把一切都告诉你父亲。

莱莉娅　你要是强迫我去某个地方，那么你和他就再也不会见到我。请照我的意思做。我没时间把一切都告诉你了，因为我听到弗拉米尼奥在叫我。在你家等我，我会去找你的。请注意，你要跟我说话时，请叫我法比奥·德格里·阿尔贝里尼，因为这就是我现在的名字。你要确保不会喊错。再见。[退场]

克莱门齐娅　她肯定看见盖拉尔多往这边来了，所以她逃走了。现在我该怎么办？这种事不能告诉她父亲，但我不能让她留在这里。在我没有和她再谈之前，我什么也不会说出来。

┤ 第四场 ├─

［盖拉尔多老人、盖拉尔多的仆人斯佩拉、奶妈克莱门齐娅］

［盖拉尔多和斯佩拉进场］

盖拉尔多　如果维尔吉尼奥履行了他的承诺，那这是摩德纳人期待的最美好的时光。你怎么看，斯佩拉，我做得不好吗？

斯佩拉　我想你应该多帮助你的侄子——我，我很需要你的帮助啊，况且我长期为你服务，连一双鞋子都没有要求过。我怕这位太太会毁了你，或者你会宠坏她。这点我很清楚。

盖拉尔多　我会给她一个丈夫应有的照顾。

斯佩拉　我相信，但另一个人会给她钱，你只会付给她三五分的零钱。

盖拉尔多　这是她的奶妈，快去，因为我要巧妙地去查访一下莱莉娅的事。

[克莱门齐娅登场]

克莱门齐娅　照顾好妻子，如同照顾一朵娇艳的百合花。我以为我可怜的小姑娘在这个气喘吁吁的老头手里会过得很好！我宁愿勒死她也不愿看到她被交给一个迂腐、守旧、放肆、酸臭、哭哭啼啼的家伙！但我还是要给他点儿盼头，让我跟他搭讪。上帝赐予你美好的一天，盖拉尔多，你今天早上看起来像个小天使。

盖拉尔多　愿他给你十万金币，甚至更多。

斯佩拉　那更适合我。

盖拉尔多　斯佩拉，如果我是这位女士，我会多么高兴啊！

斯佩拉　为什么？因为你找过很多丈夫，然而现在却想努力做一个妻子？或是有什么其他的缘故？

克莱门齐娅　我有过几个丈夫？斯佩拉，上帝给你降下蝇灾吧！你羡慕没有成为他们中的一员吗？

斯佩拉　是的，的确如此。因为快乐总是美好的。

盖拉尔多　安静，野蛮人，我不是因为那个原因说的。

斯佩拉　那你为什么那么说？

盖拉尔多　因为我本应常常拥抱、亲吻我的心肝，把她抱在怀里。我的甜心莱莉娅，她是我的糖、我的珍宝、我的奶酪、我的玫瑰，我不知道该说什么。

斯佩拉　嗯！嗯！主人，我们赶快回家吧。

盖拉尔多　为什么？

斯佩拉　你发烧了，待在这种空气里对你有害。

盖拉尔多　胡扯！什么发烧？我感觉很好。

斯佩拉　我说你发烧了，我知道，你烧得很厉害。

盖拉尔多　我知道我感觉很好。

斯佩拉　头部不痛吗？

盖拉尔多　不疼。

斯佩拉　让我摸一下你的体温。你觉得肚子疼吗？你觉得脑门滚烫吗？

盖拉尔多　野兽，你想把我变成卡兰德里诺？我说我没有任何毛病，除了想念我的莱莉娅，我可爱而娇嫩的莱莉娅。

斯佩拉　我知道你发烧而且病得很重。

盖拉尔多　什么意思？

斯佩拉　你难道没意识到你已经不开心了？胡言乱语，不知道你在说什么吗？

盖拉尔多　爱的缘故，不是吗，克莱门齐娅？爱能战胜一切。

斯佩拉　爱。哈！哈！那是个不错的那不勒斯谚语。没有更多可说的了。

　　　　[斯佩拉退场偷听二人谈话]

盖拉尔多　那个残忍的小叛徒——你从小看到大的女子。

斯佩拉　这不是发烧，而是精神崩溃，唉，我该怎么办？

盖拉尔多　克莱门齐娅，我想拥抱你、吻你。

斯佩拉　我说过我们需要绳子。

克莱门齐娅　把这家伙看管好，好吗？我可不想被老男人亲吻。

盖拉尔多　你觉得我老了吗？

斯佩拉　你怎么看？我主人的眼睛还没从他的嘴里掉出来，我指的是他的牙齿。

克莱门齐娅　我看你并不像人们想象的那么老。

盖拉尔多　你要这样对莱莉娅说，瞧这里，要是你把我放在她心中恰当位置，我送你
　　　　一条项链。

斯佩拉　你要给我什么？

克莱门齐娅　如果你像喜欢莱莉娅一样喜欢费拉拉公爵，那该多好啊！她真的很喜欢
　　　　你，如果你也这样看她，你就不会让她这样焦虑不安，也不会剥夺她的全部幸福。

盖拉尔多　夺走她的幸福？我想给予她幸福，而不是夺走。

克莱门齐娅　那你为什么在过去的一年里一直拿不定主意要不要她？

盖拉尔多　什么，莱莉娅认为是我的错？为什么，我每天问她父亲；这是我最大的愿
　　　　望，我每天都想娶她，如果我不想娶她，就把我放进我的棺材里吧。

克莱门齐娅　这个倒很快就能实现。我跟你说实话，你知道吗，她想看到你穿得跟现
　　　　在不一样。你这样的衣着看起来就像一只愚蠢的绵羊。

盖拉尔多　为什么是羊？我冒犯她了吗？

克莱门齐娅　没有，但你总是裹着皮衣到处走。

斯佩拉　如果他让自己为爱而被欺骗，或者光着身子在镇上跑来跑去，那是多么壮观
　　　　的行为。

盖拉尔多　我拥有摩德纳最好的东西。我很感激你告诉这些。从现在开始你会看到我
　　　　穿得不一样。但在哪儿能见到她？她什么时候从修道院回来？

克莱门齐娅　在巴佐瓦拉门口，我正要去接她。

盖拉尔多　你不让我跟你一起去吗？这样我们就可以在路上聊天了。

克莱门齐娅 不，不，人们看见了会怎么说。

盖拉尔多 啊，我会在狂喜中死去！

斯佩拉 我都快撑不住了！

盖拉尔多 啊，祝你快乐！

斯佩拉 你真的疯了！

盖拉尔多 啊，快乐的奶妈！

斯佩拉 啊，或许更糟！

盖拉尔多 啊，胸脯如此甜蜜和温柔！

斯佩拉 啊，满脑浆糊！

盖拉尔多 啊，快乐的克莱门齐娅！

斯佩拉 在你身后踢一脚！

盖拉尔多 再见了，克莱门齐娅，走吧，斯佩拉，我得去打扮自己喽。我决定换一套衣服来适配我的新娘。

斯佩拉 那对你来说更糟。

盖拉尔多 为什么？

斯佩拉 因为你已经开始照她的方式做事了，她要穿马裤。

盖拉尔多 去马可的香水店给我买一盒果子狸香水。我打算从此开始恋爱。

斯佩拉 钱呢？

盖拉尔多 这是一先令，马上去，我自己回家。

[退场]

—| 第五场 |—

[盖拉尔多的仆人斯佩拉、维尔吉尼奥的仆人斯卡蒂扎]

斯佩拉 如果有人想把世界上所有的蠢事放在一个袋子里，他只要把我的主人放进袋子里就可以了。自从他沉浸在这疯狂的爱情中后就更是如此，他剃光头还梳头发，像个女人一样走路装腔作势。他晚上出去参加剑客聚会，整天用呼哧呼哧、沙哑的嗓子说话。现在更糟的是，他全身心想成为一个硬汉。但愿他能真的实现！十四行诗、异想天开、斯特兰伯蒂、唯物论，他还有一大堆其他滑稽的幻想。这些东西不仅足以使狗们大笑，连驴子也大笑起来。现在他想在身上喷点果子狸香水。天啊！肾上腺让我们发疯！这不是斯卡蒂扎嘛，他从修道院回来啦！

[斯卡蒂扎进场]

斯卡蒂扎 （自言自语）我可以告诉你，让奶妈照顾女儿的父亲必须像好男人巴托洛

185

梅奥①那样过日子。也许他们真的相信，女孩们能在十字架下度过一生，为那些把灵魂放在那里的人祈祷。他们确实向上帝或魔鬼祷告，但他们的愿望是扭断放她们进修道院的人的脖子。

斯佩拉　这是怎么回事？

斯卡蒂扎　我一敲锣，大厅里就立刻挤满了姐妹们，都像天使一样美丽。我就打听莱莉娅。有些人就笑了，还有些甚至大笑，他们拿我的外表开玩笑，好像我是一个无害的白痴。

斯佩拉　好久不见，斯卡蒂扎，你从哪里来？你有糖果吗？给我一些。

斯卡蒂扎　瘟疫带走了你和那个疯子——你的主人！

斯佩拉　别管我，你呢？你去哪儿了？

斯卡蒂扎　和圣克里森齐奥的修女们在一起。

斯佩拉　很好，莱莉娅有什么消息？她回家了吗？

斯卡蒂扎　刽子手送你上路！那个疯子是你的主人吗？

斯佩拉　为什么不是呢？她不想要他吗？

斯卡蒂扎　应该说不想，你觉得她适合做他妻子？

斯佩拉　当然，她很合适，但她说了什么？

斯卡蒂扎　她什么都没说，因为我根本没能看到她，她还能说什么呢？当我去找她的时候，那些粗野修女想把我引上花园的小径。

斯佩拉　她们想要的不止这些，她们想要上帝的花园，而且急迫！你显然不了解她们。

斯卡蒂扎　我比你更了解她们，愿她们遭瘟疫。她们一个问我是不是不舒服；另一个问我愿不愿意娶她为妻；一个说她在宿舍里洗澡，她在擦干自己的身体；另一个说她在修道院里受到惩罚。又有一个说，告诉我你父亲有没有儿子？当我意识到她们在戏弄我，不想让我找莱莉娅时，我说了些下流的话作为回应。

斯佩拉　你在那里的时间太短了。你应该进去，坚持要找她。

斯卡蒂扎　她们简直就像复仇女神！一个人进去？你进去，你进去。你想把我阉割啊！马雷玛地区没有一匹种马能独抵抗她们的诡计——修女的行为！但是我不能再待在这里了，我必须向我的主人报告。

斯佩拉　我还得给我的疯子老板买果子狸香水。

　　[退场]

———————————

① 巴托洛梅奥是中世纪时期意大利的一名雇佣兵，以忠诚服务雇主闻名。

第二幕

| 第一场 |

[莱莉娅身着男装化名法比奥、恋爱中的男人弗拉米尼奥]

[弗拉米尼奥和莱莉娅进场]

弗拉米尼奥　真奇怪，法比奥，直到现在我还没能从那个残酷无情的伊莎贝拉那里得到一个善意的回答。但我不相信她会完全恨我，因为她总是愿意接见你，亲切地接待你。我从来没有做过令她不高兴的事。也许你能从她的谈话中知道她不喜欢我什么。法比奥，请再跟我说一遍，你昨天带着那封信去的时候她对你说的话。

莱莉娅　我已经跟你说了二十遍了。

弗拉米尼奥　请再跟我说一遍，多说几遍对你也没什么影响？

莱莉娅　当然有影响，我知道这会使你不快乐，也让我和你一样烦恼。作为你的仆人，我不应该做任何让你不高兴的事情，也许她的这些回答会让你对我有不好的看法。

弗拉米尼奥　别这样想，法比奥，我爱你就像爱兄弟一样。我知道你希望我好，你可以相信我永远不会让你失望——时间会证明一切。她说了什么？

莱莉娅　你能给她的最大快乐就是让她自己好好待着。你不要再想她了，因为她已经把心交给了别人，她不想看见你。你追求她是在浪费时间和精力，最终只会两手空空。

弗拉米尼奥　你认为她说这些话是发自内心的吗？还是仅仅因为她生我的气？过去一段时间，她时常偏爱我，而我却无法相信她讨厌我，却接受我的信件和留言。我打算向她求爱，直到我死，看看会有什么结果。你不同意吗？法比奥。

莱莉娅　不同意，先生。

弗拉米尼奥　为什么不呢？

莱莉娅　因为，如果我是你，我会希望她感谢我对她的爱慕。像你这样一个高贵、贤德、英俊的男人，会缺少女人吗？听我的劝告，主人，离开她，去找一个爱你的女人。你慢慢地会找到这样一个女人。是的，也许她和伊莎贝拉一样漂亮。告诉我，这个城市里没有一个女人为你的爱而高兴过吗？

弗拉米尼奥　有的，其中一个叫莱莉娅。我常想对你说的那个人正是你的写照，是这座城市里最美丽、最多才多艺、最有礼貌的姑娘（希望有一天能让你看到）。如果我偶尔向她献殷勤，她会认为自己是幸福的。她有钱，在宫廷里待过，做了我将近一年的知心人，给了我许多恩惠。但后来她去了米兰多拉，命运使我爱上了伊莎贝拉，她对我的残忍程度不亚于莱莉娅的善良。

莱莉娅　主人，每一次不幸都是你自找的，因为如果你有一个你不欣赏的情人，别人也不会欣赏你，这才是合理的。

弗拉米尼奥 什么意思？

莱莉娅 如果那个可怜的小姐是你的初恋，而如果她还爱你，你为什么抛弃她去追求另一个？这样的罪上帝都不会原谅。弗拉米尼奥，你犯了一个天大的错误。

弗拉米尼奥 你还是个孩子，法比奥，还不明白爱的力量。我说我不得不爱这位小姐。除了她，我不能也不会去想别人。所以你回去同她谈话，设法从她口中探听她反对我的话，以及她为什么不肯见我。

莱莉娅 你将会浪费你的时间。

弗拉米尼奥 这样浪费时间是我的荣幸。

莱莉娅 你将一无所获。

弗拉米尼奥 耐心点、耐心点。

莱莉娅 我求你忘了她吧。

弗拉米尼奥 我不能。我祈祷回到她身边。

莱莉娅 我会去的，但……

弗拉米尼奥 快把她的答案带回来，我要去大教堂了。

莱莉娅 如果时机合适，我一定给你带信回来。

弗拉米尼奥 法比奥，快去吧，我不会亏待你的。

　　[弗拉米尼奥退场]

莱莉娅 他走得正是时候，因为帕斯奎拉在找我。

　　[帕斯奎拉进场]

┤ 第二场 ├

[帕斯奎拉（盖拉尔多的女仆）、莱莉娅身着男装化名法比奥]

帕斯奎拉 我相信没有比这更大的麻烦和烦恼了，我不愿伺候像我主人这样的一位小姐，一位恋爱中的年轻小姐，尤其是一位不需害怕母亲、姐妹或任何人的小姐，就像我的女主人。在过去的几天里，她陷入了狂热的爱情之中，日夜不得安宁。她激动得浑身发麻。她先是跑到凉廊上，然后又跑到窗边，一会儿在楼下，一会儿在楼上。她待在那儿就像脚上有水银似的坐立不安。天啊！我自己也年轻过，也做过一些傻事，但我会偶尔休息一下；至少我小心地挑选了一些有名望的人，他们知道什么东西可以治愈一个人的渴望。但她对一个年轻的傻瓜表现出了幼稚的爱情，我相信他几乎不知道如何系鞋带。她整天打发我出去找这位时髦男子，好像我在家里没有别的事可做似的。说老实话，他的主人相信他是在替主人求爱！现在他来了。你好！法比奥，我的魔法师，真幸运，我正想来找你。

莱莉娅　也祝你好运，帕斯奎拉，你的女主人怎么样？她找我干什么？

帕斯奎拉　你觉得她会怎么样？她在哭泣，让自己融化在泪水中，因为你今天早晨还没有去看她。

莱莉娅　哦，的确！她要我在破晓前过去吗？

帕斯奎拉　我猜她想让你整晚陪着她。

莱莉娅　我还有别的事情要做，我要服侍我的主人。帕斯奎拉，你懂我的意思吗？

帕斯奎拉　我知道你来这里，不会让你的主人不高兴。你和他同床共枕了吗？

莱莉娅　但愿上帝如此宠爱我；而不是让我处于当下处境。

帕斯奎拉　你不想和伊莎贝拉住在一起吗？

莱莉娅　不想。

帕斯奎拉　你没有说实话。

莱莉娅　但愿我没有！

帕斯奎拉　我们走吧，我的女主人要你立刻去见她，因为她父亲不在家，她想和你讨论一些重要的事情。

莱莉娅　告诉她如果她不摆脱弗拉米尼奥，就是在浪费她的时间，她知道我会毁了我自己。

帕斯奎拉　你亲自来告诉她。

莱莉娅　我还有别的事要做，你没听见吗？

帕斯奎拉　你不来？

莱莉娅　不去；你听不懂话吗？

帕斯奎拉　说真的，法比奥，你太骄傲了。我现在警告你：你太年轻，不知道什么是最适合你的。你的样貌不会永远存在。胡须会长满你的面颊，你不会永远容光焕发，嘴唇不会永远红润。你不会总是令所有人痴迷，然后你会知道你是多么愚蠢，你后悔时已经为时已晚。城中多少男人渴望能被伊莎贝拉多看一眼。但你看起来好像嘲笑她神圣的情愫，你真可耻。

莱莉娅　那她为什么不看看他们，让我这个不在乎她的人静一静。

帕斯奎拉　年轻人见识短，实乃真理！

莱莉娅　得了吧，帕斯奎拉，别再说教了，你的说教很糟糕。

帕斯奎拉　虚荣满溢的孩子，这些傲气会毁了你，但是来吧，亲爱的法比奥，我的天哪，快来吧。否则，她会再派我出去找你，不会相信我已传达了她的信息。

莱莉娅　你走吧，帕斯奎拉，我会来的，我只是开个玩笑。

帕斯奎拉　你什么时候来？我的活宝。

莱莉娅　很快。

帕斯奎拉　多快？

莱莉娅　马上就来。

帕斯奎拉　我在门口等你，好吗？

莱莉娅　很好。

帕斯奎拉　如果你不来，我真的会生气的。

　　　　[莱莉娅退场]

┤ 第三场 ├

　　　　[吉利奥(一个西班牙人)、帕斯奎拉]

　　　　[吉利奥全程讲西班牙语，他想接近伊莎贝拉，向帕斯奎拉寻求帮助，并许诺事成之后给她一个漂亮的念珠。帕斯奎拉决定戏耍他，叫他死心，就让他晚上再来]

┤ 第四场 ├

　　　　[弗拉米尼奥、克里韦洛(弗拉米尼奥的仆人)、斯卡蒂扎(维尔吉尼奥的仆人)]

　　　　[在等待法比奥从伊莎贝拉家回来的时候，弗拉米尼奥表现出了他对新听差的信任，其他仆人很不满]

弗拉米尼奥　相信我，我家里没有一个仆人像法比奥一样称职。上帝眷顾我，我应赏赐他所做的贡献！你在嘀咕什么？你说什么？傻瓜？是不是？

克里韦洛　你要我说什么？我说是的，法比奥很好。法比奥好极了，法比奥服务得好。法比奥和你，法比奥跟你的心上人，法比奥是一切，法比奥能做一切。但是……

弗拉米尼奥　你说"但是"是什么意思？

克里韦洛　也许并不总是好事。

弗拉米尼奥　说下去。

克里韦洛　你把所有事都托付给他，并不是一件好事。他是摩德纳的外来客，说不定哪天把你的东西都拐走了。

弗拉米尼奥　我希望其他人也像你这样值得信赖。

　　　　[他派克里韦洛去找法比奥，并催促他速回。克里韦洛和斯卡蒂扎走了]

┤ 第五场 ├

　　　　[斯佩拉(盖拉尔多的仆人)，独白]

斯佩拉　世界上还有比服侍一个疯主人更糟糕的事吗？盖拉尔多让我去买果子狸香

水。当我向香水商人要这瓶香水，并告诉他我只有一先令时，他立刻说我记错了我的购货任务，盖拉尔多一定是要买一盒止痒药。他当然需要，而且他从来不用麝香。为了使商人相信我，我把盖拉尔多的风流韵事告诉了他，他和在场的几个年轻人都放声大笑。然后他要我带一盒阿莎福蒂达酒来，于是我被人嘲笑，我就走了。现在，如果主人想要香水，他必须给我更多的现金。[退场]

—| 第六场 |—

[克里韦洛、斯卡蒂扎、男装莱莉娅、伊莎贝拉]
[克里韦洛、斯卡蒂扎上场]

克里韦洛　就是这样，如果你愿意来，我尽力帮找一个适合你的姑娘。

斯卡蒂扎　尽你最大的努力，我向你保证，如果你找到一个让我愉悦的姑娘，我们就能一起度过一段美好的时光。我有粮仓、酒窖、食品店和木屋的钥匙，我找个地方悄悄地拿点东西，我们可以过上贵族般的生活。这是唯一能从我们这样的主人那里套出东西来的办法。

克里韦洛　我跟你说，我会跟比塔说的，她会给你一个精致丰满的女孩。我们四个人能在一起庆祝这个狂欢节了。

斯卡蒂扎　但，这是最后一天了。

克里韦洛　那我们就一块过四旬斋，趁主人出去追逐女人时再享受。你看，盖拉尔多家的门开了。往这边退一退。

斯卡蒂扎　我们为什么要退一退？

克里韦洛　当然是出于尊重。

[莱莉娅和伊莎贝拉上场；其他人躲在她们身后]

莱莉娅　伊莎贝拉，别忘了你的承诺。

伊莎贝拉　别忘了来看我，还有——再多说一句。

克里韦洛　如果我真的是这个合理的身份，我想主人会原谅我的。

斯卡蒂扎　你会用你自己的钱吃顿大餐，对吧？

克里韦洛　你想怎么样？

莱莉娅　你还想说点什么？

伊莎贝拉　听着，就一小会儿。

莱莉娅　我在听。

伊莎贝拉　外面没人吗？

莱莉娅　没有一个活的生灵。

克里韦洛　这是什么鬼意思？

斯卡蒂扎　这地方熟人太多。

克里韦洛　让我们看看。

伊莎贝拉　请听我说。

克里韦洛　这两个人走得很近。

斯卡蒂扎　是的。

伊莎贝拉　你知道吗？我喜欢——

莱莉娅　你喜欢什么？

伊莎贝拉　我喜欢——靠近一点。

斯卡蒂扎　靠近点，你这个不解风情的家伙！

伊莎贝拉　看看有没有人。

莱莉娅　我对你说过，这里没人。

伊莎贝拉　我希望你晚饭后能来，我父亲那时候要出去。

莱莉娅　我会来的，但当我的主人经过的时候，请走到窗户前，把窗户关上。

伊莎贝拉　如果我不做，就不要再喜欢我。

斯卡蒂扎　见鬼，她竟然拉着他的手？

克里韦洛　我可怜的主人，是的，是的，我可能猜到了。

莱莉娅　再见。

伊莎贝拉　听着。你想走吗？

斯卡蒂扎　他在吻她，愿他遭灾。

克里韦洛　她害怕被人看见。

莱莉娅　够了，进屋去。

伊莎贝拉　我恳求你——

莱莉娅　什么？

伊莎贝拉　往门里来一下。

斯卡蒂扎　事已至此！

伊莎贝拉　噢，你太粗鲁，太不友善了。

莱莉娅　我们会被发现的。

克里韦洛　唉，唉，我渴了！给我吧，求你了！

斯卡蒂扎　我不是说过他会吻她吗？

克里韦洛　我告诉你，我宁愿失去一千克朗，也要看见那个吻。

斯卡蒂扎　我看见了——千真万确！

克里韦洛　主人知道后会怎么做？

斯卡蒂扎　你疯了！不能告诉他。

伊莎贝拉　　原谅我，你的娇美和我对你的爱情，导致我做出你可能认为不适合贤淑女孩做的事；但我控制不住自己。

莱莉娅　　别跟我找借口，小姐，我清楚自己现在的处境，爱情把我也害得不轻。

伊莎贝拉　　怎么不轻？

莱莉娅　　哦！欺骗我的主人，这是不对的。

伊莎贝拉　　你的主人？他真倒霉！

克里韦洛　　去，这是哪门子的忠诚！难怪他劝阻主人，让他不要爱这个女人。

斯卡蒂扎　　每只鸟儿都为自己搔痒；简而言之，天下女人都一个做派。

莱莉娅　　天晚了，我必须去找我的主人了。留步！冷静！

伊莎贝拉　　听我说！

克里韦洛　　噢！再来一杯！那是两杯。愿你喝干了却一无所获。

斯卡蒂扎　　天啊，我也觉得心里痒痒的。

莱莉娅　　关上窗户，再见。

伊莎贝拉　　我是你的了。

莱莉娅　　我……［伊莎贝拉退场］我一边沉醉于让她相信我是一个男人，一边却要以牺牲她为代价来摆脱这种困境，我不知道该怎么办。伊莎贝拉和我已经亲过嘴，一有机会她还想更进一步，到时候我可就露馅了。我得去请教克莱门齐娅我该怎么做，但弗拉米尼奥来了。

克里韦洛　　斯卡蒂扎，主人让我们在波里尼的银行等他。我要告诉他这个消息，万一他不信我，我希望你来证明我不是骗子。

斯卡蒂扎　　我不会让你失望的，但你如果听我的建议，那么你最好什么也别说。这样一来，你就可以一直压制法比奥，让他做你想做的事。

克里韦洛　　我恨他，他夺了我的位置。

斯卡蒂扎　　好吧，继续吧，随你的便。

　　　　　［退场］

——｜ 第七场 ｜——

　　［弗拉米尼奥、身着男装的莱莉娅］

弗拉米尼奥　　是不是我已经神志不清了，太不为自己考虑而去爱一个嘲笑我、不关心我、也不给我对等安慰的人？难道我如此卑微、如此渺小，无法逃避这种羞辱和折磨？哦，法比奥来了。你做了什么？

莱莉娅　　没什么。

弗拉米尼奥　　你为什么这么晚才回来，你觉得自己像绞刑架一样待在那里这么长时间好吗？

莱莉娅　我待在那儿是希望能和伊莎贝拉谈谈。

弗拉米尼奥　那你为什么不和她说话？

莱莉娅　她不听我的话；如果你听我一句劝，就去追求别人吧，结束你目前的麻烦。就目前的情况来看，你是在浪费时间。她固执地下定决心，无论如何都不会让你如愿。

弗拉米尼奥　即使这是上帝亲口所说，那也是错了。你知道吗？就在刚才，当我经过的时候，她看到我时，突然站了起来，带着轻蔑和愤怒离开了窗户，仿佛她看到了什么可怕的东西。

莱莉娅　要我说，还是放弃她吧。在这座城市里，难道没有一个女人像她一样值得你爱？除了伊莎贝拉没有别的女人让你满意吗？

弗拉米尼奥　但愿永远不会有！因为我害怕这可能成为我所有痛苦的原因。曾经我热烈地爱过莱莉娅，我已经告诉过你她的事；我怕伊莎贝拉会认为那份爱还在，也许这就是她不愿意见我的原因。但我要让她明白，我不再爱莱莉娅了，相反，我恨她，不忍心听到她的名字。我向伊莎贝拉保证，绝不接近莱莉娅。我希望你告诉她。

莱莉娅　唉！

弗拉米尼奥　你哪里痛？你看起来好像要晕倒了。你不舒服吗？

莱莉娅　唉！

弗拉米尼奥　你痛吗？

莱莉娅　我心痛啊！

弗拉米尼奥　多长时间了？靠着我吧。你的身体受伤了吗？

莱莉娅　没有，先生。

弗拉米尼奥　也许你的胃不舒服？

莱莉娅　不，我说的是我的心在痛。

弗拉米尼奥　我的心也痛，甚至比你的更痛。你气色不大好，快回家去吧，用一块热布放在你的胸前，再擦一擦肩膀，必须这样做。我稍后就到，必要时我会叫医生来，给你把把脉，看看是什么病。把你的胳膊给我。你冻僵了。来吧，走得慢点。降临到我们男人身上的这都是什么事！我宁愿失去所有的财产，也不愿失去这个小伙子，因为我再也找不到一个比他更能干、更勤奋的仆人了。此外，他似乎很爱我，如果他是一个女人，我会认为他痴爱着我。法比奥，回家吧，把你的脚暖一暖。我马上就来，叫他们准备好。

[退场]

莱莉娅　可怜虫，现在你已经亲耳听到了，这个忘恩负义的弗拉米尼奥亲口所说，他是怎么爱你的！不幸的、不幸的莱莉娅！你为什么浪费时间，为这个残忍的人服务？你的忍耐，你的祈祷，你为他所做的好事，都没有用，现在你的伪装不再令人愉快了。我真不幸！被离亲、被离家、被拒绝、被憎恶！为什么我还追求离开我的人？为什么要爱恨我的人？弗拉米尼奥！除了伊莎贝拉，没有什么能让你高兴。他只想要她。好吧，让他娶她吧，就让他把她带走吧，因为我现在必须离开他，否则我就死。我决定不再乔装为他们服务了，也不再夹在他们中间了，因为他如此蔑视我。我要去找克莱门齐娅，她在家等我。我将和她一起决定我的人生该怎么办。

[退场]

---| 第八场 |---

[克里韦洛、弗拉米尼奥]

克里韦洛　如果不是真的，就把我的脖子绑起来，割掉我的舌头。我告诉你就是这样。

弗拉米尼奥　什么时候的事？

克里韦洛　你派我去找他的时候。

弗拉米尼奥　怎么发生的？再告诉我一遍，因为他说他今天不能见她。

克里韦洛　我等着看他是否在她家附近的时候，他出来了，当他正要离开时，伊莎贝拉又把他叫了进去，看了看有没有人能看见他们，发现没有看见任何人，他们就互相亲吻。

弗拉米尼奥　他们怎么没看见你？

克里韦洛　因为我已经退到了对面的门廊里，他们看不见我。

弗拉米尼奥　那你怎么能看见他们？

克里韦洛　用眼睛看呀。你觉得我能用我的手肘看到他们吗？

弗拉米尼奥　他吻她了吗？

克里韦洛　我不知道是她吻了他，还是他吻了她。我只知道，他们互相亲吻。

弗拉米尼奥　他们把脸凑在一起是为了接吻吗？

克里韦洛　不是他们的脸，是他们的嘴唇。

弗拉米尼奥　傻瓜，他们能把嘴唇放在一起，而把脸分开吗？

克里韦洛　如果一个人把嘴巴放在耳朵上或肩膀上也许他们能做到，但他们那样站着，我相信他们做不到。

弗拉米尼奥　你确定清楚地看到了——而不是"看起来像、可能"，这件事非常严肃。

克里韦洛　没有比那更可怕的事了。

弗拉米尼奥　你怎么看出来的？

克里韦洛　看，睁着眼睛，站着，凝视。除了看什么也没做。

弗拉米尼奥　如果这是真的，你这是要杀我呀。

克里韦洛　是真的。她把他叫了回去，他们互相靠近。她抱他、吻他。现在，你想死就死吧。

弗拉米尼奥　怪不得那个叛徒否认和她在一起。现在我知道那个流氓为什么劝我离开她了——为了让他自己过得快活。如果我不采取报复行动，那我就枉为男子汉！这样，以后仆人就知道永远不能背叛主人；另一方面，如果我没有别的证据，我也不会相信一面之词。我知道你是个流氓，想让他倒霉。我相信你这么做是因为我提拔他超越了你，我发誓我会让你说出真相或者杀了你！你明白了吗？

[他又问了一遍]

克里韦洛　噢，天哪，我真希望我没有告诉你！

弗拉米尼奥　你说的是真话吗？

克里韦洛　是的，先生。刚才我忘了，我有一个证人。

弗拉米尼奥　是谁？

克里韦洛　维尔吉尼奥的仆人斯卡蒂扎。

弗拉米尼奥　他也看到了吗？

克里韦洛　和我一样。

弗拉米尼奥　如果他不承认呢？

克里韦洛　那就杀了我。

弗拉米尼奥　我会的。

克里韦洛　如果他承认了呢？

弗拉米尼奥　我会杀两个人。

克里韦洛　不，不，为什么？

弗拉米尼奥　我不是说你，我是说伊莎贝拉和法比奥。

克里韦洛　是的，然后用帕斯奎拉点燃房子，把屋子里所有的东西都烧光！

弗拉米尼奥　让我们去找斯卡蒂扎，如果我不想让人们说，如果全世界都看不见的话。我要报仇了！叛徒！走吧，小心！

第三幕

—| 第一场 |—

[学究、法布里齐奥(维尔吉尼奥的儿子)、斯特拉瓜尔西亚(仆人)]

[学究曾在摩德纳待了六天，问法布里齐奥是否记得这个地方。法布里齐奥在他很小的时候就离开了，所以说不记得。学究给他指明沿途的景点：兰贡家族宫殿、大运河、大教堂、新铺路的街道。法布里齐奥很感兴趣，但斯特拉瓜尔西亚很饿]

学究　你在这里会看到地球上最著名的钟楼。

斯特拉瓜尔西亚　摩德纳人要为它做一个鞘吗？然后说，它的影子使人发疯？

学究　就是这样。

斯特拉瓜尔西亚　谁想去观光就让他去吧。我知道我永远不会走出厨房，我们找个住处吧。

学究　你太着急了。

斯特拉瓜尔西亚　我快饿死了，今早在船上我一点也没吃，除了半只鸡。

法布里齐奥　为什么不找个人带我们去我父亲家？

学究　不，我想我们应该先找个旅馆，在那里我们可以给自己一个调查的机会。

法布里齐奥　这似乎是明智之举，前面一定是旅馆。

—| 第二场 |—

[阿吉阿托(旅馆的老板)、弗鲁拉(旅馆的老板)、学究、法布里齐奥、斯特拉瓜尔西亚]

[两个旅馆（镜子旅馆和疯子旅馆）的老板，冗长而有趣的竞争，努力把顾客吸引到各自的旅馆]

阿吉阿托　我告诉你，医生、法官、善良的修道士，所有人都来我的旅馆。

弗鲁拉　我说，几天过去了，这些人一直待在镜子旅馆，或者离开了这里去住我那里。

法布里齐奥　老师，我们怎么办？

学究　我还在考虑。

斯特拉瓜尔西亚　我的身体啊！拜托找个地方躲起来！我侧边带一处伤口走路。

学究　法布里齐奥，恐怕我们的钱不多了。

斯特拉瓜尔西亚　主人，我刚刚注意到，这里主人的小男孩像天使一样漂亮。

学究　来吧，我们就待在这儿，不管怎样，如果我们找到你父亲的话，他会付钱的。

斯特拉瓜尔西亚　你认为我可以等吗？我已经喝了三杯酒，且又点了一杯。我不会离开厨房的，因为我要把厨房里的东西吃个精光，然后我就在一堆旺火边小憩。谁想阻止我，我就杀了谁。

阿吉阿托　弗鲁拉你记住，你总是这样对我。总有一天，我们会打得头破血流，走着瞧吧！

弗鲁拉　随时恭候，越快越好。

[退场]

┤ 第三场 ├──

[维尔吉尼奥、奶妈克莱门齐娅]

维尔吉尼奥　这就是你教她的习惯！她就是这样尊重她的父亲的！我真是不幸！为此，我遭受了多少灾难！看到我的家业没有继承人，我的房子破毁！我的女儿变成妓女，成为众人的笑柄，使我不能在人群中昂起头来！被孩子们指指点点，被老人嘲笑，被报幕人当作喜剧角色，作为故事中的一个例子，我的名字出现在镇上所有妇女之口！别告诉我她们不是胡言乱语、不喜欢散布坏消息的人！我相信所有人都知道这个消息了，因为我明白，一件事只要一个女人知道就足够了，在三个小时内，它就会传遍整个城市。我是一个丢脸的父亲，一个不幸的、伤心的老人！我无法活下去了。怎么办？我该怎么想？

克莱门齐娅　你最好尽量别大惊小怪，在全镇人都知道之前巧妙安排她回家。无论修女说了什么，我都不能相信莱莉娅会打扮成一个男人。你要当心，她们这样说，也许是要她做修女，这样你就可以把你所有的财产留给她们。

维尔吉尼奥　你是什么意思？她告诉我，莱莉娅正在冒充一位绅士的仆人，而这位绅士还不知道她是女孩。

克莱门齐娅　一切皆有可能，但对我来说，我无法相信。

维尔吉尼奥　我也不相信他不知道她是个女孩。

克莱门齐娅　我真不敢相信。

维尔吉尼奥　我可以，而且它深深地触动了我，虽然我知道我只能怪我自己，明明知道你是什么东西，却让你当她的奶妈。

维尔吉尼奥　别说了，维尔吉尼奥，如果我心思歹毒，那也是你的缘故。你很清楚，在你来之前，我除了我丈夫之外没有别的男人。我认为年轻女孩，应该受到比你对她更好的对待。你想把她嫁给一个气喘吁吁的老男人，他老得都能当她爷爷了，你不感到羞耻吗？

维尔吉尼奥　你这个可怜虫，老人怎么了？他们比年轻人强一千倍。

克莱门齐娅　你已经失去了所有的感情，人们唯一能做的就是纠正你的错误，无视你的胡言乱语。

维尔吉尼奥	如果我找到她，我会抓着她的头发把她拖回家。
克莱门齐娅	那你的表现真像一个公告自己耻辱的人，把隐秘从心底的角落挖出，套在头上。
维尔吉尼奥	我不在乎，但我必须把她关起来，对我来说这就足够了。
克莱门齐娅	控制好自己的情绪，不要自取其辱。
维尔吉尼奥	我已经知道了她的穿着，我去找她，然后走着瞧。
克莱门齐娅	随你的便，但我要走了，你无可救药。但是——

[退场]

—│ 第四场 │—

[法布里齐奥、弗鲁拉(旅馆的老板)]

法布里齐奥 趁我的两个仆人休息的时候，我要到城里去看看。当他们起床后，告诉他们到城市广场去。

弗鲁拉 你知道吗，先生，如果我没有亲眼看到你把衣服穿上，我敢发誓，我会把你当作另外一个年轻人，这儿一位先生的仆人，穿得和你一模一样，一身白衣，长得也很像你，看上去几乎一模一样。

法布里齐奥 你觉得他可能是我兄弟吗？

弗鲁拉 很可能真的是。

法布里齐奥 叫我的老师去找——他知道我是谁。

弗鲁拉 好的，我会处理的。

—│ 第五场 │—

[帕斯奎拉（女仆）、法布里齐奥（一个年轻人）]

帕斯奎拉 终于，他来了！我刚还担心我得找遍全城的各个角落呢！来得好，法比奥！我一直在找你，你给我省了不少麻烦。我亲爱的朋友，女主人要你去找她，说一件对你们俩都很重要的事。我不知道是什么。

法布里齐奥 你的女主人是谁？

帕斯奎拉 哈哈，你知道她是谁，你们那么执着地黏在一起。

法布里齐奥 我还没有爱上任何人，但如果她希望这样，那就赶快让我们这样做吧。

帕斯奎拉 你们是两个难得的人！我希望我能再年轻一次，能得到满满的爱！我知道，如果我处在你的位置上，我应该已经把所有的疑虑和犹豫放在一边了，但是你很快就会这样做的，我知道。

法布里齐奥　我的好女人，你不认识我，我怕你认错人了。

帕斯奎拉　噢，别见怪，亲爱的法比奥，我这么说是为了你好。

法布里齐奥　我并不觉得有什么不妥，但那不是我的名字，我不是你想的那个人。

帕斯奎拉　别告诉我有两个像你一样的人！众所周知，这城市里很少有她这样的人，这么有钱，这么可爱。你是时候放弃你现在的职业了，你每天都要来来去去地送信，这些对你毫无用处，对她也没有什么好处。

法布里齐奥　你说的是什么奇怪的事情，我不明白。这女人疯了，或者她认错人了。我去看看她要带我去哪儿。带路。

帕斯奎拉　等等！我好像听到有人在屋子里。在外边等会儿，我去看看伊莎贝拉是不是一个人。

法布里齐奥　我要留下来，看看这个童话故事会有什么结果。这个女人可能是一个妓女的仆人，她希望我能给她几个钱。如果是那样的话，她是个坏法官，因为我是西班牙人的学生，我想从她那里得到一个王冠，而不是给她一个先令。反正我们都不会被骗，如果我稍微离开这所房子一点，我就能注意到人们进出的情况，从而发现她是个什么样的女人。

┤ 第六场 ├──

[盖拉尔多、维尔吉尼奥、帕斯奎拉]

盖拉尔多　你必须原谅我。如果是这样，我就放弃她。你女儿这么做，是因为她不想要我？我还怀疑她爱上了别人。

维尔吉尼奥　别这么想，盖拉尔多，你必须相信我告诉你的，我求你别破坏我们的安排。

盖拉尔多　我求你别说这些了。

维尔吉尼奥　什么！你想食言？

盖拉尔多　是的，如果她在行为上背叛了我。而且，你也没把握，还能不能让她回来。你想卖给我一只丛林里飞来飞去的鸟？你和克莱门齐娅谈的话，我都听见了。

维尔吉尼奥　在我找到她之前，我不希望把她交给你，但是如果我把她带回家，你愿意立即举行婚礼吗？

盖拉尔多　维尔吉尼奥，我曾有一位本市最可敬的妻子，她的女儿像鸽子一样纯洁。你怎么能指望我把一个离开父亲家、挨家挨户地走、穿得像妓女一样的女人带回家。

维尔吉尼奥　过几天就没有人愿意再谈论这件事了。谁会知道呢？除了你和我。

盖拉尔多　为什么不谈？整个镇子都在热聊。

维尔吉尼奥　并不是这样的。

盖拉尔多 她什么时候跑的？

维尔吉尼奥 不是昨天就是今天早上。

盖拉尔多 好，但谁知道她在摩德纳？

维尔吉尼奥 我知道她在。

盖拉尔多 好，找到她，然后我们再商量。

维尔吉尼奥 你保证你会带她走？

盖拉尔多 我考虑考虑。

维尔吉尼奥 现在，说你会。

盖拉尔多 我不会说的，但是——

维尔吉尼奥 来，清楚地说你会。

[帕斯奎拉进场]

盖拉尔多 你在这里做什么，帕斯奎拉？伊莎贝拉在做什么？

帕斯奎拉 此刻，她跪在她的小神龛前。

盖拉尔多 祝福她！我有一个经常祷告的女儿。这是世界上最好的事情。

帕斯奎拉 非常正确！她在每一个圣日之前都要斋戒，她日常像个小圣人一样说话。

盖拉尔多 她就像她母亲。

帕斯奎拉 的确如此，那可怜的人做了多少好事啊！她给自己树立了善的榜样，还穿了一种现在的女人都不会穿的衬衫。她尽她所能地助力慈善事业，要不是因为她爱你，这里就没有一个修道士、一个神父、一个乞丐，因为她会在那扇门前接待他们，把她所有的一切都给他们。

维尔吉尼奥 这些确实是很好的品质。

帕斯奎拉 我还告诉你，有很多次，她会在黎明前一两个小时起床，和圣方济各的修士们一起参加第一次弥撒，因为她不想被人看见或被认为是一只骏鹰①，就像我提到的一些人一样。

盖拉尔多 骏鹰？你这话是什么意思？

帕斯奎拉 骏鹰，是的，不对吗？

维尔吉尼奥 这是个很奇怪的词。

帕斯奎拉 我听到有人对她这么说。

盖拉尔多 你是说伪君子？

帕斯奎拉 也许吧——但我知道她的女儿会比她更像那种人。

盖拉尔多 上帝保佑！

---

① 古希腊罗马神话中外形为鹰头马身有翼的兽。

维尔吉尼奥 盖拉尔多,她来了,我是个不幸的父亲。她想躲藏或溜走,因为她看见了我。

盖拉尔多 你千万别弄错,也许不是她。

维尔吉尼奥 谁会认不出她呢,我看到了诺维兰特修女给我详细描述的样子!

帕斯奎拉 事情进展得很糟糕,我希望我不会有麻烦!

┤ 第七场 ├─

[维尔吉尼奥、盖拉尔多、法布里齐奥]

维尔吉尼奥 你好,年轻的女士!你认为你这种地位的女孩穿这样的衣服合适吗?这是你对家人的尊重方法?这是你讨好可怜老人的方式?但愿我在创造你之前已经死了,那么你生下来就不会羞辱我,不会活埋我了!盖拉尔多,你觉得你的新娘怎么样?你认为她对我们有什么好处?

盖拉尔多 啊?新娘,我不这样说。

维尔吉尼奥 你真是不知羞耻,盖拉尔多要是不想让你现在成为他的妻子,而拒绝遵守他的诺言咋办?但他会无视你的疯狂把戏!他会带你走。

盖拉尔多 别这么快!

维尔吉尼奥 马上回家去,你这个坏丫头,你母亲那怀你的子宫都该被诅咒!

法布里齐奥 老人家,你家有小孩、亲戚、朋友来照顾你吗?

维尔吉尼奥 注意你说的话,为什么这么说?

法布里齐奥 因为我很惊讶他们会放你出来,很明显你需要医生,在任何其他地方你都会被绑住。

维尔吉尼奥 你应该被束缚,我想掐死你。

法布里齐奥 老头子,你不认识我,你侮辱我是因为你以为我是个外国人,其实我和你一样是个摩德纳人,我的父亲和家庭都像你一样好。

盖拉尔多 她长得确实很漂亮,如果她没有其他失礼行为,我还是要带她走。

维尔吉尼奥 你为什么要离开你父亲和我送你去的地方?

法布里齐奥 你从来没有派我到任何地方去,这是肯定的,至于离开,我是被迫的。

维尔吉尼奥 是谁强迫你的。

法布里齐奥 西班牙人。

维尔吉尼奥 你从哪里来?

法布里齐奥 来自军营。

维尔吉尼奥 集中营?

法布里齐奥 是的,从营地。

盖拉尔多　那就没办法了！

维尔吉尼奥　啊，你这个可怜的家伙。

法布里齐奥　你还是可怜你自己吧！

维尔吉尼奥　盖拉尔多，请把她送到你家，让她不要再这样子。

盖拉尔多　我不会那么做的，不带她回家。

维尔吉尼奥　作为朋友，请打开你的门。

盖拉尔多　我说，不。

维尔吉尼奥　听着，你肯定不想让她去别的地方。

法布里齐奥　我认识的疯狂的摩德纳人比我想象的要多，但我从没见过像这个老头这么疯狂、却没有被绑起来或关起来的人。他的脾气真怪！他似乎疯狂地认为年轻男人是女人。唉，这简直是一种离奇的疯狂，莫尔萨曾说："锡耶纳妇人自以为是一条运河，但是人们会认为女人不如老头儿聪明，出于诸多原因，老头儿应该很有智慧。"即使有一百英镑，我也不会错过在狂欢节的某个晚上讲述这种疯狂行为的机会。现在他们回来了，让我听听他们在说什么。

盖拉尔多　我跟你说实话，一方面我这样认为，另一方面我不这么认为，但她的问题比较棘手。

维尔吉尼奥　过来。

法布里齐奥　你想要做什么，老伙计？

维尔吉尼奥　你真是个坏蛋。

法布里齐奥　不要侮辱我，我不能忍受。

维尔吉尼奥　无耻的蠢货！

法布里齐奥　哈哈哈！

盖拉尔多　让他说吧，你没看见他在发脾气吗？让他随意吧。

法布里齐奥　你在找什么？我跟你或他有什么关系？

维尔吉尼奥　还能说话吗？你是谁的孩子？

法布里齐奥　维尔吉尼奥·贝伦齐尼的。

维尔吉尼奥　但愿你不是，因为你会让我早死。

法布里齐奥　一个六十岁的人也算早死？活到这把年纪了！如果你愿意，现在就去死吧；你活得太久了。

维尔吉尼奥　都是你的错，你这个可怜虫！

盖拉尔多　别再罗嗦了，不要乱评价我的女儿、我的姊妹。

法布里齐奥　物以类聚，人以群分！他们两个都患上了同样的病，真巧！

维尔吉尼奥　你还在笑？

盖拉尔多　嘲笑自己的父亲是件坏事。

法布里齐奥　什么父亲？什么母亲？除了维尔吉尼奥，我从未有过其他父亲，同样除了乔瓦纳，也没有其他母亲。我认为你是个傻瓜，你觉得没有人帮我吗？

盖拉尔多　维尔吉尼奥，你猜我在怀疑什么？这可怜少女的头脑已被忧郁所笼罩。

维尔吉尼奥　哀哉！当我第一次见她时，我为何没意识到她对我说的都是什么疯话？

盖拉尔多　但是，这可能还有另外一个原因。

维尔吉尼奥　什么原因？

盖拉尔多　一个女人一旦失去了名誉，那她就没有什么极端事不敢做了。

维尔吉尼奥　我告诉你她脑子有问题。

盖拉尔多　但她记得她的父母是谁，虽然她不认识你。

维尔吉尼奥　让她进你家去吧，因为离你家很近，加之如果不想被全城人看见，我就不能把她带回家。

法布里齐奥　那两个老态龙钟的兄弟在密谋什么？

维尔吉尼奥　让我们用好话安慰她，直到把她带回家，然后，我们就强行把她和你女儿关在一个房间里。

盖拉尔多　我同意。

维尔吉尼奥　来吧，我的孩子，我不想一直生你的气。我原谅你的一切行为，只要你能好好表现。

法布里齐奥　衷心感谢你！

盖拉尔多　就像所有好女孩一样。

法布里齐奥　另一只小公鸡跑了！

盖拉尔多　来吧，来吧，穿这些衣服在外面争吵，被人看见没什么好处。到我家去。
　　［呼叫］
　　帕斯奎拉，开门。

维尔吉尼奥　进去吧，我的孩子。

法布里齐奥　我不进去。

盖拉尔多　为什么不呢？

法布里齐奥　因为我不想进入陌生人的房子。

盖拉尔多　我很幸运，她是另一个佩涅罗佩①！

维尔吉尼奥　我不是跟你说过我女儿温柔善良吗？

盖拉尔多　她的衣服就是证据。

维尔吉尼奥　我只想对你说一句话。

法布里齐奥　那就在这里说。

---

①　奥德修斯的妻子，忠贞妇女典型。

盖拉尔多 但是为什么不呢？这所房子是你的，你将成为我老婆。

法布里齐奥 老婆！呃！老骗子！

盖拉尔多 你父亲答应把你嫁给我。

法布里齐奥 现在你觉得我是妓女了，是吗？

维尔吉尼奥 来吧，别使性子了，听着，我的孩子。我不做任何你不喜欢的事。

法布里齐奥 老头，那你还不了解我。

维尔吉尼奥 进来听我们说，就一分钟。

法布里齐奥 你愿意的话说十分钟也可以，你以为我怕你吗？[进门]

维尔吉尼奥 盖拉尔多，既然你把她带进门里了，那就把她和你女儿关一起，直到我把她的衣服送回去。

盖拉尔多 按你说的办，维尔吉尼奥；帕斯奎拉，去拿楼下房间的钥匙，并叫伊莎贝拉下来。

[退场]

第四幕

┤ 第一场 ├

[学究、斯特拉瓜尔西亚]

学究 如果他给你五十鞭子，那真是打得其所，谁让你在他出去的时候，和他同去，自己喝得酩酊大醉、沉睡不起，却任凭他自己随意走。

斯特拉瓜尔西亚 他也会用白桦树枝、硫磺、沥青和尘土把你压死，然后放火烧你，教你不要像你现在一样做事！

学究 你这个醉鬼！

斯特拉瓜尔西亚 你这个学究！

学究 等我找到主人！

斯特拉瓜尔西亚 等我找到他父亲！

学究 你会怎么跟他父亲说我？

斯特拉瓜尔西亚 嗯，你又会怎么样说我呢？

学究 你是一个无赖、恶棍、懒汉、乞丐、疯子和酒鬼——这些我都能说。

斯特拉瓜尔西亚 我可以说你是一个小偷、赌徒、酸不溜秋的语言家、欺诈者、欺骗者、冒名顶替者、吹牛家、肥头大耳、厚颜无耻，外加无知、叛徒、罪犯。

学究 现在我们知道彼此的底牌了。

斯特拉瓜尔西亚 你说得很对。

学究　别再胡说八道了，我不想堕落到你那种程度。

斯特拉瓜尔西亚　真的！这么说你是泥沼之王了，是吗？你不过是赶驴人的儿子，对吗？我是不是比你出身好？这个无赖一会说"阳刚之气"，就以为他可以对别人颐指气使。

学究　你是一贫如洗的哲学家啊！我听到你嘴里说出来一大堆陈词滥调！

斯特拉瓜尔西亚　你和蠢驴没什么区别。如果他们在你身上放很多木头，你也会尥蹶子嘶叫。

学究　我警告你，愤怒是一种精神病。你总有一天会让我丢下马路牙子，斯特拉瓜尔西亚，走开吧，你这个马童，懒汉——懒汉之王！

斯特拉瓜尔西亚　呸，书呆子、学究之王，你是最愚蠢的学究，你——我还能说比学究更坏的词吗？还有比你更卑鄙的人吗？可怕的乌合之众。还有比你从事更差职业的人吗？听到有人称呼你博士，或者教授，你就会趾高气扬；在一英里外鞠躬回答，我等待您的吩咐呢，加加博士、杰克博士、拉希娅博士、邓希尔博士。

学究　俗不可耐，你说的话来自你内心深处。

斯特拉瓜尔西亚　我说的是让你高兴的事。

学究　身体——

斯特拉瓜尔西亚　身体——你想让我亵渎你的身体。我告诉你，我知道你做的每一件坏事，如果我愿意，我可以把你烧死在火刑柱上。但你却想把我踢来踢去。

学究　你骗人，我不是那种人。

斯特拉瓜尔西亚　那你会是你这行第一个辞职的人。

学究　我已经拿定主意了，要么你辞职，要么我辞职。

斯特拉瓜尔西亚　这不是你第一次这么说了，你永远不会离开，除非他们用扫帚把你赶走。告诉我你能找到谁会让你坐在他的桌子旁，在他书房和卧室里，但是我们的这个年轻主人是世界上最好的人。

学究　是的，我的确束手无策，这里有我想要的一切。

斯特拉瓜尔西亚　我们得到了多好的东西啊！

学究　我们必须说几句话，然后一切都会好的。回旅馆，把主人的东西照看好，我们两个以后再解决分歧。

斯特拉瓜尔西亚　我很乐意回旅馆。我随时恭候和你算账，但你得付钱。如果我有时不对这个小人耍把戏，我就不能和他一起生活了。他比兔子还凶，当我向他挑战时，他不作声；但一旦我让他骑到我身上，他会把我欺负得死去活来的，真是自命不凡！我真是看透他了。

学究　弗鲁拉告诉我法布里齐奥要去广场，我最好带他离开那里。

⊢| 第二场 |⊣

[盖拉尔多、维尔吉尼奥、学究]

盖拉尔多　至于彩礼，我说的都是算数的。我会按你的要求给付的，如果你的儿子没找到，你就再加一千弗罗林嫁妆。

维尔吉尼奥　那就这样吧。

学究　如果我没弄错的话，我以前见过这位先生，但我想不起来在哪儿见过。

维尔吉尼奥　你在看什么，我的好兄弟？

学究　这一定是我的主人！

盖拉尔多　如果他愿意，就让他盯着看吧，他一定很不熟悉这个城市的生活方式，在其他地区，他们不会像我们一样对其他凝视自己的人感到生气，任何人都可以像他一样盯着看。

学究　如果我盯着你看，那不是没有原因的。告诉我，你认识镇上一个叫梅塞尔·维尔吉尼奥·贝伦齐尼的人吗？

维尔吉尼奥　我认识他，我再也找不到比他更亲密的朋友了。但你找他做什么？如果你想和他待在一起，我可以告诉你，他有别的事，不能接待你，所以你最好另找一个主人。

学究　您一定就是他，祝您平安！

维尔吉尼奥　你不会就是皮埃特罗·德帕利亚里奇先生，我儿子的教师吧？

学究　我就是他。

维尔吉尼奥　我儿啊！我有祸了。你从他那里带来了什么消息？你把他丢在哪儿了？他死在哪里？你为什么这么久才告诉我？是不是那些奸诈的野蛮人杀了他？我的儿子、我的孩子！他是我此生所有的美好！亲爱的先生，快告诉我，我求你了。

学究　请不要哭，先生。

维尔吉尼奥　盖拉尔多，我的女婿，这就是我儿子活着的时候教他的老师。你把他葬在哪里？你什么都不知道吗？你为什么不告诉我？我渴望知道，我必须知道，却又害怕听到结果。

学究　我亲爱的先生，不要哭，你为什么哭？

维尔吉尼奥　我不应该为孩子哀悼吗？他那么可爱、聪明、博学、勇敢，却被刺客杀害了。

学究　上帝保佑你们，你儿子活得好好的。

盖拉尔多　如果是真的，那就更糟了。我将损失一千弗罗林。

维尔吉尼奥　活得好好的？在哪里？如果他在，他现在应该和你在一起啊。

盖拉尔多　你怎么知道这个人不是骗子？

学究　奥比西恩达纪念公园。

维尔吉尼奥　告诉我真相，先生。

学究　你的儿子在罗马陷落时被一个奥尔特卡上尉俘虏。

盖拉尔多　停下来听，童话故事来了。

学究　因为有两个人与他同在，奥尔特卡上尉怕同行人欺骗他，把我们秘密送往锡耶纳。几天之后，他也到达了锡耶纳，却又担心那里先生们的人品。殊不知，他们是正义之士，对我们一行人进行了友善的安置，总之，锡耶纳的人是善良的人。于是，他又带你儿子离开锡耶纳，去了皮据比诺的一座城堡里，在这里，他要我们写下要一千元的赎金信，这是他给你儿子定的价钱。

维尔吉尼奥　我的孩子！他们伤害他了吗？

学究　一点也没有，他们对他很好。

盖拉尔多　我总担心最坏的结果。

学究　我们发去的信没有得到答复。

盖拉尔多　你听到了吗？他现在要敲诈你的钱。

维尔吉尼奥　继续。

学究　然后带我们和西班牙军队一起去了科雷乔，这个上尉被杀了，朝廷没收了他的财产，还给了我们自由。

维尔吉尼奥　但我儿子在哪？

学究　比你想象的要近。

维尔吉尼奥　不是在摩德纳吗？

学究　如果你答应给我一个礼物，答应会给我一个工作机会，我就告诉你。

盖拉尔多　现在他说到点子上了，骗子。

学究　你弄错了。我是个骗子？

维尔吉尼奥　你要什么我都答应你，他在哪？

学究　在疯子旅馆。

盖拉尔多　一切都结束了，一千弗罗林都没有了——但是这有什么关系呢？只要我能拥有她就够了。我很有钱。

维尔吉尼奥　我们走，先生。我不敢相信，除非我看到他、拥抱他、亲吻他，把他放在我的肩膀上。

学究　主人，你怎么了！——他长大了，你要知道，他不再是一个你可以放在肩上的小男孩了。你不会认出他来的，他长高了。我敢肯定他不会认出你来的，你真是面目全非了。你以前是没有胡子的。如果我没有听你说话，我都认不出你来。莱莉娅怎么样了？

维尔吉尼奥 她也很好。长高了，而且长胖了。

盖拉尔多 长胖了？用什么方法？如果真是我怀疑的那样，你可以留着她，我不想娶她了。

维尔吉尼奥 我只是说她现在是一个女人了。并不牵涉你。

学究 主人，我这样说不是为了吹牛，而是我为你儿子做了很多。我有正当理由却从来没有求他做什么，尽管他乐意做。

维尔吉尼奥 他的学业有进展吗？

学究 他没有浪费时间，一直在以不同方式学习。

维尔吉尼奥 叫他过来，记住别跟他说真相，我要看他是否认识我。

学究 他不久前刚从旅馆里出来，让我们看看他是不是回来了。

第三场

[学究、斯特拉瓜尔西亚、维尔吉尼奥、盖拉尔多]

学究 斯特拉瓜尔西亚，嘿，斯特拉瓜尔西亚，法布里齐奥回来了吗？

斯特拉瓜尔西亚 还没有。

学究 过来，向老主人鞠躬，这是维尔吉尼奥。

斯特拉瓜尔西亚 所以你的愤怒已经平息了，是吗？

学究 你知道我从不生你的气。

斯特拉瓜尔西亚 我会记住的。

学究 现在把你的手给法布里齐奥的父亲。

斯特拉瓜尔西亚 你帮我给他。

学究 我没说给我，给这位先生。

斯特拉瓜尔西亚 这就是我们主人的父亲吗？

学究 是的，他是。

斯特拉瓜尔西亚 伟大的老主人。你来的正是时候，替我主人付钱啊。欢迎你。

学究 这家伙曾是你儿子的好仆人。

斯特拉瓜尔西亚 曾是？——你觉得我不再是了？

学究 非也。

维尔吉尼奥 祝福你，我的孩子！记住，我会报答那些一直忠诚陪伴他的朋友们的。

斯特拉瓜尔西亚 报答我很容易。

维尔吉尼奥 你尽管张口。

斯特拉瓜尔西亚 让我成为这家旅馆老板的店员，因为他是世上最好的老板。他热情周到，比我见过的任何旅馆老板都更了解客人的需要。对我来说，我不相信地球

209

上还有这样一个天堂。

盖拉尔多 他的名声很好。

维尔吉尼奥 你吃过早饭了吗？

斯特拉瓜尔西亚 一点点。

维尔吉尼奥 你吃了什么？

斯特拉瓜尔西亚 一对鹌鹑、六只画眉、一只阉鸡、一块牛肉还喝了两瓶酒，就这些。

维尔吉尼奥 弗鲁拉，他要什么就给他什么，我来付账。

学究 你还想要什么？

斯特拉瓜尔西亚 ［对维尔吉尼奥］出手慷慨大方，这才是主人该有的样子。皮耶罗博士你太小气了，你只想自己得好处，你应该看看你都得了多少好处了。弗鲁拉，给这几位先生拿点喝的。

学究 这完全没有必要。

斯特拉瓜尔西亚 我知道你想喝酒，我会付钱的。你以为我是什么人？你要不要来两块杂碎、一片新的意大利腊肠？你想要吗？来吧，博士。至少喝点东西！

学究 为了和你和解，我愿意。

斯特拉瓜尔西亚 他不是很善良吗？主人，你应该好好报答这位博士，因为他爱你的儿子胜过爱自己的两只眼睛。

维尔吉尼奥 上帝奖赏他！

斯特拉瓜尔西亚 你应该先奖赏他，然后才轮到上帝。喝吧，先生们！

盖拉尔多 也许这是假的，他不在这里。

斯特拉瓜尔西亚 请到屋里去等法布里齐奥回来。我们今晚可以在这里吃晚餐。

学究 这主意不错。

盖拉尔多 我现在得走了，因为我家里有一件小事要处理。

维尔吉尼奥 小心别让那女孩跑出来。

盖拉尔多 这是我回去的原因之一。

维尔吉尼奥 她是你的，你爱怎么做就怎么做，我全权委托你。

盖拉尔多 很好，但是我的幸福还不完美。等一会儿！但如果我没看错的话，这就是莱莉娅。她一定是逃出来了，那个没用的女仆让她逃走了。

第四场

［扮作青年男子的莱莉娅、奶妈克莱门齐娅、盖拉尔多］

莱莉娅 你不觉得命运在捉弄我吗，克莱门齐娅？

克莱门齐娅　冷静点，亲爱的，让我来处理。我会想办法让你开心的。去把那些衣服脱掉，不要被人看见你如此装扮。

盖拉尔多　我要去问候她，看看她是怎么逃走的。愿上帝让你幸福，我的爱人！谁给你开了门？哪个女佣？我很高兴你来了你的奶妈家，但是穿着这件衣服给人看见，不会给你我带来任何荣誉。

莱莉娅　真倒霉！他认出了我。你在跟谁说话，先生？什么莱莉娅？我不是莱莉娅。

盖拉尔多　哦？就在不久前，你父亲和我把你跟我女儿伊莎贝拉锁在一起。你承认你是莱莉娅，而且，你以为我认不出你——我的准妻子？去把那套衣服脱了！

莱莉娅　我怎么会有你这么个丈夫！

克莱门齐娅　回家去，盖拉尔多，所有的女人都喜欢扮假小子，偶尔他们中的一个会被发现，但这些事都是要保密的。

盖拉尔多　我不会让任何人知道的。可是，她是如何逃出我的房子的呢？我把她和伊莎贝拉关在一起了。

克莱门齐娅　谁？莱莉娅？

盖拉尔多　是的，当然是莱莉娅。

克莱门齐娅　你错了，她从来没有离开过我。刚才她开个玩笑，穿上了这些衣服，让我看看是否适合她。

盖拉尔多　你想骗我。我说我把她和伊莎贝拉关在一起，在我家里。

克莱门齐娅　你从哪里来？

盖拉尔多　从疯子旅馆，我和维尔吉尼奥一起去的。

克莱门齐娅　你在那儿喝过什么吗？

盖拉尔多　是的，就一杯。

克莱门齐娅　现在你回家睡一觉就好了，因为你需要睡觉。

盖拉尔多　在我走之前，给我和莱莉娅留点时间，我想告诉她一些好消息。

克莱门齐娅　什么好消息？

盖拉尔多　她的哥哥平安归来，她的父亲在旅馆等他。

克莱门齐娅　谁？法布里齐奥？

盖拉尔多　是的，法布里齐奥。

克莱门齐娅　简直让人难以置信，我要给你一个吻。

盖拉尔多　真是太高兴了！马上替我告诉莱莉娅。

克莱门齐娅　我去告诉她。

盖拉尔多　我要去教训一下那个放她走的坏丫头。

┤ 第五场 ├

[女仆帕斯奎拉，独白]

噢，亲爱的！我从没这么害怕过！我跑出了房子，我知道，如果我不告诉你们为什么，女士们，你们肯定猜不到。我告诉你，就是，不要像那些大傻瓜男人一样一边嘲笑一边大喊。那两个老蠢货说那个年轻人是个女人，把他领到我的女主人伊莎贝拉的房间里，把钥匙给了我。我想去看看他们在干什么，你觉得呢？我发现他们拥抱在一起，亲吻和拥抱！……[我和伊莎贝拉很早就知道了他是个男人。]于是我跑出去，又把门锁上了。我知道我不会再一个人去那里了，但如果你们中的任何一位女士不相信我，想要证明这一点，我会把钥匙借给她。

[退场]

┤ 第六场 ├

[西班牙人吉利奥、女仆帕斯奎拉]

[帕斯奎拉骗走了多情的西班牙人的念珠，并把他锁在门外]

┤ 第七场 ├

[盖拉尔多、女仆帕斯奎拉]

盖拉尔多 ……哦，你出色地完成了我交给你的差事啊！我要把你全身的骨头打断。

帕斯奎拉 为什么这样？

盖拉尔多 因为你让她逃走了，我不是告诉过你不要帮她开门吗？

帕斯奎拉 她什么时候逃出来的？她不是在房间里吗？

盖拉尔多 上帝诅咒你！

帕斯奎拉 我知道她在里面。

盖拉尔多 我知道她不在，因为我刚刚在她奶妈克莱门齐娅家和她分别。

帕斯奎拉 我刚刚才把她留在那个房间里，当时她正弯腰双膝跪地，守护着什么。

盖拉尔多 也许她比我先回来了。

帕斯奎拉 我发誓她从来没出去过，我保证。房间一直是锁着的。

盖拉尔多 钥匙在哪里？

帕斯奎拉 在这里。

盖拉尔多 把它给我，要是她不在那儿，我就扭断你的脖子。

帕斯奎拉 如果她在那里，你会给我一条新裙子吗？

盖拉尔多　好。

帕斯奎拉　我来给你开门。

盖拉尔多　不用，我自己开。免得你找理由不给我开门。[退场]

帕斯奎拉　我很担心他会发现她在他怀里，不过我已经离开一段时间了。

┤ 第八场 ├

　　[弗拉米尼奥、帕斯奎拉和盖拉尔多]

弗拉米尼奥　帕斯奎拉，法比奥和你在一起多久了？

帕斯奎拉　何出此言？

弗拉米尼奥　因为他是个叛徒，我要惩罚他。还有，既然伊莎贝拉为了他把我抛弃了，她就应该好好地对待他。啊，像她这样的贵妇人爱上一个男仆，真是荒谬透顶！

帕斯奎拉　别这么说，她对他的爱抚都是因为爱你。

弗拉米尼奥　告诉她，总有一天她会后悔的。如果我找到了他（一定把这匕首拿在手里）我要割下他的嘴唇和耳朵，挖出他的眼睛，把它们放在一个盘子里送给她。我猜她会讨厌被他吻的。

帕斯奎拉　好吧，俗话说，狗吠狼食。

弗拉米尼奥　走着瞧。[退场]

盖拉尔多　[走出房子]哎，哎，我就这样一直被骗，就像现在这样，是吗？那个卖国贼维尔吉尼奥，那个大叛徒！他派了一只公羊来毁了我！天啊，我该怎么办？

帕斯奎拉　怎么了？亲爱的主人。

盖拉尔多　怎么了？谁跟我女儿在一起呢？

帕斯奎拉　怎么这样说？你不知道吗，是维尔吉尼奥的女儿。

盖拉尔多　姑娘？你说是姑娘？从他的行为看是个男孩！

帕斯奎拉　真是个糟糕的主意，那是谁？那不是莱莉娅吗？

盖拉尔多　那是个男人。

帕斯奎拉　不可能是真的，你怎么知道的？

盖拉尔多　我亲眼见了他。

帕斯奎拉　怎么讲？

盖拉尔多　和我女儿谈情说爱，羞耻啊！

帕斯奎拉　哦，不，他们一定是在一起玩。

盖拉尔多　确实，她们玩得热火朝天。

帕斯奎拉　你能看出是个男人？

盖拉尔多　是的，我告诉你，因为当时突然打开门时，他衣衫不整，也来不及遮盖。

帕斯奎拉　你看清所有的东西了吗？哦，再看看，她是个女孩。

盖拉尔多　我都跟你说了，那是个男人。

帕斯奎拉　伊莎贝拉怎么说？

盖拉尔多　你想她会说什么呢？我的耻辱啊！

帕斯奎拉　你不打算让这个年轻人走，那你打算怎么办？

盖拉尔多　我必须到官府控告他，让他受到惩罚。

帕斯奎拉　也许他会逃走。

盖拉尔多　我已经把门锁了。维尔吉尼奥来了，他来得正是时候。

┤ 第九场 ├

[学究、维尔吉尼奥、盖拉尔多]

学究　我想知道他为什么还没回旅馆？我想不出来什么理由。

维尔吉尼奥　他有携带武器吗？

学究　我想是的。

维尔吉尼奥　那他一定是被捕了，这儿的警察可积极了。

学究　相信他们不会对一个陌生人无礼。

盖拉尔多　那么维尔吉尼奥，一个心存善意的人会这么做吗！你就是这样对待朋友的！这就是你想让我加入你家庭的原因？你想愚弄谁呢？你以为我会忍受吗？

维尔吉尼奥　盖拉尔多，你在抱怨什么？我对你做错了什么？我从来没有想要你做我的家人，你整个一年都在骗我。如果你现在不想，就别再继续了。

盖拉尔多　你竟然厚颜无耻地回答我，就好像我是一个傻山羊。你这个大叛徒、骗子！官府总会知道这一切的。

维尔吉尼奥　盖拉尔多，这样的话不适合你，尤其是当你用它们来形容我。

盖拉尔多　你不想让我控告这个罪犯吗？自从你找到了你的儿子，你突然变得太傲慢了。

维尔吉尼奥　你才是罪犯。

盖拉尔多　上帝啊，我为何不再年轻？要不然，凭你的所作所为，我会让你粉身碎骨。

维尔吉尼奥　你知道你说的是什么吗？

盖拉尔多　厚颜无耻。

维尔吉尼奥　我忍你很久了。

盖拉尔多　小偷。

维尔吉尼奥　骗子。

盖拉尔多　你这个满嘴跑火车的家伙。

维尔吉尼奥　你给我等着。[开始脱外套]

学究　先生们,先生们,你们发什么疯呢?

盖拉尔多　别拉着我。

学究　你呢,先生,穿上你的外套。

维尔吉尼奥　他以为他和谁打交道呢?还我女儿。

盖拉尔多　我会割了她的喉咙,还有你的。

学究　这位先生和你有什么过节?

维尔吉尼奥　我以前不知道,不久前我把我女儿莱莉娅放在他家,因为他想要她做他的妻子。现在你知道他是什么样的人了。我害怕他可能会伤害她。

　　[维尔吉尼奥退场]

学究　[对盖拉尔多]嗯,亲爱的先生,你不能使用武器——不准带武器。

盖拉尔多　别管我。

学究　你对他有什么不满意的?

盖拉尔多　那个叛徒毁了我。

学究　怎么了?

盖拉尔多　如果我不把他碎尸万段,如果我没有用刀把他大卸八块⋯⋯

学究　请告诉我发生了什么情况。

盖拉尔多　我们进屋吧,叛徒跑了。我把一切都告诉你,你是他儿子的家庭教师,陪他一起住这个旅馆的,对吗?

学究　是的,我是。

盖拉尔多　请进。

学究　你保证你不会⋯⋯

盖拉尔多　我保证。

　　[退场]

第五幕

─┤ 第一场 ├─

　　[维尔吉尼奥、斯特拉瓜尔西亚、斯卡蒂扎、盖拉尔多、学究、法布里奇奥]

维尔吉尼奥　[对斯卡蒂扎]就像你现在这样跟我走,斯特拉瓜尔西亚,你也来。

斯特拉瓜尔西亚　我是带武器还是不带武器?我没有武器。

维尔吉尼奥　我们到了地方,你会从旅馆老板那里拿到武器的。

斯卡蒂扎 主人,有了那只大盾牌,你还应该有一杆长矛。

维尔吉尼奥 我不想再要一杆长矛了,这对我来说已经足够了!

斯卡蒂扎 这把盾看起来更像是战争用的,但是你是战士却未穿战袍。

维尔吉尼奥 不,这个更适合我,为什么这只公山羊选我来冒犯?我怕他会杀了我可怜的女儿。

斯特拉瓜尔西亚 这武器不错,我可以像弓箭刺透一只百灵鸟一样,用口水刺透它。

斯卡蒂扎 那么你要把他烤了?

斯特拉瓜尔西亚 我深谙战争之道,深知第一要务是储备充足的食物。

斯卡蒂扎 这个烧瓶是做什么用的?

斯特拉瓜尔西亚 在士兵第一次攻击被迫撤退时,用来鼓舞士气的。

斯卡蒂扎 这让我很高兴,因为它肯定很好用。

斯特拉瓜尔西亚 你是说你想让他把老人、女孩、仆人、房子都像烤肝一样串起来?不,我把长矛插进那个老家伙的身体,从他的眼睛刺出,然后把其他人像画眉一样串上面。

维尔吉尼奥 房门是开着。也许他们设下了伏击。

斯特拉瓜尔西亚 用刷子吗?这很糟糕。我更害怕扫帚和警棍,而不是剑。但是教师出来了。

学究 梅瑟·盖拉尔多,让我来处理,我会给你办得妥妥帖帖。

斯特拉瓜尔西亚 看,主人,这个教师好像已经投靠了敌人;他这种人很少信守诺言。我可以从他开始吗?先用长矛刺穿他?

学究 维尔吉尼奥先生,主人,为什么要用这些武器?

斯特拉瓜尔西亚 哈!哈!我没告诉你吗?

维尔吉尼奥 我女儿怎么样了?告诉我,我想带她回家。你找到法布里齐奥了吗?

学究 是的,找到了。

维尔吉尼奥 他在哪里?

学究 在这,如果你同意的话,他找到了一个可爱的妻子。

维尔吉尼奥 你说一个妻子?在这?

斯特拉瓜尔西亚 快点!快点!哦,发财啦!

学究 她是盖拉尔多可爱的女儿。

维尔吉尼奥 但是盖拉尔多,刚才你却想杀我。

学究 前提是,我们先进去看看,然后你会明白一切的。盖拉尔多先生,出来吧。

[盖拉尔多进场]

盖拉尔多　噢，维尔吉尼奥，这真是最奇怪的事情。请进。

斯特拉瓜尔西亚　我要用长矛刺他吗？虽然他是块难啃的肉。

盖拉尔多　让他们放下武器，因为这真的是一件可笑的事。

维尔吉尼奥　我可以放心地收武器？

学究　绝对安全，相信我。

维尔吉尼奥　好，你们都回家去吧，收起你们的武器。把我的外套拿来。

[法布里齐奥进场]

学究　法布里齐奥，来见见你父亲。

维尔吉尼奥　可是，这是莱莉娅呀。

学究　不，这是法布里齐奥。

维尔吉尼奥　噢，亲爱的，我亲爱的儿子。

法布里齐奥　我亲爱的爸爸，我真是太想你了！

维尔吉尼奥　我的孩子，我曾为你多么哀悼悲伤啊！

盖拉尔多　到屋子里去！到屋里去！你会听到其他消息。我告诉你，你女儿在克莱门齐娅家。

维尔吉尼奥　感谢上帝！感谢上帝！

┤ 第二场 ├

[克里韦洛、弗拉米尼奥、奶妈克莱门齐娅]

克里韦洛　我在克莱门齐娅家里，亲眼见过他的尊容，亲耳听到过他的声音。

弗拉米尼奥　你确定他是法比奥？

克里韦洛　你以为我不认识他吗？

弗拉米尼奥　我们去那里，如果我找到他——

克里韦洛　你会毁了一切的，在他出来前克制自己。

弗拉米尼奥　上帝无法让我克制自己。

克里韦洛　蛋糕还没做好你就给毁坏了。

弗拉米尼奥　我现在在毁坏我自己。

克莱门齐娅　[在窗口]谁？

弗拉米尼奥　你的一个朋友，请下楼片刻。

克莱门齐娅　噢！梅瑟·弗拉米尼奥，你想做什么呀？

弗拉米尼奥　开门我就告诉你。

克莱门齐娅　等我下来。

弗拉米尼奥　她一开门，你就进去，看看他是否在这，然后告诉我。

克里韦洛　交给我喽，您瞧好吧！

克莱门齐娅　你在说什么，弗拉米尼奥先生？

弗拉米尼奥　你跟我的听差男孩在那房子里干什么？

克莱门齐娅　什么男孩？［克里韦洛洛试图强行进入］你想进来，是吗？你想闯进我家？你这个傲慢无礼的家伙！

弗拉米尼奥　克莱门齐娅，我向所有的圣人发誓，如果你不把他交给我——

克莱门齐娅　你要我把谁交给你？

弗拉米尼奥　当然是我的听差，他在你的家。

克莱门齐娅　你的听差不在我家里，这里只有一个女仆。

弗拉米尼奥　克莱门齐娅，现在不是说话的时候，你和我一直是朋友，我们多次为对方做好事，但这件事太严肃了——

克莱门齐娅　这一定是爱得疯狂了，过来，弗拉米尼奥，平复一下你的情绪。

弗拉米尼奥　我告诉你，把法比奥给我！

克莱门齐娅　我这就把他交给你。

弗拉米尼奥　很好，让他下来。

克莱门齐娅　不要这么凶巴巴，如果你愿意，如果我还年轻，而你要我的话，我就不会自找麻烦。伊莎贝拉怎么样了？

弗拉米尼奥　我希望她被五马分尸。

克莱门齐娅　啊！你说什么？你不是认真的吧！

弗拉米尼奥　是的，我现在已经看清楚了那个女人。

克莱门齐娅　我想也是，你们这些年轻人喜欢放大一切不幸，特别是你，你是世界上最不知感恩的人。

弗拉米尼奥　别这么说我，我可能有其他缺点，但不是你说的这个。不感恩？我比任何人都恨这种恶习。

克莱门齐娅　我不是在说你，但这座城里曾经有一位年轻的姑娘，很开心受到像您一样的一个摩德纳骑士的爱慕，她也深深地爱上了他，除了他，她从不看别人。

弗拉米尼奥　幸运的家伙！他确实是一个幸福的人。我希望自己也能这么幸运。

克莱门齐娅　碰巧，父亲把这个可怜又可爱的女孩从摩德纳送走了。她走的时候哭得很厉害，因为她怕他会忘记她。事实上，他的确很快又喜欢了另一位小姐，好像他从来没见过第一位。

弗拉米尼奥　我说，那个人不是真正的骑士而是叛徒。

克莱门齐娅　听着，还有更多，几个月后，这位年轻的女士回来，发现她的情人在向别人求爱，而得到的回报并不多。因此，为了给他做点事，她离开了家和父亲，不顾自己的名誉——装扮成男仆，为她所爱的人服务。

弗拉米尼奥 这事真的发生在摩德纳吗？

克莱门齐娅 他们两个你都认识。

弗拉米尼奥 我宁愿做那个幸运的人，也不愿做米兰的主人。

克莱门齐娅 但还有更多。她的爱人不知道她是谁，把她当作和爱慕女孩的中间人，这个可怜的孩子，愿意做任何他想做的事。

弗拉米尼奥 贞洁的女士！哦，忠贞的爱情！一个为爱坚守的楷模，值得世代称颂！为什么这样的事没发生在我身上？

克莱门齐娅 什么？你要抛弃伊莎贝拉吗？

弗拉米尼奥 为了这个好女孩，我愿意抛弃任何人，求你了克莱门齐娅，把我介绍给她。

克莱门齐娅 很好，但我希望你先告诉我，以绅士的名义说，如果这种事情发生在你身上，你会为这个可怜的姑娘做些什么。当你知道她做了什么，你会赶走她吗？你会杀了她吗？或者你认为，她值得一些奖励？

弗拉米尼奥 我向天空中的太阳发誓，如果我没有娶她为妻，我将不会在绅士中出现。不管她丑也好，穷也好，出身不好也好，我都视之比公爵的女儿还高贵。

克莱门齐娅 这是一个庄严的誓言，你发誓吗？

弗拉米尼奥 我发誓，当然应该这样做。

克莱门齐娅 ［对克里韦洛］你是证人。

克里韦洛 我听到了，我相信他会这样做。

克莱门齐娅 现在我要告诉你，这位女士是谁。她是骑士法比奥，哦法比奥！下楼吧，你的主人，他来找你了。

弗拉米尼奥 你怎么处理这状况？克里韦洛，我是否应该杀了这个叛徒？他至少是个好仆人。

克里韦洛 额？我惊讶地发现，我所想的有错吗？现在好了。原谅他——做你想做的事——微不足道的伊莎贝拉不值得你追求。

弗拉米尼奥 这倒是真的。

┤ 第三场 ├

［帕斯奎拉、克里韦洛、克莱门齐娅、弗拉米尼奥、女装莱莉娅］

帕斯奎拉 把它交给我，我要把你告诉我的事情告诉他。

克莱门齐娅 弗拉米尼奥先生，这是你的法比奥，好好看看他。你能认出他吗？是不是很奇怪？这就是我给你说过的，那位真诚恳切、始终如一的爱人。好好看看她，你认不认识她了？弗拉米尼奥，你被惊得掉了下巴了吧？哦，你想说什么？而你就是不重视情人之爱的人。这是真理，不要以为自己受了骗。要知道，我说的是实话。现在，你要信守你的诺言，否则你就在镇上的各个区域大声呼喊自己是个做伪证者。

弗拉米尼奥 我不相信还有比这更好的欺骗了，我怎么能如此愚蠢？从未认出她。

克里韦洛 谁比我更蠢？我有一千次机会去发现。该死！我是多么蠢的人啊！

帕斯奎拉 克莱门齐娅，维尔吉尼奥要求你立刻回家。他给他的儿子法布里齐奥找了一个妻子，他儿子今天回来了，你必须回家把屋子收拾好，因为你知道那里没有别的女人。

克莱门齐娅 找了个老婆，他找了谁？

帕斯奎拉 伊莎贝拉，我主人盖拉尔多的女儿。

弗拉米尼奥 谁？你是说伊莎贝拉，盖拉尔多的女儿？

帕斯奎拉 还能是谁？就是那个。振作起来，弗拉米尼奥；记住，懒猪都不吃睡食①。

弗拉米尼奥 你确定吗？

帕斯奎拉 非常确定，整个事件我都在场，我看见了他们交换戒指、拥抱对方、亲吻，喜悦溢于言表。在他给她戒指之前，我年轻的女主人也给了他一样东西！我都知道。

弗拉米尼奥 这一切是什么时候发生的？

帕斯奎拉 就在刚才，不久之前，然后他们派我跑去告诉克莱门齐娅，叫她回家。

克莱门齐娅 去告诉他们我马上就来。

莱莉娅 上帝啊，你一下子给了我太多好东西。我要开心死了。

帕斯奎拉 等一等，我还有许多事要做——加油吧！我现在必须去买些化妆品，我忘了问莱莉娅是不是在你家，因为盖拉尔多说她在。

克莱门齐娅 你知道她在这里，可能你跟你那老迈的主人一样想娶她吧！那真是太无耻了！

帕斯奎拉 你不了解我的主人，如果你知道他是多么顽强的一个人，你不会那样说的。

克莱门齐娅 是的，是的。我相信你，因为我确信你会告诉他。

帕斯奎拉 就像你告诉你自己一样。来吧，我必须走了。

弗拉米尼奥 他想把她嫁给盖拉尔多？

---

① 原文是 lazy pig never eat sleepy pear

克莱门齐娅　是的，很抱歉让你看到这个，可怜的姑娘多么不幸啊。

弗拉米尼奥　他永远不能碰她，克莱门齐娅，我真的相信这是上帝的旨意。他怜悯这位贤淑的少女，也眷顾了我的灵魂，免得它堕入毁灭。还有，莱莉娅女士，如果你同意的话，我想让你做我的妻子。我以骑士的荣誉向你保证，这辈子我非你不娶。

莱莉娅　弗拉米尼奥，你是我心的主宰，你知道得很清楚我做了什么，我为谁做的，我只想要这些。

弗拉米尼奥　你确实证明了这一点，请原谅我过去让你不快乐，不懂你。我真的后悔，已经认识到我的错误了。

莱莉娅　弗拉米尼奥大人，你做任何事都不会让我不满意的。

弗拉米尼奥　克莱门齐娅，我不想把我们的结合推迟，以免一些意外打扰我们的好运气。如果她愿意的话，我想马上娶她。

莱莉娅　我非常愿意。

克莱门齐娅　赞美上帝！那么，男主人，你愿意吗？提醒一下，我是公证人，如果你不相信我，这是我的行业执照。

弗拉米尼奥　比我生命中的任何事都更愿意。

克里韦洛　结婚，然后就和她同床共枕。[他们互相亲吻] 我还没叫你亲她呢。

克莱门齐娅　要我告诉你我认为现在该怎么做吗？先回维尔吉尼奥家告诉他这些事，让盖拉尔多享受一个无眠的夜晚吧。

弗拉米尼奥　请去做吧，也请转告伊莎贝拉。

┤ 第四场 ├

[帕斯奎拉、西班牙人吉利奥]

[吉利奥因为损失了念珠且被帕斯奎拉嘲讽而生气，却再次被帕斯奎拉借口骗走，事情被推迟到第二天]

┤ 第五场 ├

[范邱莉娜（奶妈的女儿）]

[她天真地描述着自己从弗拉米尼奥和莱莉娅卧室里听到声音]

┤ 第六场 ├

[伊莎贝拉、法布里齐奥、克莱门齐娅]

伊莎贝拉 我确信你是一个服务于这个城市的骑士，因为他很像你，一定是你的兄弟。

法布里齐奥 今天别人也认错我了，我开始还以为是店老板把我身份搞错了。

伊莎贝拉 克莱门齐娅来了，你的奶妈，她想跟你说话。

克莱门齐娅 这不可能，但这是真的。他和莱莉娅一模一样，噢，法布里齐奥，我亲爱的孩子，我真高兴你来了，你好吗？

法布里齐奥 我很好，亲爱的奶妈，莱莉娅怎么样？

克莱门齐娅 好极了，不过我们还是进屋去吧，我还有很多事要告诉你们。

┤ 第七场 ├

[维尔吉尼奥、克莱门齐娅]

维尔吉尼奥 我很高兴找到了儿子，一切事情我都同意他们去办。

克莱门齐娅 一切都是上天的安排，这样比她嫁给身体老朽的盖拉尔多好得多。不过，让我进去看看，事情进展如何，这对新婚夫妇非常亲密，只有他们两个人，来吧，皆大欢喜。

┤ 第八场 ├

[斯特拉瓜尔西亚向观众]

观众们，不要指望这些人会出来了，因为这个故事，我们已经讲了很长时间。如果你想和我们一起吃饭，我在疯子旅馆等你。带些钱来，因为没有免费的服务。但如果你们不想来，我猜你们不会来，就留在这里尽情享受吧。各位，别客气，请大声说你们对我们很满意。

2.《受骗者》

尼科洛·塞基 著（1547年上演）

尼科洛·塞基的《受骗者》（*GL'Inganni*，1547年上演），同样有女扮男装的情节，女孩吉内芙拉扮成名为鲁贝托的男孩，被主人家的小姐波西娅爱上；波西娅的哥哥科斯坦佐喜欢交际花多罗泰娅，吉内芙拉让哥哥代替自己同波西娅约会，而她却深陷对科斯坦佐的爱慕中。该剧情感关系更为复杂，但孪生兄妹、女扮男装依然是维持戏剧冲突的手段，《第十二夜》在情节设计上比该剧更富艺术性，脱离了闹剧成分，矛盾解决方式上保留了乔装、以兄代妹的方式。

安塞尔莫是热那亚到黎凡特做生意的商人，他因经商离开了爱妻和两个孩子，一个叫弗图纳托的男孩和一个名为吉内芙拉的女孩。他就这样在两地相思中度过了四年，他因想念家人而回到了家。他不想再离开他们，因此当他再次出海时，他带上了家人。为了让他们在船上更方便，他让两个孩子都穿短衣，这样女孩看起来也像个男孩。进入索里亚后，他们被海盗抢劫了，安塞尔莫被带到安纳托利亚。他当了十四年的奴隶，孩子们的命运各不相同，男孩被卖了好几次，最后一次是在一座城市，就是今天的那不勒斯，为住在漂亮房子里的交际花多罗泰娅效力。母亲和吉内芙拉，在经历了各种磨难之后，被马西莫·卡拉乔洛买下。在六年前去世的母亲的建议下，吉内芙拉改了名字，称自己为鲁贝托。母亲活着的时候，就叫她这样做，她一直把自己当作一个男人，希望用这种方式更好地保持贞洁。母亲告诉她，弗图纳托和她是兄妹。马西莫有一个儿子叫科斯坦佐，还有一个女儿叫波西娅。科斯坦佐爱上了多罗泰娅——弗图纳托的主人；科斯坦佐的妹妹波西娅爱上了鲁贝托，尽管后者是个女人，但科斯坦佐一直认为鲁贝托是个男人。女孩鲁贝托，不知道如何满足波西娅的渴望，后者每时每刻都缠着她。吉内芙拉有几次将哥哥弗图纳托与波西娅放在一起，二人在屋里相处；结果波西娅怀孕了，随时都可能分娩。

处女鲁贝托如烈火似的爱上了其主人科斯坦佐，她带着双重焦虑：一则是由于爱的苦恼，另一则是波西娅的情况可能会被发现。父亲马西莫得知女儿的遭遇后，派人到热那亚去打听鲁贝托的身世。他认为鲁贝托勾引了她。如果他发现鲁贝托出身低微，不配娶他的女儿，他就打算把他处死。

不过，据我所知，那对双胞胎的父亲从土耳其人手里赎了身，一定会随着马西莫的信使回来，我想一切都会顺利的。现在请注意，虽然这里没有食物的盛宴，但我们已经为你准备了一份欢乐大餐来缓解你的饥饿。你会看到一个吹牛的士兵（索尔达托布拉沃），他永远不会停止逗你，还有一个老医生。他俩都爱着多罗泰娅，愿为她死。请不要动，我听到有动静。

第一幕

—| 第九场 |—

[科斯坦佐、韦斯帕、鲁贝托]

[科斯坦佐的仆人韦斯帕劝说主人放弃追求交际花多罗泰娅，科斯坦佐回答的时候，二人展开了讨论]

韦斯帕 也许你会在一段时间内放弃爱情，但你不会坚持住，这股轻蔑的情绪很快就
会过去的，我预见到一场真正的飓风会加强它的力量，它会把你置于危险之中，

把你吹到岸上，再一次把你带到绝望之中，所以你的处境会比以前更糟。我明白
我说的是什么意思：

没有一个孩子会这么容易就改变主意。
不像被太阳吹动的雾那样生命短暂；
枯叶在风中不那么迅疾飘落，
被驱赶的雪不那么无常，
也没有稻草被风吹落。
没有尘埃是如此的不确定，像羽毛那样轻，
不是春天用无常的翅膀飞翔，
像情人善变的心那样多变。

鲁贝托 这是千真万确的。

科斯坦佐 诸神啊，有时间我们一起商议什么是爱吧！唉，一千条毒蛇正在撕裂着我的心，让它充满了爱、轻蔑、愤怒和嫉妒。

韦斯帕 你所投身的爱的海洋中充满了礁石，你很难避开它们。你现在知道那是什么样的岩石了，它们能把你的青春撞碎、淹没。但我要告诉你，它们是蔑视、侮辱、猜疑、敌意、和解、嫉妒、战争、休战、和约。如果你希望用技巧来控制这些不稳定的波浪，你不妨说服自己，你可以用理智来控制疯狂。你可能会对自己说，我宁愿死，我要受苦，怒发冲冠，征服自己，证明自己是个男人。但是你会看到，这一切决心只要她一滴眼泪就能化解，那无赖只要揉一揉她的眼睛，就会强有力地挤出几滴眼泪，随后消散，并在一瞬间溶解，这样你就会责备自己，拜倒在她的石榴裙下，请求她的宽恕。

科斯坦佐 唉，现在我的确明白了女人都是坏蛋，而我是可怜且行为愚蠢的傻瓜，我对此感到厌倦，我拥抱它，我看见它，知道它，但我还是心甘情愿地奔向死亡，我还是神志不清，我知道我在对自己做什么。

鲁贝托 噢，主人，别哭了，让这些妓女带着诅咒离开吧。

科斯坦佐 我不快乐，我在痛苦中，那些杀人凶徒知道他们在故意撕裂我的胸膛，我得不到安宁；他们没有怜悯，我也没有解药疗伤。

鲁贝托 我也很不快乐，也无药可救。

韦斯帕 你知道你该怎么做吗，你应该试着解开枷锁，用你所有的力量从你的脖子上取下套索，如果这对你没有用，至少尽你所能。

科斯坦佐 你觉得这样好吗？

韦斯帕 如果你聪明，你就不会去寻找新的困难，所有的麻烦都是爱施加的，你要平静地承受那些情感带来的一切。

鲁贝托 你最好找一个属于你自己的姑娘，而不是别人的，一个善良的处女，她会尽

她最大的努力帮助你，而不会用这样的灾难来摧毁你的爱情。

韦斯帕 听着，主人，我们没有别的办法从被囚禁的鸟身女妖身边回到现实，但有些幸运的人是这样做的。

科斯坦佐 但我们去哪儿找她？

鲁贝托 我认识一个这样的处女，相对于你对这个荡妇的情感，她对你的爱更深。

科斯坦佐 她合适吗？

鲁贝托 会越来越合适。

科斯坦佐 她在哪？

鲁贝托 在你附近。

科斯坦佐 她会高兴我和她在一起吗？

鲁贝托 上帝在上，如果你愿意，她会非常高兴。

科斯坦佐 去找她容易吗？

鲁贝托 跟找我一样容易。

科斯坦佐 你怎么知道她爱我？

鲁贝托 因为她经常和我讨论她的爱情。

科斯坦佐 我认识她吗？

鲁贝托 就像你了解我一样。

科斯坦佐 她年轻吗？

鲁贝托 和我一样年轻。

科斯坦佐 她真的爱我吗？

鲁贝托 她很喜欢你。

科斯坦佐 我见过她吗？

鲁贝托 就像你经常见到我一样。

科斯坦佐 为什么她不向我吐露衷肠？

鲁贝托 因为她察觉到你被另一个女人奴役。

韦斯帕 天啊，她有无比强大的理由，女孩们不是没有智慧的。

科斯坦佐 我只想去和多罗泰娅告别。

韦斯帕 哦，主人，这些妓女说话好比诱饵或者圈套。你会被她的甜言蜜语缠住，如果你到那儿去，你可一定要拿回她向你要的那六十个艾居①。

科斯坦佐 我到哪里去找她们呢？

韦斯帕 如果你想去，你一定能找到。

科斯坦佐 韦斯帕，我的朋友，你是对的，如你所见，我渴望她的爱，请用你的援助

---

① 法国的货币单位。

和忠告来帮助我吧。如果我不死，就给我找些钱来救我吧。

鲁贝托　我死了。

[但是鲁贝托会帮助她的主人弄到一笔钱，这笔钱可以让他得到多罗泰娅整整一年的宠爱]

3.《帕里斯莫斯的故事》

伊曼纽尔·福尔德　著（1598 年）

伊曼纽尔·福尔德的《帕里斯莫斯的故事》同样以女扮男装的姑娘勇敢追求所爱为线索，与《第十二夜》不同的是，姑娘维奥莱塔没有同帕里斯莫斯喜结连理，而是与处处照顾自己的波利普斯共赴爱河。《第十二夜》中没有类似维奥莱塔失身的情节，突出女性在喜剧中的主体性，但保留了女扮男装追爱的情节。帕里斯莫斯是波希米亚的知名王子，关于他最有名、最脍炙人口、最令人愉快的故事包括他与波斯人作战的高贵战绩、他对塞萨利国王之女劳拉娜的爱以及他在荒凉之地的艰难冒险，还有弗里吉亚骑士波利普斯的骑士精神以及他对维奥莱塔永恒的爱。下文节选了故事集中可能对《第十二夜》的情节产生影响的部分章节。

┤第十二章├

[帕里斯莫斯来到塞萨利，爱上了奥利维亚王后的女儿劳拉娜，他被一个逃亡骑士所救，逃过了波斯王子西卡努斯的雇佣兵的追杀。他待在野树林里的时候，有一天晚上去了一户人家，被一位商人之女维奥莱塔接待]

商人女儿误认为他是她的旧相识，于是用最周到的礼节和最亲切的方式欢迎他。从她的言谈话语中，他能感受到她来自内心深情的爱；帕里斯莫斯不得不用了同样的礼貌来表示感谢。帕里斯莫斯从她的谈吐举止上看，她并不是卑微的人，她的家境可能比他想象的要好，这使他对她的善意产生了无限的喜悦。于是他决定和她一起品尝爱的滋味。他们的恋爱关系持续了一段时间后，她在黑暗中把他领到了自己的房间，这个圣洁的灵魂除了贞洁和善良之外没有别的意图，却万万想不到他会是个陌生人。帕里斯莫斯从她的行为中清楚地看出了这一点，他们一到那里，她就好心地希望他坐在床边，而她则去点蜡烛，以便在看到他的人时感到愉悦。

她刚走，帕里斯莫斯就悄悄地走到门口，想看看她的身材和人品是否匹配她的其他条件，并看到她是一个俊俏无比、魅力十足的少女，这一幕深深地吸引了他，当她拿着蜡烛向他走来时，他把蜡烛吹灭了，并告诉她，此时不适合用灯，因为这可能会暴露他们的秘密会面，她认为这是一个充分的理由。帕里斯莫斯开始用她从未尝过的方式与她调情；她嗔怪他，只是无力反抗。他用这样一种甜蜜诱人的气质来征服她，经过各种甜言蜜语的诱导，夺走了她不愿给予的贞洁；帕里斯莫斯从这个处女光洁的身体上获得了甜蜜的满足，甚至他完全不愿意离开她，但他想起了自己的身份，告诉她，他愿意努力保护她的荣誉。姑娘带着哭泣的眼睛和痛苦的心情送他离开，临别时，他亲切地亲吻了她，给了她一个硕大的珠宝，希望她能为了他一直戴着，并从她的手指上取下一枚戒指，他承诺会永远戴着它。

他刚出门，真正的情人就来了，他徘徊良久，担心会有什么不愉快，但还是敲了敲门，维奥莱塔再次打开门，对他这么快就回来感到惊讶。但他一进门就向她行了个礼，并亲吻了她，为他的长时间迟到做解释，这使她陷入了深深的困惑。她不知道该说什么，也不知道该想什么。最后她说："你为何需要解释呢？你离开我多久了？"他说："亲爱的，我告诉你，我感觉离开你的这三天比三年还长。"通过这番话，她意识到另一个人偷听了他们的约会，并趁机欺骗了她，这使她毫无心思面对眼前的男人，她一直回避他的陪伴，并全神贯注地思考如何找到那个夺走她爱情的人，发誓除了他之外永远不爱任何人，并决心在知道他是谁之前，永远不享受任何安静。

帕里斯莫斯从商人家出来，因为刚在最近一次愉快爱情盛宴上大快朵颐，很快他就赶到了山洞，他发现骑士在那里正焦急地等待着他归来，他受到了热烈的欢迎，不过他无法安然入睡，陶醉地思念着商人的女儿，但是因为回忆起劳拉娜的美德，他的感情受到一些限制，否则他会陷入放荡不羁的境地。但想起维奥莱塔的完美，以及自己轻率的行为，他对自己做的错事感到痛苦，但这对他的心灵的困扰较少，因为除了他自己，没有人知道这些事。同样，如果他抛弃维奥莱塔，他从她那里拿走了最好的珍宝，这也难能使他心灵安宁，他在这多种想法中度过了那个早晨的休息时间。

[帕里斯莫斯与劳拉娜公主结婚，并举行了盛大的庆祝活动]

---| 第十七章 |---

帕里斯莫斯是如何奖赏保住他性命的骑士的。波利普斯是如何爱上维奥莱塔的。维奥莱塔是如何伪装成一个侍者离开她父亲家，并被帕里斯莫斯收留，以及波利普斯对离家的她所给予的关怀。

长期以来，骑士们一直在为他们队长的安危而忧心忡忡，很想知道他及与其同行的两人的情况。最后他们终于放下顾虑，因为帕里斯莫斯念及他们的好处，希望狄奥尼修斯能赦免他们的罪行，狄奥尼修斯答应了他的请求。帕里斯莫斯便派人去找他们，他们得知此人正是他们救过的人，愿意前来，当面得到了赦免，并得到了丰厚的奖赏。

[波利普斯爱上了维奥莱塔，帕里斯莫斯为他求婚，但维奥莱塔只爱帕里斯莫斯，并告诉他除了他，她不能爱任何人]

帕里斯莫斯看到维奥莱塔坚定的决心，不知道该用什么办法来改变她的想法，他俩私下交谈了一段时间，出门来看到波利普斯带着沉重的叹息，期待着他的回音。帕里斯莫斯走到波利普斯身边，告诉他有希望得到她的爱，在这番话的安慰下，波利普斯认真地向维奥莱塔提起自己的想法，维奥莱塔听说帕里斯莫斯想回自己的国家，决心冒着生命危险与他一起走。她给自己穿上了仆人的衣裳，她似乎是自然界有史以来最精致的工匠，绿色的裙子、西班牙上等皮革，娇小的腿上配着基督纽扣；她头上戴着肉色的围脖，一切配饰都很齐整，她娇小的身体愈发显得可爱，让人看了很舒服。收拾停当后，她便偷偷地从家里跑出来，到了皇宫找差事。管事的人对她进行了全面的审查（并把她的情况报告给了帕里斯莫斯），但她并没有被重用，她在宫里待了很多天，想尽办法引起帕里斯莫斯的注意。有一次，帕里斯莫斯和劳拉娜在花园里散步，维奥莱塔就走向他们。他们看到她漂亮的身形和精致的肤色，认为她不是一个凡人，而是仙女。当维奥莱塔走到他们身边时，帕里斯莫斯问她（觉得她是男孩）是谁。维奥莱塔说："我还没有主人，但我很愿意被录用。""那么，你愿意照顾劳拉娜和我吗？"她说："随时恭候你的命令。"

劳拉娜问了许多问题（觉得她是男孩），包括名字、籍贯和父母的身份。维奥莱塔回答说："我的名字叫阿多尼斯，我的祖国是希腊，我的父母都已去世，我是当地贵族，跟随皇帝来到这个国家，决心为自己争取好前程。我将尽职尽责为您效劳，相信您会满意。"维奥莱塔的回答不卑不亢、温文尔雅，他们都对她的言谈感到满意，现在我们就叫他阿多尼斯吧。

[当劳拉娜被海盗带走时，维奥莱塔阻止了帕里斯莫斯因悲伤而自杀，同他和波利普斯一起冒险。他们遇到了一个隐士，帕里斯莫斯向他讲述了自己的故事]

─┤ 第二十章 ├─

这时，帕里斯莫斯已经讲完了他的悲伤故事，天色渐渐暗了下来，老隐士把他们带到了住处，那是他自己睡的床（没有别的床），帕里斯莫斯很不愿意躺在上面而侵占这位善良老人休息的地方。但在隐士的百般恳求下，他同意了，于是自己去了那张床，希望波利普斯跟他同睡，由于阿多尼斯有点不舒服，鉴于他在旅行中给他们带来了许多乐趣，他们让他躺在他们中间。帕里斯莫斯很喜欢他，愿意冒着生命危险为他谋福利。可怜的阿多尼斯满脸羞红地脱下外套，仅剩衬衣时似乎更羞涩，温柔地跳到这两位值得尊敬的骑士的床上，他们没有怀疑那是维奥莱塔，可怜的灵魂就躺在帕里斯莫斯的身边，他身体的甜蜜触感似乎让她感到快乐。如果波利普斯知道那是他日思夜想的维奥莱塔，他会更友善地对待他的同床人，只要波利普斯一动，她就会警觉起来。就这样，他们当晚休息了，两位骑士在长途跋涉之后，对这种安静的休息感到很满足；阿多尼斯因为触摸到帕里斯莫斯甜蜜的身体而心中无限欢欣。一大早，阿多尼斯就起来了，害怕身份泄露，"他"以迅捷的速度，为两位骑士准备好起床用具，为他们洗脚解乏，他们都对"他"表示感谢。

［不久，帕里斯莫斯和劳拉娜恢复了关系，维奥莱特也爱上了波利普斯］

─┤第二十六章├─

……帕里斯莫斯和劳拉娜满足于喜乐平和的生活（由于他们很幸福，才有机会去审视别人的悲伤），他们注意到波利普斯的悲伤面容，以前他们没有注意到，帕里斯莫斯怀疑，他的情伤未愈是他对维奥莱塔的爱造成的：波利普斯因为看到帕里斯莫斯对劳拉娜殷勤有加，更渴望听到维奥莱塔的消息。虽然他不可能得到她的爱，但他爱得如此深，以至于自己没有办法开心起来，只能用余生为她服务，打算（他下定决心）永不停止地努力用真情赢得她的青睐。他经常花很多时间私下抱怨和质疑自己那忠诚的爱（犯相思病的人常常如此），他认为这在某种程度上缓解了他的心痛。波利普斯的行为被维奥莱塔看到了（因为她自己也染上了这种病），经常会在他悲伤地哀叹时打断他，波利普斯在一个男孩身上看到这样的情绪十分惊诧，但由于她被认为只是个男孩，波利普斯对她的言行没有多想。夜里，维奥莱塔以友善应对他的抱怨。如果他抱怨自己的命运，维奥莱塔便礼赞她第一次看到他时的快乐时光，说她很高兴能被如此尊贵的骑士所爱。这种方式让他稍稍宽慰，但他们的快乐截然不同。因为波利普斯（没有想到他的维奥莱塔离他这么近）一直沉浸在痛苦之中，在无法实现愿望的悲伤中无法释怀。他常常想起她上次拒绝他的追求、可能降临到她身上的各种不幸、她故意把自己推入的各种不幸以及其他无数令人不快的想法，这一切足以使他不敢奢望美好，也让他感到害怕。因此，他不断地在最沉重的悲哀中徘徊，也在想办法减轻心中所承受的忧虑，思绪始终处于变幻无常和游移不定中。在这种情况下，他们会因为一些小的挫折而放弃坚持最初的决心。

维奥莱塔的快乐和他的悲伤一样多，因为她不断地看到他对爱人始终如一的态度，他的思想秉性高贵、温文尔雅，这很让女士们满意。他勇猛无敌，取得了令人难以置信的胜利，声名远播；他温柔的心中持续流淌着友善谦和的品行，他尊重最卑微之人。此外，听到他不断担忧她的艰难处境、他一生为她服务的坚定决心，还有她在与他朝夕相处时他给她带来的种种快乐，这一切都让她关心他的所有行为，对他温情脉脉，而他完全没有想到这些善意是出于什么样的感情。所有人都觉得维奥莱塔对他赤诚相待，尽管她从未碰过他的身体；她行为中略带羞涩，就好像人们对她的伪装了然于胸，她的快乐在这种秘密中持续发酵。

┤第二十九章├

[波利普斯决定离开，去寻找维奥莱塔]

维奥莱塔看到这种状态，无论现在、还是将来永远都不能让他和自己如愿以偿，就决心积极主动，从早到晚殷勤相伴，生怕他偷偷地离开，晚上他同床共枕时（不是为了睡觉，而是为了倾听他惯常的悲思），维奥莱塔同样也在他身边，看到他的悲伤，自己也愁容满面。

但是，当她温柔地把自己靠在他的身边时，她不知道如何开口与他讲话，她被一种令人愉快的恐惧惊醒，想立即表明自己的身份，她从来没有过这样的感觉。最后她说："最尊贵的骑士，我确信你现在不相信我的话，因为你没有按照我说的那样找到维奥莱塔，我也没有任何理由向你表达我所期望的状态，因为你的仁慈不允许我这样做。但我想大胆地向你提出一个请求，如果你愿意答应，我向你保证，你会发现我之前说的话都是真的（我知道维奥莱塔在哪里），我再次向你保证，你和她在一起的时候，除了她自己之外，没有任何人。"波利普斯说："小伙子，不要再说这样的话来安慰我了，因为这些言辞对我没有帮助。"她说："主人啊，让我再试一次吧，如果我无法安慰你，就让我承担你深沉的痛苦吧。"

波利普斯说："如果是为了让你高兴，我什么都愿意做，因为我在你身上找到了友谊。不过，我请求你，既然你最爱我，最在乎我的悲伤，就不要再用你的言论来刺激我，我知道这些言论是出于善意，想让我忘记悲伤，而不是真的让你说的变成现实。因为没有什么比得到她的爱更能让我快乐，我担心她离开她父亲家，是为了躲避我。但是，你的话还是给了我一点安慰，在我离开之前，告诉我你想要什么，如果我能办到，我都会满足你。"维奥莱塔羞于在那个地方说出她的想法，为了不让他看到自己羞红的脸颊，她说："我想要你忠实的承诺，当你有机会见到维奥莱塔，并得到她的青睐时，第一个晚上你不做任何有损她名誉的事情。"波利普斯说："以我的荣誉发誓，我不会做任何违背她意愿的事情，因为我十分尊重她，我宁愿毁掉自己，也不愿她对我有任何不满。""那么，你知道吗？我就是你苦苦追问的维奥莱塔，我就是长期以来引起你忧愁的那个人，我就是你经常抱怨的那个人，现在我不得不向你表明我的身份，希望你能原谅我长期隐瞒自己，引得你牵肠挂肚。"

波利普斯听了她的陈述，不知道该说些什么，对她的身份半信半疑，因为他想起了她的面容以及她在他们旅行中的所有行为，同时也想起了她的善良，现在又想起了她的那番话，他无法决定该怎么做，因为有种感觉仍然使他认为那不是维奥莱塔。最后他说："我不知道该怎么想，也不知道该怎么做，更不知道该叫你阿多尼斯还是维奥莱塔，因为她不可能对我这么好，而我很确定阿多尼斯给了我很多快乐。那么，亲爱的维奥莱塔（如果你是她的话），为我解开了这个疑惑，我被逼到了那种充满希望的沮丧中，我不知道我的命运如何。"维奥莱塔想了一下，说："请原谅我，波利普斯，因为我是你不值得信赖的朋友维奥莱塔，用伪装来试探我的价值和你的友谊。"波利普斯于是深情地把她搂在怀里，除了他以前的承诺外，没有提出其他要求。但他仍然不敢相信，无法安静下来，直到他用了善意的手段（但远非羞辱），发现她是一个女孩，而不是一个男仆，他才确信她真是维奥莱塔。他把她娇小柔弱的身体搂在自己男人的臂弯里（他以前也曾搂过她，但没有这样亲密，把所有的悲伤从心里驱散），他用那种久别重逢的恋人所享受的热切搂着她，他们在愉快和令人高兴的交流中度过了整个夜晚，并回忆起他们以前的感情，这使他们的快乐增加到了极点。

他们举行了婚礼，其乐融融。除了爱恋之外，还有纯真、忠诚所带来的乐趣。这两位善良的朋友度过了这段美好时光，维奥莱塔认为她最高兴的是能拥有如此恒久的友谊，她通过旅行找到了他，而他认为自己很幸福，因为他被维奥莱塔所爱，甚至在许多危险中与他风雨同舟。最后，他们的心都平静下来，并满足于幸福的生活，这对忠实的恋人很快就睡着了。

（译者张松林，商丘师范学院人文学院）

八、《维洛那二绅士》来源文献

➤ 导 言 ◄

　　《维洛那二绅士》①主要取材于葡萄牙作家豪尔赫·德·蒙特马约尔于1542年出版的田园传奇《多情的狄亚娜》（*Diana Enamorada*）。1598年由巴塞洛缪·杨翻译的英译本在英国出版，但它的手稿已于出版前的16年前完成，英国还有两个未刊出的不完整的英文译稿，莎士比亚可能看过。也许莎士比亚所掌握的西班牙语足以能够阅读西班牙语原著。他还可能读过尼古拉斯·柯林（1578，1587）的法语译本。他还可能参考了一部现在已经失传的戏剧《费利克斯和费利奥的历史》，由女王陛下的侍从在1585年新年后的第二个星期天演奏，可能是以蒙特马约尔为原型的牧歌。《维洛那二绅士》就像一个充满戏剧性的实验室，莎士比亚在这里实验了许多想法和方法，这些后来成为他创作的惯用手段。在他的作品中，有爱情的背叛，有狡猾的恶棍和值得信任的朋友，有被遗弃但仍在追求爱的女人，有性别伪装，有主角从宫廷跑到乡村。因而它可能受到很多来源文献的影响，下文选编了托马斯·埃利奥特爵士的《提图斯和吉西普斯》（*Titus and Gisippus*）和约翰·黎里的《尤弗伊斯：智慧的剖析》（*Euphues: The Anatomy of Wit*）。这些作品在表现爱情和友谊冲突的主题和跌宕起伏的情节上均可能影响了莎士比亚。

---

① 此为约定俗成的作品译名，规范地名为"维罗纳"。

➢ 可靠性来源 ◄

《多情的狄亚娜》

豪尔赫·德·蒙特马约尔　著

巴塞洛缪·杨　译（1598 年）

　　莎士比亚可能在葡萄牙作家豪尔赫·德·蒙特马约尔（巴伦西亚，1542 年）创作的《多情的狄亚娜》一书中发现了一个友谊与爱情冲突的故事。该作品直到 1598 年才由巴塞洛缪·杨从西班牙语翻译成英语。下文选编该文献。这部作品的主要情节线索是：蒙特马约尔的费利斯梅娜是一个阿玛宗的牧羊女，她杀死了野蛮人和骑士，在塞利娅死后寻找费利克斯，救了他的命，赢得了他的心。《维洛那二绅士》对这部作品多有借鉴，包括费利克斯用女仆作为中间人；费利斯梅娜在阅读信件时的反复无常、扭捏羞怯；蒙特马约尔的情人离去，以至于伤心得没有告诉她。在这个故事中，对男性朋友的背叛伴随着对前情妇背叛的详细描述，没有乏味地展现邪恶，而是生动地讲述了一个冒险故事，充满了悬念和悲怆的情感，洋溢着骑士精神和田园浪漫气息。

　　美丽的仙女们，您可能已经了解到，我来自著名的万达利亚，这个地方离我们现在所处的地方并不远。我出生在索尔迪纳这座城市，我的母亲叫德利娅，父亲叫安得罗尼奥。就身世和家产而言，我家在全省都非常显赫。然而，我的母亲多年来一直无法生育，因此她每天都郁郁寡欢，不是流泪，就是叹息。她经常祭祀、上供，祈求上帝让她生儿育女。上帝被她的诚心所感动，终于在她度过大半辈子之后让她怀孕了。母亲当然非常高兴，盼了那么多年，命运之神终于眷顾了她，使她生育的愿望得以达成。我父亲安得罗尼奥也非常开心，喜悦之情难以言表。我的母亲德利娅非常喜欢阅读古代历史，除非生病或有重要事情，否则她整天都埋头于书本之中。正因为如此，当她在怀孕期间感到身体不适时，她让我的父亲为她读书，这样可以分散她的注意力，减轻她的痛苦和烦恼。为了让母亲开心，我的父亲开始给她讲起了帕里斯的故事，讲的是他公断那个不和苹果的故事。

　　我母亲认为帕里斯感情用事，不该如此判决，还说没有认真考虑智慧女神雅典娜的理由，把武力凌驾于其他因素之上，因此只能那样判决。我父亲则认为，既然苹果应该给最美丽的人，而维纳斯艳压群芳，因此帕里斯的判断是正确的，只是后来发生了不该发生的事情。对此，我母亲回答说，虽然苹果上写着应该给最美丽的人，但不应该把这种美局限于外表美，更应理解为心灵美；身体健壮是美貌的一个重要因素，善于使用武器则是这一优点的外部表现。所以，如果帕里斯做事谨慎冷静的话，就应该把金苹果送给雅典娜。美丽的仙女们，那天晚上，我父母为此各抒己见，争论了很久。母亲入睡之后，梦见维纳斯愤怒地向她走来，对她说："你将生育一儿一女，由于你说了这么多侮辱我名誉和美貌的话，你生孩子时必将付出生命的代价，两个孩子也要付出幸福的代价，他们在爱情上最为不幸。"说完这些话，维纳斯就消失了。过了一会儿，我母亲又觉得雅典娜在异象中向她走过来，高兴地对她说："勇敢而幸福的德利娅，今天晚上你勇于反驳你丈夫的观点，为我辩护，我非常感谢你，你将生育一儿一女，他们武艺高超，力压群雄。"她说完便消失了。我母亲从梦中惊醒过来，大约过了一个月，母亲便生下我和弟弟，分娩之后不久就去世了。我父亲非常悲伤，不久也离开了人世。美丽的仙女们，你们可知道爱把我逼到了什么样的处境。你们一定听说过我的品格和性情，不幸的命运迫使我放弃我的天性和自由，并且放弃了应有的声誉，去追随我所爱的那个人，我是如此爱他，却只是在虚度光阴。你们看呐，一个女人会几种武艺并没有什么了不起，即使武器是为她量身打造的。美丽的仙女们，我借此机会为你们做点小事，杀死了这些恶魔。命运之神带给我太多的不幸，你们哪怕给我排解一种不幸也好呀。"仙女们被她的话惊呆了，不知道如何回答，也不知道该不该详细询问牧羊姑娘讲的事情。这时，她又继续讲道：

"我和弟弟是在修道院里长大的，我的一位姑妈在那里当院长。直到我们年满十二岁，弟弟被送到葡萄牙国王的宫殿里，这位国王高贵、有名望、战无不胜、英名远扬，五湖四海无人不晓。弟弟长大后，操练武艺，管理军队，展现出出色的军事才能，却在爱情中遭受了耻辱和挫折，为此甚为痛苦。弟弟深得国王的赏识，始终留在王宫里。命运之神对我太残酷了。我被送到了外祖母家里，之前我从没去过那里，没有任何一个女人像我这样遭受了如此巨大的不幸。美丽的仙女们，你们美丽又善良。我的心告诉我，你们会给予我安慰，所以，我把心声讲给你们听。我住在外祖母家，快满 17 岁时，一位年轻的绅士爱上了我，他住在离我们家不远的地方，站在他家的房顶上，可以看到我在夏日黄昏常常散步的花园，这样他每个夜晚都能看到我。"

这个薄情寡义的费利克斯看到了不幸的费利斯梅娜——她就是给你们倾诉自己痛苦遭遇的不幸女子的名字，他爱上了我，或者说佯装迷恋于我。我当时真不知道，他对我的爱是真是假，但我知道，不去理会他更为合适。接连好几天，费利克斯都对我说他十分痛苦，我假装不知道他痛苦是因为我的缘故。我当时对爱情还没有多少感受，如果时间晚些，我或许会感到爱情的力量。无数次，他在我家门前徘徊，又是吹奏乐器，又是唱歌跳舞。我从他的举动中意识到他爱上了我，但是我依然假装一无所知。于是，他下决心给我写信。他找到我的一个女仆罗西娜，对她施以恩惠，收买了她，并得到了她的好感和支持。罗西娜把信交给我时，又是发誓又是劝我不要动怒。我感到非常愤怒，气急败坏地把信扔在她脸上，说："你也不看看我是谁，居然对我讲那种话，真是厚颜无耻。看在你是第一次做这种事的份上，就算了。不过，警告你，如果再干第二次，我可不放过你。"

我想我现在明白了罗西娜那个大逆不道的丫头，她是如何保持沉默，非常狡猾地掩饰她因我愤怒的回答而产生的悲伤。她假惺惺地笑起来，对我说："天哪，小姐，我之所以把信交给您，是想逗你开心一笑，您可千万别动怒呀！我对上帝发誓，我如果有一点惹您生气的念头，就心甘情愿接受责罚。"她能说会道，滔滔不绝地说了一大堆话，平息了我的怒气。她说完，就拿着信离开了。事情就这样过去了，我开始胡思乱想这样做的后果。在爱情欲望的驱使下，我倒想看看那封信的内容，可是出于羞怯和羞愧，又不好意思让女仆拿给我看，因为刚发生了我给你们讲的那件不愉快的事儿。

那天一直到晚上，我脑海中都一片混乱。罗西娜进来服侍我睡觉时，上帝知道我多么希望她拿出那封信，说点什么呀。可是她只字不提信的事。我没话找话，对她说："罗西娜，费利克斯先生怎么不想一想，哪能随便给我写信呀！"她冷冷地回答说："小姐，那是爱情使然，请您见谅，我如果真想惹您生气的话，就把我的两只眼睛挖出来！"上帝知道我当时的心情是多么复杂呀，但我还是装作若无其事的样子。那天夜里，我只好把心思藏在心里，一夜无眠。的确如此，我想那是我有生度过的最漫长、最痛苦的一夜了。第二天早晨，狡猾谨慎的罗西娜进来服侍我穿衣服时，故意把信掉在地板上。我一下就看见了，对她说："什么东西掉了？拣起来，给我看看。""没什么，小姐，"她说，"能有什么好看的？还是昨天那封信。"我故作不相信，说："拿给我看看，别骗我！"我还没把话说完，她就已经把信放到我手里了，她说："如果不是那封信的话，任凭上帝惩罚我好了。"我明知道是那封信，但还故意说："不是，我知道，一定是你情人的来信。我看看，他为什么给你写信。"我说着把信打开，信上说：

"亲爱的小姐，我一直以为，你的理智会驱走我给你写信的恐惧，纵使我没有给你写信，你也会知道我是多么爱你。但这封信本身很好地掩盖了一个事实，那就是我相信，哪里有疼痛，哪里就有治愈的办法。我很清楚，像你这样的年轻小姐，如果指责我冒昧轻率，那么我一小时也活不下去。但如果从爱情的角度来考虑，我绝不会为了一个小时的生命而放弃我的希望。小姐，我希望我的信不会惹你生气，希望你不要认为我给你写信有什么不妥，因为你会明白，我以后再也不写信了。希望你把我当成你的人，我愿把自己的一切都交给你。深情地吻你的手。"

我读了费利克斯的信，或者因为我通过信的字里行间，觉得他爱我胜过爱他自己，或者因为那颗疲倦的心把全部的爱镌刻在了文字里，我开始爱上他了，然而也就是从那时起，不幸连连来袭，烦恼挥之不去。片刻后，我向罗西娜道歉，诉说我心底的秘密，我再次细品那封信，信上的每句话、每个字都令我深思。我下定决心，拿起笔纸，给他写了回信：

"费利克斯，请你不要无视我的声誉，不要用甜言蜜语玷污它。我深知你是怎样的人，知道你的品行和价值。我相信你的勇气是源自内心，而不是像你在信中所说的，是爱情赋予你力量。如果事情真的如我一直怀疑的那样，那么无论你如何引导我走向破坏声誉的道路，你的努力、你的价值和命运都将归于徒劳。你应该明白，暗地里行事不会有好的结果。口是心非，非君子所为。你说，让我把你看作是属于我的，虽然我涉世未深，但也绝不轻信于你。不过，我注意到你信中的言辞，虽使我对你的信任减少，但也感觉到你并非那么冷漠无情。"

　　我把信送出去后，我知道这样做是错误的，随之而来的不幸也开始了。他更加有恃无恐地公开表达他的想法，并找各种机会和我搭话。我们交往了好几日，他那虚伪的爱情在我身上产生了影响，无时无刻不占据着我这个不幸女人的心。他唱歌跳舞，表演得更加起劲。夜晚，音乐声从未停止，每天都有信件和纸条送来。就这样过了一年时间，我变成了他爱的俘虏，无法抑制自己对他的爱意，他也将此看得比生命更加重要。可是，不幸的是，在我们正热恋的时候，事情被他父亲发现了。告密者把我们之间的关系大肆渲染。他父亲为了阻止我们结婚，便把他送到奥古斯塔·恺撒利娜斯公主的宫殿里，并告诉他，高贵的绅士不应荒废光阴，虚度年华，闲在家中只能养成恶习，学无所获。

　　他伤心离去，不辞而别。我得知后心痛如刀割，叹息流泪，痛苦难言，折磨难以承受。他去了公主的宫殿，我想他必会将我抛弃，因那里有更美丽、更温柔的姑娘。更何况，离别是爱情的宿敌。于是我决然冒险，这是任何女人未曾想象的。我女扮男装，前往公主宫殿去追寻他，并将希望寄托于此举。我一旦下定决心，便不顾后果，立刻付诸实践之中。一切进展顺利，因为一位知晓我秘密的女朋友帮了我的大忙，她帮我购置了衣装和马匹。我离开故乡，踏上旅途，抛弃声誉，万劫不复。

　　一路走来，我历经了千难万险。如果时间允许讲给你们听的话，相信一定能够引起你们浓厚的兴趣。我奔波了整整二十天，终于到达了目的地，找到一家偏僻的鲜有客人光顾的旅馆安顿下来。我恨不得马上见到毁掉我幸福的那个人。我不敢向店主打听他的消息，怕泄漏我的来因，直接去找他吧，又觉得不妥当，生怕被认出来发生不愉快的事。那天我从早到晚一直犹豫彷徨，对我来说，不是度日如年，简直是度时如年。临近午夜时分，店主来敲我的门，问我是否想听听街上的音乐，他让我快点起来，把窗户打开。

　　我趴在窗台上，从街上传来费利克斯的侍从法比尤斯的声音。他在和同伴们讲话，他说："先生们，小姐正在通往果园的走廊上乘凉。"他话音刚落，就有好几个人吹奏起来，奏乐如此娴熟甜美，犹如天籁之声。接着，歌声响起，在我看来，这是我听过的最甜美的歌声。我一边听法比尤斯讲话，一边沉思，不管想什么都不能使我愉悦。但歌声越来越悦耳，令人心醉神迷。

当这支歌唱完后，他们又开始演奏各种各样的乐器，旋律是如此和谐，动听的歌声再次传来，我的心如果不是沉浸在痛苦之中，一定难以抑制兴奋之情。黎明时分，音乐声才渐渐停止。我是多么想见费利克斯啊，但是夜幕遮蔽了视线。他们离开后，我又回到床上睡觉。我在床上辗转反侧，为自己的不幸叹息，因为我知道，我最爱的那个人已经把我忘得一干二净，他的音乐便是明证。

起床之后，我不假思考，就离开旅馆，径直向公主的宫殿走去，我想尽快见到我的心上人。到了那里，如果他问我的名字，我就化名叫瓦莱里乌斯。

我来到宫殿前的一个广场，观察每一扇窗户和每一条走廊，那里有那么多漂亮的美人，个个光彩照人。我惊讶不已，难以言表，惊叹于她们的卓越风姿、她们璀璨的珠宝首饰、她们的华丽衣着。广场上，有很多衣着华贵的绅士骑着名贵的马在散步，我注视着我日思夜念的地方。上帝知道，我是多么希望在那里见到费利克斯啊！他在那座金碧辉煌的宫殿里，是不是有了新欢？不过，我可以肯定的是，他在宫殿里效劳，能见世面，令人艳羡，常常有机会和贵夫人搭上一两句话。

可是不幸的是，他的爱情竟然发生在那个地方，这使我茫然无助。因此，当我站在离宫殿大门不远的地方时，突然看见费利克斯的侍从法比尤斯急匆匆走过去，到了第二道门说了几句话，又走了出来。我猜测，他是去询问费利克斯是否可以来宫殿处理事务，他一定会很快来这里。

我正想象着见到费利克斯的心情有多么激动时，看到费利克斯在侍从的陪同下走过来。这些侍从穿着蓝色制服，佩戴着银丝绣花的黄色天鹅绒，头上还装饰着蓝、白、黄三色羽毛。费利克斯脚蹬白色天鹅绒绣花鞋，身着缀有金丝的白缎坎肩和黑天鹅绒短外套。他的帽子上绣着几颗金星，每颗星中央镶嵌着一颗珍珠，还装饰着蓝、黄、白三色羽毛。总之，满身绫罗绸缎，金银饰物和珍珠发出耀眼的光芒。他骑着一匹浅灰色的高头大马，蓝色鞍座上也装饰着金丝和珍珠。他的模样让人又惊又喜，我找不到合适的词语来表达我内心的喜悦。实话说，当时我情不自禁地流下了泪水。在那么多人面前，我感到有些害羞。

费利克斯走到宫殿前，从马上跳下，沿着通往公主房间的台阶走去。我走到他的侍从身边，注意到法比尤斯站在中间，于是把他拉到一旁询问："刚才那个跳下马的绅士是谁？我好像在哪里见过他。"法比尤斯回答道："你一定是刚来这里，不然怎么会不认识费利克斯呢！告诉你吧，宫殿里没有人比他更有名气了。"对于这一点，我毫不怀疑，便回答说："告诉你吧，我昨天才到这里。""原来是这样呀，"法比尤斯说，"那位先生叫费利克斯，是万达利亚人，家住古城索尔迪纳。他在这里有些事务要处理，并且要为他父亲办点事。"这时，我向法比尤斯问道："请问，他为什么会穿这种颜色的制服？"法比尤斯答道："这是公开的秘密，几乎无人不知无人不晓，你问任何人都会告诉你。好吧，我就把所有的事情都告诉你。他在这里爱上了一个名叫塞利娅的宫女，所以要穿代表蓝天的蓝色制服，白色和黄色则是那位宫女喜欢的颜色。" 听到这个，你可以想象得出我当时的心情。但我努力掩饰着痛苦，回答道："这位宫女确实深受他的宠爱，因为他觉得仅仅穿她喜欢的颜色还不足以表明他愿意为她效劳，还在衣服上绣上她的名字，由此我猜她一定非常美丽动人。""当然了"，法比尤斯接着说，"不过，他故乡的那个姑娘更漂亮，而且那个姑娘比这位宫女更爱他。然而，他们分开了，这段坚固的感情最终也断了。" 听到这些，我努力控制自己，不让眼泪流出来。否则，法比尤斯肯定会怀疑我经历了什么不愉快的事情。

过了一会儿，那个侍从法比尤斯好奇地问起我的身份和背景，他想知道我叫什么名字，来自哪个地方。我回答说老家在万达利亚，我叫瓦莱里乌斯，还未结婚。法比尤斯说："这么说，原来我们是同乡啊！如果你有兴趣，我们可以成为一家人，我的主人费利克斯想找个仆人。你如果愿意，那该多好呀！不缺吃的、喝的、穿的，还有零花钱，可谓应有尽有。在这条街上，有很多像王后一样漂亮的姑娘。你这样优雅的人，没有姑娘会不被迷倒的。有个老神父有个漂亮的女佣，我们两个戴上头巾，带上炸肉片和葡萄酒，向她殷勤几句，肯定能得手！"听到他的话，我忍不住笑了起来，这个侍从说话真是太有趣了！

我觉得，除了法比尤斯给我出的主意之外，再没有别的东西更能带给我欢乐了。于是，我回答说："说实话，我从未考虑过成为一个仆人。然而，命运似乎给我带来了这个机会，我想没有比这更好的选择了。我希望能和你的主人在一起，他对仆人那么热情友好。"法比尤斯回答说："你对此了解得并不多，我作为君子之后——我父亲是拉莱多的卡乔皮内斯家族的成员之一，我发誓，我的主人费利克斯可以说是你一生中见过的最好的人了。他对待我们比任何其他主人都好，只是为了他的爱情，我们不得不四处奔波，睡觉也不得安宁。除此之外，他的确无可挑剔。"

最后，美丽的仙女们，法比尤斯将我的情况告诉了他的主人。他让我在当天下午去他的住处。我按时赴约，费利克斯非常热情地接待了我。于是，我在他的府邸里工作了几天，整天看着他忙着处理各种文件，渐渐地，我开始感到厌烦，好像我的心被抽空了一样。

一个月过去了，费利克斯对我非常友好，并且向我吐露了他爱情的秘密。他从头到尾将事情都告诉了我，包括一些私密的细节。他说，那位姑娘一开始对他非常热情，但后来逐渐变得冷淡。他不知道是谁向她透露了他在家乡的恋情，她认为他和她谈情说爱，只是为了在公主宫殿里办事期间不感到孤独而已。

费利克斯告诉我："毫无疑问，就像她所说的，我起初确实是那样，但是现在，上帝知道，在我的生活中没有比她更值得我爱的了。"听到这番话，美丽的仙女们，你们一定知道我心中是什么滋味，但我假装毫不知情地对他说："先生，那位姑娘可能有些怨言。如果你觉得你追求过的那个姑娘不值得你的爱，那就将她忘记吧。否则，你会辜负了她。"费利克斯回答道："我深爱着我的心上人塞利娅，她对我不应该如此。我只是觉得以前没有完全将我的爱倾注在她身上。""我明白，"我回答道，"谁受伤最深。"这时，那个不忠的家伙从怀里掏出一封情人刚寄给他的信，他以为我想知道信中写了什么，于是开始朗读起来。信中这样写道：

塞利娅给费利克斯的信

我从未怀疑过你的爱情，你为了不让我怀疑，编造了许多与实际情况相悖的事情。我这样做，请你原谅。如果我伤害了你，请不要介意。你可以否认过去的爱情，但不必自我诋毁。你说因为我，你放弃了你的初恋。你真会自我安慰啊！这样的话，你也可以对第三个女人说。费利克斯先生，你应该知道，一个绅士最令人鄙夷的行为就是花心、见异思迁。无须多言，既然有些病注定无法治愈，索性任其恶化。

他读完信后问我："瓦莱里乌斯，你对这些话有何看法？"我回答道："我认为她的话反映了你的行为。"费利克斯让我继续发表意见。我回答说："先生，你的看法就是我的看法，因为恋人之间的话，只有他们自己最能理解。然而，我认为信中有一点很重要，那位姑娘希望成为你的初恋，但命运不允许，这并不是嫉妒的表现。"费利克斯问我："你认为我该怎么做？"我回答道："如果你听取我的建议，就不应该将心思放在第二个姑娘身上，而是应该去爱第一个姑娘。"费利克斯叹了口气，同时轻拍着我的肩膀说道："瓦莱里乌斯，你真是聪明！你的建议很好！我们进去吃饭吧。用完餐后，你能帮我把这封信送给塞利娅吗？也许这样我就能不再纠结于她，收回自己的心。"这番话深深触动了我的心灵，我爱着眼前的他，甚于爱自己，只需一瞥便足以缓解内心的痛苦。我们用完餐后，费利克斯叫我过去，将他亲手写好的信交到了我手上。他将心底的苦楚向我尽数倾吐后，便把这份重任郑重托付于我，仿佛将全部希望寄托在了我身上。他先读了一遍信，信上写道：

费利克斯给塞利娅的信

你试图寻找机会，企图从心底忘记你深爱的人，这一点已经明确表达出来，无须多加思考就能看得出来。姑娘，请不要过于为我着想，你想对我做些什么，尽管找借口吧。在你眼中，我从来不是一个重要的存在，顶多只是一个不值一提的角色。我承认我曾经爱过一个姑娘，因为真正的爱情不会有隐瞒，而你却不断寻找机会让我忘记那个爱过我的人。我不明白，为什么你如此轻视我，竟认为当下的纷扰与陈年旧事就让我将你遗忘。你应该了解我的内心，不要再写下这种话了。你的胡乱猜测，有损于我对你的爱。我的心告诉我，这样做得不到好结果。

费利克斯念完给他情人的信后，询问我是否合适，是否需要做出修改。我回答说："先生，我认为没有必要修改，你这番回信分明是存心激怒她，我之所以这样讲，是因为初恋意义非凡，若换作我，绝不背叛初心。"费利克斯说："你说得太对了，如果我现在就能重新开始，那该多好啊！但是，我们分手后，初恋的感觉变得冷淡了，而另一段感情却变得热烈起来，你认为我该怎么办？"我回答说："如果是这样的话，被您爱过的第一个姑娘可能被欺骗了，因为爱情不应因为两个人不在一起而冷却，否则就不是真正的爱情了。"我说这些话时尽量掩饰自己的感情，因为我被曾经爱过且我也深深喜欢的人忘记了，这种痛苦真是难以忍受，但我假装什么都没发生过一样。拿着信，我请示应该怎么做，然后朝着塞利娅的家走去。爱情给我带来了很多痛苦，我正在进行一场内心的斗争，不得不卷入与我的愿望背道而驰的事情中。我到了塞利娅的家，看见门口站着一位仆人，我问他是否可以见到女主人。仆人询问了我的身份后，进去告诉了塞利娅。他竭力称赞我的外貌和才华，并说费利克斯曾经两次接见过我。塞利娅对他说，既然是费利克斯接见过的人，他一定已经向他透露了自己的想法，这或许是个好机会，让他进来，看看他有什么事情要说。

于是我走进了我那个令人忧心的情敌的房间，礼貌地吻了她的手，然后将费利克斯的信递给她。塞利娅接过信，但她紧盯着我看，可能对我的出现感到意外，她默默地注视着我，没有说话。过了一会儿，她恢复了一点儿常态，对我说："是什么风把你吹到这儿来的？费利克斯真是心地善良，竟然把你留下来做仆人。"我回答道："是什么风把我吹到这里来的？我从未预料到会有这样的变故。可以说这是命运安排，命运让我与你这位如此美丽的姑娘相遇。如果以前我因为我的主人费利克斯的焦虑、叹息和不安而感到痛苦，现在我明白了他的内心，我对他的误解转变为了嫉妒。美丽的姑娘，如果你真的对我的到来感到高兴，那么你应该感受到他的真情，自当予以真心回应。"塞利娅回答说："看在你的面子上，我愿意做任何事情。虽然我已经下定决心，不再爱那个因为我而抛弃了别人的人。幸好我及时发现了他利用别人进一步欺骗自己的阴谋。"我听了她的话，回答说："姑娘，世界上没有任何事物能使费利克斯忘记你。如果他因为你而忘记了另一个姑娘，你不必惊慌，因为你比那个姑娘更美丽、更端庄。所以，请不要为此而担忧，他并不是因为你而忘记了那个姑娘，也不会因为那个姑娘而忘记你。"塞利娅问道："难道你认识费利克斯追求的那个姑娘费利斯梅娜？"我回答："是的，认识一点，但并不很熟悉，所以对他们之间的关系不太了解。她住的地方离我父亲家很近。但是，当我看到你的美貌、优雅和聪明时，我不怪费利克斯忘记了他的初恋姑娘。"

塞利娅听后开心地笑了起来，说："你的主人献媚的本事，你真是学到家了。"我回答道："为了追求你，我真的愿意学学看！你的美貌无论怎样夸奖都不过分，完全不存在献媚的情况！"塞利娅认真地问我，费利斯梅娜究竟是怎样一个人。我回答："关于她的外貌，有人说她长得很美，但我从未如此认为，因为美貌的关键特征，她这些日子并没有展现出来。"塞利娅问我美貌最关键的特征是什么？我说是笑容，因为一个人没有笑容，美貌就不算完美。塞利娅认为我说得很对！她说她见过一些姑娘脸上带着忧愁更好看，而另一些姑娘带着愠怒更好看，这实在是很奇怪的现象。说实话，忧愁和愤怒能让女人更加美丽。此时，我回答道："不幸的美貌啊，最终还要把忧愁和愤怒当作老师。对于这种情况，我实在不太懂。但是，如果一个姑娘为了看起来更漂亮而刻意做出勤快、婀娜、多愁善感的样子，我并不认为她漂亮，她不能算是真正的美丽女人。"塞利娅对我的说法表示赞同，她说："你聪明过人，对任何事情都能说得头头是道。"

"我也并不是每件事都能轻易做到这一点，"我回答说，"姑娘，你可以写封回信，我的主人费利克斯迫切期待着收到你的回信，他会很高兴的！"塞利娅说："我很愿意写回信，但是，请告诉我，费利斯梅娜是否爱张扬，是否有相关经验？"我回答道："是的，最近发生了许多不幸的事情，当然有经验了！但她并没有过多关注不幸或者幸运，如果她稍微在意一些，也不会陷入现在这种境地。"塞利娅说："你对任何事情都说得那么圆滑，如果是别人，肯定不会说得像你这样中听。"我回答说："但是姑娘，我所说的道理对于像你这样聪明的人来说并不是什么高深的理念，顶多只能说明我理解能力还过得去。""没有你不懂的事情！"塞利娅说："你对我甜言蜜语，你的主人对我殷勤，我不再让你们两个白白浪费时间了。我先看看那封信，然后告诉你应该回复你的主人什么。"她打开信，开始阅读。从她的面部表情来看，她似乎很高兴。在大多数情况下，面容是内心的一面镜子。她读完信后对我说："转告你的主人，一个人若惯于将情感挂在嘴边，所表达出的情感未必是内心真实的写照。"她靠近我，声音压得很低，她说："瓦莱里乌斯，我这样说是为了你的爱，而不是因为我爱费利克斯。你最终会明白，是你在帮助他。"我自言自语地说："这下子糟了！"

塞利娅的热情让我无法抗拒，于是我轻吻了她的手。之后，我带着她的回信找到了费利克斯。他读后喜形于色，这让我心如刀绞。每次我往返传递情书，都会不由自主地感叹："费利斯梅娜，你太悲哀了，你这是用自己的尖刀刺自己的心啊。他对你那么漠不关心，而你还在为他寻找新的爱情付出努力！"

在生活中遭遇这样恐怖的事件，如果连见费利克斯的面都无法实现，那就只能默默忍受下去了。塞利娅对我隐藏了她对我的感情长达两个月，尽管她的掩饰并非完美无瑕；对于一直不幸的我，这却是一种慰藉，因为我觉得费利克斯可能永远也赢不回她的心了，这可能会使他像很多人一样，因为失恋而放弃那些不现实的幻想。但费利克斯的反应并非如此，他越是意识到自己的心上人忘记了他，就越是感到焦虑和不安。他的痛苦深到无法言喻，但他从未向我透露过一丝一毫。为了减轻他的苦楚，不幸的我不遗余力地从塞利娅那里寻求对费利克斯的好感；她说她这么做是为了让费利克斯对我好。如果让其他仆人去送信，可能会在塞利娅那里受到冷遇。因此，他尽量避免这种情况，设法让我去送信，因为我理解他。否则情况若是反转，他会变得很不幸。天知道，我为此流了多少泪。我在塞利娅面前流泪，恳求她不要对那位深情于她的人那样漠然，这足以让费利克斯感到对我有所亏欠，这是任何男人对任何女人都未曾有过的负债感。我的泪水感动了塞利娅，因为她认为，如果我不是真心爱她所爱的那个人，我不会那么热心地为他奔走。她多次这么对我说，焦虑让她日夜难安。

我感到极度迷茫，因为我明白，如果我不表现得如同塞利娅爱我那般去爱她，她就不能重新爱上费利克斯。但如果我沉浸在对他的爱中，结局绝不会是美好的。另一边，如果我假装爱她，那么她就会离我心爱的费利克斯而去。这可能会让他陷入深深的绝望，甚至抑郁而亡。为防止这种情况的出现，我愿意千百次地为他牺牲。我在他们之间担任着这个我不情愿的中间人角色有好久了，但他们的爱情关系却日益恶化，因为塞利娅对我的爱超过了她对自己的爱。

一天，我为塞利娅传送了许多信件，有几封我没有给费利克斯看，因为怕我的心上人伤心。之后，我委婉地请求塞利娅，恳请她关心一下为她日夜痛不欲生的费利克斯，并且提醒她，她如果抛弃费利克斯，那就与她的本意背道而驰了。我这样做是希望为费利克斯排除痛苦。塞利娅泪水涟涟，叹息着说："我是如此不幸呀，瓦莱里乌斯，我终于明白了，你一直把我蒙在鼓里。在这之前，我还以为你之所以为你的主人奔波，不过是想在我面前多待上一会儿，以欣赏我的容颜。但是，我现在总算明白了，你是在真心实意地为费利克斯奔波，让我爱上他，也就是说你根本不爱我。我是如此爱你，为了你而舍弃他；而你呢，并未回报我！愿时光为刃，借上帝之手，向你复仇。我不相信命运对我如此不公，不去惩罚你。告诉你的主人费利克斯，要是想让我活下去的话，就永远不要来见我。而你，背信弃义之人，如今已成为我追求幸福的障碍，不要再来我这里了，我的眼睛已疲惫，我的眼泪白流了，你辜负了我的一片真心。"说完，她哭着走开了。我也流泪了，但是我的眼泪却不能阻止她的离去，她一下子躲进屋里，啪地一声把房门关上。我用尽甜言蜜语，请求她打开门，但是无济于事。我说我愿意满足她爱的需求，希望她不要动怒，更不要关上门。

可是，她在屋子里怒气冲冲地对我说："讨厌的、忘恩负义的瓦莱里乌斯，我不想见到你，也不想听你说话。事已至此，爱情的圆满与否已无关紧要，我也无须你费心为我消解痛苦，唯有死，我只有去死。"面对此景，我只好返回费利克斯家中，并努力掩饰沮丧的神情，我对费利克斯说，塞利娅忙着接待其他客人，我没有机会和她搭上话。

第二天我们得知，塞利娅那天昏了过去，之后再也没有苏醒过来，这件事全城的人应该都知道了，所有人都为之震惊。费利克斯对塞利娅的死深感痛惜，他心中的痛苦难以言表，也难以想象，因为他不停地倾诉、叫苦，不停地叹息、哭泣。至于我的情况，更不必多说了，一方面，塞利娅的死令我心如刀绞，另一方面，费利克斯的眼泪浸透了我的心。不过，这些相较于我后来所遭受的痛苦，简直是太微不足道了。事情是这样的，费利克斯得知塞利娅去世的消息，当天晚上他就失踪了，谁也不知道他去了哪里。美丽的仙女们，你们看，我是多么痛苦啊！但愿上帝让我死去，不再忍受如此痛苦，命运之神也不忍看到我遭受这么深重的苦难啊！好几个人到处打听费利克斯的消息，但一无所获。于是我决定穿上现在的这身衣装，到处打听他的下落，两年来不知寻找了多少地方。命运不济，我到现在还没有找到他。感谢他，因为他我才有机会为你们做了一点事儿。

　　牧羊姑娘非常伤心，费利斯梅娜本想安抚他们几句，却突然听到草场另一侧传来一声巨响，随后是骑士们激烈的厮杀声。她们赶紧循着声响传来的方向奔去，想要查明究竟。结果发现，在河湾处的一个小岛上，三名骑士正与一人激战，那人英勇抵抗，却只能勉力抵挡，无力反击。他们站在那里激烈搏斗，而马匹则被系在附近的小树上。就在这时，那位男士成功将一名骑士击倒并以剑终结了他的生命。但是，剩余的两名骑士并未因此退缩，反而变得更加狂暴。显然，那位男士面临的只有死亡一条路。见此情景，费利斯梅娜意识到，若不立刻出手相救，他将无法幸存。她义不容辞，挺身而出，不惜牺牲自己。她迅速取出一支箭，将其搭在弓上，对着其中一个骑士说："别动！你们背离了骑士的荣耀，哪有以强凌弱的道理。"说着，她瞄准那人的头部，用力射出，箭头穿过他的眼眶，他倒在地上，气息全无。那个男人见又有一个骑士倒地身亡，他急忙冲向第三个骑士，充满力量的身姿仿佛刚刚开始战斗一般。然而，费利斯梅娜让他躲开，再次拔箭搭弓，直击那位骑士的胸口左下侧，箭正好穿透他的心脏，将他送上了和他两个伙伴同样的归宿。牧羊人看到费利斯梅娜百发百中，那个绅士脱下钢盔，走到她面前，说道："美丽的牧羊姑娘，你今天救了我的一命！我该如何报答你呢？我将永远感激你的恩情！"

　　费利斯梅娜看到绅士的脸，立即认出了他，她震惊得无法开口。她稍微恢复神态后，对他说道："费利克斯，你已经多次辜负了我的感情，我无法相信你说的永远不会忘记我。你以前已经忘记了更重要的情感，你看，我的人生多么痛苦！你忘记了对我的爱，抛弃我而去城市寻找其他的欢愉，欺骗我，或者说，我被你欺骗了，离开故乡，无家可归。"

　　"再者，为了你的自由，你竟然牺牲了我的自由。如果这还不足以唤起你对我欠下的情感的记忆，那么请你回想一下，我在恺撒利娜斯公主的府邸里为你做了整整一年的仆人！更甚者，我违心地充当了你和塞利娅之间的中间人，为了帮你摆脱痛苦，我从未透露自己的身份。我不知道为你奔波了多少次，为了从你的情人塞利娅那里争取到爱的承诺，为此我流尽了无数的眼泪！如果眼泪无法让你记住我对你的恩情，那么你应该知道，为了让你解脱爱情之苦，我宁愿献出自己的生命！我是多么深爱着你啊！

如果这些都无法说服你，那么请你看看为了你我所付出的一切！我离开了家乡，四处寻找你，把你的痛苦当作我的痛苦，忍受了各种屈辱。为了让你过上幸福的生活，我度过了任何人都未曾经历过的悲惨生活。当我穿上贵族的服饰时，对你的爱比任何人都深沉；当我穿上仆人的衣服时，所做的一切都背离了我的幸福。现在，我穿着牧羊女的装束，为你做了另一件事。你或许已经忘记了我的爱，但我仍然为你付出了这么多，只差没有献出我的生命。然而，如果那是你所期望的，我会毫不犹豫地献出。过去我爱过你，现在我仍然爱着你。请将这一切都忘记吧。但是，请别让别人夺去你手中的剑，我会为你报仇的！"

绅士听后，终于知晓了许多他之前不知道的事实，意识到过去他对费利斯梅娜是多么不公。他感到内心的痛苦，再加上受伤后流了大量的血，突然昏倒在美丽的费利斯梅娜脚下，仿佛已经死去一般。费利斯梅娜极度悲痛，紧紧抱住绅士的头，眼泪一颗颗滴在他的脸上。她哀叹道："命运之神，这是怎么回事呀！难道我和我的费利克斯的缘分已尽？唉，费利克斯，你让我承受了多少苦啊！为了你，我早已泪流成河，此刻我的热泪仍滚落在你的脸颊，可为何你还不能苏醒呢？我这个可怜的姑娘，有什么办法让我每天都能看到你，永远不感到失望呢？唉，我亲爱的费利克斯，快醒醒吧，别再沉睡了！如果你累了，那就好好休息吧；无论你要睡多久，我都不会担心，我不会打扰你。"

美丽的费利斯梅娜哭得伤心至极。两个葡萄牙牧羊姑娘踩着石头来到小岛上，热情地安慰她。这时，一位漂亮的仙女向她们走来，一只手拿着金杯，另一只手拿着银杯。费利斯梅娜立刻认出了她，喊道："哎呀，多莉塔，只有你才能这么及时地来帮助我！快过来，美丽的仙女，你看看我所承受的苦难，简直无法忍受！"多莉塔说："现在最重要的是坚持下去，美丽的费利斯梅娜，你不能放弃，你的苦难即将过去，甜美的日子将会到来。"她把银杯中的香水洒在绅士的脸上，绅士很快苏醒过来，她说道："先生，若你想重获生机，让因你受苦的人也同沐新生，就请饮下这杯水。"

费利克斯端起金杯，喝下了一多半的水。他立刻感到轻松了很多，被之前三个骑士所伤之处也不再疼痛。此外，他内心深深的爱情创伤也开始愈合。他从过去的痛苦中解脱出来，重新恢复了对费利斯梅娜的深爱，而且这份爱比以往更加强烈。他站在草地上，拉起自己心爱的牧羊姑娘的手，一遍又一遍地亲吻着，说道："哎呀，费利斯梅娜，我对你欠下的情太多，即便以命相抵，也难偿分毫！我的生命本就该属于你，应该物归原主。曾经我将你对我的深情抛诸脑后，把心错付她人，现在我该用怎样的眼睛来欣赏你的美貌呢？我犯了那么多对不起你的错误，该用怎样的语言才能得到你的谅解呢？如果你无法原谅我，我将会多么不幸！我做错了，你应该忘记我，无论我如何努力，都不配得到你的谅解。我曾经将心转向了塞利娅，忘记了你，但是你的勇气和美丽永远铭刻在我的心中。"

[费利克斯意识到费利斯梅娜的美貌要远胜过塞利娅，他真心请求她原谅自己的过错。]

费利斯梅娜看到费利克斯如此诚挚地悔过自新，表达了对他的理解和原谅。她流着泪告诉他，她完全宽恕他的过错，并且仍然像以前一样深爱着他。她说，如果她不想原谅他，又何必为了他承受那么多痛苦呢。费利克斯听到这些，心里放下了一块大石头，因为他看到费利斯梅娜对他的爱依然如初。费利斯梅娜高兴地向费利克斯讲述了他们分别后发生的事情。费利克斯听后感到非常惊讶，尤其是得知心上人竟然作为他的仆人，为他服务了这么多天，他竟然没有认出来！他意识到自己太过疏忽了！此外，费利克斯看到心上人如此深爱自己，激动之情无法掩饰。他们一起走了许多路，最终来到了狄安娜神庙。费利西娅女圣贤、阿西列欧、贝利莎、西瓦诺和塞瓦西娅早已在那里等候。大家见面时都非常高兴，尤其是美丽的费利斯梅娜，她的善良和美貌赢得了众人的尊敬。有情人终成眷属，众人为他们举行了一场令人难忘的盛大婚礼，庆祝他们的幸福结合。

[婚后，勋爵费利克斯和夫人费利斯梅娜留下了许多动人的牧歌，讲述了许多令人感动的故事]

➤ 可能性来源 ◄

1.《总督传》

托马斯·埃利奥特　著　1531 年

第二卷第十二章（《提图斯和吉西普斯》）

《提图斯和吉西普斯》表现的爱情和友谊冲突的主题可能影响了莎士比亚。提图斯和吉西普斯从小一起长大，年龄相仿，志趣相投。吉西普斯爱上一位貌美贤淑的女子，与她订婚，并把她介绍给好友提图斯。然而提图斯也对该女子一见钟情，因陷入友谊与爱情的内心冲突而病倒。吉西普斯得知后前来探病，提图斯向他坦露了心迹。吉西普斯为了友谊，冒着被逐出家族的风险，设计让提图斯代替他与女子成婚。吉西普斯用机智和自我牺牲的精神化解了友谊与爱情的矛盾，成为歌颂友谊无私的优秀范例。

但现在，在我工作的过程中，我需要停下来喘口气，我的读者，读了那么多道德训诫，也累了，渴望读点别样的东西，一些令人愉快的寓言故事，我要给你们举一个关于友谊的好例子。仔细阅读这个故事，你们会得到一些教诲，还能学习如何愉快地培养友情。

罗马城内有一位名叫富尔维的贵族参议员，他把他的儿子提图斯送到希腊的雅典城内去学习(该城是所有学说的发源地)，并让他住在城内一位尊贵的人克瑞梅斯家里，这位克瑞梅斯碰巧也有一个儿子，名叫吉西普斯，吉西普斯的年龄、身高、体型、肤色、喜好、相貌等，都与提图斯相当。这两个孩子长得很像，他们的父母分辨他们都要费些力气。这两位年轻的绅士，在别人眼中就像同一个人，所以，在他们相识不久之后，同样的性情使他们的心灵产生了情感的共鸣，同样的意愿和嗜好也把他们日益联系在一起。尽管他们的名字不一样，但是他们愿意为对方而改变自己，他们彼此就像同一个人一样。他们在一起，一起去书房学习，一起吃饭；他们追求共同的志趣，并从中获得乐趣；最后，他们越来越博学，几年之后，雅典的年轻人几乎无人可以与他们相比。后来，克瑞梅斯死了，这不仅对他儿子，而且对提图斯而言，都极其痛苦。根据他父亲的遗嘱，吉西普斯继承了父亲的财产，成为一个富有的人，因此有许多女人奉承他并且想嫁给他。他的朋友、凯尼和其他人都劝他结婚，以繁衍子嗣。但是，这个年轻人，一心想和他的朋友提图斯在一起，并且专心致志于哲学研究，他害怕结婚会使他失去提图斯和哲学研究，于是拒绝了他们长篇大论的劝说。直到最后，由于亲戚的恳求、他的兄弟提图斯的意愿与劝告和其他人的期望，他同意和一位爱慕他的人结婚。无须多言，他的朋友们给他找了一个年轻的女子，她品格高尚、容貌美丽、善良纯洁、富有高贵。他们认为，对于这样一个年轻的男士来说，他们是门当户对的。当他们的朋友们在婚约上达成一致时，他们就劝吉西普斯试探少女，并观察她是否满足他的期望。他发现，无论是何种角度何种条件，少女都符合他的期望，他沉浸在与少女的情爱中。他常常把提图斯留在他的书房里，偷偷去见她。他后来把自己的秘密告诉了提图斯，说他看到他要结婚的美人儿多么高兴，她举止文雅，是一位理想的情人。有一次，他带着朋友提图斯，走到他的情人那里去。但是，当提图斯看到一个如此美丽的女人时——她的面容是那么和蔼可亲，伴随着一丝羞赧，她能言善辩、言辞优美、严肃且令人尊敬，提图斯被震惊了，被盲目的丘比特之箭击穿了内心。他承受着巨大的痛苦，无论是对哲学的研究，还是对他朋友吉西普斯的情意——他是如此热爱和信任他，都无法改变他那不切实际的欲望。不得不说，毫无疑问，他深深爱上了他朋友要娶的那位女士。他付出了难以置信的代价，将自己的想法隐藏起来，直到他和吉西普斯回到了他们的住处。

可怜的提图斯回到书房，全身心都被爱所折磨和压迫，他躺在床上，谴责自己是最卑鄙的人，他已经背叛了他最伟大的朋友吉西普斯，背叛了所有的人性和理性，他诅咒自己的命运，并希望他从未来到雅典。在那里，他从双唇中发出了沉重冷漠的叹息。在悲伤和痛苦中，独自憔悴心伤，不愿与任何人透露自己的痛苦。最后他变得如此无法忍受，无论他是否愿意，他被迫躺在床上，因为缺乏睡眠，很少摄取食物，他是如此虚弱，以至于他的腿仅能支撑他的身体。吉西普斯想念他的朋友提图斯，得知提图斯病了躺在床上，吉西普斯被吓坏了，便急忙赶到提图斯的住处……询问提图斯是什么原因引起他的病，责备他这么长时间没有告诉他一点消息，好让他提供一些帮助，哪怕让他倾其所有都在所不惜。说完这句话，提图斯再次叹了口气，苦涩的泪水从他的眼中喷涌而出，就像暴风雨过后雨水从山上流淌而下到山麓一样。提图斯看到吉西普斯，下定决心要告诉吉西普斯，他最渴望得到的是什么，并且（正如我所说的那样）他想到，因为他和吉西普斯两人间强烈而纯粹的友爱，只要能够让朋友重新康复，吉西普斯愿意付出生命的代价。听到朋友的话，看到朋友流下的眼泪，提图斯满心羞愧，低下头，艰难地说出了自己的心里话："我最亲爱的朋友，收回你友好的提议，停止你的情谊，忍住你的眼泪和悔恨，拿起你的刀把我杀死，或者以其他方式向我复仇吧，我是最可恶最虚伪的叛徒，万死也难辞其咎……唉，吉西普斯，是什么嫉妒的阴谋让你把我带到你所选择的那个女人身边，在那里，我饮下了这毒药？我说，吉西普斯，你的智慧在哪里，你还记得我们脆弱的本性吗？你为什么让我看到你的私欲？你为什么要让我看到那个你自己看了都不能不勾起情欲的人？唉，为什么忘记我们的心愿和欲望都是一样的呢？难道你忘记了，你所喜欢的，也常常是让我愉悦的吗？你还想要什么？吉西普斯，你的信任是我陷入困境的原因，你（和你朋友）所选择的那个女人的光芒，以及关于她无与伦比的美德，已经在我心中荡漾；我因此希望摆脱这种可悲痛苦的人生，我自觉不配做你的朋友。"提图斯深深地叹了口气，泪流满面，结束了他的忏悔，仿佛他整个人都融化在自己的泪水之中。

但是，吉西普斯站在那儿，既没有惊讶，也没有不满，脸上带着坚定的神情和谦恭的敬意，吉西普斯拥抱并亲吻了提图斯，他以这样的方式回答了提图斯。提图斯，这就是你一直隐瞒，不愿意向我透露的隐痛和生病的原因吗？我承认自己的愚蠢，你对我的指责也正当合理，我着实不该向你引见我的爱人，尤其是在深知我俩性情相当、品味一致的前提下还这么做，实在无可推诿。因此，错都在我。你有什么错呢？难道我是因丘比特之箭不可避免地受到了如此严重的伤害？你以为我是如此愚蠢无知，连维纳斯的力量都不知道吗？为了我的缘故，你不是已经与那女神抗争，几乎到了快死的地步吗？我还能要求你更多的忠诚与坦率吗？我是否有这个权利，可以抵抗众神的旨意？如果我这么想，我的理智是什么？我研究崇高的哲学这么长时间是为了什么？提图斯，我向你坦白，我爱她，就像任何智者所能想象的那样，她的陪伴，比我父亲留给我的丰厚财富和土地都更加令我快乐。但现在我发现，你对她的爱意更深，我所认识的你，性情严肃深沉，总是竭力追求诚实，远离虚浮和虚伪，我怎么能认为这是你身上放荡的情欲或贪婪的欲望？提图斯，这是上帝唯一的旨意。她从一开始就注定成为你的妻子。因为这种炽热的爱，并不是向理智和真诚的人进行恳求，而是出于一种神圣的性情；如果我感到不满或者怨恨，不仅对你不公平，而且违背上帝的旨意，我绝不愿做出这样的事。因此，亲爱的提图斯，你不要为爱情的冲动而沮丧，请你和我愉快地交流，我对你没有什么不满意的，只有满意的喜悦，我很高兴能为你找到一位女士，你将与她过上幸福的生活，为你的家族带来荣耀和安慰。我现在正式把我对那个女孩的所有权力和爱情都转让给你。拿出你最本真的勇气，擦干你的眼泪，放下所有的重负。我和她的婚期将近。让我们商量一下，定要叫你得偿所愿。我的想法是这样：你很清楚我们两个是如此的相似，如果穿着同样的衣服，很少有人能分辨出来。你要记得，习俗上，尽管举行了结婚仪式，但直到晚上丈夫在他的妻子的手指上戴上戒指，解开她的腰带之前，婚姻是不被认可的。因此，我将和我的朋友们一起完成婚礼仪式。你要待在一个隐秘的地方，就是我指定的地方，等到了晚上，你迅速到姑娘的房间去，因为我们两个外貌个性相似，她不会认出你的。把你的戒指戴到她手上，你们可以马上共寝。提图斯，请放心，让你的生命得到安慰和慰藉。这种病恹恹的苍白的脸色会出卖你。我很清楚，你有你的苦衷，怕我会成为众人的眼中钉，受到所有人的辱骂和嘲笑，我的家人会恨我，他们会利用这个机会，把我赶出这片土地，认为我是家族的耻辱。我这么做并不是强迫自己，我只想让你得偿所愿，得到幸福……

[提图斯按照他朋友的建议做了，然后公开宣布他已经娶了那位女士。吉西普斯受到嘲笑并离家出走，但在经历了许多冒险和误解后，又回到了他的土地和朋友那里]

这个例子表达了对友谊的看法，这种对友情的描述围绕着年龄和人物的相似性而展开，因人物和学习研究的一致性而得到加强，并被长久的友谊所证实。

2.《尤弗伊斯：智慧的剖析》（1579）

约翰·黎里的《尤弗伊斯：智慧的剖析》对《维洛那二绅士》的主题产生了一些启发，比如不忠的朋友和正确的道德观念。尤弗伊斯和菲劳图斯建立了美好的友谊。首席市政官唐·费拉多与菲劳图斯结交，想把他的女儿露西拉嫁给他。尤弗伊斯陪同菲劳图斯参加露西拉的宴会时，也爱上了她。于是，露西拉背弃了与菲劳图斯的婚姻，选择了尤弗伊斯。但是，露西拉不久又移情别恋于另一位绅士。因此，尤弗伊斯既为失去爱情而哀叹，又为失去挚友而悲伤。最终，尤弗伊斯和菲劳图斯纷纷指责露西拉的不忠，并恢复了旧日的友谊。

[一个年轻富有的雅典人尤弗伊斯，"比财富更聪明，比智慧更富有"，他来到"一个快乐多于利益，但利益多于虔诚"的地方——那不勒斯，在那里开始了他的人文教育]

尤弗伊斯在那不勒斯逗留了两个月，我不敢肯定，究竟是被一个名叫菲劳图斯的年轻绅士的殷勤所感动，还是为命运所迫，究竟是他的智慧，还是他那令人愉快的幻想，在尤弗伊斯的头脑中产生了更大的影响。但尤弗伊斯对他表现出了如此深情的爱，他似乎对任何其他人都不屑一顾，决心同他缔结一种神圣不可侵犯的友谊，终生不渝。他说："我读过并且深信，朋友在顺境时是快乐的源泉，在逆境时是一种安慰，在忧愁时是一种安抚，在欢乐时是快乐的伴侣，有时是另一个'我'，在任何地方都是我自己的形象。以致我无法断定，永生的神是否赐予了凡人比友谊更高贵或更必要的礼物。世界上有什么东西可以与友谊相提并论呢？在这短暂的人生旅途中，还有什么财富比朋友更珍贵呢？你在谁的怀中可以安然入睡而没有恐惧？你内心深处的秘密可与谁共享而不会被出卖？你能与谁分担你所有的不幸而不用担心背叛？谁将以你的包袱为他的祸害，以你的不幸为他的痛苦，以你手指的刺痛为他心灵的感知？我要把菲劳图斯当作我的灵魂，这样我越确信我拥有菲劳图斯，我就越在他身上看到尤弗伊斯的动人形象。"

大家都知道也都承认，友谊是人类快乐的珍宝。然而，如果有人看到这种友谊是建立在淡漠的感情上的，很快就会有人猜想，这种友谊会因一点小事而消失：正如你可以看到尤弗伊斯和菲劳图斯的结果，他们炽热的爱很快就会冷淡起来。美酒越烈，醋意越浓；深爱也会变成致命的恨。谁该受到最大的指责，在我看来，这是一个难以确定的问题，我不敢妄下定论。因为爱情是造成这么多恶作剧的原因，所以我还不知道他们中间哪一个最应该受到指责，但可以肯定的是，他们俩谁都不应该受到责备。先生们，我请求你们来判断，不是说我认为你们中的任何一个愿意来处理这件事，能够决定这个问题，而是因为你们比我有更强的判断力，更适合辩论这场争论……

［尤弗伊斯请求菲劳图斯与他建立友谊］

"如果我可以向你保证，尤弗伊斯对菲劳图斯比达蒙对皮西厄斯[①]、皮拉德斯对俄瑞斯忒斯[②]、提图斯对吉西普斯、泰修斯对皮罗特鲁斯、史奇皮欧对莱利乌斯[③]都要忠诚……"

但是，在多次拥抱彼此和盟誓之后，他们一起去吃午饭，在那里他们既不想吃肉，也不想听音乐，也不想有任何其他的消遣。饭后，他们在午后一直跳舞。他们不仅住一间屋子，而且睡一张床，看同一本书（即使是这样，他们认为还不够）。他们之间的友谊与日俱增，甚至一分钟也无法离开彼此，他们之间的一切无不共享，人人都认为这是值得称赞的。

菲劳图斯是一个镇上出生的孩子，无论是为了他自己的家庭，还是为了他父亲在

---

① 达蒙和皮西厄斯：希腊传说中的人物。达蒙和皮西厄斯是好朋友。皮西厄斯出事被判了死刑，为了使他能够回家探视亲人，达蒙留在牢中作人质，如果皮西厄斯不按时返回，就处死达蒙。当期限满，临处刑之际，皮西厄斯及时赶回。国王深受感动，将二人全部释放，因此，"达蒙和皮西厄斯"意思就是"生死之交、莫逆之交"。

② 俄瑞斯忒斯和皮拉德斯：二者为古希腊神话中的一对挚友。在特洛伊战争结束后，古希腊名将阿伽门农回国后不久就被妻子及其情夫谋杀。其子俄瑞斯忒斯长大后，决定为父亲报仇，于是他回到祖国，在皮拉德斯的协助下杀了他的母亲及其情夫。

③ 史奇皮欧和莱利乌斯：罗马政治家史奇皮欧与智者莱利乌斯，二者为挚友。

世时的尊荣，他悄悄与首席市政官唐·费拉多建立了关系。虽然唐·费拉多的府邸中有一群温文尔雅的女人，但他的女儿——他全部遗产的继承人，仍然使其他的女人都黯淡无光。她的娇羞令人嫉妒，她雪白脸颊上的腮红，使他人羞愧得脸红。因为，她让最美丽的红宝石黯然失色，使太阳月亮黯淡无光，因此，这位勇敢的少女更幸运更忠诚，她光彩夺目，无人能及。菲劳图斯靠爱情和律法赢得唐·费拉多女儿的芳心，但是尤弗伊斯打破了他们的婚约。

碰巧，唐·费拉多去威尼斯处理自己的私事，留下他的女儿作为家里唯一的管家，她不遗余力地款待朋友菲劳图斯。菲劳图斯不习惯独自前往，而是和他的朋友尤弗伊斯一起赴宴。这位贵族女人无论是出于友善还是出于礼貌，都对尤弗伊斯的到来比较冷淡，以致他后悔自己来赴宴。

尤弗伊斯虽然知道自己值得受到热情款待，可是他看出她不愿意向他投来友好的一瞥。为了不显得手足无措或表情尴尬，他与一位名叫莉维亚的女士搭讪……

晚餐已经摆好了，菲劳图斯对露西拉说："女士们，我冒昧地带着我影子（尤弗伊斯）赴宴，因为我知道看在我的面子上，他应该受到热情欢迎。"对此，一位女士回答说："先生，在见到你的时候，我从来没有这样想，还以为你不会带别人过来，所以我并不欢迎你唐突地带你的朋友过来。"尤弗伊斯虽然觉得有点尴尬，但似乎并不在意。

"女士，看到影子经常保护你的美丽免受太阳的炙烤，我希望你能更好地尊重它，它越是令你讨厌，越是得罪你，你应该越喜欢它，越喜欢徜徉其中。"

"好吧，先生们，"露西拉回答说，"我们讨论影子的时候，就不谈他本人了。所以请你坐下来吃晚饭吧。"于是他们一起吃饭，但尤弗伊斯只吃了摆在他面前的一道菜——那就是露西拉的美丽。

尤弗伊斯第一眼看到露西拉时便被欲望点燃，几乎要被火烧成灰烬。晚餐结束了，那位贵妇人希望听到一些关于爱情或学习的话语。尽管有人要求菲劳图斯谈一谈，但他把机会让给了尤弗伊斯，他认为尤弗伊斯最适合讲这个话题。在大家的再三要求下，尤弗伊斯就是这样被推至前面，开始如下谈论。

[尤弗伊斯讨论了心灵的优雅是否比身体的优雅更值得爱的问题]

既然我们已经在爱的殿堂里，就不必再去审视男人和女人谁更容易被诱惑，是男性还是女性更坚贞不渝。在这里，我不想为自己辩护，既不向男人致谢，也不和女人争吵。因此，如果你（露西拉）愿意发表意见，我倒希望你持相反的观点。我敢肯定，我当然相信你的判断是正确的，但感情会给它蒙上阴影。

露西拉看到他装腔作势，对他说："先生，在我看来，女人可能被每一股风所俘获，因为她们的性别既没有抵挡爱情冲击的力量，也没有保持忠诚的坚贞之心。因为你的谈话已经给大家带来了欢乐，我也就不愿意妨碍你实现你的计划了。"尤弗伊斯觉察到自己的疏忽，回答如下：

露西拉，如果你想说什么就说什么，在场的这些女士没有什么理由感谢你，如果你让我称赞女人，我的话微不足道，而你的话则表达了一个简单的事实，尽管知道承诺是债务，我还是会用行动来偿还……

触动爱的精灵，虽然他们的心看起来很温柔，但他们却像西西里岛的石头一样坚硬，越被敲打，就越坚硬：因为他们被塑造成完美的形象，所以他们完全不可能会产生不洁的思想，因为他们憎恶青年轻浮的爱，这种爱是建立在欲望的基础上的，在每一个光明的场合都会消失。当他们看到人们的愚蠢变成了愤怒，忠诚变成了偏袒，感情变成了隔膜，当他们看到人们在快乐中憔悴，他们牢骚满腹而面色苍白，他们的怨恨，他们的沉默，他们的付出，他们的修养，他们的努力，他们的爱，他们的生活，似乎都如此令人厌烦，他们硬下心抵制这样的情欲，最终他们可能会使自己由鲁莽转变为理智，从淫荡粗俗变为诚实谨慎。故此，男人指责女人残忍，是因他们自己缺乏修养，他们认为她们阴险狡诈，不愿屈服于她们的邪恶。但是我几乎忘记了自我，露西拉，这次你应该宽恕我，因为我突然结束了我的谈话：这既不是因为缺乏善意，也不是因为缺乏证据，而是因为我感觉到我自己有这样的变化，我几乎说不出一句话来。啊，尤弗伊斯，尤弗伊斯。

女士们都被这种令人难堪的变故弄得进退两难，以至于脸色都变了。但尤弗伊斯拉着菲劳图斯的手，感谢诸位贵妇人的耐心和款待，向她们告别，并立即回到了自己的住所。

[露西拉爱上了尤弗伊斯，意识到她对菲劳图斯不忠]

露西拉想："假如菲劳图斯离开你，尤弗伊斯爱你，你的父亲会让你随心所欲地去追求你的欲望吗？你父亲认为对方配得上他的财产吗？他会觉得对方不配拥有你。难道他会让你和一个身份卑微、陌生的希腊人结婚吗？哎，但我父亲怎么知道他是否富有，他的收入是否能与我父亲的地产相匹配，他的出身是否高贵？看到他温和的态度，谁能怀疑他高贵的血统？

让我父亲说去吧，我会追随自己的欲望。露西拉，你说什么？不，不，我自己的爱，应该说，因为我远离欲望，就像远离理性一样，我靠近爱，就像靠近愚蠢一样。然后，坚持你的决心，展示你的自我，爱能做什么，爱敢做什么，爱做过什么。尽管我无法用遗忘熄灭欲望之火，但我会把它们放在谦虚的灰烬中：出于少女的羞涩，我不敢透露自己的爱情，所以我要掩饰它，直到有机会。我希望如此表现我自己，因为尤弗伊斯会认为我是属于他自己的，而菲劳图斯本人也认为我只是属于他的。我向上帝祈求，叫尤弗伊斯到这儿来，见到他能稍稍减轻我的痛苦。"

露西拉想起自己的痛苦，一下子躺倒在床上。

回到尤弗伊斯这儿。他陷入了两难境地，他既不能安慰自己，也不敢征求朋友的意见，他怀疑这是真的，菲劳图斯是自己的情敌，和露西拉关系亲密。因此，他陷在希望与恐惧的两极之中，说出了这样的话：

"尤弗伊斯知道你的聪明，看到你的愚蠢，却还要惩罚你的愚蠢，但又怜悯你的忧伤，到底是什么意思呢？有没有人如此变化无常，如此容易上当受骗？有谁会如此不忠，欺骗他的朋友？有谁会蠢到沉浸在自己的不幸之中？的确，正如海蟹总是逆流而行，智慧也总是与才智抗争：正如蜜蜂常常被自己的蜂蜜所伤害，智慧也常常被自己的想法所困扰……啊，我的露西拉，我多么希望你不是那么美，或者我能更幸运一点；我更聪明一点，或是你更温柔一点；我能摆脱这种疯狂的喜怒无常，或者我们两个情投意合。可是她怎么能相信我对她的忠诚呢，连一个简单的证据都没有呢。她会不会认为我爱的是她的相貌而非她的美德呢？我的品味一开始就被视为猥亵，最终也依然如此：任何暴力行为都不会永远存在。是啊，是啊，她当然需要猜测，虽然事实并非如此：因为我对她的感情越深，她就越不相信。她的击掌如雷鸣，她的出现如闪电，二者均骤然来临，倏然而逝。"

[他决定慢慢追求她]

在战斗中，应该有一场可疑的交锋，一个绝望的结局；有一种艰难的投入，有一种动摇的决心；有一场没有希望的爱情，一场没有恐惧的死亡。烈火产自最坚硬的燧石和钢铁。爱来自最干燥的火焰，爱来自最坚强的内心，来自信任和时间。哈德·塔奎诺斯①用神情来表达他的爱，卢克雷蒂娅②要么用怜悯来满足他的欲望，要么用劝说来制止他的施暴。正是欲望之火迫使她不得不结束自己的生命，所以爱情在其他方面不应该受到谴责，但是，他轻佻地向女人施暴，而她用自己的肉体对他的愚蠢进行了惩罚。这一事实（在我看来）比贞操更为残忍，她既适合扮演一个恶魔，也适合做罗马的女人。尤弗伊斯，任何女人总有一天会退缩的，无论高傲的眼神还是乖僻的言语，不要因此而气馁。"

尤弗伊斯自言自语了一番后，菲劳图斯走进了房间，发现他如此憔悴和消沉，一直沉浸在悲痛之中，既不喜欢他的食物，也不喜欢他的朋友，两眼含泪说出了这番话：

"我的好朋友好伙伴，我无法忽视你目前的脆弱，也不了解你如此的原因：虽然我怀疑许多事情，但并不能肯定任何一件事情。因此，我善良的尤弗伊斯，有关我的这些疑惑和沮丧，要么把原因消除，要么把它揭露出来。你曾使我成为你快乐的伙伴。现在，在你的悲叹中，我也和你一样心急如焚。我即便无法医治你，起码能给你一些安慰。"

[尤弗伊斯假装爱莉维亚，被菲劳图斯带到费拉多的家里，费拉多因他是菲劳图斯

---

① 哈德·塔奎诺斯：可能是指古罗马神谕《西卜林书》中的人物，他是罗马王政时期末代国王。

② 卢克雷蒂娅，传说中的古罗马烈女。

的朋友而欢迎他，他和菲劳图斯离开，让尤弗伊斯与露西拉独处。这给了尤弗伊斯一个向露西拉求爱的机会，露西拉最终承认了这件事]

她说："呸，我喜欢菲劳图斯纯粹是为了时髦，绝不是出于真爱。我凭着自己的童贞以及我对你的爱起誓（因为更大的誓言我还没有证实）。

我父亲把我嫁给菲劳图斯，如将我置于火中。不不，尤弗伊斯，你是唯一用爱使我着迷的人，而且你将以法律的方式拥有我：我不强迫菲劳图斯发怒，这样我就可以得到尤弗伊斯的友谊。我也不会把他的财产看得比你重要，也不会把他的土地看得比你的爱更重要。费拉多很快就会剥夺我的继承权，然后又因为我食言而羞辱我？我要结婚，不是因为他的高贵，而是因为你的高贵。为了表示我真挚的爱，我把我的手和我的心永远交给你，做你的露西拉。"

但是，费拉多匆忙离开，又匆忙回来，他和菲劳图斯已经商定，必须马上举办婚礼，这使菲劳图斯非常满意。菲劳图斯由于极度兴奋，几乎陷入了狂喜之中。这就是快乐的富足和力量，虽然他对自己所爱的露西拉毫不怀疑，但害怕老年人的反复无常，这种反复无常是不可信任的，他知道，拖延会带来危险。

因此，他催促费拉多把这个消息告诉他的女儿，一次见她女儿闲暇无事，费拉多说了下面的话：

"我的女儿，你之前是一名少女，现在你必须学会做母亲；我精心培养你成长为亭亭少女，我现在很想让你成为一位妻子。在这件事上，我也不应该说什么，因为现在的女子通常是一出生，便意味着要做新娘：不需要分配财产，因为你知道你会继承我所有的财产。我唯一关心的是你的对象能否配得上你，他应该很富有，能够呵护你；能够宠爱你，有着高贵的血统；诚实可靠，值得你爱，还是个意大利人，这样他才值得享有我的土地，我终于找到了这样一个可以满足我愿望的人，一个有着显赫家世的绅士，品行端正，风度翩翩，在那不勒斯出生长大的人——菲劳图斯。只要你喜欢他，他就可以作你的丈夫。你不会不喜欢他的，他最大的愿望就是能得到你的爱情，他身上也没有任何会让你讨厌的地方。

当然，我更高兴你能和他联姻。你曾爱他，就像我所听闻的，作为未婚女子，你们之间不会有任何矛盾。两个人齐心协力，就不会有任何猜忌，爱情便会长久。因此，露西拉，到最后，你们两个的愿望都可以实现了，我来帮助你们缔结这个婚约。你们内心充满喜悦，上帝见证了其中一方的心，世界便可以通过你们的谈话来见证另一颗心。如果你答应了我的要求，我和你的朋友都会满意的。"

[露西拉拒绝嫁给菲劳图斯。最后，在菲劳图斯面前，她承认她爱菲劳图斯的朋友尤弗伊斯。菲劳图斯愤怒地写了一封信给尤弗伊斯，尤弗伊斯用"嘲弄的词语"做了

回复。然而，我们几乎马上就知道露西拉又变心了，接受了"一个老古董，没有多少财富、没有多少智慧、来自那不勒斯的一位绅士"的求婚。所以尤弗伊斯不得不为失去他的情人而哀叹，也为很难再找到的一个忠实的朋友而悲伤]

　　菲劳图斯知道了尤弗伊斯的不幸，也知道了露西拉的虚伪，虽然刚开始他为同伴的不幸感到高兴，但是看到了她的变化无常，他不得不哀叹他的愚蠢，同情他朋友的不幸，认为是露西拉的轻浮引诱才导致尤弗伊斯犯了如此严重的错误。

　　尤弗伊斯和菲劳图斯进行了谈话，互相指责对方，但发现露西拉的不忠行为后，经过一番交谈，两人又恢复了旧日的友谊，都把露西拉当作最可憎的人抛弃了。

（译者厉盼盼，济南大学文学院）

九、《一报还一报》来源文献

〜〜〜〜〜〜

> ➤ 导　言 ◄

　　《一报还一报》是产生较晚的一部喜剧，有明确记载的是它首演于 1604 年在白厅举行的宫廷宴会。《一报还一报》采用的一则"巨额赎金"的故事最早出现在《马太福音》的"登山宝训"第七章第 1—5 节，后来出现在意大利文艺复兴时期的诸多作品中。《一报还一报》有两则确定性来源，首先，它主要取材于乔治·怀特斯通的戏剧《普罗莫斯和卡珊德拉的历史》（*The History of Promos and Cassandra*）。其次，吉拉尔迪·钦蒂奥的短篇小说集《故事百篇》（*Hecatommithi*）中的一个故事可能也给了莎士比亚一些启发，钦蒂奥还创作了同题材的一部戏剧《埃皮提亚》（*Epitia*）。再者，还有一些细节可能受到其他作品的启发。例如，托马斯·勒普顿的故事集《西库拉》、巴纳比·里奇的作品《匈牙利王子布鲁萨努斯历险记》（*The Adventures of Brusanus, Prince of Hungaria*）等。

　　乔治·怀特斯通于 1578 年与 1581 年分别出版了戏剧《普罗莫斯和卡珊德拉的历史》的两部分。在第一部分中，他向我们展示了一个年轻法官的滥用权力、一个淑女的高尚品行和一个受宠贵族的放纵行为，另外还有一个有害社会的寄生虫的故事。怀特斯通突破了戏剧前辈的古典形式，强调人物之间的情感关系，通过引入费尔拉克斯、拉米娅等次要情节，表达了比钦蒂奥更广阔的社会观。剧作的第二部分歌颂了一个高贵的国王在制止罪恶和支持美德方面表现出的出色品质和气度，同时批判了不诚实行为的卑鄙和可耻。下文为这部戏剧较为完整的译文，有几处歌曲的唱词遗失，但所占比例极小，基本上不影响戏剧情节的完整性。

　　《一报还一报》的可能来源之一是吉拉尔迪·钦蒂奥的短篇小说集《故事百篇》中第八个十年第五个故事—《埃皮提亚的故事》，其法文译本由加布里埃尔·沙皮于1584完成。十八世纪之前，这个故事没有英文版本，但莎士比亚可能读过钦蒂奥写的意大利原文故事或者沙皮所译的法语版。钦蒂奥被"巨额赎金"的故事深深吸引，让受害者成为姐弟，而不是夫妻。因为钦蒂奥认为这个案子是一个有趣的道德和法律问题，所以设定女主人公埃皮提亚学过哲学，为其兄弟辩护很有力量。另外，故事中还引入了一个浪漫的元素，维科是一个十六岁的男孩，在结婚前侵犯了自己的爱人，被归咎于"爱的力量"。他认为可以通过婚姻来纠正这个错误，但未能认识到自己的罪恶，甚至乞求他的姐姐用童贞来换取他的自由，但埃皮提亚忠于她的教义。当她收到弟弟的尸体时，她坚忍地隐藏着她的痛苦，然后去找皇帝申诉。当尤里斯特试图逃避谴责时，她进一步运用她的辩才对抗强权，作品从单纯的复仇主题转变为具有人道主义色彩的正义主题。

　　吉拉尔迪·钦蒂奥不仅将埃皮提亚的故事写进他的《故事百篇》，还使用该题材创作了悲喜剧《埃皮提亚》。钦蒂奥是文艺复兴时期悲喜剧的伟大捍卫者和倡导者。他将尤里斯特对埃皮提亚的欲望变成了爱情的果实，减轻了批判的力度。在尤里斯特的姐姐安吉拉的支持下，他们尽快结了婚。只要转化为婚姻，埃皮提亚就不会感到羞耻。这段关系就像莎剧《一报还一报》中的克劳迪奥和朱丽叶一样，期待正式的婚姻。《埃皮提亚》是一部关于正义与慈悲的问题剧。埃皮提亚愿意牺牲自己的贞洁以换取她兄弟维科的自由。维科也没有被处决，而是被替换成了一个死刑犯。这说明钦蒂奥在将故事戏剧化时，用耸人听闻的方式为他的戏剧增添了色彩，并在戏剧中充满了对比。《一报还一报》标题的意思是"以眼还眼"，其主旨与《圣经》有着密切的关系。下面的可能性来源中，提供了《马太福音》的"登山宝训"第七章第1—5节，选自1948年在美国出版的版本《上帝在山上的布道》，作者为圣·奥古斯丁。从主题上看，该剧的内涵丰富，不仅仅局限于基督教思想，这是一部有关正义、严厉、怜悯、赔偿和赦免的戏剧。"巨额赎金"的故事还出现在托马斯·勒普顿的故事集《西库拉》中。可能性来源2节选了这部作品的第二部分，题为《好得难以置信》(Too Good to be True)。

　　可能性来源3节选了《匈牙利王子布鲁萨努斯历险记》(1592年)的六个片段，囊括了与莎剧相似的几个人物和情节。作品有几章内容涉及伊庇鲁斯国王莱昂纳尔库斯离开他的宫殿，伪装成一名叫科林纳斯的商人来巡察他的宫廷和人民的状况。他的儿子多瑞斯图斯接替了他的位置，但是他不愿意相信他的父亲已经死了，也不愿意继承王位。伪装成商人的国王和他在旅途中结识的朋友一起被捕，并被指控犯有叛国罪。布鲁萨努斯为他辩护，多瑞斯图斯审理此案，驳回了对被告的错误指控，并发表了关于行使正义和"一个好王子的任务"的讲话。莱昂纳尔库斯对他儿子的睿智非常满意，他公开了自己的身份，然后讲述了他在微服私访中发现的滥用职权的现象。这部作品几乎不涉及爱情主题，但在国王微服私访、体察民情和治理贪官方面与莎剧有相似的情节和主题，更偏重探究何为好的君主和朝臣，有更浓厚的政治学意义。

与以上来源文本相比，《一报还一报》除了在情节和少量人物语言上模仿了上述作品以外，还做了诸多调整和改变。例如戏剧的情节有两个显著变化：一是由来源文本的两桩婚姻增加到四桩婚姻，二是增加了公爵与大臣之间的几场戏，将主题由道德探讨引向政治层面。因此，戏剧探讨了法律与正义、法律与仁慈、宗教分歧和统治焦虑等社会问题，F. S. 博厄斯（F. S. Boas）将《一报还一报》称为"问题剧"。

➤ 可靠性来源 ◅

1.《普罗莫斯和卡珊德拉的历史》

乔治·怀特斯通　著（1578 年与 1581 年）

整个历史的论据

在城市胡里奥，可能是在马提亚一世国王（兼匈牙利国王和波西米亚国王）的统治下有一条法律，凡是犯了通奸罪的人，男子应该被砍头，女子应该穿上具有标记的衣服，让她在今后的生活中臭名远扬。这一严厉的法律，因不受到某些仁慈法官的支持，变得不太受重视，直到普罗莫斯勋爵治下：他判定一位名叫安德鲁吉奥的年轻绅士犯有无节制罪，同时判处他和他的随从都要执行这一法令。安德鲁吉奥有一个纯洁、美丽的姐姐名叫卡珊德拉。卡珊德拉为了能让他的弟弟活下去，向普罗莫斯勋爵提交了一份谦卑的请愿书。普罗莫斯称赞她良好的行为和倾城的美貌，对她动听的谈吐非常满意。但是这个邪恶的人，把自己的爱好变成了不正当的欲望，以她兄弟的性命作要挟，企图玷污她。贞洁的卡珊德拉，憎恶他和他的想法，没有嫁给这个人的意愿。但最后，在兄弟的苦苦哀求下，她同意了交易条件：他饶恕她的兄弟，然后和她结婚。普罗莫斯答应她的条件时表面上表现得满不在乎，实则心里害怕。但不管怎样，只要他的意愿得到满足，他不会遵守承诺。为了保持自己的权威不被玷污，也为了防止卡珊德拉吵闹，他秘密地命令盖勒把她兄弟的头送还给她。

盖勒听了安德鲁吉奥的抗议，感到自己厌恶普罗莫斯，因此决定保护安德鲁吉奥的安全。他给了卡珊德拉一个刚刚被处决的重刑犯的头。（这个头被严重损坏，卡珊德拉并未认出这不是她弟弟的头，而实际上，他弟弟已经被盖勒释放。）她因悲痛在监狱里自杀，但幸免于难，被普罗莫斯报复。她向国王申诉，国王对她是如此的重视，以至于立即对普罗莫斯进行了公正的审判。对他的审判是，娶卡珊德拉为妻，以恢复她受损的名誉。因为罪行严重，他应该被砍头。这一庄严的婚姻，使卡珊德拉与她的丈夫结下了深厚的感情，所以她向国王请求赦免。国王基于公众的普遍利益，没有满足她的要求。伪装在人群中的安德鲁吉奥为姐姐的事情感到悲伤，不顾自身的安危，挺身而出，说明真相，请求国王的赦免。国王为了表彰卡珊德拉的美德，赦免了他和普罗莫斯。这一情况在历史上都罕见，但在实际中真实发生了。

《普罗莫斯和卡珊德拉的历史》（第一部）

第一幕

—| 第一场 |—

[普罗莫斯、律师、史瑞夫、带着一串钥匙的护剑官、费尔拉克斯、普罗莫斯的侍从、宣传员]

普罗莫斯　此刻留在胡里奥的军官们，

都认识我们的领袖，匈牙利国王，

他派我——普罗莫斯和你们一起听令，

我们必须做到公正。

现在为了展示我权力的强大，

此刻专心听他的信。

费尔拉克斯，把对我的指令读出来。

费尔拉克斯　如你所愿，我会的，留心听。

费尔拉克斯读了国王的信，那一定是用羊皮纸写的，并被印章密封。

普罗莫斯　在这里你看到什么是我们的主权，

听听他的愿望，那是正确的，不可动摇的。

听他的关心，从美好的希望中祛除污秽，

为了鞭笞不服从法律的尸鬼。

他对民众福利如此热心，

他如何拯救无知的人。

当他指挥时，显得异常严酷。

这是他的愿望，也是我的愿望，

普罗莫斯发誓要成为这样的法官。

不会发生任何错误和严厉的惩罚，

贫穷的奴仆应以慈悲来审判。

即使每个人都有优点，也难免有厄运。

爱不会停留，恨也不会报复，

绝不能贪污腐败或助长坏事。

我抗议，为什么我的指令受到影响，

无论是朋友还是敌人，来唱一首离别之歌。

因此你听到我的使命，

他不在时，我仍然代表我们的君主。

那就回答吧，各尽其责

以他的身份，来面对我所做的一切。

律师　可敬的代理，在你的带领下，我们欢欣鼓舞，

我们由衷地折服于您。

接受正义之剑的毁灭吧，

邪恶的敌人，为了保卫其他无辜的人。

史瑞夫　我们的城市钥匙承载着民众的希望，

我们把我们的安全托付给你。

你睿智的预见会让我们远离恐惧，

但如果需要，我们仍将是您的助手。

普罗莫斯　剑和钥匙，均为我的君主所用，

我接受并乐意接受对我的指令。

现在需要改革弊端，

我指的是一个更加自由的时代。

为了处理一些事情，我们将要离开。

所有人回答　为了实现您的意愿，我们献出一颗心甘情愿的心。

[退场]

┤ 第二场 ├

[拉米娅，唱着歌进入宅邸]

歌曲

勇敢的姑娘抛弃了忧虑，

用一层层的爱来吟唱，不要任何回报。

大自然让你变得无比勇敢，

命运会给你带来你想要的一切。

在快乐离你而去之前，你已被出卖，

所有的欲望都将与你交易，然后藏到你的陈腐里。

年轻的统治者维护着他们，保卫你和你的一切，

老多特雷鸟仍记得你，你的美丽如此闪耀。

虽有许多人轻视你，但无人能触碰你，

因此嫉妒使你复活，你的法令就是这样。

拉米娅说

现在胜利的拉米娅，肆无忌惮的旗帜，

提前把你自己打扮得最有勇气，尽情欢乐吧。

旋转，陪伴你自己的快乐列车，

你的脸是美丽的，你以前的满足，你的命运都将保持。

即使你希望你的房子屹立，你的家具漂亮，

你的草地茂盛，你的脸庞优美，但谁为此付钱？

你是你自己吗？不，匆忙的年轻人，沐浴在肆意的幸福中，

是啊，老糊涂和溺爱，有时你要为此付出代价。

这两者我都能唾手可得，这一切都是我应得的，

我对他们的想法更严格，看起来我喜欢他们的爱。

他们中很少有人坚持说我放弃了。如果我喊走，他们就会飞走。

如果我一个人去复仇，我会哭一百次。

他们最勇敢的心，他们的手，他们拿着的钱包，

与最优秀的人一起，在我生病时支持我。

但是看看我信任的人跑到哪里去了，他带来了什么消息？

┤ 第三场 ├

[罗斯科（拉米娅的侍从）、拉米娅]

罗斯科　好人，你们都没有看到我的女主人拉米娅吗？

拉米娅　罗斯科，有什么消息，你这么快就来了？

罗斯科　女主人，你必须关闭你的商店，别管那些事了。

拉米娅　他们是什么人？愚蠢的无赖，告诉我真相。

罗斯科　哦，上帝，你还有找三十个陪审员这一个方法。

拉米娅　为了我的好朋友，我恳求你告诉我为什么这样做？

罗斯科　耐心点，小姐，你会知道的。

拉米娅　我也去，继续说。

罗斯科　玛丽，现在在我参加的会议上，

找到三十个陪审员后，要振作起来①。

我希望展示其中的，唉——

拉米娅　为什么，怎么了，伙计？

罗斯科　哦，安德鲁吉奥，

因为爱得太过分，肯定失去了理智。

他甜蜜的内心一定是披着可耻的外衣，

给那些坠入肉体深渊女人的圣餐。

拉米娅　你说的这种罪行还会再发生吗？

告诉你，不要再说了，这个故事已经结束。

看吧，看吧，我的胜利很快就变成了痛苦。

罗斯科　小姐，你答应过要保持安静的。

看在上帝的份上，看在你自己的份上，就这样吧。

拉米娅　唉，可怜的罗斯科，我们的日子，

我们的勇敢和一切，我们必须都放弃。

罗斯科　我很抱歉。

拉米娅　是的，但是，唉，对不起，你不能再为我服务了。

罗斯科，你只能去其他的地方提供服务了，

我的欢乐已经过去了，是的，我自己可能会饿死。即使我已经雇佣了你一年。

罗斯科　他们（在累积的收获中）奖励公平，

当冬天来临的时候，他们的仆人会打包行李。

唉，女主人，如果你现在解雇我，我不比一个无赖好。

拉米娅　你应该有一个户口。

罗斯科　是的，但是在什么样的情况下？

拉米娅　为什么你要对付我的人？

罗斯科　法官啊，少有这样的情况才显示出您的恩惠，

让一个人爱另一个人。

我知道，不久你就会溜走，

因为为了你自己，为了美好的生活，你必须找些证据。

拉米娅　拉米娅现在意识到必须活下去，直到她死去。

罗斯科　好吧，你如何站在这个神圣的宝座上，

---

① 振作起来：此处为双关语，本义为用绳子捆起，挂起，引申为振作起来。

　　　　你所知道的事情，将危及你的快乐。

拉米娅　我愿意承认，我的冒险是徒劳的。

罗斯科　也许我也会变成同样的人。

拉米娅　你安慰我，好罗斯科，告诉我怎么样？

罗斯科　老实说，我们不会阻止你的。

拉米娅　我只是开玩笑，亲爱的仆人，告诉我。

罗斯科　亲爱的仆人，要迟到了，快收拾东西，上帝保佑。

拉米娅　哈哈，我只是想试试你情愿不情愿，只是开玩笑。

罗斯科　我不知道你会诚实多久。

拉米娅　我认为你的谈话太动听了，不可能是真的。

罗斯科　是的，但你是说你要诚实吗？

拉米娅　不，我这么做已经很久了，但是，根据需要，

　　　　为了再次迎接他回家，我已经下定了决心。

罗斯科　很好，女主人，我知道你的想法。

　　　　为您着想，我发现了这个补救措施。

　　　　在外面打探，作为玩伴之类的人，

　　　　小姐，我听说有一个叫费尔拉克斯的人，

　　　　一个非常尊重普罗莫斯的人。

　　　　我冒昧地问了一句，

　　　　我听说，他很喜欢烤羊肉①。

拉米娅　然后呢？

罗斯科　跟他结婚，如果你能有办法

　　　　把他带回家，让他假扮成你。

　　　　谁当面都会原谅你的过失，

　　　　没有人敢抱怨你的生活。

拉米娅　好计谋，上帝保佑我们成功。

　　　　但我问你，他从事什么行业？

罗斯科　他是一个微不足道的刀斧手②。

拉米娅　一切都会好起来的，怀疑会减少。

　　　　好吧，走你的路，如果你发现他怀疑，

　　　　告诉他，我有一两个理由，

　　　　会让他松懈下来。

---

① 布洛加注为 toll 或 pull。意思是收过路费。

② 布洛加注为 inferior lawyer，意思是劣等律师。

罗斯科　你的案子太常见了，我请求你去申诉。你命令我去观察。

拉米娅　是的，唉，少了费尔拉克斯的帮助，可怜的丫头，我完了。

　　我的敌人现在在风中公开我的耻辱，

　　现在嫉妒的眼睛会向外窥探，冒犯者会中圈套，

　　现在的拉米娅，必须保持贞洁，以免发生更大的不幸。

　　放荡的姑娘们，你怎么会换上漂亮而鲜亮的衣服呢?

　　面对美味的食物，面包皮能满足吗? 房租该付给谁?

　　最让你高兴的是，你不能再调情?

　　那么法律的力量，或者死亡，爱的心智是否也会离你而去?

　　说实话，不会。曾经尝过爱的果实的尸鬼，

　　直到垂死的那一天，都期望乔叟爵士的笑话能被证明。

┤ 第四场 ├

[拉米娅的女仆、拉米娅]

女仆　真的，米斯特里，您的爱人在家里等你。

拉米娅　你从田里出生吗，关心庄稼的捣蛋鬼? 你说得太多了。

女仆　就是那位绅士，前一天和普里船长一起来的那位。

拉米娅　什么，年轻的希波莱特?

女仆　竟然是他。

拉米娅　希望他还没走，我们赶快回家去。

　　达莉娅会把他安排在邻近的房间，

　　我回来之前，先不要关门。

　　告诉我的奴隶，不会少给他一个子儿。

女仆　您还有别的吩咐吗?

[退场]

拉米娅　喋喋不休的泼妇，走开!

　　勇敢是应该的，我必须去见他。

　　他既年轻又富有，对我来说是最好的选择了。

　　为了他的缘故，我铲除风险，并让他祈祷和付出代价。

　　他，他会用我的羽毛来装饰我，让我勇敢快乐，

　　如果菲莱克斯走这条路，我向你行屈膝礼。

上报者把他的案子放在这里，拉米娅留下来没有多久。

[退场]

第二幕

— 第一场 —

[卡珊德拉]

卡珊德拉　是啊，我被不幸缠绕，但我必须活下去，

看安德鲁吉奥过早地离开了，我的处境不容乐观。

上帝知道，我们的地位上升是唯一的方法，希望通过偶然的机会，他能获得幸福。

哦，爱情中混合着的情感，谁也说不清它的痛苦，

然而欲望将经受火和霜，甚至是死亡和地狱的风险，

品尝你发誓时的甜蜜和烦恼，小心消受。

你的爱堕落了，你闪电般的快乐毁了我的幸福。

你先点燃我兄弟心中的爱。

你使波琳娜痴狂，甚至答应他的要求。

你让他疯狂地渴望得到维纳斯的证明，

因为这一恶劣行为，他被判死刑，不久就要被砍头。

法律对肉体的惩罚是如此严厉，

用结婚弥补此事，获胜的几率也不大。

——因为它违背了一条出于热情但已被扭曲的法律。

断层应该用沙漠来衡量，但这一切都是一体的。

好色之徒不再受到惩罚

然后他陷入爱的力量，他的婚姻缓解他的疼痛。

这样我就更难延长我的安德鲁吉奥的生命。

但愿我的生命能和他一起结束，为的是平息我的纷争。

— 第二场 —

[安德鲁吉奥在监狱里，卡珊德拉]

安德鲁吉奥　我的好姐姐卡珊德拉？

卡珊德拉　谁在叫卡珊德拉？

安德鲁吉奥　你那可悲的兄弟安德鲁吉奥。

卡珊德拉 安德鲁吉奥，啊，在这阴郁的一天，我遭遇了什么样的悲伤，

被判处死刑的你在这里，现在被束缚在监狱。

你受到了怎样的迷惑，以至于做出这种卑鄙淫荡的行为，

导致自己的死期将至。

安德鲁吉奥 哦，好卡珊德拉，不要再责备我，

如果迟来的忏悔对我有所帮助，我不会再这样做了。

但是，唉，我是一只可怜虫，悲伤得太晚了，我的亲人，

除非普罗莫斯勋爵给我恩典，否则这是徒劳的。

因此，亲爱的姐姐，希望我余下的生活还能继续，

为了我的利益，我强忍泪水。

如果你真的救了我的命，我们两个都会很高兴。

如果不是这样，你只要让你的兄弟顺其自然就足够了。

因此，设法延缓我的行刑时间，否则明天我就会被执行死刑。

卡珊德拉 我不会不用恳求和祈祷来换取仁慈，

再见了，上帝保佑我快点行动起来。

安德鲁吉奥 亲爱的姐姐，直到你归来，我都活在希望和恐惧之间。

哦，这一刻我真高兴！看普罗莫斯勋爵来了。

现在，我的舌头告诉我的大脑要申诉。

然而，为了避免匆促中的失误，我最好

为了某种利益而忍下来。

┤ 第三场 ├

[普罗莫斯、法官，以及普罗莫斯和法官的官员]

普罗莫斯 奇怪的是，一群不节俭的人活在世上，

在这个城镇内，到处掠夺和盗窃。

要不是正义常常使他们悲伤，

那些正义之人的货物会被小偷全部偷走。

这要是按我们的法令，三十个陪审员就能判定，

我看到他们的同胞有点害怕什么人会倒台，

所以执行方法是按严重程度，

如此邪恶的野草应连根拔起。

法官，快点执行，

让该死的尸鬼失去恩典的希望。

法官　我完成了。

卡珊德拉　［对自己说］啊，残酷的话，它们让我的心流血。

那么，现在我必须设法撤销这个厄运，

以免饥饿的骏马缺乏风度。

［她跪着对普罗莫斯说话］

最伟大的主人，当之无愧的审判者，你的判断是那样敏锐，

请竖起您的耳朵，听听我诉说的悲惨遭遇。

看看可怜的安德鲁吉奥的姐姐，

虽然法律判了死刑，但请怜悯他。

鉴于他太过于年轻，爱的力量，迫使他犯了错，

权衡再三，婚姻是他承诺的补偿。

他没有玷污婚床，也没有强暴女孩，

他坠入了爱河，却不知爱的沉重责任。

这些法规起初是为了让那些放荡不羁的人敬畏法律而制定的，

或者，只有好色的骗子才应该按照严格的法律得到惩罚。

然而，解释意图，是我的借口。我哭着诉说，希望为他赢得恩典，减轻惩罚。

因此在这里，声名远播的贵族，希望您能平衡正义与怜悯，

因为平衡这两者将会抬高您的名声。

普罗莫斯　卡珊德拉，放弃你那些无用的想法，根据哈斯本的法律，

法律发现他犯了错误，法律就会判他死刑。

卡珊德拉　但也许可以这样回答，

法律经常允许恶作剧，以保持法律的适当形式，

法律最大的圆顶上也有小的瑕疵，但人们仍然对其心存敬畏，

然而国王，或执行王权的人，

如果作出补救，可能会用仁慈推翻法律的效力。

这里没有故意杀人，斧头没有染上鲜血。

安德鲁吉奥也许犯了错，但婚姻可以抹去他的污点。

普罗莫斯　公平的夫人，我看到你对安德鲁吉奥天生的热情，

为了你（而不是他），我将施以恩惠，

允许对他暂缓行刑，以解除你的烦恼。

明天你将获准重新为他辩护的机会。

施莱弗，改变我的判决，暂且留下安德鲁吉奥，

直到你荣幸地得到我的答案。

法官 我会执行你的意愿。

卡珊德拉 啊，最可敬的法官，我发现我是你的奴隶，

即使是为了我在你手中找到的这小小的希望。

现在我要去安慰那徘徊在生死之间的人。

[退场]

普罗莫斯 享受这样一位妻子之爱的丈夫该有多么幸福！

我断言，她谦逊的话语在我心中制造了一个迷宫。

虽然她很漂亮，但她并没有穿上鲜艳的衣服吸引目光；

她的领结诱人，她的外表以纯洁的蔑视切断了喜爱的想法。

哦，上帝啊，我感到有一杯苏打水改变了我的自由之身。

你说什么？

呸，普罗莫斯，呸！他回避这个想法，

所以我会的。我的其他忧虑将治愈爱所造成的一切。

走开。

[离场]

⊢ 第四场 ⊣

[费尔拉克斯、普罗莫斯的军官、古瑞派克斯、密探瑞派克]

费尔拉克斯 我可信赖的朋友们，关于你们的生意，

用简单的方式表明你们的来意，

把所有的罪犯都带到我的办公室里来，

然后让我把这些罪犯都释放。

古瑞派克斯 呸，去找犯法的人吧，别烦我，我的眼睛只能看到绞盘。

费尔拉克斯 上帝保佑，古瑞派克斯。

瑞派克 我的视力非常敏锐，

所以我知道人们的想法。

古瑞派克斯 我相信瑞派克，作为妻子的她是怎么想的。夜晚从你身边偷走？

瑞派克 玛丽，她知道你和我在广场，

为了避免我们打起来，她做了准备，

她武装我的头，好匹配你那带了角的额头。

古瑞派克斯 去吧，和一个无赖在一起。

瑞派克 我为你留下。

费尔拉克斯　没有造成伤害；这只是以牙还牙。

　　物以类聚，人以群分，

　　然后像合作伙伴一样到市场去。

　　上帝给你送来了枯萎的玫瑰。

古瑞派克斯　再见，因为我们不在乎。

　　与我们这种人讲话很少有见识。

　　[退场]

费尔拉克斯：[独自一人] 结婚吧，先生，祝你工作愉快，不管是什么，

　　给了我很大的支持，虽然费用微薄。

　　我感谢我的好主人普罗莫斯，让我做了一名军官，

　　在平静中更多的是偶然而不是荒谬，秘密地是办公室。

　　无须强迫，每班一个，因为费尔拉克斯会这么做。

　　好吧，一个人可以慢慢来，不要等待时间。

　　我微笑着想到我的同伴，有些人勇敢，有些人等待，

　　并且认为奖励他们的服务是公正的，因为他们会被收买。

　　可怜的灵魂，当他们在盟誓后下降一英里，

　　因为奉承和热切的讨好是使人高升的手段。

　　我是凭证据说话的，普罗莫斯大人，我已经高兴了很多天了，

　　然而我既不博学、老实，也不诚实。

　　我的办公室有一些技能、机智或诡计，

　　以此为依据，所有执照、许可证、专利、护照，

　　以及租金、罚款、费用等等，通过费尔拉克斯的手过了一遍又一遍。

　　有人贿赂我逃离正义的束缚。

　　为了提升，我现在有了一份工作。

　　这些饥饿的小伙子很快就会嗅到犯法者潜伏的地方，

　　如果他们进入我们的范围，我们打算除去他们。

　　如果他们逃避公开的耻辱，他们和我们的钱袋子将会消失。

　　相信我，我们这种温和的军官是锻造的，

　　支持我们，并确保我们不会让您丢脸。

　　但是等一下，我看到我的主人，是什么让他如此低落？

　　也许他会悲伤地知道，我闯入了他的视线。

—| 第五场 |—

[费尔拉克斯、普罗莫斯]

普罗莫斯　好吧，费尔拉克斯，我早就想展示我的智慧了，

一个只有我知道的原因。

费尔拉克斯　我的主啊，我是一个快乐的人，

如果我能满足你的愿望。

普罗莫斯　我很想说话，但是，哦，一种令人不寒而栗的恐惧（事实就是如此）让我

无法说话。

费尔拉克斯　这些话，我的主人，

现在让我觉得你对我不信任。

但停止怀疑，我和你的意志将会一致。

你的交易是什么？或针对谁？

普罗莫斯　对一个小家小户来说是这样的。

然而我担心达不到我的目的。

费尔拉克斯　不要害怕，我的主人，古老的谚语说，

昏黄的心偷走了被卖掉的女人。

普罗莫斯　亲爱的女士们，没有一位女士是我的爱人，

然而，她肯定像他们将证明的那样忸怩。

费尔拉克斯　正如我所料，爱情的确如此折磨着你。

但她是谁，敢对普罗莫斯说不？

普罗莫斯　尽力而为，我知道火山会爆发。

我的话表露了我的内心。

我的伤口如此之深，爱一定是我的水蛭，

哪种治疗方法会在言语中带给我力量，

更值得注意的一件蠢事是，

看到一个白发苍苍的男人获得宠爱。

费尔拉克斯　不，我的主人，我爱所有的葡萄酒，

跟奥维德说，养成男人的习惯。

为了证明爱情是明智的，

让萨拉蒙和桑普森出现在你眼前，

为了智慧和力量，谁品女祭司的酒。

两人都按照爱情制定的法则生活，

这证明了在爱情中某个神祇在说谎。

女神在天上统治着智慧，

我的意志使我成为智者中最好的一个。

普罗莫斯　我认为热爱工作是神圣的，

从实用的角度出发。因为我的感官转向，

在快乐中有痛苦，在痛苦中我找到了幸福。

在悲痛中进食，看到食物，我却快要饿死了。

爱情的这些奇怪的作用存在于我身上，

我的思想被束缚，然而我和我的自我却是自由的。

费尔拉克斯　好吧，我的好主人，我是斧头（请原谅）。

是哪个女人让你受了奴役？

普罗莫斯　是这样的，正如我所叹息的那样，

她是该死的安德鲁吉奥的姐姐。

费尔拉克斯　对你来说一切都好，游戏会继续进行。

谚语说，小猫会变得善良，

如果这是真的，那么我觉得这是一种安慰。

卡珊德拉的肉体和她的兄弟一样脆弱，

然后，勋爵向她进攻时，她会大吃一惊。

普罗莫斯　相反，恐吓对她不起作用，

因为她脸上的表情是如此的端庄，

就像可爱的人一样，带着纯洁的蔑视。

费尔拉克斯　爱所不能得到的，其他手段必得不到，

她兄弟能活下来就会让她快乐幸福。

普罗莫斯　什么，安德鲁吉奥的自由

是他姐姐最想得到的东西？

费尔拉克斯　我的主人，您的仆人不是这个意思，

但是如果您愿意，秘密地去其他地方。

让你的意志发挥作用，我希望这是一个转变。

普罗莫斯　这是出于好意，但问题就是这样，

如果我满足她的心愿，我就得死去。

［退场］

┤ 第六场 ├

[刽子手，他的脖子上套着许多绳子]

刽子手 风吹不到任何人的利益，我不在乎冷。

这里有 29 套诉讼的服装供我分享。

就目前情况来看，有些还非常好，

既不是绅士，也不是其他贵族，普罗莫斯显示恩典。

但是我很惊讶，可怜的奴隶，他们这么快就被绞死了。

他们习惯于逗留一两天，现在很少有人来了。

对刽子手来说更好！原谅我害怕痛苦。

那些穿好衣服的，砍柴人就会救他吗？

我从来没有害怕穷人。

让我看看，我在这方面一定做得很精巧。

听得出来是新的绳索。我打的结怎么样？

我是值得信任的，先生，它很滑。

用绳子玩的游戏是快是慢，取决于一个吉卜赛演员，

我很快就在马林巴琴上读出他的命运。

军士 走开，这里怎么有一股骚动，去看人被吊死？

刽子手 听着，上帝保佑你，我得走了，犯人来了。

[退场]

┤ 第七场 ├

六个囚犯被绳子绑着，两个杂役，一个女人，一个像吉普提安，其余的是贫穷的流氓，一个神父和其他官员。

他们的歌

对你的心和声音，哦，上帝，

后者喘着气对我们叫道：

对于我们的境况，仁慈的上帝会认同的，

因此，他呼吁你的怜悯。

不要在这苦难中抛弃我们，

向你承认我们的罪孽。

不要在这苦难中抛弃我们，

向你承认我们的罪孽。

杂役甲　我们提防了各种各样发动袭击的人，

看看你的良心，你发现了什么，为你的错误悲伤。

我们刚刚干下的暴行就是例子，看看这就是骄傲的后果，

我等候死亡，早晚有一天会被送上绞刑架。

哦，粗心的青年，因纵情声色被推入这个阴森森的地方，

请注意我的话，正是这些让我痛苦。

避开孔雀羽毛中的恶作剧，只为凝视

恨，恨骰子，即使是骰子。对放荡的女人要小心。

这些，这些是吸我财富的人，为什么要跟随他们？

无法无天的人凭直觉告诉我要吃偷来的战利品。

一旦在邪恶的行为中被爱抚，我不害怕冒犯。

我越来越糟，越来越糟，我会在闲暇时做一些补偿。

但是，哦，假设还有更多逃脱的希望。

我的错误被发现了，我被判吊在一根绳子上摇摇欲坠。

我和我的朋友们一起去，同样是因为违反法律，

有些是因为谋杀，有些是因为偷窃，还有一些原因不明。

杂役乙　当心亲爱的朋友们，不要争吵，不要干渴，不要呼吸。

沾血的斧头滴着血，我会流血不止而死。

一个女人　女仆和女人，远离骄傲和懒惰，它们是一切恶习的根源。

很快就会发现我的死正是骄傲和懒惰的结果，上帝保佑你会因此变得聪明。

一个嘲笑的捕快　现在吉普提安怎么样了？都是女流氓，因为缺少陪伴？

做个强硬的人，刽子手会直接和你一起读出命运。

牧师　你说这样讥讽的话，好朋友没有得罪他呀？

他的过错被鞭笞了，你或许真该受他的责备？

一个可怜的流氓　耶稣救了我，我用三个半便士的一袋钱赎了罪。

一个粗鲁的官员　走开，搞恶作剧的流氓，你之后会被绞死！

我们要慢慢地走！

他们悠闲地唱着歌离开了。传教士仍在耳边低声谈论着一些这样或那样的囚犯。

他们的歌

基督知道我们隐秘的想法，
我们这些被世人憎恨的奴隶。
然而我们希望您不会这样，
因此我们只能呼唤他。
不要在这痛苦的时刻抛弃我们，
向您承认我们的罪，
不要抛弃我们。

第三幕

┤ 第一场 ├

[普罗莫斯]

普罗莫斯　尽我所能，但没有理由冷却欲望，
我越是努力抑制我的情感，
我越感觉到火在燃烧。
在我的胸中，有更多的想法要锻造和塑造。
啊，盲目之爱的迷途效应，
让我们误入歧途的智慧之路，
让我们经常出没于我们伤害的地方。
像发烧一样的疾病最适合，
当我们像火一样燃烧时，它冷得发抖。
即使在爱中，我们也能从恐惧中解脱。
当我们的心因欲望而燃烧时，
我说什么了？像发烧一样的疾病最适合？附近没有。
在最甜蜜的爱情中，总会有甜蜜被吮吸。
情人在争吵中寻求和平，
所以如果痛苦来自他快乐的采摘，
对恋人来说，没有比天堂更好的地方了。
但我为什么要站起来为他们的快乐或悲伤辩护，
仍然不确定，我想要什么？我不知道卡珊德拉爱不爱我，
但她承认她不想满足我的渴望，
如果我顾惜他兄弟的生命，

她兄弟的生命大概会让她屈服。

然后承诺让他的兄弟活着，

有足够的力量让他在战场上飞翔。

因此，尽管诉讼失败，重要的人还是会获胜，

征服的力量是这样的。

但是，哦，甜蜜的景象，看她从哪里进来。

既希望又恐惧，我的心立刻被触动了。

┤ 第二场 ├

[卡珊德拉、普罗莫斯]

卡珊德拉　[自言自语] 我看到了两个奴隶，心中似乎感到一阵快乐和甜蜜，

因为幻想安德鲁吉奥是自由的。

但为了避免新的烦恼，我现在要设法实现他的希望。

如我所愿，普罗莫斯勋爵已经就位，

现在在我心中，上帝保佑我能找到恩典。

[她跪着对普罗莫斯说话]

尊敬的勋爵，当生命在我身上延续，

我向你表示敬意。

虽然我最近感受过你的善意，

我又一次跪下乞求怜悯。

以他的名义，在生死之间徘徊，

谁曾经高兴？如果你喜欢将功补过？

他超越法律地爱他的合法妻子。

普罗莫斯　公平的夫人，我也想了一些办法，

但都是徒劳的。最终都需要你兄弟流血。

法律严厉谴责无知的侵犯。

那么故意的错误很难找借口掩盖，

还有什么比侵犯少女更狂妄。

卡珊德拉　理性的力量是小的，他这个可怜虫，被欲望征服了。

普罗莫斯　我们在最坏的情况下也能理解邪恶的意图。

卡珊德拉　法律甚会给他们最严厉的惩罚，

严格的法律判他死刑，

你的荣耀将更多地来自对他的判决。

世界只知道你是怎么做的，但请赐予他恩典的理由，

哪里有理由，仁慈就应该在哪里削弱法律的力量。

普罗莫斯　卡珊德拉，为了你的兄弟，你已经抛开了一切，

为了你，我可能真的会放了安德鲁吉奥。

简而言之，你的美丽让我倾倒。

当盲目的情感移动时，我转动了我的心思。

被丘比特征服的人可能需要我给予恩典，

献给你，卡珊德拉，她用缎带将我的自由系住。

如果你想得到我的照拂，顺从我的意愿，然后再提要求，

你兄弟的生命和其他一切都可能随你的喜好。

卡珊德拉　[对她自己] 但愿如此，一个法官竟然会犯同样的错误，

这简直就要杀了我，哦，无法饶恕的罪行！

贵族老爷，我希望您试着按照您的说法去做，

否则，我兄弟的生命如此珍贵，我不会再见。

普罗莫斯　美丽的女士，我的外表掩盖了我内心的想法，

如果你不相信，去找我的心，上帝会给你一把钥匙。

卡珊德拉　如你所说，如果你真爱得如此深沉，

我觉得，凭良心说，你应该支持我兄弟。

普罗莫斯　在可疑的情况下，仍然可以让一个囚犯释放另一个。

卡珊德拉　你看，爱与你所追求的正好相反。

恨引发战争，爱不能则恨，那么它可能觊觎武力吗？

普罗莫斯　情人常常向他的敌人告状，却毫无悔意。

如果他想帮助他顽固的敌人，

太善良的傻瓜，我会让他徒劳，让这样的优势消失。

简而言之，我会在名誉受损前死去，

你知道我的想法，离开诱惑，你的提议是徒劳的。

普罗莫斯　想想你自己，我用足够的价格买下你甜蜜的爱，

安德鲁吉奥的痛苦只能靠你来拯救。

这一点我可以答应你，以及你所需要的任何财富，

以这样的方式留住给我的爱，为他的欲望付出代价。

卡珊德拉　不，普罗莫斯，无价的名誉永远不会被出卖，

荣誉远比生命珍贵，比黄金珍贵。

普罗莫斯　我可以全额购买这个名誉，让你做我的妻子。

卡珊德拉 为了不确定的希望，我永远不会放弃那颗无与伦比的珍珠。

普罗莫斯 ［自言自语］这些想法乍一看似乎很奇怪，谦虚会让她摇摆不定。

因此我将立下我的遗嘱，如果她的回答是留下来。

法瑞尔·卡珊德拉，我幸福的珍珠，

我的故事对你来说是多么奇怪，

同样考虑周全，你不必如此忸怩。

然而，虽然给了你一个的喘息时间，我仍希望得到你的同意，

如果你允许，就清除了我的忧虑。

衣服就像一层纸，怀疑是为了防范。

某个夜晚，甜蜜的绞盘在我的庭院里修复。

然后到时，你会在我的作品中发现这些话。

卡珊德拉 再见了，我的主人，但是在这件事情上你是在白费口舌。

卡珊德拉，啊，最不幸的人，受制于每一种不幸，

什么样的语言能诉说，什么样的思想能构思，什么能书写你的悲伤。

天上人间，天上人间，奴役成堆，

谁的言辞落空，谁的努力落空，谁的愿望落空。

对别人的安慰产生的东西，确实使我欢欣鼓舞，

我的意思是，我的美貌孕育了我的包容，

许多人觉得我很亲切。

我向上帝祈祷，愿他为其他地方赐予那种火焰，

我的美德曾引起人们的注意，我的形象现在引起了人们的凝视：

这种形式使智慧无法熄灭的爱点燃了普罗莫斯，

他对维纳斯之海的热望已经浇灭。

［听到这些话，加尼奥必须准备发言］

┤ 第三场 ├

［加尼奥（安德鲁吉奥的侍童）、卡珊德拉］

加尼奥 卡珊德拉小姐，我的主人渴望尽快得到您的好消息。

卡珊德拉 可怜的加尼奥，厄运已经注定了他的死亡。

加尼奥 他的死！上帝禁止他所有的希望转向成功。

看在老天的份上去安慰他，我心疼他。

卡珊德拉 我必须得走了，尽管带着沉重的心情。

加尼奥　先生，您的姐姐卡珊德拉来了。

[退场]

---| 第四场 |---

[安德鲁吉奥出狱，卡珊德拉登上舞台]

安德鲁吉奥　我的卡珊德拉，有什么消息吗？好姐姐，快说呀！

卡珊德拉　所有事情导致了你的死亡，安德鲁吉奥。

你自己准备好，希望是徒劳的。

安德鲁吉奥　我得死。唉，是什么引起了又一次的失望？

卡珊德拉　当然不是邪恶的普罗莫斯对正义的热情。

安德鲁吉奥　亲爱的，告诉我为什么必须接受这个结果？

卡珊德拉　如果你活着，我必须失去我的名誉。

你的赎价是，满足普罗莫斯的肉体欲望。

我希望，那我宁愿选择那一个，

他首先得死，这是在折磨我自己。

我弯下腰，你看到你的死亡就在眼前。

但愿我的生命能满足他的意志，

卡珊德拉会很快被释放。

安德鲁吉奥　但愿如此，他所说的法官

能用巨大的爱或情欲发现他的心吗？

但更重要的是，愿他以死亡来偿还任何过错，

当他犯了这样的错误时，他发现自己是正义的？

姐姐，我们经常看到的智者之爱，

在爱情主宰的地方，理性唾弃权力。

但谁会如此去爱，如果他拒绝。

他的爱会转化为暴躁的仇恨。

亲爱的姐姐，请关心我的命运，

普罗莫斯可能经常利用爱的名义。

我渴望得到你的帮助，

想想看，如果你拒绝他的快乐，

我会在他的愤怒中唱挽歌。

这里有两种邪恶，最难消化，

但是，尽管事物被推向必然，

两害相权取其轻。

卡珊德拉　在这些罪恶中，我最不在乎的就是死亡，

避开谁的飞镖，我们无法设计，

然而，当死神做了最坏的事时，名誉依然存在，

因此名声比生命更重要。

安德鲁吉奥　不，卡珊德拉，如果你屈服了，

为了拯救我的生命，为了满足肉体的欲望，

正义会说你没有犯罪，

因为你的过错并非出于恶意。

卡珊德拉　如何用意图为犯罪找理由？

俗话说，善有善报，

还有一件恶行，十倍于伪装，

嫉妒的舌头会将事情传到外面。

安德鲁吉奥，我的名声将会盖过蜜蜂，

尽管你会责备我的罪过，但不会原谅我有自己的苦衷。

因此尽管我想让你自由，

可怜的孩子，我害怕诽谤的爪子。

安德鲁吉奥　不，亲爱的姐姐，更多的诽谤将会降临

你洁白无瑕的生命，去呼吸你兄弟的气息，

当你有能力延缓它的时候，

我的生死曾在你手中。

我是什么样的人，你是什么样的人，

想想我一旦走了，我们的房子就会变成一片废墟。

知道被迫犯错，就不必在意诽谤。

如果因为你不帮助我而被杀，我会责备你。

好好想想身陷绝境的我。

如果我能撤销这个厄运，

我不会吝惜，任何假公济私，

把你从这沉重的枷锁中解放出来。

但是啊，我明白了，否则没有办法救我的命。

然而他可能希望进一步得到你的同意，

他说，他也许会让你做他的妻子，

这很有可能，他不会不满足。

一夜风流快活之后，也许他会追求爱情，

如果你冷漠，我就得离开了，

在他失去你之前，他就这样要求，

毫无疑问，他会同意结婚。

卡珊德拉　我应该毫不犹豫地屈尊于普罗莫斯的意愿，

为了我弟弟能够活下来？

不，虽然我的名誉会被抹杀，

在此之前，我会选择死亡。

我的安德鲁吉奥，在痛苦中得到安慰，

卡珊德拉是酒，你的赎价很高。

她要解除你的奴役，

因为她同意牺牲她的声誉。

永别了，我必须抛弃我的处女之身，

就像普罗莫斯的一个淫荡的男侍。

[退场]

安德鲁吉奥　我的好姐姐，我带你去祈祷上帝，

我的祈祷能改变你的忧虑。

--- | 第五场 | ---

[费尔拉克斯]

费尔拉克斯　看到普罗莫斯勋爵的困境真是奇怪，

好像把一只鸟放进了他的长裤里，

他现在似乎有些高兴，

他恐惧地直接抓到了它，腿不再痒了。

他现在沉思，一个平静的景象，不适合他的年龄。

这人唱得直截了当，他渴望地看着，什么时候会带来消息？

与他交谈，没有等到一个消息。

哦，有价值的智慧适合法官的头，

为一个男人换一个坚定的少女。

这事不在于我，是他的行为，而不是我的行为。

他的，不，他的规则，使他变成这样，

但是我祈祷不要再这样了，

拿圣徒开玩笑是不好的。

他们说最安静和最节俭的历程，

不是校验而是赞美伟人的朋友们。

我发现这是真的，因为安慰普罗莫斯是徒劳的，

没有人像我一样，他从心里喜欢我。

当恩惠持续时，那么好，我寻求收获，

因为恩惠不会常常赐予。

如我所愿，好运就在眼前。看，

这里有瑞派克和古瑞派克斯，但这是什么，

就像仙女一样得到幸运的礼物，上帝赐予它蜜蜂。

这些无赖把一个女人带到我们面前。

┤ 第六场 ├

[费尔拉克斯、古瑞派克斯、瑞派克、教区官员和一个拿着棕色法案的人，把拉米娅和罗斯科带进来]

拉米娅　朋友们，不要撕我的衣服，它们比你想象的要贵得多。

拿着棕色法案的人　呸，你很快就会有一件宽松的长袍了，因为这些都不关你的事。

罗斯科　如果她接受你的提议，可怜的泼皮，你的妻子会冻死的。

古瑞派克斯　嗯，先生，鞭打会让你暖和起来。

费尔拉克斯　骂这些无赖是什么意思。

瑞派克　费尔拉克斯大人，我们及时为你找到了，

一位女士，我们为您带来了，

一个被指控犯有多项重罪的人，

有足够的证据证明这是真的。

她是一个骗子，我们也在这，

可以按照你的意见做出判决。

费尔拉克斯　你叫她什么名字？

瑞派克　拉米娅。

费尔拉克斯　美丽的女士，你交代了谁？

拉米娅　尊敬的先生，我很高兴开了个玩笑，

请您耐心听听我的答案：

这些顽皮的人说了些恶意的话，

为了这个原因：他们对我大喊大叫。

我不屑于保留；他们的头脑在玩金钱游戏，

我不想让我的生活受到公开羞辱，

是的，如果我像他们说的那样淫荡地生活。

但我知道我自己不应受到责备，

他们不敢来参加我的审判。

我的故事已讲完，希望你们喜欢。

费尔拉克斯　朋友们，你们有什么证据反对这位女士?

说话要稳妥，免得你蒙羞。

罪孽深重，渴望得到巨大的报应，

无意冒犯地提及她诚实的名字。

古瑞派克斯　胡里奥爵士的一切都伴随着她淫荡的生活。

拿着棕色法案的人　她确实以一个闲散的家庭主妇而闻名。

罗斯科　他说谎，她日日夜夜忙碌。

费尔拉克斯　发誓反对她是恶人吗?

瑞派克　不，但是如果你拘留了她，

如果被其他人发现，会玷污她的。

费尔拉克斯　我看她是因为被怀疑才留下来的，

他人的过错，为什么要追究我的责任?

因此，我将释放你。

如果她有什么缺点，我自己也要去找找。

以神的名义，你们可以离开了。

古瑞派克斯　从今以后我将开始这样的分享，

因为一切都是他的，在他的智慧里。

[退场]

费尔拉克斯　费尔·拉米娅，既然我们每个人都是个体的，

我会很清楚地告诉你我的想法。

我认为你不是那么贞洁的人，

你会因你的生活作风而受到惩罚。

没有强制，因为你可以自由地到处跑，

未受惩罚，他的生活被认为是不好的。

然而，（通过爱）法官的确展现了恩典，

爱与爱应该得到回应。

拉米娅　我确实同意，尽管我可以责备

他们对我美好生活的抱怨。

你的恭敬、你的威慑向我证明，

你剥夺了我的名声。

我驳回他们在报告中作出的回答，我说：

为了好的结果，我在你的愉悦中休息，

以任何诚实的方式进行补偿。

费尔拉克斯　除了诚实，你的回答是真实的，

对我而言就像修道士嘴里的布丁一样。

罗斯科　他是个狡猾的孩子，但不要玩闹。

拉米娅　呸，我向你保证，我没那么冲动，

先生，您的话太苛刻了，我无法忍受。

费尔拉克斯　简而言之，你那罕见的领结让我的心如此受伤，

我肯定会悲痛地死去。

拉米娅　我在你的脸上看不到死亡的迹象，

但这只是因为你通常有一些不安，可怜的女人会很害怕。

费尔拉克斯　费尔·拉米娅，相信我，我不喜欢，最好给点恩典。

拉米娅　嗯，我承认，我已结婚了，所以把你的爱放在我身上是徒劳的。

费尔拉克斯　这让我闷闷不乐，我可能会留下你的神秘朋友。

罗斯科　一个神圣的帽衫不会使一个人更虔诚，

他会玩一些小把戏，但不是因此出局。

拉米娅　虽然为了取悦，或者为了证明我，这些送给你，搬走吧，

你太聪明了，拿生命去冒险，去伤害我那屈服的爱。

男人对现在的死亡感到痛苦，那是放荡享乐的结果。

费尔拉克斯　聪明的人，要逃避这样的痛苦，这些快乐是无法衡量的。

此外，我已经担任（我的女孩的）律师太久了，

如果在紧要关头，我不能用法律做出对与错的判断。

拉米娅　如果你信奉法律，我很乐意给你一两个建议。

费尔拉克斯　为了解决你的问题，你应该掌握我的技能，

所以亲爱的朋友，就让我们一起表示出善意吧。

拉米娅　你是个脾气暴躁的人，但开个玩笑吧，

明天晚上，如果你是我的客人

在我的破房子里，你会知道我的原因，

出于某些考虑，我不在这里说得太明白。

费尔拉克斯　很乐意，因为那份匆忙召唤我离开，

在那之前，我将保持着悬念。

再见克莱恩，明天来找我。

[退场]

拉米娅　欢迎您，先生，您将受到最热烈的欢迎。

罗斯科　我真的告诉过你，费尔拉克斯的本性，

金钱，或漂亮的女人，使他像打蜡一样工作。

然而我必须赞扬你的清醒。

你讲述了你的故事，就好像你是一个圣人一样。

拉米娅　嗯［私底下说］我看起来是如此神圣，

我曾担心一件被风吹乱的长袍会成为我的圣地。

但是现在痛苦消失了，快乐抓住了他，

我知道费尔拉克斯将从此会维护我的名声。

为了招待他们，我将准备一些美味佳肴。

然而在我走之前，在愉快的歌声中，我要净化我的忧虑。

歌曲

应得的，照顾不周，应得的，

去吧，弄脏了一些无助的可怜虫。

我的生活，让我后悔，

你的力量不会伸展。

你的港湾是雄鹿，

谁被错误包裹在悲哀中。

但是错误占据了我的一部分，

显示在右侧的时钟。

我的过错在于探究场景，

法官向他们眨眨眼，

他们对我的堕落目瞪口呆，

表示看到了我的放浪形骸。

然后被愚蠢的关心裹挟，

这种技艺不适合我。

我有，也不缺乏，

但看来你们是缺乏的。

[退场]

┤ 第七场 ├

[卡珊德拉，穿着像一个侍从]

卡珊德拉　不幸的可怜虫，我羞于看到，

对我的同类来说是如此的怪异。

但是，我的意志会同意我的错误，

当我满足了淫荡的欲望。

我该怎么做，去提供他想要的东西？

或者他提出更多的要求，我应该同意吗？

最好是肯定的，因为必须这样做。

我走了，此刻需要我屈服于他。

我的眼泪从真正的意愿中流出，

可能会熄灭他的欲望或打开他蒙住的眼睛，

看到我配做他的妻子，

虽然现在被迫成为他的情人。

但不管怎样，我必须让步。

没有任何危险需要畏惧，

因此，比起这样活着，我更乐于去死，

面对现实吧，上帝赐予我勇气。

[退场]

第四幕

┤ 第一场 ├

[达莉娅、拉米娅，去市场]

达莉娅　有了我的女主人，这个世界变得更好，

她害怕近来充斥的欢乐气氛。

现在又是两个勇敢的人，鲜活的和快乐的，

胡里奥有谁像拉米娅一样炫耀它？

一个幸运的朋友（是的，一个悲观摇摆的朋友），

现在成了这样一个停留的支撑。

为了他的好名声，敢说三道四。

不管怎么说，拉米娅确实冒犯了你。

这个他的好朋友，将在今晚

受欢迎的喜悦中离开。

匆忙中，我被派到市场去买东西，

最热烈的欢呼吸引了我注视的目光。

[退场]

┤ 第二场 ├

[普罗莫斯]

普罗莫斯 事实证明，我找不到冷却欲望的理由，

用卡珊德拉去消除

我淫荡的要求。但恰恰相反，火在

他热泪盈眶的眼中因欲望和不洁的爱而燃烧。

因此，征服在我手中，

没有任何祷告能起到克制我的作用。

但需要我解开珍贵的带子，

亲近这位美丽无瑕的少女。

被宠坏的东西很甜，也赢得了我的心。

然而，直到我给了誓言，

娶了她，他的兄弟应该

免于死亡，我用誓言结束了这一切。

现在我发誓，除非我错得太多，

我会遵守我的誓言。安德鲁吉奥会活下来吗？

这样的恩典会得到偏爱的垂青。

为了赦免犯下强奸罪的他，

为了让他自由，我向卡珊德拉发誓。

但是没有其他人知道这件事，

还有对千百个誓言的愤怒，

然后被保留时得到的是游戏。

好吧，我说什么，那么爱人——就像我说的，

现在理性说，看你的信用。

在这种情况下，我发现我必须违背我的誓言。

但是双重错误使我应该这样做，卡珊德拉。

你没有力量，而我有命令的权力。

她只能自认损失，自己哭泣。

不然的话，我皱一皱眉都会吓到你，

因此统治权将隐藏我的肮脏行为。

现在我马上去给盖勒送信，

让他暗中斩首安德鲁吉奥。

他会用同样的话赞许的。

卡珊德拉，就像普罗莫斯向你承诺的，

亲爱的，他释放了你的兄弟。

┤ 第三场 ├

[卡珊德拉]

卡珊德拉 我会隐藏我的贞操被破坏的秘密，

但是，啊，贞洁的少女们来看我的时候，我的罪过使我脸红。

我现在是怪物，不是少女也不是妻子，已经屈服于普罗莫斯的欲望。

原因是，无论是意志还是眼泪都无法熄灭他肆意的暴力。

什么能证明我的罪行？我自己，我的良心谴责。

美德响亮的她会被称为恶毒的女人吗？

啊，残酷的死亡，对她来说不是地狱，而是被迫的羞辱！

唉，很少有人会说出救我兄弟性命的话。

隐约间我通过普罗莫斯看到其他人都希望成为他的妻子。

因为恋人们不害怕他们如何发誓，去赢得一个女人的芳心，

喝他们想喝的酒，别人也不关心。

但不管他是否公正，我很高兴安德鲁吉奥还会活着。

但是，啊，我看到了一个让我心碎的景象！

┤ 第四场 ├

[盖勒、卡珊德拉，一个死人的头放在盒子里]

盖勒 这是我认识的威尔·盖勒送给费尔·卡珊德拉的礼物，

然而，如果她知道的和我一样多，我敢说这是最好的结果。

在适当的时候，瞧，我到了，她也到了。

卡珊德拉 唉，他匆忙的步伐对我来说多少有点像朋友。

盖勒 费尔·卡珊德拉，我的普罗莫斯勋爵让我向你传达，

他会遵守他的诺言，从监狱释放你的兄弟。

卡珊德拉　我的安德鲁吉奥死了吗？啊，啊，不守承诺！

盖勒　安静，女士！法律发现了他的错误，那么对他的判决是公正的。

卡珊德拉　好吧，我的好朋友，把这个给普罗莫斯看看，因为法律已经这么做了。

我感谢他将我兄弟的头颅赐予我，

啊，这就是全部的回报，现在让我离开，独自承受失去他的损失。

盖勒　我会实现你的意愿，并希望你停止你的怨恨。

卡珊德拉　再见。

盖勒　我确实展示了我的所作所为，我很同情她的眼泪，

但我认为那女人会因悲伤和痛苦而死。

我应该保密，否则我就会被人抹了脖子。

好了，现在要去收拾尸体，我该走了。

卡珊德拉　他已经走了吗？那么我现在有时间独自悲伤。

安德鲁吉奥，在我落入厄运之前，让我吻你的嘴唇。

啊，但愿我能流下眼泪，洗清这张血淋淋的脸，

沙漠之外的财富带着耻辱。

普罗莫斯最虚情假意，背叛了爱和忠诚。

哦，你伤害了我的心，想想你的谎言。

他的誓言变成了欺骗，言语变成了不公正。

为什么我活着，不幸的姑娘，看到背叛回报我的信任。

啊，死亡能立刻把我这条可怜虫从这世俗生活中摆脱出来。

我为什么不用自杀来平息这场冲突呢？

也许在我的身体里还住着另一个普罗莫斯。我将至死找他报仇雪恨，

这样我才能确信我已经报复了这件事。

我要放弃我讨厌的生活吗？我追不上他的步伐，

所以普罗莫斯会胜利，他的暴政不为人知。

不，不，他的邪恶不能被这么轻易放过。

国王是公正和仁慈的，他能听到和看到

坏人的背叛、民众的抱怨，做出公正的判断。

我将尽快把我不幸的案子交给他那位令人尊敬的收信人，

我将自始至终坦白真相。

所以普罗莫斯，根据同样的法律，你将失去你的职位，

因为你违背了它，你判了安德鲁吉奥死刑。

这样做，世界会说我违反了狄安娜的法律，

但是那又怎么样呢？当真理证明我是正确的时候，我没有羞耻。

我决定了，国王应该知道普罗莫斯的暴行，

但在我走之前，要在我兄弟的头上刻字。

[退场]

──┤ 第五场 ├──

[盖勒、安德鲁吉奥]

盖勒 安德鲁吉奥，如果你热爱我们的生命，就赶快走吧。

看在上帝的份上，不要告诉任何朋友你还活着：

谚语说，如果一个人走了，两个人可以互给忠告。

安德鲁吉奥 请相信你自己最忠实的朋友，我不会让任何人知道。

不要告诉任何人，唉！能够逃脱，我松了一口气。

卡珊德拉和波琳娜会悲痛欲绝。

想到我死了，她们也悲痛欲绝，活着对我还有什么意义？

盖勒 停止这些无用的抱怨，感谢上帝你自由了！

上帝啊，你的安全总是在我的脑海转动，

同一个上帝，毫无疑问会为你和她们工作，

理应如此。

安德鲁吉奥 最忠实的朋友，我希望上帝会照你说的去做，

因此，我将把我自己送到某个未知的地方。

盖勒，再会吧。因为你的善行，我必永远亏欠你，

同时接受这份礼物，等好运送来一份更好的。

盖勒 上帝保佑先生，但是你的命运不需要你知道。

安德鲁吉奥 我现在不认为是命运的威胁，尽管她表现出她的力量，

因此坚持不接受这份命运的奖赏。

盖勒 我不确定，既然命运让你离开，你也该离开了。

安德鲁吉奥 既然你这么想，那我就走了。等待命运的微笑。

[退场]

盖勒 先生，再见吧，我会为你祈祷的。

嗯，我很高兴我把他送走了，

因为我的信仰，我生活在危险的恐惧中。

然而上帝知道，看到他痛苦的命运，

当他要死的时候，会迫使一个人忍耐

对他的伤害，如果怜悯可能占主导地位。

但看看上帝如何为他的安全着想，

一颗前几天砍下的死人头，

让整个城市都以为他死了。

他是这样一个公正、善良和正义的上帝。

虽然有一段时间他让邪恶纵横，

然而他解除了不幸之人的痛苦，

他骄傲地打倒了暴君。

我用这些话来表达我唯一的想法，

普罗莫斯无法逃脱，

他构思了一场蓄意谋杀，

他实施了一次邪恶的强奸。

上帝高于普罗莫斯！

那么，我希望听到安德鲁吉奥的好运，

上帝，你知道我因良心做了这件事，

没有任何世俗的目的。

[退场]

┤ 第六场 ├

[达莉娅从市场回来]

达莉娅　在甜蜜的安抚中，我担心我会离开，

我去市场已经很久了，

但相信我，野禽是如此昂贵，

特别是木鹬，超出常理的贵，

这一小时我有了市场的赌注，

去跟最专业的人讨价还价

最后我终于找到了一只，

让我像布丁一样舒服，教皇约翰。

市场的其他女佣为他们的肉付出代价，

但是，我已经买了，我的份数是固定的。

当月亮的符文变低时，票价信用很好！

还没有结婚的屠夫，他们确实相信这个。

他们屠宰多少好肉，高兴地跳起舞来。

那是什么力量？每个人都为一个人而改变，

因为如果我饿死了，不要让任何人知道我的命运。

[她很想出去]

—| 第七场 |—

[格里巴和达莉娅，他们都有一个篮子]

格里巴 温柔的达莉娅，我向你祈祷。

达莉娅 多好的朋友格里巴，欢迎你。

格里巴 你这样称呼我，那么为了友谊吻我吧。

达莉娅 如果我喜欢你的男子气概，我也许会这样做。

[她很想看看他的篮子]

格里巴 我知道你的想法。

啊，你可能会放走我的小麻雀。

达莉娅 我向你保证，格里巴。[她拿出一个白色布丁]

格里巴 放开你的手，达莉娅。

如果你拿走了我的布丁，你就是抢劫。

达莉娅 好的，亲爱的格里巴，把这个布丁给我。

格里巴 我看还是给她吧，否则她会讨厌我的。

好吧，小心尖儿，我很乐意给你这个，

条件是你给我一个吻。

达莉娅 不，你得先用甜水洗洗你的嘴唇。

格里巴 为什么是我，现在想起我的布丁，你说了"亲爱的格里巴"。

好吧，达莉娅，你会藐视这么久，直到我说

你将仁慈地抛弃一个真正英俊的男人，

即使冒烟的碎煤也会喷溅。

达莉娅 放下手，先生。

格里巴 好吧，不要再说了，因为我不会伤害你。

离开皮格斯尼，我不是开玩笑。

达莉娅 那个傻瓜会有什么？

格里巴 你知道什么！

用你的耳朵听。

达莉娅 你应该知道，你是个正派的人，

　　　　为了你的缘故，我将不再坚持

　　　　结婚是我一生中的一次失败，

　　　　这个失败不是出于我的本意。

　　　　太好了，一个英俊的男人应该失去他的头。

格里巴 太好了，我的头不在乎一个小补锅匠，

　　　　因为上帝这样审判我，一句话，

　　　　我被剥夺了死亡，

　　　　是的，还有我的棕色大奶牛。

　　　　我是如此爱你。瞧你现在。

达莉娅 你说得很勇敢，现在我们也要唱歌。

　　　　你很快就会知道我是什么意思了。

格里巴 是的，我会让你高兴的。

　　　　都唱起来，春天，战斗和玩耍，还有露水和一切。

达莉娅 噢，精力充沛地唱吧。

歌曲[①]

格里巴 来打我，来大声吻我，我渴望亲吻。

达莉娅 去收拾你的行李，去收拾你的行李，你这个肮脏的邋遢鬼。

格里巴 知道我有多爱你！

达莉娅 这不能打动我。

格里巴 为什么要审判皮格斯尼，我的心肝儿和我的甜心？

达莉娅 因为好男人都长着一副猪脸，你没钱也能求婚。

格里巴 我没钱了，亲爱的。

达莉娅 然后是格里巴大肆宣扬。

格里巴 趁年轻甜美，为爱来吻我。

达莉娅 你的下巴太喜欢动了。

格里巴 你这么说是什么意思？

达莉娅 离开这里。

格里巴 第一次打我，第一次打我，我渴望一个吻。

达莉娅 去收拾你的行李，去收拾你的行李，你这个肮脏的邋遢鬼。

　　［退场］

————————

① 译者注：此处应该有歌词，但布洛的版本没有，据此推测歌词已经遗失。

格里巴　达莉娅，你走了吗？什么，你不愿意为我服务吗？

　　哦，上帝，我准备玷污自己了。

　　男人，勇敢一点，杀了你自己？

　　不，流浪的女士，我不会，凭着圣安娜。

　　我听我的曾祖父说过。

　　少女会说不接受他。然后她可能会接受。

　　因此，我向拉米娅女士致敬，

　　有了这些布丁和鸡胸肉，以后，

　　在黑暗中，我将再次尝试。

　　[退场]

第五幕

—| 第一场 |—

　　[费尔拉克斯]

费尔拉克斯　我很好奇是什么让我的主人如此不安。

　　他表现得好像有一千个魔鬼在啃噬他的胸膛。

　　肯定有一些悲伤的蠕虫，让他的良心刺痛，

　　因为自从安德鲁吉奥被砍头以后，他的唇角就再也没有抬起。

　　说实话，他的错误可能会严重影响他的思想，

　　魔鬼也不可能比他更不友好。

　　我曾经爱过一个女人，就像他现在这样。

　　但是，相信我，对于爱我的她，我处理得很好，因此你要相信我。

　　好吧，现在让我的普罗莫斯勋爵用他自己的行动来解决吧。

　　当我来吃晚饭时，我看到拉米娅神色凝重。我想了很多。

　　看，有人来找我了，听到她的侍从来了。

—| 第二场 |—

　　[罗斯科、费尔拉克斯]

罗斯科　啊，但愿我能找到费尔拉克斯先生，肉正架在火上烤。

　　由于你的离开，安德鲁吉奥的死使我的小姐直冒汗。

费尔拉克斯　罗斯科，现在怎么样了？

罗斯科 是你吗，先生？我家小姐确实乞求，

你能尽快来吃晚餐。

先生，肉和所有的一切都准备好了。

费尔拉克斯 谢谢你的好意，我正要去找她。

罗斯科 我知道，你是她最欢迎的人，

你要相信，我仍然是可怜的罗斯科。

费尔拉克斯 这是实话，但是现在告诉我，

你有什么本事，我可以用你！

罗斯科 我会做巴伯衫，如果您愿意，先生，

只需要（不要吝惜）一点玫瑰水。

费尔拉克斯 但是听我说，你能治愈新伤吗？

罗斯科 可以，新的旧的都可以。

费尔拉克斯 那么你最好住在

一些平常的地方或街道上，在那里，由于摩擦，

你可能会被安排一个总是需要处理伤口的工作。

罗斯科 感谢我的小姐，我已经忙得不可开交了，

忙于修理她认识的那些先生们。

我相信，先生，如果您碰巧

需要我的帮助，我希望在其他人之前

赚到你的钱。

费尔拉克斯 你真的应该。

但是，不好意思，拉米娅住在哪里？

罗斯科 请听我说，先生，请进。

费尔拉克斯 我会的，当然，如果道路畅通无阻的话。

罗斯科 是的，先生，她的门全年都开着。

[退场]

─┤ 第三场 ├─

[波琳娜（安德鲁吉奥所爱的少女）身着黑长袍]

波琳娜 被诅咒的波琳娜，哪个女人活得像你一样悲伤？

谁赢得你的爱情，让你付出了童贞？

他为了修复你的名声才娶你，这是不允许的，

第一次被判死刑，第二次也不准改判。

293

爱，你让我们受制于奴役，给我们带来了无限耻辱。

安德鲁吉奥和波琳娜都名誉尽毁。

当我们完全偏离理性时，你就这样对我们的智慧施以魔法，

没有被你激怒，我们并没有拒绝任何欢乐时光。

说什么能使我高兴？你死于感情冲动和强迫占有我，

唉，我很惭愧说这么多，虽然爱确实是借口。

因此，这就是我受到的伤害，

预先警告你保持距离，即使我被你的爱围绕。

但是啊，波琳娜，你的话在哪里变成建议，

当别人受到伤害时，爱的力量永远不会使人明智？

原因很简单，因为在爱情中没有人能一直理智，

理性是别人伤害我们的唯一手段。

那么，以后的世界可能会因爱而推断出我处于病态，

安德鲁吉奥每天含着眼泪爱慕波琳娜。

此外，我发誓，虽然生活仍在继续，

没有人会因为我和安德鲁吉奥的死而夸耀被征服的爱情。

我被迫穿上这可耻的寡妇的黑丧服，都是我的错。

我知道只要我活着，我就会为我的安德鲁吉奥悲伤。

我不会忍受我发出的甜言蜜语的尖锐攻击，

我不会信任那些得到女孩同意就粗心大意的人。

我将断绝一切欢乐的希望，

用无休无止的泪水浇灭每一个点燃愉悦的爱情的火光。

因此，波琳娜将疏远欢乐直到死亡，

安德鲁吉奥，为了报答你付出生命的爱情。

［退场］

┤ 第四场 ├

［罗斯科］

罗斯科　啊，先生，事实上，情况完全变了。

我家小姐最近一直生活在悲惨的困境中，

关心那两个人，害怕引起悲哀。

她不再恐惧，这让她如此悲伤，

费尔拉克斯先生的名气太大了，

没有人敢指责她的淫荡。

我担心她这样迷惑他，

他的贿赂也分给她一半，

没人强迫；那些欺骗他人的人，

应该得到同等待遇。

好吧，让拉米娅自己去祈祷吧，

我知道有更好的方法，

它能改变贫穷的我。

我在僵死的生活中找到了帮助，

我的朋友格里巴的钱包里装满了便士，

如果我不清空它，达莉娅会，

这个流口水的傻瓜，将为她花掉钱，

因为他如此爱她。

但是，在你离开的时候，不会让她参与进来。

我的网和一切安排都是为了抓住那个傻瓜。

在他动情之前，

他必须修整一番，才能让她更爱他。

说真的，这个世界几乎不会倒塌，

但他洗了澡，剪了头发，让我给他刮了胡子。

所有的一切看运气，我知道这傻瓜很快

就会和罗克一起悲伤地离开了。

┤ 第五场 ├

[格里巴、罗克、罗斯科]

格里巴　正如我所说的，上帝厌烦有几分魅力的男人，

我相信她会因为羞愧而离开。

罗克　是的，毫无疑问，因为我以圣安娜的名义发誓，

连我自己都会爱你，你是一个如此干净的年轻人。

格里巴　不，每次我洗脸的时候，你都会这么说。

罗斯科　以上帝的名义祝你好运，木鹬是在调情。

罗克　谁是你的理发师，格里巴？

一个衣冠楚楚的无赖，另一个罗斯科。

罗斯科　好吧，皮脸，在你走之前我们会让你发誓。

　　　我不认识他，他是个熟练的理发师吗?

格里巴　哦，是的，他是拉米娅小姐的灵兽呢!

　　　瞧，先生，那个小无赖在那儿。

　　　罗斯科，最近怎么样?

罗斯科　希望我的眼睛能看见上帝的拯救，

　　　格里巴，请! 欢迎，请坐! 侍童!

侍童　[在房子里]马上。

罗斯科　把月桂叶放在温水里，快，带上干净的器具。

侍童　马上。

罗克　就像你说的，格里巴，这真是一个壮举，无赖。

罗斯科　怎么说，先生? 你需要治疗结痂的药膏吗?

罗克　无赖，卑鄙的家伙，他给你安排了一个工作。

格里巴　不，别走，好了，不要再搅了。

罗克　我是一名忠诚的理发师，我会把你的牙齿剔直。

罗斯科　不，我怕你偷了我的钱包。

罗克　是啊，尽心尽力。

格里巴　不，是尽心于脚。

罗斯　来吧（他们开始打起来）

格里巴　如果你是男人，就离开，

　　　现在听我说! 成为朋友，我发誓，

　　　我会请你喝整整一夸脱啤酒。

罗斯科　好吧，你走开，格里巴，我没想到

　　　你会利用我招来这样一个无赖。

格里巴　为什么，你不认识他吗? 为什么，这是强壮的罗克。

罗斯科　一个强壮的小偷，从他的样子我可以肯定他是。

罗克　快走吧，理发师，别再来了，不然你会被抓的。

格里巴　什么? 会出卖你的鼻子吗? 当心他俩，

　　　你可能看不见他们，不过他们可能就在那里。

　　　[侍童送来了水]

侍童　主人，这里有精致的水，还有干净的器具。

　　　[退场]

罗斯科　嗯，为了让我的房子安静下来，也为了格里巴，

　　　如果你愿意，作为朋友我们可以握手。

格里巴 我，我愿意。

罗斯科 好先生，这水像玫瑰一样甜。

　　　现在我开始洗，您需要闭上眼睛。

格里巴 双眼?

罗斯科 是的，紧紧闭上双眼。

格里巴 哦，是这样。

罗斯科 哦，所以配合一下。

　　　先生，你知道你该做什么吧?

　　　[罗克剪掉了格里巴的钱包]

罗斯科 眨一眨眼睛，格里巴。

格里巴 好的，好的，我会的。

罗克 牙签和所有的东西都在这里。

　　　[退场]

罗斯科 可以离开了，直到我通知你!

　　　你看，先生，你的脸很干净，

　　　如果你的牙齿剔干净了，你可以吻一个女王!

格里巴 你这么说? 很好，现在我们出发了!

　　　我甚至会放屁，直到我吻到达莉娅。

罗斯科 哦，你真的这样吗? 我很高兴你告诉我:

　　　我还以为是你的牙齿发出的气味。

格里巴 哦，上帝，加快脚步，带我快点离开。

罗斯科 安静点，你的牙齿上沾满了东西。

格里巴 哦，哦，不要再说了，上帝啊，我吐了口血。

罗斯科 我已经处理了，吐出来，这对你大有好处。侍童!

侍童 　[在房内]马上。

罗斯科 把水倒在瓶子里，给他漱口。

侍童 先生，水在这里。

　　　[退场]

罗斯科 用这个洗洗你的牙吧，好格里巴先生。

格里巴 我很痛苦，啊，这是苦胆。

罗斯科 吃这些糖果，让你的嘴变甜。

格里巴 但是先生，这些糖会让人开心起来。

罗斯科 我担心糖果的甜蜜会让你变得很臭。

格里巴 好吧，现在，我该付多少钱，他们怎么走了？

罗斯科 随你便。

格里巴 这么说我？哦，糖还没吃完呢。

罗斯科 现在怎么样，格里巴？

格里巴 哦，上帝，我的钱包被偷了。

罗斯科 什么时候？在哪里？

格里巴 现在，在这里。

罗斯科 侍童，把门关上吧。

如果它在这里，我们会直接看到。和你一起来的那个人呢？

格里巴 我不知道。

罗斯科 他是干什么的？

格里巴 我不知道。

罗斯科 他住在哪里？

格里巴 哦，上帝！我不知道。

罗斯科 你做得很好。

你这个无赖的便士在他的口袋里最清白。

让我们找到他。

格里巴 不，听着，我必须先——

哦，上帝，上帝！我的肚子也痛！

罗斯科 你看上去病了。好吧，我告诉你该怎么办。

既然你病得这么重，你直接回家吧。

这个罗克，我会扩大范围寻找。

我不会容忍他跟我耍无赖。

格里巴 我真的生病了，所以我感谢你。

罗斯科 我看到有时候盲人撞上了一群乌鸦，

他也许会感谢我，说他正在受折磨。

格里巴 好吧，好吧，达莉娅，我对你的爱，

使我生病了，还导致我的钱包被偷走了。

[退场]

罗斯科 哈哈，他走了吗？一个傻瓜陪伴着他，

说真的，先生，这次合作得不错。

好吧，我现在去找我的同伴罗克，

分享我设计得来的钱。

[退场]

---| 第六场 |---

[卡珊德拉，穿着黑衣]

卡珊德拉 大自然赋予我的重任我已经完成；

我的弟弟已经被埋葬：

哦，愿上帝减轻我无尽的悲哀，

把我可怜的骨头和他埋在一起！

但是我徒劳地使用这个无用的愿望，

可怜的我必须生活在悲伤中，愉快会让我感到羞愧。

他会活下去吗？这会让我们都受到谩骂。

通过统治来平息正义的复仇？

不，我现在要去见国王。

我将向他讲述我的悲惨遭遇，

普罗莫斯的强奸、我兄弟的死亡及所有一切。

虽然我会因这个故事而羞愧。

为了证明是权力迫使我堕落，

当我向普罗莫斯勋爵展示他禽兽一般的劣迹时，

这把刀将立即结束我的悲哀和耻辱。

那头受伤的公鹿，在他的脚边流血，

为了惩罚他的过失，国王会更加愤怒，

于他的所作所为，而我在言语中也会表现出我很愤怒。

我现在向国王讲述我的人生旅程：

然而在我离开之前，正如天鹅在它们的尽头歌唱，

在庄严的歌声中，敲响我的丧钟。

卡珊德拉的歌

当命运阻碍了我的快乐，

当我的幸福被命运改变了。

我悲伤的日子一天天过去，

唉，我必须独自一人而没有伴侣，

我发誓日夜歌唱。

啊，悲伤扼杀了所有的快乐。

更可怕的悲伤折磨着我的心灵，

深深的绝望停止了我讨厌的呼吸。

可怜的悲哀使我形容憔悴。

我宁愿死，也不要残酷的关怀。

死亡，结束我的歌，它日夜歌唱。

啊，悲伤扼杀了我所有的快乐。

[退场]

[结束]

《普罗莫斯和卡珊德拉的历史》（第二部）

第一幕

┤ 第一场 ├

[波琳娜穿着一件宽松的长衫，被一件黑色大衣遮住了，为安德鲁吉奥去圣殿祈祷]

波琳娜　承诺就是债务，我的誓言已经结束，

白天为安德鲁吉奥以泪洗面：

这是我对他的祭拜（虽然上帝知道这徒劳无益），

忧虑改变了我，

我的熏香是伴着烟熏的叹息。

我以祈祷者的名义读着可怜的诗。

是啊，愿上帝接受我的赎罪，

我将和我厌恶的生活一起承受。

但我徒然希望这受欢迎的结局。

死亡太慢了，杀死可怜的人，

很快，他就屈服了，

伤害他们沉溺于快乐的心。

然而在我的心灵中，我的丧钟仍在鸣响。

每当我和安德鲁吉奥想到死亡时，

正如指责他人的人经常说的那样，

他们的朋友指责我的错误，
他们用我的黑丧服来惩罚我的错误。
但是，死亡对我的威胁最大，
我希望死去，我在悲哀中死去。
我垂死的心渴望向鬼魂呼喊，
我现在恍惚地看到奇怪的死亡预兆。
但是芦苇在每一次风暴中都会弯曲，
当最猛烈的暴风雨来临时，
我如此悲惨地挥霍着每一份悲伤，
然而我关心的是彻底杀死我心的力量。
哦，仁慈的上帝，我的罪孽如此深重，
就像你对待成千上万的人死亡时一样肆虐吗？
你会这样，而不是关心我能否面对
我生命的三分之一要打破一半的悲伤。
但是你是什么意思，波琳娜，最讨厌的，
沉思，为什么上帝让你忏悔？
尽管我们往坏处想，
为了我们的伟大利益，他给了我们同样的礼物。
这样，我的朋友就不会再悲伤了，
灼热的叹息使我的悲伤无法干涸，
自我关怀的缺失，迫使我的生命结束。
我仍然活着，每一个人都在死去。
伟大的上帝如此指定我的忏悔，
在悲伤的歌中，我将展示我的耐心。

波琳娜的歌

在我的灾难中，思念的关怀带来闪电的快乐，
我耐心地唱着沉重的歌，因为我在悲伤中歌唱。
我知道我的罪过，我感到我的灾难。
我的安逸就是死亡，
它偶尔对我的看顾让我获得自由。
哦，小心，我的安慰和避难所，不要害怕不按你的意愿行事，
我耐心地读着你的信，酗酒蚕食我的生命。
我每天都要用叹息和眼泪来满足你的欲望，

可怜的我会哭死，当你将你的诱惑投掷。

┤ 第二场 ├

［国王的信使进来了］

信使　我终于（虽然真的很疲惫）

看到了胡里奥庄严的城墙。

国王的信息不能用懒惰来传递。

他吩咐去的人必须在泥淖中奔跑，

我要送信到普罗莫斯勋爵那里，

告诉他，国王将会直接来见他。

但是我很担心普罗莫斯不需要获得

最高主权的吟诵，

但说话要谨慎，不要夸夸其谈。

虽然君主们的议题中经常包含着窥探，

但是他们必须用他们的言语、而不是他们的思想表明，

我将把我的舌头伸向何方。

普罗莫斯勋爵希望我的君主逐渐明白，

我的君主将会亲自说明原因。

［退场］

┤ 第三场 ├

［罗斯科、拉米娅］

罗斯科　有没有可能，我的拉米娅小姐，

她会爱上费尔拉克斯吗？

为什么她对耶稣说

她的心会像蜡一样融化，

我敢肯定，每时每刻，

被他们甜美的自我或问候的信件融化。

他们在一起秘密见面时，

最有趣的是看到爱的精灵。

她低头，他低头，她叹息抛下了纯真的爱。

"不，不，"他说，"不要再说了。"

"好吧,"她哭着说,"你不能证明我的悲伤。"

然后用一个吻,然后双方用三个字和一个吻,

直接结束这场风暴。

在她耳边低语着无精打采的声音,

顺便说一句,他无意中注意到了她的嘴唇。

因此应努力表现出最有爱的迹象。

这对他们有好处,因为他们都很满意。

一旦我确定游戏是如何进行的,我没有理由让他们后悔。

我很少在他们之间传话,

但是我手里有一样东西。

嗯,我必须开始去做某件工作,

慢一点儿,我为快乐的事奔波。

┤ 第四场 ├─

[费尔拉克斯、木匠道乌森]

费尔拉克斯 派遣道乌森,快跟上台去。

所以,尽九个有价值的人①所能,隔开你的房间

尽可能装饰得赏心悦目。

道乌森 很好,我会的。

费尔拉克斯 不,亲爱的,道乌森,留下来。

让你在圣安妮的人越过,那就不可收拾了,

搭建一个舞台,让眼前的怀特②可以站立。

道乌森 你还要别的吗?

费尔拉克斯 等一会儿,让我看看。

在耶稣的大门上,我祈祷,

被任命的人都站着。

道乌森 我的先生,他们是这样的。

费尔拉克斯 好吧,那么,关于你的任务,

我可以预见,音乐合奏队将会很出色。

---

① 参见莎剧《爱的徒劳》第五幕第二场。

② 音乐人。

道乌森 我走了。

[退场]

—| 第五场 |—

[裁缝比德尔、费尔拉克斯]

比德尔 听着，费尔拉克斯先生，

他们将在哪里举行庆典？

费尔拉克斯 他们将以什么奇怪的方式展现他们的庆典？

比德尔 他们有征服一切的大力士，

巨大的巨人在森林中战斗，

狮子、熊、狼、猿、狐狸和灰狼，

比拉德、布罗克斯等。

费尔拉克斯 哦，奇妙的战斗，

他们都很配合，提供这样的表演。

上帝保佑迈斯特尔·皮查勒斯①远离他们。

比德尔 您真好，先生，但我请求你快点回答我，

我被警告不要在这里停留。

费尔拉克斯 因为我知道你什么办法都有，

他们应该站在观众不想看到的地方。

你觉得达克巷的尽头怎么样？

比德尔 镇上所有的乞丐都会在那里。

费尔拉克斯 哦，大部分人多的地方都是乞丐待的地方。

再见，走了。

比德尔 我会将你的意愿说出来。

[退场]

—| 第六场 |—

[费尔拉克斯，两个在市长盛宴负责篝火工作和放烟火者]

费尔拉克斯 这些家伙出现了，这个齿轮现在开始动弹不得，

朋友们，你们在哪里？

---

① 指虱子。

放烟火者甲　在耶稣街维持通道畅通，

　　使国王和他的随从可以轻松通过。

费尔拉克斯　哦，非常好。

放烟火者乙　先生，你还有别的事吗？

费尔拉克斯　关于你们的任务，没有了，没有了。

放烟火者甲和乙　我们走了。

　　［退场］

费尔拉克斯　啊，先生，这是取悦国王的小知识，

　　但是，哦，哦，钱不能做什么？①是的，只提前一天通知？

　　国王认为我们的准备工作行动迟缓。

　　如果提前一年通知我们，那将会呈现他希望看到的。

　　我还有一件事要做，别激动，罗斯科来了。

　　我走之前必须给他捎个口信。

─┤ 第七场 ├─

　　［罗斯科、费尔拉克斯］

罗斯科　我相信，我有好消息要告诉拉米娅。

费尔拉克斯　不，亲爱的，罗斯科，用你的方式带走我的消息。

罗斯科　哦，先生，我恳求你的关照。

费尔拉克斯　罗斯科快去告诉你的主人，就说是我说的，

　　国王会直接来到这座城市，

　　谁的妓院有一大批受过培训的人，

　　谁就可以在她的房子里与我同乐。

　　因此为了我的缘故，她将预见

　　她们受到欢迎，什么都不缺。

　　我想只能这样，因为没有多余的时间准备。

　　［退场］

罗斯科　我不会开玩笑，先生，为了表示你的好客，

　　说真的，这些新来的会和其他人一起跳舞，

　　他们将受到最好的欢迎和款待。

　　尽管快乐会这样填满他们的身体，

---

① 原文为一句法语"quid non pecunia？"，原文加注解释为"What cannot money do？"意思是钱不能做什么？

他们的钱包会变成一个负数。

没有任何力量会阻止，任何快乐都有他的一份，

宁可吃猪肉，也不要挨饿。

好吧，我会跋涉，告诉你我的喜讯，

然后去城外，让妓院都得知消息。

[退场]

—┤ 第八场 ├—

[国王科瑞纳斯、卡珊德拉、两个顾问、乌尔里科（一个年轻而高尚的人）]

国王　卡珊德拉，我们已经快到城镇了，

所以我希望你离开我们，

直到你听到我们快乐的声音。

然而放心，邪恶的普罗莫斯，

将承受这样的惩罚，在世间

让我来惩罚他，并洗清他的罪过。

卡珊德拉　尊敬的陛下，请便！卡珊德拉现在就离开。

[退场]

国王　我清楚地看到，这往往是理所当然的，

通过他们的任命，

君主们常常低下他们的耳朵去听，可怜人的抱怨。

他们认为正义会得到伸张，

权威就是这样的指挥官，

作为一个执法者，

如果他们的统治没有良心衡量，

这可怜的人的权利将被强权所征服。

如果来自正义的爱或恨引导了法官，

那么金钱肯定不会推翻这个案子。

因此，一次舞弊会导致更多的舞弊，

因此应该没有法官敢做。

很少有人告诉国王，统治者是如何犯错的，

原因是，他们的权力令人敬畏。

有充分理由抱怨的人，

比起交易，卡珊德拉更喜欢她的生活，

在对普罗莫斯的背叛进行报复之前，

我并不知道他那令人憎恶的强奸行为，

她为了救她弟弟的命。

而且，我还不知道他把安德鲁吉奥处死了。

因为当善良的卡珊德拉得知被背叛了的时候，

她的声誉严重受损，

她想拔刀自杀。

我的心被她可怜的处境激怒了。

所以对普罗莫斯的诡计，

要利用两者的差异，

即使在所有这些错误发生的地方。

我自己来了，仍是坐在这些危机之上。

但是看看普罗莫斯和市长的分量，

隆重欢迎我，

用欢快的表演消除我的仇恨，

我原谅他的破费。

也许我知道有关他的暴政越多，

他受到的惩罚越重。

来吧，我的上帝，我们快速向城镇前进。

众人说　我们都指望您的恩典。

┤ 第九场 ├─

[普罗莫斯、市长、三个穿红色长袍的市议员。持剑者宣布：国王来了]

[普罗莫斯的简短演说]

普罗莫斯　万众瞩目的国王，看，你忠实的臣民们，快来看

他们对殿下应尽的忠诚义务。

你的出现使我们所有人欢欣鼓舞，还有比十倍欢欣鼓舞还多的愉悦。

您认为我们准备了节目，因为我们收到了迎接国王的通知。

我的意愿是他们自愿提供，我相信他们也是这样想的。

能为善意的欢迎提供的条件很少。

爱，这就是全部。是的，对我们所有人来说，这只能用语言表达。

陛下，你会进一步在行动中了解我们的热情。

首先，最令人敬畏的国王，我在此向你献上正义之剑，

作为你的副手，我相信我能正直地承担。

[国王把剑交给他的一个法律顾问]

国王　普罗莫斯，我听说了你执掌政府的优秀政绩，

或者至少是我对你的好印象，

鼓励你在正义中更加坚持，

这是我最近身体康健的主要原因。

普罗莫斯　我感谢殿下。

[市长给了国王一个钱包]

市长　万众瞩目的国王，我们准备的计划说明，

以您的名义，我们的货物不需要花费，

以我们所有人的名义，我在此上交

给殿下的这个钱包。

为此，最尊贵的陛下，

我们的所有财富，都受到义务的约束。

国王　感谢你的好意和礼物，

但是保留你的财物，对你有好处。

这就够了，我所渴望的一切，

如果为了你和我们的安全。

你在某种程度上提供了大量的表演。

这一次，外表证明了这一点，

这就够了，我所渴望的一切，

你的心和舌头一样欢迎我。上帝保佑你的威严。

[五六个人，一半是男人，另一半是女人，靠近音乐家，在一个从地上架起的舞台上唱歌。在歌曲的第一部分，国王沮丧地进一步和法律顾问们交谈]

国王的招待员：向前，各位大人。

[当歌曲的其余部分结束时，他们都从容地出去了]

第二幕

| 第一场 |

［拉米娅、宅邸］

拉米娅　比赛进行得很艰难，没有任何人会有收获，

没有人具有与邪恶抗衡的美德。

当然，让我抱怨过的迟到的法律，

诱惑我冒出许多肆无忌惮的想法。

我这一行的女士们，因为害怕都关了店门，

他们的行为违反了法律的要旨①。

哪张执照是卖好东西的，

我喜欢被很好地定制。

现在是服务时间，以免失败后养成习惯。

我最珍视的快乐

让我独自去出售我的快乐。

我凭着信念将服务于信任。

谁让我爱上的不是他，

曾经爱过我的人对我的主人说。

有些我的挑选者会戴上我的手套，

然而他是我的心，他的付出我最喜欢。

这些是我抹平的顾客，

这些是费尔拉克斯的朋友，我亲爱的朋友。

现在我要去，展示我的商品，

让他们笑到最后。

［退场］

| 第二场 |

［阿皮奥和布鲁诺，两位陌生人，与罗斯科在一起］

阿皮奥　来吧，好朋友。拉米娅女士住在哪里？

罗斯科　已经弄清了，先生。

阿皮奥　好吧，那就去吧，

说明是谁派我们来的，我们的意图是什么。

---

① 原文为法文"Contra formam Statuti."原文加注解释为"Against the tenor of the law."意思是违反法律的要旨。

免得她还不认识我们，就把我们撵走了，

因此我们要大胆地去拜访她。

罗斯科　没有比这更大胆的拜访了，我向你保证，先生。

布鲁诺　好吧，按吩咐去做。

罗斯科　我去了。

［退场］

［女人们勇敢地穿上衣服，手里拿着织成的罩衫和网状的帽子，坐在窗台上唱歌，仿佛她们正在醒来］

唱诗班①

如果快乐，那就珍惜吧。

阿皮奥　听着。

金色世界在这里，金色世界在这里。

拒绝你，还是选择了你，

但是欢迎走近这里的人，但是欢迎走近这里的人。

布鲁诺　他们是缪斯女神，当然。

阿皮奥　不，塞壬引诱。

第一句唱道：这里住着快乐。

第二句唱道：尽管如此，我还是死了。

合唱：欲望在这里有他的意愿。

第三句唱道：这里有爱解脱。

第四句唱道：被摧毁的悲伤。

最后两句：当心两颗受伤的心都死去。②

布鲁诺　还是出席吧。

阿皮奥　那随你的便。

第一句唱道：在这里祝愿，心不在焉。

第二句唱道：尽情地玩吧，我们不害羞。

第三句唱道：它滋生了许多疾病，我们清除了烦恼。

---

① 全体齐声演唱。

② 此处仅有一句歌词，可能是重复演唱一遍，也可能是第二句歌词遗失。

第四句唱道：我们在这里的生活依然快乐。

唱诗班

如果快乐是财富，
金色世界在这里，金色世界在这里。
拒绝你，或者选择你，
但是欢迎走近这里的人，但是欢迎走近这里的人。

第一句唱道：荡妇们靠近了。
第二句唱道：品尝我们欢呼雀跃的滋味。
合唱：我们的猫又好又甜。
第三句唱道：来吧，别害羞，让你快乐。
最后两句：我们将拜倒在你的脚下。

布鲁诺　啊，善良的人。
阿皮奥　听。

第一句唱道：爱，我们在这里，怀着良好意愿的行动。
第二句唱道：我们活着是为了你的行动。
第三句唱道：来吧，我们同意让你证明，
第四句唱道：不用付出代价，得到爱的果实。

唱诗班

如果快乐是财富，
金色世界在这里。

布鲁诺　根据这张搜查令，我们可以行进。
　门是开着的。来，我们进去吧。
阿皮奥　同意。

┤ 第三场 ├

[一个拿着狼牙棒的中士进来了，另一个军官拿着一张纸，像是一份公告，和他们一起进来的还有那个爱哭的人]

311

军官　那个哭泣的人，你太吵了。

哭泣者　知道了。[如此三次]

军官　各种人，在场。

哭泣者　各种人，在场。

军官　请保持沉默，接受监禁。

哭泣者　保持沉默，接受监禁。

官员宣读公告

强大的匈牙利和波西米亚国王考文纽斯：

胡里奥的所有臣民都向他问好！他们都知道他对待所有的臣民就如同对宠爱王子们一样。首先，如果任何官员或其他人，通过贪污贿赂、放高利贷、敲诈勒索、非法监禁或任何其他不公正的行为，伤害了他的臣民，陛下要求他们向他的御前顾问——乌尔里科爵士求得帮助。受害者必须向国王陛下提供他们受害的证据。他将下令进行审判，释放受害者，惩罚罪犯。

此外，如果他的任何一个忠实的臣民指控任何官员或其他人犯有严重的或令人发指的罪行，包括叛国、谋杀、亵渎、煽动叛乱，或其他此类臭名昭著的罪行，为了王室的人身安全、他的王国和臣民的利益和安宁，下周五，在他可敬的律师的建议下，陛下将在公开法庭开庭，听取和判决所有的这些罪行。届时，他会直接指控这样十恶不赦的罪犯的所有罪行。在开庭的前一天，他就会提出罪犯的名字和他们犯的错误。日期是 2 月 6 日，在胡里奥的皇家法院。

上帝保佑国王。

[退场]

┤ 第四场 ├

[罗斯科]

罗斯科　我们是怎么回事？我们以为国王是为了快乐
　　　　来探望我们。当他痛苦的时候，
　　　　我担心他会给我们带来灾难，
　　　　去听那些会抱怨的人的抱怨。
　　　　但这趟来，他是为了看
　　　　我们的官员。我们面面相觑，
　　　　我在看普罗莫斯勋爵，普罗莫斯勋爵在看我，

法官和市长的律师们，

他们跟首席律师也是如此。

说白了，最清楚的

山核桃歌唱，聆听凄厉的呼唤，

反对高利贷、贿赂和抢夺财产，

贿赂男子作伪证、敲诈勒索以及帮助和教唆犯罪分子。

有些坏事是听到的，有些是通过公告保留下的，

周五在国王面前听证。

然而我将逃跑，并希望能逍遥法外。

但是，也许不是，我去寻欢作乐，

如果可以的话，让我得到新的答案，

我找了一个快乐的伙伴，

让我的感官焕然一新。

她得到的只是必要的花费。

[退场]

┤ 第五场 ├

[乌尔里科爵士手里拿着传达的文件，两个可怜的市民询问投诉]

乌尔里科 正如你所抱怨的，不公平的

费尔拉克斯霸占了你的房子吗？

市民甲 是的，他巧妙地欺骗了我，

如果你不帮忙，法律不会给我任何帮助。

乌尔里科 嗯，你说呢？费尔拉克斯付钱了吗？

市民乙 他少给了五英镑。

乌尔里科 你的保证金被保留了。

市民乙 不，我很乐意付出同样的代价，

但我没收到他的保证金，仍然在他手里。

乌尔里科 我明白了，"正义就是伤害"，

因此，这些错误必须以其他方式来弥补。

市民甲 是的，比这更多，大多数人说。

乌尔里科 什么？

市民甲 说白了，他养了拉米娅小姐。

乌尔里科 他承认做了，这对你有什么帮助？

市民乙 是的，这证明他是一个双重的无赖：

贪婪的恶棍和好色之徒。

乌尔里科 好吧，好吧，诚实的人，为你们见证，

作为证据，对他处以罚款，

所以我会向国王申请补救的措施。

市民甲和乙 我们感谢法官大人。

［退场］

乌尔里科 更奇怪的是，通过诚实的表演，

看到淫荡的官员隐藏了什么。

在每一种情况下，他们的手艺都是这样的，

有严格的法律站在他们一边。

这些狡猾的小偷，可以用法律偷窃贵族，

当无知的羊被信任时，

是啊，小罪犯被更粗暴地对待。

那么这些虚伪的人，为了让自己看起来公正？

残暴者费尔拉克斯在祈祷。

当令人受辱的折磨降临时，

他在一些朋友中直接找到了这个可怜虫，

并使他先尝其后果。

对这种行为的正当报酬是

认识到不是别人的过错，他自己才是最有罪的人。

为了我们的幸福，我们仁慈的国王决心

去试一试这些盗贼，使用他所能使用的手段。

但就像下棋一样，虽然有技巧的棋手在下棋，

缺乏技巧的观众可能会看到他们（古瑞派克斯和瑞派克）忽略的内容。

因此，虽然我们的国王在搜索和

猜测他们做过的坏事和隐秘的罪行，

然而要根据事实而不是目标来判断。

我亲自作殿下的代理，

谁上报谁举证，

否则如果被我发现，他自己会受到惩罚。

这样我就可以公正地使用我的控告，

我的委托人犯下的错误会和证人一起呈现。

［当他出门时，一个年轻的绅士皮莫斯和他说话］

⊣ 第六场 ⊢

皮莫斯 乌尔里科先生，我很想知道

我诚实的想法会带来什么样的后果？

乌尔里科 皮莫斯先生，简而言之，我担心你们两个会拒绝我的命令：

莱罗斯认为他给的比他应该给的多，

而你，是因为没有你想要的。

皮莫斯 如果你的奖励没有我的份，那就很难了。

乌尔里科 好吧，跟我走，我会让你看到的。

皮莫斯 我跟你走。

[退场]

第三幕

⊣ 第一场 ⊢

[费尔拉克斯]

费尔拉克斯 我内疚不安的心赞同此事，

像火让我的耳朵和脸颊发热。

上帝保佑，我逃脱了这黑暗的一天，不在乎明天的游戏如何。

好吧，我会在上面放一面铜镜，

其余的交给国王。

过不了多久，一些官员就会坐在这里接受审判，

他们将被发送到天堂或地狱。

快点招供，他们会得到奖励，我看到了古瑞派克斯和瑞派克，

他们在我这会遇到一些风险。

⊣ 第二场 ⊢

[古瑞派克斯、瑞派克、密探、约翰·阿德罗伊、小丑、费尔拉克斯]

约翰 不，诚实的密探，让我走。

古瑞派克斯 啧啧，约翰·阿德罗伊，我们不能就这样放你走。

什么？一个放荡的无赖能做午餐吗？

你应该去见国王。

约翰　约翰·阿德罗伊，上帝保佑。

　　　国王！为什么，他看上去不像穷人的样子。

瑞派克　是的，是的，一看你的脸就知道你是个无赖。

约翰　是吗？那好，你快走吧。

古瑞派克斯　为什么？

约翰　免得他也从我脸上看出你来。

费尔拉克斯　你见过两只乌鸦约会吗？

瑞派克　好吧，来吧，走吧，遮掩先生。

约翰　离开，我发誓，否则会抓起你来。

　　[他们打了一场架]

古瑞派克斯　什么，你愿意吗？

约翰　是的，可以立下字据。

古瑞派克斯　帮助瑞派克，捉弄那个男人。

约翰　不只如此，而且尽我所能。

费尔拉克斯　如果那是他们讨价还价的结果，

　　　凭着信仰，他们只和我分享。

瑞派克　什么，只和你，分享午餐？

约翰　对，那个粗鲁的人，还好拳打脚踢。

古瑞派克斯　上帝啊，我的心肝。

约翰　无赖，我让你胡言乱语。

瑞派克　举起你的手。

约翰　首先，拿着这个钟摆。

费尔拉克斯　结束这场争吵的时候到了，我敢说，

　　　花名册上的其他发起人将会听到。

瑞派克　哦，你会折断我的脖子。

约翰　是的，上帝啊，你的脖子会吱吱作响吗？

费尔拉克斯　现在怎么样，我的朋友们？为什么会这样？

古瑞派克斯　结婚。

费尔拉克斯　什么？

约翰　在他们分开之前，大喊大叫让他们尿了裤子。

费尔拉克斯　住手，不要再打了。

约翰　无赖，这个诚实的人应该感谢，

　　　你逃得真是时候。

费尔拉克斯　朋友，不要胡思乱想。我是个官员，我想知道

在我走之前，你为什么这么说。

瑞派克　我希望您也能这么想，

我确信，这个被锁着的奴隶，

他的两个过错都应该受到双重惩罚。

费尔拉克斯　什么错误？

瑞派克　结婚。

约翰　他会像狗一样撒谎。

费尔拉克斯　怎么了，粗鲁的家伙，你的舌头会堵塞。说下去。

瑞派克　展示他的第一个，也是最主要的错误。

他父亲的女仆和他会一无所有。

约翰　什么，我？

瑞派克　你。

约翰　我以我孙子的名义发誓，你撒谎。

费尔拉克斯　心平气和地说。

朋友，你会因这个过错而死。

约翰　死神，上帝救救我们。你烫伤了无赖，还大喊大叫，因此对我不利。

费尔拉克斯　嘘，嘘，如果他们能证明这一点，那也没用。

古瑞派克斯　为了证明我所说的，我看见他和女孩们接吻。

约翰　不能说是接吻，但他们一无所获？

费尔拉克斯　这个假定的朋友会让你做出不明智之举。

如果你逃脱了死刑，你要确信这一点，

你会因为这个吻而受到可怕的鞭打。

约翰　鞭打，上帝保佑，我宁可被绞死。

瑞派克　好的，来到国王面前。

费尔拉克斯　好吧，好伙伴们，让我们开始讨论这个问题。

古瑞派克斯　不，首先应该把约翰·阿德罗伊抓起来。

费尔拉克斯　为什么？看到那个可怜的人被鞭打对你有好处吗？

我请求你们的朋友，这次放他走。

约翰　站着不动，冷静一下，不管他们是否愿意。

瑞派克　不，但我们向他收费。以国王的名义，留下你。

费尔拉克斯　听着，老实人，我保证你会被释放。

在他们的手上涂上油脂，然后说他们闲话。

约翰　哦，上帝，我们的牛油盆不在这里。

费尔拉克斯　嘘，向他们要钱。

约翰　为什么，我的指甲更锋利。

费尔拉克斯　我明白了，对于小丑来说，彼得潘的笛子比阿波罗的竖琴更管用。

　　他们可以没有音乐，但可以唱简单的歌。

古瑞派克斯　我们走吧，我们已经拖得太久了。

费尔拉克斯　直接的。

　　一个无赖，用钱堵住他的嘴。

约翰　哦，我现在明白了，先生，你真好。

瑞派克　来吧，懒汉，今后能沉稳一点儿吗？

约翰　这是全部，10 先令 10 便士。

费尔拉克斯　听着，我的朋友们。

古瑞派克斯　我们不能让他走。

费尔拉克斯　再听一遍。

约翰　给他们钱。

费尔拉克斯　事情只能这么办。

瑞派克　好，虽然他应该受到严厉的惩罚，

　　为了你，这一次我们同意这么办。

　　约翰·阿德罗伊永别了，从今以后要诚实，

　　对于这次的错误，我们会一笑而过。

　　[退场]

约翰　把我们的钱给我们。

费尔拉克斯　为什么？

约翰　为什么，他们只是开玩笑。

费尔拉克斯　是的，但是他们真的拿了你的钱。

　　[退场]

约翰　麻烦消失了？现在恶魔将你们都带走了！

　　怎么再亲吻，无赖教会了我智慧。

　　但是圣安妮，我确实看到了粗鲁的女人。

　　有钱人可以为所欲为。

　　如果不是因为我的金子，我肯定会得到好处，

　　但是不要再穿长袍了。

　　是的，我希望所有的情人都是明智的。

到处都是色眯眯的无赖，有着猫一样的眼睛。

为什么，通过上帝之骨①，他们可以看到和标记下来。

一个人偷窃，他会在黑暗中偷偷摸摸。

现在这个世界变得如此有趣，

好像人们都亲吻了，但他们一无所获。

好了，我回家了，告诉我父亲德罗伊姆，

那两个小偷是如何偷走了我的钱。

[退场]

──┤ 第三场 ├──

[国王、普罗莫斯、乌尔里科、市长、贡萨戈、费尔拉克斯、另外两个出席者]

国王 贡萨戈先生，我们此前听说，

因为你的意志或财富伤害了我们的臣民，

别再把这种事当成逢场作戏。

我们给你机会修正错误。

否则，我们的愤怒怕是要冒犯你了。

愿上帝保佑你！

[贡萨戈毕恭毕敬地离去]

国王 事实证明这句谚语是真的，

"万能的主人是正确的，但财富是一种腐败，

会伤害他主人的良心，

吃掉了可怜邻居的鹿"。

为了治愈伤痛，正义必须减少他的骄傲。

君主最应该闪耀正义，

当臣民按照他们的王法生活，

统治者应该敬畏法律。

穷人欺负别人时，很少快乐，

他们是被迫捍卫自己的权利，

它表现了这些法律的制定者，

被发现有如此多的缺陷。

---

① 原文为 bores，意思是"钻孔"，布洛加注认为此处可能是 bones，意思是"骨"。

看到他的法律被遵守，

否则，好的法律将转向邪恶的意图。

好吧，在我离开之前，我最贫穷的臣民将

喜欢与最富有的人生活在一起。

普罗莫斯 尊敬的最有权势的国王，您的宽大，

您的统治通过严律和忠诚的爱赢得了民心。

乌尔里科 万民瞩目的国王，我来这是为了抱怨费尔拉克斯，

普罗莫斯勋爵也犯下的滔天罪行

给很多穷人带来了痛苦，

以我的名义，祈求您的良方。

国王 普罗莫斯勋爵，对于你的官员不公正，

看来你是大权在握。

普罗莫斯 令人敬畏的国王，我想他能证明这些指控是错误的。

国王 先生，你只是在思考吗？值得信赖的长矛！

一个假的、死了的和失明的法官都可以做同样的事。

好吧，好吧，上帝保佑你能保住性命。

乌尔里科先生，你的申诉还可以继续。

乌尔里科 仁慈的国王，他的错误接踵而至。

首先，费尔拉克斯是一个普通的律师，

一个在办公室里的淫荡的勒索者，

狡猾的人经常利用这些错误。

如果穷人有他那样寻找答案的眼睛，

他就拿出黄金，引诱贫困的灵魂。

如果他们上钩，很快就被绑起来，

被投进牢笼或被某种契约给毁了。

价钱在钱包下面，他们是情报员，

让他得到他梦寐以求的东西。

为了证明这份报告是真的，

我展示的并不比别人见证得更多，

他的名字和双手都在这里捍卫它的忠诚。

[乌尔里科交给国王一份写有名字的文件]

国王 普罗莫斯，现在你怎么说？你觉得你的手下怎么样？

如果可以的话，用你的智慧来为他洗清冤屈。

普罗莫斯　令人敬畏的国王，听到他的错误，我的心都快流血了。

国王　那么到底要忍受多久呢？

　　确实如此，我现在信以为真，或者你现在是在开玩笑。

　　你的主人是哑巴，费尔拉克斯，我想你最好

　　还是为自己说说话。

费尔拉克斯　我谦卑地渴望

　　感谢你的恩典，让我拥有为自己辩解的权利。

国王　为什么？设计一个时钟来隐藏一个无赖？

　　朋友，"真理不寻找黑暗的角落"①。

　　如果你自己真的安息了，

　　你可能无法否认这些缺点。

　　有些人不在乎对方说谎，

　　看看是否有人会为你发誓。

费尔拉克斯　[旁白]主啊，难道没有骑士听到吗？

　　好吧，那么，我必须唱一曲《忏悔》，

　　向国王求饶。

　　哦，国王，我错了，我必须承认，

　　我将带着悔意去弥补。

国王　你的忏悔确实有些好处，

　　但忏悔不会为你可怜的邻居偿还他们应付出的代价。

　　因此，乌尔里科先生，他的财物给你，

　　那些他通过不公正的手段获得的，都应该还给你。

乌尔里科　看，他得到的钱，大多数人认为都浪费在

　　一个名叫拉米娅的妓女身上。

　　这样他的钱都不够支付其他人了。

国王　如果他没有钱，国王就必须让他失去权利。

　　尽你所能支付，我认为这没什么，

　　毕竟每个人在积累经验的过程中都得付出一定代价。

　　但是，顺便说一句，你把这个城市治理得很好，

　　这些女人能忍受你的嘴脸住在这里。

　　现在你的另一个朋友——费尔拉克斯，

　　你立即辞去你的职务。

乌尔里科　这是应该的。

---

① 原文是一句法文 "veritas non querit angulos"，意思是真理不寻找黑暗的角落。

国王 费尔拉克斯，继续听我说，

因为你一开始就承认了你的错误，

我解除对你的惩罚。

费尔拉克斯 我非常谦卑地感谢陛下。

普罗莫斯 啊，看外面，我看到卡珊德拉在这里。

[卡珊德拉身着黑色的礼服进了门]

卡珊德拉 哦，但愿眼泪能讲述我的故事，我为我的失足感到羞愧，

否则，普罗莫斯表现出了淫荡，死亡会结束我的奴役。

普罗莫斯 欢迎我亲爱的卡珊德拉。

卡珊德拉 杀人不眨眼的恶棍，走开。

万众瞩目的国王，请原谅我的大胆尝试，

在如此接近您的恩典中表达我的悲伤，

以免我的敌人，虚假的普罗莫斯，打断我的陈述。

伟大而仁慈的国王，我不胜悲痛，可以申诉我的不幸了。

国王 普罗莫斯，你现在感觉如何？听到这番话，你觉得怎么样？

说吧，我渴望听到你的冤屈。

卡珊德拉 现在知道，令人敬畏的君主，普罗莫斯的末日来临了，

我的兄弟因放荡应该失去他的头，

犯了罪的少女，应该永远

在修道院里生活，忏悔她的罪行。

为了拯救我那濒临死亡的兄弟，我流着泪试图离开，

普罗莫斯想表示他的恩典，但他与无法无天的爱

向我一次又一次袭来。我知道这是必然的，

拯救我兄弟的生命让我受了很多委屈。

他以我想赎回兄弟做要挟，抢走了我的童贞。

泪水无法克制，他邪恶的情欲就是这样。

这里有两个邪恶，我必须选择一个，

看我兄弟被处死，或者满足他的淫荡要求。

总之，出于对兄弟的爱，我同意了，

基于以下两个条件：他应该娶我；

他应该把我兄弟从监狱里释放出来。

所有这一切都是他承诺要做的。

但是这个伪君子，当他满足了自己的意愿以后，

首先把我赶走，然后派盖勒把人杀了，

我的兄弟，用我的好名声赎回的人，

从此却与地狱相伴。

为了谴责自己，我已经穿上这屈辱的丧服，

以此明示我的肉体犯的罪。

就这样，万众瞩目的国王，卡珊德拉结束了她的陈述，

这个邪恶的普罗莫斯给她带来了无尽的烦恼。

国王　如果这是真的，那么这种行为就不会不被惩罚。

你对她的陈述怎么说？是，还是不是？

你为什么不说话？你的沉默无疑证明自己是一只有缺陷的雄鹿。

普罗莫斯　陛下啊，说实话，

我承认她的陈述是真实的，你应该对我发怒。

国王　是这样吗？你不久就会为这个邪恶的行为付出代价。

卡珊德拉，在爱护中得到安慰，值得庆幸。

你被迫犯的错误没有邪恶的意图，

没有任何耻辱可以玷污你。

虽然我很难满足你的要求，

尽管如此，我向你保证我会尽力的。

你这个邪恶的人，难道你还不够吗？

更糟糕的是强迫破坏了她的贞操，

还在他人身上堆积你的罪恶，

残忍地杀害了她的兄弟。

这一事实不能不使我思考，

你在许多方面冤枉了我的臣民。

你怎么能公正地运用你的权力，

当你自己把你的意志变成法律时。

你的暴政已经非常清楚了，

为此，我可能会知道，

你用权力犯下的其他错误，

我听说，贵族压制穷人，

这似乎是最好的。你是我的朋友，

我认为你不是一个偏袒的法官。

我发现你的官员贪婪，

你通过他的报告推翻了你的意志。

在对与错的对峙中，办成了一些事的人
给了你一个提示。
好了，恶棍，好了，我来得太慢了，
鞭笞你的过错，抚平你所造成的伤痛。
我对你们这些卑鄙的家伙宣布这一判决，
你应该马上和卡珊德拉结婚，
为了挽回被你损失的名声。
第二天你将失去你憎恨的生活，
为了忏悔你犯下的她兄弟的命案。

普罗莫斯　国王啊，我罪大恶极，请赐予我慈悲，
现在用血淋淋的叹息感叹我的罪恶为时已晚。

国王　己所不欲，勿施于人。
先生，当你受到审判时，怜悯得不到宽恕。
准备去死吧，你对生命的希望是徒劳的。
我的上帝，带他一起走吧。卡珊德拉，你也一样。
我将看到你的声誉得到恢复，让你成为他的妻子，
我还会缩短他活着的时间，越快越好。

全体随从　我们等候你的恩典。

[当国王外出时，一个穷人跪在他的必经之路上]

国王　乌尔里科先生，我该下定决心了。
致安东尼·阿尔贝托爵士和狄龙大法官，
听取并确定所有要进行的诉讼，
在普罗莫斯先生和这个可怜的人之间的诉讼完成了吗？

乌尔里科　万众瞩目的国王，已经准备好了。

国王　为你的使命去见乌尔里科先生。

全体　上帝保佑陛下。

[他们都离开，救了小丑]

小丑　一个有骨气的男人最好和伟大的阁下说话，你看，
我们自豪的、和平的公正者在这个国家，
正如我的夫人所说，他和野兔一起走了。
这两年他们听说了我的事，但还是不以为然。
起初，一个好命的侯爵，上帝救了他的命，

费斯平白无故地告诉了马斯国王，普罗莫斯和我的冲突。

哦，上帝。我认为国王不能让穷人看到，

但上帝保佑他的恩典，起初他拿走了我的供给。

你也听到了他是多么温柔地叫我可怜的人，然后让我走，

对于我的申诉，我没有什么好说的，好乌尔里科先生。

好吧，快去吧，希望能把普罗莫斯先生一起带来。

但在我走之前，请唱考文纽斯国王的歌谣。

小丑之歌

巴伦的勇敢而强壮的小伙子们，

准备欢迎我们的好国王。

他的到来让他的臣民高兴，

当他们高兴的时候，钟声响了起来。

他们在每一个地方欢呼跳跃，

他很高兴，能看到他的脸，

谁能检查富人的错误，

并帮助穷人获得他的权利。

通过恐惧获得的严谨的爱，

他以恩典和怜悯赢得。

我们为此到处祈祷，

上帝保佑我们的考文纽斯国王，

他的恩宠无处不在。

他很高兴，可以看到他的脸。

[退场]

第四幕

—| 第一场 |—

[格雷斯科（一个优秀的军官）；两名身穿敞开外套的差役，带着敲击棒]

格雷斯科 来吧，游手好闲的无赖们，快点干你们的事。

把我带到所有空闲的地方。

差役甲 好的，先生，好的。

格雷斯科 搜索达克巷、科克巷和斯库尔迪斯角。

这是你的任务，让我们看看你能有多厉害。

差役乙　是的，我有翅膀可以飞。

差役甲　谁会花两便士去看一个怪物？

差役乙　什么怪物？

差役甲　有角的野兽，后跟有翅膀。

差役乙　醉鬼出来了！

格雷斯科　什么？你的头上有轮子吗？

　　　　把两者都打包，那时候你是最好的！

差役甲　我们走了，先生，我们只是在开玩笑。

　　　　[两名差役退场]

格雷斯科　我敢肯定，国王给了我们所有人工作，

　　　　去寻找潜伏的游手好闲的恶棍。

　　　　因为我们的市长管理不善，纵容他犯错，

　　　　他被捕以后，开始喜欢嚎叫。

　　　　盛怒之下，这个男人变得更暴躁，

　　　　作为一个淫荡的人，被贴上标签，衣衫褴褛，去做陶艺。

　　　　但总的来说，他对漂亮的拉米娅小姐大发雷霆。

　　　　为此她喝酒，她曾经挡在他的路上。

　　　　以免她逃跑，我肯定他会，

　　　　带着四十多岁的拜尔斯，恭恭敬敬地去抓她。

　　　　好吧，我必须去为我们的市长干活。

　　　　对她不施压，她永远不会诚实。

　　　　[退场]

┤ 第二场 ├

　　　　[安德鲁吉奥，就像从树林里出来的一样，带着弓箭，一只兔子挂在他的腰间]

安德鲁吉奥　这种野蛮的生活，很难忍受，如果希望得不到安慰。

　　　　但上帝的旨意从暴君手中拯救了我的生命。

　　　　请接受我的痛苦，作为我的忏悔，

　　　　当上帝高兴的时候，我仍然充满了改变这种状态的希望。

　　　　安德鲁吉奥需要一个空心洞穴安置房子和床。

　　　　他现在很少拒绝幸运之神送来的糟糕的食物。

　　　　我现在承担了屠夫、厨师、准备食物者和所有的角色，

是的，我常常入睡前一点东西都没有吃或者吃得很少。

然后我常常想起我的幸福生活，

通过对自由的渴望，我知道了最大的快乐是什么。

自由人被视为朋友，在需要时得到释放。

流亡者并不缺乏什么，但仍然生活在恐惧中，

他的罪行将很难逃脱法律的惩罚。

活着，还不如死了好，生活在这种敬畏中。

除了这种永远不会消失的恐惧，被驱逐的贫穷的人，

像往常一样，他肯定会发现他的帮助者非常少。

那么谁会如此疯狂，拥有朋友和自由，

却还冒险触犯法律，生活在这种烦恼中？

并且不只他一个人生活在烦恼之中，还有他的朋友和亲属。

卡珊德拉和波琳娜住在城里，

想到我，她们定是猜想我早就被斩首了。

因为我犯了罪，她们就这样被折磨，我却不敢透露。

我的安全是因她们的帮助所得。听，谁来了？

这个机会似乎很不可思议。上帝赐予好消息，我希望，但又害怕。

[约翰·阿德罗伊（一个小丑）、安德鲁吉奥]

约翰　如果找不到我的母马，我会感到愤怒。

　　　马鞭肯定藏在这片树林里。

　　　寻找每一个角落，一定会找到她。[他吹着口哨上下打量着舞台]

安德鲁吉奥　这个小丑应该不会泄露我的行踪，而这样的粪堆却在搅动着。

　　　市场上流传着我们国家一些人的消息。

　　　你在寻找什么，好人？

约翰　我的不中用的母马，你知道它在哪吗？

安德鲁吉奥　不知道。

约翰　那么别妨碍我，我要赶紧走了。

　　　找我的母马，去看胡里奥的运动。

安德鲁吉奥　什么运动？

约翰　一点小运动。

安德鲁吉奥　什么？

约翰　不，你一点也不明白吗？

安德鲁吉奥　这只蠢驴是什么意思？

约翰　他们将传授的智慧。

　　　　他会绞死那些为了甜蜜的爱情而犯罪的英俊的年轻人，

　　　　当他这样作恶时，就证明了他自己就是一个下流的货色。

安德鲁吉奥　他的话听起来很奇怪，有些不对劲。

约翰　嗯，冷静一下，看看他的肩膀从下巴上飞了起来。

安德鲁吉奥　谁的肩膀，朋友？

约翰　好像你确实知道似的。

安德鲁吉奥　谁？

约翰　普罗莫斯勋爵。

安德鲁吉奥　我知道他。他是我最憎恶的敌人，

　　　　但是他怎么了呢？

约翰　你不知道吗？

安德鲁吉奥　我不知道。

约翰　你说你不知道，是吗？

安德鲁吉奥　对。

约翰　这样。

安德鲁吉奥　但是朋友，你把我的话当真了。

　　　　我不知道普罗莫斯现在如何。

约翰　你知道他，你又不知道他：我们是傻瓜，

　　　　别再偷偷摸摸了，快走吧。

　　　　告辞。

安德鲁吉奥　软心肠的。

约翰　哦，艺术不是傻瓜，好小偷。

　　　　救我的钱，取我的命。

安德鲁吉奥　嘘，简明扼要。

　　　　把淫荡的普罗莫斯勋爵的一些消息告诉我。

　　　　留着你的小命和钱。

约翰　我会的。你知道现在国王就在胡里奥。

安德鲁吉奥　知道。

约翰　你和我一样清楚。

　　　　让我走。

安德鲁吉奥　不，看看你是否在说谎。

　　　　如果你这样做了，谎言会让你吃鞭子。

约翰　亲吻和撒谎都是一回事。

并没有钱可捞，所以还是说实话吧。

安德鲁吉奥　那就开始吧。

约翰　那么，说谎的发起人，这里有更多消息：

卡珊德拉痛骂说了实话的普罗莫斯，

他因奸淫罪杀了安德鲁吉奥。

安德鲁吉奥　还有什么？

约翰　国王很高兴普罗莫斯确实采取了行动，

卡珊德拉是一个诚实的女人，

国王要求他直接与她结婚，

因为杀了她兄弟，他必须死。

安德鲁吉奥　是真的吗？

约翰　怎么这么问？你有何高见？难道我撒了谎？

安德鲁吉奥　好吧，这样也好，那样也好，因为你的消息会有阴谋。

约翰　上帝啊，你不信就算了，你得到得太容易了。

热情的女士，但只能拥有普罗莫斯到周日。

好吧，现在上帝保佑你，先生，说谎的普罗莫斯，

我们在运动中看到。

安德鲁吉奥　我仍然怀疑他的话。

约翰　既然找不到我的母马，就步行去吧。

你想，他每天都在胡里奥。

［退场］

安德鲁吉奥　小丑给我说的消息真奇怪。

一点也不奇怪，如果他们很好地查一查。

因为我们能看到上帝把暴君打倒，

即使在他声名显赫的时候。

普罗莫斯勋爵的统治，不，的确是暴政，

因为法官是一面值得注意的镜子。

可怜的人，本应显示正义的热情，

彻底与可怜的罪犯做了交易。

邪恶的人既明知故犯又审判他人罪行。

没有人能像他一样利用她的错误。

他吊死重罪犯，然而通过勒索偷窃。

他想被折磨，他自己是一个傻瓜。
其他人有检查和起诉他们的权利，
而他自己也力图维护错误。
但是看看恶作剧的规则，在他的骄傲中
在他最不想滑倒的时候，他一头栽倒。
好吧，在他跌倒时，我也许会站起来。
但在攀登中，你要有智慧。
什么？还不知道我要不要住在这片树林里吗？
不要。
毫无疑问，去证实这些消息对我有好处。
然而在我走之前，我会伪装自己，
因为在镇上，可能有很多耳目。
我不知道游戏会如何进行。
但在我走之前，减轻我的痛苦，
我对上帝的感谢将首先在歌曲中表现出来。

安德鲁吉奥的歌

我用我的心和声音向你歌唱，
他的慈悲来自月亮和甜蜜的喜悦，
我烦恼的灵魂不会为悲伤带来欢乐，
你的愤怒甚至已经挫败了我的敌人。
谁寻求我的生命？上帝啊，您拯救了我的生命！
您的灾难过早地把他带入了坟墓。

谁的悲伤会让一千个法官更加痛苦，
他们会看到自己，然后说：
当黑夜责备这雷鸣般的耻辱时，
一名法官被判犯有谋杀、盗窃和贪欲罪。
哦，上帝，淫荡的人会带来这种灾难，
只为感到欢乐，将会低唱对您的赞美。

[退场]

[格雷斯科和另外三个人，带着长刀，把拉米娅俘虏]

格雷斯科　来吧，美丽的女士，因为美丽的语言不起作用，现在，禽兽的手段应该让你增加了忏悔。

拉米娅 格雷斯科先生，你有可以帮忙的地方，不要伤害我。

格雷斯科 除了惩罚，什么都不会帮助你改正。

好吧，我不会伤害你，为你的淫荡辩护。

拉米娅 关于我的淫荡，先生，欲望和成堆的钱财

有什么区别吗？

格雷斯科 你尽管说，眼里却没有泪。

上帝给了恩典。她怎么脸红了？

拉米娅 你的妻子和女儿怎么样，先生？

格雷斯科 砍了我，当鞭打改变了你的本性时。

拉米娅 什么鞭打？为什么？难道我是一匹马吗？

格雷斯科 你不是，但你是一只很快就会暴露的野兽。

拉米娅 确实，现在我不得不忍受这个过程。

但是好好利用我，不然的话，我的信仰，会让我出去，

寻找退路。

长刀兵甲 把她带去安息地。

愿你的信仰使你脱离危险。

格雷斯科 把她带走，我知道如何驯服她。

拉米娅 也许吧先生。不，最糟糕的是让她感到羞耻。

长刀兵乙 来吧，你们这些乏味的人。

拉米娅 现在做什么？递给我，我的礼服。

长刀兵丙 别在意这个，你很快就会灾难临头。

［退场］

［卡珊德拉进场］

卡珊德拉 不幸的丫头，我越是想抛弃悲伤，

越是找不到安慰和解脱。

我的兄弟首先因肆意的过失而被判死罪。

为了拯救他的生命，我希望获得恩典，但不幸的是

这样的请求破坏了我的声誉，没有获得他的同情。

因为这个骗局，我已经将普罗莫斯状告至死。

他现在已经成了我的丈夫，这让我们的君主很高兴。

因为这能修复我受损的声誉，但现在这让我悲伤。

为了我兄弟的死，这一天他必须失去他的头，

在那里，命运向我展示了他最大的怨恨。

我自然而然地爱我的兄弟，现在责任命令我，

我丈夫的安全比亲人或朋友更重要。

但是，啊，我，幸运的是，我成了他的主要敌人。

是我，甚至只有我，推翻了他。

我该做什么来弥补我这令人发指的行为呢？

时间是短暂的，我的力量是渺小的，挽救他的人很快到来。

我应该设法拯救他，延缓他的生命吗？

啊，是的，那时我曾发誓是他的敌人，但现在作为一个忠实的妻子，

我必须也愿意为他的健康着想，愿上帝给我带来好运。

现在我要向国王表达我改变了的想法。

[退场]

[费尔拉克斯进场]

费尔拉克斯　有比我更自由的人吗？

先是我的钱财不见了，然后我的职位也不翼而飞，

但如果国王让我摆脱奉承，

明年我可能会饿死，灭亡。

但是普罗莫斯勋爵有一个更自由的机会，

他摆脱了土地、货物和职位的束缚，

不久之后，就可以从生命中解放出来。

胡里奥的官员和主要人员，

在自由地报复时，他们也同样表现了自己。

可怜的流氓和怪胎，在上下间游走，

这些骑士在房子里施舍面包皮。

但拥护骑士们的人却很少，因为骑士们只是为了情欲而结婚，

他们鞭打他们，直到他们汗流浃背。

但是看看他们对拉米娅的付出。

为了保护她的脚不被坚硬的石头和寒冷的路冻坏，

他们照着单子做了上面传达的所有事。

穿着各种颜色的衣服，

头巾和长袍都是绿色的，用上好的丝绸和羊毛制成。

她的花园充斥着尖锐的法杖，全都排列整齐。

在她之前，一片喧闹声响起。

在这场胜利中，她愉快地度过了一天。

呸，呸，这个城市现在被清洗了，

只有诚实的人才被允许进入。

因此，告别我辉煌的过去，

但最好的是，到处都是奉承者。

把公鸡放在铁环上，大地是主的①。

如果你不能去你想去的地方，就住在你能去的地方。

是的，是的，费尔拉克斯不知道应去往何处。

现在，上帝属于你们所有胡里奥的诚实的人。

由于魔鬼喜欢油炸锅的陪伴，

因此，奉承者喜欢与七弦琴一起生活。

第五幕

┤ 第一场 ├

[乔装的安德鲁吉奥穿着黑色长斗篷]

安德鲁吉奥　这两天我一直在法庭上伪装。

我在那里看到：普罗莫斯受到折磨

因为他所犯的过错。他是我姐姐的配偶，

为了拯救她的名声，他这个背信弃义的人，

很快就会失去他的脑袋。

因为他杀了我，所有人都以为我已经死了。

他的意愿是好的，因此我被诅咒了，

如果我被打动，也许会让他自由。

但是，这些人带着一些消息悄悄地来了：我将

站得很近，听所有人说话。

┤ 第二场 ├

[乌尔里科和马歇尔入场]

乌尔里科　马歇尔，在这里你的职责是，立即执行

国王的命令，斩首普罗莫斯。

---

① 原文为一句法文"Domini est terra."，原注释为"The earth is the Lord's."意思是大地是主的。

马歇尔　先生，殿下的旨意会被立刻执行。

　　[马歇尔退场]

乌尔里科　国王出于仁慈赦免了他。

　　他那悲惨的妻子泪如雨下，

　　就像悲伤的泪水能融化冷漠的心。

　　但普罗莫斯的愧疚感很快就被这种恩典吞噬了。

　　在他自作聪明之前，我们的国王

　　为我们共同的福祉而努力。

　　但是你看，她又来了。

　　我感到她冷酷的眼神和悲伤。

　　带着希望，我必须把我的悲伤推迟，

　　直到普罗莫斯被送出去。

第三场

　　[卡珊德拉进场]

卡珊德拉　乌尔里科爵士，如果我莫名的悲伤

　　会感动善良的心灵帮我解脱，

　　或痛苦的叹息，安慰净化了的沮丧，

　　可以让一个无助的女人来帮助一个男人。

　　我后悔的眼泪，因真正的意图流出。

　　请您再一次和我一起去见国王。

　　看看陛下能否拯救我丈夫的生命。

　　如果不能，我将永远铭记他的亡故。

　　乌尔里科　我该怎么做才能减少她的悲伤？

　　让她充满希望。高贵的夫人，这一声呻吟，

　　国王虽然仁慈但还是执意要惩罚他。

　　我们将替你再次表达你的悲伤，

　　来吧，我们会为你权衡利弊。

卡珊德拉　好骑士，不要放弃我的心愿。

　　到处长满青草，良马却常常挨饿。

乌尔里科　别害怕，你的侯爵不会死得这么快。

　　[退场]

[安德鲁吉奥进场]

安德鲁吉奥　主啊，我的精神是如何被折磨的？

我的姐姐们在我的坟墓边悲伤。

要救普罗莫斯勋爵的性命，我就要暴露自己。

生活是甜蜜的，但我眼中只有死亡。

如果那样的话，我现在应该向人披露我还活着。

我想，由于他做的两件邪恶之事，普罗莫斯勋爵会死。

毫无疑问，时间会让卡珊德拉脱离困境。

我就这样宣告卡珊德拉的爱吗？

让她快乐，我会害怕死亡吗？

只要她活着，任何安慰都无法消除（她的悲伤），

她丈夫的生死与她休戚相关。

那我应该坚持冒险吗？生活不能消除她的忧伤，

但我可以让她脱离忧伤？

不，首先我会被该死的刀子伤害，

在拯救她之前，我先陷入困境。

死亡只不过是死亡，一切终将死亡。

即使我死了，我的名誉会长存。

好吧，现在安德鲁吉奥要向国王致敬，

不管是生是死，都要披露他还活着。

[退场]

┤ 第四场 ├

[马歇尔和三四个带戟的士兵，引导普罗莫斯来到行刑场]

长刀兵　罗马的朋友们，罗马的朋友们，你们这样凝视我们是什么意思？

一个人的没落造就了我不喜欢的消遣。

普罗莫斯　再见了，我的朋友们，以我的失败为戒。

鄙弃我的生命，但听我的结局。

他们说，新的伤害让观众如此恐惧，

他们经常赢得恶人的悔改。

我不需要听到我犯下的大错。

英年早逝见证了我的过去。

一个邪恶的人，让每一个错误看起来都是正确的。

如我所愿，抢夺每一个案件，

因此很长一段时间，我按照自己的意志生活和统治，

只要我愿意，我可以无视他们的缺点。

那些我讨厌的人，我比他们更讨厌。

我确实用残忍的手段追赶那些可恶的可怜虫。

是的，我每天变得越来越糟。

原因是，没有人敢控制我的生活。

但看到他骄傲的恶作剧，

我的缺点是众所周知的，手拿血腥的斧头，

刽子手用死亡来纠正我的错误。

我必须接受、承认，

判决是公正的，而不是恶意的。

希望我的死可以作为一个警告，

因为这样的统治使他个人的意志成为法律。

如果我昏聩的故事有好的影响，

可怜的普罗莫斯，也会得到分账。

但如果这句话占了上风，我悲惨的结局

从我的巨大错误中，得到十倍以上的警告。

我渴望得到全世界的宽恕，

这样你在热切的祈祷中就会

恳求上帝，给我恩典，

在最后的喘息中，被死亡的恐惧杀死。

马歇尔 前进，我的侯爵，我认为你走得太慢了。

普罗莫斯 哦，先生，如果你是我，也会这么慢。

┤ 第五场 ├

[卡珊德拉、波琳娜、一个女仆]

卡珊德拉 是我。唉，我的希望是不合时宜的。

我的好侯爵去哪里了？

普罗莫斯 亲爱的妻子，我去死了。

哦，可怜的丫头，我可以先抱怨什么呢，

当天地同意我祈求的时候?

普罗莫斯 这位善良的妻子,看在上帝的份上,放弃吧。

我因为害怕死亡而颤抖。

对我前世的罪孽深恶痛绝,

它致使你尝到悲伤的滋味。

卡珊德拉 不,我是个可恶的人,最不幸的是,

在你死之前,我促成了你的死亡。

但是,哦,亲爱的丈夫,原谅我的过错!

作为补偿,我会帮你填满坟墓。

普罗莫斯 原谅你。啊,不,为了我的灵魂解脱,

把你最无辜的悲伤忘掉吧。

女仆 我的普罗莫斯勋爵,你的哭诉深深感动了她,

但你自己应该更悲伤,你最好还是离开。

好夫人,让开吧。根据法律你的丈夫必须赴死,

因此使正义成为必然。

推迟只会增加你的悲伤和我们的责备,

现在这些贵妇们的安慰,

还有你的智慧,迫使我们离开你。

我的普罗莫斯勋爵,请您的妻子和朋友喝一杯。

普罗莫斯 再见,再见,亲爱的妻子。

我将非常高兴,若能以此生交换,

安德鲁吉奥的死,和波琳娜的原谅。

波琳娜 我愿意,求主救你。

卡珊德拉 然而在我们分开之前,亲爱的丈夫让我们亲吻。

哦,他嘴唇上的污秽为什么不污染我的呼吸?

普罗莫斯 走开吧,亲爱的妻子,我死有余辜。

再见,再见。

[他们都离开了,除了波琳娜、卡珊德拉和她的女仆]

卡珊德拉 我亲爱的侯爵,永别了。

我希望不久我的灵魂将与你的灵魂同在。

波琳娜 现在,好夫人,停止这无谓的悲伤。

卡珊德拉 哦,波琳娜,悲伤是我的解脱。

对我这个卑鄙的丫头，你的痛苦的哀怨

让渴望强权的人加速苟延残喘的死亡。

我知道，一个人，要杀死那个可怜的家伙。

波琳娜　不，首先向神圣的力量表达你的抱怨，

当仇恨吞噬了世间所有的理智，仁慈依然闪耀。

哦，不管怎样，你做得很好，

天鹅像在歌唱那与我擦肩而过的钟声。

卡珊德拉之歌

亲爱的女士们，暂停你们心中的快乐，帮助我哀悼我的爱人，

安慰我，我沉重的叹息表达死亡的痛苦。

撕裂头发，流泪，可怜的丫头不相信，会有今天这般手段，

他们的快乐使人烦恼，他们的安慰被残酷破坏。

我的兄弟被杀，我的丈夫啊，在此刻失去了他的头。

为什么我那么不开心，丫头，我的死对头死了？

啊，时间，啊，犯罪，啊，正义，啊，法律，让他们这样死去。

我责备你们所有人，我的耻辱，我的奴隶，你们憎恨那无害的尝试。

我断定，他们已经开始了这场悲剧。

哦，欢迎关心，损耗我生命的所有仰仗。

敲响丧钟，别再拖延。

若想让我远离死亡，

除非希望能让我的心重新飞翔。

[加尼奥（原安德鲁吉奥的侍童）进场]

加尼奥　对波琳娜和卡珊德拉来说这是个好消息，

安德鲁吉奥还活着。

波琳娜　可怜的加尼奥说了什么？

加尼奥　安德鲁吉奥还活着，普罗莫斯缓刑。

卡珊德拉　你的希望是徒劳的，我看到安德鲁吉奥死了。

加尼奥　嗯，然后他从死亡中再次复活。

甚至现在，我还在市场上看到了他。

波琳娜　他的话很奇怪。

卡珊德拉　这个消息太好了！简直让人难以相信，上帝保佑。

加尼奥 你们看，那是谁？

卡珊德拉 国王。

加尼奥 还有谁？

波琳娜 哦，我看见安德鲁吉奥了。

卡珊德拉 我看到我的普罗莫斯勋爵了，多么悲壮！

[国王、安德鲁吉奥、普罗莫斯、乌尔里科、马歇尔进场]

普罗莫斯 我的好安德鲁吉奥！

安德鲁吉奥 我亲爱的波琳娜。

卡珊德拉 活着的安德鲁吉奥？欢迎亲爱的兄弟。

安德鲁吉奥 卡珊德拉！

卡珊德拉 是我。

安德鲁吉奥 你怎么样，我亲爱的姐姐？

国王 安德鲁吉奥，你们会有更多的空闲时间

　　彼此问候。这是我们的荣幸，

　　现在你可以宣布你还幸运地活着，

　　再说说你是通过什么方式活下来的。

安德鲁吉奥 我因爱而犯错，也得到了审判，

　　普罗莫斯勋爵对我姐姐已经做下了错事。

　　尊敬的国王，我的死亡是应当的，我就不再赘述了，

　　卡珊德拉已经把这一切都交代了。

　　剩下的是这些，

　　当我应该被处死的时候，盖勒之类的朋友也转身离去。

　　告诉我什么是普罗莫斯之所好。

　　当我告诉他全部真相时，

　　卡珊德拉和他之间的事已经发生了。

　　他，非常悲痛的普罗莫斯勋爵内疚地听闻，

　　非常厌恶我的人对我造成了伤害。

　　最后，只有上帝让可怜的我明白，

　　要有这种防御，他的意志才武装起来。

　　两天前，潜水员死亡，

　　因为他们犯下的几个错误。

　　所以他拿走了其中一个的人的头，

并把它交给了卡珊德拉，

说这是她兄弟的头。

完成后，晚上他把我送走了。

当我躺在肮脏的地方时，

我真的以为自己死了。

总而言之，一个小丑从树林里冲了出来，

在我住的地方，您的恩典在这里显现。

我听说，普罗莫斯即将被处死，

我生活在恐惧中，所以乐于听到这个消息，

我冒险来看他不幸的堕落。

为了打消陌生人的疑虑，

我回来了，但爱是内心的奴仆。

卡珊德拉的仇恨如此痛苦和沮丧，

我对我姐夫普罗莫斯的设想，

使我咀嚼着那份爱，让我自己不愿看到死亡的结局。

让他自由吧。我知道，否则

他的死亡不久就会让她停止呼吸。

仁慈的国王，在悲痛中我已在此表示，

我曾经经历过的那些不幸的冒险。

恳求您考虑，

那个因愚蠢的行为最终使自己无路可走的人。

国王　你那奇怪的话语，你奇怪地出现。

上帝的恩典使你被赦免。

为了弥补你对波琳娜的过错，

如果你娶她，我就让你自由。

安德鲁吉奥　最无私的君主，我很高兴向您致意。

波琳娜　波琳娜，对你来说这是最开心的消息。

卡珊德拉　最无私的国王，为了也让我如此幸福，

请赐给我丈夫鲜活的生命。

国王　如果我这样做，那也是为了让他感谢你。

卡珊德拉，我注意到你的痛苦，

你的美德自始至终有增无减。

我很高兴，没有冒犯它的谎言，

希望我能减轻你的悲伤和负担。

安德鲁吉奥得救了，你非常喜悦，

我因你而原谅普罗莫斯的错误。

让他们都来赞美你的美德，

因为他们的痛苦也会随着这快乐而结束。

随从 上帝保佑陛下。

普罗莫斯 卡珊德拉，我该如何偿还你的债务？

卡珊德拉 我知道，一个妻子应该为你做什么。

国王 嗯，既然所有人都很高兴，

在我们分开之前，我对普罗莫斯说几句话：

从今以后，反思你的过失，

永远用正义衡量恩典。

穷人永远有眼睛，

不要不承认他们的权利。

你们这些官员不相信在每个事件中，

他们会成为争斗的手段。

虽然你是公正的，但其他人可能会腐败。

如果你有不公正的表现，

你要为他们的过错承担责任。

爱你的妻子，善良的卡珊德拉，

对你的兄弟安德鲁吉奥友好，

尽一个兄长的职责，

我命令他同样忠诚于你。

现在你的政府又获得了民心，

享用它，就像你在正义的喜悦中一样。

如果你是明智的，你的失足可能会让你重新崛起。

迷途的羊找到了正途，现在开始高兴地举行宴会。

好吧，我的建议到此结束。

正如我所说，善待穷人，

正义永远与感恩相伴。

普罗莫斯 最无私的国王，我不会辜负您的期望，

谨遵您的旨意。

[结束]

2.《故事百篇》

吉拉尔迪·钦蒂奥　著（1583 年）
第八个十年　第五个故事
杰弗里·布洛　译

[尤里斯特被马克西米安皇帝派往因斯布鲁克，在那里他逮捕了一个因强奸处女而被判死刑的年轻人。这个年轻人的姐姐试图解救他。尤里斯特给她希望，说他会娶她，还能放了她的兄弟。就在尤里斯特与她同床共枕的那个晚上，尤里斯特把这个年轻人的头砍了下来，事后送给了他的姐姐。她异常悲愤，向皇帝控告，皇帝先让尤里斯特娶她，然后要把他处死，但这位女士使他重获自由，并和他生活在一起]

……这位伟大的君主是一位有着罕见的礼貌、宽宏和正义的典范，他愉快地统治着罗马帝国。他派出大臣去管理在他的统治下繁荣的国家。在他们当中，他派他的一个知己去管理因斯布鲁克，这个知己是一个他非常亲近的人，名叫尤里斯特。在派他之前，他说："尤里斯特，在你为我服务期间，我对你的好感使我派你担任因斯布鲁克市的总督。关于那里的政务，我不必多说，仅提醒你一件事情，那就是：保持正义不受侵犯，即使你必须对作为君主的我作出判决。我警告你，我可以原谅你所有其他的错误，无论你是出于无知还是疏忽，尽管我希望你尽可能地提防这一点，但任何违背正义的事情都无法得到我的原谅。因为不是每个人都擅长做所有的事，我觉得你没有必要非得承担这个责任，不如留在我珍视你的宫廷，在你的惯常职责上。否则，一旦你成为那个城市的总督，我可能会被迫对你做一些事情。如果我不得不代表正义这样做，那会让我非常不高兴。"然后他沉默下来。

尤里斯特很满意皇帝给他的职位，但不了解他自己的本性。他感谢主人的支持，并说他总是渴望为正义服务，从今以后他会更热烈地保护正义。因为皇帝的话就像一个火炬，点燃了他敏锐的思想。他表示他将呕心沥血，来完成他的新任务，让他的主人不得不称赞他。皇帝听了尤里斯特的话很高兴，对他说："真的，如果你的行为和你的话一样好，你会给我赞美你的理由。"又拿了那已经做好的委任书给他，就打发他走了。

尤里斯特开始以极大的审慎和勤奋治理这座城市，他极其谨慎和深思熟虑，以确保正义的平衡不仅应在判决中、而且应在授予职位、奖励美德和惩罚中得以实现。很长一段时间，他的节制得到了他主人的极大宠爱，赢得了所有人的认可。如果他的政府以这种方式继续下去，他会因此而受到高于其他所有人的荣誉。

碰巧本地的一个名叫维科的年轻人侵犯了一名出身市民的少女，被投诉到尤里斯特这里。他立即逮捕了这个年轻人，并在他承认他对少女施暴之后，根据该城市的法律判处他死刑。根据该法律，这样的罪犯将被斩首，即使他愿意接受他的受害者成为他的妻子。这个年轻人有一个姐姐，是个未满十八岁的少女，除了美艳绝伦之外，说话的方式也十分甜美，气质妩媚，又兼具所有女人的善良品质。

这位名叫埃皮提亚的少女听说她的兄弟被判了死刑，悲痛欲绝，决定试试能否可以挽救他。如果不能，至少可以减轻惩罚。她和她的兄弟一起，在老父亲的指导下长大。父亲在家里教他们哲学。虽然她的兄弟遵守了他的戒律，但因此生了病。她去找尤里斯特请求他怜悯她的兄弟，因为他年纪太小，还不到十六岁，值得原谅，也因为他缺乏生活经验，以及爱在他心中产生了强烈的冲动。她争辩说，许多智者认为，因爱的力量犯下的通奸行为，而不是故意伤害一个已婚女人的丈夫，应该比蓄意伤害的人受到更少的惩罚。她兄弟的情况也可以这样说，他做了应该被谴责的行为，但不是出于恶意，而是出于炽热的爱。他已经准备好并愿意娶这个女孩，并愿意做法律可能要求的任何其他事情，虽然法律可能会宣布这样的解决方案不适用于侵犯处女的人。但尤里斯特作为聪明人，可以减轻他的处罚，因为他比正义要求得还严格。因为他在那个城市里获得的权威是他从皇帝那里获得的，作为活生生的法律，皇帝陛下在他的公平、公正中表现出的判断是相当仁慈的。她声称，如果法律可以在某些情况下得到缓解，那应该是为爱而犯的罪行，特别是在受害方的声誉没有受到伤害的情况下，就像她兄弟的情况一样，她非常愿意让那位少女成为他的妻子。她认为，如此严厉地制定法律是为了打击恐怖，而不是严格执行，因为处以死刑是残忍的，而这种罪行可以在声誉和宗教上得到补偿，使受害方满意。因此，她以许多理由试图诱使尤里斯特赦免这个可怜的年轻人。

尤里斯特的耳朵不再喜欢埃皮提亚的甜言蜜语，就像他的眼睛不再喜欢她的美貌一样，他渴望更多地听到和看到她，所以他让她重复她的请求。这位少女认为这是一个好兆头，她继续更努力地劝说。然后，尤里斯特被埃皮提亚的优美言辞和罕见的可爱所征服，他被情欲迷住了，直到他想到要对她犯下他曾经审判的同样罪行——判处维科死刑。他说："你的请求对你兄弟的帮助很大，虽然他的头明天应该被砍掉，但我会推迟执行，直到我考虑好你给我的理由。如果我发现它能让我给你兄弟自由，我会心甘情愿地把他给你，因为他若是被强加给他的严厉法律处以死刑，我也会很难过。"

听到这些话，埃皮提亚抱了很大的希望，感谢他表现出如此有礼貌的态度，也很感激他。她补充说，她坚信，如果他考虑到她所说的话，释放了维科，她就实现了愿望。而尤里斯特重申，他会考虑一切，如果不对他自己造成侵害，他不会不满足她的愿望。

于是，埃皮提亚满怀希望地离开了，去找她的兄弟。她告诉兄弟她对尤里斯特说了什么，以及她从第一次拜访中获得了多少希望。在维科绝望的时候，这个消息给他带来了希望，他祈祷她能够挽救他。他的姐姐答应为此尽一切努力。

与此同时，埃皮提亚的形象在尤里斯特的脑海中留下了深刻的印象，然后他对埃皮提亚产生了非分的想法，想占有她。他热切地等待她再来见他。三天后，她回来了，彬彬有礼地问他做了什么决定。他一看到她，就觉得自己的欲火在燃烧。他说："欢迎，可爱的少女！我努力审视你的论点，想为你的兄弟做什么。我认真研究过，也找过其他人，以便你可以安枕无忧。但我发现每一件事都指向他的罪行。因为有一条普遍的规律，当一个人犯罪时，如果不是由于无知，而是由于疏忽，那么他的罪行不能被原谅。因为他应该知道所有的人都毫无例外地生活在道德层面上。忽视这一原则而犯罪的人，既不值得宽恕，也不值得同情。你的兄弟处于这个位置。他一定很清楚，任何强奸处女的人都该死，所以他必须为此而死。我也不能合理地宽恕他。尽管如此，为了你——我渴望取悦的人，如果你出于对你兄弟的深爱，愿意让我享受你的恩惠，我倾向于让他活着，把死刑减轻一点。"

听到这话，埃皮提亚的脸颊涨红了，她回答说："我兄弟的生命对我来说很重要，但我的德行更重要，我宁愿放弃生命来拯救他，也不愿失去我的名誉。先把您这个不光彩的建议放在一边。如果我能通过其他任何方式取悦你，为了赢回我的兄弟，我都会很乐意做的。""没有别的办法，"尤里斯特说，"你也不需要这么害羞，这是我们第一次在一起，我可以让你成为我的妻子。""我不希望，"埃皮提亚说，"让我的名誉处于危险之中。""可是为什么会有危险呢？"尤里斯特问道，"好好考虑一下，明天我期待你的答复。""我可以马上给你答案，"她说，"除非你娶我为妻，否则如果你真的认为我弟弟的释放取决于此，那你就是在胡说八道。"尤里斯特再次回答说，她应该在回答之前考虑一下，考虑一下他是谁，他有什么权力，以及他不仅对她而且对她的任何朋友都有多大用处。

埃皮提亚离开了他，深感不安，去了她的兄弟那里。她向维科描述了她和尤里斯特之间发生的一切，明确表示她不想失去她的名誉，即使是为了挽救他的生命。她含泪恳求他耐心地接受命运给他带来的一切。听到这话，维科开始哭泣，并恳求他的姐姐不要让他去死，因为她可以按照尤里斯特建议的方式使他得救。"埃皮提亚，"他说，"难道你希望看到刽子手的斧头向我的脖子砍去，把我的头砍掉？看到从同一个子宫里出来、同一个父亲所生、和你一起长大、一起受教育的人的头被刽子手扔在地上？啊，姐姐！愿我们身上流动着的同样的血液和我们一直分享的爱转化为你的行动。既然你有能力这样做，我相信你会把我从如此可耻和悲惨的结局中解脱出来。你可以弥补我的错误，不要吝啬你的帮助。尤里斯特已经告诉你，他可能会让你成为他的妻子，你为什么不相信呢？你非常美丽，拥有大自然赋予一位淑女的所有美的特征。你高贵迷人，你有令人钦佩的辩才，这些美德中的任何一种都会让你变得可爱。我不仅会对尤里斯特这样说，即使是对全世界的皇帝我也会这样说。你不必怀疑尤里斯特会让你做他的妻子。这样你可以保住你的名誉，同时也能救了你兄弟的命。"

维科说着说着就哭了，埃皮提亚也跟着哭了。她拥抱了他，并没有离开他，直到被他的眼泪所征服。她被弟弟说服了，承诺会向尤里斯特投降，只要他愿意拯救维科的生命并保证娶她为妻。

少女和她的兄弟做出这个决定后，她回到了尤里斯特那里，把这个决定告诉了他。在他们第一次拥抱之后，他给了与她结婚的希望。她不仅希望将维科从死亡中解救出来，而且还希望将维科从任何其他惩罚中解救出来。出于这两个原因，她愿意投降，但最重要的是，她要求尤里斯特保证她兄弟的安全和自由。

这些使尤里斯特觉得自己是最幸福的男人，因为他得到了如此可爱迷人的少女。他告诉她，他会兑现他之前对她的承诺，并且在他和她在一起后的第二天早上，她可以从监狱中接回她的兄弟。所以他们一起用过晚饭后，就同床共枕了。这个伪君子尽情享受了与她的肌肤之亲。但在他与少女同寝之前，他没有释放维科，而是下令立即将他斩首。她身边的这位少女一心只想着她的兄弟会获得释放。破晓时分，太阳似乎从来没有像那天早上那样出来得那么迟。

天亮时，埃皮提亚从尤里斯特的怀抱中挣脱出来，以最甜蜜的方式向他祈祷，以实现他提出的让她成为他妻子的承诺，同时把从监狱中释放出来的维科送到她身边。他回答说，和她在一起对他来说很愉快，他很高兴她接受了他给她的希望，他会把她的兄弟送到她家。说着就把狱卒叫来，说："去监狱，把那位女士的兄弟带出来，送他回家。"

听到这个消息，埃皮提亚满心欢喜地回家了，期待着她弟弟被释放。看守把维科的尸体放在一个棺材里，把头放在他的脚下，用棺盖盖好，抬到埃皮提亚面前，他自己走在前面。进了房子，他对年轻的少女说，"这，"他说，"这是你的弟弟，他就是我的主人让我送给你的从监狱释放的犯人。"他说完这些话，就揭开了棺盖。

此时的埃皮提亚正高兴地期待着弟弟安全回家并获得自由，所以我们无法想象人的舌头能否说出或人的头脑能否理解，看到兄弟的尸体被送回时她是多么痛苦。女士们，我想你们肯定都明白，这位可怜女士的痛苦超过了任何普通的悲伤。但她却把痛苦深深地藏在心里，此事如果发生在任何其他女士身上，她们肯定都会开始大声哭泣。但是因为父亲教导她的哲学讲过人类灵魂应该如何承受各种命运，所以她表现得不为所动。她对看守说："你告诉你的主人——也就是我的主人——我接受我的兄弟，就像他乐意把他送到我这里来一样。虽然他未能满足我的愿望，但我仍然愿意遵从他的意志。因此，我把他的意愿当作自己的意愿，认为他所做的一定是公正的。我向他表达我的敬意，随时准备听从他的吩咐。"

狱卒带回了埃皮提亚给尤里斯特的口信，告诉他，面对如此可怕的场面，她丝毫没有惊慌失措的迹象。尤里斯特对此很高兴，心想即使让少女作了他的妻子，把活着的维科还给她，也不会比现在的结果更令人满意了。

但是当狱卒离开后，埃皮提亚倒在她死去的弟弟的尸体上，痛哭流涕，长时间痛苦地抱怨，诅咒尤里斯特的残忍和她自己的单纯，在他释放她弟弟之前就把自己交给了他。她把自己一个人关在房间里，在愤怒的驱使下，她开始对自己说："你能容忍吗，埃皮提亚？这个恶棍夺走了你的名誉，在承诺恢复你兄弟的自由后，却把他的尸体送回你身边，还处于如此悲惨的状态？他用这样两个伎俩欺骗了你，你不该给他应有的惩罚吗？"

她这样煽动自己去复仇，心想："我的单纯为这个恶棍实现他的欲望开了方便之门。我也应利用他的淫欲找到一种报复的方式。虽然复仇不会让我的兄弟死而复生，但它至少能消除我心头之恨。"在这种混乱的思考中，她想到尤里斯特会再次把她请去，要求和他同床共枕。她决定随身带着一把刀，不管他是清醒的时候还是睡着的时候，一有机会就把他杀了。如果有可能砍下他的头，她会把它带到她兄弟的坟墓前，献给他。但后来，她深思熟虑后，发现即使她设法杀死了恶棍，也很容易被认为她是一个堕落的女人，本就作恶多端，在愤怒之下做了此事，而不是因为他没有遵守诺言。她还听说伟大的皇帝是主持正义的，此时就在维拉科，她决定去找他，并向他申诉尤里斯特对她的忘恩负义和不公正的待遇。因为她相信最好和最公正的皇帝会对那个虚伪的人施以最重的惩罚。

披着丧服的埃皮提亚独自上路，到达皇帝马克西米安处，求见他。得到他的接见后，她穿着丧服，拜倒在他的脚下，用悲伤的声音说："最神圣的皇帝，因为陛下任命的因斯布鲁克总督尤里斯特对我专横、忘恩负义和不公正，我才只好来到您的面前。希望您能行使正义，使其他可怜的人不会遭受像我这样的痛苦。没有哪个傲慢的人会做他对我所做之事。他残忍地"暗杀"了我，如果我可以在您面前使用这个词的话。陛下，所以无论他为此受到多么严厉的惩罚，都比不上这个恶人对我的残忍和给我带来的闻所未闻的耻辱，这些都证明了他的不公正和忘恩负义。"

现在，她痛苦地抽泣和叹息，告诉陛下尤里斯特谎称让她成为他的妻子并释放她的兄弟，但在剥夺了她的童贞之后，将她的兄弟送到了棺材里，还把他的头割下来放在脚下。在这里，她哭得那么悲伤，眼泪夺眶而出。皇帝和诸侯们都被她打动了，他们站在那里，非常可怜她。

尽管马克西米安对她怀有极大的同情，还是没有完全相信埃皮提亚的话，而是想要听听尤里斯特怎么说。他让那位少女去休息，并下令立即召见尤里斯特。因为他们很看重尤里斯特，所以马克西米安指示信使和其他在场的人，不要对尤里斯特说这件事。尤里斯特从没想过埃皮提亚会去见皇帝，他兴高采烈地来了，来到国王面前，问他能做什么以为国王效劳。"你马上就知道了，"马克西米安说，立刻就叫来了埃皮提亚。当尤里斯特看到那个被他严重伤害的女人时，他的良心受到了打击，失去了冷静，他的精神开始衰退，全身开始发抖。看到这种情况，马克西米安确信这位女士说的是真话。于是他转过身，以一种与这种恶劣行为相称的严肃态度对他说："听听这位年轻女士对你的控诉。"他吩咐埃皮提亚再讲一遍。她再次将整个故事讲了一遍。最后，她像以前一样一边哭泣，一边要求伸张正义。

当尤里斯特听到这一指控时，他试图取笑和奉承这位少女，说："我永远也不会相信我所深爱的你会在陛下面前这样指责我。"

但是马克西米安不允许他哄骗她，他说："现在不是求爱的时候，回答她对你的指控。"认识到这种态度对自己不利后，尤里斯特只好改变了态度。

"这是真的，"他说，"我让这个女人的兄弟因为对处女施暴和强奸而被斩首。我这样做是为了不违反法律的神圣性，因为陛下强烈地建议我维护正义。要想不冒犯正义，他就不能活下去。"

埃皮提亚在此说道："如果你声称寻求正义，你为什么答应将他活着还给我，为什么在那个承诺下，给我结婚的希望，还剥夺了我的童贞？如果我的兄弟因为一件罪行应当受到正义的严惩，那么你应该受到两倍的惩罚。"尤里斯特像个哑巴一样站在那里。于是皇帝说："尤里斯特，你觉得你是在维护正义还是在伤害她？你几乎杀死了她，对这位温柔的少女使用一个恶棍才会用的烂招数？因此，你不可能逍遥法外！"尤里斯特此刻只祈求得到公正的审判，埃皮提亚则再次要求正义。皇帝意识到少女的诚实和尤里斯特的罪恶，考虑如何最好地挽救她的名誉并维护正义，并在自己的脑海中想好了他应该怎么做。他希望尤里斯特娶埃皮提亚。少女不想同意，她说，除了暴行和背叛，她不相信会从他那里得到任何东西。但是马克西米安坚持要她接受他的决定。

与埃皮提亚结婚后，尤里斯特以为他的不幸已经结束了，但事实并非如此。因为马克西米安让这位女士回她的旅馆后，就立刻转向留在那儿的尤里斯特，对他说："你的罪行有两个，而且都很严重。第一，用这样的伎俩使那个年轻女子失身，不得不说你对她施暴了。其次是违背你的诺言，杀死了她的兄弟，这也该死。既然你不想违背正义，那么对他姐姐保持信用肯定会更合适。因为你在放荡的欲望中向她承诺过，而不应该像你那样羞辱她后，把她兄弟的尸体送到她身边。既然你娶了你所侵犯的女人，就已经赎了第一个罪；然后为了赎第二个罪，我宣布，既然你砍下了她兄弟的头，你自己的头也要被砍下来。"

当尤里斯特听到皇帝的判决时，他的痛苦程度可想而知，难以描述。他被移交给士兵，将于第二天早上按照判决被处决。之后，尤里斯特已经为自己的末日做好了充分的准备，除了死在刽子手的手中，别无所求。

然而，曾经如此强烈反对他的埃皮提亚，当她听到皇帝的判决时，因天性善良而有所转变，并认为这对她来说是不值得的。因为皇帝已经命令尤里斯特成为她的丈夫，她接受了他。如果她赞同他因她而被杀，与其说是对正义的渴望，不如说是对复仇的渴望。因此，她把所有的心思都放在拯救这个可怜的人身上，她去见了皇帝，获得了说话的许可，于是她说：

"啊，至高无上的陛下，尤里斯特对我表现出的不公正和忘恩负义促使我向陛下乞求对他的审判。而您，关于他所犯下的两项罪行，已经对其中一项进行了最公正的审判，他背信弃义地窃取了我的贞操，您判他娶我为妻；另一项是他不顾对我的承诺而杀害我兄弟，判处他死刑。

但是，正如在我成为他的妻子之前，我不得不要求陛下将他判处死刑，这是您给他的最公正的判决。而现在，根据您的意愿，当我在神圣的婚姻关系中受到法律约束时，如果我赞同他被判死刑，我会自认为是一个无情和残酷的女人，将会永远臭名昭著。这将与陛下维护正义和我的声誉的意图背道而驰。至高无上的陛下，让您的善意得到应有的归宿，我的声誉也不会有任何瑕疵。我以最谦卑和虔诚的方式祈求您，不要因陛下的裁决而下令正义之剑如此悲惨地割断了您将我与尤里斯特联系在一起的纽带。陛下之前的判决已清楚地证明了您的正义。现在，我真诚地恳求您，请您将他活着送给我，以示您的仁慈。

至高无上的陛下，我同样赞扬您现在掌管的、也是陛下最值得拥有的政府，行使宽大处理以显示正义。因为正义表明恶习是可恨的，并相应地惩罚他们，而宽大处理使君主更像不朽的天神。如果能从您的仁慈中得到这份恩情，我宁愿作陛下最卑微的仆人。为了凡人的利益，也是为了您自己的声誉和不朽的荣耀，我将永远虔诚地祈求上帝保佑陛下福寿齐天，以使您能长久地彰显正义和宽大。"

她的话说到这里就结束了。

马克西米安觉得最奇妙的是，她能够把尤里斯特对她的严重伤害抛到脑后，并如此热情地为他求情。他觉得她的大度值得他给予这个被判处死刑的可怜虫以生命。所以在尤里斯特准备被带出去行刑的时候，马克西米安把他叫到面前，对他说："为了你这个邪恶的人，埃皮提亚的慷慨陈词深深地影响了我的意志。虽然你的罪行应该受到两次死刑的惩罚，但她打动了我，我饶了你的命。我希望你明白，你的命是她的。既然她愿意和你生活在一起，再加上我安排的婚姻，我也乐意成全你们。你要把她当成一个最可爱、最亲切的妻子。如果你对她不好，我会让你感受到我有多么不高兴。"

说完这些话，皇帝拉着埃皮提亚的手，把她交到了尤里斯特的手上。她和尤里斯特一起感谢国王对他们的仁慈和恩惠。尤里斯特意识到埃皮提亚对他的大度，一直珍视她。让她在余下的日子里和他幸福地生活在一起。

3.《埃皮提亚》内容提要和摘录

吉拉尔迪·钦蒂奥 著（1583 年）

┤ 剧中人物 ├

波德斯塔 　　　　　　　　　　　　　　法官

埃皮提亚	维科的姐姐
尤里斯特	因斯布鲁克的总督
艾琳	埃皮提亚的姑姑
尤里斯特的秘书	
合唱队	
尤里斯特的男仆	
埃皮提亚的女仆	
安吉拉	尤里斯特的姐姐
信使	
埃皮提亚的奶妈	
马克西米安皇帝	
卢西洛	尤里斯特的法律顾问
马克西米安的秘书	
安吉拉的女仆	
监狱长	

合唱团由埃皮提亚的女仆组成。
场景是因斯布鲁克市

序言

命运如此多变，以致人生是不确定的，安宁转眼变成绝望；另一方面，看似无望的事情有时会以痛苦变成幸福而告终。后者是本剧的结果，其中发生的事情是美妙的，你会从中体会到。欲望将它的拥有者引向悲惨的结局，相信一个燃烧着强烈欲望的人能秉持信仰是徒劳的，但一颗温柔的心永远不会造成任何伤害。这个故事发生在神圣的马克西米安·奥古斯都统治下的因斯布鲁克市，您将在这里看到他的"巨大正义"变成了"无法言喻的宽大处理"。

争论

高贵的少女埃皮提亚有一个兄弟维科，他因强奸了一位少女而被投入监狱并被判死刑。埃皮提亚恳求贵族因斯布鲁克的总督尤里斯特饶她兄弟一命。尤里斯特爱上了她，答应如果她把自己交给他，就把维科从监狱里释放出来，他还答应娶她为妻。受此诱导，她同意了。但尤里斯特享受了她的肉体后，送还给她维科的尸体。尸体放在一个棺材里，头颅放在他的脚下。她向皇帝马克西米安控诉。皇帝为了这位年轻女子的名誉，让尤里斯特娶了她，然后判处他斩首。但机缘巧合，出乎所有人的意料，埃皮提亚已经满意了，乞求皇帝宽恕他，并得到了恩准。此后他们缔结了婚姻，幸福圆满。

第一幕

┤ 第一场 ├

[波德斯塔]

波德斯塔宣称，法官应该是年老而明智的，而不是像城市里的年轻人那样成为欲望的奴隶。正义应该"像城市统治者护佑下的纯洁少女，而不是被淫欲所玷污。我现在看到的尤里斯特玷污了他作为统治者的身份，还对此漠不关心"。一直渴望得到埃皮提亚的尤里斯特，现在为了占有她，承诺不执行她的弟弟维科的死刑。

┤ 第二场 ├

[波德斯塔和尤里斯特]

波德斯塔问尤里斯特，强奸犯是否真的能判缓刑。尤里斯特说，强奸犯应该被处死。他只是推迟了处决，而不是放弃。

波德斯塔说，这表明老立法者拒绝让妇女在法庭上为案件辩护是多么正确。他希望尤里斯特不要偏离应有的法律，因为"她应该为她兄弟的死而哀悼，总比你以后为取悦她去冒犯正义而感到羞耻要好得多"。

┤ 第三场 ├

[尤里斯特的秘书]

秘书说，虽然儿子的出生往往比女儿的出生更令人高兴，但有时儿子带来毁灭，女儿带来荣誉。目前的情况就是这样。

"在我看来，残酷的法律所施加的惩罚与罪行不相称。"尽管她出身低微，维科早就打算和这个女人结婚，以挽救他自己的性命。尤里斯特听到了埃皮提亚的恳求，并承诺今天送她兄弟回家，届时他们的婚礼将公开举行。

┤ 第四场 ├

[波德斯塔、尤里斯特的秘书]

波德斯塔仍然对尤里斯特的错误感到困扰，将返回尤里斯特处，向他说明他释放

维科将犯下严重的错误。总督不否认法律来自上帝，但是

> ……凌驾于法律之上的人很可能
> 使他们变得平等，
> 减轻处罚的严厉程度。
> 我相信他更值得称赞
> 他试图缓和法律的严厉，
> 比他表现出最严格的审查还……
> 这（我认为）几乎是神圣的行为
> 和明智一样，如果是正义的分配者，
> 在他施行律法之前，
> 看人的素质，
> 他们的年龄、他们的地位和贵族身份，
> 导致他们误入歧途的原因，
> 还有他们的前世，况且
> 受害方，应予赔偿
> 找到伤者安息的地方
> 使他的荣誉不受减损。
> 保住了荣誉并付出回报，
> 在这种情况下，我认为，法官是仁慈的
> 应该更倾向于怜悯而不是严厉……

尤里斯特回忆起维科是一个贵族，而且"在贵族和平民的罪行相同的情况下，对他们的惩罚是不适当的"。此外，维科是未成年人，还不到 20 岁①，在他这个年龄还不能控制自己的激情。况且这是维科的初犯，因爱而犯的罪应该受到轻罚，甚至赦免。波德斯塔回答说，如果这个可怜的被强奸的女孩是尤里斯特秘书的妹妹，他就不会希望免去处罚了。

尤里斯特秘书说他会很伤心，但他不想报复，尤其是维科打算娶她——一个地位比他低的女孩。正如尤里斯特所知，这个女孩自己也想嫁给他。波德斯塔宣布，一个男人通过与受害者结婚来获得赦免是不合法的。

秘书说色雷斯的法律十分宽容，我们也应该如此，因为"被侵犯的女人成为强盗的妻子，总比他死要好"。他的死不会让她恢复童贞。

---

① 欧洲中世纪时期的部分地区男子 21 岁为成年，女子 16 岁为成年。

波德斯塔声称维科是一个贵族，这使他的罪行更加严重。法律就是法律，"皇帝没有给我或法官改变它的权力"。他如果饶了维科的命，他会激怒他的主人。

┤ 第五场 ├

[尤里斯特的秘书]

秘书希望一切都会好起来，仁慈会占上风，尤其是如果尤里斯特与埃皮提亚结婚的话。

┤ 第六场 ├

[尤里斯特的男仆]

男仆描述了尤里斯特头脑中的斗争，他相信法官会仁慈的。

合唱队歌唱年轻人的热情，这种热情在受到美的诱惑时可能会导致罪恶，同时区分了道德的爱和欲望。

第二幕

┤ 第一场 ├

[安吉拉、埃皮提亚、尤里斯特的秘书]

安吉拉很高兴埃皮提亚将成为尤里斯特的妻子，婚礼将在今天举行，而维科也将被释放。

埃皮提亚非常感谢她帮助她与尤里斯特结合，并帮助她的兄弟获释。

安吉拉说，埃皮提亚肯定会认为，她把自己交给尤里斯特的那晚上将是她最快乐的一天。

尤里斯特的秘书进来了。他会让波德斯塔派卢西洛去办这件事，卢西洛会从尤里斯特那里知道如何把维科还给他的姐姐。

他赞扬安吉拉帮助埃皮提亚与尤里斯特结合，以拯救维科。

┤ 第二场 ├

[尤里斯特]

他被波德斯塔激烈的发言弄得不知所措，不知道该怎么办。他担心此事会激怒皇帝：

一方面我希望让她开心，
然而我要克制自己不让她满意
出于统治者的严厉……

他已经制定了一个计划，通过这个计划，他可以得到埃皮提亚，同时又可以封住波德斯塔的嘴。

—| 第三场 |—

[埃皮提亚的奶妈，为即将到来的喜事而欢欣鼓舞。]

—| 第四场 |—

[卢西洛、法律顾问、波德斯塔]

波德斯塔下定决心："如果他因为爱埃皮提亚而忘记了他的职责，我不会让他的欲望阻止我寻求真正的正义"。但是埃皮提亚用什么方法救回她的兄弟，还不得而知。

—| 第五场 |—

[安吉拉的女仆、埃皮提亚]

女仆描述了埃皮提亚的美貌，她为了挽救维科的生命，向尤里斯特求助。尤里斯特爱上了她，占有了她，并把她收为自己的妻子。她似乎是一个"天使，从天而降……乞求她那可怜的兄弟的安全"。安吉拉将珠宝作为结婚礼物送给埃皮提亚。

—| 第六场 |—

[艾琳、奶妈、埃皮提亚、合唱队]

埃皮提亚的姑姑艾琳希望皇帝出席婚礼。她"不希望让悲伤减轻她和其他人所感受到的快乐"。她担心事情可能不会那么顺利。埃皮提亚说她等待着维科被释放。

她相信尤里斯特已经命令卢西洛将他交给波德斯塔，波德斯塔会将他交给监狱长，监狱长会将他带到她身边。

合唱队感到不安，害怕被欺骗，后悔埃皮提亚和尤里斯特在一起后没有立刻带走她的兄弟。他们希望尤里斯特的承诺中没有诡计。

第三幕

—| 第一场 |—

[埃皮提亚的女仆、城堡的信使]
女仆说埃皮提亚一直焦急地打听她兄弟到来的消息。
信使哀叹尤里斯特犯下的可怕行为，拖延很久之后解释说，他只是来祝贺的。
当刽子手进来告诉维科说："我应该向上帝忏悔，因为我接到了砍掉你脑袋的命令。看到在诚信的幌子下，在婚姻的承诺下，这样背叛一个高贵的女士，我恨不得当场死亡。"

可怜的维科说："尤里斯特保持
他的信仰——他用这种方式保持他的信仰？
这就是他给埃皮提亚的奖赏？
我的意思是，他会为了他夺走的童贞
付出代价吗？"
刽子手回答说："我对此一无所知，
我来这里只是为了执行任务
波德斯塔强加给我的。
因此，让你自己接受死亡吧
以一个灵魂应有的耐心
如此高贵的出身，在这样的环境下。"

维科充满了恐惧，
恳求他把手头的事放一下，
求他快点到波德斯塔去求情。
因为尤里斯特曾许诺从监狱中释放他，
为了埃皮提亚，他不应该违背
尤里斯特给予的仁慈……

我接着去找了波德斯塔，他给我看了
尤里斯特手中的一封信，
用他自己的印章，这显然给了命令，

没有听到任何相反的声音。
维科应该被斩首，然后带走，
在监狱之外
被送还给他的姐姐……

监狱长期待缓刑，
但听到尤里斯特的那封信，
签了公章，被触动了，
悲痛欲绝地站了一会儿。
然而最后他说他必须服从。

我看见刽子手哭泣，他从来不知道怜悯，如果不是在尤里斯特改变主意之前，波德斯塔派了一个特别的信使来加速行刑，他是不可能杀死维科的。刽子手准备好了，

举起他的斧头，似乎
吓得不敢砍，站了起来。
直到从波德斯塔那里来的那个严厉的信使
心烦意乱地喊道："为什么耽搁？"然后他
听从了残酷的命令，砍掉了头，
虽然如同从树干分离，我仍看到，
他喊了一声"埃皮提亚！"……

── 第二场 ──

［安吉拉］
安吉拉感叹自己被弟弟欺骗了。在说服埃皮提亚将自己送给尤里斯特之后，她也受到了欺骗。

我已经诅咒了我的兄弟，几乎同样激烈，
如果我盛怒之下挖出他的双眼，
愤怒和羞耻也不至于像现在这样炽热地燃烧着。
他回答说，他答应了埃皮提亚
让她的维科从监狱中解脱出来，真的，

却从未答应让他活下来，

所以她得到了他承诺的东西。

┤ 第三场 ├

［监狱长、埃皮提亚、合唱队］

监狱长兑现了尤里斯特的诺言，将维科的尸体带给他的姐姐。

合唱队哀叹，但埃皮提亚掩饰了她的悲伤：

保持沉默，由我来回答。

我告诉你，我很乐意看到

我兄弟的身体，但自从

尤里斯特如此高兴地把他送给我，

无论他给我什么，我都会很高兴

随他的喜好，因为我希望

只有我所知道的那些事情才能给他带来快乐。

合唱队认为她疯了。她说她接受这种情况是因为她选择了尤里斯特作为她生命中真正的主宰。监狱长称赞她的坚忍，然后走了。

┤ 第四场 ├

［埃皮提亚、合唱队］

她崩溃了，对着尸体的头悲伤不已，希望自己能和维科一起死去。她猛烈抨击安吉拉：

"安吉拉？不，你就是来自地狱的阿勒克托①，

跟你弟弟一样，比毒蛇还残忍……"

她的单纯被他背叛了。她会寻求报复。

---

① 阿勒克托是古希腊神话中的复仇三女神之一。

---| 第五场 |---

[尤里斯特和他的男仆]

尤里斯特惊讶于埃皮提亚能够如此平静地接受她兄弟的死，可见女人是多么的善变。"她捎信来说，她将随时准备听我的吩咐。"他很高兴通过处决维科维护了法律，通过占有埃皮提亚满足了自己。他会请她晚上吃饭，并对与她的婚姻抱有希望。

---| 第六场 |---

[奶妈]

奶妈很悲伤。

合唱队呼唤正义，通过祈祷上帝对怪物尤里斯特采取行动以结束该案件。

第四幕

---| 第一场 |---

[尤里斯特的男仆]

男仆声称埃皮提亚反常得平静

意味着要么她带着疯狂的喜悦

比起她死去的兄弟，更喜欢淫荡的欲望，

要么她在微笑的额头下

假装满足，隐藏着一颗凶残的心，

带着复仇的强烈愿望。这是我瞥见的

在她假装平静的脸上。

---| 第二场 |---

[埃皮提亚、艾琳、合唱队]

埋葬了她的弟弟后，埃皮提亚开始复仇。她的姑姑警告她，她不能指望扳倒强大的尤里斯特。

埃皮提亚坚持认为，由于他在假装爱她的时候背叛了她，所以她现在将在假装爱他的时候惩罚他。她会接受他的晚餐邀请，"一旦我看到他睡着了，我会用这把刀杀了他。我应该把刀藏在身上。我要用他的血洗掉这个不忠的叛徒给我们种族留下的污点"。

　　合唱队反对复仇，认为这是不可能的。埃皮提亚宣称绝望常常能让不可能的事情变成现实。

　　艾琳建议她向即将来到因斯布鲁克市的皇帝申诉：

我要你，在陛下从皇宫出来时，

去觐见他

告诉他这些可怕的故事

凭着你出众的口才……

├── 第三场 ──┤

　　[埃皮提亚、皇帝、皇帝的秘书]

　　埃皮提亚见到了皇帝。她抱怨说她受到了总督的欺负。

皇帝　你说的是尤里斯特吗？

埃皮提亚　我说的是他。

　　　　我从他那里受到了如此大的委屈，

　　　　连野兽和岩石都要同情我。

　　　　皇帝说，许多做坏事的人会说，正义是残酷的，因为他们想逃避惩罚。当埃皮提亚告诉皇帝，她的兄弟因强奸一名少女而被判有罪时，皇帝宣称少女的贞操是她们的生命，所以违反者该死。

　　　　埃皮提亚声称，她不认为尤里斯特不公正。她去恳求饶她兄弟一命，但没有成功。

　　　　皇帝打断说，这也不是不公正的。

埃皮提亚　他的姐姐安吉拉后来来看我。

　　　　她说："尤里斯特承诺免去

　　　　我兄弟的死罪，获得自由，如果我同意，

　　　　那天晚上把自己交给他，第二天

　　　　他会举行我们的婚礼。对这些，

　　　　他用美丽的语言加上了誓言……

　　　　然后我去找尤里斯特，他证实了这一点，

　　　　在我和他结合之前……"

皇帝　这是真的吗？

埃皮提亚　比真理还真的事实。

　　她讲述了如何在本应公开庆祝婚礼的早上，"他毁了我的名声和我的兄弟"。

⊣ 第四场 ⊢

[皇帝、皇帝的秘书、尤里斯特]

秘书对此持怀疑态度，并且不希望此事成为投诉治安法官的先例。

皇帝　即使如此，一个君主也不应该堵上耳朵，

不倾听受害者抱怨治安法官所犯的错误。

皇帝派秘书把尤里斯特从他正在等候的前厅带进来，但命令秘书不要提起这件事。
尤里斯特进入。

皇帝　我听说昨晚你斩首了一个年轻人，

他因强奸少女而被判有罪。

尤里斯特　没错。

我如此判决是因为这个城市的法律

就是这样规定的。

皇帝　你做了正确的事。

但是那些法律是为你的欲望而规定的吗？

你给了那个年轻人的姐姐一个承诺。

尤里斯特　唉，可怜的我！

皇帝　你承诺

你会给她弟弟自由，如果她愿意和你同床共枕

以及嫁你为妻？你为什么沉默？

为什么变得苍白，颤抖？不予回复？

坦率地回答。当你发泄的时候，

你残酷的意志，同样是法律的规定？

你应该把她兄弟的尸体送回家，

躺在棺材里，头靠着脚？

尤里斯特　我希望您听到了，我把她兄弟送还给她。

我答应释放他，但不是活着，

所以我做到了我承诺的一切，

但我从未向她发誓

娶她为妻。

皇帝　她提供给我

你姐姐作为证人。

尤里斯特　法律禁止
　　一个姐姐作证指控她的弟弟。

皇帝　法律不允许。
　　你不能用法律来保护你，
　　对于有权制定法律的人
　　当情况或时间要求变化时
　　当局也必须推翻它。
　　因为我们的好法律没有写
　　对作恶者有利。
　　如果你害怕你姐姐的见证
　　你会让我觉得情况更糟
　　比那个最不开心的女孩说得还要多。

　　尤里斯特会质问安吉拉。

┤ 第五场 ├

[安吉拉、皇帝、埃皮提亚]
安吉拉证明尤里斯特说的是假话。皇帝随后下令尤里斯特必须娶埃皮提亚。

　　埃皮提亚乞求不要让她嫁给恶棍：
　　"他在信仰上是虚假的，对我做了这么多的坏事
　　我所有未来的日子都将是痛苦的，
　　充满哀叹和悲伤。"

　　当皇帝坚持时，她接受了他的命令："但我永远不会满足于此。"皇帝说尤里斯特必须给她一个正式的婚礼。合唱队歌颂婚姻。

第五幕

┤ 第一场 ├

[皇帝、皇帝的秘书]
婚礼已经举行，秘书告诉皇帝：
　　这位女士显得很不高兴，因为，

仪式完成后，她离开了他，说：

她不会躺在尤里斯特身边，

除非冬天的雪燃烧，

太阳的火结成冰。

皇帝说她不必为这桩婚事而烦恼，因为尤里斯特的生命已被剥夺。

秘书　神圣的陛下，受伤害的少女

已经获得了妻子的权力。

您这句话说得太严厉了，

如果您要了

这位杰出骑士的性命。

皇帝　被指控行事如此邪恶的人

称不上是骑士。

这里的法律规定，强奸少女的人

必须以死来偿还罪行。

秘书　但她

自由地奉献自己，没有暴力。

皇帝　如果他仅仅是强暴了她，而没有承诺给她忠诚的婚姻，

他还不是那么可恶，

因为他仅仅是侵犯了她的尊严。现在

他不仅得罪了她，还得罪了

天上的君王，诚信正直，

婚姻的法则是神圣的、人道的……

让案件如此残暴的法官

（无论是恩惠还是友情，

或因崇高的出身而眼花缭乱）

没有受到应有的惩罚，将使法律

徒劳无功，使正义本身化为乌有，

让我们城市的避难所

充满残暴和最严重的背叛。

—| 第二场 |—

［安吉拉］

她担心埃皮提亚不会原谅她的丈夫。

┤第三场├

[安吉拉、艾琳]
艾琳加入安吉拉的行列，希望能保住尤里斯特的性命。

┤第四场├

[安吉拉、艾琳、埃皮提亚]
安吉拉再一次徒劳地恳求埃皮提亚，但埃皮提亚宣称：
我能给予他的仁慈，
就是用我的双手把他的头拧下来。

┤第五场├

[安吉拉、监狱长]
监狱长告诉安吉拉不要绝望，因为他有好消息要透露。

┤第六场├

[监狱长、埃皮提亚]
监狱长说服埃皮提亚陪他去见皇帝。

┤第七场├

[监狱长、皇帝、埃皮提亚]
监狱长透露了他的秘密（他知道尤里斯特和他对埃皮提亚的欺骗）：
在我看来，如果陛下
知道这些事情，也考虑过
越是出身高贵的男孩，越干不了好事。
执迷不悟的女士，你确实
已经考验了法律的严谨性，
这注定了倒霉的维科被杀。
——所以我决定放过他。

埃皮提亚　你有这么做吗?

监狱长　因此我决心为埃皮提亚拯救他,

　　我反复思索,想起了

　　我们监狱里关着一名最坏的罪犯

　　——他的舌头已经因为作伪证被扯下来了,

　　现在因为谋杀了他的亲兄弟,

　　被判死刑,在维科死亡的那一刻执行。

　　是我让他们拿走了这名罪犯的头,

　　罪犯的脸——很像维科的脸

　　你会以为是维科的——送去波德斯塔那里,

　　并且宣布凶手已被处置,

　　维科也被斩首了。

埃皮提亚　哦,上帝保佑,

　　我没有听到任何加剧我悲伤的消息!

　　当她听说她弟弟还活着时,她非常激动。祈求皇帝的宽恕,皇帝欣然接受,"因为他强奸的女孩原谅了他,他愿意娶她"。

　　"埃皮提亚现在说她原谅了尤里斯特:

　　我祈祷,因为这件残酷的事已结束,

　　虽然他被判有罪,却仍然能活下来,

　　因为您的仁慈。我原谅

　　他所有的罪行,接受他为我的丈夫,

　　心甘情愿,因为陛下您希望我嫁给他。"

　　她与不甘心让他活下去的皇帝争论。

皇帝　即使你的兄弟没有死

　　出于监狱长的谨慎,仍然不能改变判决,

　　尤里斯特的目标是执行维科的死刑。

　　这种邪恶的意图

　　本应受到我们的惩罚,

但我会满足你的请求，

由我来赐福你，

这样你就可以和你的兄弟，

还有你的丈夫幸福地生活下去。

➤ 可能性来源 ◄

1.《圣经·马太福音》

圣·奥古斯丁　著

第一册　第十六章

[在第一册第十六章，奥古斯丁讨论了通奸作为婚姻中分居的理由，包括如下困难的情况：]

49 ……但使徒的话是否可以承担这样的假设："妻子不是靠自己的身体，乃是靠丈夫；同样，丈夫也不是自己身体的力量，而是妻子"，即在拥有丈夫身体权利的妻子的许可下，她的丈夫可以与另一个女人发生性关系，如果她不是别人的妻子，也没有与丈夫分居。这种假设不能做，否则，如果得到丈夫的同意，女人似乎也可以这样做——这是被普遍道德观念所拒绝的。

50 然而，在某些情况下，妻子在丈夫同意的情况下，似乎也有义务为丈夫本人这样做。据说这样的事情发生在大约五十年前康斯坦提乌斯时代的安提阿。当时，阿辛迪努斯是总督，也是一名领事级官员。当他要求一个人向国库支付一磅黄金时，我不知道是出于什么动机，他做了一件他认为是允许的、但发生在公职人员身上是危险的事情。他会用誓言和激烈的语言威胁，如果当事人在某个日期之前不支付上述金币，就会被处死。于是当事人被关在严酷的牢房里，他无法摆脱债务，可怕的日子慢慢地逼近。

他碰巧有一位非常漂亮的妻子，但她没有钱来帮助她丈夫。某富翁被女人的美貌迷住了，得知她丈夫的处境后，就向她发誓，只要她愿意陪他一晚，他就给她一磅黄金。她知道控制自己身体的不是她，而是她的丈夫。因此，她对她的丈夫说，为了她的丈夫，她愿意服从，她所有的贞操都归属于她婚姻的主人，只要她的丈夫决定为了他的生命可以这样做。他很感激，并同意她这样做。他根本不认为这样做是通奸，因为她没有欲望，而且她对丈夫的深爱再次要求她这样做，这是他自己的命令和意愿。女人去了富人的豪宅，做了好色之徒想做的事，但她只不过把自己的身体给了她的丈夫，他不是要求与她同眠，而是要求活下去。她收到了金子，但是那个给她礼物的人，又偷偷地拿回了他给的礼物，并用一个装有泥土的袋子代替了。她回到自己的家之后，才发现了这一点。她冲到街上大声公布了自己的所作所为，对她丈夫的感情激励着她去做这件事。她向总督抗议，告诉他整个故事，表明她是如何受害的。然后总督首先宣布自己有罪，因为他的威胁导致了事态发展至此，好像对别人下的判决一样，决定"应该从阿辛迪努斯的财产中将一磅黄金存入帝国国库"，但是这个女人应该成为这块土地的女主人，因为她从那里得到了土地来代替黄金。

2.《好得难以置信》

托马斯·勒普顿　著（1581 年）

[欧门说在他的乌托邦中没有法官受贿。对受贿的惩罚是非常可怕的]

西乌奇拉　……因为你可以告诉我，没有一个受贿的法官可以用来执行你最近才宣布的卓越的法律，所以我要告诉你一个最邪恶的法官，我在来这里的路上听说过他，他最终被杀，当然这是他应得的。他和你所说的法官一样年轻，他对自己的父亲说出了真相。

欧门　说出来给我听。我知道除非是真的，否则你不会告诉我们。除非是奇怪的，否则你也不会站出来说。

西乌奇拉　在离我出生的国家不远的地方，有一个非常年轻的人，他学识渊博，智慧罕见，身份值得称赞，举止谦逊，被那个国家的统治者和治安法官选为法官。他在自己的职位上工作了一段时间，为人正直、虔诚，受到所有人的赞扬，没有人不为有这样一个法官而高兴。这时候，发生了两个绅士的故事。他们经常在一起交谈，并结下了深厚的友谊，就像结义的兄弟一样。后来，其中一个开始把他的爱投向某个淑女。他是一个执着的追求者，却不能如愿以偿地得到她的爱，并开始为自己的爱而憔悴和悲伤。他的好朋友，另一位绅士不再沉思和屈从，开始劝告他，他这样说：先生，我以为你把我看得比其他人都重要，但现在我发现你爱别人胜过爱我……

[当陷入恋爱的绅士解释他的困境时，他的朋友提出在他不在的时候做他的中间人，并给了这位女士一枚戒指。他表面上帮助朋友，但却坠入爱河，并试图为自己赢得她。她轻蔑地拒绝了他，并嫁给了她的第一个追求者，她后来警告他提防这个虚伪的朋友。虽然很困难，这位被激怒的丈夫还是保证不会挑战他的叛徒朋友]

欧门　他履行了对妻子的承诺吗？

西乌奇拉　他没有，虽然他是想这么做的。

因为没多久,他就有机会见到那位先生了,那位先生本来已经治好了情伤。他一见到那位先生,就拔出了他的剑,没有再争论下去,和他打了起来,最后把他杀死了。

欧门 他明智的妻子曾说过,他最好履行他对她的承诺。他却给自己造成了多大的伤害,给他聪明可爱的妻子带来了多大的悲伤!令人惊奇的是,她一听到这消息,并没有马上死去。

西乌奇拉 真的,当她听说她的丈夫在监狱里,以及是什么原因,她很快就昏过去了。那些在她周围的人,费了很大的劲才救了她的命。这是他通过决斗获得的巨大收益吗?正如她所说,当他给对方致命一击时,他既没有冷静,也没有理智。在这里我们可以看到,并不是所有的男人都有智慧,也不是所有的女人都愚蠢无知。但之后,她像一个聪明的女人一样,尽可能地抑制住自己的悲伤,并着手尽可能地去弥补伤害……所以尽可能的方便、快速地去见了前面提到的那位年轻的法官,她对他的智慧、虔诚有如此高的评价,她认为通过她卑微的想法和可怜的钱财,他会通过一些手段来挽救她丈夫的生命。当她来到他面前时,她跪在他面前,流着眼泪说:"啊,尊贵的法官,你被认为是最明智和最仁慈的法官,现在请宣布你所说的话有效,拯救一个无辜的生命,它正掌握在你的手中。"法官对她说:"站起来,夫人。看着你站着,我会很难过,更不用说跪着了。因此,不要再让我多说,坐在我身边吧。我不仅要听你说话,而且要尽我所能帮助你。这样,公平是允许的,正义也是应该的。希望你的事情就是想要双方达成一致,因为我认为你的要求是让我拯救一个无辜者的生命。"于是,他轻轻地握住她的手,让她坐在他的旁边,然后她对法官说:"先生,我的确是这样说的,因为我是无辜的,任何有关生死的法律都掌握在你的手里。不是说我犯了什么该死的罪,而是我的丈夫在无辜的情况下,害死了另一个无辜的人。他的生命能否被拯救,只掌握在你的手里。""我请求你,"法官说,"尽可能简单明了地告诉我事情的起因,只要不违法,我会心甘情愿地去做。"

"事情是这样的,"那位贵妇人说,"我丈夫他最近杀了一个人,我不是来为他辩护的,而是来请求宽恕的。""我现在知道了你的事情,"法官说,"我为他的不幸感到悲哀,我同情你的遭遇。你知道,夫人,我没有责任去拯救那些被法律宣判有罪的人,尤其是他们的罪行已经昭然若揭、不容否认。""哦,先生,"她说,"这是很明显的,你作为一个法官如此深思熟虑,拥有如此伟大的权威,以至于你不能表现出正义的衰弱,而法律却受到青睐。""你知道,"他又说,"我发过誓要秉公办事。而且你并不是不知道,无论是上帝的法律还是我们的法律,都不会赎回杀戮的人,或祛除他的血腥。如果我救你的丈夫,我就做到公正了吗?他最近心甘情愿地杀死了一个没有决心和他战斗的绅士。谁解除了对他的控制,谁就成了受害者，法律会支持他为自己辩护？因此，夫人，停止你的诉讼，因为我无法帮助你。即使我可以，我也不愿意救你丈夫。我会因为这件事而受到更多的羞辱和诽谤，自从我上任以来，我所做的所有正义和公平都得到了很好的回报。我不怪你，你因爱你的丈夫进行如此邪恶的诉讼。但每个人都会责怪我，在如此邪恶的诉讼中同意你的请求，他们会说我是为金钱做的。"

"啊，先生，"夫人说，［又开始跪下，但他没有接受］"这位绅士已经死了，我丈夫的死不会让他重新活过来。如果可能的话，我也不会在这里纠缠不休。因此我恳求您，就像每个人都是出自基督的怜悯而降生到这个世上，不要为一个已经死了的人再杀两个。因为我向你保证，我非常爱我的丈夫，如果他死了，我也肯定活不了多久……哦，最尊贵的法官，伸出你的手，想办法挽救我丈夫的生命吧。无论你要求我做什么，我都会做……"

然后法官拉着那位贵妇人的手说："今天晚上我要想一想我该做些什么，怎样才能最大限度地使你高兴。我不会答应你，也不会拒绝你。明天大约这个时候到我家来，我会在这里准备好和你说话，让你知道我是否能让你满意。"这时那位贵妇人离开了他，比她来找他时更加振奋。

欧门　我还没有听说过比她更适合她丈夫的人。我问你，她后来怎么样了？

西乌奇拉　第二天，我向你保证，她一小时也没睡着，就去了法官那里，就像他指定的那样。当她来到他面前时，他让她坐在他旁边，并让所有其他人都离开，除了他们两个。然后他把他带进一个内室，因为没有人会听到他对她说的话，然后他开始说："夫人，我越是考虑你的情况，我就越是想帮助你，我向你保证，因为你那可怜又诚挚的恳求，我决心为你做更多的事，给你更多的恩惠，这是我从未想过要为任何人做的。如果我满足了你的愿望，如果不会危及我自己，我能够为你冒这个险。至于你所说的，为了救你丈夫的命，你会提供我所要求的，也会做我想让你做的任何事，我会听你的话，跟你说几句话。如果你想让我救你丈夫的命，那么你就这样做：你要给我六千克朗，因为我知道你完全可以省下这笔钱，考虑到你丈夫之前过着优越的生活，明天晚上你把钱带给我。"她说："时间很仓促且金额巨大。但是如果没有可靠的补救办法来弥补的话，那我会立即去换钱。""你知道，"法官说，"如果我不帮他，不想办法救他，他必须在这三四天内被处死。因此你必须加紧办了，因为在我把他交出去之前，我得拿到钱。""好吧，先生，"那位贵妇人说，"我会给你的。""是的，但是，"法官说，"还有一件事，如果你不这样做，你的丈夫就要死了。我知道，"他说，"你会不愿意这么做，是这样，明天晚上你自己把钱带来给我。到时候，我会亲自到我家的一个秘密的门口来接你，因为这件事我不会相信任何其他人。然后当你给我送那么多克朗币的时候，还要和我同寝到天亮。因为我向你保证，如果我对你的身体不比对你的克朗币更看重的话，我是不会答应救你丈夫的。"

这位贵妇人悲痛欲绝，几乎要瘫倒在地，但法官把她抱在怀里，安慰她说："贵妇人，现在不是你发呆的时候，也不是我开玩笑的时候。如果你不是真心诚意地给我这个机会，说你愿意做我想让你做的任何事情，我就不会要求你做这件事，也不能使你得到安慰。所以，要么履行你的诺言，救你丈夫的命；要么违背你的诺言，害死他。因为我向你保证，除此之外，没有别的办法可以救他的命。你知道你和我的事情是如此的秘密，除了你和我，世界上没有人会知道，因为我会保守这个秘密，我相信你也不会说出来。"当她听到这句话时，她砰得一声跪在地上，但是他不让她跪下，而是拉着她的手。她对他说："啊，先生，你现在真是让我进退两难啊！要么我必须失去我所信任的丈夫，要么我失去我对丈夫的信念。如果我的丈夫死了，我就再也得不到他了；如果我失去了我的信念，我就再也无法恢复了。所以我谦卑地恳求你，你还想怎么做？（其他事情都可以，）只有这件事我想我是不会这么做的。我能做到的是，心甘情愿，最迅速地，让我丈夫死而无憾。我继承了一些遗产，所有这些，我和我的丈夫都非常乐意将其送给你。我会迅速把我所有的珠宝、戒指和其他首饰取来送给你，这将使你更加愉快，使你更有地位，并使你得到更长时间的安慰，而不是整个晚上和一个可怜的人躺在一起，这个可怜的人宁愿被埋葬，也不愿受你的折磨。"

"别再啰嗦了，夫人，"法官说，"要么你带着你的金子离开，要么你就留在这里实现我的心愿。因为我决定只有这样才能救你丈夫的命。""哦，我的上帝，"那位贵妇人说，"为什么我走投无路？如果我拒绝，我的丈夫就会死去；如果我这样做了，我就背叛了我的丈夫。我怎么能一边爱着我的丈夫，一边背信弃义地利用我的丈夫？"然后法官说："既然你爱你的丈夫，怎么不能和我一起度过一个永远不会被人知晓的夜晚呢？你愿意看着你丈夫死去？""噢，先生，"她说，"如果我丈夫知道了，他会不会杀了我？他当然会，不过我也是死有余辜。""不，"法官说，"他会更爱你，因为你为了救他的命才这样做，你把他的命看得比自己的命更重要。"

"因此，"法官说，"告诉我你会怎么做，因为我会很快做决定。""好吧，先生，"她说，"除了这个，你还会满意吗？""不，"法官说，"我还要告诉你，如果你现在满足我的要求，我就可以救他的命；但如果你拒绝，我不会救他的命。因此，现在你可以救你丈夫的命，否则在这两三天之内，他肯定会死。"那位贵妇人对他说："丈夫的性命胜过世界上其他所有的事情。好吧，先生，既然没有其他补救的办法，我就向你提出两个条件，因为我以如此高的代价买了我丈夫的生命，请确保我的丈夫不仅因此免于死刑，而且还按照犯罪前的规格归还我们所有的土地和财产。最后，请非常尊重我，不能公开说出我秘密许下的承诺。"法官对她说："你放心，夫人，这些我都能做到，你不要害怕，我已经把一切都安排好了。"于是她说："明天晚上我会在你家门口等你，那时我不仅会把所有的金子都带来，而且还会履行我其余的诺言。"就这样，这位贵妇人告别了法官，一边欢欣鼓舞，一边悲伤沮丧。

欧门　肯定是那个心狠手辣的法官，强迫那位可爱的夫人做出了不可思议的坏事。但是继续，我很想知道接下来发生了什么。

西乌奇拉　你会的，而且是心甘情愿的。接下来，那位夫人在她认为方便的时候，用她认为秘密的手段把金子带来了，法官收到了金子和她自己，当时天已经黑了，然后她的确和法官同寝了一夜。早晨她离开法官之前，他对她说："好了，夫人，我谢谢你。虽然你非常不情愿地履行了你的诺言，但你应该很清楚，我会非常乐意地履行我的诺言。为此，我也希望你精神振奋，头脑冷静，也不要为任何痛苦或行为而烦恼。我的意愿是，你待在家里，不要出城。而你丈夫明天早上就应该被处决。我明天会派人去在行刑之前把他接出来送回家。因此，做个聪明的女人，保守秘密。尽管你的丈夫会这么快被救出来，但不要因此表现出快乐。请把自己关在房子里，保持头脑清醒，但假装看起来非常悲伤。""好吧，先生，"女士说，"因为我已经按照不合理的要求满足了你的愿望，所以我会在这个合理的要求中服从你的命令。为此，我非常肯定，我丈夫现在将拥有自己的生命，我真诚地希望时机成熟，他被释放。"然后法官说："时间不长，明天你会看到他安然无恙地和你在一起。"就这样，她离开了法官，这是她救了丈夫一命的功劳，但也是她对丈夫背信弃义的悲哀。

欧门　一个人的欢乐减轻了另一个人的悲痛。我相信，她对法官指定的时间盼望了很久。他是第二天什么时间被处决的？

西乌奇拉　是的，还是他被判处决的那天——第二天早上大约八九点钟，这位悲伤的夫人的丈夫被处死了。处死之后，每个男人都在谈论这件事。这位贵妇人站在第一扇门前，看见一个人急匆匆地跑来，她看到他这么快地向她跑来，非常高兴，以为他是来告知喜讯的。但却是另一种结果，因为他是来告诉她丈夫的死讯的。当他走近她时，她说："请问有什么消息吗？把我丈夫送回来了吗？他被释放了吗？"他说："不，他被处决了。""被处决？"那位贵妇人说，"我相信你不过是在开玩笑。"然后他说："你现在可以把它当作笑话，但很快你就会发现它是真的。"然而夫人不相信他，她如此信任奸诈的法官……

[她出去，遇见一些邻居]

"……哦"，她说，"我可以相信你吗？你告诉我是真的吗？""是的，"他们说，"这千真万确。我们宁愿用别的方式告诉你，我们当时确实看见他很快就被执行死刑了，而且他的死刑执行场面很大。"这位善良的夫人就这样瘫倒在地，他们费了好大劲才把她救了回来。他们把她抬回家，她就这样昏迷了两三个小时，不知道她周围有什么人……

欧门 这是我所听过的最卑鄙、最奸诈的法官。但我认为他处决她丈夫的个人用意是，她丈夫死了，他自己就可以娶她。当她看到丈夫死了，她的生活再也无法恢复时，会一点一点地被他所吸引。为了挽救丈夫的生命，她如此不情愿地保守这个秘密。在丈夫死后，当他的生命没有希望的时候，她会更加不愿意公开地说出这一事实。

西乌奇拉 好吧，她完全被欺骗了，因为她在其他方面是屈服和笃信的。她自己权衡利弊，他是如何背信弃义地为她服务，不仅骗取了她的六千克朗，而且还夺走了她在世界上拥有的最珍贵的两个珠宝，那就是她的丈夫和她的清白，再也无法挽回，因此她深深地憎恨和厌恶他。没有什么比报复他更令人痛快的了。她宁愿通过揭开她自己的耻辱来杀死他，也不愿通过饶恕他的生命来掩盖她的罪恶，这一点在后面的情节中已经清楚地表现出来了。因为她以最快的速度穿上了体面的丧服，并找来了信任的人侍候她，骑着马去了地方官和国家政要所在的地方。

当她来到他们面前时，她跪了下来，悲哀而可怜地请求他们给她一个公道，因为这是她唯一渴望的东西。然后，首席律师说："夫人，我们认为可能是某件大事驱使你到这里来要求公正，所以请你如实地告诉我们你的事情，你会得到公道的，而且会很快得到公道。"然后，她谦恭地感谢他，并告诉他每一件事情，没有隐藏邪恶的法官如何利用她。当他们听到这个消息时，都非常吃惊，当时他们问她，除了她自己，她是否还有其他证人。她说："没有，因为这件事太可耻了，因此发生在一个秘密的地方，而没有公开的证人。但我可以给你看这些秘密标记，还有装金子的袋子和它们的存放地点，还有他亲自把我带进他房间的秘密楼梯，还有为了救我丈夫的命，我被迫同意和他同床共枕的床单、枕头、床罩和窗帘，以及其他秘密的记号。它们将揭露这件事，全世界的证人也将揭露这件事。我想，在你面前公开我自己的耻辱，可能会有足够的证人作证。"然后他们命令把所有她能说出的记号都简短地写下来，他们就这样做了……

[她的指控被证明是真的，法官被监禁，统治者考虑如何惩罚他]

……于是，经过长时间的辩论，他们一致认为，她的清白已无法挽救，只能通过与这位玷污她的法官结婚来解决。因此，他们得出结论，并作出判决，认为年轻的法官做了如此可耻和邪恶的事。他们指定这样一个日子，他应该尽可能以最好的方式准备与她结婚，除此之外还有另一个秘密判决。这是专员私下里说的：他不仅被任命来见证他们的婚礼，而且还要观看另一场秘密执行的事情，所有这些都是法律顾问下令，由上述专员带到夫人居住的地方。结婚的日子快到了，专员走进监狱，去见那邪恶的法官。他说，统治者和大律师已经作出了判决，因为他与一位夫人同床共枕，夺走了她的好名声，他应该以最好的方式准备好娶她，从而对她做出补偿。当奸诈的法官听到时，他成了世界上最快乐的人，因为这是他唯一想要的，也是他处决她丈夫的原因。因此，他准备好迎接指定的与她结婚的日子。然后，上述专员走到那位夫人面前，当她看到他时，非常高兴，说："先生，非常欢迎您。我希望您已经代表我对邪恶的法官作出了判决。"

[她不赞成和他结婚]

"……我希望他和我结婚的日子，应该是他的死期。因为他如此可耻地虐待我。好吧，我会遵守你的命令，相信我的悲伤会结束。鉴于那天晚上他认为我想和他睡在一起，我希望我会被自己埋葬。从来没有一个新娘比我更悲伤的了。但你看，你要我做什么，我就做什么，我将执行法庭的判决。"然后他向她告别，离开了。

欧门 这不是她所期待的判决，也不是邪恶的法官所希望的。但是她有没有赶上和他结婚的日子呢？

西乌奇拉 是的，她做到了，尽管这完全违背了她的意愿。因为在同一天早上，他在她来之前已经在教堂准备好了，如果他像她一样不愿意，他就不会来得这么快。最后，她穿着丧服来了，穿的是她丈夫去世时的那件丧服。最后，他们俩结婚了，他很高兴，而她很悲伤。当他正准备带着他那可怜的新妻子回家的时候，这位专员说："先生，你必须待一会儿，这位夫人，你的妻子，已经执行了她应该做的所有判决。虽然你也做了一些，但还有一个你没有做，后面还有一件事需要你来做。""那是什么？"法官说，"我会自愿去执行的。"然后专员说："那位夫人并不愿意嫁给你，除非你死。"法官听了大吃一惊，然后专员对他说："不，没有补救办法，你一结婚就必须立即被处死，所以你自己做好准备，因为我必须马上看到你被执行死刑。""至于你，夫人，"他说，"你最好去宴会，不要等你的丈夫，因为他有另一个角色。""啊，"那位夫人说，"感谢上帝给了我们这样一个明智而虔诚的顾问，给了我们这样一个罪有应得的审判。第一任丈夫的死并没有使我成为一个可悲的寡妇，但我第二任丈夫的死却使我成为一个快乐的寡妇。"

这是一个巨大的变化，因为前一刻新郎是快乐的，新娘是悲伤的，现在新娘是快乐的，新郎是悲伤的。所以她前往她的宴会，他前往他的死刑地。他的死刑执行时间不长；因为她在宴会的前一天又成了寡妇，为了更好地安慰她，她不仅拿回了自己的金子，而且得到了她第二任丈夫所有的财产，因为顾问宣布他不会失去他的任何一件财产，而他的妻子将享有这一切。

欧门 他们确实是虔诚而明智的顾问。他们的审判非常公平、公正和理性。我相信她更高兴的是他前往他的死刑地，而不是和她在一起举办婚宴。

3.《匈牙利王子布鲁萨努斯历险记》

巴纳比·里奇　著（1592年）

⊣ 节选片段（一）⊢

[布鲁萨努斯穿越伊庇鲁斯国，遇见了该地区的国王莱昂纳尔库斯。莱昂纳尔库斯伪装成一个商人，自称科林纳斯，并讲述了他们之间发生的事情]

布鲁萨努斯被赋予使命，他想起许多旅行者，他们回到自己的国家后，被太多古怪的虚荣心所占据，往往做出疯狂的愚蠢行为，以至于他们完全丢掉了家乡的美德，再也不能光荣返乡了。因此，他以坚定的意志武装自己，建立一个行善和除恶兼备的平台，模仿善人的高贵品质，憎恶恶人的愚蠢举止，将两者用于一个善意的目的，努力从事所有光荣的事业，从而用这种美好的想象力强化了自己，将他的第一条路线引向了伊庇鲁斯。当时莱昂纳尔库斯在位时，他是一位以德行闻名的君主，他因倡导和平而国运亨通，因严谨而受人尊敬，因权威而受人敬畏，因平易近人而受人爱戴，以如此真诚的方式主持正义，以如此的限度来磨炼法律的极端，因此他美名远播，获得了陌生人的好感，赢得了民众的心。但一些人认为他不配拥有这样一个美名，因为他不懂如何珍爱或惩罚自己的子民。这位高贵的君主既自私又自负，有伪装成商人的习惯，经常偷偷离开他的宫廷，游历属于他的各地的领地，自称名为科林纳斯的商人，因为我认为他不愿意被人知道身份，因此我会暂时使用它。

布鲁萨努斯往常曾多次前往伊庇鲁斯，此次已经到了边界，然后直接前往著名的宫廷所在地——多雷塔市，他幸运地遇到了这个国王扮演的商人。

科林纳斯……

[他们互相欣赏，布鲁萨努斯告诉科林纳斯，他去旅行是为了自学，并且要去伊庇鲁斯，因为他听说莱昂纳尔库斯受到了高度赞扬]

……科林纳斯听到自己被如此称赞，暗自高兴，如此回答。真的，有礼貌的绅士，你对莱昂纳尔库斯称赞得太多了，以至于我不愿再多说。为此，在你以前的演讲中，我知道你的愿望是积累高级经验，来到这里是为了了解我们宫廷的时尚。无论你亲眼看到什么，根据我的经验，我可以在某种程度上敞开心扉。在我不成熟的平台上冒险使其他人成为朝臣，虽然不像巴尔达萨雷郡（卡斯蒂廖内）所说的那么正式。伊庇鲁斯的宫廷，因现在掌握着权杖的国王而闻名，里面有很多不同职业的人，他们的性格也各不相同。有些人在此修行，希望通过他们的善良使不足者得到提升，他们因应得的恩惠而成长，或因他们的英勇和武力而获得军事荣誉。其他人再次被虚荣心所煽动，束缚了自己的脖子，求助于用一点愚蠢的勇敢来满足年轻人的幽默，他们的大脑不断地在设计新的时尚，以至于他们多次将自己变成大人物的小狗。由此你可以看出，对于那些可以谨慎地修饰他们的思想的人来说，宫廷是一所美德的学校，而对于那些以无知的感情衡量他们的意志的人，它是一个邪恶的奶妈。

| 节选片段（二）|—

[在第六章中，布鲁萨努斯和"冒牌商人"遇到了后者的臣子之一——格洛里厄斯]

……他是一个朝臣，被称为格洛里厄斯先生，他的高贵令人惊叹，但他的着装方式更令人发笑。他的头上戴着一顶没有带子的帽子，好像非常不满意；他的头发垂到他的肩膀上，就像习惯于在地狱里讨价还价一样；他的胡子剪得很短，有点向上翘，就像戏剧中的老虎钳；他的脸尽可能地绷紧，就像一个伟大的君主；他的领子翻下来绕在脖子上，这样就可以看见他的喉咙，就像给一个要被绞死的人套上笼头一样；他的紧身上衣撑得鼓鼓的，好像患了水肿病似的；他穿着一件宽松的男式便服，像一个冒牌的士兵；手里拿着一根细细的羽毛，像一个妓女。他就这样骑着马从他们身边走过，从他的表情来看，他的眼睛来回扫视，仿佛他脑子里已经有了全部，一句话也没说……

[格洛里厄斯对商人很无礼，但和他们一起去尤蒂卡过夜，在那里他们会见了刚从宫廷来的士兵马蒂安努尔和去那里旅行的乡下人卡斯图斯。在第七章马蒂安努尔讲述了国王的失踪]

真的，先生们，宫廷里的消息是奇怪的，但不是真的那么奇怪，但也不是真的有那么多过热的消息：二十天已经过去了，我们最贤明和高贵的伊庇鲁斯公国国王莱昂纳尔库斯在宫廷里失踪了，没有人知道他会怎么样，也无法想象他是死是活。已经进行了搜索，每天都在用各种方法和手段进行调查，但是没有什么消息比我告诉你的更多。可悲的呼声是普遍的，严肃的顾问们、他们的顾问父亲、所有他们咨询的人和主要负责的人，都为失去他们的君主而流泪。勇敢的朝臣已经褪去了他们高贵的脸色，让自己哀悼，耷拉着他们的头，绞着他们的手，哀叹缺乏一个君主来保护他们，一个父亲来照顾他们，一个朋友给他们带来快乐，一个朋友来缓解他们的需求。我该说什么？悲伤的记忆通常是令人悲伤的……

留给他们的唯一安慰，是他们从仁慈的年轻王子多瑞斯图斯那里得到希望。他效法他父亲的美德，在他身上闪耀着如此鲜明的光芒，很容易辨认出他是同一枝上的花朵，一个同种血统的词根，一首同韵的十四行诗……

[议员们要求他继承王位，但他不愿意，"直到他确切听到他父亲的下落"]

……我不会进一步详述收集到的关于他不在了的几个猜想，有些人认为他被秘密谋杀了，有些人认为他偷偷发誓要到某个神庙或其他宗教场所去，有些人想了很多事情，有些人不知道该如何设想，然而当他们在设想的时候，却听不到国王的声音……这样就足够了，找不到他，我们就应该有一个主权统治者，以纠正错误，惩罚罪恶，纠正滥用，维护正义和珍惜美德。尽管违背他自己的意愿，多瑞斯图斯已将他的加冕日指定在十五天内，现在还有五天就到期，如果同时没有其他消息的话……

─┤ 节选片段（三）├─

[在第八章中，格洛里厄斯吹嘘说，如果他在那里，他会拯救莱昂纳尔库斯。科林纳斯问他是否认识莱昂纳尔库斯，他生气地回答说认识，因为"他的宫廷因我的出现而美化，他的宫殿也因我而装饰"。在第九章中，卡斯图斯讲述了他在该国的律师行业中所遭受的痛苦，以及治安官之间的"休会"，拖延案件以致富人有富人的法律，穷人有穷人的法律。第十章中的马蒂安努尔讨论了起诉人在法庭上的困难，并给出了富人的一些亲身经历。当他们到达首都时，格洛里厄斯为了方便行事，指控他们叛国，科林纳斯、马蒂安努尔和卡斯图斯被捕并被带到多瑞斯图斯面前受审。如果可以的话，布鲁萨努斯会去观察并提供帮助。王子以关于正义本质的长篇演讲（第十二章）开始诉讼程序：]

他们自己犯了极大的不义，尽管他们被上帝任命以剑来惩罚恶人，但他们仍会保持双手清白。而与此同时，恶人犯下各种各样的罪，这是不受约束的。惩罚任何罪行，然后不宽恕任何罪行，这同样是残酷的，因为这是对仁慈的滥用，而仁慈是对君主的真正装饰，对仁慈的滥用则将权威变为暴政。然而，法官在执行司法时应该格外小心，不要过于严厉，否则伤害会大于治愈，因为过于严厉的法官坐在那里，就像一个已经竖起的绞刑架。

然后我们必须认真地注意到，因为所有的地方官都有责任惩罚每一个作恶者，所以同样他们必须小心，至少在行使正义的名义下，他们会因为过于严厉而陷入另一种不公正，因为太过严厉会误导人们变得残酷，这是兽性和野蛮的本性，也是人的本性。因为仁慈和同情永远不应该与一个好的和公正的判决分开，因为公正的判决就是为了原谅小错误，或者只是轻微地惩罚他们（只要正义不被侵犯），因为正如智者所说，臣服于一个什么都不能容忍的王子是不好的，但更糟糕的是，所有的事情都是随意的。

让我们学习以中庸使用正义，既不倾向于过分严厉，也不可能被过于宽大所引导，以此来结束我们的谈话……

───┤ 节选片段（四）├───

[多瑞斯图斯因其智慧而受到称赞。卡斯图斯回答了他的原告，并解释了他对他富有的邻居奥兰多先生的诉讼。马蒂安努尔被指控并做出回答。然后格洛里厄斯指责科林纳斯。布鲁萨努斯为他说话，在第十七章中，布鲁萨努斯为被告做出了判决。布鲁萨努斯被揭穿是匈牙利王子]

两位王子互相款待之后，多瑞斯图斯准备了一个座位，让布鲁萨努斯坐在自己旁边。就这样决定了之后，多瑞斯图斯决定继续主持正义，他说了这样一番话：一个好的君主的职责是捍卫公共财富，帮助无辜的人，援助幸存者，纠正罪犯，救济穷人，尊重善良的人，惩罚邪恶的人，约束有野心的人，并通过正义给予每个人自己的权利。公共财产并不会因为王子们过着快乐的生活而丧失，而是因为他们不关心正义而丧失。当王子重新塑造他人人格时，人们不会抱怨，但当他懈怠于纠正错误时，人们才会抱怨。哦，王子们确实知道掌管一个王国意味着什么，他应该发现自己的公正是他的个人荣誉，但主持公正是对整个公共财产利益的维护。因此，他仅仅做到自己品德高尚是不够的，他还必须根除他的子民的所有恶习。但是，如果一个君主自己是诚实的，那些在他手下管理正义的人却是放荡的，一个君主是真实的，他的官员是虚假的，一个君主是温和的，他的官员是残酷的，这有什么好处呢？人们不是经常知道，君主自己非常谨慎小心，那些他最信任的人却经常玩忽职守……

───┤ 节选片段（五）├───

[多瑞斯图斯让科林纳斯做他的首席顾问，科林纳斯建议他即使不知道他父亲的命运也不要拒绝王冠。第十九章：]

多瑞斯图斯在谈话的结尾有些激动，他简短地回答道：科林纳斯，把我父亲从他的王位上赶下来，你称之为荣誉吗？通过不光彩的方式寻求荣誉，以不公正的手段拿走他父亲荣誉的孩子，他不值得拥有荣誉，他应该失去生命。但是，如果你如此重视那些被野心勃勃的头脑所照顾的虚妄的显赫或尊贵，啊，你应该多么尊重我的诚实，这是赢得荣誉的第一步，没有诚实，我们就不会获得比虚妄的荣耀更好的东西，虚妄的荣耀只是真正美德的虚妄的影子……[他告诫科林纳斯说话不要如此鲁莽。]

科林纳斯立即回答说："好吧，多瑞斯图斯，虽然莱昂纳尔库斯留下了一个悲伤的儿子，但你可以让莱昂纳尔库斯成为一位最快乐的父亲。"然后科林纳斯在国王的宝座上坐下来，进一步说道："再隐瞒下去也是徒劳的，因为知道了这件事（我认为）你会得到极大的安慰。看这里，多瑞斯图斯，命运无常。我现在甚至是一个囚犯，然后是一名顾问，现在是一个国王，这一切都发生在一瞬间。"

多瑞斯图斯这时已经更好地观察了这个假冒的商人，并且已经知道了他是谁，他大声喊道："上帝保佑我最尊敬的国王和父亲，莱昂纳尔库斯。"其余的贵族，连同在场的全体与会者，齐声喊道："上帝保佑国王！上帝保佑国王！"

—| 节选片段（六）|—

[在第二十章莱昂纳尔库斯论述他在后期旅行中积累的经验，以及他自己宫廷内的弊端]

……知道邪恶的原因，是治愈它们最快的方法，因为已知的疾病已经治愈了一半，许多王国因各种原因而毁灭，如果他们的王子和统治者知道，他们可能很容易被天意和理性阻止。如果一个君主很小心地观察和询问对他的王国的损害，可以说（如果他不提供这些损害）他就无能为力了，但是对于一个疏于了解这些损害的人（如果他不提供），可以说他就更无能为力了。正如你所看到的，我在自己的领地上努力观察我臣民的行为举止，通过收集一个共同报告的平台，我可能更有能力改变一个共同的弊端。对于君主来说，最可靠的顾问就是他自己的眼睛和耳朵，必须时刻保持警惕……通过在乡下的艰苦生活，我丰富了自己的经验，觉察了自己宫廷里的愚蠢行为。

[他继续回顾这些愚蠢的行为，例如时代的过剩、暴乱、过度的享乐、对服装的好奇（例如男人使用的香水、卷曲的头发）、放纵和奢侈。他还描述了他的国家在宫廷之外的恶习，包括敲诈勒索、贪婪的高利贷、治安官的腐败和受贿。最后他放逐了格洛里厄斯]

（译者李莹，枣庄学院文学院）

十、《终成眷属》来源文献

＞ 导 言 ＜

　　莎士比亚喜剧《终成眷属》的主要来源是薄伽丘的《十日谈》第三天第 9 个故事，这个故事可能影响了 15 世纪的故事《阿图瓦伯爵和他的妻子的狭义之书》（*Livre du Tres Chevalereux Comte d'Artois et de sa Femme*）。莎士比亚可能使用了威廉·佩因特在《欢乐宫》（*The Palace of Pleasure*）中对这个故事的翻译，后面可靠性来源节选了《欢乐宫》中的这段故事。薄伽丘在《十日谈》中，以清晰、简单的方式讲述了命运易变的主题，塑造了一个朝着坚定的目标努力追求的女性——吉莱塔。佩因特的版本与《十日谈》接近，保留了其主题。

　　吉莱塔是名医杰拉尔多的女儿，原本是罗西廖内伯爵——贝尔特兰幼时的玩伴。贝尔特兰的父亲去世后，国王成了他的监护人，他被接到了王宫。吉莱塔通过治疗国王的顽疾，成为贝尔特兰的妻子，但因为身份低微，被丈夫嫌弃。为了获得丈夫的认可，她通过智慧努力完成了丈夫交给她的两件不可能完成的任务——戴上他从不离身的戒指，怀里抱着与他生的孩子。她最后终于获得罗西廖内臣民的拥戴和丈夫的接纳。

　　与《十日谈》和《欢乐宫》这两个来源文献相比，莎剧主要有以下两个方面的变化：首先，在情节上莎剧有一些细微的变化，海伦娜从国王提供给她的四五个年轻朝臣中选择了贝特兰。莎剧中提到了两枚戒指而不是一枚，海伦娜通过黛安娜获得贝尔特兰的祖传戒指，她把感恩的国王送给她的戒指戴在他的手指上，这样第二枚戒指在最后一幕中增加了悬念。其次，莎士比亚保留了来源文献中的几个主要人物，但人物形象有很大的调整，还添加了大量的次要角色，例如伯爵夫人、拉弗和帕洛等。薄伽丘笔下的吉莱塔是一位富有的女继承人，有亲戚和追求者。莎士比亚笔下的海伦娜穷困潦倒，依赖伯爵夫人。这既增加了她的悲哀，也增加了她和贝尔特兰之间的社会差距，凸显了她的道德力量和坚韧品质，同时也体现了一种新兴的伦理观念。

➤ 可靠性来源 ◄

《欢乐宫》

威廉·佩因特　著
（本文摘自 1575 年版）

　　在法国，有一位名叫伊斯纳尔多的绅士，他是罗西廖内的伯爵。因为他身患重病，总是在家里养一个医生，这位医生是来自纳博纳的杰拉尔多少校。这位伯爵只有一个儿子名叫贝尔特兰，他小时候是一个友善、可爱的孩子。和他一起长大的还有许多与他同龄的孩子，其中一位是医生杰拉尔多少校的女儿吉莱塔，她爱上了贝尔特兰。贝尔特兰在其父死后，由国王监护，被接到了巴黎。他的离开让吉莱塔陷入相思。不久之后，她的父亲也去世了。如果能有什么好机会的话，仅仅为了见年轻的伯爵一面，她也很想去一趟巴黎。此时的她继承了父亲的财产，得到了亲戚们的殷勤照顾，但找不到恰当的理由实现她期望的旅行。现在到了适婚年龄，她仍对伯爵念念不忘，所以拒绝了许多亲属给她介绍的青年男子，但没有说明拒绝的理由。

　　现在看来，她比以往任何时候都更爱贝尔特兰，因为她听说他已经长成一位风度翩翩的绅士。巴黎传来消息说，国王的胸部长了一个肿块，由于治疗不善，后来变成了瘘管，使他感到非常痛苦。国王看了很多医生，病情不仅没有好转，反而越来越糟。他感到很绝望，不再接受任何医生的建议或帮助。吉莱塔非常高兴，如果国王的疾病如她所料，那么她就获得了一个去巴黎的好机会，而且她可以轻而易举地使贝尔特兰伯爵成为她的丈夫。

　　于是，她凭着早先从父亲那里学到的医术，做了一小杯可以治疗这种疾病的草药，然后骑马去了巴黎。她到那里的第一件事就是去见贝尔特兰伯爵，然后她就去向国王禀告，祈求他的恩典——愿意向她展示他的隐疾。国王认为她是一个勇敢而美丽的淑女，没有向她隐藏，而是向她敞开心扉。看到国王如此，她便安抚国王，表示她能够医治他，说："陛下，我相信上帝不会给陛下降临任何巨大的痛苦，如果我能获得您的恩典，我能在八天之内为您治愈这个疾病。"国王听到她这样说，开始嘲笑她，说："你作为一个年轻的女子，怎么可能做世界上最有名的医生都做不到的事情？"他感谢她的善意，并直截了当地说，他已决心不再听从任何医生的劝告。接着少女对他说："陛下，您藐视我的医术，只因为我是个年轻的女子。但我向您保证，我不是靠经验支撑医术，而是靠上帝的帮助，还有纳博纳的杰拉尔多少校的聪明才智。他是我的父亲，在他还活着的时候，是一个享有盛名的医生。"

国王听了这一席话，自言自语道："或许这女子是上帝派来的，我何必不屑于证明她的才智呢？因为她允诺在很短的时间内能治愈我，对我没有任何损失或冒犯。"他决心给她一次机会，对她说："姑娘，如果你没有治愈我，而是让我做出了错误的判断，你将如何做呢？""陛下，"姑娘说，"在这八天内，让我在您信赖之人的监视下行事。如果我无法治愈您，就烧死我吧。但如果我真的治愈了您，请问我将得到什么报酬呢？"国王回答说："因为你是未婚的少女，如果你按照诺言治愈了我，我会赐予你一位绅士，你将得到应得的敬仰和声誉。"她对他说："陛下，我很满意您赐予我婚姻。但我恳求您的恩典，让我自己选择丈夫，我不会冒犯地选择任何一位王子或您的其他亲人。"国王破例恩准了这个请求。

少女开始驾驭她的医术，在指定的时间之内，她彻底治愈了国王。当国王意识到自己完全被治愈时，对她说："吉莱塔，你应该得到一个丈夫，即使是你自己选择的丈夫。"她回答："陛下，我现在配得上罗西廖内的贝尔特兰伯爵吗？我从小就喜欢他。"虽然国王很不情愿把贝尔特兰许配给她，但为了兑现他已经许诺的诺言，他吩咐把贝尔特兰叫来，对他说："伯爵先生，众所周知，你是一位尊贵的绅士。我们很高兴你将回到你自己的家中，根据你的爵位来安排你的产业，还需带着我给你婚配的妻子。"伯爵谦卑地向他表示感谢，并询问她的身份。国王说："是她用灵药治愈了我。"伯爵认识她，并且已经见过她，她虽然很漂亮，但不是贵族，所以轻蔑地对国王说："您愿意给我一个医生作妻子吗？上帝不会喜悦我以这种方式被赐予一位妻子。"

国王对他说："那么，你愿意我违背诺言吗？为了恢复健康，我已经把你交给了那位选你为夫的少女。"贝尔特兰说："陛下，您可以从我这里拿走我所有的一切，把我交给您喜欢的人，因为我是您的臣民。但我向您保证，我永远不会对这场婚姻满意。""好吧，你将拥有她，"国王说，"因为这位少女美丽而睿智，并且深情地爱着你。我认为你会和她一起过上更快乐的生活，而不是和一个大家族的女儿生活在一起。"

伯爵对此保持沉默，国王为婚礼做了充分的准备。当指定的日子到来时，尽管这违背了伯爵的意愿，伯爵还是在国王面前娶了这位爱他胜过爱自己的少女。结婚仪式完成后，伯爵请求国王允许他返回自己的庄园完成婚礼的最后环节。他骑上马走后，并没有去那里，而是踏上了前往托斯卡纳的旅程。在那里他了解到佛罗伦萨人和塞努瓦人正在交战，他决定加入佛罗伦萨人的一方，他被欣然接受，受到了款待，并被任命为队长，以便继续留在那里为他们长久地效劳。

这位新婚少妇对他的冷酷无情不太满意，希望通过她的行动能打动他，使他返回庄园。她去了罗西廖内，在那里作为伯爵夫人接待了所有的臣民，并且意识到由于伯爵不在，所有的经营都一团糟。她像一位贤明的贵妇人一样，非常勤勉和悉心地重新整理了他的产业。臣民们非常高兴，对她心悦诚服。因此他们强烈谴责伯爵，因为他没有尽一个丈夫的责任。伯爵夫人使整个庄园恢复了过去的秩序，她派两个骑士给她的丈夫送信，向他表示：如果是因为她，他放弃了他的国家，她自愿离开那里。他粗鲁地回答说："让她按照她说的去做吧。除非她的手指戴上这枚我手上戴的戒指，怀里抱着与我生的儿子，否则我不会愿意回去和她住在一起。"他非常喜欢那枚戒指，并且非常小心地保存它，从不从手指上取下它，因为他知道它象征着某种被认可的美德。

骑士们听到这两件事后觉得他太过苛刻，觉得伯爵夫人不可能做到，但无法改变他的决心，于是又回到伯爵夫人身边，告诉她伯爵的回信。她非常伤心，在她思考了很久之后，打算找到实现这两件事的方法，以赢回她的丈夫。她先计划好了以后该怎么做，然后就召集了庄园最高贵和最重要的人，委婉而哀怨地向他们诉说了她为赢得伯爵的爱所做的一切，也向他们展示了接下来的计划。最后对他们说，她不愿让伯爵因为她而永远漂流在外，因此，她决定将余下的时间花在朝圣和信仰上，以保佑她的灵魂，祈求他们接管庄园的管理，并让伯爵明白，她已经离开府邸，从那里搬走了，以后不会再回罗西廖内。

当她说这些话时，人们流下了许多眼泪，并且向她提出了各种各样的请求以改变她的想法，但都是徒劳。之后，按照朝圣的习惯，她带着她的一个女仆和一位亲属，以及精良的银器和珍贵的珠宝走了。没有告诉任何人她去了哪里，他们马不停蹄地赶路，直到抵达佛罗伦萨才休息。在这里，她满足于一个朝圣者的简朴生活，租住在一个穷寡妇的房子里，但渴望听到她丈夫的消息。幸运之神降临到这幢房子之上，第二天她幸运地看到他骑着马，带着他的队伍从她住的房子旁边走过。虽然她对他很了解，但她还是向房子的女主人询问他的情况，女主人说：大家都说他是个外国的绅士，来自罗西廖内的贝尔特兰伯爵，是一位彬彬有礼的骑士。他在城里深受爱戴，而且爱上了她的一位邻居的女儿。那是一位淑女，虽然家境贫寒，但为人正直，名声很好，因贫穷而未婚，与寡母同居，她的母亲是一位睿智而诚实的夫人。

伯爵夫人细心地听了这些话，并仔细辨析其中的每一个细节，理解这些消息的作用，决定了该怎么做。她打听那位夫人的名字，住在哪里，以及伯爵喜欢的那个淑女。有一天，她来到那对母女的家中，向她们行礼后，她对那位夫人说，她必须和她单独谈一谈。这位夫人起身，客气地和她打了个招呼，然后把她带进了一个单独的房间。她们坐下，伯爵夫人开始充满智慧地对她说："老夫人，我认为您的命运不太好，而我也是如此。但如果您愿意助我一臂之力的话，您可以帮到您自己。"那位老夫人回答说，世界上没有什么比诚恳的安慰是她更想得到的。伯爵夫人继续她的谈话，对她说："我现在需要您的忠诚和信任，如果您欺骗了我，您就会毁了我和您自己。"老妇人说"那么告诉我这到底是怎么回事，因为你永远不会被我欺骗。"

然后伯爵夫人开始讲述她的爱情故事：告诉她自己是什么样的人，到今天为止发生了什么事。老妇人之前听说过这件事，所以开始同情她。在伯爵夫人讲述完整个事情之后，她继续说她的目的："现在您已经知道了我的烦恼，如果想赢回我的丈夫，我需要完成两件事，没有人能帮到我，除非您愿意帮我。如果我听说的一件事是真的，我的丈夫爱上了您的女儿。"老夫人对她说："夫人，也许伯爵爱我的女儿，这个可能性很大，但我不知道。然而您希望我做些什么呢？"伯爵夫人说："老夫人，我将告诉您如何回复伯爵。但首先我要申明我要为您做的事，如果我的目的得以实现的话。我看到您漂亮的女儿，年纪不小了，已经到了适婚的年龄。但据我所知她未婚的原因是缺乏应有的嫁妆。因此，为了回报您为我所做的一切，我会送给您所需要的银两，这些钱财足够使她体面地出嫁。"

伯爵夫人的提议很受老夫人的欢迎，不仅因为她经济拮据，而且因为她有一颗高尚的心，她说："夫人，告诉我可以为您做些什么。只要这件事是正派的，我会很乐意执行它，同样我也愿意做使您高兴的事。"然后伯爵夫人说："我认为有必要通过您信任的某个人，告知伯爵——我的丈夫，您的女儿愿意与他相见。为了让她确信他爱她胜过任何其她人，她必须祈求他送她那枚他戴在手指上的戒指。据我所知，他非常珍爱这枚戒指。他送了戒指后，您要把它给我，然后告诉他您的女儿准备与他相好。您要让他秘密地来这里，把我放在他身边，代替您的女儿。或许上帝会赐予我恩典，让我怀上孩子，所以我的手指上戴着这枚戒指，我怀里的孩子是我与他生的，我可以赢回他，并通过您的途径继续和他在一起，就像一个妻子应该对她的丈夫做的那样。"

这件事对这位老夫人来说似乎很困难，她担心她的女儿会受到非议。尽管如此，她考虑到这件事是正派的，可能会使一位好心的夫人赢回她的丈夫，并且她这样做目的也是好的——忠于她真诚的感情。她不仅向伯爵夫人许诺要完成这件事，而且在几天之内，她以微妙的方式，得到了戒指，然后又依计行事，让伯爵夫人代替她的女儿与他交往。在第一次见面时，由于深受伯爵的喜爱，而且根据上帝的安排，伯爵夫人怀上两个男孩，并足月生产。于是，那位老妇人不仅让伯爵夫人在她丈夫的陪伴下感到心满意足，而且多次如此这般秘密行事，从来没有人知道。伯爵本人也以为他是滞留在他的情人身边，而不是他的妻子身边。早上起床时，他使用了许多礼貌与和蔼的言辞，并赠送了许多珍贵的珠宝，伯爵夫人也非常小心地保存了这些珠宝。当她发现自己怀有身孕时，她决定不再麻烦这位老夫人，对她说："老夫人，感谢上帝和您！我得到了我想要的东西，现在是回报您的时候了，以后我就可以离开了。"

这位老夫人对她说，如果她做了任何让她顺心的事，她很高兴。她这样做并不是为了得到回报，而是因为对她来说也是好事。伯爵夫人对她说："您的话让我很高兴。对我来说，我的目的不是为了奖励您应该得到的东西，而是考虑到您的善行，我有责任回报您。"于是，这位老夫人迫不得已，羞愧地讨要一百英镑作为女儿的嫁妆。伯爵夫人看出了老妇人的谦恭，所以仗义疏财，给了她五百英镑和许多美丽的珠宝。老夫人对此更加满意，她非常感谢伯爵夫人。伯爵夫人离开了这位女士，回到了她的住处。老夫人为了防止伯爵回来寻找他们，或者派人去她家，就带着她的女儿，投奔乡下的朋友去了。几天后，贝尔特兰伯爵听说伯爵夫人离开了庄园，为了他的臣民他返回了自己的家。

伯爵夫人知道她的丈夫已经离开佛罗伦萨回到家中，非常高兴，一直待在佛罗伦萨，直到她的孩子们出生。两个男孩很像他们的父亲，她小心翼翼地抚养他们。她看准时机，秘密来到达蒙彼利埃，并在那里休息了几天，打听伯爵的消息，当她知道伯爵要在万圣节那一天，为当地的绅士和贵妇举办一场盛大的宴会，她又穿上香客的衣服回到了庄园。她知道他们都聚集在伯爵家，准备坐在餐桌旁用餐时，她没有换衣服，直接带着两个儿子穿过人群来到大厅，走近伯爵坐的地方，跪倒在他的脚下，哭着对他说："阁下大人，我是您那可怜而不幸的妻子。为了让您能回到您自己的庄园，不再漂泊，看在上帝的份上，如果我做到了您要求的两个条件，我恳求您要信守诺言。看呐，在我怀里不仅有一个与您生的儿子，而且是一对双生子，这里还有您的戒指。如果您信守诺言，现在是时候接纳我为您的妻子了。"

伯爵闻言，大吃一惊！他认识那枚戒指，还有孩子们，跟他太像了。"但是告诉我，这是怎么发生的？"伯爵夫人出于尊重伯爵以及所有在场的人，把她做的事都从头到尾地讲了一遍。因为伯爵知道她所说的话是真的，并察觉到她的恒心和智慧，再加上臣民们的劝告，他不得不接受她为他的合法妻子，从他的脚下扶起伯爵夫人，拥抱并亲吻了她，再次承认她是他的合法妻子。他按照她的身份为她装扮完毕，在场的人和其他朋友都感到非常高兴和满意。伯爵为此摆下宴席，庆祝了好几天。从那以后，他就视她为正式的妻子，一直爱她并尊重她。

（译者李莹，枣庄学院文学院）

十一、《威尼斯商人》来源文献

> 导　言 ◄

　　《威尼斯商人》是来源文本较为丰富的莎剧之一。首先，它的两则确定性来源文本是乔瓦尼·菲奥伦蒂诺爵士（Ser Giovanni Fiorentino）的散文故事集《大羊》（*The Dunce*）第四天第 1 个故事和克里斯托弗·马洛的《马耳他的犹太人》（*The Jew of Malta*）。前者的大量情节和欢快的格调与《威尼斯商人》非常相似，后者有关犹太人及其女儿的情节和无韵诗体对莎士比亚的影响很大。

　　《大羊》是一部14世纪晚期的散文故事集，直到1558年才以意大利语出版，在莎士比亚时代此书尚无英译本。与莎剧相似的情节是：这部作品中的恶棍是一个犹太人，背景也是威尼斯；詹尼托也经历了去海外求婚的曲折经历，他的妻子通过假扮律师使安萨尔多免于被割肉。与莎剧不同的是：有关"一磅肉"借款契约不是由主人公詹尼托而是他的教父安萨尔多签订的，表达了强烈的父子之情。这部作品的大量情节和欢快的格调与《威尼斯商人》非常相似，可能是其主要来源。

　　克里斯托弗·马洛写的悲剧《马耳他的犹太人》（1592 年首演，1633 年出版）是夏洛克形象的主要来源。莎士比亚将夏洛克塑造为一个性格丰富的犹太人形象，很大程度上归功于马洛的巴拉巴斯。莎士比亚吸收了马洛戏剧的各种主题，但有很大的独创性。马洛将巴拉巴斯的悲剧写得非常残酷，他是个马基雅维利主义者，精通各种杀人艺术，为战争中的双方策划伤亡，挑拨女儿的两名追求者自相残杀，毒死了修道院的所有修女及他的女儿。莎士比亚则写成了一部充满浪漫氛围的悲喜剧，吸收了巴拉巴斯性格的某些方面，但没有那么凶残，与基督教商人的冲突源于深远的民族积怨和宗教差异。国内已有这部戏剧的中译本，参见华明的译著：克里斯托弗·马洛：《马洛戏剧全集》（下卷），商务印书馆，2020 年版，第409—575 页。

其次，它的很多情节可能受到多个来源文本的启发。《威尼斯商人》中的一名犹太人与基督徒之间的债务纠纷的情节可能来自罗伯特·威尔逊的著名喜剧《伦敦的三位女士》，但在戏剧结局和主题方面有很多不同之处。这是一部关于金钱征服世界的喜剧，主要包括两条线索：一条线索是黑钱女士（名"卢卡"）及其爪牙通过欺诈、放高利贷等手段巧取豪夺，毁了另外两个伦敦的女士——爱女士和良心女士；另一条线索讲述了意大利商人麦卡多鲁斯与犹太人杰伦托斯之间的债务纠纷。犹太人杰伦托斯住在土耳其，借钱给了商人麦卡多鲁斯，当商人离开土耳其时没有如期还债。两年后杰伦托斯再次遇到他，要求偿还债务，只是在麦卡多鲁斯拒绝时才诉诸法律。与《威尼斯商人》的故事结局不同的是，麦卡多鲁斯试图利用土耳其的一项法律皈依伊斯兰教以免除债务，因此放弃了基督教信仰，犹太人杰伦托斯为了防止他阳奉阴违，宁愿放弃债权。因此该剧的主题批判了基督教商人的唯利是图，赞美了犹太人的正直、善良和对信仰的虔诚。这部喜剧可能对莎士比亚心中的犹太人的刻板印象有所改观。

《威尼斯商人》中的法庭辩词可能来自亚历山大·西尔万的故事集《演说家》，原著用法文写成，1596 年被翻译成英文在伦敦出版，莎士比亚可能看过原著或英文译本。《演说家》比《伦敦的三位女士》修辞更加精致，其有关因债务而想从一个基督徒的身上割下一磅肉的辩论引经据典、逻辑严密、非常精彩，可能影响了《威尼斯商人》中的夏洛克的自辩。

安东尼·芒迪的故事集《名望的喷泉》（1580）[又名《泽劳托》（Zelauto）]是《威尼斯商人》的可能性来源之一。其中一个故事是讲维罗纳的高利贷者特鲁库伦托与两个年轻人因债务纠纷而上了法庭。特鲁库伦托有一个女儿叫布里萨娜，他允许她嫁给鲁道夫，而他自己则打算娶这个年轻人的妹妹科妮莉亚。而鲁道夫的朋友斯特拉比诺也爱上了科妮莉亚。鲁道夫帮助斯特拉比诺从特鲁库伦托那里借了钱，为她父亲买了一颗珠宝而赢得她。特鲁库伦托发现科妮莉亚与斯特拉比诺结婚后非常愤怒，他召集两位新郎到法官面前出庭，在那里他发表了长篇演讲，要求他的权利。鲁道夫为了帮助朋友求娶佳人而欠债与安东尼奥帮助巴萨尼奥的情节相似。科妮莉亚与布里萨娜穿上男装，出现在法庭上为他们辩护，与波西娅扮作律师的情节相似。这则故事中不包含犹太人与基督徒冲突的主题，而是探讨了惩罚与仁慈的深刻内涵。

杰西卡私奔的故事主要来自十五世纪意大利的马苏西奥写的《小说集》（Novellino）中的第十四个故事。《小说集》在莎士比亚生活的时代尚未被翻译成英文，杰弗里·布洛选取的 W. G. 沃特斯翻译的英文版（1895 年）是较早出现的一个版本。

这个故事是关于墨西拿①的一个年轻骑士朱弗雷迪·萨迦诺爱上那不勒斯一个吝啬鬼的女儿的故事。萨迦诺讨好老人后，向老人借钱，并给了一名奴隶作为担保。这名奴隶帮助老人的女儿带走一大笔父亲的财产，与萨迦诺私奔。父亲对失去女儿和财产都感到痛心，但最终不得不接受这个事实。莎士比亚吸收了女儿私奔的故事之后，增加了杰西卡背叛犹太教，主动皈依基督教的情节，使其与夏洛克的被迫改宗形成了对比，增添了戏剧的讽刺意义。

波西娅三匣择亲的主要来源是 F. 马登爵士的故事集《罗马人传奇》（*Gesta Romanorum*）和约翰·高尔的《情人的忏悔》（*Confessio Amantis*）。约翰·高尔的《情人的忏悔》第五册中的部分片段。这些片段用两个故事来展示贪婪的邪恶，同时强调每个人都需要抓住命运给予的机会。两个故事背后的主题是：好运或坏运主宰着物质生活，唯一明智的做法是像第二个乞丐一样相信上帝。其中一个故事包含了在两个箱子中做出选择的情节，与波西娅的三个箱子的情节有相似之处。

波西娅三匣择亲的主要来源是 F. 马登（F. Madden）爵士的故事集《罗马帝国》（*Gesta Romanorum*）中的第 66 个故事。《罗马帝国》是 13—14 世纪用拉丁文创作的一部欧洲故事集，在莎士比亚生活的时代尚未有英文版出版，杰弗里·布洛选取了 F. 马登爵士于 1838 年在伦敦出版的英文译本。这则故事是对一个女人进行了测试，看她是否有资格成为皇帝的儿媳妇。她必须在三件器皿中选择一个，一件金的、一件银的和一件铅的。《威尼斯商人》将三匣择亲的主人公换成了男性，而且选择匣子的求婚者有多名，且来自不同国度和民族。三匣择亲作为波西娅父亲的遗嘱体现了英国传统文化中父亲对女儿的约束，摩洛哥亲王、阿拉贡亲王与巴萨尼奥的不同选择及其理由包含了深刻的宗教与社会意义。

《威尼斯商人》的主要人物和故事框架，已经在来源文本中存在了，但在具体细节上，莎士比亚做了相当多的拓展和改编。戏剧表现了威尼斯城邦浓厚的商业色彩，探讨了有关财富、爱情、宗教和民族等多方面的主题，赋予了作品精湛的戏剧艺术和深刻的思想内涵。

➢ 可能性来源 ≼

1.《大羊》

塞尔·乔瓦尼·菲奥伦蒂诺 著（1558 年）

在佛罗伦萨的斯卡利家族里，住着一个名叫宾多的商人，他去过塔纳和亚历山大几

① 墨西拿（Messina），意大利西西里岛东北岸的一座海港城市，临墨西拿海峡。

次，通常还会去带货旅行。他非常富有，有三个成年的儿子。当他快死的时候，他叫来了两个最大的儿子，当着他们的面立下了遗嘱，把他在世界上的一切都留给了这两个继承人，他什么也没留给最小的儿子。遗嘱立好后，最小的儿子詹尼托，听说了这件事，走到他父亲的床边，对他说："父亲，我对你所做的事感到惊讶——你的遗嘱里没有提到我。"父亲回答道："我亲爱的詹尼托，在这个世界上，我最爱的人莫过于你了。所以我希望你在我死后离开这座城市，去威尼斯找你的教父，他的名字叫安萨尔多。他没有孩子，经常写信让我把你送到他那里去。我可以告诉你，他在威尼斯的商人中是最富有的基督徒。所以我希望我一死，你就带着这封信去见他。如果你表现得好，你一定会变得富有。"小儿子回答说："父亲，我愿意做你吩咐的任何事。"于是他的父亲给他祝福。几天后他就去世了，儿子们非常悲痛，并对他的遗体给予了应有的尊重。

几天后，他的两个兄弟把詹尼托叫来，告诉他："兄弟，我们的父亲立了一份遗嘱，将我们作为他的财产继承人，没有提到你。不过，你是我们的兄弟，只要有我们的，就不会缺你的。"詹尼托回答说："我亲爱的哥哥们，我衷心感谢您们的提议，但我打算去别的地方寻找我的财富。这是我决心要做的，而您们合法享受父亲留给您们的遗产就可以了。"

看到他的决心，他的兄弟们给了他一匹马和一些钱。詹尼托离开他们，去了威尼斯安萨尔多的账房，并提交了他父亲去世前给他的信。读完信，安萨尔多知道这个年轻人是他最亲爱的朋友宾多的儿子，立刻拥抱了他，说："欢迎，我亲爱的教子——我一直想见到你。"他马上询问宾多的情况，当詹尼托回答说他已经死了时，他再次含泪拥抱了这个年轻人，并吻了他。"我很难过，"安萨尔多说，"宾多去世了。他帮助我获得了我所拥有的绝大多数财富。但看到你的喜悦减轻了我的悲伤。"他带詹尼托回了家，并指示他的管家、马夫、仆人及房子里的每个人，比起他自己，应该更好地服从和服务詹尼托。然后他把钱箱的钥匙给了他，并告诉他："我的孩子，这些钱你拿去买最喜欢的衣服和鞋子，想花多少花多少。对城市里的人们敞开大门，让自己为人所知。我告诉你，而且你要记住，你越是赢得别人的好感，我就越喜欢。"因此，詹尼托开始频繁光顾威尼斯的贵族，拜访他们，外出就餐并举办晚宴。他养了仆人，买了好马，参加了马上刺枪比赛，他表现得熟练、专业、宽宏大量和彬彬有礼。他知道何时何地该表现出礼貌与尊重，尤其是对安萨尔多，他更顺从和礼貌，对待教父好过对他父亲一百倍。他对各种各样的人都表现得非常谨慎，以至于威尼斯几乎每个人都对他印象很好，认为他是一个如此谨慎、和蔼可亲、异常谦恭有礼的人。所有的女士和先生几乎都爱上了他，而安萨尔多先生想不到任何人能有他这样良好的举止和行为，因此非常满意。几乎威尼斯所有的庆祝活动都会邀请詹尼托，因为他受到所有人的尊重。

有一次，他的两个密友计划像往年一样，乘两艘满载货物的船去亚历山大。他们对詹尼托说："你应该和我们一起去乘船游览，看看这个世界，尤其是大马士革和附近的国家。""事实上,"詹尼托回答说,"如果我的父亲安萨尔多先生允许我离开,我愿意去。""我们肯定他会允许你离开,"他们说,"他会很乐意的。"他们立刻去找安萨尔多先生,说:"我们想请求您允许詹尼托今年春天和我们一起去亚历山大,给他提供一艘船,让他可以见见世面。"安萨尔多说:"如果他愿意去,我同意。"他们回答说:"先生,他愿意去。"所以安萨尔多立刻提供了一艘好船,装载了许多商品,装备了旗帜和必要的武器。一准备好船,他就命令船长和船上的其他人做詹尼托吩咐的一切事情,并在各方面照顾好他。"因为我不是为了让他获得利益而派他去的,"他说,"而是为了让他自己去看看外面的世界。"当詹尼托登上船时,所有的威尼斯人都聚集在一起来看他,这是因为很长一段时间以来,没有这么装备精良的船从港口航行。每个人都为他的离去感到难过。所以他离开了安萨尔多和所有他熟悉的人,与伙伴们扬帆出海,前往亚历山大港。

三个朋友在他们的三艘船上一起航行了几天。一天早上,天还没有完全亮,詹尼托看到一个海湾,有一个很好的港口,问船长那个港口叫什么。"先生,那个地方属于一个寡妇,她毁了很多绅士。""这是怎么回事?"詹尼托问道。另一个回答说:"先生,她是一个美丽而反复无常的女人,并制定了这条法律,即任何到达这个港口的人必须与她睡觉,如果他能拥有她,他就可以娶她为妻,成为港口和整个国家的主人。但是如果他失败了,他会失去他所拥有的一切。"稍微思考了一下,詹尼托说:"想办法让我进入那个港口。"船长说:"先生,好好想想你在说什么,因为许多先生进去之后都被剥夺了一切。""不要在这一点上自寻烦恼,"詹尼托说,"照我说的去做。"他们立刻掉转船头,溜进了港口,这样其他船上的人就什么也看不见了。

第二天早上,这条漂亮的船已经进港的消息传开了,所有的人都跑去看它。这位夫人很快就被告知,派人去叫詹尼托。詹尼托毫不迟疑地走到她面前,非常礼貌地向她致敬。她拉着他的手,问他是谁,从哪里来,是否知道这个国家的风俗。詹尼托回答说,是的,他来没有别的原因。"万分欢迎你的到来,"那位夫人说。一整天都对他表示崇高的敬意,并邀请她的臣民,包括众多伯爵、男爵和骑士陪伴他。这些贵族对詹尼托的举止、社交风度、令人愉快和和蔼的谈吐非常满意。每个人都爱上了他。他们一整天都在跳舞、唱歌、尽情享受为他举办的宴会。所有人都很高兴让他成为他们的主人。

当夜晚来临的时候,这位夫人牵着他的手,把他带进她的房间,说:"看来是时候睡觉了。""夫人,"詹尼托说,"我随时为您服务。"立刻有两个女孩进来,一个拿着酒,一个拿着糖果。那位夫人说:"我想你肯定渴了,请喝酒。"詹尼托拿了一些糖果,喝了一些酒,这些酒被下了药,会让他睡着。他没有意识到这一点,喝了半杯,因为他觉得很好喝。他立刻脱下衣服,上床睡觉,他的头一碰到枕头,就睡着了。这位夫人躺在他身边,但他直到早上九点才醒来。当太阳升起时,她下令卸下船上的货物,她发现船上装满了精美昂贵的商品。

过了九点钟，女仆们来到詹尼托的床边，叫他起床，并让他离开，因为他已经失去了船和船上的一切。他感到非常惭愧，意识到自己的行为非常愚蠢。这位夫人给了他一匹马和钱作为盘缠，他非常悲伤地离开了这个地方，回到了威尼斯。当他到达时，他因羞愧而不敢回家，但晚上去了一个朋友的家，他非常惊讶，喊道："唉，詹尼托，发生了什么事？"他回答说："我的船夜里撞上了礁石，撞碎了，所有的东西都碎了，四散了。我紧紧抓住一块木头，木头把我抛上岸，所以我从陆地上回来了，出现在这里。"

詹尼托在他的朋友家里待了几天。有一天，他的朋友去拜访安萨尔多，发现他郁郁寡欢。"我非常害怕，"安萨尔多说，"我的这个儿子会死掉，或在海上受伤，我无法安睡，身体也不好。我非常爱他。"年轻人说："我可以给你他的消息，他遭遇了海难，失去了一切，但他自己是安全的。""感谢上帝！"安萨尔多喊道。"如果他还活着，我就满足了。我不在乎失去的财富。他在哪里？"年轻人回答道："在我家。"安萨尔多立即起身去找他，当看到他时，跑过去拥抱他，说："我亲爱的儿子，你不必为发生的事情感到羞愧，因为船只在海上失踪是常见的事故，不要再烦恼了。既然你没有受到伤害，我太高兴了。"他把他带回家，一路上安慰他。

这个消息很快传遍了威尼斯，每个人都为詹尼托遭受的损失感到遗憾。不久之后，他的同伴从亚历山大返回，大赚了一笔，在着陆时问起了詹尼托。他们听到这个故事后，跑去看他，拥抱他，说："你怎么离开了我们，你去了哪里，以至于我们失去了你的踪迹？我们返回了一整天，但看不到你去了哪里。我们非常悲伤，在剩下的航程中都无法快乐，以为你已经死了。"詹尼托告诉他们："海上刮起了逆风，把我的船撞在了岸边的岩石上，我侥幸逃脱，而其他一切都被淹没了。"詹尼托为了不暴露自己的错误而找了这个借口。

他们一起举行了一个盛大的宴会，用来感谢上帝对他的护佑，告诉上帝："明年春天，凭着上帝的恩典，我们会弥补你这次失去的一切。同时让我们玩得开心，不要总是闷闷不乐。"他们像以前一样自娱自乐。但是詹尼托一心想回到那位夫人身边。"当然，我必须娶她为妻，否则就去死！"他对自己说，几乎高兴不起来。因此，安萨尔多经常对他说："不要因为担心我们没有足够的钱过上舒适的生活而沮丧。"詹尼托回答说："先生，如果我不能再次航行，我将永远不会快乐。"

安萨尔多实现了他的愿望，时机成熟时，他提供了另一艘更有价值的船，提供了比第一艘船更多的商品，事实上，是他财产的大半部分。当他们配备好了船只和货物时，他和同伴又一起扬帆出海了。他们航行了几天后，詹尼托迫不及待地想再次发现这个被称为"贝尔蒙特夫人港"的地方。一天晚上，他来到一个海湾的入海口，他知道这是同一个海湾。他改变了船帆和船舵，秘密地进入了海湾，其他船上的同伴都没有觉察到。

第二天早上起床，俯视港口，这位夫人看到船上的三角旗在风中飘扬，立刻认出了它。她叫来一个女仆，对她说："你认识那些三角旗吗？"女仆说："夫人，它看起来像去年带着货物来的那个年轻人的船，他留下了这么多财富。""你说得对，"夫人说，"他一定是深深地爱上了我，因为我从来没有见过任何人第二次回到这里。"女仆说："我从未见过比他更有礼貌、更有魅力的人。"这位夫人派了许多女仆和士兵，他们愉快地为詹尼托服务。他愉快而亲切地对待他们，然后去了城堡，来到这位夫人面前。当她看到他时，她高兴地拥抱了他，他也非常礼貌地拥抱了她，一整天都是在欢乐中度过的。因为这位夫人派人去请贵族们来宫廷为詹尼托的爱情赴宴，几乎所有的贵族都感到不安。因为以他的乐天达观和礼貌，他们愿意让他成为他们的主人。贵妇人们被他领舞的方式迷住了。而他美丽的面容让他们都认为他是某个伟人的儿子。就寝时间到了，这位夫人拉着詹尼托的手说："我们现在就去休息吧。"然后他们走进了房间。当他们坐下来，两个少女端着酒和甜食走了过来，他们吃饱喝足就上床睡觉了，詹尼托立刻睡着了。这位夫人脱下衣服，躺在他的身边，但是，他整夜没有醒来。早上，这位夫人站起来，下令卸船。九点过后，詹尼托醒来，伸手去抓那位夫人，却找不到她。他抬起头，看到天已经亮了。他站起来，开始感到羞愧。他得到了一匹马和盘缠，并被告知离开。他立刻带着羞愧、悲伤和忧郁离开了，许多天没有休息，直到他到达威尼斯，在那里他晚上去了他朋友的家。朋友看到他时，非常惊讶地问他："唉，怎么了？""一切都错了！"詹尼托回答，"诅咒我的命运，把我带回这片土地！"他的朋友说："你可以诅咒你的命运，因为你毁了安萨尔多先生，他本是威尼斯商人中最伟大、最富有的基督徒。其中的耻辱大于经济上的损失！"詹尼托在他朋友的家里藏了很多天，不知道该做什么或说什么，曾打算不告诉安萨尔多就返回佛罗伦萨，但最后他还是决定去看他。当安萨尔多看到他时，他站起来，跑过去拥抱他，说："欢迎你，我的儿子！"詹尼托拥抱着他，哭了。当安萨尔多听到他的故事，"你知道事情是怎样的，詹尼托，"他说，"不要再让自己忧郁了。因为你回来了，我很满足。我们还有足够的钱过平静的生活。大海给一些人带来了财富，也从其他人身上拿走财富。"整个威尼斯都听说了这个故事，谈到了安萨尔多，并为他所遭受的损失而悲伤，这迫使他卖掉许多财产来偿还提供货物的债权人。

　　詹尼托的同伴，从亚历山大回来变得非常富有，被告知詹尼托回来时遭遇了海难，失去了一切。他们对此惊叹不已，说："这是有史以来最不寻常的事情！"他们拜访了安萨尔多和詹尼托，亲切地安慰他们，说："不要气馁。我们提议明年为你航行一次。你的损失是我们造成的，因为最初是我们诱使詹尼托跟我们走的。所以不要害怕，我们有任何东西，都由你支配。"安萨尔多先生向他们表示感谢，并说他仍有足够的钱来满足他们的需要。

　　现在詹尼托日日夜夜都在想这些事情，他再也无法恢复往日的快乐。当安萨尔多问发生了什么事时，他回答说："我永远不会满足，除非我找回我失去的东西。"安萨尔多说："我的儿子，我不希望你再去。你最好安静地待在这里，而不是冒险参加另一次航行。"詹尼托回答说："我决心尽我所能，我认为一直这样庸庸碌碌地度过余生是最可耻的。"当安萨尔多发现他下定决心时，他决定卖掉他的一切来装备另一艘船，他确实这么做了。他把所有的东西都处理掉了，什么也没留给自己，为一艘漂亮的船提供了货物。因为他仍然需要一万金币，所以向梅斯特里的一个犹太人借了这笔钱。他们的条件是：如果他没有在接下来的六月圣约翰节之前还清债务，犹太人可以从他身体的任何部分取走一磅肉。安萨尔多同意了这一点，犹太人以应有的形式和仪式起草并见证了一份正式的契约。然后他数出了一万金币，安萨尔多用这些钱买了船。这第三艘船比之前的两艘船装备得更好。与此同时，朋友们提供了他们自己的货物，并且声明无论他们获得什么都会归詹尼托所有。临行前，安萨尔多对詹尼托说："我的儿子，你就要走了，你看看我的这些债券。我请你答应一件事，如果有什么不幸发生，请你回到我身边，这样我就可以在死前见到你，然后心满意足地离开。""安萨尔多先生，"詹尼托答道，"我会做任何让你高兴的事。"安萨尔多为他祝福，于是他们告别，开始了他们的航行。

他的两个同伴小心翼翼地看守着詹尼托的船，而他则一直在计划如何溜进贝尔蒙特港。他说服了一名水手在夜里把船开到那里。当早晨天亮了的时候，其他人四处张望，却怎么也看不见詹尼托的船。"詹尼托肯定运气不好！"他们惊讶地说，并决定继续前进。与此同时，詹尼托的船到达"贝尔蒙特夫人港"，所有的人都从城堡跑出来，听到詹尼托回来的消息，感到惊讶，说："他一定是某个伟人的儿子，因为他每年都带着如此丰厚的货物和精美的船只。但愿他是我们的主人！"

这个国家所有大人物都来拜访他，这位夫人被告知詹尼托已经回到了她的港口。她走到城堡的窗口，看到了这艘高贵的船，认出了他的旗帜，于是她在胸前画了个十字，说道："这真是一大幸事！这个人在身后留下了这么多财富！"她派人去找他。

詹尼托抱着许多希望来到她面前。他们互相问候，表达敬意，一整天都在欢乐和盛宴中度过。为了庆祝他的到来，举行了一场精彩的比武，那天许多男爵和骑士都参加了比武，詹尼托也参加了，并创造了奇迹。他擅长骑马和射击，他让贵族们如此高兴，以至于所有人都希望他是他们的主人。

到了晚上睡觉的时候，这位夫人拉着他的手说："我们去休息吧！"当他们在房间门口的时候，夫人的一个女仆为詹尼托感到难过，弯下腰靠近他的耳朵，轻声说道："假装喝酒，但今晚别喝。"詹尼托明白了这句话的意思，走了进去。夫人说："我知道你一定很渴，所以我必须让你在睡觉前喝一杯酒。"两位少女立刻走了进来，她们纯洁得如天使一般，带着往常的葡萄酒和糖果，并邀请客人喝。詹尼托喊道："谁能拒绝两位如此美丽的少女带来的美酒？"那位夫人笑了。于是詹尼托拿起杯子，假装喝了酒，却把酒倒进了自己的怀里。这位夫人以为他喝醉了，对他说："你必须带来另一艘船。

年轻人，你已经输了！"

詹尼托上床睡觉，发现自己精神抖擞，酒香四溢，他感觉这个女人让他等了一千年。他对自己说："这次情况改变了，我骗了她！"为了尽快引诱她上床睡觉，他开始打呼噜，好像睡着了。这时，"太棒了！"这位夫人说，然后迅速脱掉衣服，躺到詹尼托的床上。詹尼托不失时机地转向她，拥抱她，说："现在我得到了我渴望已久的东西！"他给了她神圣婚姻的幸福，她整夜都没有离开他的怀抱。夫人非常高兴，在第二天的黎明前起床，召集所有贵族和其他公民宣布："詹尼托是你们的主人，准备放假。"消息立刻传遍了全国，人们高呼："我们的新主万岁！我们的新主万岁！"他们奏响钟声和乐器，邀请所有人参加庆祝活动。不在城堡的贵族被派来的人告知："来见你的主人。"于是一场盛大而美妙的宴会开始了。当詹尼托从他的房间出来时，他被封为爵士，并登上王位。权杖被放在他的手中，他被宣布为这个国家的君主。当所有的贵族都来到宫廷时，他与这位夫人举行了盛大的婚礼，这是一种无法言喻的喜悦。这片土地上的其他领主都前来比武、跳舞、唱歌、做游戏，举行所有属于如此欢庆场合的活动。慷慨的詹尼托赠送了他带来的丝绸和其他丰富的礼物。他展示自己是一个强大的统治者，并通过向各种各样的人行使权利和正义而使自己受到尊重。他因此在欢乐和喜悦中度过了一段时间，从来没有关心也没有考虑可怜的安萨尔多，那个背负着犹太人一万金币债券的教父。但是有一天，当他和他的新娘站在宫殿的窗口时，他看到一群人手里拿着点燃的火把穿过广场，准备去献祭。"这是什么意思？"詹尼托问道。他的夫人回答说："那是一群去圣约翰教堂做祭品的行会成员，因为今天是圣约翰节。"詹尼托立刻想起了安萨尔多。离开窗户，他叹了一口气，脸色变得苍白，在房间里踱来踱去思考这个问题。他的夫人问出了什么事。"没什么，"他回答道。她继续催促他说："肯定有问题，但你不想告诉我。"她继续逼迫他说："肯定有问题，但你不想告诉我。"她说了这么多，以至于詹尼托告诉了她安萨尔多的债务。"一万金币的保证金，"他说，"而且我很担心我父亲会为我而死，因为如果他今天不能偿还，他必须失去一磅肉。"夫人说："马上骑马走陆路，比海上快。带上你喜欢的随从，带着十万金币，不到威尼斯不休息。如果他没死，把他带回来。"因此，詹尼托立即吹响了小号。他带着二十名同伴骑马，带着许多钱，前往威尼斯。

现在时间已过，犹太人逮捕了安萨尔多，并坚持要他的一磅肉。安萨尔多恳求他推迟几天再死，如果他亲爱的詹尼托回来了，他至少可以再见他一面。犹太人说："我愿意让你拖延，但即使他回来一百次，我仍要按照我们的协议，从你身上取走一磅肉。"安萨尔多回答说，他很满意。整个威尼斯都在谈论这件事，每个人都很难过，许多商人一起提供这笔钱支付债务，但犹太人仍然不同意，因为他希望通过这次谋杀，证明他已经处死了最伟大的基督教商人。

当詹尼托快速奔向威尼斯时，他的夫人穿着律师的衣服，带着两个仆人跟在他的后面。当他到达时，詹尼托去了犹太人的家，在那里他高兴地拥抱了安萨尔多，并告诉犹太人，他愿意付给他钱，甚至可以支付更多。犹太人回答说，他不会拿钱，因为他没有在约定的时间收到钱，他将会得到一磅肉。

这个问题引起了很大的争论，每个人都说犹太人是错的，但是由于威尼斯素有司法严厉之名，而且犹太人的案子是合法的，合约是正式成立的，所以没有人敢否认他，只能向他求情。当威尼斯的商人一个个都来恳求他发发慈悲时，他变得更加顽固。詹尼托给了他两万，他拒绝了。然后是三万，接着是四万、五万，最后是十万。犹太人说："我坦白地告诉你，即使你给我的金币比这座城市的价值还要多，我也不会满意和接受的。我希望按照合约行事。"

事情发展到这个地步，这位夫人打扮成律师的样子来到威尼斯，在一家旅馆门口下了车。房东问一个仆人："这位先生是谁？"仆人已经被她告知当被问到她的时候应该怎么回答，因此他回答说："他是一位法律专业的绅士，刚刚完成了在博洛尼亚的学业，正准备回家。"房东随即对客人表现出极大的礼貌。吃饭时，律师问他："这座城市的法律执行得是否严格？"主人回答说："太严格了，先生。"律师说："你凭什么这么说？""好吧，我告诉你，"房东说，"有一个来自佛罗伦萨的年轻人叫詹尼托，他被托付给一个年长的朋友安萨尔多先生照顾。他如此讨人喜欢和彬彬有礼，我们的男人和女人都爱上了他。事实上，这个城市从来没有人比他更受欢迎。这个安萨尔多曾三次向他提供价值连城的货船，每次他都遭受船只失事。所以装备最后一艘货船时，安萨尔多从一个犹太人那里借了一万金币，条件是如果他在六月份的圣约翰节前未能偿还，犹太人可以从他身体的任何部分取走一磅肉。这个优秀的年轻人现在回来了，支付十万而不是一万金币，但邪恶的犹太人拒绝接受。城里所有最优秀的人都向他求情，但毫无结果"。"这件事，"律师说，"很容易解决。""如果您不怕麻烦解决了它，"主人回答说，"从而拯救了好人的生命，你将赢得这个国家所有善良的年轻人和所有最优秀的人的尊敬和爱戴。"

于是律师宣布，凡有法律问题要解决的人都可以向他提出申请。有人告诉詹尼托，博洛尼亚来了一位著名的律师，他可以裁决所有的法律案件。他对犹太人说："让我们去找这位律师。""很好，"犹太人说，"但是不管谁来，我都打算行使合约上规定的我的权利。"当他们来到律师面前，适时地向他敬礼时，律师认出了詹尼托，但詹尼托不认识她，因为她用某些草药的汁液伪装了她的脸。詹尼托和犹太人各自向法官陈述了自己的情况，法官接过合约书，看了看。然后他对犹太人说："我的意见是你应该拿走这十万金币，然后释放这个诚实的人，他会永远感激你的。"犹太人回答说："我不会做这样的事。""这是你最好的选择，"律师说，但犹太人下定决心绝不让步。

他们同意去指定审理此类案件的法庭，律师代表安萨尔多说："让对方来吧。"犹太人来了，律师对他说："现在你可以随意从他身上取一磅肉，了结你的诉讼。"犹太人命令安萨尔多脱光衣服，手里拿着一把准备好的剔肉刀。詹尼托转向律师说："先生，这不是我要求你做的。""等一会儿,"后者回答,"他还没有切下一磅肉。"与此同时,犹太人走向他的受害者。然后律师说:"小心你做的事。如果你拿的比一磅多一点或少一点,法庭将会判你被斩首。而且我告诉你,如果你让他流一滴血,我也会申请法庭把你处死。你的契约没有提到流血,只说你可以取一磅肉,不多也不少。如果你聪明的话,你会非常小心地去做你要做的事情以及想清楚应该如何去做。"于是他派人去叫刽子手拿来木块和斧头,并说:"如果我看到有一滴血流出来,就砍掉你的头。"

犹太人开始害怕,而詹尼托感觉轻松了很多。经过一番争论后,犹太人终于说道:"法官,你比我更狡猾。给我十万金币,我就心满意足了。"律师说,"根据你的契约,我给你一磅肉,但我一个子儿也不会给你。我给你的时候,你应该拿走的。"犹太人下降到九万,然后到八万,但法官坚持判决。"给他他想要的,"詹尼托对律师说,"只要他交出安萨尔多。"律师说:"我说,把他交给我吧。"犹太人说:"给我五万。"法官说:"我不会给你一分钱。"犹太人接着说:"至少给我一万金币,诅咒你们所有人。"法官说:"你不明白我的意思吗?我什么也不会给你。如果你想要你应得的那一磅肉,就拿去吧。否则,我将宣布你的债务无效。"在场的每个人都很高兴,他们都嘲笑犹太人说:"谁为别人设下圈套,谁就被自己套住了。"犹太人看到他不能如愿以偿,拿起他的合约,愤怒地把它撕成碎片。所以安萨尔多被释放了,詹尼托非常高兴地把他带回了家。然后,年轻人迅速把十万金币交给了律师,他发现律师正在他的房间里收拾,准备离开。

詹尼托对他说:"先生,您帮了我一个最重要的忙,所以我希望您能把这笔钱带走,因为我相信这是您应得的。""谢谢您,詹尼托先生,"法官回答说,"但我不需要它。留着吧,免得你家夫人说你挥霍了。""事实上,她是如此善良和慷慨,"詹尼托说,"即使我花了四倍于此的钱,她也不会介意。她希望我带来更多的东西。"法官问道:"您和她在一起幸福吗?"詹尼托说:"我爱她胜过世界上任何人!她是大自然创造的最美丽和最聪明的人。如果您肯赏光来看她,你会惊讶于她给您带来的荣誉,您会看到她是不是像我说的那样。""我不能和您一起去,"律师说,"因为我还有别的约会,但既然你对她称赞有加,我希望你见到她时,能代表我向她致敬。""这是应该做的,"詹尼托说,"但现在我恳求你接受这些钱。"当他说这些话的时候,律师看到了他手指上的一枚戒指,说道:"我要这枚戒指,不要其他的报酬。""可以,"詹尼托回答说,"但我不情愿把它给你,因为我的夫人把它给了我,并告诉我要永远戴着它,代表我爱她。如果她在我手上看不到,她会认为我把它给了另一个女人。她会和我吵架,相信我爱上了别人,虽然我爱她胜过爱我自己。"律师说:"我敢肯定,当你告诉她你把这枚戒指给了我的时候,她一定会因为爱你而相信你。但是也许你想把它送给你在此地的某位旧爱。""这就是我对她的爱和信任,"詹尼托回答说,"我不会为了世界上的任何其他女人而改变她。她在各方面都非常完美。"

他从手指上取下戒指,递给律师,两人满怀敬意地拥抱了一下。律师说:"帮我一个忙。"詹尼托说："这是理所当然的。"律师说："不要留在这里，而是尽快回到你的夫人身边。"詹尼托回答说："直到我再次见到她，我好像等了十万年。"就这样，他们互相告别了。律师找到了一艘船，坐船走了。詹尼托举行了宴会和晚餐，给了他的朋友们马匹和钱，庆祝开庭胜利，然后离开威尼斯，和安萨尔多以及老伙伴们一起出发去贝尔蒙特。大多数威尼斯人为他的离去流下了眼泪，因为他在那里对每个人都很友好。

这位夫人比他们早到了几天，假装她去过一个疗养胜地。她重新穿上女装，下令做好充分准备，在街道上挂满挂毯，许多人聚集在一起准备祈祷。詹尼托和安萨尔多上岸后，所有宫廷贵族都出来迎接他们，喊道："我们的主万岁！我们的主万岁！"当他们下马时，这位夫人跑去拥抱安萨尔多，但假装对詹尼托有点不高兴，尽管她爱他胜过爱自己。之后又举行了一场盛会，进行了马上长枪比武、骑马持矛冲刺、歌唱和舞蹈等。

但是詹尼托看到他的妻子没有像往常一样热情地接待他，因此他去她的房间叫住她，拥抱她，然后问："怎么回事？"她说："你不需要虚情假意地爱抚我，我知道你在威尼斯遇见了你的旧情人。"詹尼托开始规劝，然后她说："我给你的戒指在哪里？"詹尼托回答说："我就预料到会这样。我说你会因此厌恶我。但我以对上帝和你的爱发誓，我把戒指给了那位为我们打赢官司的律师。""我可以发誓，"夫人说，"你把戒指给了一个女人。我知道，所以不要用发假誓来羞辱自己！"詹尼托回答说："如果我没有说实话，如果在他要求戒指时，我没有告诉他会发生这种情况，愿上帝毁灭我。"他的妻子说："你最好留在威尼斯，把安萨尔多送到这里，然后你就可以和你的情妇们一起享受生活了。我听说当你离开她们的时候，她们都哭了。"詹尼托开始哭泣，并表现出极大的悲伤，他说："你看到的不是真的，也不可能是真的。"

妻子看到他哭了，感觉就像一把刀插进了她的心脏，她迅速跑去拥抱他，然后开怀大笑。她把戒指拿给他看，把他对律师说的一切都告诉了他，包括她是怎样扮成律师的，他是怎样把戒指给她的。对此，詹尼托大吃一惊，意识到真相后开始非常享受这个玩笑。当他们离开房间时，他告诉了他的每一位领主和同伴，这些事情增进了他和夫人之间的感情。

后来，詹尼托找到那天晚上提醒他不要喝酒的女仆，并将她作为妻子许配给了安萨尔多。他们在快乐和幸福中度过了余生。

2.《伦敦的三位女士》（1584年）

—| 节选片段（一）|—

[麦卡多鲁斯进场]

麦卡多鲁斯 啊，我的好朋友犹特瑞先生，作为我的跑腿，你干得很好。

我非常感谢你，因为你的好意，我对你有亏欠。

但是，我对一个叫好客的烫伤了的老泼皮非常关注。

他说过反对你的话，说你让善良诚实的人沦为乞丐。

犹特瑞　谢谢先生，他有没有像你现在这样说我的坏话?

总有一天我会因为他的背叛而奖励他。

麦卡多鲁斯　但我恳求你告诉我，我的小姐过得怎么样?

犹特瑞　她很好，她来了，如果我没有说谎。

［黑钱女士（卢卡）进场］

黑钱女士　亲爱的麦卡多鲁斯先生，我好几天没见到你了，

我很好奇是什么原因让你离开了这么久?

麦卡多鲁斯　我可以对你说吗，女士，我已经和你谈了很多生意，

把好商品从英国这个小国家运出去。

我现在已经运送了黄铜、紫铜、锡和许多奇怪的东西。

近日我有一批淑女用的精美商品，将带来巨大的利润。

黑钱女士　你还记得我，为此我很感谢你。

但是犹特瑞告诉我，那件事你是怎么顺利做成的?

犹特瑞　冷漠的女士，你不必怀疑，因为他们很穷，我已经把事情办好了。

我只拿出四分之一的房子租给他们，就办成了，

我稍微提高了房租，每年四十英镑。如果是现在出租，我会让它更贵。

黑钱女士　的确，这只是一件小事，没关系，

我不强求很多，四分之一就可以。

麦卡多鲁斯　我告诉你，你应该做什么，让他们满足于今天

住在一个小房间，支付租金。

因为你知道在这个国家有很多法国人和佛莱芒人，

因此，他们非常高兴地将十间房屋合而为一。

满足于一年挣三五十英镑，

到了期限，英国人说二十马克也是昂贵的。

黑钱女士　为什么麦卡多鲁斯认为是你而不是我

在伦敦有巨大的供应能力。

在布里斯托、北汉普顿、诺里奇、威彻斯特、坎特伯雷、

多佛、桑威奇群岛、波彻茅斯和普利茅斯等，

小房间确实给我们带来了巨额的租金。

是的，我向你保证，我真的要为此感谢那些陌生人，

他们让房子变得如此珍贵，我因此幸福地生活在其中。

但是麦卡多鲁斯前辈，你敢旅行的时候承担起任务，

为了我而进入摩尔人、土耳其人和异教徒之间吗？

麦卡多鲁斯　我敢去德特克斯、摩尔斯和帕加内斯等任何地方。

我什么都不在乎，我为你敢去赴汤蹈火。

吩咐我吧，夫人，你会看得更清楚，

为了你，我绝不喊苦喊累。

黑钱女士　麦卡多鲁斯前辈，我会立刻派你去。

你去了以后，要在巴巴里或土耳其寻找一些新玩意儿，

你认为最能讨人喜欢的小东西。

因为你知道在这个国家人们最需要这些东西。

麦卡多鲁斯　这里的女士们买了这么多虚荣的东西，

可能很多陌生人想知道，她们的快乐是什么。

我将搜索我能说出的所有陌生国家，

但我有足够多的储备，可以好好取悦这些女士们。

黑钱女士　我们为什么不准备好东西让你快点出发？

麦卡多鲁斯　我听从你的吩咐。

[退场]

┤ 节选片段（二）├─

[麦卡多鲁斯和犹太人杰伦托斯上]

杰伦托斯　麦卡多鲁斯前辈，请告诉我，你到底有没有好好为我服务？

拿到我的钱后，你似乎完全忘记了这个国家。

你知道我借给你两千达克特①，借期三个月吧。

在到期之前，你凭着奉承和厚颜无耻又借了一千。

所以当我应该收到钱的时候，

你不见了，逃离了这个国家。

当然，如果我们是犹太人，应该这样对待彼此，

我们不应该再被我们自己的兄弟信任。

但是你们许多基督徒没有良心，不遵守诺言。

你本应在月底付款给我，现在你已经拖欠两年了。

我很高兴你又回到土耳其，相信我会收到你的利息以及本金。

---

① 一种曾经流行于欧洲各国的货币。

麦卡多鲁斯　善良的老人，请允许我待一会儿，

我会付钱给你，不会有任何欺骗或欺诈。

我要去英国，那里有我的很多生意，

先生，请给我四五天时间，我会给你汇款。

杰伦托斯　麦卡多鲁斯前辈，我不知道为什么，你对我太不好了。

当然，你这样做不是出于需要，而是出于既定的目的。

你告诉我要再忍受四五天，我的心却痛不欲生，

至少你应该在溜走之前留下我的钱。

麦卡多鲁斯　我祈祷你不要这样吧，我的好朋友，

做我的跑腿，我会付给你每一分钱。

杰伦托斯　好吧，我再次相信你的承诺和誓言，我相信你的诚实，

希望看在我等了这么长时间的份上，你会善待我。

告诉我你会买些什么带去英国，例如他们缺乏的必需品。

麦卡多鲁斯　不乏一些漂亮的玩具或一些奇妙的东西，

因为英国的贵妇人喜欢幻想。

先生，我的意思是她们敢买。

杰伦托斯　我明白你的意思，先生，但是和我保持联系，我会带你去大商店，

我认为你来这个国家是为了买麝香、琥珀、糖粉、香水和其他令人愉悦的玩意儿。

我生活的地方是乡村贵妇的乐土。

此外，我还有钻石、红宝石、蛋白石、甲骨和几乎所有种类的宝石。

还有更多合适的东西可以从这些年轻荡妇身上吸走钱。

麦卡多鲁斯　我的好朋友，我永远感谢你，

我将在两三天内还清你的债务。

杰伦托斯　好吧，听着，你一定要遵守你的诺言，以后你还可以吩咐我做事。

来吧，我们回家，你可以随意看看我们的商品。

┤ 节选片段（三）├

[麦卡多鲁斯上，给自己读了一封信，让犹太人杰伦托斯跟在他后面，然后谈话如下：]

杰伦托斯　麦卡多鲁斯前辈，你为什么不给我钱？你认为我会在这种情况下被嘲笑吗？

这是你第三次拒绝我了，看来你是故意的。

现在如实地付给我钱，

否则我向强大的穆罕默德发誓，我会立即逮捕你。

麦卡多鲁斯　请再给我三四天时间，我手头有很多事情要做。

　　你看，这些信让我很困扰，它们来自英国。

杰伦托斯　这不关我的事，与我无关。

　　在你回住处之前，把钱还我，否则我就揍你。

　　我已经派了警员监视你，这样你就不能躲我了，

　　所以你最好付钱给我，否则你就得躺在监狱里。

麦卡多鲁斯　逮捕我吧，如果你敢做。

　　我不会付一分钱，逮捕我，我不在乎。

　　我将成为土耳其人，我是为了这个而来的，

　　我连两根稻草都不在乎。

杰伦托斯　这只是你的话，也许你只是想赢我，

　　我不认为你会如此轻易地放弃你的信仰。

　　但看到你让我怀疑，我会试试你的诚实。

　　因此，请相信这一点，我马上就去做。

　　[退场]

麦卡多鲁斯　无论选择永别还是被绞死，

　　都像坐在一个被烫伤的醉酒犹太人身上，

　　我保证我一定会给你钱的。

　　卢卡夫人给我寄来了这封信，

　　祈祷我为了爱她而欺骗一个犹太人。

　　我去买一些土耳其人的服装，

　　好让我可以欺骗那个犹太人，结束这场争吵。

　　[退场]

　　　　　　　　　　　　┤ 节选片段（四）├─

　　[土耳其的法官携杰伦托斯和麦卡多鲁斯上]

法官　杰伦托斯先生，因为你是原告，你应该首先说一说你的想法，

　　说明你昨天让逮捕这个商人的原因。

杰伦托斯　既然博学的法官到场，你看看这个麦卡多鲁斯，

　　他确实借了我两千达克特，借期为五个星期。

　　然后先生，在到期之前，通过奉承，他又借了一千，

　　答应我两个月后会还钱。

但在那之前，他偷偷逃走了，

两年多的日子里我没有他的消息，

直到最后我遇到了他，然后我向他要钱。

他向我发誓，在五天后他会立即付给我钱。

五天过去了，又过了三天，他又提出要求，

我觉察到他戏弄我，所以请求逮捕了他。

现在他穿着土耳其的衣服来骗我的钱，

但我认为他不会放弃他的信仰，我认为他还是很诚实的。

法官 杰伦托斯先生，你知道，如果任何人放弃他的信仰、国王和国家，

而成为一个穆罕默德的信徒，所有的债务就都还清了，

这是我们国家的法律，你不能否认这一点。

杰伦托斯 这是真的，尊敬的法官，我不会否认，也不会违背我们的法律。

法官 麦卡多鲁斯先生，杰伦托斯说的是真的吗？

麦卡多鲁斯 法官大人，事实和情况我都很清楚。

但我将是一个土耳其人，因此我来到这里。

法官 那么，多说无益。麦卡多鲁斯前辈，到这里来，

把你的手放在这本书上，跟我说……

麦卡多鲁斯 法官大人，我已经准备好了。

不是为了任何奉献，而是为了我的金钱。

法官和麦卡多鲁斯 我，麦卡多鲁斯，在全世界面前宣布，

彻底放弃我对我的君主的责任，我对我父母的荣誉，以及我对我国家的希望。

此外，我提出并发誓一生忠于这个国家，因此我放弃我的基督教信仰。

杰伦托斯 停下，最强大的法官。麦卡多鲁斯前辈，想想你做了什么，

付给我本金，至于利息，我不要了。

然而这种利息在你们基督徒中是允许的，在土耳其也是如此，

所以你要尊重你的信仰，不要欺骗我。

麦卡多鲁斯 我不会还给你利息，也不会还给你本金。

杰伦托斯 如果你不付我全部，那就付我一半。

麦卡多鲁斯 我不会付给你一半，我一分钱都不会付给你，我会成为一个土耳其人，

我厌倦了我的基督信仰，所以我放弃了。

杰伦托斯 既然如此，我不愿意听到你们说了，因为太久了，

你放弃了你的信仰，所以我原谅你的坦率和自由。

在法官和全世界面前提议，不要求你还一分钱或半分钱。

麦卡多鲁斯 啊，杰伦托斯先生，我接受了你的提议，并向你致以最诚挚的谢意。

法官 但是，麦卡多鲁斯先生，我相信你会成为一个穆斯林的代表。

麦卡多鲁斯 先生，不，对这个世界来说并不都是好事，我背弃了我的基督。

法官 为什么杰伦托斯先生说，你为了金钱的贪婪做了更多的事，

　　　　然后，又因为热心或善意，你会向土耳其人敞开心扉。

麦卡多鲁斯 哦，先生，你犯了一个很大的错误，

　　　　你不能凭良心判断。

法官 一个人可以判断、说真话，就像上诉人这样，

　　　　犹太人寻求超越基督教和犹太人中的基督徒。

　　　　［退场］

麦卡多鲁斯 好吧，好吧，但是我用尽全力把杰伦托斯先生击垮了。

杰伦托斯 愿它对你有好处，先生，我不后悔。

　　　　但我不会让你如此大胆地再为他人服务，

　　　　你要自食其力，与人和平相处，才能获得一个好名声。

　　　　［退场］

3.《演说家》（1596年）

　　［一个基督徒商人应该还给一个犹太人九百克朗，他在土耳其要求他还同样的钱。这位商人因为不愿意被怀疑，答应在三个月内支付其所说的钱数，如果他不支付的话，承诺从自己身上割下一磅肉给这个犹太人。已经过了期限大约15天，犹太人拒绝接受他还钱，并要求一磅肉。当地的普通法官判决他割一磅基督徒的肉，如果他切得多了一些或少了一些，那么他自己应该被砍头。犹太人就这一判决向首席法官上诉］

犹太人 打破商人的信用会极大地损害英联邦。谁也不应该把自己束缚在他不能或不愿完成的契约上，因为通过这种方式，谁也不应该害怕被欺骗，只有信用得到维护，每个人才可以保证自己的安全。然而，既然已经发生了欺骗，就不要怀疑是否应该比以前更加严格地履行义务。要知道，虽然契约从来没有变得如此牢固，但是没有人能非常确定他不是一个失败者。乍看起来，因为缺钱而强迫一个人支付身上的一磅肉为代价，并不是一件奇怪而残酷的事情。当然，因为这是一件不寻常的事情，所以似乎更令人钦佩，但是还有其他各种更残酷的事情，因为以前发生过，所以看起来一点也不可怕：例如令人无法忍受的奴隶制度，不仅折磨人的身体，而且折磨其所有的感官和精神，这是普遍的做法。这不仅存在于那些对立的教派或国家之间，甚至存在于那些属于同一个教派和国家的人之间，甚至在邻居和亲属之间，甚至在基督徒之间，也发生着儿子为了金钱而监禁父亲的事情。同样，在以法律和武器闻名的罗马共和国时期，监禁、殴打和折磨自由公民是合

法的，如果他们可以用一磅肉的代价来偿还一小笔债务，你觉得他们中有多少人会认为自己是幸福的？

那么，如果一个犹太人要求一个基督徒做这么一件小事，就能免去一大笔钱的债务，谁会感到惊讶呢？一个人可能会问我为什么不要这个人的钱，而要他的肉：我可以给出许多理由，因为我可以说，除了我自己以外，没有人能说出他违背诺言给我造成了什么损失，我因缺钱而给我的债权人付出了什么代价，我在信用上失去了什么。因为那些珍惜自己名誉的人常常宁愿暗中忍受任何事情，也不愿让他们的事被公之于众。因为这样做，他们不仅感到羞愧而且受到伤害。尽管如此，我还是坦率地承认，我宁愿失去一磅肉，也不想让我的信用受到任何损害。我也可以说，我需要这块肉来医治我的一个朋友的某种疾病，这种疾病用别的方法是治不好的，或者我会用它来恐吓基督徒，使他们以后不再虐待犹太人。但我只想说，这是他的义务，他欠我的。如果一个战士在战场上迟到了一个小时，杀了他是合法的；如果一个人盗窃了东西，即使盗窃的东西很少，也可以绞死他。那么，让这样一个多次违背诺言的人付出一磅肉，或者让另一个人处于失去信誉的危险之中，甚至可能是生命的危险，这是一件大事吗？如果他失去我所要求的一磅肉，那么他的灵魂已经被他的信仰所束缚，难道不是更好吗？我也不会拿他欠我的东西，但他要自己把它交给我。特别是因为没有人比他更清楚割哪里的肉会受到最小的伤害，因为如果我从他身上某个地方割一磅肉可能会危及他的生命。那么，如果我把他的私人器官割下来，假设它们总共有一磅重，那会怎么样呢？要不然他的脑袋，是不是该让我砍掉，虽然这让我自己有生命危险？我相信我不应该这样做，因为按照赔偿的约定我没有多少理由这样做。否则，如果我割掉他的鼻子、嘴唇、耳朵，挖出他的眼睛，把它们当作一磅肉，我不会痛苦吗？我当然不这样认为，因为这种义务并没有规定我应该选择、切割或拿走同样的东西，而是规定他应该给我一磅他的肉。凡出售之物，交付者应公平对待，接受者也应公平对待。鉴于义务、习惯或法律均不约束我去切割或称量，更不要说满足上述要求，我拒绝还款，并要求将应得之物交付给我。

基督徒 那些本身就是最不公正的股权纠纷，在这里并不奇怪。完全没有信仰的人，希望其他人遵守同样不可侵犯的原则，如果这些人满足于合理的事情，或者至少不是完全不合理的事情，那么这些人更是可以容忍的。但是一个人有什么理由为了自己的偏见而渴望伤害另一个人呢？当这个犹太人满足于用九百克朗来得到一磅我的肉时，可以明显看出他不仅对基督徒，而且对所有其他不属于他教派的人都如此残忍。是的，甚至土耳其人，谁过分仁慈地让这样的害虫住在他们中间，看到这个放肆的坏蛋不敢怀疑，但通过上诉可以寻求一个好的和公正的法官的判决。但他会通过诡辩证明他的憎恶是公平的。真的，我承认我超过了十五天的期限。然而，谁能告诉我这是他的原因还是我的原因。至于我，我认为他通过秘密手段导致钱款被延迟，那些钱款本该在我答应他的期限之前从各个地方汇集到我这里。否则，我决不会如此轻率地把自己束缚在这种困境中。即使不是他的原因，但他如此厚颜无耻地去证明，他愿意用人身上的肉来换取报酬是不足为奇的，这在老虎的世界可能是自然而然的事，而对人来说却是闻所未闻的事。但是，这个人形的魔鬼，看到我不得不受到压迫，向我提出了这种该死的义务。尽管他以罗马人为例，为什么他不告诉我们，残酷折磨债务人的罗马共和国几乎被推翻，不久之后就禁止再因债务而监禁债务人。一个人发誓或承诺某件事，后来却不想履行，这是不对的。但如果是在极度必要的情况下不得不这样做，在某种程度上也可以被原谅。至于我，已经答应了，并且打算兑现我的诺言，只是没有想到那么快。虽然我知道用我的血肉来满足这个肆意妄为之人的残忍是危险的，但我没有逃走，而是把自己交给了法官，他公正地压制了他的兽性。那么，我在什么地方违背了我的诺言呢？是因为我不会像他那样不服从法官的判决吗？

看，我要把我身体的一部分给他，让他按照审判的内容得到补偿，我哪里违背诺言了？如果这个种族对我们如此顽固和残酷，那么也没有用。这也不是什么了不起的事情，因为他们这样做是为了冒犯他们钉在十字架上的我们的上帝：为什么？因为他是圣洁的，因为他在这个值得尊敬的土耳其民族中仍然享有盛誉。但我该说什么呢？他们自己的《圣经》充满了对上帝、对他们的祭司、法官和领袖的反叛。除了家长自己，还会从谁开始？他们卖掉了他们的兄弟，要不是他们中的一个，他们甚至为了嫉妒而杀了他。他们犯了多少通奸和可憎的事？有多少默契？押沙龙不是害死了他的兄弟吗？他没有迫害他的父亲吗？上帝驱散他们，不给他们留下一英尺的土地，难道不是因为他们的罪孽吗？当他们刚刚从上帝那里接受了他们的律法，当他们亲眼看到了他的奇妙作为，并且他们中间还有他们的审判者时，他们都如此作恶。当他们既没有信仰也没有法律的时候，人们还能指望他们什么呢？他们的掠夺和高利贷？当他们对任何非犹太人犯下大错时，他们相信自己在做慈善工作吗？那么，最正义的法官可能会考虑所有这些情况，怜悯我完全屈服于您的正义宽大，希望借此摆脱这个残忍的怪物。

4.《名望的喷泉》（1580年）

─┤节选片段（一）├─

[当年轻人鲁道夫和斯特拉比诺承认他们拖欠了两天的债务时，法官告诉特鲁库伦托他应该接受斯特拉比诺的钱。特鲁库伦托回复：]

不，这钱不是我的，我不要，我也不稀罕他的土地，这两者我都不在乎。现在我不要、也不接受他的屈服。我的主，你宁愿被一个粗心大意的人责备。我的所有行为都是关于这个问题，我在这点上为我的特权辩护，并且在这个条款上我坚决不妥协。我只要求他接受违约应得的惩罚，我将免除一切礼遇和其他残忍的行为。我不想得到任何丰厚的回报或怜悯。我只要严加执行，对他们俩实行最严格的法律。

法官　为什么特鲁库伦托比基督教的文明更尊重你的残忍，比理性更尊重你的严谨？

如果上帝凌驾于诸神之上，审判者凌驾于诸多审判者之上，那么你的罪孽是应得的吗？如果他充满慈父般的爱、仁慈、正义，而没有考虑到你肉体的脆弱、你的危险举动、以及你邪恶的本性，多么大的苦难，应该公正地落在你身上？对你的判决应该有多严厉，你的报复应该有多严厉，你应该得到什么样的回报？这就是你对你兄弟的爱吗？这就是你对基督徒的关心吗？土耳其人的暴政是无可非议的，但他却如此残酷。而你是受到祝福的一个分支，承担着我们多重罪恶的重担，你怎么能如此严厉地对待自己？因为你们要用在众人身上，如同众人待你们一样。然而，为了让你有自由在法律上提出要求，并让你站在我宣布的正义面前，首先挖出你的右眼，然后让他们两个受到同样的惩罚。

因为既不能偿还你的债务，也不能满足他们对你的慷慨补偿，我认为你应该分担他们的痛苦，这样你就会知道你的要求是否合理。你怎么说，你会坚持宣判，还是接受他们所承诺的回报。

特鲁库伦托　法官大人，我也不应该忍受这样的厄运，他们也不应该得到这样的友谊。我可以合法地声称你的判决有偏心：你没有冷静地分析每一个原因。当你意识到他们有缺陷时，为什么你用他们的话来理解我的目的？当他们不应该进行这种交易时，是什么促使你想用如此温和的话说服我？如果我也在类似的情况被下冒犯，并且故意破坏法律对我的束缚，我也会接受你给我的审判，这样你除了正义之外什么都不用做。为什么你要求我失去没有犯错的眼睛，保护他们如此背信弃义的眼睛？我确信我没有违反契约，我也不希望他们得到的比应得的更多。不再让任何反对者欺骗我，也不再以任何理由伪装自己，我渴望正义和公正。我别无他求，只想得到我应得的。

法官　的确，我那些追求极端的朋友们（引用法官的话），只要他任性的头脑能命令他，他就一定会那么做，他的要求是不容拒绝的。既然怜悯和友好的劝告都不能使人信服，你们就必须按他所要求的偿还。因为我们不能阻止他进行这笔交易，所以我们也只能选择同意。因此，如果有人要通过法律为你辩护，让他们说吧，辩护会被倾听，以尽我们所能保障你的安全。

—| 节选片段（二）|—

然后特鲁库伦托的女儿布里萨娜开始按照顺序为她的利益辩护。她说：我为了向某个人借一笔钱，不得不来找他，并承诺按时把钱还上。好了，期限已到，我向他还债，他不在家，也不在城里，而是骑马出去了，不确定他什么时候回来。我回到家里，他自己也像昨天一样从乡下回来了。现在他却起了歹念，在法律上起诉我，不要求偿还他应得的钱。我是否应该因违反法律而受到谴责？而事实上是他推迟了还款日期。你喜欢这个特鲁库伦托？他是个大骗子，非常聪明，你一定要提防他。你能谴责这伙人吗，既不要求应得的赔偿，又在你应该还款的时候离开家？你会让自己束缚在这样的条款里吗？

特鲁库伦托　法官大人，虽然我不在家，我的房子并没有被清空，虽然我不在，但如果钱被归还了，效果就和已经付给我本人一样。因此，捏造这样的指控是愚蠢的，因为我不在的时候，我的接收者能代表我。

布里萨娜　好吧，承认你的仆人在你不在的时候，和你一样完全有效，承认债务已经解除。如果任性引诱你的仆人流浪，并且带着他收到的债务离开了。

你回来，发现债务仍然在你的本子上，没有标记，也没有划掉，好像没有支付，你肯定会让你的仆人逃过惩罚而要求我还债。

特鲁库伦托　这只是一件小事，你的话现在被认为是可信的，你应该把过错归咎于我的仆人，我不会以任何方式找你麻烦，因为没有人会做这样的蠢事，一般人都会在离开之前看着这个本子上的账目是否划掉了。因此，你提及这些事情只是浪费时间。你永远不会被救赎。

布里萨娜　那么，先生，你应该承认，在交货的时候，我应该把钱还给你的仆人。如果我把钱给了你的仆人，我应该尊重这份欠条，直到昨天，因为你的仆人没有交货，在我拿到欠条之前，我是不会付钱的。

法官　啊，特鲁库伦托先生，她现在触到你的痛处了，你怎么回答他的要求呢？

特鲁库伦托　事实上，我承认在我回来之前，这张欠条一直保存在我的保险箱里，但是我在本子上记下了收据，这笔钱足够我回家了。

科妮莉亚　既然特鲁库伦托先生不会允许他做出合理的回答，也不会满足于遵守法官大人的判决：接受你如此需要的赎金，并夺走他们的双眼，所以此事应否结束。但我给你这么多（根据法官大人的裁决和他的许可），还特别通知你，除了你自己，没有人可以执行这件事，你不要渴望任何旁观者的任何劝告。如果你在拔出他们的眼睛时，除了他们唯一的眼睛之外，从他们的头上取了少量的血，或者在取出眼睛的时候洒了一滴血，在你动你的脚之前，应该忍受失去自己双眼的损失。因此，如果你拿的比你应得的多，那么你就应该在这里接受惩罚。你想什么时候拿就什么时候拿，但要小心讨价还价。

法官　真的，这件事处理得很好，你没有理由讨价还价：你竟然用一滴血就阻止了他们，因此我宣布，此时不应执行其他判决。

特鲁库伦托现在更生气了，因为他无法满足自己内心的渴望，因为他知道他必须要流点血，否则无法选择，因此他只希望能得到他的钱，其他事情都不管了。

法官　不，既然有人给你钱，你不接受，而且也满足于这么大的一个承诺。所以这笔钱应该用来补偿他们，补偿你本来会犯下的大错。因此，在我看来，判决是平等的，我希望双方都不会不满意。

特鲁库伦托看到没有补救办法，所有的人都称赞判决是当之无愧的，所以接受鲁道夫为他的女婿，并允许他在他患病后与他一起生活。因此，他们都很高兴，每个人都认为自己很满意。

5.《小说集》（1895年）

我的祖父托马索·马里康达先生，是一位著名的骑士。①他在我们这个城市很受尊敬，并享有不小的声誉。现在这位先生上了年纪，像许多老人一样，习惯于告诉他的听众很多非常了不起的故事。这些故事都是凭着他最神奇的记忆和他最杰出的口才讲述的。我记得很清楚，在我很小的时候听他讲述了一个真实而毋庸置疑的史实：查理三世国王②死后，我们的王国如何发生了由安茹家族的暴政而引发的大规模的长期战争。这时，那不勒斯碰巧有一位来自墨西拿城的骑士，名叫朱弗雷迪·萨迦诺，是杜拉佐家族的狂热拥护者。有一天，根据他的习惯，他骑着马在城里转了一圈，碰巧在一个窗口看到一位非常可爱的年轻女子，一个商人的女儿。现在，当他对她的外表欣喜若狂的时候，他发现自己立刻对她产生了强烈的感情。幸运的是，这位名叫卡莫西娜的年轻姑娘也觉得她已经得到了这位先生的青睐。虽然她以前从来不知道爱是什么东西，也几乎没有见过几个男人，但发生了一件奇妙的事情，一个火焰同时点燃了两颗心。他们互相吸引，不能分开。过了一会儿，出于礼貌和害羞，他们才遗憾地分开。

---

① 马里康达家族在那不勒斯和萨勒诺都是贵族家庭。

② 指杜拉佐的查理三世（Charles Ⅲ），那不勒斯国王，他废黜并谋杀了乔安娜二世，是拉迪亚拉斯和乔安娜二世的父亲。他的遗孀玛格丽特代表她的儿子对安茹的路易发动了战争。

于是，朱弗雷迪先生不明白爱情是如何突然间击中两个凡人的，他自己深陷其中，需要一些机会来满足他们的情欲。就像恋人们通常做的那样，后面就是找出这个少女是谁，出身何处。最后他发现了她父亲的身份，并且了解到他是一个过度嫉妒和贪婪的老人。他身上的这些恶习，超出常人的标准。此外，他确定，为了逃避求婚者，他总是把唯一的女儿卡莫西娜关在家里，给她在家里的待遇比最卑鄙的仆人还差。

现在，骑士彻底了解了上述情况，开始假装迷恋一个又一个姑娘，包括一个住在卡莫西娜家附近的年轻女人，这样他就可以想一些办法。即使他不能亲眼见到她，也有理由把自己带到那个地方。即使仅能看到她闺房的墙壁，他也很高兴。得知此事后，他的许多朋友都认为他只不过是一个风流倜傥的人，这些傻瓜还嘲笑他的狡猾。但他对这一切都置若罔闻，专注地去实现他的目的，设法与卡莫西娜的父亲缔结了亲密的友谊。后者从事商品交易，他就经常以惊人的价格从老人那里购买各种商品，实际上他根本不需要这些东西。此外，为了更加迷惑这位守财奴，他每天都会把其他客户带进仓库，让老人不断地赚到钱。看到老人从与他以及他朋友的交往中获得了很大好处，他与年轻人之间的关系如此密切，认识这位老人的人都对此感到非常惊讶。然而，过了一段时间，骑士决心要找个时机完成他的计划。

有一天，他找到一个机会将自己和老人关在仓库里，于是开始与他交谈。他说了下面的话："我有一些事情需要咨询和帮助，我觉得我最好的办法就是求助于您。因为您的善良，我爱您和尊敬您就像对自己的父亲一样。我会毫不犹豫地向您透露我的秘密。我首先想要让您知道，在多年以前，我离开了我父亲的家，从那时起，由于我对这个国家国王的敬爱和战争的原因，我一直被滞留在这个城市。直到现在，我还没有机会回到我的国家。但是前几天，我父亲就此事给我寄了很多信，催促我在他临终之前回去见他一面。我不能拒绝他的嘱咐和父爱，我已经下定决心回去一趟。我打算和他待一段时间后再回到这里，继续为国王服务。我知道在这种情况下，没有人能比您更值得托付了。我想问您是否愿意把我的一些财产交给您，帮我保管这些财产以备不时之需，直到我回来。最重要的是，我最关心的一个女奴隶，因为她的善良和品质，我不愿意卖掉她，也不想使她受委屈。但是，另一方面，我发现自己因缺乏三十金币而苦恼，但出于虚荣心不想向我的任何朋友提出如此微不足道的贷款。所以我下定决心，宁可使自己处于这种可疑的境地，将奴隶留在你手中作为抵押品，从您手里预支这笔款项，也不愿在朋友面前丢脸。如果在我回来之前，您不得不以七十金币的价格卖掉她，这是我买她时的价格，我求您把她当作自己人来对待。"

这位老人其实是个吝啬鬼而不是圣人，他开始绞尽脑汁研究，考虑如果他同意为骑士提供方便，他可能会得到什么好处。他没有发现这件事有任何欺诈的性质，就没有太深思熟虑，然后这样回答："请看，朱弗雷迪先生，我对你的爱是如此之深，以至于我肯定永远无法拒绝你对我提出的任何要求，只要所要求的事情在我的能力范围内。

因此我非常愿意为你提供任何你想要的钱来满足你此行的需要。除此之外，我会替你保留这名奴隶，以免你因不忍心卖掉她而抱歉。那么，在你安全无恙地回到这里之前，我只要求这名奴隶做她应该做的事，我也会以同样的方式与你结清你我之间的账。你会发现我对你比亲生儿子还好。"

骑士听了老人的回答，大喜过望，回答说："其实我期望您会给出其他答复。在我看来，向您表示感谢是多余的，但愿我们的上帝允许我能够将我们友谊的产物清楚地呈现在您面前，我们共同的利益和优势。"说完话，他就告别了老人，按照自己的习惯骑上了马，沿着他爱人住的那条街走去。当他路过时，也许是命运的安排，他偶然看到了在她房间的窗玻璃上露出的少女的部分身形——这也许是上天为了满足他们两个人而赐予的恩惠。然后，她像一个困惑的人一样，从窗口抽身回来，向他投去甜蜜而怜悯的一瞥。于是，他小心翼翼地环顾四周，发现附近没有人，但他意识到没有时间详细解释，就对她说："我的卡莫西娜，放心吧，因为我终于找到了一个能将你从监狱中解救出来的方法。"上帝保佑他，说完他就走了。

与此同时，年轻的少女已经领悟了情人的话，心里感到很安慰，尽管她本不指望从这样的谈话中产生任何对她有利的事情。但此刻，她胸中激起了明确的希望，尽管她不知道为什么。骑士回到家里，把他的奴隶叫到他面前说："我的好安娜，我们讨论和计划的事情已经安排好了，所以你要小心谨慎，促成此事。"尽管奴隶已经对她将要使用的所有技巧和方法进行了很好的训练，但骑士还是让她重新排练了几次，以使巧妙的计谋在之后实施得更加严丝合缝。

几天过去了，一切都安排妥当，骑士再次走到老商人跟前，对他说："唉！在如此有限的时间内要从您的友谊中抽身而出，这对我来说真是遗憾的事！真正知道我们所有秘密的人将成为我们友谊的见证人。不过，因为我的出发准备工作已经完成，我今晚离开，特来这里与您告别。除此之外也是为了取钱，我求您把贷款预支给我，并把那名奴隶带回去。"老人听到这个消息后大喜过望，他开始感到有些担心，生怕骑士会反悔。于是，他毫不迟疑地数了数三十金币，做完这件事，就派人去领走了那个奴隶。那个奴隶立刻带着骑士的一些小而精致的东西去了他家。

到了晚上，朱弗雷迪先生在老人和他的其他几个朋友的陪同下，来到了海边，拥抱了他们，与他们告别，登上了一艘即将启航前往墨西拿的轻型船。但当这艘船驶离那不勒斯港不远时，他让船夫安排一艘小船为他服务（这件事他已经与船长安排好了），来到了普罗奇达[①]。到了那里，他在他的一个朋友家中找到了住处，一直在那里待了三天。第三天晚上，他与奴隶以及其他同伙约定的时间一到，热衷于行动和冒险的西西里人准备好了一切，再次回到了那不勒斯，非常谨慎和机智地进入城市。来到那里后，他和他的伙伴们秘密地住在老人房子旁边的一所房子里。由于战争带来的不幸，这所

---

① 伊斯基亚和大陆之间的一个岛屿。

房子在那个时期完全没有人住，他们都藏在那里，保持沉默，直到第二天的到来。

与此同时，狡猾而机智的奴隶去了老人家，在那里受到了卡莫西娜最友好、最愉快的接待。她很清楚这个女人来自谁家，在很短的时间里就和她建立了非常亲密的关系。于是，奴隶想起她要完成任务的时间有限，于是她用最精湛的技巧，一点一点地向少女坦白了她来这里的原因，以及与她的主人已经达成了什么协议。她还提出理由，一点一点地说服了这位少女，大胆地去执行这件事，以确保她自己和她的爱人将来过上长久而安宁的幸福生活。

出于种种原因，在这方面比骑士更坚定的少女，没有让奴隶浪费更多的时间就明白了事情的原委，而且表明自己已经做好了充分的准备，同意她刚刚提出的每一个建议，同样遵循骑士所制定的所有指示。她爱自己就像爱自己的生活一样。对这些话，奴隶回答说："我的姑娘，如果你有一些自己的小东西想随身携带，我建议你马上把它们整理好，看来我们的计划必须在今晚执行。您还必须知道，我的主人和他的仆人以及其他同伴现在都藏在我们隔壁的房子里。这个消息是我今天看到从那所房子里发出来的一个信号猜测到的，而且你知道，从我们铺好的院子里进去是一件容易的事。逃跑时，她给了奴隶一百个吻，并告诉她，无论大小，她没有可带走的自己的东西，但她已经下定决心从她贪婪的老父亲的商店里提取一笔任何人都认为足够作她的嫁妆的钱。

等她们做完这件事，到了半夜，老人和屋子里的其他人都睡着了。卡莫西娜和奴隶打开了一个箱子，从里面取出了珠宝和一千五百多块金币，安然送出，默默地越过院子，来到骑士等候他们的地方。他们热烈地拥吻，考虑到他们现在的住所是多么不安全，没有时间耽搁，于是全队人就上路了，走上了通往海边的路。他们小心翼翼地从屠宰场后墙上的一个缺口出城，发现他们的船已经用树皮武装起来，装备齐全，随时准备出发。于是，他们全都上了船，把桨浸在水里划动，几个小时过去了，他们发现到伊斯基亚岛了。然后，骑士和他所有的随行人员都出现在了当地的领主面前，他碰巧是朱弗雷迪先生的一个特别好的朋友，而且确实是整个事件的知情人。从这位先生那里，他们受到了最亲切和热情的款待，当他们住在那里的时候，这对恋人认为他们现在已经安全了，他们分享了相爱的甜蜜时光，并且感到很幸福。其他人对他们双宿双飞的境遇同样感到高兴。

与此同时，老父亲天亮之后，先是发现他的女儿和被抵押的奴隶都不在屋里，然后才知道他的钱和珠宝被抢走了。他对于后一种损失的悲痛程度不亚于前一种。的确，他的眼泪和悲伤是多么痛苦，每个人都可以自己判断。没有人需要惊讶，如果你听说老人痛苦到一次又一次地想上吊自杀。因此，为了克服他的损失和加在他身上的耻辱，他整天都把自己关在家里，不停地哭泣。

此时，在伊斯基亚岛的这对相爱的夫妇过着快乐的生活。由于他们情愫缱绻，这位美丽的少女后来有了孩子。骑士知道后，非常高兴，立即下定决心，以后要慷慨地对待她，让上帝、世界和他自己都满意。因此，在伊斯基亚领主的干预下，向卡莫西娜的父亲和他自己的亲属送去了一个消息，上述这些人都来到了伊斯基亚。当他们都在那里集合时，在某些协议已经正式签订后，骑士在国王的青睐和那不勒斯人民的普遍认可下，欢欢喜喜地签署了协议，将卡莫西娜娶为他的合法妻子。因此，他们以已婚人的身份，回到了他们在那不勒斯的家中，过上了幸福的生活。由此可见，在造成所有损害的行为之后，嫉妒、吝啬、愚蠢的老人是如何赎罪的。

6.《情人的忏悔》

[在第五册中，忏悔牧师借助典型的故事警告他的学生阿曼提斯不要贪婪，这种贪婪在朝臣中发生时尤其可恶]

那个耕种完自己土地的人，

不再等待

收获，而他们贪婪地　　　　　　　　　　　　　　　　2240

不再守护

可能找到财富的地方。

财富往往使人堕落，

人们在自己身上可以看到这一点，

这对于贪得无厌的人

一点也不夸张。

因为当命运不济时，

即使隐藏，也是徒劳。

这一切都是偶然，

一个是贫穷的，另一个是富有的，　　　　　　　　　2250

法庭对某些人有利，

还有一些人总是彬彬有礼。

然而他们都酸楚、

贪婪，但财富更多

对哪部分人有利，

尽管这毫无道理，

但一个人可能整天都在思虑。

我告诉你可能

沉浸在回忆中之后，

每个人都想着如何抓住机会　　　　　　　　　　　　2260

或富有或贫穷，

沙漠怎么这么大。

这里没有无罪的一切，

因为很多人可能会看到这个

最不感谢的人将拥有。

它无济于事，世界渴望，

哪个不合规矩，

曾在冒险中惊魂未定，

在法庭上也一样，

以及在过去的日子里。　　　　　　　　　　　　　　2270

事情发展到这一步，

我打算讲一个故事。

我读过的编年史中，

关于一个国王，因为他需要

骑士、侍从、

伟大的路线和大臣。

他们中的一些人认为自己为他服务已久，

他们认为自己应该得到晋升，

但是却没有，

还有一些跟他一路走来，　　　　　　　　　　　　　2280

那是不久前的事，

他们很快就得到了晋升。

这些老人卷入这件事情。

所以当他们反对国王的时候，

他自己也常常抱怨。

但是没有什么能说得如此柔和，

那件事终于浮出水面。

国王很快就知道了，

因为他非常谨慎。

他选择了一个安排好的证据　　　　　　　　　　　　2290

在这种情况下

就能知道是谁的错。

都在他自己的意图之内，
没有人知道发生了什么。
他命人做了两个箱子，
一个外表精致，另一个粗糙。
没有什么事可以保密，
一个人可以从另一个人那里知道。
他们被带进他的房间，
但是没有人知道为什么会这样。　　　　　　　　　　2300
国王没有告诉他们，
他们被安置在一个秘密的地方。
因为他是聪明狡猾的，
他在此时看到了什么，
所有的隐秘，无人知道，
他自己装进去了东西。
一个装满了黄金和各种宝石，
从他的储藏室里被拿出来，
很快他就填满了另一个，
装了稻草和泥土，　　　　　　　　　　　　　　　　2310
也把石头混在里面，
因此，两个箱子都满了。
以便将来某一天，
他躺在里面，
他的床前应该有
一块平放的木板。
然后他把箱子
放在木板上。
他对他们的名字了如指掌，
反对他的人如此抱怨，　　　　　　　　　　　　　　2320
在他的房间和大厅。
通知他们所有人，
并如此明智地对属下说：
没有人会被他的命运所轻视。
我知道你们已经为我服务了很久，
上帝知道你们应得的。

但如果是因为我

你们不为人知的，

或者说这早该属于你们

抚慰，现在将被证明。　　　　　　　　　　　　　　　2330

停止你的恶言，

瞧，边上有两个箱子，

一个是好的，另一个不好，

你选择两者中的哪一个？

用简单的方法解决，

如果你碰巧选到好的那一个，

你将永远是富有的人。

现在请选一个你更喜欢的。

但是你要小心地拿，

另一个则归我，　　　　　　　　　　　　　　　　　　2340

没有办法面面俱全，

谁都可能是赢家。

现在得到你们的同意，

并听取你们的建议。

因为今天，不管是你还是我，

全靠自己的运气，

一切都只是上帝的恩典：

所以将在这个地方展示，

祝你一切安好，

我不会违约。　　　　　　　　　　　　　　　　　　　2350

他们齐声下跪，

告诉国王他们都已想过做出何种选择。

在那之后，他们站起来，

然后走到一边，

一致同意，

记录他们的故事。

他们在讨论什么问题，

一个骑士应该为他说话。

他向国王下跪说，

他们在这件事上   2360
或者为了胜利或者为了失败，
都赞成做出自己的选择。
并让一个骑士一直站在那里，
作为箱子的护卫者。
在每个人的同意下，
他把他们的选择记在了每个人的名下，
国王说这是一样的，
他们最终会按名字进行奖赏，
并预先告诉他，他们可能拥有的财富。
国王的荣誉保住了，   2370
当他听到大家赞同的声音时，
就让他们自己选择，
把钥匙放在上面。
他能看见，
他们会选到什么财富，
他让每个人都有机会打开箱子，
但里面装满了稻草和石头，
就这样，他们一个一个轮流选择。
这位国王也在场，
任何人都没有选到正确的箱子，   2380
然而，他们感叹巨大的财富
比他们想象的要多。
"看，"国王说，"现在你可以看到，
我没有缺点，
我将宣告自己无罪，
你也收回对我的责难。"
看到了那份财富，
这位英明的国王就这样被原谅了，
他们不再对他恶言，
并恳求他们的国王怜悯。   2390
与这个故事类似，
我发现了弗雷德里克的故事，
他是罗马当时的皇帝，

他走过的时候，牧群大声喧哗，

两个乞丐在路上，

其中一个开始说：

"主啊，希望这个人是富有的，

国王决定了谁能致富。"

另一个说："不是这样的，

但他富有且出身名门，   2400

上帝会送给他祝福。"

因此，他们说了很多疯话。

主隐藏了名字，

并为此而来。

到他将要去的地方，

但不便跟他们见面，

他命人做的两个糊状物，

一个里面放了一只烤了的阉鸡，

而在另一个里面

他放了一大笔钱。   2410

像所有人能够看到的一样，

从外表上看，都是两个人样的模型。

主命令把其中一个乞丐，

带到国王面前，

让他先选择。

他能看到这两个东西，

但他不知道里面是什么，

所以根据他自己的想法

他选择了阉鸡并放弃了

另一个，他的小伙伴将其拿走了。   2420

但是当他知道结果如何时，

他大声对那些人说：

"现在我确实体验到，

依靠别人的帮助，

很容易受骗。

善良的人，上帝会帮助他，

因为他站在坚定的一边，

其他人都应该跟他站在一起。

看到我的伙伴恢复得很好，

我不再前往了。"   2430

乞丐如此说他的目的，

他来了又去，

他所寻求的财富，

即使厄运也不能改变。

所以它可能会以明智的方式展现。

在财富与贪婪之间，

机会就在骰子上。

但是一个人经常会看到

这些也不够，

让他们自己处于压力之中，   2440

才会让他们变好，即使他们失败了。

7.《罗马帝国》（1838 年）

安斯穆斯是罗马城的皇帝，他娶了耶路撒冷国王的女儿为妻。她是一位美丽的女人，长期与他同住，但她从来没有怀过孕，也没有带来其他子嗣。在一个黄昏，当他在一片绿油油的草地上散步时，他想到了整个世界，特别是他还没有一个继承人，而那不勒斯国王因此强烈地讨厌他。到了晚上，他上床睡觉，做了一个梦。他非常清楚地看到天空，比刮风的时候还要清楚，月亮也更加苍白；月亮上有一只美丽的彩色小鸟，在它旁边站着几个同伴，它们用歌声和温暖的气息滋养这只小鸟。在这之后，各种各样的鸟儿飞来飞去，它们的歌声如此甜美，以至于皇帝在歌声中醒来。次日，皇帝对这个梦很在意，告诉了祭司，对他们说："亲爱的朋友，告诉我怎么解释这个梦，我会好好报答你。"然后祭司说，"皇帝啊，给我们讲讲这个梦，我们才能把它的意思说出来。"然后皇帝像之前所说的那样，从头到尾告诉了他们。然后他们很高兴，高兴地向他解释："皇帝，这是个好的预言，因为你看得如此清楚的苍穹是帝国，它将繁荣昌盛。苍白的月亮是女皇，已经怀孕了，由于怀孕而变色。当时间允许的时候，这个幼小的孩子是皇后将要生下的美丽的王子。有钱人和有智慧的人都会服从于王子。最好的事情是，过去从来没有表示敬意的其他人，现在也会臣服于这个王子。鸟儿们唱着如此甜美的歌，是孩子停留的欢乐的罗马帝国。陛下，这就是对你的梦的解释。"

当那不勒斯的国王跨过门槛时，他心里想："我很久以来都是皇帝的代理人，但当他成年时，我会告诉他，我一生是如何与他的敌人作斗争的。他现在是个孩子，我为他求得和平是件好事，这样我就可以在我身体不好的时候而他最好的时候，休息一下。"于是他写信给罗马皇帝，祈求和平。罗马皇帝看到他这样做更多的是出于恐惧而不是爱，回复他一个消息：他会给他一种和平，但他的条件是臣服于他，并宣布一生都致敬于他。然后国王叫来了他的大臣们，问他们该怎么做。王国里的大臣们说，遵从皇帝的旨意是件好事。"首先是你向他要求和平。我们不如这样，你有一个女儿，他有一个儿子，让他们缔结婚姻，这是两国关系的润滑剂，也好让他租地给我们。"那不勒斯国王遂传书给罗马皇帝说，如果罗马皇帝高兴的话，他一心一意想将女儿嫁给他的儿子为妻。

这个回答很合罗马皇帝的意，但他传话来说，他不会同意结婚，除非他的女儿从出生到现在还是个处女。国王很高兴，因为他的女儿是一个纯洁的处女。于是双方就通过书信，缔结了婚约。他派了一艘船，让一群女官和骑士陪着他的女儿，前去送嫁。当他们的船行驶到离伦敦很远的地方时，海上刮起了一场可怕的大风暴，把船上所有的人都吹走了，除了他的女儿。于是这位少女就强烈地寄希望于上帝，最后，暴风雨停息了，但一条鲸鱼紧紧跟着她的船，要吃掉这条船。当她看到这一幕时，她害怕极了。当夜晚来临的时候，鲸鱼围着少女的船打转，少女在一块石头上打着了火，在船上燃起了很多火堆。只要火还在燃烧，鲸鱼就不敢靠近。少女迁怒于暴风雨，发出了公鸡般的嚎叫，然后就累得睡着了。在睡眠中火堆熄灭了，当她走出来的时候，鲸鱼来了，并把船和少女都吞了下去。当少女觉得自己在鲸鱼的肚子里时，她快要窒息了，打着了火，用一把小刀割伤了鲸鱼。鲸鱼感到疼痛难忍，向岸边游去，就在它快游到岸边时，它死了。这时有一个名叫皮里乌斯的勇士，他兴高采烈地走到观景台旁，亲眼看见鲸鱼向岸边游来。他得到很多人的帮助，他们当中的每个人用不同的工具去击杀鲸鱼。少女迎着大风，大声喊道："绅士们，请可怜可怜我，一个国王的女儿，一个从未离开过出生地的少女。"当勇士听到她的声音，感到这是一个奇迹，打开鲸鱼的肚子，取出少女。然后，少女向他讲述了她的经历：她是一个国王的女儿，她是如何遭遇暴风雨，她是如何失去嫁妆，她应该如何嫁给罗马皇帝的儿子。勇士听了这些话很高兴，把少女抱在怀里，直到她得到很好的安慰，然后郑重地向罗马皇帝送去了书信。

当罗马皇帝看到书信时，了解到女孩遭受的灾难，非常同情女孩，心里想："好姑娘，为了我儿子的爱，你已经遭受了一场海难。你是否配得上他，就看现在能不能经得住考验了。"罗马皇帝拿出了三个箱子，第一个是用黄金做的，外面镶嵌了珍贵的宝石，里面装满了骨头，贴着一个标签，上面写着一行题字："选择我的人会在我身上获得一切便利的服务。"第二个箱子是用银子做的，外面也镶嵌了珍贵的宝石。从外表上看，上面有一行题字："我的本性和欲望在我身上找到了答案。"第三个箱子是用铅做的，里面装满了宝石。上面题字："选择我的人，在我身上发现上帝的安排。"三艘大船载着罗马皇帝，来到少女面前。罗马皇帝说："上帝保佑！亲爱的姑娘，这里有三件贵重的箱子，你选择其中的一件，如果你选择了有价值的一件，就可以嫁给我的儿子，如果你选择了对谁也没有好处的一件，那么你就不能嫁给他。"当少女看到这三个箱子时，她向上帝祈祷，并说："上帝啊，无所不知的上帝！请在这需要的时候赐予我恩典和土地。我应该选择哪一个，才能让皇帝的儿子喜欢，让他成为我的丈夫？"接着，她看到了第一个箱子，它是如此的漂亮，上面还有一行大字。然后她想，有这样一件珍贵的箱子有什么意义呢，它永远不会让你快乐，我也不知道它的内在是怎样的，所以她告诉皇帝，她绝不会选择那个。然后她看了看第二个，那是银的，把上面的大字划掉了，然后她说："我的本性和善良不是只要求欲望的扩张，我拒绝这个。"然后她看了看第三个，那是铅的，划掉了上面的红字，然后她说："因为上帝安排从来不会错，所以对于上帝的安排，我选择这个。"当皇帝看到这一点，他说："少女，现在打开那个箱子，看看你能找到什么。"箱子被打开，里面装满了黄金和珍贵的宝石。然后皇帝继续对她说："少女，你做了明智的选择，赢得了我的儿子做你的丈夫。"这一天发生的事好像是上天的安排，大家都沉浸在巨大的快乐中。少女终于在灾难之后和王子团聚，最终故事以大团圆结束。

（译者李莹，枣庄学院文学院）

十二、《无事生非》来源文献

➤ 导　言 ◄

　　《无事生非》首次面世于 1600 年，由瓦伦丁·西姆斯印刷，其时书名页上已印有莎士比亚的大名。该剧出版在推迟数日后，与《亨利四世》第二部一同登记于怀斯与阿斯普利名下，成为了文艺复兴时期戏剧的杰出代表。

　　《无事生非》包含了两个相互交织的部分：一部分为悲喜剧，另一部分为喜剧。贝阿特丽丝与贝内迪克的故事以其机智与讽刺的特征，吸引了更多现代读者的兴趣；而希罗与克劳狄奥的爱情，才是剧情的核心，其他的情节都围绕着这个故事展开。后者不仅体现了莎士比亚对戏剧的深刻构思，更能展现他如何巧妙地融合多个来源文本。

　　《无事生非》的故事原型最早可追溯到古希腊查瑞亚斯和卡利罗厄的爱情故事，后来它在 15 世纪西班牙文学中重新焕发光彩，并影响了卢多维科·阿里奥斯托的《疯狂的奥兰多》(Orlando Furioso)等作品。阿里奥斯托的版本可能是 16 世纪相关故事的主要来源，而且莎士比亚极有可能读过他的作品，或者说至少是读过约翰·哈灵顿爵士的翻译。对于英国读者来说，阿里奥斯托的故事第四到第六卷特别有趣。勇士雷纳尔多为营救被指控不贞的苏格兰公主吉内芙拉前往圣安德鲁斯，并在路上救出了她的侍女达琳达。达琳达道出实情，原来她被波利尼索蛊惑，与其一起设计陷害公主，毁坏其清誉，令爱慕吉内芙拉的阿里奥丹特跳海假死。最终，波利尼索被阿里奥丹特所杀，达琳达进入了修道院。对于作者阿里奥斯托来说，恶棍波利尼索和达琳达的所作所为是故事的主要焦点。

　　而斯宾塞在《仙后》(The Faerie Queene)第二卷第四章中改编了阿里奥斯托的故

事，但赋予了它极为不同的含义。在第二卷中，斯宾塞讨论了节制的追求，克拉里贝尔和费登的故事是对愤怒的警告，是灵魂中"易怒"品质过度的表现；盖恩爵士遇到了许多极端的人类情感，他从疯狂的愤怒中解救了侍从费登。费登随后讲述说，他原本与克拉里贝尔两情相悦，欲结秦晋之好。他的朋友菲勒蒙秘密地追求克拉里贝尔的女仆普赖恩，蛊惑普赖恩身穿主人的衣物与其幽会，陷害克拉里贝尔以毁坏其清白。费登被骗，相信他的未婚妻不忠，于是杀死了克拉里贝尔。当普赖恩坦白事情真相时，费登毒死了菲勒蒙，并驱赶女仆，直到他被愤怒压倒。在《仙后》中，悲剧的高潮部分和简洁的寓言处理尤其引人注目。读者自可参阅《仙后》相应章节，本书不再摘录。

马特奥·班德洛在他的第二十二篇小说（1554）中则以另一种方式化用了阿里奥斯托的故事，其中充满了丰富的情感和巧妙的情节转折——使用欺骗先是带来灾难，之后却是幸福的结局；贝勒弗雷在《悲剧故事》（*Histoires Tragiques*）第三卷的第十六个故事中也扩展了这个故事，当嫉妒中混杂了爱，随之而来的恶果与策划者所期望的相去甚远；乔治·惠茨通在《尊重之石》（*The Rocke of Regard*）（1576）"里纳尔多和吉莱塔的对话"中，似乎结合了阿里奥斯托和班德洛的元素，但总体基调和小说方法上更接近班德洛。

莎士比亚可能知道所有这些故事版本，他肯定熟悉阿里奥斯托、斯宾塞、班德洛和贝勒弗雷的作品。他不仅吸收了班德洛小说中的核心情节，还借鉴了其中的人物设定和情感冲突。但他并没有简单地复制这些元素，而是将它们融入自己的创作中，进行了高度个人化的处理。比如，在班德洛的故事中误会导致了爱情的破裂，在莎士比亚的剧中流言和误解同样扮演了关键角色。然而，莎士比亚并没有直接呈现英雄看到他的"情敌"爬向未婚妻窗户的场景，而是通过角色之间的对话和互动，让观众感受到流言的力量和影响。此外，莎士比亚在剧中对人物的塑造也显示出他对前人作品的深刻理解。克劳狄奥的角色，既有班德洛笔下蒂姆布雷奥的影子，也受到了斯宾塞《仙后》中克拉里贝尔和费登故事的影响。而贝阿特丽丝和贝内迪克的形象，则在很大程度上独立于莎士比亚的创造，他们机智、独立，充满了个性。

柯勒律治以《无事生非》为例，阐释了他对莎士比亚戏剧核心特质的理解——戏剧的魅力源自角色而非情节。在他看来，与其他作家的剧作不同，观众对莎剧的关注往往是因为角色本身，而非剧情走向。情节仅是展示角色的舞台。柯勒律治进一步辩护说，剧中贝内迪克和贝阿特丽丝的欺骗采用了同一伎俩，因为"每个人的虚荣心是相通的"，并强调《无事生非》中的主要元素对情节发展并非至关重要的。他认为莎士比亚"从不劳神去编造故事"，因为他关注的是角色的深度和复杂性，而非单纯的故事情节。

实际上，莎士比亚对《无事生非》这部戏剧原始素材的处理所展现的复杂性远超我们所见。对他而言，班德洛的情节并非仅是一块"画布"，而是激发他想象力的跳板。故事情节、人物关系的普遍模式，以及内含的伦理冲突，都激发了他的创作灵感。像柯勒律治那样将角色与故事割裂开来的做法，实际上是对戏剧设计统一性的低估。莎士比亚钟爱短篇小说、寓言和历史故事，这些作品为他提供了丰富的素材，使他能够编织出一个平衡、平行、对称、对比和有机发展的复杂设计，他对故事情节的改编和创新显示了他超越时代的精心构思。这种设计在很大程度上得益于普劳图斯和意大利喜剧的影响，同时也带有莎士比亚自己浪漫风格的印记。他之所以没有创作全新的情节，并非出于轻视，而是因为他发现自己所选择的素材已经为他的智慧提供了广阔的施展空间。在《无事生非》中，莎士比亚对希罗-克劳狄奥故事的运用，对唐·约翰、道格培里、弗吉斯和守卫的塑造，还有对贝阿特丽丝和贝内迪克的刻画，都是他对班德洛和阿里奥斯托故事深思熟虑的结果。或许他未曾阅读过卡斯泰尔韦特罗（Castelvetro）的作品，后者认为戏剧（不像史诗）应具有两项独立的行动；但根据自身和其他剧作家的经验，莎士比亚领悟到了双线结构的妙处，使他脑海中的种子长成了并蒂之花。整部戏剧用以谎言和欺骗为主题的对照模式，巧妙地将希罗-克劳狄奥的故事与贝阿特丽丝-贝内迪克的故事连接起来。

➢ 可能性来源 ◅

《疯狂的奥兰多》

卢多维科·阿里奥斯托　著

约翰·哈灵顿爵士　译（1591 年）

—⊦《疯狂的奥兰多》第五卷论辩⊦—

达琳达　公爵为了让吉内芙拉名声扫地，
　　　　使出了什么花招，
　　　　卢尔卡尼奥的兄弟们也纷纷劝说，
　　　　公开指责她蛊惑人心。
　　　　一个无名的骑士，用黑色的盔甲伪装起来，
　　　　前来顶住了卢尔卡尼奥的指控，
　　　　直到雷纳尔多弄明白了所有事情，
　　　　邪恶的公爵被他正义地处死了。

1
　　我们看到其他所有的生物，

无论是飞禽走兽，
大都和睦相处，即使它们乐意争吵①，
雄鸟和雌鸟仍然和睦相处。
不论是凶猛的、虚弱的、大的小的，
都会顺从自然规律。
凶猛的狮子、熊、公牛，都是极其凶猛的，
但对它们的雌性，都是极尽温柔的。

2

什么地狱尽头，什么愤怒在这里如此盛行，
扰乱着人类的状态？
为什么我们能发现两个男人和女人，
因诡计而常常痛苦？
未被玷污的床被纷争所玷污，
泪水因言语的不仁慈与恶意而流淌，
他们沾满鲜血的罪恶之手被深深玷污②。

3

毫无疑问，他们是可恶的，毫无仁慈的，
他们既不怕上帝，也不怕人类，
竟敢扇打少女的脸，
砍掉她的头颅。
可是，谁又敢用刀子或毒药断了
他们的命脉、把他们的肉撕成碎片？
我不认为他是人，也不认为他是血肉之躯，
但我肯定认为他是一条猎犬。

4

那些想要把少女杀死的恶人，
雷纳尔多把他们抓了回来。
那些恶人秘密地把少女带下山准备杀害，
以此希望他们的事实永远不会被发现。

—————————————

① brawl，争吵。
② S. Paule 将床笫之欢称为"不玷污的婚姻"。

然而上帝的旨意是如此仁慈，

当她最不期待的时候，她被拯救了，

带着一颗迟来的悲伤的心，

她开始讲述这个悲惨的故事。

5

好先生（她说），我的良知在驱使我，

我要告诉你那儿曾经发生过最大暴行，

在底比斯，在雅典，在阿尔及①，

或者说最凶恶的暴君居住的地方。

我的言语和技巧都不足以说出来，

这肮脏的事实，因为我很清楚地知道，

在这个国家，腓力比斯的光芒更加冷酷②，

因为他做了这样邪恶的事情。

6

人们在每个时代都寻求我们亲眼看到的并且已经存在的现象，

以欺骗他们的敌人，并将他们踩在尘土中。

但是发泄他们的怨恨和愤怒，

在一个充满爱的地方，是肮脏的，也是极不公正的③。

如果爱情带来死亡，女人又能相信谁呢？

然而，爱确实滋生了我的畏惧和恐惧，

如果你愿意给我关怀，我也会如此。

7

在我青春年少的时候，

我来到宫廷，

服侍我们国王的女儿，

并获得了不少荣誉和美名，

直到爱情（唉，爱情带来了如此的关心）

损害了我的地位，并试图让我蒙羞。

---

① 在这三座城市里，发生了各种各样的残酷暴行。

② Nee tam aversus equos tyria sol tungit ab urbe.

③ 句子[即格言]。

爱让我看到了阿尔班公爵，
他是我眼中最美的精灵。

8
（因为我原以为他爱我胜过一切）
我一心一意地拥护他，爱他，
可现在我发现，
用眼睛和言语来看出隐藏在心底的东西是多么的困难。
当我这样相信和爱他的时候，
他却占有了我的身体、床和一切。
我没有想到这会给我的情敌带来危险，
我在吉内芙拉的房间里也这样做了。

9
所有最珍贵的东西都会躺在那里，
吉内芙拉有时也在那里睡觉。
我们在那里的一个窗口找到了一条秘密通道，
可以可靠地掩盖我们的罪行；
当我和我的爱人在这里玩耍时，
我就用绳索当梯子，
我自己站在窗前，
把绳梯放到他手里。

10
所以我们常常在这里相聚，
吉内芙拉小姐的不在
给了我们机会，
我们习惯在夏天去这里，也是为了避暑。
我们的行动非常隐秘，
没有人发现我们。
因为这扇窗户藏在平常人们的视线之外，
白天和夜晚都鲜少有人来。

11
在我们之间，这样的日子持续了很多天，

甚至很多个月，我们都在使用这种伎俩，

爱让我的心熊熊燃起，

我的喜欢一直持续到我开始痛苦。

我可能从他奇怪的迟到中发现，

他的爱时多时少。

由于他所有的诡计都藏得不那么严密，

所以很容易被发现。

12

最后，我的公爵似乎

对美丽的吉内芙拉动了真情：我也说不清楚，

究竟是始于现在还是始于以前，

我确实和她一起到宫廷里来住过。

但你请看我对他的爱，

我的爱是否得到他的回应：

他请求我的帮助，并且毫不羞愧地

告诉我他是如何为她而着迷的①。

13

他并不全是出于爱情，

也有一部分是出于野心，

因为她的地位和她的条件，

他一心想娶她为妻。

如果他得到了吉内芙拉的同意，

他对是否能得到国王的许可毫不怀疑。

这对他来说不是一件难事，

因为他是这片土地上第二厉害的人。

14

他向我发誓，如果我能仁慈，

他就会给我很大的恩惠，

在他的手中我会欣喜地发现

并让我从国王那里得到我想要的东西。

---

① 一种策略，有时用来引诱侍女，以赢得情妇。

他说他会永远把我记在心里，

他会一如既往地爱我，

尽管他有了妻子和其他的一切，

我仍相信他一定会最爱我。

15

我像他嘱咐我的那样

答应了他的请求，

我仍然认为当我以任何方式取悦他的时候，

我的时间才是最宝贵的。

等我一有机会，

我就会谈论他，赞扬他，

用我所有的技巧、智慧、痛苦，

来获得他对吉内芙拉的爱和喜欢。

16

天知道我是多么乐意

遵照他的旨意行事，

我是多么孜孜不倦，我不惜时间、不惜旅途①、不惜技巧，

只为向我的公爵求爱：

但是我的愿望总是落空。

爱情让我的心沉浸在臣服之中，

一位骑士从大洋彼岸

来到了这个国家来帮助美丽的吉内芙拉。

17

他和他的兄弟从意大利

来到宫廷（据我所知），

在巡回赛和竞技场上他无往不利，

他很快就在英国声名远扬。

我们的王很器重他，

又赐厚礼给他，

赐予他城堡、城镇和爵位，

---

① 我在苦难中，辛劳。

使他变得高贵富有，就像伟大的王子拥有的那样。

18
我们的国王很喜欢他，他的女儿更喜欢他，
这位可敬的骑士叫作阿里奥丹特，
他在武装行动中如此地勇敢，
他的爱不会让任何女人感到羞愧：
西西里的山丘燃烧得都没有那么猛烈，
维苏威火山也没有如此炽热[①]，
阿里奥丹特的欲望被美丽的吉内芙拉点燃。

19
他的爱是确定无疑的[②]，
因为骑士对我的求爱并不情愿，
吉内芙拉将要真诚明智地接受他的爱，
我清楚地知道他的爱是真诚而美好的。
我徒劳地寻求着他的爱，
我越是寻求我越是沮丧，
因为当我用言语赞美他时，
他却试图诋毁我。

20
就这样，我屡屡遭到拒绝
（我的行为是如此邪恶）。
我去找我深爱的公爵，
告诉他她的心是怎样地炽热，
她是怎样地迷恋那个陌生人；
现在，即使这样他也会满足，
因为阿里奥丹特是如此地爱那个高贵的少女，
海神的洪水也浇不灭他的爱火。

---

① 埃特纳火山和维苏威火山，两座山曾经喷发过峰焰。

② Ut ameris amabilis esto.

21
当波利尼索（我们称之为公爵）
每每想起这个令人不快的故事时，
他发现自己的魅力实在是微不足道。
当他把我的话和她的行为相比较时，
他对这个陌生人的厌恶油然而生。
他心中的爱情被浇灭，
变成了仇恨。

22
他想用卑鄙狡猾的手段，
把吉内芙拉从她忠贞的爱人身边夺走，
在他们之间埋下巨大的祸根，
同时他又用狡猾的手段掩盖了这一切。
他要毁掉她的清誉，
让她生不如死，
永世不得翻身。

23
现在他这样决定了。（侍女达琳达）说，
（我也这样称呼）你知道尽管树木高高低低①，
但我们看到的嫩芽，
都是从最近被砍掉的枝头上长出来的，
我的爱情也是这样。
尽管树枝拒绝剪短，却还是被巧妙地削掉了。
被砍掉的树梢还是会长出爱芽，
我仍然证明，新的激情正在萌发。

24
我不认为亲爱的你会如此高兴，
因为我不希望我被如此拒绝。
为了不让今夜的悲伤压倒我，

---

① 比喻：贺拉斯《十四行诗》中的第四首。Duris u t ilex tonsa bipennibus.

今晚，为了满足我的自负，
我亲爱的，求你照我说的去做。
当美丽的吉内芙拉上床睡觉的时候，
把她穿的衣服拿去穿上。

25
就像她惯常垂着的金发，
庄重地盘绕在她的头上一样，
你生动地变为她，
你也可以穿上她的衣服，戴上她的头饰：
她的首饰和珠宝再华美不过了，
你可以穿戴上它们来实现我的愿望。
当我登上窗户时，
希望你能同在。

26
这样，我用我愚妄的幻想哄骗自己。
而我，既没有理智，也没有智慧，
却仍不知不觉地（虽然是公开的）
看见他（公爵）那可耻的样子。
我穿着她的衣袍，
站在窗前，等着他来接我。
我完全没有意识到这个骗局，
直到那件事让我忧心忡忡。

27
近来，他和阿里奥丹特之间
曾有过这样或那样的话，关于吉内芙拉，
（为什么公爵和阿里奥丹特过去交情很好，
直到吉内芙拉和阿里奥丹特相爱）
公爵说了这样的话：
他对阿里奥丹特说，
他一直爱着她，她对他也很好，
现在他又这样忘恩负义地报答他。

28
我知道你明白（因为必须明白）
我和吉内芙拉之间
长久以来的默契和姻亲之爱，
我也一直等待着国王为此行动。
为什么你要多情地把自己插在中间呢？
为什么要把你的手伸得那么远？
因为如果我是你，
我就会放弃。

29
我更感到惊奇的是，
（对方直截了当地回答）公爵先生，
你是如此无情，你知道我们相爱，用你的眼睛去看，
（除非你是故意瞎了眼），
没人比我和她之间关系更亲密。
你就这样如此轻率地闯入我们的爱情中，
却发现你已被排除在一切希望之外。

30
你为何不照我对你的善意，
给予我同样的尊重呢？
既然我们的爱情已经发展到这个地步，
我们打算结为夫妇；
我很久以来就期望能实现这个愿望，
因为我知道我（虽然没有房租或土地）
但在王子面前毫不逊色，
而且比你更优待国王的女儿。

31
好吧（公爵说）几乎全然不改正错误，
爱情在心间不知不觉中滋生。
我们每个人都认为自己是应该被爱的人，
然而，我们中只能有一个人是被爱的。

因此，为了清楚地证明，
谁该恋爱，谁该休止。
公爵希望我们一致认为他是胜利者，
以及她对他的好感最明显。

32
我将以庄严的誓言约束你们，
我们的秘密和谋略都要保密，
所以你们也要向我发誓，
我告诉你们的事情决不能泄露。
他们把手按在《圣经》上发誓，
说他们的话绝不能泄露出去。

33
首先，陌生人①
说出了真相，以结束这场纷争。
她是如何用言语向他许诺，
要和他生活在一起，爱他一生一世；
她又是如何亲笔写下誓言，
确认自己将成为他的妻子，
除非她的父亲禁止她这样做，
因为如果那样的话，她宁愿不嫁。

34
此外，（他说）他毫不怀疑他的良好表现，
这是显而易见的。
国王是不会顾虑
把他的女儿嫁给这样一个骑士。
在这一点上，他不缺什么，
因为他已经获得了很大的恩宠。
当他知晓他女儿的爱时，
他也不会感到担心。

---

① 即阿里奥丹特。

35
你看，我的产业如此稳固，
我自己也不再奢望什么了，
现在寻她的人已经太晚了，
因为他们寻找的东西已经被我抢走了；
只有在婚姻中保持神圣的状态
才能永结同心。
对于她的赞美，我无须多言，
因为我不知道还有谁能与之相比。

36
就这样，阿里奥丹特说出了一个非常真实的故事，
他希望他的付出得到相应的回报。
但我那虚伪的公爵，说他被骗了，
他早已发现了一件事。
他发誓说，这一切都无法与他的遭遇相比，
尽管他自己还没有做出判断，
因为（他说）又有一个如此明显的迹象，
即使是你自己也会承认这一点。

37
唉，我看你不知道
这些女人是多么狡猾，
很少爱上她们最该爱的，
也没有她们该有的样子。
但是我知道，
当我们两个人秘密幽会时，
我会告诉你（尽管我应该隐瞒它）
因为你保证永远不会透露它。

38
事实是这样的，我常常看见
她和他们整夜在一起，
赤身裸体地躺在赤裸的臂膀间，

尽情享受着爱情的快乐：

现在请你判断一下，

她对我们中的哪一位最有好感，

然后让出位置，

因为我现在已经用事实证明了这一点。

39

只是证明？（阿里奥丹特说）不是可耻的谎言？

我也不会相信任何字眼：

这是你能编出的最好的故事吗？

你觉得有了这个，我就会按你说的做①吗？

不，不，只要你不愿将她告发，

就用你的剑制服住她；

我把说谎的叛徒叫到你面前来，

并在此时此地证明这一点。

40

（公爵说）我是你的朋友，

你却要和我决斗，

这是愚蠢的行为②，

我没有丝毫欺骗和诡计。

这些话确实使阿里奥丹特的心揪起，

他浑身上下都在颤抖，

他怵在那里，眼眸低垂，

随时准备落入致命的陷阱。

41

他愁眉苦脸，脸色苍白，

神情激动，

他说，他非常想看看这个地方，

因为在这里，曾发生过如此怪异的事。

我（他说）一直在苦苦寻求的恩典，

---

① 被愚弄。

② 根据《诉讼法》，如果一个人能够证明他的话是真实的，他就没有义务回答质疑。

难道美丽的吉内芙拉已经委身于你了吗?
当然,除非我能亲眼看到,
否则我永远不会相信。

42
公爵说他尽他所能地
把事情的经过都讲出。
然后他就径直从他那里向我走来,
而我正是他达到目的需要的人。
他的目的已经达到了,
他把我们俩都耍得团团转。
首先,他告诉他,要把他安置到
一个破旧的房子里。

43
有几座破落的房子正对着
这扇他要爬上去的窗户,
但阿里奥丹特小心翼翼地怀疑
这个虚伪的公爵可能有什么诡计,
并认为一切都在向这个方向发展,
他想用诡计让他完蛋。
他可能是想出了这个幌子,
打算在他离开的时候杀了他。

44
因此,虽然看到这一景象,他想了很久,
但他还是想阻止这一切恶作剧。
如果发生了武力冲突和误解,
他的意思是用武力抵抗,
他有一个英勇强壮的兄弟,
卢尔卡尼奥,他就直接派人去找他,
单靠他的帮助,
就能对付二十个人。

45

他嘱咐他的兄弟拿上他的剑，

走到一个他说的地方，

在一个靠近那里的角落里站着，

与另一个人保持八十步的距离。

他不愿说明原因，

只求他秘密地躲在那里，

等他叫他的时候再出来，

否则（如果他没叫他的话）就不要来。

46

他的兄弟没有拒绝他的请求，

于是阿里奥丹特进了他的住处，

在没有被发现的地方躺着。

直到看了一眼那里

发现狡猾的公爵来了，

这意味着贞洁的吉内芙拉要被玷污了，

他向我做了他惯常的手势，

我就从绳梯上下来。

47

我身着白色的袍子，

缀着华丽的饰带①、珍珠和金色的花边，

我那庄严梳起的发梢上有一张

用最纯净、最明亮的金漆织成的金网。

但我并不满足于此，我把只有贵族才戴着的面纱高高挂起②。

我庄严地骑着马，

在丘比特的旗帜下俯身战斗，

不知不觉地站到了他们的面前。

48

要不就是卢尔卡尼奥担心

---

① 彩带。

② 驾驭，穿着。

阿里奥丹特有什么危险，
要不就是他想（像有心人一样）
知道他朋友的计策。
于是他偷偷地走近，躲在了隐蔽的地方，
他的兄弟也紧随其后，
直到他走近了五十步，
他才重新回到自己的位置上。

49
但我不以为然，安然自若地来到
我说的那扇敞开的窗前，
因为以前我也这样做过一两次，
这也并没有让我受到什么伤害。
我无法想象（我感到羞耻），
当我穿着她的长袍时我的样子，
我以前以为我和她不是很像，
但现在看来，我们确实很像。

50
但阿里奥丹特站在远处，
被这遥远的距离迷惑。
他径直离开，
因为他以为看到了她的衣服，看到了她的脸。
现在，那些证人都了解阿里奥丹特的悲惨遭遇。
当波利尼索经过的时候，
他的朋友都看到了被登上的梯子。

51
我知道他很乐意地来到了这里，
一见我就亲密地拥抱、亲吻。
为了使他的骗局更圆满，
他对我比以前任何时候都更温柔。
这一幕让阿里奥丹特很介意，

认为吉内芙拉和公爵失去了道德①。

52

他悲痛欲绝，决心一死了之，

他把剑垂放在地上，

意欲自戕。

卢尔卡尼奥发觉这一切都近在眼前。

波利尼索也来了，

虽然他还不知道这人是谁。

53

他暂时保住了他的兄弟，

否则他自己一定会因为悲伤而杀人；

如果他没有及时赶来，

悲剧一定会发生。

一个不忠的女人犯了什么罪，

使你悲恸、使你决心死亡呢？

任凭他们去吧，他们会受到咒诅②，

就让他们随风消散吧。

54

你应当想出一些正当的复仇计划，

因为她应该受到惩罚。

就像我们两只眼睛清楚看到的那样，

她那肮脏的勾当似乎不是被他人陷害。

如果你还有理智的话，就去为爱复仇吧，

我的建议是这样的：

拿起你准备好的剑，

将她的罪告于王。

55

他兄弟的话对阿里奥丹特

———————————

① 不道德。

② 不是所有的女人都是善良的，有些女人是没有信仰的。

并没起太大作用。

那无法治愈的伤口仍深深刺痛着他，

他陷入了无限的绝望。

虽然他知道自己所做的事

与基督骑士的职业背道而驰①，

但在人世上，他感到如此痛苦，

即使身在地狱，他认为也不过如此。

56

似乎在稍作停顿之后，

他在他兄弟的劝告下同意了，

第二天他就从宫廷离开。

当然这全然不是他的意图，

他的兄弟和公爵都知道原因，

但都不知道他去了哪里。

评判者各式各样，

有的是出于善意，有的是出于怨恨。

57

他们在海上找了整整几天，

却杳无音信。

在第八日，一个农民给吉内芙拉

带来了这些消息，说他在海上看见他被淹死了，

并不是因为海上有暴风雨，

也不是因为他的船触礁。

而是因为（他说着说着，哭了起来）

他从高高的桅杆上一跃而下，跳进了大海。

58

接着，这位农民又向吉内芙拉讲述了

他是如何在路上遇见阿里奥丹特的，

并且阿里奥丹特让他一同去，

来见证他那天将要做的事。

---

① 因为根据基督教的规则，不忠是最邪恶的事情。

他吩咐农民把事情告诉国王的女儿，
并这样说：
如果他是瞎子，他会非常幸福，
他的死已然表明他用双眼看到了太多的事。

59
在那里矗立着一块岩石，对面是爱尔兰群岛，
他从那里跳进了大海。
我（农民说）站在那儿，呆呆地望着他，
那高耸的陡崖使我恐惧。
从那以后，我走了好几里路，
就是为了告诉你们事情的经过。
这个故事被讲述和证实后，
吉内芙拉被吓坏了。

60
哦，上帝啊，她独自不安地躺在床上，
说了很多动人的话语！
她不时地捶自己无辜的胸膛，
以示内心深处的巨大悲痛。
她金灿灿的发丝破碎不堪，
依旧喃喃念叨着
他说过的那些哀怨的话，
说他的惨死只是因为他看到的太多。

61
关于他死亡的谣言四处传播，
说他是如何悲伤地死去。
国王很悲伤，
宫廷里的贵族和女士们也纷纷落泪。
他的兄弟，显然是最爱他的，
心里却满是悲伤，
他几乎无法克制自己，想要杀人，
并且亲自动手。

62

他时常在心里念叨，

那天晚上他看到的肮脏的事实，

（你也听到了）是公爵和我干的

（我也没料到会真相大白）。

他兄弟的死也给吉内芙拉带来了同样的后果，

他对吉内芙拉大打出手，

丝毫不在意（他也是这么想的）

国王的善良和他的一切。

63

国王和贵族们坐在大厅里，

为阿里奥丹特的死而沉痛悲伤，

卢尔卡尼奥当着大家的面，

详尽地说明了

导致阿里奥丹特死亡的原因。

在简单说明过后，

他指出是不贞洁的吉内芙拉犯下的罪行，

使他英年早逝了。

64

我该如何去诉说他的爱意呢？

他的爱是无与伦比的，

他希望得到您的同意，

您应当看到他的价值与他的珍贵：

然而，当他诚实地行走在平坦的街道上时，

看见另一个人爬上了树，

在他所有的希望①和追寻中，

另一个人得到了快乐和果实。

65

他还说，不是臆测，

而是他亲眼看见吉内芙拉站在窗前，

_____

① 希望，1591 年版。

按照他们的约定，

把梯子放下来，直到她的情人出现在那里。

但他用这种方式把自己隐藏了起来，

他不明白是谁。

为了证明他的指控，

他宣布直接开战。

66
国王听到这些消息，心里有多难过，

我不难猜到。

他的女儿平白无故地被卢尔卡尼奥控告，

这使他感到万分忧虑。

因为在这一点上，法律是这样明确规定的，

除非通过战斗证明这是谎言，

否则吉内芙拉必须被判死刑。

67
在这种情况下，苏格兰的法律有多严厉，

我相信你们都听说过，

在丈夫身边再拥抱另一个男人的女人，

无论她是年轻还是年老，

都必须死。除非在两星期内，

她找到了一个能维护她

不受惩罚的勇士。

但是对她的指控必须是虚假的。

68
国王（坚信吉内芙拉是清白的）

说要把她嫁给一个骑士，

让他在战斗中保护他亲爱的女儿，

并能在公开的战斗中证明她是清白的。

然而，没有一个勇士出现，

他们都害怕这个卢尔卡尼奥的力量，

他们站着相互对望，

却没有一个人上场。

69
不幸的是，她的哥哥泽尔宾
现在不在西班牙（我想），
或者去了法国。
如果他在这里，她就不需要别人的保护了。
如果她能幸运地让他知道，
她需要帮助，
如果她有她高贵的哥哥在，
她就不需要别人的帮助了。

70
国王想要审判，
不管美丽的吉内芙拉是否有罪
（因为她仍然笔直地站在那里，
不承认这个无妄之灾），
她所有的女仆都被审问，
但她们都回答说对这件事一无所知。
我没法设想公爵和我
对这个陌生人可能造成的伤害。

71
因此，我更担心他，
（我对这位虚伪的公爵是如此忠诚）
我提醒了他这些事情，
并告诉他我们俩都需要小心。
他祈求我永远爱他，
更祈求我信任他，别让他操心。
他指使了两个人（但我不认识这两个人）
把我带到他自己的城堡。

72
现在，先生，我想你从这句话中可以看出，

我是多么发自内心地爱他，
我直截了当地证明了这些。
我并不想挑起事端。
现在请注意，他对我是否也同样尊敬，
他是否也报答了我的爱。
唉，一个懦弱的姑娘如何才能通过真诚的爱
而得到同等真挚的爱呢？

73
这个忘恩负义、作伪证的邪恶公爵。
现在开始，他对我已经不信任了。
他的良心惴惴不安，
不知道怎样才能掩盖他的恶行，
除非我死了（并且是无缘无故的）。
他的心是那么狠毒，他的欲壑难填。
他说他要把我送到他的城堡去，
那座城堡本就该是我的结局。

74
当向导带我走过那座山，
下到山脚下不远的地方时，
他要我的向导们杀了我（为了表示对我的爱），
正如你说的，他们本想这样做的，
要不是你的及时出现阻止了他们的意图，
（感谢上帝和你）我才得以保全。
达琳达把这个故事告诉了雷纳尔多，
然后他们继续自己的旅程。

75
这次奇特的经历让雷纳尔多感到很幸运。
因为现在他发现，
通过达琳达的诉说，
吉内芙拉是清白无瑕的。
现在他的勇气得到了充分的证实，

他想要一个真实而确定的证据。
虽然以前他不想为她而战，
但现在他更想捍卫正义①。

76
他急急忙忙赶往圣安德鲁镇，
国王正带着他所有的盘缠，
小心翼翼地赶路，
他的女儿必须在那里宣布喜讯和喜悦。
但现在，雷纳尔多策马飞奔，
不一会儿就到了；
当他穿过下一个村庄时，遇到了一个侍者，
为他们带来了更新鲜的食物。

77
有一个战士乔装打扮，
想证明卢尔卡尼奥的话；
他的衣领和盔甲都设计精良，
样式和做工都非常新颖：
其中的许多事，我都猜出来了，
但那究竟是谁，谁也不知道。
他的侍从被问及主人的名字时，
他发誓说从他来之后就从没听过主人的名字。

78
这时，雷纳尔多来到了城墙上，
在门口只停留了一会儿，
就听到了看门人对他的召唤。
可是，达琳达现在很痛苦害怕，
雷纳尔多劝她不要恐惧②，
因为他说他会原谅她：

_____

① 正义的争辩是一次伟大的战斗。
② 因为当时的法律非常严苛。

于是他冲进了密集的人群中，
他看到刑台四周都是人。

79
站在旁边的人直接告诉他，
那里来了一个陌生的骑士，
这意味着吉内芙拉的清白要经受考验了。
战斗已经开始了，
那个躺在墙边的美丽的达琳达
被故意放走。
听到这个消息，雷纳尔多赶紧跑了进来，
把达琳达留在家里。

80
他告诉她，过不了多久他还会再来，
他策马开辟了一条空旷的小道；
他在最茂密的树林里穿行，
而这些英勇的骑士们却用
粗壮的手和强壮的体魄多次发起攻击。
卢尔卡尼奥想给吉内芙拉带来杀身之祸，
而另一些人则想保护这位姑娘，
他们喜欢并褒扬这位姑娘（虽然并不认识她）。

81
波利尼索公爵英勇地
骑着一匹勇猛骏马，
其中有六名优秀的骑士，
他们全副武装，徒步跋涉，威风凛凛。
公爵以官职战胜了其他所有人，
高级警官（在这种情况下总是如此）。
置吉内芙拉于危险之人高兴得不像样，
而不像其他人一样为之悲痛哀伤。

82

现在雷纳尔多开了一条路，
并幸运地到达了那里，
这两个骑士使出了全力
使战斗停止。
那天，雷纳尔多在宫廷里现身，
高贵的骑士风度翩翩，
他先是为王子们的听众祈祷，
然后满怀期待地演讲。

83

他说：快去（尊贵的王子），
快去，叫他们立刻停止战斗！
因为你知道，谁要是死了，
肯定不是死得其所。
有人以为他自己说的是真话，但其实他说的是假话，
他是被自己的错误蒙蔽了，
看看他兄弟的死是由什么引起的，
那正是他被引诱去战斗的原因。

84

他的天性是善良而美好的，
既不知道自己是否能拥有权利，
也不知下场是死亡还是能成功捍卫她。
只是生怕如此罕见的美女落得如此下场。
我希望存留着纯净无瑕的心灵，
拯救那些被伤害的人。
但是那些败坏人心的人，啊，国王，
在继续我的演讲之前，请先下令停止战斗。

85

雷纳尔多用他的诉说打动了国王，
骑士们立刻被命令束手停止战斗。
战斗暂停，

然后他又以胆识和勇气

勇敢地说出了事情的真相；

他直截了当地揭穿了

波利尼索这个好色之徒

最初是如何谋划的，现在又是如何出卖了他人。

86

献上这一份完美的证明，

再用剑和矛进行搏战。

公爵站在不远处，

几乎无法掩饰他的恐惧；

他先是否认，说这是为他的利益着想，

然后在二人的同意下直接开战了，

他们都已武装，场地也已就绪，

现在除了战斗，他们已别无选择。

87

国王是多么高兴，人民是多么高兴，

美丽的吉内芙拉正义凛然地站在那里。

就好像上帝的伟大恩泽正在显现，

并将由雷纳尔多亲手证明！

大家都认为这位公爵思想与举止都邪恶，

是全国最傲慢、最残忍的人；

很可能正如大家所猜测的那样，

他的这一骗局是精心策划的。

88

现在波利尼索疑虑地站在那里，

内心惶恐、脸色苍白。

他们的号角吹响了①，他们拿起了长矛，

雷纳尔多以有力的步伐发起了进攻，

因为他将结束这场战斗。

他在想攻击他哪里，

① 忧伤，1591 年版。

446

他们的第一次交锋是如此激烈，

雷纳尔多的矛刺穿了对方。

89

他用武力推翻了公爵，

他一个人无法抵挡如此猛烈的攻击，

他从马背上被摔下了六步远。

他和其他人都虚脱了，

像一具尸体一样无法反抗。

现在他低声啜泣，乞求怜悯，

用他最后的呼吸忏悔，

他犯下的错也使他罪有应得地死去。

90

他刚作了最后的忏悔，

他的生命就离他而去。

吉内芙拉摆脱了生活和名誉上的双重罪名。

这使国王欣喜若狂，

因为国王为她宁愿放弃他的王冠。

他多么希望他的选择是对的：

看到这样的真实，他不会比这更高兴；

即使是失去，他也不会比这更高兴。

91

战斗结束了，雷纳尔多直接

解开了他的衣领，国王看见了他的脸。

国王谦卑地感谢道：感谢上帝

在这样一个危险的情况下给予了如此慷慨的帮助。

这位无名骑士一直站在一旁，

看着这里发生的事情，

每个人都在揣摩，

究竟是谁的礼仪如此庄重。

92

国王问了他的名字，

并将丰厚的礼物馈赠于他，

庄重地表达了国王无比的谢意与尊重。

那位骑士诚恳地接受，

并快速脱下了自己的武装。

但他是谁，如果你乐意看的话，

我将在另一本书中宣布。

[在第六颂歌（1—16）的开头，我们了解到阿里奥丹特如何在海中拯救自己，并决心守护吉内芙拉免受他兄弟的攻击。达琳达住进了达契亚的一家修道院。]

（译者陈会亮，河南大学文学院）

撰稿人员及分工

李伟昉：主编，策划与统筹，撰写"导论"；

陈会亮：副主编，审阅与校对全书，翻译《无事生非》的来源文献；

唐小彬：副主编，审阅与校对全书；

陈丽华：翻译《错误的喜剧》的来源文献；

吴月颖：翻译《驯悍记》的来源文献；

陈珂瑜：翻译《仲夏夜之梦》的来源文献；

郭晓霞：翻译《爱的徒劳》的来源文献；

张松林：翻译《温莎的风流娘儿们》《第十二夜》的来源文献；

程姣姣：翻译《皆大欢喜》的来源文献；

厉盼盼：翻译《维洛那二绅士》的来源文献；

李莹：翻译《一报还一报》《终成眷属》《威尼斯商人》的来源文献。